# Charlotte Link

# Das Haus
# der Schwestern

Roman

blanvalet

**FSC**

Mix
Produktgruppe aus vorbildlich
bewirtschafteten Wäldern und
anderen kontrollierten Herkünften

Zert.-Nr. SGS-COC-001940
www.fsc.org
© 1996 Forest Stewardship Council

Verlagsgruppe Random House FSC-DEU-0100
Das FSC-zertifizierte Papier *Holmen Book Cream*
für dieses Buch liefert Holmen Paper, Hallstavik, Schweden

3. Auflage
Taschenbuchausgabe Juni 2010
bei Blanvalet, einem Unternehmen der Verlagsgruppe
Random House GmbH, München.
Copyright © 1997, 2010 by Verlagsgruppe Random House GmbH
Umschlaggestaltung: bürosüd°, München
Umschlagfoto: Irene Suchocki / Trevillion Images
Lektorat: Silvia Kuttny
Herstellung: sam
Druck und Einband: GGP Media GmbH, Pößneck
Printed in Germany
ISBN: 978-3-442-37534-9

www.blanvalet.de

# PROLOG

## Yorkshire, im Dezember 1980

Von meinem Schreibtisch, der am Fenster steht, sehe ich hinaus auf die weiten, kahlen Felder des Hochmoors, über das der eisige Dezemberwind weht. Der Himmel ist voll grauer, wütend zusammengeballter Wolken. Man sagt, wir bekommen Schnee über Weihnachten, aber wer weiß, ob das stimmt. Hier oben in Yorkshire weiß man nie, was kommt. Man lebt von der Hoffnung, daß alles besser wird, und manchmal wird diese Hoffnung auf eine harte Probe gestellt – besonders im Frühjahr, wenn der Winter sich nicht verabschieden will wie ein lästiger Besucher, der noch im Hausflur verharrt, statt endlich vor die Tür zu treten. Die hungrigen Schreie der Vögel gellen durch die Luft, und kalter Regen sprüht dem Wanderer ins Gesicht, wenn er, warm verpackt, über die schlammigen Wege geht und seine Erinnerung an Sonne und Wärme wie einen kostbaren Schatz in sich trägt.

Jetzt, im Dezember, haben wir wenigstens noch Weihnachten vor uns. Nicht, daß mir Weihnachten allzuviel bedeuten würde, aber es stellt doch einen kleinen Glanzpunkt in einer dunklen Zeit dar. Früher habe ich das Fest geliebt. Aber da war das Haus auch noch voller Menschen, voller Stimmen und Gelächter und Streitereien. Alles wurde geschmückt, wochenlang wurde gebacken und gekocht, und es fanden Partys statt und festliche Diners. Niemand konnte ein Fest so gut organisieren wie meine Mutter. Ich glaube, es war ihr Tod, mit dem meine Freude an Weihnachten dahinschwand.

Laura, die gute, alte Laura, meine letzte Gefährtin, bemüht sich, mir alles so schön wie möglich zu gestalten. Vorhin hörte ich, wie sie die Kisten mit dem Weihnachtsschmuck vom Dachboden holte. Nun tönen unten die passenden Lieder vom Plattenspieler, und sie müht sich mit den Tannengirlanden über den Kaminen ab. Wenigstens ist sie beschäftigt.

Sie hängt rührend an mir und an dem Haus, aber oft geht sie mir auf die Nerven, wenn sie wie ein kleiner Hund hinter mir hertrabt und mich aus diesen ängstlichen Kinderaugen anstarrt. Laura ist vierundfünfzig Jahre alt, aber sie trägt immer noch den Ausdruck eines verschreckten Mädchens im Gesicht. Und das wird sich auch nicht mehr ändern. Sie war noch jung während des Krieges, als sie zuviel Schlimmes hat mitmachen müssen, und von der psychologischen Behandlung von Traumata wußte man damals kaum etwas. Man hoffte, daß sich die Dinge von selber regelten, aber manchmal taten sie das eben nicht.

Das war auch das Verhängnis meines Bruders George. Genau wie Laura schaffte er es nicht, die Schrecken aus eigener Kraft zu überwinden. Es gibt solche Menschen. Sie können die Verheerungen nicht aufarbeiten, die das Schicksal in ihren Seelen anrichtet.

Draußen wird es langsam dunkel. Ein paar Schneeflocken wirbeln plötzlich herum. Ich freue mich auf den Abend. Ich werde vor dem Kamin sitzen und einen alten Whisky trinken, und Laura wird neben mir sitzen und stricken und hoffentlich im wesentlichen den Mund halten. Sie ist nett, aber nicht besonders geistreich oder scharfsinnig. Ich könnte jedesmal aus der Haut fahren, wenn sie über Politik redet oder über einen Film, den sie im Fernsehen gesehen hat. Es ist immer alles so durchschnittlich bei ihr, und sie kann nur nachplappern, was andere ein dutzendmal vorgekaut haben. Aber sie tut eben auch nichts, um ihren Verstand zu schulen. Sie liest nie ein richtiges Buch, immer nur diese *Miles & Boone*-Liebesromane. Dann seufzt sie vor Wonne und identifiziert sich ganz und gar mit der rosagewandeten, bildschönen Heldin auf dem Titelbild, die in den Armen eines starken, dunkelgelockten Mannes liegt und ihm ihre schwellenden Lippen zum Kuß darbietet. Laura ist dann stets so hingerissen, daß sich für kurze Zeit sogar der Ausdruck von Angst und Schrecken in ihren Zügen verliert.

Vielleicht werde ich später sogar noch einen zweiten Whisky nehmen, auch wenn sie mich dann wieder mißbilligend anblickt und sagt, daß zuviel Alkohol ungesund sei. Lieber Himmel, ich bin eine alte Frau! Was macht es denn noch aus, ob ich trinke und wieviel?

Außerdem habe ich einen Grund zum Feiern, aber davon werde ich Laura nichts erzählen, sonst fängt sie an zu lamentieren. Ich habe vorhin das Wort ENDE unter meinen Roman gesetzt, und nun fühle ich mich wie von einer schweren Bürde befreit. Ich weiß nicht, wieviel Zeit mir noch bleibt, und es war mir ein unerträglicher Gedanke, ich könnte nicht fertig werden. Aber nun ist es geschafft, und ich kann mich in aller Ruhe zurücklehnen und abwarten.

Ich habe die Geschichte meines Lebens geschrieben. Vierhundert Seiten, sauber getippt. Mein Leben auf Papier. Na ja – *fast* mein Leben. Die letzten dreißig Jahre habe ich unerwähnt gelassen, da ist nicht mehr viel passiert, und wer interessiert sich schon für all die Malaisen, die das tägliche Leben einer alten Frau bestimmen? Nicht, daß ich überhaupt irgend jemandem die Geschichte aushändigen werde! Aber mein Alter zu beschreiben hätte mir auch selber keinen Spaß gemacht. Ehrlicherweise hätte ich das Rheuma erwähnen müssen, die nachlassende Sehkraft, die Gicht, die meine Finger allmählich zu Klauen krümmt, und dazu hatte ich keine Lust. Man soll nichts übertreiben, auch nicht die Aufrichtigkeit.

Ich bin ohnehin ehrlich genug verfahren. An keiner Stelle habe ich behauptet, besonders schön, besonders edel, besonders tapfer gewesen zu sein. Natürlich war ich einige Male sehr in Versuchung. Es wäre so leicht gewesen. Ein paar kleine Korrekturen hier und da, ein paar liebenswürdige Verschleierungen. Ich hätte so etwas wie einen verbalen Weichzeichner anlegen können, und all das, was ich klar und hart ausgesprochen habe, wäre im Verschwommenen geblieben. Hätte ich manches nicht gesagt und manches anders, schon wäre ein geschöntes Bild entstanden. Und zwangsläufig eine andere Geschichte. Natürlich kann man sich in die Tasche lügen und die eigene Geschichte umschreiben, aber dann stellt sich die Frage, warum man sie überhaupt schreibt.

Und man kann bei der Wahrheit bleiben. Die ist hart und tut manchmal weh, aber wenigstens ist es die Wahrheit. Damit bekommt die ganze Sache einen Sinn. Daran habe ich mich gehalten, auf jeder einzelnen Seite. Zwar frage ich mich, ob die Tatsache, daß ich über mich, Frances Gray, nicht in der Ich-Form, sondern in der dritten Person geschrieben habe, damit zusammenhängt, daß ich unbewußt hoffte, auf diese Weise doch ein bißchen schummeln zu können. Ein »Ich« nötigt zu weit aufrichtigeren Analysen als ein »Sie«. Aber wenn dies tatsächlich mein verstecktes, unehrenhaftes Motiv war, so kann ich sagen, ich habe mich nicht verlocken lassen, das Häßliche zu schönen. Ich bin mit der fiktiven Frances in der dritten Person gewiß gnadenlos verfahren. Das vermittelt mir ein angenehmes Gefühl von Mut und Stärke.

Ich werde meine Aufzeichnungen gut verstecken. Sosehr Laura mich liebt, würde sie doch alles sofort nach meinem Tod vernichten, solche Angst hat sie, daß jemand gewisse Dinge erfahren könnte. Sie kann nicht aus ihrer Haut heraus, aber wer kann das schon? Am sinnvollsten wäre es sicher, alles zu verbrennen, denn ob die vielen beschriebenen Seiten nun in einem Versteck vor sich hin modern oder gar nicht mehr existieren, bleibt sich am Ende gleich. Für mich hat das Schreiben seinen Zweck ohnehin erfüllt: Schreiben zwingt zur Präzision. Schemenhafte Erinnerungen nehmen klare Umrisse, deutliche Farben an. Ich war gezwungen, mich *wirklich* zu erinnern. Und darüber habe ich mich ausgesöhnt. Mit mir, mit meinem Leben, mit dem Schicksal. Ich habe den Menschen vergeben, und ich habe vor allem mir selbst vergeben. Das war mir ein wichtiges Anliegen, und es ist geglückt. Und dennoch...

Ich kann das alles nicht einfach den Flammen übergeben. Zuviel Arbeit, zuviel Zeit stecken darin. Ich bring's nicht fertig. Ich ahne, daß das ein Fehler ist, aber ich habe so viele Fehler gemacht in meinem Leben, da kommt es auf einen mehr nicht an.

Inzwischen ist es völlig dunkel geworden; längst brennt meine Schreibtischlampe. Laura spielt unten zum hundertsten Mal dieselben Weihnachtslieder, während sie das Abendessen vorbereitet. Sie wird sich freuen, wenn ich seit langem wieder einmal mit gutem Appetit esse. Sie denkt ja immer sofort, sie habe schlecht gekocht, wenn jemand nicht richtig zugreift. Aber während der Monate des Schreibens war ich zu angespannt, um richtigen Hunger zu haben. Das kann sich ein Mensch wie Laura, dessen Phantasie sich in ziemlich engen Grenzen bewegt, nicht vorstellen. Irgendwann habe ich deshalb aufgehört, es ihr zu erklären. Nachher wird sie strahlen und denken, sie habe endlich wieder meinen Geschmack getroffen. Und das wird sie unendlich glücklich machen.

Laura ist fast krankhaft abhängig von der Meinung anderer Leute, und am meisten von meiner. Ich frage mich oft, wen sie mit ihrem Bitte-hab-mich-lieb-Blick verfolgen wird, wenn ich nicht mehr bin. Ich kann mir nicht vorstellen, daß Laura dann plötzlich in Freiheit und Unabhängigkeit leben wird. Sie braucht jemanden, um dessen Gunst sie buhlen, dem sie alles recht machen kann. In gewisser Weise braucht sie sogar jemanden, der Druck auf sie ausübt, sonst fühlt sie sich qualvoll verloren in dieser Welt.

Es wird sich etwas finden für sie. Es wird sich *jemand* finden. Irgend etwas, irgend jemand. Die Dinge werden sich entwickeln. Ich sagte es ja schon: Hier in Yorkshire weiß man nie, was kommt...

*Frances Gray*

## Sonntag, 22. Dezember 1996

Die Reise stand von Anfang an unter einem schlechten Stern.

Ralph war den ganzen Morgen über schon einsilbig und in sich gekehrt gewesen, aber seine Stimmung verdüsterte sich noch, als sie auf dem Flughafen an einem Zeitungskiosk vorübereilten, wo ihnen von einem der davor plazierten Drehständer Barbaras Bild von der Titelseite eines Boulevardblattes entgegensprang. Ralph blieb stehen, starrte die Zeitung an und kramte gleich darauf seine Geldbörse hervor.

»Laß doch!« rief Barbara nervös. Sie schaute auf ihre Armbanduhr. »Unser Flug geht jeden Moment!«

»Soviel Zeit haben wir noch«, sagte Ralph. Er nahm eine Zeitung und schob dem Verkäufer über die Theke hinweg ein Geldstück zu. »Es scheint ein sehr gutes Foto von dir zu sein. Wir sollten es nicht ignorieren.«

Es *war* ein gutes Foto von Barbara. Sie trug ein schwarzes Kostüm, in dem sie sowohl sexy als auch seriös aussah, hielt den Kopf hoch erhoben und hatte den Mund leicht geöffnet. Die blonden Haare wehten hinter ihr her. Darüber in dicken roten Lettern die Worte: DIE SIEGERIN.

»Die Zeitung ist von gestern«, erklärte Barbara nach einem Blick auf das Datum. »Das Foto ist am Freitag im Gericht entstanden, nach dem Kornblum-Prozeß. Ich weiß auch nicht, warum der so viel Staub aufgewirbelt hat!«

Es hörte sich wie eine Rechtfertigung an, und das ärgerte sie. Warum sollte sie sich bei Ralph dafür entschuldigen, daß sie einen Prozeß gewonnen und daß die Presse daran regen Anteil genommen hatte? Weil Ralph es peinlich fand, wenn seine Frau Gegenstand reißerischer Artikel in der Yellow-Press war, weil spektakuläre Fälle sowieso unter seinem Niveau waren, weil er Strafverteidiger als Juristen zweiter Klasse ansah? Ralph unterschied sehr genau zwischen Rechtsanwälten und Strafverteidigern. Er war Rechtsanwalt, selbstverständlich. Er gehörte einer renommierten Frankfurter Kanzlei an und beschäftigte sich hauptsächlich mit großen Versicherungsprozessen, für die sich außer den Beteiligten kaum ein Mensch interessierte. Barbara verteidigte Schwerverbrecher und hatte dabei so viel Erfolg, daß sie immer wieder Fälle angetragen bekam, die die Öffentlichkeit monatelang in Atem hielten. Ralph verdiente mehr Geld, Barbara war das Lieblingskind der Journalisten. Jedem von ihnen war das, was den anderen auszeichnete, ein Dorn im Auge.

Als sie endlich im Flugzeug saßen – sie hatten ihr Gate in letzter Sekunde erreicht – und die Stewardessen Getränke auszuschenken begannen, fragte sich Barbara, wie so oft in den letzten Monaten, wann sich dieser ständig gereizte Ton, diese permanente Aggression in ihre Ehe eingeschlichen hatten. Es mußte schleichend passiert sein, denn sie konnte sich nicht an einen bestimmten Zeitpunkt erinnern. Sie selbst hatte sicher erste Warnzeichen übersehen. Ralph, so erinnerte sie sich, hatte schon länger von Problemen gesprochen.

Ihr Blick fiel wieder auf die Zeitung, die auf Ralphs Schoß lag. DIE SIEGERIN! Diese Art von Presse trug immer zu dick auf, aber Tatsache war: Sie hatte gesiegt. Sie hatte Peter Kornblum aus einem wirklich schlimmen Schlamassel herausgepaukt.

Kornblum war Bürgermeister einer Kleinstadt, kein hohes Tier zwar, aber zweifellos recht profilierungssüchtig, weshalb er sich bemühte, zumindest in der Lokalpresse eine beständige Rolle zu spielen. Als er plötzlich in Verdacht geriet, seine neunzehnjährige Geliebte mit einer Axt erschlagen und in Stücke gehackt zu haben, wurde er schlagartig einer breiten Öffentlichkeit bekannt. Bei der Gelegenheit erfuhr auch Frau Kornblum zum ersten Mal davon, daß ihr Mann intime Beziehungen zu einem Mädchen aus dem Rotlichtmilieu unterhalten hatte, was ihre bis dahin heile Welt erheblich ins Wanken brachte. Peter Kornblum verwandelte sich in ein armes Würstchen, das um Gnade und Verständnis flehte und im übrigen inbrünstig seine Unschuld beteuerte. Wie er Barbara später erzählte, hatte er sich mit seinen engsten Parteifreunden über die Frage beraten, welchen Verteidiger er wählen sollte. Einstimmig sei ihm Barbara Amberg genannt worden. »Die holt jeden raus!«

Das stimmte so natürlich nicht. Aber sie konnte eine Reihe von Erfolgen verbuchen.

»Glaubst du, er war es?« fragte Ralph. Er tippte mit dem Finger auf das kleine Bild von Peter Kornblum am Fuß der Seite.

Barbara schüttelte den Kopf. »Nie im Leben. Er ist überhaupt nicht der Typ. Aber trotzdem ist er nun politisch ruiniert. Seine Frau hat die Scheidung eingereicht. Er ist fertig.« Sie nahm die Zeitung und schob sie in das Haltenetz am Vordersitz. »Vergiß es jetzt«, sagte sie, »wir verreisen. Und in zwei Tagen ist Weihnachten.«

Er lächelte gequält. Zum ersten Mal begann Barbara ernsthaft daran zu zweifeln, ob es ein guter Einfall gewesen war, ihren Mann in die Einsamkeit zu entführen, um ihre Ehe zu retten.


Seit sechzehn Jahren immer das gleiche: Jedesmal wenn Laura Selley Westhill House für mehrere Tage oder Wochen verließ, um es Mietern zu überlassen, die dafür bezahlten, sich hier breitmachen und wie Hausherren aufführen zu dürfen, ging sie auf jene stets ergebnislose, mühselige, deprimierende Suche nach etwas, wovon sie letzten Endes nicht einmal sicher wußte, ob es überhaupt existierte. Jagte sie einem Phantom hinterher? Hatte sie nicht längst jeden einzelnen Winkel dieses alten Farmhauses durchstöbert? Suchte sie nicht immer und immer wieder an denselben Stellen, wohl wissend, daß *es* kaum in der Zwischenzeit dort aufgetaucht sein konnte?

Keuchend schob sie sich aus dem Wandschrank heraus, in den sie trotz ihrer schmerzenden Knochen hineingekrochen war, um in seinem Inneren zum hundertsten Mal das Unterste zuoberst zu kehren. Mit ihren siebzig Jahren war sie nicht mehr die Jüngste, zudem plagten sie seit Jahren heftige rheumatische Beschwerden, die besonders im Winter oft unerträglich wurden. Die kalten, rauhen Winde, die in die Täler Yorkshires brausten, machten die Krankheit nicht besser. Es würde ihr guttun, die Weihnachtstage und den Jahreswechsel bei ihrer Schwester im milden Südosten Englands zu verbringen. Wenn nur nicht in der Zwischenzeit fremde Menschen...

Sie stand vor dem Schrank, richtete sich langsam auf und preßte dabei leise stöhnend die Hand ins Kreuz. Ihr Blick ging zum Fenster hinaus über die hügeligen Wiesen Wensleydales, die im Sommer so grün und leuchtend waren, jetzt aber kahl und grau schienen. Nackte Baumäste bogen sich im Wind. Tiefhängende, geballte Wolken jagten über den Himmel. Ein paar Schneeflocken wirbelten in der Luft. Der Radiosprecher hatte heute früh gesagt, daß sie über Weihnachten hier in Nordengland mit Schnee rechnen mußten.

Man wird sehen, dachte Laura, man wird sehen. Wird ein langer Winter werden, so oder so. Es ist immer ein langer Winter hier oben. Ich sollte das Haus verkaufen und in ein warmes Land ziehen.

Dann und wann hegte sie diesen Gedanken, wußte aber gleichzeitig genau, daß sie es nie tun würde. Westhill House war die einzige Heimat, die sie je gekannt hatte, ihre Zuflucht, ihre Insel in der Welt. Sie war gefesselt an dieses Haus, an dieses Land, auch wenn sie die Einsamkeit haßte, die Kälte, die Erinnerungen, mit denen sie hier zusammengesperrt war. Es gab keinen anderen Ort, an dem sie hätte leben können.

»Wo könnte ich noch suchen?« überlegte sie laut. Im Haus wimmelte es von Wandschränken, kleinen Kammern, verwinkelten Ecken. Laura kannte sie alle, hatte in ihnen allen herumgekramt. Nie hatte sie etwas von Bedeutung gefunden. Vermutlich gab es nichts zu finden. Vermutlich machte sie sich nur verrückt.

Sie verließ das Zimmer und stieg die steile Treppe ins Erdgeschoß hinab, ging in die Küche. Hier brannte ein warmes Feuer im Herd, und es roch nach den Weihnachtsplätzchen, die Laura am Vormittag gebacken hatte, um sie ihrer Schwester mitzubringen. Obwohl es seit fast vierzig Jahren einen Elektroherd in der Küche gab, benutzte Laura mit Vorliebe das eiserne Ungetüm aus der Zeit der Jahrhundertwende, auf dem früher für die ganze große Familie gekocht worden war. Sie hielt an alten Dingen verbissen fest, so ängstlich, als könne sie einen Teil von sich verlieren, wenn sie sich von etwas trennte, das einst zu ihrem Leben gehört hatte. Alles Neue empfand sie als feindselig. Sie fand die Entwicklung, welche die Welt nahm, höchst bedrohlich und bemühte sich, jeden Gedanken daran rasch zu verdrängen.

Sie setzte Wasser auf, denn sie hatte das starke Bedürfnis nach einer Tasse heißen Tee. Dann mußte sie packen und die Betten für die Gäste beziehen. Morgen im Laufe des Tages würden sie eintreffen. Ein Ehepaar aus Deutschland. Sie hatte noch nie deutsche Gäste hier gehabt. Für sie waren die Deutschen noch immer Feinde aus zwei Weltkriegen, aber andererseits war auch Peter Deutscher gewesen. Doch an ihn mochte sie auch nicht denken, und es wäre ihr wirklich lieber gewesen, Franzosen oder Skandinavier hier aufzunehmen. Aber sie brauchte dringend Geld, und es hatte sich sonst niemand gefunden, der Westhill House über Weihnachten mieten wollte.

Laura inserierte regelmäßig in einem Katalog, der Ferienhäuser anbot. Mit ihrer bescheidenen Rente hätte sie die vielen anfallenden Reparaturen nicht bezahlen können, hätte das alte Haus dem schleichenden Verfall preisgeben müssen. Das Vermieten stellte die einzige Möglichkeit dar, hin und wieder etwas dazuzuverdienen, auch wenn sie es einfach *haßte*, Fremde hier einzulassen. Jetzt zum Beispiel mußte dringend das Dach neu gedeckt werden, spätestens vor dem nächsten Winter. Aber es war schwer, Gäste zu finden. Wer in den Norden reiste, fuhr in den Lake District oder gleich nach Schottland hinauf. Yorkshire, das Land der Berge und Moore, der kalten Winde, der wuchtigen, aus Kalkstein gebauten Häuser, lockte nicht viele Touristen. Wer an Yorkshire dachte, hatte Blei- und Kohleminen vor Augen, rußige Schornsteine, düstere Arbeitersiedlungen in nebligen Tälern.

Wer wußte schon etwas von den lieblichen, heiteren Frühlingstagen, die das Land mit leuchtendgelben Narzissen überschwemmten? Wer kannte die hellen, graublauen Schleier über dem Horizont in heißen Sommerwochen? Wer hatte je den würzigen Duft gerochen, den der Wind im Herbst in die Täler wehte? Wie immer, wenn Laura an all dies dachte, stieg die Liebe zu diesem Land wie ein plötzlicher Schmerz in ihr auf, ließ ihren Atem stocken. Dann wußte sie wieder, daß sie nie fortgehen würde. Daß sie die langen Winter ertragen würde. Die Einsamkeit. Die Erinnerungen. Wen man wirklich liebt, den verläßt man nicht, das war Lauras feste Überzeugung, auch wenn man sich immer wieder über ihn ärgert. Man geht vielleicht mit ihm zusammen eines Tages zugrunde, aber man geht nicht fort.

Der Wasserkessel pfiff. Laura goß das heiße Wasser über die Teeblätter. Allein der würzige Geruch legte sich besänftigend über ihre Nerven; nach dem ersten Schluck, das wußte sie aus Erfahrung, würde sie ein neuer Mensch sein.

»Laura und ihre Tasse Tee«, hatte Frances immer gespottet, »damit kuriert sie Bauchschmerzen, Wadenkrämpfe, Alpträume und Depressionen. Was sie betrifft, so müßte es auf der ganzen Welt keine andere Medizin geben.«

Frances hatte auch gern Tee getrunken, aber nie Probleme mit seiner Hilfe lindern können. Sie hatte sich an härtere Sachen gehalten.

»Ein guter Scotch auf Eis«, hatte sie gesagt, »und die Welt ist in Ordnung!«

Sie hatte jeden Mann unter den Tisch trinken können. Für ihre Leber schien es keine Schmerzgrenze gegeben zu haben.

Laura zog die dicken, geblümten Vorhänge vor das Fenster, sperrte die einfallende Dunkelheit und den heulenden Wind aus. Der Gedanke an Frances hatte sie wieder nervös werden lassen. Jetzt bedrängte sie erneut die Vorstellung, die fremden Gäste könnten zwei Wochen lang Tag für Tag im Haus herumstöbern. Die Menschen waren neugierig. Sie fanden gern Dinge über andere heraus. Laura wußte das, weil sie auch manchmal in fremde Schubladen blickte. Einmal war ein Brief, der an die Leighs drüben vom Herrenhaus gerichtet war, versehentlich bei ihr abgegeben worden. Einen halben Tag lang war sie um ihn herumgeschlichen, dann hatte sie es nicht mehr ausgehalten und ihn über Wasserdampf geöffnet. Zu ihrer bitteren Enttäuschung enthielt er nichts als eine Einladung einer Familie aus Hawes zum Frühlingsfest.

Mit ihrer Teetasse in der Hand ging Laura hinüber ins Eßzimmer, überprüfte, ob sich das gute Porzellan und die Weingläser ordentlich aufgeräumt in den Schränken befanden. Die weißen Leinentischdecken lagen glattgebügelt und Kante auf Kante gefaltet im entsprechenden Fach unter der Anrichte. Das silberne Besteck war nach Löffeln, Messern, Gabeln und unterschiedlicher Größe in samtausgeschlagene Kästchen geordnet. Laura nickte zufrieden. Die Deutschen sollten nicht die feinen Nasen rümpfen können.

Sie zog auch hier die Vorhänge zu und schickte sich an, das Zimmer zu verlassen. Die ganze Zeit über hatte sie ihren Blick gesenkt gehalten, hatte darauf geachtet, ihn keinen Moment lang umherschweifen zu lassen. Aber im Hinausgehen blieb er dennoch an der Ecke des Kaminsimses hängen, und sie sah den goldenen Rahmen der großen Photographie, die dort oben stand. Sie konnte nicht umhin, näher zu treten. Das Photo, eine Schwarzweißaufnahme, zeigte Frances Gray im Alter von siebzehn Jahren. Sie trug ein Matrosenkleid, das sehr sittsam wirkte, hatte die schwarzen Haare glatt aus dem Gesicht gestrichen. Sie war ein durch und durch keltischer Typ gewesen, mit ihrer blassen Haut und den leuchtendblauen Augen. Auf dem Bild trug sie das etwas hochmütige Lächeln zur Schau, das stets dazu angetan gewesen war, Menschen einzuschüchtern, und von dem sie sich auch in ihren schwersten Zeiten nicht getrennt hatte, als die Leute sagten, es gebe wahrhaftig nichts mehr, worauf sie sich etwas einbilden könne. In Wahrheit hatte sie nur nie eine Schwäche gezeigt. Ihre Tapferkeit hatten nur wenige ihrer Mitmenschen honoriert. Die meisten hatten gefunden, sie könne ruhig ein wenig bescheidener auftreten und sich schön im Hintergrund halten.

Frances und bescheiden! Beinahe hätte Laura aufgelacht. Sie sah das junge Mädchen auf dem Bild an und sagte laut: »Du hättest es mir sagen müssen! Du hättest mir einfach sagen müssen, wo du es versteckt hast!«

Frances lächelte und blieb stumm.

Das Flugzeug landete gegen siebzehn Uhr in London. Barbara und Ralph hatten geplant, eine Nacht hier im Hotel zu verbringen und am nächsten Morgen mit einem Mietwagen nach Yorkshire aufzubrechen. Barbara hatte überlegt, daß es nett sein könnte, am Abend durch die weihnachtlich geschmückte Stadt zu schlendern und später irgendwo gemütlich zu essen. Aber als sie aus dem Flugzeug stiegen, regnete es in Strömen, und im Laufe des Abends wurde es immer schlimmer. Nicht einmal die Regent Street mit ihren Lichtern und dem großen Tannenbaum lud unter diesen Umständen zum Verweilen ein.

Völlig durchnäßt, retteten sich Barbara und Ralph schließlich in ein Taxi, ließen sich nach Covent Garden fahren und ergatterten bei Maxwell's den letzten freien Tisch. Es war laut und voll, aber wenigstens auch warm und trocken. Ralph strich sich die nassen Haare aus der Stirn und überflog stirnrunzelnd die Speisekarte.

»Such dir etwas richtig Gutes aus«, sagte Barbara, »die nächsten zwei Wochen bist du auf meine Küche angewiesen, und du weißt ja, was das bedeutet.«

Ralph lachte, aber er wirkte nicht fröhlich. »Auch in Yorkshire wird es Restaurants geben«, meinte er.

»So wie ich die Beschreibung des Hauses verstanden habe, befinden wir uns so ziemlich in der Mitte von Nirgendwo«, erklärte

Barbara. »Es ist schon ein Dorf in der Nähe, aber ...« Sie vollendete den Satz nicht, zuckte nur mit den Schultern.

Einen Moment lang schwiegen sie beide, dann fragte Ralph leise: »Hältst du das alles wirklich für sinnvoll?«

»*Du* hast immer von England geschwärmt! *Du* hast immer gesagt, du willst einmal nach Yorkshire! *Du* hast ...«

»Darum geht es doch gar nicht«, unterbrach Ralph, »sondern um uns. Wie die Dinge liegen ... müssen wir uns da unbedingt zwei Wochen lang miteinander vergraben? Aufeinander hocken, konfrontiert mit allem, was ...«

»Ja! Die Misere ist doch, daß wir nie Zeit füreinander haben. Daß wir uns außer ›Guten Morgen‹ und ›Guten Abend‹ kaum mehr etwas sagen. Daß wir jeder nur noch für unsere Berufe leben und gar nicht mehr wissen, was im anderen vorgeht!«

»Das wollte ich anders haben, das weißt du.«

»Ja«, sagte Barbara bitter, »das weiß ich. Auf meine Kosten.«

Wieder schwiegen sie beide, dann sagte Ralph: »Wir hätten aber auch daheim miteinander reden können. Jetzt über Weihnachten.«

»Wann denn? Du weißt doch, wie verplant wir schon wieder waren!«

Er wußte es. Heiligabend bei Barbaras Eltern. Erster Feiertag bei seiner Mutter. Zweiter Feiertag bei Barbaras Bruder. Am 27. Dezember dann sein, Ralphs, vierzigster Geburtstag. Wieder Familie. Die Reise übrigens war Barbaras Geschenk zu diesem Geburtstag. Darum hatte er ja auch nicht ablehnen können. Sie hatte alles bereits geplant, organisiert, bezahlt. Mit den diversen Familienangehörigen geredet, deren Ärger besänftigt, die Lage erläutert. Nicht die Wahrheit gesagt, natürlich nicht! »Wißt ihr, Ralph und ich, wir stehen kurz vor einem Desaster, was unsere Ehe betrifft, und deshalb ...« Nein, Ralph konnte sich vorstellen, wie sie alles auf seine Wünsche geschoben hatte und auf ihr Verlangen, ihm diese Wünsche zu erfüllen. »Ralph hat von so etwas immer geschwärmt. Ein einsames Cottage in Nordengland. In Yorkshire, im Land der Brontës. Sein vierzigster Geburtstag ist doch ein würdiger Anlaß, findet ihr nicht? Ihr müßt das verstehen. Nächstes Jahr feiern wir wieder alle zusammen!«

Wenn es für uns beide ein nächstes Jahr noch gibt, dachte Ralph.

Ihrer beider Rollen hatten sich auf eigenartige Weise vertauscht.

Barbara hatte lange Zeit nicht bemerkt, daß etwas schieflief zwischen ihnen, und jeder seiner Versuche, das Problem anzuschneiden und auszusprechen, war von ihr boykottiert worden. Entweder hatte sie keine Zeit, keine Lust, war zu müde oder überzeugt, daß es überhaupt kein Problem gab. Daß sie beide einander praktisch nur noch im Vorbeirennen sahen, schien ihr nicht aufzufallen.

Irgendwann im Laufe des vergangenen Jahres war ihr aber offenbar gedämmert, daß es einige erhebliche Schwierigkeiten gab, und nun hatte *sie* sich entschlossen, diese aus der Welt zu schaffen. Gewohnt, die Dinge anzupacken und Widerstände zu überwinden, hatte sie die Reise in einen abgelegenen Winkel Yorkshires gebucht, wo sie zwei Wochen lang weder von Verwandten und Freunden noch von beruflichen Verpflichtungen gestört werden würden. Irgendwie hatte sie Ralph mit all dem völlig überrollt, was überaus typisch für sie war – und was ihn ärgerte. Es kam ihm vor, als habe sie gewissermaßen einen Startschuß abgegeben. Ziel: die Rettung unserer Ehe. Zeit: zwei Wochen.

Er fühlte sich wie der Kandidat in einer Fernsehshow. »Sie haben genau sechzig Sekunden!« In den letzten Jahren, in denen er nur noch frustriert gewesen war, den Eindruck gehabt hatte, allein gelassen zu werden, war ihm die Puste ausgegangen. Vielleicht war auch einfach der Glaube daran geschwunden, daß sich etwas ändern könnte. Jetzt wollte *er* nicht mehr reden. Er wollte nicht um etwas bitten, was sie ihm ohnehin nicht gewähren würde.

Barbara hatte sich in die Speisekarte vertieft. Ihr leises Murmeln verriet ihre Konzentration. Barbara tat immer alles mit äußerster Konzentration. Wenn sie arbeitete, hätte eine Bombe neben ihr detonieren können, ohne daß sie auch nur aufgeblickt hätte.

Wenn sie arbeitet, dachte Ralph bitter, könnte ich neben ihr sterben, ohne daß sie es bemerken würde.

Er wußte, daß er seit einiger Zeit zu sehr zum Selbstmitleid neigte, aber er versuchte nicht ernsthaft, etwas dagegen zu unternehmen. Ab und zu tat es ihm gut, seine Psyche zu streicheln und sich zu versichern, daß er es ziemlich schlecht hatte.

Barbara blickte auf. »Hast du schon etwas gefunden?« fragte sie schließlich.

Ralph zuckte zusammen. »Oh, entschuldige. Ich war gerade völlig abwesend.«

»Hier gibt es eine Vorspeise für zwei Personen. Ich dachte, die könnten wir teilen.«

»In Ordnung.«

»Wirklich? Du mußt nicht, wenn du nicht magst. Ich finde auch etwas anderes.«

»Barbara, ich wäre durchaus in der Lage, es zu sagen, wenn ich nicht wollte«, konterte Ralph etwas heftig. »Es ist okay!«

»Deshalb brauchst du mich nicht gleich so anzufahren. Manchmal habe ich das Gefühl, du läßt mir absichtlich meinen Willen, damit du später behaupten kannst, ich hätte dich überfahren!«

»Das ist doch absurd!«

Sie starrten sich an. Es war wie immer: Ihre viel zu häufig unterdrückten Aggressionen entluden sich an einer Lappalie, drohten, eine harmlose Situation im großen Streit eskalieren zu lassen.

»Auf jeden Fall«, sagte Barbara, »werde ich *nicht* diese Vorspeise für zwei Personen nehmen. Ich suche mir etwas anderes.«

Sie wußte, sie benahm sich kindisch. Sie *wollte* sich kindisch benehmen.

»Wahrscheinlich hast du recht«, meinte Ralph, »warum sollten wir eine Vorspeise teilen, wenn wir sonst im Leben nichts teilen.«

»Welch eine tiefgründige Bemerkung! Und so geistreich!«

»Wie soll ich denn sonst auf deine eigenartigen Launen reagieren?«

»Du brauchst überhaupt nicht zu reagieren. Hör mir einfach nicht zu!«

»Ich denke, wir müssen für zwei Wochen verreisen, *damit* ich dir zuhöre«, entgegnete Ralph kühl.

Barbara erwiderte nichts, vertiefte sich erneut in die Karte. Aber diesmal konzentrierte sie sich nicht, nahm wohl kaum etwas von dem wahr, was sie las. Ralph konnte es an ihren zornigen Augen erkennen. Ihm selber war der Appetit vergangen. Als die Bedienung mit gezücktem Bleistift neben ihnen auftauchte und sie erwartungsvoll ansah, seufzte er.

»Wir konnten uns noch nicht entscheiden«, sagte er.

## Montag, 23. Dezember 1996

Sie war bereit zum Aufbruch. Zwei Koffer standen fertig gepackt gleich unten neben der Haustür. Daneben noch eine Reisetasche und eine Plastiktüte. In der Tüte befand sich der Proviant für die Reise. Laura hatte in den letzten Jahren lernen müssen, an allem zu sparen, und das Zugrestaurant war auf jeden Fall zu teuer. So hatte sie belegte Brote vorbereitet und zwei große Thermoskannen mit heißem Tee gefüllt. Schließlich hatte sie eine lange Nachtfahrt vor sich. Aber morgen würde sie bei ihrer Schwester in Kent sein, und dann bekäme sie ein richtiges, warmes Essen. Das hieß, falls Marjorie in der Stimmung war, zu kochen. Meist hatte sie zu schlechte Laune, um sich auch noch in die Küche zu stellen, und dann konnte man froh sein, wenn man wenigstens eine Konserve aufgewärmt bekam. Marjorie fand immer einen Grund, um sich einer düsteren Stimmung hingeben zu können: das Wetter, die steigenden Lebenshaltungskosten, die Skandale im Königshaus. Sie deprimierte ihre Umgebung durch üble Prophezeiungen, und ständig beteuerte sie, glücklich über ihr fortgeschrittenes Alter zu sein; denn dies würde ihr ersparen, all die Tragödien durchleiden zu müssen, die auf die Erde und die Menschheit warteten. In ihrem Pessimismus, mit dem sie allem, was mit Fortschritt und Entwicklung zu tun hatte, begegnete, ähnelte sie Laura, war aber in ihrem Verhalten nicht von Angst, sondern von Aggression bestimmt. Marjorie bemühte sich nicht im mindesten um andere Menschen, während Laura von früh bis spät nichts anderes tat.

Wird wieder trist werden bei Marjorie, dachte Laura. Hätte sie das Haus nicht hin und wieder räumen müssen, um es zu vermieten, sie wäre höchstens mal über ein Wochenende zu Marjorie gefahren. Aus Anstand, weil es sich um ihre einzige lebende Angehörige handelte. Vielleicht hätte sie ihr auch nur dann und wann einen Brief geschrieben.

Je näher der Moment der Abreise heranrückte, desto elender fühlte sich Laura. Um fünf Uhr würde Fernand Leigh von Daleview herüberkommen, um sie zum Bahnhof nach Northallerton zu bringen. Eigentlich hatte sie Lilian, seine Frau, darum gebeten; aber am

Vorabend hatte er angerufen und gesagt, er werde das übernehmen. Vermutlich konnte Lilian wieder einmal das Haus nicht verlassen.

Bis er kam, würden die Gäste aus Deutschland hoffentlich eingetroffen sein. In ihrem Bestätigungsschreiben auf die Buchung hatte Laura ausdrücklich betont, wie wichtig eine Ankunft bis um spätestens halb fünf sei. Diese Barbara Sowieso (Laura konnte sich den deutschen Nachnamen beim besten Willen nicht merken) hatte zurückgeschrieben, das sei auf jeden Fall machbar.

Es gab nichts mehr zu tun. Laura wanderte durch die Zimmer, einen Becher Tee in der Hand. Draußen schneite es. Sie hatte die Heizung im Keller hochgestellt, und das Haus war mollig warm. Schön würden sie es hier haben, diese Fremden, die sie vertrieben, die...

Hör auf! befahl sie sich. Sei nicht ungerecht! Niemand vertreibt dich. Niemand wird das je tun können.

Mit den Augen streichelte sie jeden einzelnen Gegenstand und prägte ihn sich ein. Hin und wieder saugte sich ihr Blick an einer Schublade fest oder an einem lockeren Dielenbrett, dann trat sie rasch näher, untersuchte die Stelle, die ihre Aufmerksamkeit erregt hatte, fand nichts und wandte sich wieder ab.

Hör auf zu suchen, ermahnte sie sich streng, du machst dich verrückt, wenn du immer nur *daran* denkst!

Sie schaute auf die Uhr. Halb drei. Der Dezembertag war nicht richtig hell geworden und würde sich nun schon bald wieder in Dunkelheit auflösen. Wenn sie nur nicht fort müßte!

Sie trat an eines der Fenster, die nach vorne zum Hof hinausgingen, und spähte den Weg entlang. Noch nichts zu sehen von den Gästen.

Der Regen ging in Schneeregen über, je weiter sie nach Norden kamen. Barbara und Ralph wechselten einander beim Fahren ab. Beide hatten sich rasch an das Linksfahren gewöhnt. Im dichten Verkehrsaufkommen um London herum hatte es noch einige Schwierigkeiten gegeben, aber die A1, The North, die sie nun vom Süden Englands in den Norden hinauffuhren, bereitete ihnen keine Probleme. Allerdings wurde das Schneetreiben dichter und unangenehmer. Die Scheibenwischer jagten hin und her, und Barbara, die gerade am Steuer saß, stellte fest, daß die Sicht immer schlechter wurde.

»Hoffentlich sind wir bald da«, sagte sie.

»Soll ich dich wieder ablösen?« fragte Ralph. Er hatte die ganze Zeit über schweigend zum Fenster hinausgesehen.

»Ich fahr' noch ein Stück. Dann würde ich mich allerdings über Ablösung freuen. Es wird doch recht anstrengend jetzt.« Barbara löste den Blick für einen Moment von der Straße und sah zu Ralph hinüber. Seit dem frühen Morgen schon betrachtete sie ihn immer wieder verstohlen. Wie albern sie sich benahm! Sie kannte diesen Mann seit fünfzehn Jahren, war seit elf Jahren mit ihm verheiratet. Und nun warf sie ihm Blicke zu, wie sie es als Teenager bei gutaussehenden Jungs getan hatte, die für sie allesamt unerreichbar gewesen waren. Aber so wenig ihr Verhalten zu ihrem Alter und dazu noch Ralph gegenüber passend schien, so wenig vermochte sie es zu ändern. Er sah so *anders* aus an diesem Tag, und das war ein weiteres alarmierendes Anzeichen dafür, daß sie viel zu wenig Zeit miteinander verbrachten, daß sie sich viel zu weit voneinander entfernt hatten. Sie kannte ihn nur noch in Anzug und Krawatte, kannte nur noch den erfolgreichen Anwalt Ende Dreißig, der sich auf den Weg in seine Kanzlei machte, mit abwesendem Blick, da er gedanklich stets mit den Prozeßakten beschäftigt war, an denen er gerade arbeitete. Es haute sie einfach um, ihn plötzlich in Jeans und Pullover zu erleben, die dunklen Haare nur flüchtig gekämmt, den Blick ebenfalls abwesend, aber vertieft in die vorüberrauschende Landschaft, weich und entspannt.

»Du siehst eigentlich ziemlich jung aus für einen Mann, der in ein paar Tagen vierzig wird«, sagte sie.

Ralph runzelte die Stirn. »Ist das ein Kompliment?«

»Was denn sonst?«

Er zuckte mit den Schultern. »Ich weiß nicht. Schau mal, da vorne an der Gaststätte kannst du rausfahren. Laß uns tauschen.«

Sie tat, was er sagte, und fuhr auf den Parkplatz vor einem *Happy Eater*. Ralph stieg aus und lief um das Auto herum, während Barbara auf seinen Sitz hinüberrutschte. Als Ralph wieder einstieg, waren seine Haare weiß vom Schnee.

»Das geht ganz schön los da draußen«, meinte er. »Wir sollten sehen, daß wir vorankommen. Wenn es heftiger wird, bleiben wir noch irgendwo stecken.«

»Ich dachte immer, in England schneit es kaum!«

»Relativ selten im Süden. Aber in Nordengland und Schottland hat es schon richtige Schneekatastrophen gegeben.« Ralph lenkte den Wagen wieder auf die Straße. »Das wird aber diesmal sicher nicht der Fall sein«, fügte er beruhigend hinzu.

Gegen halb vier erreichten sie Leyburn, wo sie einen Polizisten nach dem Weg nach Leigh's Dale fragten.

»Immer der A684 nach«, erklärte er, »Wensley, Aysgarth, Worton. Bei Worton biegen Sie ab in Richtung Askrigg. Leigh's Dale liegt noch ein Stück weiter nördlich, Richtung Whitaside-Moor.«

Nachdem sie die Hauptstraße, die Wensleydale durchschnitt, verlassen hatten, befiel sie mehr und mehr das Gefühl, in eine weltabgeschiedene Einsamkeit vorzudringen. Endlos erstreckten sich die hügeligen, von kleinen Mauern durchzogenen Wiesen nach rechts und links, bereits von einer Schneeschicht bedeckt. Wie schwarze Gerippe ragten Bäume in den Himmel. Dann und wann duckte sich das braune Gemäuer eines Hauses in eine Senke, oder ein anderes trotzte auf einem Hügel dem kalten Wind. Am Horizont verschmolzen Erde und Himmel im Schneetreiben zu einem grauen Inferno. Schwarze Vögel schrien über der Weite. Als ein verwittertes Schild mit der Aufschrift »Leigh's Dale, 1 Mile« auftauchte, stieß Barbara einen Laut der Erleichterung aus. »Endlich! Ich dachte schon, hier kommt nichts mehr!«

Wie sich herausstellte, bestand Leigh's Dale aus nicht mehr als einem Dutzend Häuser, die sich entlang der schmalen Dorfstraße aufreihten, dazu eine Kirche und ein Friedhof. Niemand hielt sich draußen auf, nur ein paar Autos parkten am Straßenrand. Immerhin brannten hinter einigen Fenstern bunte, elektrische Kerzen, und an zwei Türen hingen Weihnachtskränze mit großen roten Schleifen.

»Da vorne scheint ein Laden zu sein«, sagte Ralph, »dort können sie uns bestimmt erklären, wie wir zum Westhill House kommen. Außerdem sollten wir ein paar Vorräte kaufen. Unsere Vermieterin sorgt sicher nicht für ein Abendessen, und ich habe Hunger!«

»Das ist eine gute Idee«, stimmte Barbara zu, »wir kaufen jetzt das Notwendigste, und morgen decken wir uns für Weihnachten richtig ein. Stell dich doch gleich hier hinter diese Nobelkarosse!«

»Das ist ein Bentley«, sagte Ralph ehrfürchtig, »scheint ziemlich reiche Leute in der Gegend zu geben.«

Die wenigen Schritte vom Auto bis zur Ladentür reichten aus, um sie beide wie Schneemänner aussehen zu lassen. Inzwischen zerbarst der anthrazitgraue Himmel in Millionen von dicken Schneeflocken.

Eine ältere Frau, die gleich neben der Tür stand und in das stürmische Wetter hinausblickte, nickte den Eintretenden freundlich zu und sagte: »Da kommt noch eine Menge runter! Ich hab' es schon letzte Woche gesagt. Da hat mir keiner geglaubt. Wir kriegen eine Menge Schnee über Weihnachten, habe ich gesagt, aber meine Enkelkinder meinten, das könnte ich doch gar nicht wissen!« Sie schnaubte verächtlich. »Die jungen Leute haben von nichts eine Ahnung! Sie setzen sich vor den Fernseher und hören einem Wetteransager zu, und daran halten sie sich, egal, wie oft die danebentippen. Das Wetter hier oben habe ich im Blut, wissen Sie. Ich sehe es an der Farbe des Himmels. Ich atme den Geruch, der von der Erde aufsteigt. Und ich weiß, was kommt.« Sie nickte stolz. »Meine Mutter war auch so. Sie hat die Schneekatastrophe von 1947 vorausgesagt. Da lag der Schnee mehr als zwei Meter hoch. Manche Häuser sind darunter verschwunden. Und diesmal wird's nicht viel besser.« Nach dieser pessimistischen Voraussage lächelte sie und fuhr fort: »Was kann ich für Sie tun? Sie sind nicht aus der Gegend, nicht wahr?«

»Nein. Ich bin Barbara Amberg. Mein Mann Ralph. Wir wollen zum Westhill House.«

»Oh – zum Haus der Schwestern! Ich bin Cynthia Moore. Mir gehört der Laden hier.«

»Schwestern?« fragte Barbara. »Ich dachte, Miss Selley lebt allein dort.«

»Ach, das ist nur ein alter Name. Hat sich eingebürgert in der Zeit, als von der ganzen Familie auf Westhill nur noch zwei Schwestern übriggeblieben waren und dort lebten. Beide gibt es nicht mehr, aber irgendwie nennen es immer noch alle das Haus der Schwestern.« Sie lächelte wieder und senkte gleich darauf die Stimme, als stelle sie eine unanständige Frage: »Obwohl Sie sehr gut Englisch sprechen, scheint es mir, als ob...«

»Wir kommen aus Deutschland«, sagte Ralph.

»Aus Deutschland? Und da verirren Sie sich hierher? Herzlich willkommen in Leigh's Dale! Westhill Farm wird Ihnen gut gefallen, auch wenn von einer Farm kaum mehr die Rede sein kann. Laura konnte das mit den Schafen und Pferden natürlich nicht alleine weiterführen. Sie ist ein bißchen verrückt, aber ein lieber Kerl!«

»Verrückt?« fragte Barbara.

»Na ja. Eine alte Jungfer. Ein bißchen verschroben, manchmal etwas hysterisch. Seit ihrem dreizehnten oder vierzehnten Lebensjahr kennt sie nur Westhill und Leigh's Dale, wenn man von den gelegentlichen Reisen zu ihrer Schwester nach Kent absieht. Und da sitzen die beiden dann auch nur in der Wohnung, und Marjorie nörgelt vor sich hin. So ist Laura vielleicht ein wenig wunderlich geworden.«

»Es wäre sehr nett, wenn Sie uns den Weg nach Westhill beschreiben könnten«, sagte Ralph, die kurze Atempause nutzend, die Cynthia einlegte. Ihm schien, daß sie drauf und dran war, Lauras gesamte Lebensgeschichte vor ihnen auszubreiten, und daran hatte er nicht das mindeste Interesse. »Außerdem würden wir gern ein paar Lebensmittel einkaufen.«

»Selbstverständlich«, stimmte Cynthia eifrig zu, »suchen Sie nur aus, was Sie brauchen. Später erkläre ich Ihnen den Weg!«

Der Laden erstreckte sich nach hinten hin weiter, als es von außen den Anschein hatte. Lange Regalreihen unterteilten ihn in mehrere Gänge. Als Barbara um die Ecke in den zweiten Gang einbog, wäre sie beinahe mit einem großen Mann zusammengestoßen, der, einen Stapel Konservendosen in den Händen balancierend, wie aus dem Nichts auftauchte. Er trug einen dunkelgrünen Barbour und hohe Stiefel.

Barbara blieb abrupt stehen, so daß Ralph, der direkt hinter ihr kam, gegen sie stieß. Einen Moment lang sahen sich alle drei überrascht an; jeder hatte geglaubt, es sei sonst niemand im Laden.

»Entschuldigung«, sagte der Fremde schließlich.

»Nichts passiert«, erwiderte Barbara.

Er starrte sie an. Er hatte dunkle Augen, einen eindringlichen Blick. Barbara erwiderte diesen Blick, aber ihr war unbehaglich zumute, und sie wußte, sie würde als erste wegschauen, wenn er sich jetzt nicht abwandte.

Zum Glück löste er sich plötzlich von ihr und drehte sich um. »Lil!« Der soeben noch höfliche Tonfall war völlig aus seiner

Stimme verschwunden. Sie klang jetzt hart und schroff. »Kommst du endlich?« Dies schien weniger eine Frage als ein Befehl. Gleich darauf tauchte eine junge Frau auf, ein unscheinbares, verhuschtes Wesen, das den beiden Fremden ein zaghaftes Lächeln schenkte, dann jedoch wieder schüchtern zu Boden blickte. Der Mann löste eine Hand von seinem Konservenstapel, der gefährlich ins Wanken geriet, und umschloß mit festem Griff den Arm der Frau. Ihr entfuhr ein unterdrückter Schmerzenslaut.

»Ich habe nicht ewig Zeit. Ich muß nachher Laura Selley noch zum Zug bringen.«

»Wir sind Miss Selleys Feriengäste«, sagte Barbara.

»Oh – wirklich?« Diesmal schenkte er ihr nicht den tiefen Blick von vorhin, diesmal sah er sie nur flüchtig, fast desinteressiert an. »Dann sind wir Nachbarn in der nächsten Zeit. Leigh. Fernand Leigh.«

»Barbara Amberg. Mein Mann.«

Ralph nickte Fernand kühl zu. Der erinnerte sich wieder an die Frau, deren Handgelenk er noch immer so fest umklammert hielt, daß seine Fingerknöchel weiß hervortraten. »Meine Frau Lilian«, stellte er vor.

Lilian hatte die ganze Zeit unverwandt zu Boden gestarrt, nun blickte sie kurz auf. Barbara erstarrte, und sie hörte, wie auch Ralph hinter ihr scharf einatmete. Im trüben Licht der altersschwachen Deckenleuchte sahen sie jetzt beide, was ihnen im Moment der ersten flüchtigen Begrüßung nicht aufgefallen war: Lilians linkes Auge verunzierten die gerade erst langsam abklingenden Reste eines häßlichen, blaugrünen Blutergusses. Ihre Unterlippe war geschwollen, in einem Mundwinkel klebte ein wenig verkrustetes Blut.

»Hat mich gefreut«, sagte Fernand Leigh. »Man sieht sich vielleicht noch!« Er nickte ihnen zu, dann strebte er, Lilian hinter sich herziehend, zur Kasse.

Barbara und Ralph sahen einander an. »Er würde vermutlich erklären, daß seine Frau die Treppe hinuntergefallen ist«, sagte Ralph, »ich glaube aber eher...«

Er ließ den Satz unvollendet, aber Barbara wußte, was er meinte, und nickte.

»Ich habe viel zu viele solche Gesichter gesehen«, sagte sie, »und ich meine damit nicht nur die Blutspuren und die blauen Flecken. Es ist der Ausdruck in den Augen. Die Art, wie sie lächeln. Wie sie den Kopf senken. Wie sie dich ansehen, als müßten sie um Entschuldigung bitten, daß es sie überhaupt gibt. Diese Frau ist ein Wrack, Ralph. Und vermutlich war sie es nicht, *bevor* sie ihn kennenlernte.«

Ralph spähte aus dem Fenster. »Ihm gehört der Bentley. Sie steigen gerade ein.«

Unbemerkt war Cynthia herangekommen. »Ihm gehört praktisch alles Land in der Gegend«, sagte sie, »einschließlich sämtlicher Häuser dieses Ortes. Die Leighs waren richtige Feudalherren in früherer Zeit. Der einzig autonome Besitz war die Westhill Farm, die den Grays gehörte. Das hat sie ziemlich gekratzt. Inzwischen hat Fernand eine Menge Westhill-Land gekauft. Viele rätseln allerdings, wovon. Man sagt, er trinke zuviel und mache Schulden. Aber dann mußte es plötzlich dieses Auto sein! Irgendwo muß er noch Reserven besitzen.«

»Was ist mit seiner Frau los?« fragte Barbara. »Sie sah ja schrecklich aus!«

Cynthia seufzte. »Ein großes Problem. Wissen Sie, im Grunde ist Fernand Leigh kein schlechter Kerl. Ich weiß nicht, was sich zwischen ihm und Lil abspielt, aber offenbar verliert er regelmäßig die Beherrschung. Sie ist oft noch schlimmer zugerichtet als heute.«

»Und niemand unternimmt etwas?« fragte Ralph ungläubig. »Der Kerl wäre doch leicht wegen Körperverletzung dranzukriegen!«

»Da müßte Lil mitmachen. Sonst reitet man sie mit all dem ja nur noch tiefer in den Schlamassel«, meinte Cynthia. »Bisher deckt sie ihn beharrlich. Sie ist höchst erfinderisch, wenn es darum geht, Erklärungen für ihre zahlreichen Verletzungen zu finden.«

»So ist das häufig«, sagte Barbara. »Männern wie diesem Leigh ist nicht beizukommen, solange ihre Frauen Angst haben, gegen sie auszusagen.«

»Er ist wirklich kein schlechter Mensch«, beharrte Cynthia. »Er hatte es nicht leicht als Kind. Sein Vater trank auch, und seine Mutter – eine französische Emigrantin, daher auch sein französischer Vorname – wurde mit den Jahren immer schwermütiger, weil sie nie ihr Heimweh loswurde. Fernand wurde zerrieben zwischen den beiden.«

»Offen gestanden, dies ist eine Erklärung für gewalttätiges Verhalten, die mich schon seit Jahren nicht mehr sonderlich beeindruckt«, sagte Ralph. »Der Mensch ist mit einem freien Willen geboren. Ganz gleich, was zuvor in seinem Leben geschehen ist, von irgendeinem Punkt an trägt er die Verantwortung für das, was er mit dem Rest macht.«

Cynthia nickte. »Im Grunde gebe ich Ihnen recht, aber ... Nun, also«, sie war bemüht, das Thema zu wechseln, »haben Sie, was Sie brauchen?«

»Vorläufig ja«, meinte Barbara, »wir kommen auf jeden Fall morgen noch einmal vorbei und kaufen für die Feiertage richtig ein.«

Cynthia warf einen zweifelnden Blick hinaus, wo der Sturm heulend die Schneeflocken durcheinanderblies. »Hoffentlich kommen Sie morgen noch bis hierher durch. Wenn es schlimm wird, helfen zwar die von der Catterick Garnison und machen die Hauptstraßen mit ihren Panzern frei, aber um die Nebenstrecken kümmert sich niemand. Und Westhill liegt ein gutes Stück abseits!«

»Ach, es wird schon nicht so schlimm werden!« sagte Barbara leichthin. »Wir haben auch Schneeketten im Auto. Wir schaffen das schon. Wären Sie jetzt so nett, uns den Weg zu beschreiben ...?«

Als der dumpfe Klang des Türklopfers aus Messing durch das Haus dröhnte, zuckte Laura zusammen, obwohl sie jeden Moment mit der Ankunft der Gäste gerechnet hatte. Etwas von dem heißen Tee in ihrer Tasse schwappte auf ihre Hand, und sie stieß einen leisen Schrei aus. Was war nur los mit ihren Nerven? Sie schienen völlig zerrüttet, nur weil ihr die bevorstehende Reise im Magen lag, die Konfrontation mit der Welt, die jenseits der schützenden Mauern von Westhill lauerte. Sie stellte die Tasse ab, lief in den Flur, zupfte im Vorbeieilen vor einem Spiegel ihre Haare zurecht, reckte die Schultern und öffnete.

Der Sturm riß ihr beinahe die Tür aus der Hand, und ein Schwall von Schneeflocken wirbelte ihr ins Gesicht. Es war schon fast dunkel, Laura konnte von den beiden Gestalten, die vor ihr standen, kaum mehr als die Umrisse sehen.

»Guten Tag, ich bin Laura Selley«, sagte sie. Sie mußte laut sprechen, um den Wind zu übertönen. »Kommen Sie herein!«

Barbara verstand, weshalb Cynthia diese Laura »wunderlich« genannt hatte. Die ältere Dame war zweifellos nett, aber recht zerstreut und nervös. Sie hatte die beiden Ankömmlinge zuerst in die Küche geführt und ihnen Tee angeboten, und kaum saßen sie mit ihren Tassen da, fiel ihr ein, sie müßte ihnen unbedingt als erstes das ganze Haus zeigen, da sie jeden Moment abgeholt würde. Sie stellten also ihre Tassen wieder ab und folgten Laura durch das Haus. Im Erdgeschoß befanden sich außer der geräumigen Küche noch das Wohnzimmer und das Eßzimmer. Dort blieb Barbaras Blick sofort an der Photographie auf dem Kamin hängen. »Wer ist das?«

»Frances Gray. Den Grays hat das hier ja alles gehört.«

»Und Sie haben es von ihnen gekauft?« fragte Ralph, während er überlegte, woher diese einfach wirkende Frau so viel Geld haben sollte.

»Ich habe es geerbt«, antwortete Laura stolz. »Von Frances. Sie war die letzte der Familie. Es gibt keine Nachkommen.«

»Ist es hier nicht oft recht einsam?« fragte Barbara. Sie fand die Vorstellung, hier jahraus, jahrein alleine leben zu müssen, recht beklemmend.

Laura schüttelte den Kopf. »Für mich nicht. Ich lebe seit über fünfzig Jahren hier, wissen Sie.« Sie schien das für eine ausreichend plausible Erklärung zu halten.

Über eine weißgestrichene Holztreppe gelangten sie in den ersten Stock. Hier gab es zwei große und drei kleine Schlafzimmer sowie ein altmodisches Bad, in dem die Wanne auf vier verschnörkelten Füßen stand.

»Ich habe Ihnen hier in einem der großen Schlafzimmer das Bett bezogen«, erklärte Laura, »ich dachte, dort haben Sie am meisten Platz.«

Barbara und Ralph warfen einander einen kurzen Blick zu und beschlossen in stillschweigender Übereinkunft, keinesfalls vor Laura zu erwähnen, daß sie seit einigen Jahren nur noch in getrennten Zimmern schliefen.

Laura hatte das flüchtige Unbehagen der beiden jedoch gespürt und mit feiner Intuition richtig gedeutet. Verlegen fügte sie hinzu: »Selbstverständlich steht Ihnen auch jedes der drei kleinen Schlafzimmer zur Verfügung. Nur mein eigenes Zimmer sollte ...«

»Natürlich«, sagte Ralph rasch.

Als sie die Treppe hinunterstiegen, fragte Barbara neugierig: »Sie waren eine Freundin von Frances Gray?«

Ralph schüttelte kaum merklich den Kopf; er kannte Barbaras Angewohnheit, fremde Leute recht unverblümt auszufragen, und hatte dafür keinerlei Verständnis. Laura gab jedoch bereitwillig Auskunft.

»Man kann das schon so sagen, ja. Eigentlich war ich die Haushälterin. Aber ich kam schon als Kind hierher, und es war einfach meine Heimat. Frances und ich hatten nur einander.«

»Sie beide lebten ganz allein hier?«

Ein Schatten flog über Lauras Gesicht. »Nachdem Adeline tot und Victoria Leigh fortgegangen war ... ja!«

»Victoria Leigh?«

»Frances' Schwester.«

»Hatte sie etwas mit den Leighs zu tun von ... wie heißt es? ... Daleview?«

»Barbara!« mahnte Ralph leise.

»Sie war mit dem Vater von Fernand Leigh verheiratet. Die Ehe wurde aber geschieden.«

»Hat er sie mißhandelt?«

»Barbara!« sagte Ralph nun bereits schärfer. Barbara wußte, was er dachte: Du benimmst dich völlig unmöglich!

Laura schien etwas überrascht. »Nein. Wieso?«

»Wir haben Fernand Leigh und seine Frau in Leigh's Dale getroffen«, erklärte Barbara, »und Mrs. Leigh war ziemlich übel zugerichtet.«

»Nun«, Lauras Gesicht nahm einen nachdenklichen und etwas wehmütigen Ausdruck an, »es gehören immer zwei zu so etwas, nicht? Ich frage mich manchmal, wird man zum Opfer durch das Schicksal, oder macht man sich selber dazu?«

Während Barbara recht überrascht diese Antwort zu verdauen suchte – sie hatte nicht erwartet, daß Laura die Angelegenheit unter derart komplizierten psychologischen Aspekten zu durchleuchten sich bemühen würde –, ging Ralph hinaus, um das Gepäck aus dem

Wagen zu holen. In der Tür stieß er beinahe mit Fernand Leigh zusammen, der als großer, dunkler Schatten aus dem Schneetreiben auftauchte. Die beiden Männer grüßten einander frostig. Fernand trat einen Schritt zurück, um Ralph hinauszulassen, dann kam er in einer Wolke von Schnee und Kälte herein. Er schien sofort den ganzen Flur auszufüllen. Obwohl er nur knapp größer war als Ralph, war sein Wesen und Auftreten von einer Dominanz, die alles um ihn herum scheinbar kleiner werden ließ.

»Miss Selley«, sagte er, »wir müssen los. Das Wetter wird jede Minute schlimmer. Sie erwischen vermutlich den letzten Zug, der in den nächsten Tagen überhaupt wird losfahren können.«

»Liebe Güte, ich hätte nicht gedacht, daß es so schlimm werden würde«, murmelte Laura und fing an, auf der Suche nach Handschuhen, Schal und Mütze hektisch hin und her zu eilen.

»Wir werden doch nicht völlig einschneien?« fragte Barbara.

Fernand wandte sich ihr zu. Im Dämmerlicht des schmalen Flurs spürte sie seinen Blick mehr, als daß sie ihn sah. »Darauf würde ich mich nicht verlassen«, antwortete er, »kann sein, Sie sitzen hier ab morgen schon völlig fest.«

»Das wäre ziemlich unangenehm!«

Er zuckte mit den Schultern. »Ich glaube nicht, daß sich das Wetter danach richten wird, was Ihnen angenehm ist und was nicht.«

»Das hatte ich auch nicht angenommen«, erwiderte Barbara steif.

Er lachte und meinte unerwartet friedfertig: »Natürlich nicht. Entschuldigen Sie die dumme Bemerkung.«

Und schon hatte er sich wieder abgewandt und griff nach Lauras beiden Koffern und der Reisetasche, die neben der Tür warteten. »Fertig, Miss Selley?«

»Fertig«, sagte Laura. Sie stülpte sich eine Mütze – ganz offensichtlich selbst gestrickt und etwas zu klein – auf den Kopf, nahm die Plastiktüte mit den Vorräten und ihre Handtasche, die wie eine braune, runde Praline aussah. Sie atmete tief durch. Im letzten Moment erst dachte sie daran, sich von Barbara zu verabschieden. Dann verließ sie ihr Haus mit dem Gesichtsausdruck eines ängstlichen Soldaten, der in eine gefährliche Schlacht ziehen muß und kaum Hoffnung hat, siegreich aus ihr hervorzugehen.

Der junge Mann, der Laura auf dem anderen Fensterplatz gegenübersaß, schnarchte leise. Sein Kopf lehnte seitlich an der Kopfstütze, sein Mund stand ein wenig offen. Er sah wie ein Baby aus, weich und rosig. Er schien einen friedlichen Traum zu träumen, denn seine Gesichtszüge wirkten entspannt und ruhig.

Auch die Studentin an der Abteiltür war eingeschlafen. Genaugenommen *vermutete* Laura nur, daß es sich bei der jungen Frau um eine Studentin handelte. Sie sah einfach danach aus: Jeans und Sweatshirt, intelligentes Gesicht, Nickelbrille, kurzgeschnittenes, etwas verstrubbeltes Haar. Bevor sie einschlief, hatte sie die ganze Zeit über in einem Buch gelesen, das sich, soweit Laura das feststellen konnte, mit Mathematik beschäftigte.

Der Zug donnerte durch die Nacht, und sie fand keinen Schlaf. Im Abteil brannte jetzt nur noch ein schwaches Licht; sie konnte die Schneeflocken jenseits der Fensterscheibe erkennen. Fernand hatte sie mit seinem Jeep zum Bahnhof gebracht; mit keinem anderen Auto wäre er mehr durchgekommen. In York hatte sie umsteigen und dabei lange warten müssen, weil sämtliche Fahrzeiten bereits durcheinandergerieten. Von allen Seiten hatte sie Alarmierendes über das Wetter aufgeschnappt. Man schien damit zu rechnen, daß eine echte Schneekatastrophe über den Norden Englands und über Schottland hereinbrach.

Die beiden werden einschneien, und sie werden jede Menge Zeit haben, im Haus herumzuschnüffeln, dachte Laura düster. Sie wünschte, sie wäre nie abgereist; sie wünschte, sie könnte an der nächsten Station aussteigen und mit dem Gegenzug umgehend zurückfahren. Aber abgesehen davon, daß sie mit ihrem Wiederauftauchen daheim gegen jede Vereinbarung verstoßen und einigen Ärger verursachen würde, schien es auch äußerst fraglich, ob es ihr überhaupt gelingen könnte, Westhill zu erreichen.

»Von jetzt an geht nichts mehr«, hatte Fernand am Bahnhof von Northallerton gesagt und, mit einem Blick hinaus in das Chaos, hinzugefügt: »Drücken Sie mir die Daumen, daß ich noch bis nach Hause komme!«

Sie dachte über Barbara nach. Die fremde Frau war ihr suspekt. Keineswegs unsympathisch, aber nicht ungefährlich. Zielgerichtet und sehr direkt in ihrer Art, Fragen zu stellen. Eigenartigerweise hatte Laura sie durchaus nicht als neugierig empfunden; Neugierde hatte für sie einen unangenehmen Beigeschmack, und unangenehm war nichts an Barbara gewesen. Neugierde wurde begleitet von einem lüsternen Verlangen nach Sensation, und davon war nichts spürbar gewesen bei Barbara. Sie wirkte wie ein Mensch, der besessen ist von einem echten, brennenden Interesse an allem, was um ihn herum geschieht, an jedem, der seinen Weg kreuzt. Von einem Interesse, das auch die Hintergründe, die Vorgeschichte einer Begebenheit kennen will, auch auf die Gefahr hin, daß die Sensation damit erklärbar wird und an Dramatik verliert. Barbara spähte nicht durchs Schlüsselloch, sie marschierte direkt ins Zimmer und fragte, was sie zu wissen begehrte.

Wie Frances, dachte Laura, und im nächsten Moment begriff sie, daß es genau *das* war, was ihr Barbara sympathisch machte und zugleich Angst und Mißtrauen auslöste:

Barbara war wie Frances Gray.

## Dienstag, 24. Dezember 1996

Barbara wußte nicht, was sie geweckt hatte, der heulende Sturm oder das Entsetzen über sich selbst, das bis in die Tiefen ihres Traumes vorgedrungen sein mußte, denn ihr Gesicht glühte vor Scham, als sie sich nun im Bett aufsetzte. Draußen tobte das Unwetter. Der Sturm schien die ganze Welt aus den Angeln heben zu wollen, jagte um das Haus wie ein wütender Feind, rüttelte an den Fensterscheiben, erfüllte die hohen, alten Kamine mit schaurigen Geräuschen. Was sich da draußen abspielte, hatte etwas von einem Inferno, aber in diesem Moment erschien es Barbara nicht halb so bedrohlich wie das, was in ihrem Inneren vor sich ging. Sie konnte sich nicht erinnern, wann sie zuletzt einen erotischen Traum gehabt hatte.

»Das ist ja absolut lächerlich«, sagte sie laut in die Dunkelheit hinein, dann warf sie sich auf den Bauch, preßte ihr Gesicht tief in die Kissen und wartete ab, daß sich das sanfte, auf eigentümliche Weise fast schmerzhafte Pochen in ihrem Körper beruhigte.

Sie hatte sich von Fernand Leigh auf dem Rücksitz eines Autos gerade die Strumpfhosen abstreifen lassen, als sie glücklicherweise erwacht war, und sie erinnerte sich, daß sie vor Begierde halb wahnsinnig gewesen war. Falls sie im Schlaf gestöhnt oder womöglich sogar obszöne Worte gesagt hatte, würde das Gott sei Dank ihr Geheimnis bleiben, denn sie befand sich allein im Zimmer. Ralph hatte ihr den großen Raum, den Laura ursprünglich für sie beide hergerichtet hatte, überlassen und war mit seiner Decke und seinem Kissen in eines der kleinen Zimmer umgezogen. Sie hatten nicht viele Worte darüber verloren.

»Es ist dir vermutlich lieber so«, hatte er nur gesagt, und sie hatte erwidert: »Es ist einfach so, wie wir es gewöhnt sind.«

Sie setzte sich erneut auf, und während sie nach dem Schalter der Nachttischlampe suchte, fragte sie sich, ob das der Traum einer Frau gewesen war, die schon zu lange ohne Sexualität lebte. Ein Jahr? Oder sogar länger? Sie hatte nie den Eindruck gehabt, etwas zu vermissen. Im ständigen Berufsstreß war ihr das Bett ohnehin nur noch als ein Ort erschienen, in dem sie die wenigen Stunden

Schlaf, die ihr zur Verfügung standen, bis zur letzten Sekunde nutzte. Sie wäre nicht auf die Idee gekommen, auch nur einen dieser kostbaren Momente für etwas anderes zu vergeuden. Fast jeden Abend hatte sie noch berufliche Verabredungen oder gesellschaftliche Verpflichtungen, so daß sie meist erst nach Hause kam, wenn Ralph schon schlief. Dafür stand er morgens früher auf, verließ bereits das Haus, wenn sie verschlafen ins Bad tappte. Schließlich hatten sie sich auf getrennte Zimmer geeinigt, weil sich das mit ihren unterschiedlichen Schlafgewohnheiten besser vereinbaren ließ.

Sie hatte den Schalter gefunden, aber das Licht ging nicht an. Hoffentlich lag das an der Lampe und hing nicht etwa mit einem Stromausfall im ganzen Haus zusammen.

Barbara stieg aus dem Bett und tastete sich – in dem fremden Zimmer nur langsam und stolpernd – zur Tür, wo sich ein weiterer Schalter befand. Auch hier tat sich nichts. Und genauso war es draußen im Flur.

»Oh, verdammt«, murmelte sie. Sie erreichte Ralphs Zimmertür und klopfte leise an. »Ralph!« flüsterte sie.

»Komm herein.« Seine Stimme klang wach und klar. »Ich kann ohnehin nicht schlafen. Der Sturm ist zu laut.«

Barbara trat ein. Sie vernahm ein Klicken, dann sagte Ralph erstaunt: »Das Licht geht nicht!«

»Das wollte ich dir ja sagen!« Barbara wechselte frierend von einem Fuß auf den anderen, der Fußboden war eiskalt. »Es geht nirgendwo!«

»Auch unten im Haus nicht?«

»Da hab' ich es nicht probiert. Was glaubst du, ist das?«

»Vielleicht ist nur eine Sicherung rausgesprungen. Ich kümmere mich morgen früh darum.«

»Vielleicht hat der Sturm auch eine Stromleitung beschädigt. Dann könnten wir gar nichts machen.«

»So etwas wird dann sicher schnell in Ordnung gebracht.« Allmählich gewöhnten sich ihrer beider Augen an die Finsternis, schwach konnten sie einander erkennen. Ralph sah, daß Barbara zitterte.

»Geh schnell wieder ins Bett«, sagte er, »du erkältest dich sonst. Oder . . .«, er hielt kurz inne, »oder komm zu mir. Aber bleib da nicht stehen!«

Angesichts ihres Traumes hatte Barbara das Gefühl, Ralphs Nähe jetzt keinesfalls suchen zu sollen.

»Ich verschwinde schon wieder«, sagte sie, »hoffentlich läßt dieser verdammte Sturm bis morgen nach. Er macht mich ganz verrückt!«

Sie ertastete sich den Weg zu ihrem Zimmer und in ihr Bett zurück, aber sie fand keinen Schlaf mehr und wälzte sich unruhig hin und her. Erst in den frühen Morgenstunden dämmerte sie noch einmal ein.

Sie erwachte davon, daß jemand sie an den Schultern rüttelte. Es war Ralph. Er war bereits fertig angezogen, aber noch unrasiert, und wirkte ziemlich verstört. »Barbara, steh auf! Das mußt du gesehen haben!«

»Was denn?«

»Geh mal ans Fenster!«

Sie rappelte sich auf und tat, worum er sie gebeten hatte. Dann stieß sie einen leisen Schrei aus. »Um Gottes willen! Das gibt es doch nicht!«

Die Welt draußen versank im Schnee. So weit das Auge reichte, Schnee, nichts als Schnee. Es gab keinen Unterschied mehr zwischen Wiesen, Wegen, der Auffahrt zum Haus, dem Garten. Alles verschwand, lag tief begraben. Die Bäume entlang der Auffahrt wirkten seltsam winzig, weil kaum mehr die Hälfte ihrer Stämme aus dem Schnee herausragte, und ihre Äste schienen niederbrechen zu wollen. Zwei Bäume hatte der Sturm umgerissen, ihre riesigen Wurzeln ragten nach oben und zeugten von der Gewalt des Unwetters, das in der Nacht über das Land hinweggegangen war. Der Wind hatte aufgehört, aber es schneite unaufhörlich, und eine tiefe, geheimnisvolle Stille lag über der Einsamkeit.

»Ich glaub's einfach nicht!« rief Barbara fassungslos. »So etwas habe ich noch nie gesehen!«

»Wir haben im ganzen Haus keinen Strom«, sagte Ralph, »auch unten nicht. Die Sicherungen sind in Ordnung. Also hat der Sturm vermutlich die Leitungen beschädigt.«

»Aber das wird man doch schnell reparieren, oder? Ich meine, das ist hier eine etwas verlassene Gegend, aber doch nicht ganz abgeschnitten von der Zivilisation!«

»Die Frage ist, ob es jemandem gelingt, durch den Schnee überhaupt so weit vorzustoßen, daß man etwas reparieren kann. Ich fürchte, selbst mit Schneeketten geht nichts mehr.«

»Apropos Schneeketten«, sagte Barbara. Suchend spähte sie hinaus. »Wo ist denn das Auto? Es stand doch vor der Haustür!«

»Da steht es immer noch«, entgegnete Ralph. In seiner Stimme mischten sich Belustigung und ein Anflug von Panik. »*Unter* dem Schnee!«

»Dann können wir ja gar nicht nach Leigh's Dale fahren!«

»Nein. Keine Chance. Der Schnee liegt meiner Ansicht nach bereits über einen Meter hoch, und es kommt ja immer mehr dazu. Das schaffen wir nicht.«

Fröstelnd schlang Barbara beide Arme um den Körper. Sie war nur in Slip und T-Shirt und registrierte erst jetzt, daß es ziemlich kalt war im Zimmer.

»Bin ich heute früh so verfroren«, fragte sie, »oder war es gestern abend tatsächlich wärmer?«

»Es war gestern abend tatsächlich wärmer«, sagte Ralph bedrückt, »denn da funktionierte die Heizung noch.«

Sie starrte ihn an. »*Was?*«

Er nickte. »Ich war im Keller. Die Pumpe läuft ohne Strom nicht. Und ein Notstromaggregat gibt es nicht.«

»Dann haben wir ja auch kein heißes Wasser! Wir können den Herd nicht in Gang setzen. Kein...«

»Übrigens auch kein Telefon. Die Leitung ist tot.«

Barbara ging langsam zu ihrem Bett zurück, ließ sich darauf fallen und stützte den Kopf in die Hände. »Verdammter Mist!« sagte sie inbrünstig.

Ralph versuchte ein aufmunterndes Lächeln. »Das ist nicht das Ende der Welt, Barbara. Ich meine, wir sitzen ja nicht irgendwo da draußen in der Schneewüste, ohne ein Dach über dem Kopf, oder in einem Auto, das langsam unter den Schneemassen verschwindet. Wir haben ein festes, trockenes Haus mit mehreren Kaminen, in denen wir Feuer machen können. Wir werden ein paar Tage lang von der Außenwelt abgeschnitten sein, aber es schneit nicht ewig weiter, und die Lage wird sich normalisieren. Schau«, setzte er hinzu, weil er irgendwie das Gefühl hatte, das könnte ein Trost sein, »wir sind ja nicht die einzigen, denen es so geht. Ringsum haben alle das gleiche Problem, und sie werden es auch meistern.«

Entschlossen stand Barbara auf, griff nach ihrem Morgenmantel. »Ich brauche jetzt erst einmal einen starken Kaffee«, sagte sie, »vorher kann ich nicht nachdenken. Kommst du mit in die Küche?«

Er hielt sie am Arm fest. »Wie willst du ...?«

»Dieser eiserne alte Ofen. Irgendwie kriege ich ihn in Gang. Und selbst wenn ich mitten im Wohnzimmer ein Lagerfeuer machen muß – ich werde jetzt einen Kaffee trinken!«

Neben dem Kamin im Wohnzimmer lagen noch drei Holzscheite ordentlich gestapelt in einem Korb aus Messing. Es schien sich um das einzige Holz zu handeln, das sich im Haus befand, aber Ralph sagte, er sei überzeugt, daß es hier irgendwo einen größeren Vorrat gebe. »Hinter dem Haus befindet sich ein Schuppen, das habe ich gestern abend noch gesehen«, erklärte er, »ganz sicher hat Miss Selley dort ihren Holzvorrat. Irgendwie muß ich dort hingelangen. Ob es hier eine Schneeschaufel gibt?«

Während er in den Keller ging, um nachzusehen, setzte Barbara den alten eisernen Ofen in Gang. Sie stellte rasch fest, daß das Holz alleine nicht brennen wollte. Im Eßzimmer lag eine Fernsehzeitschrift, die aber angesichts des Stromausfalls ohnehin überflüssig war. Barbara riß ein paar Seiten heraus und knäulte sie zwischen das Holz. Bald brannte ein Feuer, und sie konnte das Wasser für den Kaffee aufsetzen. Sie kam sich vor wie eine Pionierin in einem unzivilisierten Land. In einem Schrank fand sie eine Kaffeekanne und Filterpapier. Sie setzte eine Pfanne auf den Herd und briet zwei Spiegeleier, nahm zwei Brotscheiben aus dem Päckchen mit geschnittenem Brot. Es wurde etwas wärmer in der Küche, und es roch belebend nach frischem Kaffee.

»Frühstück ist fertig«, sagte Barbara, als Ralph zurückkam.

Er hatte einen Schmutzfleck auf der Wange und Spinnweben im Haar. Er nieste. »Dieser Keller ist total staubig und verdreckt. Aber es gibt mehrere Schneeschaufeln da unten, also kann ich mich zu dem Schuppen durchwühlen.« Er trat an den Herd, öffnete die Ofenklappe und hielt seine klammen Hände vor die Flammen. »Da unten ist es eisig wie in einem Grab. Übrigens riecht es hier gut!«

»Kaffee und Spiegeleier. Auf warmes Essen müssen wir wenigstens nicht verzichten.«

Während er sich an den Tisch setzte, sagte Ralph vorsichtig: »Wir sollten sparsam sein mit unseren Vorräten. Möglicherweise müssen sie für einige Zeit reichen.«

»Meinst du nicht, wir könnten zu Fuß nach Leigh's Dale gelangen und einkaufen?«

»Ausgeschlossen. Der Schnee reicht mir bis zur Hüfte, und ich bin ziemlich groß. Wir würden viel zu lange brauchen, weil wir uns nach jedem Schritt praktisch wieder freigraben müßten. Außerdem würden wir wahrscheinlich die Richtung verlieren. Es ist ja keine Straße zu sehen, der wir folgen können, und wir kennen uns in der Gegend überhaupt nicht aus.«

»Dann wird das ja ein üppiges Weihnachtsfest«, sagte Barbara niedergeschlagen, »paß auf, nach dem Frühstück machen wir eine Bestandsaufnahme, was wir alles haben, okay?«

Die Bestandsaufnahme fiel deprimierend aus. Sie besaßen noch vier Eier und sechs Scheiben Brot. Ein angebrochenes Viertelpfund Butter, ein knapp faustgroßes Stück Wensleydale-Käse. Dazu ein kleines Glas Orangenmarmelade, ein Paket gemahlenen Kaffee, eine Dose Kondensmilch, ein Päckchen mit Salz und eines mit Zucker. Am Abend zuvor hatte es Spaghetti gegeben, davon war noch die Hälfte übrig, ebenso ein Rest Soße. Beides konnten sie aufwärmen, aber sie würden davon kaum satt werden.

»Hätten wir nur auf Cynthia Moore gehört!« sagte Barbara. »Sie hat uns ja gleich geraten, mehr Vorräte mitzunehmen.«

»Jetzt sehen wir noch in der Speisekammer nach«, meinte Ralph. »Laura Selley hat vielleicht ein paar Konservendosen gelagert. Wir können sie ihr ja später ersetzen.«

Laura Selley schien jedoch von Vorratswirtschaft nichts zu halten, und besonders Konserven, so vermutete Barbara, waren in ihren Augen sicherlich eine neumodische Erfindung, der sie mit Mißtrauen begegnete. In der Speisekammer, die gleich an die Küche anschloß, fand sich jedenfalls außer vier kleinen Kartoffeln und ein paar wurmstichigen Äpfeln nichts Eßbares. Das einzige, was es in rauhen Mengen gab, war Tee. In Gläsern, Dosen, Beuteln. Schwarzer Tee, Grüner Tee, Früchtetee, Gesundheitstee. Jede exotische Sorte, die man sich denken konnte. Eine ziemliche Summe Geld mußte in dieser unglaublichen Auswahl stecken. Wahrscheinlich war Tee der einzige Luxus, den sich Laura Selley erlaubte.

»Verdursten müssen wir jedenfalls nicht«, sagte Ralph, »wir können Tee trinken bis zum Umfallen. Ansonsten sieht es allerdings düster aus.«

»Sogar in ihrem Kühlschrank herrscht gähnende Leere!« rief Barbara aufgebracht. »Weißt du, ich glaube, sie gehört zu diesen geizigen alten Leuten, die in den letzten Tagen oder Wochen vor einer Reise nur noch uralte Reste essen, um nichts Neues kaufen zu müssen, wovon dann am Ende etwas zurückbleiben würde! Und wenn dann wirklich noch etwas da ist, packen sie es ein und essen es im Zug, weil sie sich dort nicht mal ein kleines Stück Kuchen im Restaurant gönnen!« Sie hatte den Nagel ziemlich genau auf den Kopf getroffen, mutmaßte Ralph; allerdings schien ihm Laura Selley tatsächlich wenig Geld zu haben und mit der Instandhaltung von Westhill etwas überfordert zu sein.

»Schau mal, was sich als einziges in ihrem langsam abtauenden Kühlschrank befindet«, fuhr Barbara wütend fort. Sie zog eine gläserne Ein-Liter-Flasche heraus, die zu einem Viertel mit Milch gefüllt war. »Ist das nicht toll? So haben wir außer unserem bißchen Kondensmilch für unseren Kaffee und für ihren ganzen gottverdammten Tee wenigstens noch etwas frische Milch!«

»Barbara!« mahnte Ralph. Er sah plötzlich sehr abgespannt aus. »Die Dummen sind wir, nicht sie. Wir hätten gestern ordentlich einkaufen müssen. Außerdem hat es keinen Sinn, jetzt herumzuschimpfen.«

»Wie lange wird das reichen, was wir haben?«

Ralph zuckte mit den Schultern. »Das wird sich zeigen. Ich muß jetzt erst einmal Holz beschaffen. Du ziehst dich an, und dann suchst du alle Kerzen zusammen, die du im Haus findest. Denk daran, ab halb fünf ist es dunkel.«

Kerzen, das stellte Barbara rasch fest, gab es im Haus mehr als genug. Sie steckten in zahllosen Leuchtern, die über alle Räume verteilt standen. Barbara trug einige von ihnen ins Eßzimmer und plazierte sie auf dem Tisch und dem Kaminsims. Das Eßzimmer war kleiner als das Wohnzimmer und würde schneller warm werden; daher erschien es ihr ratsam, es für die nächsten Tage neben der Küche zu ihrem Aufenthaltsraum zu machen. Durch die Glastür zum Garten konnte sie Ralph sehen, der eine Art Korridor zum Schuppen hin schaufelte. Sie warf einen kurzen Blick auf sein

Gesicht, dieses schmale, immer etwas zu blasse Intellektuellenge-
sicht, und bemerkte, daß es verzerrt war vor Anstrengung. Er
mühte sich entsetzlich ab und war dabei körperliche Arbeit überhaupt nicht gewöhnt. Barbara beschloß, nach draußen zu gehen
und ihm zu helfen; er würde sich sonst noch einen Infarkt holen.

Am Mittag erreichten sie den Schuppen. Beide waren völlig
ausgepumpt und am Ende ihrer Kräfte. Barbara spürte, daß ihr der
Schweiß in Strömen über den Rücken lief. Da es ständig weiter-
schneite, waren ihre Haare tropfnaß, zudem war der Schnee in
schönster Gleichmütigkeit dabei, ihre mühevolle Arbeit nach und
nach wieder zunichte zu machen.

»Siehst du jetzt ein«, fragte Ralph schwer atmend, »daß wir es
unmöglich zu Fuß nach Leigh's Dale schaffen könnten?«

Barbara stützte sich keuchend auf ihre Schaufel. »Hab' ich etwa
noch irgend etwas in der Richtung gesagt?« Sie taumelte gegen die
Schuppentür und stieß sie auf. Dankbar nahm sie zur Kenntnis, daß
sie nicht verschlossen war. Keinesfalls hätte sie mehr über die Kraft
verfügt, auf eine langwierige Suche nach dem Schlüssel zu gehen.

»Komm«, sagte sie, »wir bringen jetzt das Holz rüber. Und dann
rühre ich für den Rest des Tages keinen Finger mehr!«

Im Innern des Schuppens erwartete sie jedoch eine böse Überraschung. Zwar gab es dort Holz – aber offensichtlich hatte sich
noch niemand gefunden, der die halben Baumstämme, die dort
lagerten, in kamingerechte Scheite gehackt hätte. Mit einem leisen
Stöhnen betrachtete Ralph den bereitstehenden Hackklotz, in dem
eine riesige Axt steckte. »Das habe ich noch nie gemacht. Ich weiß
wirklich nicht, wie...«

»Du wirst das nicht tun«, sagte Barbara rasch, »du hast keine
Ahnung, wie das geht, und wenn du dich dabei verletzt, können wir
nicht einmal einen Arzt holen. Ich habe mal von einem Mann
gehört, der hatte nachher die Axt im Bein stecken.«

Gereizt sah er sie an. »Kannst du mir verraten, wie es dann gehen
soll? Willst *du* das Holz hacken?«

»Nein. Ich kann das genausowenig. Aber ich will auch nicht, daß
du es tust. Das Haus war wochenlang geheizt. Besonders die Räume
im Erdgeschoß sind zwar kühl, aber noch nicht eiskalt. Wenn wir
uns warm anziehen und in Decken wickeln, werden wir keineswegs
erfrieren.«

»Barbara, das alles hier kann durchaus eine Woche dauern, und das wird dann schnell sehr ungemütlich. Abgesehen davon können wir ohne Feuer nicht mal Kaffee oder Tee kochen, und etwas anderes haben wir nicht zum Trinken. Wir können nicht mal die Eier verwerten oder die Kartoffeln. Mir bleibt gar nichts übrig, als es zu versuchen.«

Er zog den kleinsten der Holzstämme heran, zerrte die Axt aus dem Hackklotz, legte den Stamm darüber. Barbara trat ein paar Schritte zurück. Sie konnte kaum hinsehen. Ralph war ein hervorragender Jurist, aber ein ausgesprochen unpraktischer Mensch; er brachte es kaum fertig, einen Nagel in die Wand zu schlagen. Ihn hier in diesem düsteren Schuppen stehen zu sehen, mit einem Beil in der Hand und einem krampfhaft entschlossenen Ausdruck auf dem Gesicht, war ein so absurder Anblick, daß man nur die Augen schließen konnte.

Er holte aus – zu zaghaft, dachte Barbara, zu schwach –, und sie hielt den Atem an. Es folgte ein lautes Krachen, und als sie wieder hinsah, war der Holzstamm durch den ganzen Schuppen gerutscht und lag unversehrt in einer Ecke, während das Beil wieder im Hackklotz steckte. Mit verbissener Miene versuchte Ralph gerade, es wieder herauszuziehen.

»Schau, wir sollten vielleicht...«, begann Barbara, aber Ralph fuhr herum, und in seinen Augen blitzte ein Zorn, der sie verstummen ließ.

»Wärst du so freundlich, mich allein zu lassen? Glaubst du, ich brauche einen Zuschauer bei dieser erbärmlichen Vorstellung, die ich hier gebe? Ich muß sehr lächerlich auf dich wirken, nicht wahr? Du hättest dir vielleicht besser einen *Mann* ausgesucht zum Heiraten, nicht einen Schreibtischtrottel!«

»Weißt du, das einzige, was ich im Augenblick an dir lächerlich finde, sind die Reden, die du schwingst! Glaubst du im Ernst, ein Mann wird für mich dadurch männlich, daß er sich hinstellen und ein blödes Stück Holz kleinhacken kann?«

Sein Gesicht, vorhin noch von der Kälte draußen gerötet, war jetzt leichenblaß. »Bei Gelegenheit«, sagte er mit leiser, scharfer Stimme, »könntest du mir vielleicht verraten, *was* du bei einem Mann männlich findest. Unter Umständen hätte ich dann die Chance, daß du irgendwann...« Er brach ab.

»Was?« fragte Barbara.

»Daß du irgendwann wieder den Weg in mein Bett findest. Und jetzt verschwinde, laß mich allein!«

Sie hatte einmal gelesen, daß Männer in jeder Lebenslage an Sex dächten, aber sie konnte es nicht fassen. »Findest du wirklich, daß dies der richtige Zeitpunkt ist, um...«

»Es ist der richtige Zeitpunkt für dich, mich in Ruhe zu lassen und dir irgendeine Beschäftigung zu suchen«, fuhr er sie an.

Ohne ein weiteres Wort drehte sich Barbara um und stürmte aus dem Schuppen, schlug die Tür so heftig hinter sich zu, daß eine Wolke von Schnee vom Dach rutschte. Sollte er doch machen, was er wollte! Sollte er sich ein Bein abhacken, den Arm auskugeln oder einem Herzschlag erliegen! Die ganze Schneekatastrophe war nicht ihre Schuld, und sie würde seine schlechte Laune darüber nicht einfach wegstecken. Es war eben kein Frieden zwischen ihnen möglich – außer, sie gingen sich aus dem Weg. Vermutlich war es das letzte, was ihnen hätte passieren dürfen, daß sie zusammen einschneiten und auf Gedeih und Verderb miteinander in einem Haus aushalten mußten – und das auch noch frierend und mit zunehmend hungrigen Mägen.

Sie blieb einen Moment stehen, mitten im Schneegestöber auf dem kleinen Trampelpfad, den sie mit vereinten Kräften geschaffen hatten. Ihr war noch warm – von der Arbeit und von der Wut. Sie blickte am Haus hinauf. Dunkler, unregelmäßig geformter Kalkstein bildete die massiven Wände. Mit weißem Holz eingefaßte Sprossenfenster vermittelten einen freundlichen, anheimelnden Eindruck. Zwischen zwei Fenstern im ersten Stock entdeckte Barbara die Reste eines hölzernen Gitters, eines Spaliers für wilden Wein offenbar. In der Vergangenheit war das Haus, oder zumindest seine Rückseite, wohl bis unter das Dach zugewachsen gewesen. Hier hinten lag auch der weitläufige Garten. Barbara erinnerte sich, am gestrigen Tag im letzten Dämmerlicht die steinerne Mauer gesehen zu haben, die nun völlig verschwunden war unter dem Schnee.

Urplötzlich hatte Barbara eine Vision: Da war das Bild eines warmen Sommerabends, von Kindern, die im Garten zwischen den Obstbäumen spielten, einer jungen Frau, die auf der Mauer saß, die Finger in das Moos grub, das zwischen den Steinen wuchs, die Augen geschlossen hielt und den warmen Wind in ihrem Gesicht spürte. Das Haus war voller Stimmen und Leben, nicht länger nur erfüllt vom Schweigen und der Einsamkeit einer alten Frau, die zu geizig war, Vorräte zurückzulassen, wenn sie verreiste, und auf die niemand wartete, wenn sie wiederkam. Das Haus hatte seine Geschichte, und Barbara war sicher, daß sie zu vielen Zeiten freundlicher ausgesehen hatte als heute.

»Oder vielleicht auch manchmal schlimmer«, murmelte sie.

Das Bild des Sommerabends verschwand. Es schneite wieder, und schwere, dunkle Wolken hingen tief über den endlosen Feldern von Schnee. Der 24. Dezember. Und sie steckten hier fest, hatten kaum etwas zu essen, und Ralph geriet in eine Krise, weil er kein Holz hacken konnte und sich offenbar als Mann disqualifiziert fühlte. Er hatte so gequält ausgesehen.

Sie schüttelte den Kopf, als könne sie sein Bild dadurch loswerden.

Fröhliche Weihnachten, dachte sie.

## Mittwoch, 25. Dezember 1996

»...sind zahlreiche Ortschaften und einzelne Gehöfte völlig von der Außenwelt abgeschnitten«, schloß der Nachrichtensprecher mit gleichmütig klingender Stimme. Laura, die am Frühstückstisch vor einem noch völlig unberührten Teller mit Rühreiern saß, stand auf und schaltete das Radio aus, gerade als die ersten Töne von »Silent Night, Holy Night« erklangen. Sie war nicht in der Stimmung für Weihnachten. Sie machte sich zu viele Sorgen.

Ausnahmsweise war sie einmal fast dankbar für die so überaus nüchterne Art ihrer Schwester Marjorie. Kaum etwas in der kleinen Wohnung deutete darauf hin, daß heute der 25. Dezember war. Auf dem Fensterbrett stand eine halb heruntergebrannte grüne Kerze in Form eines Tannenbaums, daneben lagen auf einem Pappteller die Plätzchen, die Laura gebacken und mitgebracht hatte. Ansonsten gab es keinerlei festliche Dekoration.

»Kostet nur Geld«, pflegte Marjorie zu sagen, »und wozu soll ich mir die Mühe machen, Kugeln und Zweige und so einen Kram hier aufzubauen? Doch nur, um das alles ein paar Wochen später wieder wegräumen zu müssen. Und die Welt wird davon auch nicht besser!«

In den Jahren zuvor hatte sich Laura wegen dieser Einstellung ihrer Schwester immer gegrämt, ohne je ein durchschlagendes Gegenargument zu finden. Sachlich gesehen, hatte Marjorie recht: Weihnachtsdekorationen waren teuer, machten Mühe und änderten nichts am deprimierenden Gesamtzustand der Welt. Aber sie gaben vorübergehend etwas Glanz und Wärme, und das, so dachte Laura, brauchte man einfach hin und wieder, um Kraft zu finden für den Alltag.

Sie wußte, daß Marjorie schon in frühester Jugend diese spröde, herbe Art gehabt hatte, und später war noch das dauernde Nörgeln hinzugekommen. Sie war die jüngere der Schwestern, hatte aber immer älter gewirkt als die großäugige, schüchterne Laura. Nachdem sie ihren Vater bis zu seinem Tod gepflegt und sich dabei völlig aufgerieben hatte – und das mußte man ihr wirklich hoch anrechnen, dachte Laura oft –, hatte sie jeden Mann verjagt, der sich in ihre Nähe wagte, und das taten ohnehin nicht viele. Dann war sie in diesen entsetzlichen Wohnblock bei Chatham gezogen, in dem sie seit nunmehr dreißig Jahren lebte und dessen Tristesse auch den fröhlichsten Menschen langsam in den Trübsinn getrieben hätte. Die Entscheidung für diesen furchtbaren grauen Betonklotz hatte Laura nie verstanden. Es gab in Kent so viele hübsche Dörfer, in denen sich Marjorie ein kleines Cottage hätte mieten und es sich ein wenig behaglich hätte machen können. Da in all ihren Überlegungen jedoch stets nur praktische Gesichtspunkte eine Rolle spielten, hatte sie den Wohnsilo, der wie ein häßliches Geschwür die Landschaft ringsum verunstaltete, vor allem deshalb ausgesucht, weil er nur wenige Minuten von der Firma entfernt lag, in der sie bis vor wenigen Jahren gearbeitet hatte; einer kleinen Fabrik, die Pappteller und -becher und Papierservietten herstellte.

Die Wohnung hatte drei Zimmer, Küche und Bad, und es gab einen kleinen Balkon, der aber nach Norden ging und nie Sonne abbekam. Laura fand es nicht verwunderlich, daß Marjorie immer mehr verbiesterte. Die meisten Leute, denen man hier im Treppenhaus begegnete, machten griesgrämige Gesichter.

Jetzt war Laura jedoch viel zu sehr mit ihren eigenen Sorgen und Problemen beschäftigt, als daß sie sich allzu viele Gedanken wegen Marjorie gemacht hätte. Seit dem gestrigen Tag verfolgte sie gebannt alle Nachrichtensendungen im Fernsehen und im Radio. Die Schneekatastrophe in Nordengland war überall Hauptthema. Das Fernsehen zeigte Bilder, die von Hubschraubern aus aufgenommen worden waren: Man hatte den Eindruck, irgendwo am Nordpol gelandet zu sein. Endlose Schneeweiten mit einsamen schwarzen Punkten darin – Häusern oder Dörfern.

Laura, die dies gebannt und mit klopfendem Herzen verfolgte, fragte sich, woher dieses Gefühl einer Bedrohung rührte, das ständig in ihr wuchs. Sie kam sich vor wie jemand, der sein Liebstes in Stunden der Gefahr im Stich gelassen hatte. Westhill. Was sollte dem Haus passieren? Es stand unverrückbar seit über hundert Jahren und hatte alles überdauert, was an großen und kleinen Katastrophen hereingebrochen war. Aber vielleicht sah sie gar keine Gefahr für *das Haus*. Vielleicht sah sie eine Gefahr in den Menschen, die jetzt dort waren. Diese junge Frau mit den kühlen, forschenden Augen...

Laura seufzte tief. Sie versuchte, sich an den letzten schlimmen Wintereinbruch dort oben im Norden zu erinnern. Es hatte einige gegeben. Den schlimmsten hatten sie kurz nach dem Krieg erlebt, 1947. Damals war Adeline, die alte Haushälterin, schon schwer krank gewesen und hatte ständig schmerzlindernde Medikamente gebraucht. Frances hatte Angst gehabt, der Vorrat an morphiumhaltigen Präparaten könnte ausgehen, ehe der Schnee taute und wieder ein Arzt zu ihnen gelangen konnte. Aber es hatte rechtzeitig zu schneien aufgehört, und schließlich waren Räumfahrzeuge bis zur Farm vorgedrungen. Es war das erste und einzige Mal gewesen, daß Laura Frances als Nervenbündel erlebt hatte.

»Meiner Ansicht nach werden Kinder heute viel zu sehr verwöhnt«, sagte Marjorie mißmutig. Unbemerkt war sie in die Küche gekommen. Sie trug einen alten, zerschlissenen blauen Morgenrock, der ihrer Mutter gehört hatte, und abgewetzte Fellpantoffeln an den Füßen. Ihre Haare waren noch ungekämmt. Sie sah älter aus als siebenundsechzig. Besonders um die Mundpartie war ihre Gesichtshaut schlaff und welk.

Laura, in ihre Erinnerungen versunken, zuckte zusammen. »Was meinst du?«

»Der Junge aus der Wohnung über mir hat offenbar ein Fahrrad zu Weihnachten geschenkt bekommen«, erklärte Marjorie. »Er fährt unten vor dem Haus damit herum. Ein Fahrrad mit allen Schikanen. Muß ja alles vom Besten sein für die jungen Leute! Dabei ist der Vater arbeitslos, und die Familie lebt von der Fürsorge!« Sie trat ans Fenster und spähte hinunter, um die Ungeheuerlichkeit ein zweites Mal zu betrachten. Mißgünstig stellte sie fest, daß der magere, sonst immer sehr ernst dreinschauende Junge wirklich glücklich wirkte.

»Es muß ziemlich schlimm sein mit dem Schnee oben in Yorkshire«, sagte Laura bedrückt.

»Hier schneit es selten«, entgegnete Marjorie. Sie schaute noch immer hinaus. »Es wird bald regnen.«

»Vielleicht sollten wir vorher einen Spaziergang machen? Um ein bißchen hinauszukommen.«

»Du kannst gehen, wenn du willst. Ich habe keine Lust.« Marjorie wandte sich vom Fenster ab, kam zum Tisch und setzte sich schwerfällig an ihren Platz. Dann fuhr sie übergangslos fort: »Na, die werden dir schön das Haus auf den Kopf stellen, deine Mieter. Hoffentlich hast du deine Liebesbriefe gut verschlossen!« Sie lachte boshaft, wissend, daß Laura nie im Leben einen Liebesbrief erhalten hatte.

Laura war blaß geworden. »Du meinst, sie schnüffeln wirklich herum?«

Marjorie griff nach der Teekanne, schenkte sich Tee ein und verzog das Gesicht, als sie merkte, daß er kalt war. »Keine Ahnung. Aber was sollten sie sonst tun?«

»Das ist schon eigenartig«, sagte Barbara. Sie saß an dem kleinen Sekretär im Wohnzimmer, einen Stapel Papiere auf dem Schoß, die sie gerade einer Schublade entnommen hatte. Mit gekrauster Stirn studierte sie die verschiedenen Schreiben. »Seit 1986 hat Laura Selley nach und nach ziemlich viel Land, das zur Westhill Farm gehörte, an diesen unsympathischen Fernand Leigh verkauft. Und zwar – und das wundert mich so – für geradezu lächerlich wenig Geld!«

Ralph war gerade ins Zimmer gekommen, mit kältegeröteten Wangen und verschmutzter Kleidung. Er sah erschöpft und abgekämpft aus. »Findest du es gut, daß du in Dokumenten herumschnüffelst, die dich überhaupt nichts angehen?« fragte er. »Ich finde, du ...«

»Wir brauchen Papier«, unterbrach Barbara, »weil wir sonst kein Feuer in Gang kriegen. Ich habe überall gesucht, Ralph. Eine einzige alte Zeitung habe ich noch gefunden. Von der Fernsehzeitung ist nichts mehr übrig, und Bücher können wir natürlich nicht nehmen. Ich dachte, ich finde vielleicht in dem Sekretär etwas, das wir verbrennen können. Aber selbstverständlich nicht diese Kaufverträge!«

Sie schob die Papiere alle wieder in die Schublade und stand auf. Es war eiskalt in diesem Raum. Barbara trug zwei dicke Pullover übereinander und Schafswollsocken an den Füßen, aber sie fror trotzdem. Außerdem verspürte sie ein nagendes Hungergefühl. Am gestrigen Heiligabend hatten sie die restlichen Spaghetti gegessen, ein Klacks für jeden und nur geeignet, den allergrößten Hunger kurzfristig zu stillen. Das einzig Erfreuliche an dem Abend war eine halbvolle Flasche Brandy gewesen, die in der hintersten Ecke eines Schranks im Eßzimmer stand und den spärlichen Spirituosenvorrat der offensichtlich erklärten Antialkoholikerin Laura Selley darzustellen schien. Der Brandy hatte ihnen etwas Wärme in die Glieder gejagt und dem Abend wenigstens den Hauch eines festlichen Anstrichs verliehen.

Heute früh hatte jeder eine Scheibe Brot bekommen, sie hatten sich ein hartgekochtes Ei geteilt und etwas von dem Käse gegessen. Sie hatten beschlossen, den Tag ohne Essen durchzustehen, am Abend die vier Kartoffeln zu kochen und sich dazu noch einmal Käse zu genehmigen. Aber schon jetzt fühlte sich Barbara ganz schwach vor Hunger.

Ralph streifte seine Handschuhe ab. »Ich habe noch ein bißchen Holz gehackt«, erklärte er. »So langsam komme ich in Übung. Übrigens schneit es wieder!«

Barbara sah zum Fenster hinaus, hinter dem die Schneeflocken wirbelten. »O nein! Ich habe es gar nicht bemerkt!«

Als sie morgens um neun Uhr aufgestanden waren – keinen von ihnen hatte es gedrängt, das Bett zu verlassen und ein karges Frühstück einzunehmen –, hatte sich ihnen draußen ein Bild von überwältigender Schönheit geboten. Am Himmel war keine einzige Wolke gewesen, er zeigte sich in einem kalten, arktischen Blau, hoch gewölbt und weit wie eine gewaltige Kugel aus gefärbtem Glas. Die Morgensonne warf ihr Licht über die endlos scheinende Fläche von Schnee, ließ sie glitzern und funkeln und einen rosigen Schein versprühen. Minutenlang hatten Ralph und Barbara ihre knurrenden Mägen vergessen. Stumm hatten sie hinausgeblickt, ergriffen und für einen Augenblick entschädigt für alle Strapazen.

»Ich gehe noch mal auf den Dachboden«, sagte Ralph, »vielleicht finde ich ein bißchen Holzwolle. Die könnte uns sehr nützen.«

»Sie scheint eine unheimlich penible Hausfrau zu sein«, sagte Barbara, »eine, die offenbar regelmäßig ausmistet. Auf dem Dachboden waren nur vier Pappkartons und eben eine Zeitung. Ich wünschte, mein Arbeitszimmer wäre einmal so ordentlich wie hier die Abstellkammern!«

»Wir haben schon eine Menge Pech«, murmelte Ralph. »Mein Gott, wie ich mich nach einer funktionierenden Heizung sehne!«

»Du solltest dich jetzt ein bißchen ausruhen«, meinte Barbara.

»Warum suchst du dir nicht ein Buch und legst dich damit ins Bett? Sehr viel mehr können wir im Moment ohnehin nicht tun.«

Ralph nickte und wandte sich zur Tür. »Versprich mir, nicht in zu vielen Schubladen zu wühlen. Das gehört sich einfach nicht.«

»Es gibt hier sowieso nichts, was besonders interessant wäre«, sagte Barbara und schloß die Klappe des Sekretärs. Ihrer Ansicht nach schleppte Ralph zu viele Skrupel mit sich herum, aber sie hatte keine Lust, das zum Gegenstand einer Grundsatzdebatte zu machen. Sie hatte generell keine Lust mehr, über ihre Probleme mit ihm zu reden; dabei hatte dies doch der Sinn der Reise sein sollen.

Es war schon dunkel, als sich Barbara auf den Weg zum Schuppen machte. Sie brauchte neue Holzscheite für den Küchenherd, um die vier lächerlichen Kartoffeln für das Abendessen kochen zu können. Von dem Holz, das Ralph mittags herübergebracht hatte, war nichts mehr übrig. Barbara hatte es den Nachmittag über im Kamin des Eßzimmers verheizt. Sie hatte sich dicht an die Flammen gekauert, etwas gelesen und sich einen kleinen Brandy genehmigt. Der Raum war recht warm geworden, und zusammen mit dem Bild der fallenden Flocken jenseits des Fensters und der langsam anbrechenden Dämmerung empfand Barbara tatsächlich ein Gefühl von Behaglichkeit. Irgendwann war sie nach oben gelaufen, um nach Ralph zu sehen. Sie fand ihn tief schlafend in seinem Bett. Im Schein der Kerze betrachtete sie einen Moment lang sein vertrautes Gesicht. Er atmete tief und gleichmäßig, hatte etwas Rührendes an sich, wie ein gefällter Baum, und wirkte seltsam verletzbar. Barbara widerstand der Versuchung, sich zu ihm zu beugen und ihm über die Haare zu streichen. Vielleicht hätte ihn das geweckt; es reichte, wenn er später zum Essen aufstand.

Leise verließ sie das Zimmer, schlüpfte unten in Stiefel und Mantel, um sich für den Weg zum Schuppen zu rüsten. Das Haus ächzte und stöhnte, denn mit Einbruch der Dunkelheit hatte der Sturm wieder zugenommen und jagte heulend gegen Fenster und Mauern. Barbara hatte im Keller ein Windlicht gefunden, gebaut wie eine altmodische Öllampe. Sie hatte eine Kerze darin befestigt und hoffte nun, der Sturm würde sie nicht zum Erlöschen bringen. Vorsichtshalber ließ sie noch ein Päckchen Streichhölzer in ihre Manteltasche gleiten.

Der Sturm riß ihr zuerst die Tür, dann fast die Lampe aus der Hand. Der Schnee wirbelte ihr in dicken, pudrigen Flocken ins Gesicht. Es gab den Pfad noch, den sie und Ralph in so mühevoller Arbeit geschaufelt hatten, aber selbst hier sank Barbara bis fast zu den Knien ein. Mit gesenktem Kopf kämpfte sie sich vorwärts. Die Lampe schaukelte wild hin und her, die Kerze flackerte und verlosch; aber Barbara bemerkte es nicht, da sie ohnehin ihre Augen geschlossen hielt und sich blind vorantastete. Sie erreichte die Schuppentür, stieß sie auf und atmete tief durch, als sie endlich im Schutz der Mauern stand. Ihr Mantel war voller Schnee, ihre Haare vermutlich ebenfalls. Sie kramte die Streichhölzer hervor und zündete die Lampe wieder an. Geisterhafte Schatten tanzten über die steinernen Wände, eine Maus huschte erschrocken über den Fußboden und verschwand hinter einem Stapel von Gartengeräten. Barbaras Blick fiel auf einen großen Weidenkorb, der in einer Ecke stand. Es schien ihr eine gute Idee, ihn für den Transport des Holzes zu verwenden; so konnte sie viel größere Mengen an Scheiten hinübertragen. Sie stellte die Lampe ab und schichtete das Holz in den Korb. Die Stücke fielen sehr unterschiedlich in der Größe aus und waren voller Splitter, aber Ralph mußte wirklich geschuftet haben, denn es hatte sich ein beachtlicher Vorrat angesammelt. Barbara verstaute in dem Korb, was nur hineinpaßte, dann sah sie sich suchend um. Sie brauchte eine Decke oder Plane, um den Korb abzudecken, andernfalls würde das Holz im Nu naß werden und noch schlechter brennen. Sie entdeckte eine alte Wolldecke, die zusammengefaltet auf einem Regal lag, im hintersten Winkel des Raumes.

Vorsichtig turnte Barbara über halbe Baumstämme, Gerümpel und Gartengerätschaften hinweg. Der Schuppen war der einzige Ort, auf den sich Lauras Ordnungsliebe nicht erstreckt hatte. Vermutlich betrat sie ihn kaum je. Die zierliche, alte Frau hackte ganz sicher nicht selbst das Holz für ihre Kamine und war wahrscheinlich auch überfordert, den großen Garten in Ordnung zu halten. Vielleicht erledigte dies ein Junge aus Leigh's Dale für sie, gegen ein kleines Taschengeld.

Ihr Bein streifte einen Nagel, der aus der Wand ragte, und sie konnte hören, wie der Stoff ihrer Jeans riß. Sie fluchte leise, machte einen Schritt zur Seite – und brach mit dem linken Fuß im Boden ein. Sie verlor das Gleichgewicht und fiel nach vorn, wobei sie mit dem

Kinn hart auf eine Tischkante aufschlug und sich an den Messingstäben eines auf diesem Tisch stehenden ausrangierten Hamsterkäfigs die Wange aufschürfte. Vor Schmerz und Schreck schrie sie auf. Sie wartete einen Moment, dann hob sie die Hand und betastete vorsichtig ihren Kiefer. Offenbar hatte sie keinen Zahn verloren, und gebrochen war auch nichts, aber sie würde einen unübersehbaren Bluterguß davontragen.

»Mist!« schimpfte sie, ehe sie sich aufrappelte, umwandte und das Loch im Boden in Augenschein nahm, das sie zu Fall gebracht hatte.

Wie sie feststellte, war eines der langen Dielenbretter mittendurch gebrochen. Das Holz war recht morsch, aber zudem entdeckte sie, daß an dieser Stelle zwei Bretter nicht wie der übrige Fußboden auf hartem Lehm auflagen, sondern eine etwa zehn Zentimeter tiefe Aushöhlung überdeckten. Daher hatten sie Barbaras Gewicht nicht tragen können. Daß dort nicht früher schon jemand eingebrochen war, mußte daran liegen, daß das Holz noch nicht lange so feucht und angefault war wie jetzt und daß sehr selten überhaupt ein Mensch den Schuppen betrat, noch seltener zudem einer in diesem hinteren Bereich herumstöberte.

»Natürlich muß ich wieder der arme Trottel sein, dem es als erster passiert«, murmelte Barbara.

Sie fragte sich, ob diese Ausbuchtung im Lehmboden versehentlich entstanden oder absichtlich angelegt worden war, und tastete mit der Hand in das Loch hinein. Da sie ihre Lampe im vorderen Teil des Schuppens hatte stehen lassen, konnte sie hier hinten nur sehr schlecht etwas erkennen. Zu ihrer Überraschung stießen ihre Finger an einen Gegenstand. Etwas Hartes, Kaltes... Sie zog es heraus und hielt eine Stahlkassette in der Hand. Als sie sie öffnete, sah sie einen dicken Packen Papier, weißes Schreibmaschinenpapier, eng mit Druckbuchstaben beschrieben.

Es mußten an die vierhundert Seiten sein.

Sie saß am Küchentisch und las, als Ralph herunterkam. Sie hatte ihn nicht gehört und schrak zusammen, als er plötzlich auftauchte.

»Da bist du ja«, sagte sie. Sie stand auf, ging zum Herd und hob den Deckel des Topfes hoch, der darauf stand. »Die Kartoffeln sind fast fertig. Noch fünf Minuten.«

Er sah sie an und runzelte die Stirn. »Was hast du denn mit deinem Gesicht gemacht?«

Sie faßte sich ans Kinn, aber Ralph schüttelte den Kopf. »Weiter oben. An deiner rechten Wange!«

Sie hatte sich stärker verletzt, als sie geglaubt hatte. Ihre Finger griffen in krustiges Blut. »Oh«, sagte sie.

Ralph fuhr sich mit der Hand durch die wirren Haare. Der graue Bartschatten hatte sich vertieft. Der Schlaf schien ihn nicht erfrischt zu haben. Er wirkte müde und hatte offenbar schlechte Laune.

»Ich habe Holz geholt und bin im Schuppen gestürzt«, erklärte Barbara, »mein Kinn dürfte spätestens morgen in allen Regenbogenfarben schillern. Ich werde aussehen wie die arme Mrs. Leigh!«

Ralph setzte sich an den Tisch und betrachtete verwirrt den Papierstapel.

»Was ist das?«

»Das ist genau das, worüber ich buchstäblich gestolpert bin, Ralph, es ist absolut faszinierend. Hochinteressant. Das ist ein Manuskript. Es war im Schuppen unter zwei Bodendielen in einer Kassette versteckt. Ein autobiographischer Roman von Frances Gray. Von der Frau, der dieses Haus...«

»Ich weiß. Was heißt autobiographischer Roman? Ein Tagebuch also?«

»Nein. Es ist wirklich in Form eines Romans geschrieben. Aber es ist Frances Grays Lebensgeschichte, oder zumindest ein Teil davon. Sie schreibt über sich in der dritten Person.«

»Du hast darin gelesen?«

»Ja. Kreuz und quer. Aber nun will ich es richtig lesen, von Anfang bis Ende.«

»Das kannst du nicht tun! Dieses... Manuskript, oder wie man es nennen will... es gehört dir doch nicht!«

»Ralph, die Frau, die es geschrieben hat, ist tot. Und sie hat es nicht vor ihrem Tod vernichtet. Das ist doch...«

»Sie hat es offenbar sehr gründlich versteckt. Ich finde wirklich, du hast kein Recht, es zu lesen.«

Barbara setzte sich ebenfalls an den Tisch, schob die verstreut liegenden Seiten ordentlich zusammen. »Ich werde es lesen«, sagte sie, »ob du mich dafür verurteilst oder nicht. Ich werde es lesen, weil ich es gefunden habe und weil es mich brennend interessiert.

Ich habe nicht erwartet, daß du das verstehen würdest. Du nimmst keinen Anteil an den Menschen um dich herum, und deshalb drängt es dich auch nicht, etwas über die Geschichten dieses alten Hauses zu erfahren.«

Er ließ ein kurzes, ironisches Lachen hören. »Oh – da haben wir ja wieder die brillante Strafverteidigerin in ihrer Bestform vor uns! Aus einer Unrechtsposition immer zum Gegenangriff übergehen, das ist doch deine Devise. Dein stumpfsinniger, knochentrockener Mann nimmt natürlich keinen Anteil an den Menschen um ihn herum. Ganz im Unterschied zu seiner aufgeschlossenen, engagierten Frau. Weißt du, wie man dein Verhalten auch nennen könnte, Barbara? Neugierig und indiskret. Das sind Attribute, die dir zwar sicher nicht gefallen werden, aber sie bezeichnen genau das, was du bist!«

Seine Stimme klang scharf. Was er sagte, war zu hart, das wußte er, aber er wollte Barbara verletzen und gab diesem Wunsch zum ersten Mal, seit sie einander kannten, nach, ohne wie sonst seine stets höfliche, verbindliche Art zu wahren und seinen Worten damit die Spitze zu nehmen. Nachdem der Hunger und der Kampf gegen die widrigen Umstände ihn während der vergangenen zwei Tage sanft und müde hatten werden lassen, machte sich nun der Ärger über den ganzen Schlamassel, in den sie geraten waren, in ihm breit, und er verspürte eine heftige Aggression gegen Barbara. Sie konnte so wenig für die Situation wie er, aber er brauchte ein Ventil, für diese zwei Tage wie – und zwar hauptsächlich – für die vergangenen Jahre, in denen zu vieles unausgesprochen geblieben war, in denen er, wie es ihm nun schien, zu viele eigene Wünsche und Bedürfnisse hintangestellt hatte. Die Geschichte mit den gefundenen Aufzeichnungen machte ihn wütend, ärgerte ihn deshalb so, weil sie eminent typisch war für Barbara. In diesem unbezähmbaren Interesse an allem und jedem lag ihr Desinteresse an *ihm* und *seinen* Belangen begründet. Wie war die Welt doch so bunt, spannend und voller Schicksale und Geschichten – warum sollte sie da noch den Mann neben sich sehen?

Sie war zusammengezuckt bei seinen Worten, faßte sich aber rasch wieder. »Ich verstehe nicht ganz, warum du so scharf schießen mußt. Wenn du dich als stumpfsinnig und knochentrocken bezeichnest, dann ist das dein Problem. Ich habe dich nie so empfunden.«

»Wahrscheinlich empfindest du mich seit Jahren überhaupt nicht mehr. Wenn du ehrlich bist, dann mußt du zugeben, daß ich den am wenigsten interessanten Teil deines Lebens darstelle. Wahrscheinlich störe ich dich auch nicht besonders. Ich bin dir einfach relativ egal.«

»Bevor du im Selbstmitleid ertrinkst, solltest du vielleicht bedenken, daß immerhin ich es war, die diese Reise organisiert hat. Damit wir endlich einmal Zeit haben, um miteinander zu reden. Sieht so Desinteresse aus?«

Er machte eine Kopfbewegung zu dem Papierstapel hin. »Ich denke, du willst lesen und nicht reden«, sagte er bockig.

»Ach, verdammt!« Ihre Augen blitzten zornig. »Hör auf, dich wie ein Kind zu benehmen, Ralph! Wenn du reden möchtest, dann reden wir. Das eine hat mit dem anderen nichts zu tun!«

»Es hat etwas miteinander zu tun. *Alles* hat immer etwas miteinander zu tun«, sagte er, plötzlich erschöpft trotz der vielen Stunden Schlaf. »Barbara, ob du dieses Tagebuch...«

»Es ist kein Tagebuch!«

»Ob du es liest oder nicht, ist letztlich gleichgültig. Ich halte es nicht für richtig, aber du bist dein eigener Herr, und du mußt wissen, was du tust. Was mich an der Geschichte aufregt, ist wohl nur, daß es wieder diese Wesensart von dir deutlich macht, dieses ›Hallo, hier ist Barbara, wo gibt es etwas Neues, Aufregendes, Faszinierendes zu entdecken und erleben?‹ Die Prominentenanwältin mit dem todsicheren Gespür für spektakuläre Fälle. Die Partylöwin in ihren superschicken Klamotten, die von einer Filmpremiere zur nächsten Preisverleihung, zur Vernissage und von dort ins nächste In-Restaurant flattert. Die Frau, die mit den Top-Journalisten der Republik befreundet ist und ständig nach Informationen aus erster Hand fiebert. Und die manchmal völlig vergißt, daß es Wichtigeres im Leben gibt.«

»Ralph, ich...«

»Weißt du, daß du mir so, wie du heute abend hier sitzt, hundertmal besser gefällst, als wenn du in großer Aufmachung zu irgendeinem Ereignis davonrauschst? Deine Haare sind zerzaust vom Sturm draußen, und außer dem blutigen Kratzer auf der Wange hast du auch noch einen Rußfleck auf der Nase, und... nein!« Er griff nach ihrer Hand, mit der sie sich unwillkürlich über die Nase hatte wischen wollen, hielt sie fest. »Laß es, wie es ist.

Mir wird der Anblick nicht mehr allzuoft gegönnt sein, fürchte ich.«

»Ich werde auch nicht für den Rest meines Lebens in Holzöfen herumstochern müssen, um aus praktisch nicht vorhandenen Lebensmitteln ein halbwegs genießbares Essen zu zaubern... oh, verdammt! Die Kartoffeln!« Sie sprang auf, zog den Topf von der Herdplatte, hob den Deckel und spähte hinein.

»Die dürften ziemlich matschig sein«, meinte sie. Sie fühlte seinen Blick auf sich ruhen und sah rasch zu ihm hin. Aller Zorn war aus seinen Augen gewichen.

»Ach, Ralph!« sagte sie. »Du hast es dir alles ganz anders gewünscht, nicht wahr?«

»Du warst eine andere, als wir uns kennenlernten.«

»Ich war...«

»...nicht halb so schön wie heute. Nicht halb so schlank. Aber du hattest eine Wärme, die dir inzwischen irgendwo verloren gegangen ist.«

»Ich will über damals nicht reden«, sagte Barbara kurz. Wenn er *damit* anfing, bekam sie Kopfweh.

»Ich will auch nicht über damals reden«, sagte Ralph, »es ist nur... manchmal fühle ich mich allein gelassen mit meinen Wünschen. Manchmal träume ich von einer Frau, die da ist, wenn ich nach Hause komme. Die wissen will, wie der Tag für mich war, und die zuhört, wenn ich über den Streß jammere, oder die mir ab und zu sagt, daß sie mich toll findet, wenn ich ihr einen besonders komplizierten Fall schildere, für dessen Aufschlüsselung mir eine blendende Idee gekommen ist.« Er hielt einen Moment lang inne. »Das gleiche möchte ich dir ja auch geben«, fuhr er dann fort, »ich hoffe jedenfalls, daß es das wirklich ist, was ich will. Daß hinter meiner Frustration nicht in Wahrheit steckt, daß ich mit deinem Erfolg und deiner Popularität nicht zurechtkomme.«

Es war sein stetes Bemühen um Ehrlichkeit gegen sich selbst, das Barbara immer am meisten an ihm geschätzt hatte. Er versuchte nie, sich vor der Wahrheit zu verstecken.

»Du bist kein bißchen weniger erfolgreich als ich«, sagte sie, »es sind nur andere Dinge, mit denen du dich beschäftigst. Du weißt, wie angesehen du bist!«

»Und du bist beliebt und bekannt.«

Barbara setzte sich wieder an den Tisch, ließ die verkochten Kartoffeln im Wasser auf dem Herd stehen. »Ralph, das war meine Wahl nach dem Studium. Du hättest dich dafür ganz genauso entscheiden können, deshalb bin ich nicht besser als du. Wir haben uns jeder nach seinen Neigungen orientiert. Und du hast mich für meine Wahl wesentlich häufiger angegriffen als ich dich für deine. Genaugenommen habe ich dich überhaupt nie deswegen angegriffen.«

»Ich fand immer, du bist als Juristin zu gut, um in den Schlagzeilen billiger Boulevardblätter verbraten zu werden.«

»Das ist doch nur ein Aspekt, und nicht der Entscheidende. Wichtig ist, daß mir meine Arbeit soviel Spaß macht. Ich liebe Menschen. Ich liebe es, mit ihnen zu sprechen. In ihre Abgründe zu schauen. Ich brauche das. Zum Beispiel der Fall Kornblum, den ich letzte Woche gewonnen habe. Natürlich habe ich den Ehrgeiz, Prozesse zu gewinnen, das ist bei jedem Anwalt so, auch bei dir. Aber was mich während der ganzen Geschichte vor allem antreibt, ist, herauszufinden, mit welcher Art Mensch ich es zu tun habe. Wie sieht und wie sah sein Leben aus? Was hat dazu geführt, daß er in die Lage gekommen ist, mich, einen Anwalt, zu brauchen? Kornblum ist nie über die Grenzen der Kleinstadt hinausgekommen, in der er Bürgermeister war. Er war dort der gute Junge, der es zu etwas gebracht hat. Man war sehr stolz auf ihn. Aber er selber hatte riesengroße Probleme. Er wollte weiter hinauf, höher – und wußte, daß er das Format dazu nicht hatte. Er würde immer eine Lokalgröße bleiben, seine Abende bei Zusammenkünften des Schützenvereins, der Kaninchenzüchter, der Faschingsgarde verbringen. Deren Stimmen brauchte er, aber er hat sie alle gehaßt. Daß er sich mit einer Prostituierten aus dem Frankfurter Rotlichtmilieu einließ, hat meiner Ansicht nach am wenigsten etwas mit irgendwelchen sexuellen Wünschen zu tun. Dieses Mädchen war sein Ventil. Sie gab seinem Leben, das er als erbärmlich empfand, einen aufregenden Anstrich. Sie gab ihm die Kraft, sich Tag für Tag aufs neue bei den guten Bürgern daheim einzuschleimen. Sie gab ihm die Gewißheit, daß er ein anderer war, daß er nur ein Spiel spielte.« Barbara hielt inne. Ihre blassen Wangen hatten Farbe bekommen. »Verstehst du?«

Auf die eine Weise verstand er, auf die andere nicht. Was immer dieses Hineintauchen in fremde Schicksale ihr bedeutete, er sah nicht ein, weshalb das einen Widerspruch bilden sollte zu allem, was er sich ersehnte.

»Ich finde, du interpretierst zuviel in diese Geschichte hinein«, sagte er, »bei Kornblum hast du doch lediglich einen Kleinbürger vor dir, der vermutlich mit ein paar perversen Vorlieben herumläuft, die ihm seine Ehefrau nicht erfüllen will oder kann. Also rennt er zu einer Hure und hat das Pech, daß diese eines Nachts von einem Freier in Stücke gehackt wird und er zuerst in Verdacht, später in die Schlagzeilen gerät. Seine politische Karriere und seine Ehe sind ruiniert. Das ist alles.«

»Es steht eine ganze Lebensgeschichte dahinter.«

Er starrte sie an. Unvermittelt sagte er: »Ich möchte Kinder haben, ehe es zu spät ist.«

In einer Geste der Hilflosigkeit und Resignation strich sie sich mit beiden Händen über das Gesicht. »Ich weiß«, sagte sie seufzend.

## Donnerstag, 26. Dezember 1996

Laura wachte um sechs Uhr morgens auf und wußte sofort, daß sie nicht wieder würde einschlafen können. Der Regen pladderte laut gegen die Scheiben ihres Zimmerfensters. Laura überlegte einen Moment, ob sie aufstehen und sich einen Tee machen sollte, denn das hätte ihr ein wenig von ihrem Seelenfrieden zurückgegeben, aber dann dachte sie, daß Marjorie davon womöglich wach werden würde. Sie hatte keine Lust, schon jetzt das mißmutige Gesicht ihrer Schwester zu sehen und das dauernde Genörgele über sich ergehen zu lassen. Also würde sie liegenbleiben. Seufzend drehte sie sich auf die andere Seite.

Sie erinnerte sich, von Frances geträumt zu haben, wenngleich sie nicht mehr hätte sagen können, worum es in dem Traum gegangen war. Zurückgeblieben war – wie immer, wenn es um Frances ging – ein diffuses Gefühl von Traurigkeit und Ärger. Laura konnte an Frances nicht denken, ohne daß diese Gedanken von Gereiztheit begleitet wurden. Von Gereiztheit und Sehnsucht. Nie würde sie aufhören, sich die Jahre zurückzuwünschen, die sie gemeinsam verbracht hatten, und nie würde sie jenen tief in ihrem Innern glimmenden Zorn loswerden, mit dem sie ihrer hoffnungslosen Bemühungen um Frances und deren kühler Reaktion darauf gedachte. Sie hatte um Anerkennung, Zuneigung, Liebe gebuhlt, und von allem etwas bekommen, jedoch stets um jene feine Nuance zu wenig, die den Schmerz verursachte. Frances war auf sie zugegangen, um dann an irgendeinem Punkt jäh stehenzubleiben und sich nicht weiter voranzubewegen. Eine echte Freundschaft hatte sie nicht zugelassen. Schon gar nicht hatte sie die Mutterrolle übernehmen wollen, die sich Laura so sehnlich von ihr gewünscht hatte. Letztendlich war sie die Arbeitgeberin gewesen, Laura die Angestellte.

Irgendwann hatte Laura begriffen, daß sie daran nichts würde ändern können, und um so mehr hatte sie darum gekämpft, sich unentbehrlich zu machen. Frances sollte nie einen Grund finden, sie fortzuschicken. Das hatte sie dann auch nicht getan, aber auch nie war ein »Niemand kann das besser als du, Laura« über ihre Lippen gekommen. Laura konnte anstellen, was sie wollte. Sie bekam nicht, was sie so heftig ersehnte.

Ihr fiel plötzlich eine Begebenheit ein, aus den späten siebziger Jahren. Ein stiller, kalter, nebliger Novembertag. Sie hatte sich im Garten von Westhill zu schaffen gemacht, hatte Rosenstöcke ausgeputzt, die Pflanzen mit Tannenzweigen gegen die bevorstehenden Frostnächte abgedeckt. Sie konnte ihren Atem sehen, aber ihr war warm vom Arbeiten, und ihre Wangen glühten. Sie liebte den Garten, hegte und pflegte ihn unermüdlich und wußte, daß sie auf das Ergebnis stolz sein konnte.

An jenem Tag war sie so in ihre Arbeit versunken gewesen, daß sie Frances gar nicht hatte herankommen hören. Sie schrak zusammen, als sie hinter sich ihre Stimme vernahm.

»Selbst im November noch ein schöner Garten«, sagte Frances und ließ ihren Blick, diesen scharfen Adlerblick aus hellblauen Augen, umherschweifen. »Sehr gepflegt!«

Laura richtete sich auf, unterdrückte ein Stöhnen wegen des ziehenden Schmerzes in ihrem Rücken. »Nun ja«, sagte sie bescheiden, während ihr vor Stolz und Glück das Blut in die Wangen schoß.

»Aber er wird nie wieder so sein wie in der Zeit, als Mutter noch lebte«, fuhr Frances fort. »Sie hatte eine unwahrscheinliche Beziehung zu Pflanzen. Sie sprach sogar mit ihnen – in ihrem furchtbaren Dubliner Dialekt, den keiner von uns verstehen konnte. Manchmal schien es, als müsse sie einer Blume nur gut zureden, und schon begann diese zu blühen. Ihr Garten war überall in der Gegend berühmt.«

Die Freude erlosch. Sie zerbrach, als habe sie jemand mit Fußtritten traktiert. Zurück blieb eine tiefe Verletztheit.

Warum kannst du nie wirklich nett sein? hätte Laura am liebsten geschrien. Warum kann ich es dir nie recht machen? Warum merkst du es nicht mal, wenn du mir weh tust?

Sie hatte etwas gemurmelt und sich rasch abgewandt, damit Frances die Tränen in ihren Augen nicht sehen konnte. Es war nicht schwer, Kummer vor Frances zu verbergen. Sie bekam selten mit, wenn es jemandem schlechtging.

Daß die Wunde bis heute so brannte! Laura erhob sich, angelte nach ihrem Bademantel und trat ans Fenster. Unten brannten die

Straßenlaternen. In ihrem Lichtschein konnte sie den Regen rauschen sehen. Der Fußboden war kalt, sie krümmte die Zehen.

Am selben Tag, erinnerte sie sich plötzlich, war damals Lilian Leigh von Daleview herübergekommen. Sie war einfach in die Küche geplatzt, wo Frances und Laura beim Abendessen saßen. Frances verschloß nie die Haustür, was Laura leichtsinnig fand. Lilian war weiß gewesen wie die Wand. Sie hielt ein blutgetränktes Taschentuch gegen den Mund gepreßt und weinte hysterisch. Ihre Lippe war aufgeplatzt, und sie hatte einen Zahn verloren. Wie sich herausstellte, ging das auf Fernands Konto, dem sie in irgendeiner unbedeutenden Angelegenheit widersprochen hatte.

»Jedesmal geht es so«, schluchzte sie, »jedesmal. Wenn nicht alles passiert, wie er es will. Er verliert völlig die Beherrschung!«

»Warum, um Himmels willen, lassen Sie sich das gefallen?« fragte Frances perplex, während Laura mit einer sauberen, nassen Serviette Lilians Verletzung auswusch.

»Wie soll ich mich denn wehren«, heulte Lilian, »er ist zehnmal stärker!«

»Also, zur Not bliebe ja zumindest die Lösung, daß Sie sich scheiden lassen und von ihm weggehen«, sagte Frances, »und Sie nehmen ihn natürlich richtig aus dabei.«

»Ich kann nicht von ihm weg«, flüsterte Lilian.

»Warum nicht?«

»Ich liebe ihn.«

Frances hatte es die Sprache verschlagen, während Laura dachte, daß *sie* es verstehen konnte. Für Frances waren diese Dinge klar und einfach. Sie würde nie hinter das komplizierte Seelengeflecht einer Abhängigkeit blicken. Und sie würde dafür immer nur Verachtung aufbringen.

Laura hatte es erschüttert, von Fernand so schreckliche Dinge zu hören. Sie hatte ihn aufwachsen sehen, hatte ihm sein Lieblingsessen gekocht, wenn er zu Besuch kam, hatte ihm Kuchen eingepackt, wenn er nach den Ferien ins Internat zurückmußte. Sie hatte ihn gemocht, er war Teil ihrer kleinen Welt, die friedlich zu erhalten sie sich stets so sehr bemühte. Als erwachsener Mann sah Fernand so attraktiv aus, daß Laura manchmal Regungen in sich verspürte, die sie sich sofort verbot. Sie war sechzehn Jahre älter, eine unscheinbare, graue Maus. Für Fernand war sie nichts als die nette, etwas betuliche Laura, die ihm immer noch sein Lieblingsessen kochte. Mehr würde sie nie für ihn sein. Und er sollte für sie nichts anderes sein als der freundliche Junge, der freundliche Mann aus der Nachbarschaft.

An jenem Tag hatte er ein anderes Gesicht gezeigt, von dem Laura keine Ahnung gehabt hatte. Es war, als werde ein giftiger Stachel in die Idylle getrieben – oder in das Bild einer Idylle, an dem Laura so beharrlich festhielt.

Bis heute, dachte sie nun, bis heute...

Sie merkte, wie eisige Kälte in ihr hochkroch, während sie so am Fenster stand und in den Regen hinaussah. Sie würde sich jetzt doch einen Tee machen, ob Marjorie nun aufwachte oder nicht. Einen schönen, heißen Tee. Die einzige Waffe gegen das Frösteln, das aus der Erinnerung kam.


Es war halb sieben am Morgen, und Barbara war vom Hunger erwacht. Das hohle, nagende Gefühl im Bauch hatte sie sogar bis in den Schlaf verfolgt; sie hatte geträumt, sie habe sich in einer ausgestorbenen Großstadt verirrt, sei zwischen endlos langen Häuserzeilen herumgelaufen, habe nirgends ein Licht hinter schwarzen, toten Fensterscheiben entdeckt, keinen Menschen gesehen, keine Stimme gehört. Hoch über sich, als schmalen Streifen zwischen den Dächern der Wolkenkratzer, erspähte sie ein Stück Himmel, grau, unbeweglich, abweisend. Eine schmerzhafte Empfindung von Einsamkeit quälte sie, aber schwerer wog der Hunger. Das Alleinsein hatte etwas Unwirkliches, der Hunger war greifbar und real. Ihr Magen krampfte sich immer wieder jäh zusammen, und dazwischen stieg Panik in ihr auf, weil sie fürchtete, nie wieder etwas zu essen zu bekommen.

Als sie wach wurde, meinte sie eine Sekunde lang voller Erleichterung, sie habe nur geträumt, aber dann spürte sie bereits wieder den Schmerz im Magen und wußte, daß zumindest Teile des Traums durchaus mit der Wirklichkeit übereinstimmten. Statt in einer verlassenen Stadt saß sie in einer Schneewüste fest, aber wenigstens hatte sie Ralph bei sich und war nicht ganz allein. Doch trotz der Sparsamkeit gingen ihre Vorräte drastisch zur Neige, und wenn sich nicht bald etwas an der Situation änderte, würden sie in ernsthafte Schwierigkeiten geraten. Sie dachte an das Frühstück, das sie erwartete – Kaffee, eine Scheibe Brot für jeden, ein hartgekochtes Ei für beide zusammen –, und seufzte. Draußen heulte der Sturm, und sie konnte sehen, wie es schneite. Ihre Nasenspitze fühlte sich eiskalt an; in allen Räumen, bis auf Küche und Eßzimmer, waren die Temperaturen inzwischen deutlich gesunken. Die Mauern hatten die in den vergangenen Wochen gespeicherte Wärme längst abgegeben. Bald würde sie fünf Decken übereinander brauchen, um schlafen zu können.

Sie dachte an das, was sie an diesem zweiten Weihnachtsfeiertag erwartete: ein kärgliches Frühstück, kaum geeignet, den knurrenden Magen zu besänftigen, Feuer im Kamin machen und am Brennen halten, Schneeschippen, immer wieder Schneeschippen, damit die Gasse zum Schuppen nicht wieder zuschneite. Holz vom Schuppen zum Haus tragen. Ein Abendessen kochen, das dann nicht einmal für den sprichwörtlichen hohlen Zahn reichte. Mit kaltem Wasser waschen, dabei in einem noch kälteren Bad stehen...

Sie beschloß, so lange wie möglich im Bett zu bleiben.

Sie tastete nach den Streichhölzern, die auf dem Nachttisch lagen, und zündete alle acht Kerzen in dem großen, kupfernen Leuchter an, den sie mit hinaufgenommen hatte. Neben dem Leuchter lag der Papierstapel aus dem Schuppen. Sie war nicht mehr dazu gekommen, mit dem Lesen anzufangen; sie und Ralph hatten die halbe Nacht lang geredet und waren schließlich beide völlig erschöpft gewesen. Aus dem Spiegel hatte Barbara dann ein spitzes, blasses Gesicht mit riesigen, vor Müdigkeit geröteten Augen angeblickt. Sie war ins Bett gefallen und von einer Sekunde zur anderen eingeschlafen.

Sie wurde nicht von den gleichen Skrupeln geplagt wie Ralph, aber einen Moment lang überkam sie doch ein eigenartiges Gefühl, als sie den obersten Stoß Blätter ergriff. Etwas sehr Persönliches hielt sie da in den Händen. Frances Gray war vielleicht stellenweise sehr offen in ihren Schilderungen. Auf der anderen Seite war sie, Barbara, in diesem Fall eine völlig neutrale Person. Wäre Frances ihre Mutter oder Großmutter gewesen, hätte sie davor zurückgescheut, womöglich Dinge zu erfahren, die man über nahestehende Menschen nicht wissen wollte. Aber so kam es ihr vor, als befasse sie sich mit dem Lebensbericht einer Mandantin, als studiere sie Prozeßakten.

Sie fing an, den Prolog zu lesen, den Frances Gray im Dezember 1980 ihren Aufzeichnungen vorangestellt hatte.

»Von meinem Schreibtisch, der am Fenster steht, sehe ich hinaus auf die weiten, kahlen Felder des Hochmoores, über das der eisige Dezemberwind weht. Der Himmel ist voll grauer, wütend zusammengeballter Wolken. Man sagt, wir bekommen Schnee über Weihnachten, aber wer weiß, ob das stimmt. Hier oben in Yorkshire weiß man nie, was kommt. Man lebt von der Hoffnung...«

Als sie den Prolog zu Ende gelesen hatte, machte sie einen Sprung in das Jahr 1907, zu der vierzehnjährigen Frances Gray, einem verzweifelten, wütenden jungen Mädchen.

Sie saß am Ufer des River Swale und spielte mit den Kieselsteinen, die den Strand bedeckten. Eine angenehme Kühle stieg von dem klaren Wasser auf, und die hohen Bäume ringsum spendeten Schatten. Eine alte Frau ging langsam über die Brücke, schaute kurz zu dem Mädchen hin, kümmerte sich aber nicht weiter und machte sich an den beschwerlichen Aufstieg zur Stadt.

Richmond erhob sich hoch über dem Fluß, steile, gewundene Gassen führten hinauf. Ganz oben thronte die Burg, düster und schwer unter dem blauen Junihimmel. In den Straßen ging es immer laut zu, hörte man das Hufgetrappel der Pferde auf dem Kopfsteinpflaster und das Rollen der Kutschenräder. Aber bis zum Fluß hinunter drang kein Laut. Hier war nur das Rauschen von den Swale Falls, den unweit gelegenen Wasserfällen, zu hören, und der Gesang der Vögel.

Sie betrachtete die Zweige der Weidenbäume, die tief ins Wasser hingen und in der Strömung tanzten. Sie liebte den River Swale, liebte es, an seinem Ufer zu sitzen. Es war hier wie daheim, am Ufer des River Ure. Wenn sie hier saß, konnte sie vergessen, daß sie in Richmond war. Sie konnte sich einbilden, sie sei daheim in Wensleydale, und wenn sie aufstand, würde sie über die Wiesen nach Hause laufen.

An diesem Tag gelang es ihr nicht, sich aus der Wirklichkeit zu träumen. Immer wieder sah sie zur Burg hinauf. Und immer wieder kamen ihr die Tränen. Tränen der Wut, der Enttäuschung und der Traurigkeit.

Die alte Frau war längst verschwunden, da entdeckte sie abermals einen Schatten auf der Brücke: Es war John. Sie stand auf, strich ihren Rock glatt und fuhr sich mit dem Ärmel der steifen, weißen Leinenbluse, die zur Schuluniform gehörte, über Augen und Nase. Sie wünschte, sie hätte sich eher zusammengerissen, dann müßte sie John Leigh jetzt nicht so verheult entgegentreten.

Er hatte sie nun ebenfalls gesehen und kam auf sie zu. Sie hatte ihn längere Zeit nicht getroffen und daher den Eindruck, er sei schon wieder größer und älter geworden. Früher hatte der Altersunterschied von sechs Jahren keine Rolle gespielt. Nun wurde die Diskrepanz sichtbar: John war zwanzig und ein junger Mann; sie war vierzehn und so, wie sie heute aussah, ein kleines Mädchen.

Sie lief zu ihm hin, und sie umarmten einander. So an ihn gepreßt, fing sie schon wieder zu weinen an, sie konnte es nicht verhindern.

»Aber, Frances«, hörte sie ihn sagen, »so schlimm ist es doch nicht! Kein Grund, so verzweifelt zu sein!«

Er schob sie ein Stück von sich weg, musterte sie besorgt, strich ihr die wirren, schwarzen Haare aus der Stirn. Sie versuchte, mit dem Weinen aufzuhören, schluckte und würgte.

»Jetzt bin ich ja da«, sagte John, »jetzt ist alles in Ordnung!«

Frances versuchte, sein Lächeln zu erwidern, spürte aber, daß das mißglückte.

»Wie lange kannst du bleiben?« fragte sie.

»Leider nur bis morgen«, sagte er bedauernd, »ich muß Sonntag abend wieder in Daleview sein. Aber für dich beginnt dann ja auch die neue Woche.«

Sie hob den Arm, um sich erneut die Tränen abzuwischen, besann sich aber noch rechtzeitig und kramte ein Taschentuch hervor. »Ich wußte, du würdest kommen«, sagte sie.

»Wenn ich ein Notruftelegramm von dir erhalte, komme ich immer«, entgegnete John. »Was hast du denn angestellt?«

»Ach, ich habe einer Mitschülerin den Tennisschläger auf den Kopf gehauen. Den Griff des Tennisschlägers. Sie mußte genäht werden!«

»Guter Gott! Und warum hast du das getan?«

Frances zuckte mit den Schultern.

»Es muß doch einen Grund gegeben haben«, hakte John nach.

Frances sah an ihm vorbei auf den Fluß. »Sie hat dummes Zeug geredet...«

Er seufzte. »Wegen deiner Mutter wieder?«

»Ja. Ihre genauen Worte waren: ›Deine Mutter ist eine irische Schlampe.‹ Sollte ich das einfach hinnehmen?«

»Natürlich nicht. Aber zuschlagen ist auch keine Lösung. Du siehst ja, letztlich hast du dann die Scherereien.«

»Fünf Wochen! Fünf Wochen lang darf ich nicht ein Wochenende nach Hause fahren! Das ist länger als ein Monat!«

John nahm ihre Hand. »Komm. Wir gehen ein bißchen am Ufer entlang. Du mußt dich jetzt erst einmal beruhigen. Ein Monat ist gar keine so lange Zeit.«

»Für dich vielleicht nicht. In der Emily-Parker-Schule ist das eine Ewigkeit!«

»Du mußt aufhören, diese Schule so schrecklich zu hassen«, sagte John und schob die Zweige eines Baumes zur Seite, damit sie vorbeigehen konnten, »versuche doch, auch etwas Gutes daran zu sehen. Du lernst eine Menge, und...«

»Was lerne ich denn schon? Einen Haushalt führen, kochen, stricken... lauter verdammtes Zeug! Mich *weiblich* benehmen! Das ist alles so...«

»Das stimmt nicht. Ihr habt auch anderen Unterricht: Mathematik und Literatur... und du lernst Tennis spielen. Das macht dir doch Spaß!« Er grinste.

»Auch wenn du deinen Tennisschläger dann und wann für andere Zwecke mißbrauchst!«

»Ich würde viel lieber reiten als Tennis spielen. Aber das kann ich hier ja auch nicht!«

»Das kannst du an den Wochenenden zu Hause tun. Ja, ich weiß«, sagte er rasch, als sie ihren Mund zum Protest öffnete, »jetzt darfst du erst mal nicht heim. Aber das ist nicht für ewig.«

Frances blieb stehen. In einem wilden Jasminstrauch neben ihr summten die Bienen. Es roch süß und verführerisch nach Sommer.

»Vicky ist nach Hause gefahren«, sagte sie.

»Klar. Sie ist eine Musterschülerin. Mach dir doch deswegen keine Gedanken.«

»Sie ist zwei Jahre jünger als ich. Aber sie wird mir ständig vorgehalten. ›Nimm dir ein Beispiel an deiner kleinen Schwester, Frances!‹ Ich weiß nicht, wie das geht«, sagte Frances und schaute an sich hinunter, an dem knöchellangen dunkelblauen Rock, der weißen Bluse, in der man kaum den Kopf bewegen konnte, so hoch und steif umschloß der Kragen den Hals, »aber Vicky sieht selbst in dieser gräßlichen Uniform noch niedlich aus!«

»Du siehst auch sehr niedlich aus«, tröstete John.

Frances wußte, daß das nicht stimmte. So süß und hübsch wie die kleine Victoria war sie ohnehin nie gewesen, aber inzwischen konnte sie sich schon überhaupt nicht mehr mit ihr messen. Sie war ziemlich in die Höhe geschossen während des letzten halben Jahres, aber dabei war sie dürr wie ein Zaunpfahl, und es schien nichts mehr an ihrem Körper zu geben, was in den Proportionen auch nur noch annähernd zueinander paßte. Ihre Haare, um die sie sich früher kaum hatte kümmern müssen, hingen strähnig herab, so daß sie sie neuerdings aufsteckte – wobei sie fand, daß ihr Kopf dann wie ein Ei aussah. Sie mochte auch ihre stahlblauen, hellen Augen nicht. Vickys Augen hatten die Farbe von dunklem Bernstein. Frances hätte ein Vermögen für diese Augen gegeben.

»Hast du dir ein Zimmer genommen hier in Richmond?« fragte sie, um sich von den Gedanken um ihr Aussehen abzulenken. Sich damit zu beschäftigen, deprimierte sie stets zutiefst.

»Ja. Denkst du, ich schlafe im Auto?« Die Leighs gehörten zu den ganz wenigen Menschen, die Frances kannte, die reich genug waren, bereits ein Auto zu besitzen.

»Kann ich nicht mit zu dir kommen heute nacht?« fragte sie. »Ich habe überhaupt keine Lust, in die Schule zurückzugehen!«

»Also, das geht wirklich nicht«, sagte John rasch, »du machst doch deine Situation nur noch schlimmer. Was meinst du, wieviel Ärger du *dann* erst kriegst! Ganz abgesehen«, fügte er hinzu, »von den Schwierigkeiten, in die *ich* gerate, auch wenn ich wirklich nur die ganze Nacht im Sessel sitzend verbringe.«

»Ich würde ja nicht sagen, daß ich bei dir war!«

»Was würdest du denn dann sagen?« Er trat vor sie, nahm ihre beiden Hände und sah sie ernst an. »Frances, jetzt hör mal zu. Ich weiß, du findest es furchtbar hier. Du fühlst dich eingesperrt und unterdrückt, und du bist ein Mensch, der das ganz schlecht aushält. Aber du mußt da jetzt durch. Es sind nur noch drei Jahre. Du beißt die Zähne zusammen und schaffst das!«

Sie atmete tief. Die drei Jahre lagen vor ihr wie eine Ewigkeit.

»Für mich wird jetzt die Universität beginnen«, erklärte John, »das ist auch kein Zuckerschlecken. Aber es muß eben sein.«

»Universität!« sagte sie bitter. »Da siehst du doch den Unterschied!«

»Welchen Unterschied?«

»Den zwischen dir und mir. Den zwischen Männern und Frauen. Bei dir macht das alles einen Sinn. Deine Schulzeit war auch nicht schön, aber du wußtest, wofür du das alles tust. Um später auf eine

Universität zu gehen. Um das Beste aus deinem Leben zu machen. Um deine Fähigkeiten zu erkennen und zu lernen, sie richtig einzusetzen.«

»Das ist bei dir auch so.«

»Nein!« rief sie wütend. »Nein, ist es nicht! Ich muß das alles hier durchmachen für nichts! Ich werde nicht auf eine Universität gehen können. Es gibt ja kaum welche, die Frauen zulassen. Mein Vater würde die Wände hochgehen, wenn ich mit so einer Idee daherkäme.«

»Aber vielleicht würdest du doch einen Weg finden«, meinte John.

Er sah erstaunt aus. Frances hatte den Eindruck, er hatte keine Ahnung gehabt, mit welchen Problemen sie sich herumschlug. Sie wußte, daß sie ein paarmal Andeutungen gemacht hatte, aber er hatte sie wohl nicht begriffen.

Oder nicht ernst genommen, dachte sie bitter.

»Ja, vielleicht würde ich einen Weg finden«, sagte sie, »aber dann gehen die Schwierigkeiten weiter. Dann werden mir Steine in den Weg gelegt bei der Berufswahl. Letzten Endes erwartet jeder von mir, daß ich einfach heirate und eine Menge Kinder bekomme!«

»Und das kannst du dir überhaupt nicht vorstellen?«

Sie wandte sich ab und ging weiter. »Ich weiß nicht«, sagte sie, »ich weiß gar nicht, was ich mir vorstelle.«

Er lief hinter ihr her, hielt sie am Arm fest und drehte sie zu sich herum.

»Ich freue mich, wenn du in drei Jahren von der Schule zurück nach Leigh's Dale kommst«, sagte er. Sein Blick umfaßte sie liebevoll. »Ich freue mich wirklich. Denk daran bitte auch.«

Es war ein Versprechen von Zukunft, das konnte sie in seinen Augen lesen. Sie fragte sich, warum sie sich deshalb kein bißchen besser fühlte.

Niemand konnte sich erinnern, daß je ein Mai so warm gewesen war wie der des Jahres 1910. Im Süden Englands, so schrieben die Zeitungen, mußte die Hitze fast unerträglich sein, und besonders die Londoner stöhnten und klagten. In den Straßen wurden Fässer mit Wasser aufgestellt, damit sich die Leute im Vorübergehen erfrischen konnten. Noch hatte die Feriensaison nicht begonnen, aber die reichen Leute flüchteten bereits auf ihre Landsitze.

In Yorkshire blieb es immer kühler als in den südlichen Grafschaften, aber dieser Mai war auch dort oben ungewöhnlich warm und trocken. Tag für Tag schien die Sonne von einem strahlend blauen Himmel. Die Bauern unkten bereits, ihnen stünde eine längere Dürreperiode bevor, die Ernte würde schlecht sein. Aber noch schienen die Sorgen unbegründet. Der April hatte reichlich Regen gebracht, die Wiesen leuchteten in einem frischen, kräftigen Grün. Die Schafe fraßen, als könnten sie nicht genug bekommen, und wenn man ihnen zusah, konnte man bereits den herrlich würzigen Käse schmecken, der aus ihrer Milch zubereitet werden würde. Noch berühmter als der Schafskäse allerdings war der Käse aus Kuhmilch, der »Wensleydale Cheese«, der überall in England gern gegessen wurde.

Frances Gray war in diesem Frühsommer unruhig und unstet wie nie vorher. Im März war sie siebzehn Jahre alt geworden, sie empfand sich als erwachsen und hatte doch das Gefühl, als ließe das große Ereignis, das den Auftakt zum Eintritt ins Erwachsenenalter bilden sollte, unverhältnismäßig lange auf sich warten. Dabei wußte sie nicht einmal, wie dieses Ereignis aussehen sollte. Sie hatte nur den Eindruck, daß in ihrem Leben bisher nichts geschehen war und daß die Dinge so eintönig nicht weitergehen durften.

Anfang April hatte sie endlich der verhaßten Emily-Parker-Schule in Richmond den Rücken gekehrt, und sie hatte in den ersten Wochen der Freiheit gedacht, daß ihr nie mehr im Leben etwas Schlimmes zustoßen konnte. Das wirklich Schlimme hatte sie hinter sich gebracht. Bis zum Schluß hatte sie die Schule gehaßt. Sie war auf der Westhill Farm im grünen, hügeligen Wensleydale aufgewachsen, ohne Zwänge, war barfuß gelaufen im Sommer, war ohne Sattel und Zaumzeug auf den Pferden herumgaloppiert, hatte im Schneidersitz auf dem Küchentisch gesessen und ihrer Großmutter beim Geschichtenerzählen zugehört. Es war ihr unerträglich gewesen, in einem düsteren Haus in der Stadt eingekerkert zu sein, in einem Schlafsaal mit neun anderen Mädchen zu liegen, schweigend, denn Sprechen war verboten. Bei Ausflügen mußten sie paarweise hintereinander hergehen, sie durften nicht rennen – außer im Sportunterricht –, durften nicht laut lachen und keine anzüglichen Witze, wie Frances sie von den Farmarbeitern her kannte, erzählen. Einmal hatte Miss Parker, die Schulleiterin, Frances im Schneidersitz auf dem Bett überrascht. Sie war völlig außer sich geraten, hatte Frances liederlich und verdorben genannt und ihr ein schlimmes Ende prophezeit, denn eine Dame, die ihre Beine nicht *immer* geschlossen hielt, forderte Männer zu unaussprechlichen Gedanken heraus, denen im schlimmsten Fall sogar Taten folgen mochten. Miss Parker hatte sich fast noch mehr aufgeregt als über jenen denkwürdigen Zwischenfall mit dem Tennisschläger; dabei gab es in der ganzen Schule nicht ein einziges männliches Wesen und somit niemanden, der irgendwelche gefährlichen Gedanken hegen konnte. Es interessierte Frances auch nicht sonderlich, welche Meinung die alte Parker von ihr hatte, aber da auf schlechtes Benehmen unweigerlich das Verbot folgte, am Wochenende nach Hause zu fahren, bemühte sie sich schließlich doch um ein einigermaßen angemessenes Betragen. Sie bekam schließlich ein überraschend gutes Abschlußzeugnis. Alles, was sie dachte, war: Aus! Es ist vorbei! Jetzt werde ich endlich leben!

Nach all den Jahren qualvollen Heimwehs hätte Westhill nun das Paradies für sie sein müssen. Aber irgend etwas hatte sich verändert – und es dauerte einige Wochen, ehe Frances begriff, daß *sie* nicht mehr dieselbe war. Unmerklich hatte sich während der vergangenen Jahre die Kindheit von ihr verabschiedet; unmerklich deshalb, weil sie sie in ihrer Sehnsucht und Traurigkeit wie einen Schatz gehütet und ihr Ende nie in Erwägung gezogen hatte. Nun fand sie das barfüßige Mädchen nicht mehr, das den Geschichten seiner Großmutter lauschte und auf den Pferden herumgaloppierte. Verwirrt stand sie vor der Erkenntnis, daß sie es versäumt hatte, sich auf den Lebensabschnitt vorzubereiten, der nun vor ihr lag.

Der Mai mit seiner ungewöhnlichen Wärme schien eine einzige große Verheißung zu sein, und Frances' Unruhe nahm noch zu.

»Ich frage mich, wie es weitergeht mit mir«, sagte sie eines Morgens zu ihrer Mutter. Es war Freitag, der sechste Mai, ein Datum, dessen sie sich später aus vielerlei Gründen erinnern sollte. »Ich kann ja nicht für alle Zeiten daheim sitzen und nichts tun!«

Ihre Mutter, Maureen Gray, war gerade damit beschäftigt, in ihrem Schlafzimmer nach den Klaviernoten zu kramen; jeden Moment mußte ihre Klavierlehrerin eintreffen, und sie wollte die Stücke vorher noch einmal spielen. »Schatz, das wird sich alles finden«, sagte sie etwas zerstreut, »warum genießt du nicht einfach erst einmal den Sommer?«

»Wie denn? Es ist hier nichts los! Jeder Tag vergeht wie der andere!«

»Aber als du noch in Richmond zur Schule gingst, hast du immer gesagt, wie sehr dir Westhill und das Leben hier fehlen. An den Wochenenden hast du gejammert, weil du lernen mußtest und nicht tun konntest, was du wolltest. Nun kannst du es. Du wolltest endlich wieder in einer blühenden Wiese liegen und in den Himmel sehen, du…«

»Mutter, das kann ich aber nicht den ganzen Tag über machen«, unterbrach Frances mit gereizter Stimme. »Es ist einfach… ich kann nicht da weitermachen, wo ich aufgehört habe. Ich bin nicht mehr zwölf! Ich bin siebzehn!«

Maureen tauchte aus dem Schrank auf und strich sich über die Haare. Sie stand kurz vor ihrem 37. Geburtstag, hatte bereits vier Kinder geboren, von denen eines die ersten Wochen nicht überlebt hatte, und sah aus wie ein junges Mädchen. Frances, im Aussehen keltisch wie ihr Vater, beneidete ihre Mutter um deren honigblondes Haar und die bernsteinbraunen Augen. Maureens Farben trugen alle einen Goldton in sich, waren warm, sanft und harmonisch.

Frances' Farben hingegen waren kühl und herb. Nicht der Anflug eines rosigen Schimmers milderte das Weiß ihrer Haut, nicht eine einzige helle Strähne zog sich durch das tiefe Schwarz ihrer Haare. In Miss Parkers Schule hatten die Mädchen gesagt, sie sähe »interessant« aus. Das Wort »hübsch« war nie gefallen.

»Übernächste Woche findet doch das Frühlingsfest bei den Leighs statt«, sagte Maureen nun. »Freust du dich nicht darauf?«

»Doch. Aber ich kann doch nicht von einem Fest zum anderen tanzen. Das ist kein Lebensinhalt!«

»Frances, es wird nicht lange dauern, und einer der jungen Männer aus der Umgebung hält um deine Hand an. Du wirst heiraten, du wirst Kinder haben, du wirst einen Haushalt führen. Du wirst dich ärgern, daß du dir diesen schönen Sommer mit Grübeleien verdorben hast, anstatt ihn richtig zu genießen. Wenn du nämlich deine eigene Familie hast, wird es nicht mehr viel Freizeit geben!«

»Ich fühle mich viel zu jung, um zu heiraten und Kinder zu kriegen.«

»Ich war auch siebzehn, als ich mein erstes Kind bekam!«

»Das war zu deiner Zeit anders. *Du* warst anders. Ich kann mir im Moment einfach nicht vorstellen, mich für einen Menschen zu entscheiden, mit dem ich dann mein ganzes Leben verbringe!«

Maureen seufzte. Frances wußte, daß nach Ansicht ihrer Mutter derartige Gespräche zu nichts führten. Sie war überzeugt, daß sich Frances plötzlich verlieben, ihre Meinung über Kinder und Ehe von einem Tag zum anderen umstoßen und gar nicht mehr verstehen würde, warum sie so lange Zeit unzufrieden gewesen war.

»Wie steht es denn eigentlich mit dir und John Leigh?« bohrte sie vorsichtig nach. »Ihr seid doch praktisch seit Kindertagen verlobt!« Sie lächelte, und dieses Lächeln machte Frances ärgerlich.

»Ach, Mutter, das war doch damals... das ist lange her. Er hat mich nie mehr gefragt.«

»Wahrscheinlich machst du ständig ein so mißgelauntes Gesicht, daß er sich das gar nicht traut«, meinte Maureen. Sie zuckte zusammen, als von draußen eine Hupe erklang. »O Gott, Mrs. Maynard ist schon da, und ich habe die Noten immer noch nicht gefunden! Lauf hinunter und sage ihr, sie soll schon ins Wohnzimmer gehen. Ich komme sofort!«

Mrs. Maynard, die Klavierlehrerin, war bekannt für ihre taktlose Art. Frances wußte, daß sie heute mürrisch aussah, und wunderte sich nicht, daß Mrs. Maynard sofort eine Bemerkung darüber machte. »Was hat dir denn die Suppe versalzen?« fragte sie. »Liebeskummer?«

»Nein«, erwiderte Frances verärgert. Sie fragte sich, weshalb die Leute bei einem jungen Mädchen nie auf die Idee kamen, es könnte andere Probleme haben als Liebeskummer.

»Ich habe etwas, das deine Laune heben wird!« sagte Mrs. Maynard und kramte in ihrer Tasche. Sie förderte einen Briefumschlag zutage und wedelte damit vor Frances' Nase herum. »Ich komme gerade von den Leighs. Die alte Mrs. Leigh bildet sich ja neuerdings ein, unbedingt Klavier spielen zu müssen. John Leigh bat mich, dir diesen Brief mitzubringen!« Sie drückte ihn Frances in die Hand.

»Ist John denn daheim?« fragte Frances erstaunt. John studierte in Cambridge und kam selten nach Hause.

»Seinem Vater geht es nicht gut«, erklärte Mrs. Maynard, »ich weiß nichts Genaues, aber deswegen ist John jedenfalls hierhergekommen.«

Es mußte ernst sein, mutmaßte Frances. John kam sicher nicht wegen einer Erkältung seines Vaters von Cambridge nach Leigh's Dale.

»Der Brief ist zugeklebt«, sagte Mrs. Maynard augenzwinkernd. »Du kannst es nachprüfen. Natürlich hat es mich fast zerrissen zu erfahren, was drinsteht, aber Wasserdampf war unterwegs nicht zu haben!« Sie lachte laut auf und marschierte an Frances vorbei ins Haus, wo man sie gleich darauf rufen hören konnte: »Maureen! Hallo, Maureen! Ich bin es, Dorothy!«

Frances verdrehte die Augen und überlegte, wohin sie sich verziehen könnte, um den Brief in aller Ruhe zu lesen. Seit ihrer Rückkehr aus Richmond hatte sie John nur einmal kurz gesehen, an Ostern, während des Gottesdienstes. Es waren viele Leute um sie herum gewesen, und sie hatten kaum ein Wort wechseln können.

Sie sah sich also um, und wie immer, wenn sie Westhill Farm und die Landschaft darum bewußt wahrnahm, stieg ein Gefühl von Frieden in ihr auf und von Dankbarkeit dafür, hier leben zu dürfen. So weit das Auge reichte, nur grüne, hügelige Wiesen, grasende Kühe und Schafe, kleine, dunkle Waldstücke dazwischen, hier und da ein Bach, der sich einen Berg hinabschlängelte. Die Weiden wurden kreuz und quer von niedrigen Steinmauern durchzogen, die uneben waren und schief, von Moos oder kleinen lilafarbenen Blumen bewachsen. Ein breiter Feldweg führte vom Haus den Abhang hinunter zu der gewundenen Landstraße, auf der man in der einen Richtung nach Leigh's Dale und dann weiter nach Askrigg gelangte, in der anderen Richtung nach Daleview, dem Herrenhaus der Familie Leigh. Den Leighs gehörte seit Generationen alles Land in der Umgebung, mit Ausnahme des – vergleichsweise bescheidenen – Grundes der Westhill Farm. Seit mindestens zweihundert Jahren versuchten die Leighs in jeder Generation von neuem, an das Westhill-Land zu kommen. Es war ihnen nie geglückt, und auch Charles Gray, Frances' Vater, lehnte jedes noch so verlockende Angebot des alten Arthur Leigh ohne das geringste Zögern ab.

Frances ging um das Haus herum und betrat durch eine kleine Pforte den Garten. Der Eindruck von blühender, duftender Wildnis, der sie empfing, täuschte insofern, als hier nichts zufällig wuchs und wucherte. Jede Blume, jeden Busch, jeden Baum hatte Maureen mit Bedacht und Sorgfalt gepflanzt. Man lief zwischen Heckenrosen und riesigen Rhododendronbüschen entlang, konnte im Schatten der Obstbäume oder unter den melancholisch herabhängenden Zweigen einer Trauerweide träumen. Nur noch wenige Wochen, und die Rosen würden blühen, und der Garten würde überwuchert sein von den rosafarbenen und violetten Blüten der Fuchsien.

Solange sie zurückdenken konnte, war es ein tief vertrauter Anblick für Frances, ihre Mutter irgendwo zwischen Büschen und Bäumen knien und in der Erde graben zu sehen. Sie hatte einmal gesagt, das sei ihre Art, mit den Problemen und Sorgen des Alltags fertig zu werden. »Wenn ich Erde zwischen den Fingern fühle, wenn ich sehe, daß eine neue Knospe sich entfaltet hat, wenn ich den Duft der Rosen rieche, dann lösen sich meine Sorgen so schnell in Luft auf, daß ich gar nicht mehr verstehe, warum ich einen Moment vorher noch so bedrückt war!«

Frances vermochte Maureen in dieser Hinsicht nicht nachzueifern, denn sie haßte es, auf den Knien zu rutschen und mit schmerzendem Kreuz gegen das Unkraut zu Felde zu ziehen. Trotzdem begriff sie, was in Maureen vorging, denn auf eine andere Weise gab ihr das Land ebensoviel Kraft wie Maureen.

Sie setzte sich auf die weißgestrichene Bank unter einem der Kirschbäume und öffnete den Brief. Eine Karte fiel ihr in den Schoß, auf der John in seiner geschwungenen Schrift eine Nachricht für sie verfaßt hatte.

»*Liebe Frances*«, las sie, »*ich möchte heute am späteren Nachmittag unbedingt mit Dir sprechen. Wollen wir zusammen ausreiten? Ich bin gegen fünf Uhr bei Dir.*«

»Jetzt möchte ich wirklich wissen, was er will«, murmelte Frances. Sie hob den Kopf und entdeckte ihre Schwester Victoria, die den Gartenweg entlang auf sie zukam. Gerade noch rechtzeitig gelang es ihr, Johns Brief in ihrer Rocktasche verschwinden zu lassen.

»Hallo, Frances! Ich habe dich schon gesucht! Warum sitzt du hier herum?« rief sie.

»Und warum bist du überhaupt schon da?« fragte Frances. »Seit wann lassen sie euch bei Miss Parker so früh ins Wochenende? Zu meiner Zeit war das, weiß Gott, anders!«

»Es grassiert der Keuchhusten in der Schule«, erklärte Victoria, »wir dürfen für mindestens zwei Wochen überhaupt nicht wiederkommen!«

»Warum hatte ich nur nie soviel Glück«, sagte Frances mißgünstig. »Bei uns gab es nie Keuchhusten oder etwas Ähnliches. Hoffentlich hast du dich nicht schon angesteckt!«

»Ich glaube nicht. Ach, es ist wirklich schön, plötzlich Ferien zu haben!«

»Das glaube ich dir«, meinte Frances, aber sie war ganz sicher, daß dieses unerwartete Geschenk für Victoria nicht das gleiche bedeutete, was es früher für sie, Frances, bedeutet hätte. Victoria ging keineswegs ungern in Miss Parkers Schule. Sie liebte es, mit den anderen Mädchen herumzugackern, sie steckte durchaus gerne in der steifleinenen Schuluniform, in der sich Frances immer wie ein Häftling vorgekommen war. Sie war keine besonders gute Schülerin, brillierte aber im Gesangsunterricht und beim Nähen. Miss Parker nannte sie »eine meiner liebsten Schülerinnen« und ließ ihr jede Menge Privilegien zukommen. Frances hatte die Gedanken der alten Lehrerin immer an deren Stirn ablesen können: Wie gibt es das nur, daß zwei Schwestern so verschieden sind!

Und wer die beiden jetzt gesehen hätte, wäre derselben Ansicht gewesen. Mit ihren fast fünfzehn Jahren sah Victoria wie eine entzückende Puppe aus. Nichts war zu bemerken von der Formlosigkeit, unter der Frances in diesem Alter gelitten hatte. Sie ähnelte stark ihrer Mutter, hatte deren goldene Farben, ihr hübsches Lachen, die gleiche samtene Stimme. Sie war immer süß, immer niedlich gewesen, jeder hatte sie verwöhnt und verhätschelt, ihr jeden Wunsch erfüllt. Als winziges, rosiges, pummeliges Baby hatte sie die Leute zu Begeistungsausbrüchen hingerissen. Jeder wollte sie halten, streicheln, an sich drücken. Frances, bei Victorias Geburt zwei Jahre alt, war wach und intelligent genug gewesen, dies durchaus zu registrieren und voll schmerzhafter Eifersucht zu beobachten. Maureen erzählte ihr später, sie selbst sei ein ganz anderes Baby gewesen, erschreckend mager, aber sehr zäh und von einer ungeheuren Entschlossenheit, alles schneller und früher zu können als andere Babys. Greifen, Krabbeln, Laufen – mit allem begann sie außergewöhnlich früh und übte so lange voller Verbissenheit, bis sie es konnte.

Maureen hatte es nie so deutlich ausgesprochen, aber auch so war es Frances klar, daß die Menschen von ihr nie so entzückt gewesen waren wie von Victoria. Ihr Vater hatte seiner jüngsten Tochter den Namen der von ihm verehrten Königin Victoria gegeben, und erst viel später war Frances der Gedanke gekommen, wie eigenartig es war, daß nicht *sie* als erstgeborene Tochter auf diesen Namen getauft worden war. Aber offenbar war ihm dieser Gedanke beim Anblick des mageren Babys mit den zu hellen blauen Augen, das Maureen in März des Jahres 1893 zur Welt gebracht hatte, nicht gekommen. Erst die hinreißende, pausbäckige Tochter, die man ihm zwei Jahre später in die Arme gelegt hatte, wurde von ihm für würdig befunden, den Namen der großen Regentin zu tragen.

An diesem Maitag hatte Victoria ein knöchellanges, dunkelblaues Matrosenkleid an, trug dunkelblaue Schnürstiefel und eine hellblaue Schleife in den langen, dunkelblonden Haaren, die wie Honig in der Sonne glänzten und sich leicht wellten.

Noch zwei oder drei Jahre, dachte Frances, und die Männer rennen uns hier ihretwegen die Tür ein!

»George ist übrigens auch angekommen«, sagte Victoria, »vor fünf Minuten. Mit einer Mietkutsche aus Wensley.«

»George? Was will der denn?« Ihr Bruder besuchte in Eton die Schule und kam nur in den Ferien nach Hause.

»Er hat jemanden mitgebracht.«

»Einen Freund?«

»Eine Frau!« betonte Victoria. »Sie sieht ganz gut aus, ist aber irgendwie eigenartig.«

Eine Frau. Das klang interessant. Von allen Menschen auf der

Welt war es wohl George, ihr großer Bruder, den Frances am meisten liebte und bewunderte. Er war auch der einzige Mensch, dem sie praktisch kritiklos gegenüberstand.

George war gutaussehend, klug, feinfühlig, charmant... sie hätte ihn mit unendlich vielen schmeichelhaften Attributen schmücken mögen. George würde in diesem Jahr seinen Abschluß in Eton machen. Wenn er mitten in seinen Prüfungsvorbereitungen bis hinauf nach Yorkshire fuhr, vermutlich für nicht mehr als ein oder zwei Tage, und dann noch eine Frau dabeihatte, konnte Frances eins und eins zusammenzählen. Er wollte das Mädchen der Familie vorstellen. Das sah nach einer ernsten Geschichte aus.

»Warum sagst du das nicht gleich?« fragte sie und stand auf. »Wo sind die beiden jetzt? Ich will George begrüßen!«

Und diese Frau unter die Lupe nehmen, dachte sie.

George stand vor dem Haus und konnte sich kaum der zweijährigen Mischlingshündin Molly erwehren, die ihn stürmisch umkreiste und immer wieder laut bellend an ihm hochsprang, außer sich vor Begeisterung über seine Rückkehr. Es schien, als wisse sie genau, daß sie George ihr Leben verdankte. Als halbtotes Bündel Elend hatte er sie zwei Jahr zuvor an einem dunklen, kalten Herbstabend am Straßenrand gefunden. Er hatte Ferien gehabt, und während dieser zwei Wochen war er jede Nacht immer wieder aufgestanden, um das winzige Tier mit Milch und Eigelb zu füttern. Wann immer George fortmußte, kam es zu einem herzzerreißenden Abschied, und wenn er zurückkehrte, verlor Molly fast den Verstand vor Glück.

»George!« rief Frances schon von weitem, dann rannte sie auf ihn zu und fiel ihm in die weit geöffneten Arme. Sie schloß die Augen. Er roch so gut! Er fühlte sich so gut an!

Sie hörte ihn lachen, zärtlich und leise. »Manchmal weiß ich nicht, wer sich mehr freut, mich zu sehen, du oder Molly? Auf jeden Fall fühle ich mich davon sehr geschmeichelt.«

Sie trat einen Schritt zurück und sah ihn an. »Bleibst du länger?«

Er schüttelte bedauernd den Kopf. »Ich hätte eigentlich überhaupt nicht weggedurft. Ich müßte jede Minute büffeln. Aber...«

Er sprach nicht weiter, sondern blickte zur Seite, und Frances, die seinem Blick folgte, sah eine junge Frau, die an Mrs. Maynards

Automobil gelehnt dastand, nun aber auf die Geschwister zukam.

»Alice, darf ich dir meine Schwester Frances vorstellen?« fragte George.

»Frances, das ist Miss Alice Chapman.«

»Guten Tag, Frances«, sagte Alice. Sie hatte eine tiefe, warme Stimme. »Ich habe viel von Ihnen gehört. Ich freue mich, Sie kennenzulernen.«

Frances reichte Alice zögernd die Hand. »Guten Tag«, sagte sie.

Die beiden Frauen musterten einander abschätzend. Frances fand, Victoria habe recht gehabt; Alice sah in der Tat sehr gut aus. Sie hatte feine, ebenmäßige Gesichtszüge, dunkelgrüne Augen, eine schön gebogene Nase. Die kupferbraunen Haare trug sie streng zurückfrisiert. Sie war klein und zierlich und strahlte eine beinahe fühlbare Energie aus. Es ging etwas ungemein Tatkräftiges von ihr aus. Vielleicht war es das, was Victoria mit »eigenartig« gemeint hatte.

»Weißt du, George«, sagte Alice nun, »vielleicht solltest du erst einmal alleine hineingehen und deine Mutter auf meine Anwesenheit vorbereiten. Ich schaue mich hier draußen noch ein wenig um. Deine Schwester ist vielleicht so nett, mir Gesellschaft zu leisten?«

»Wir könnten in den Garten gehen«, meinte Frances.

George nickte. »In Ordnung. Offenbar hat Mutter ohnehin gerade ihre Klavierstunde. Wir sehen uns dann später.« Er lächelte Alice zu. Frances erkannte Anbetung in seinen Augen. Sie hatte das bedrückende Gefühl, daß er der Verliebtere von beiden und der Unterlegene war. Alice Chapman hatte ihn fest im Griff.

Victoria hatte sich verzogen, jedenfalls war keine Spur mehr von ihr zu sehen. Alice setzte sich auf das Steinmäuerchen am Ende des Gartens. Westhill lag auf einem Hügel, und von hier oben hatte man einen herrlichen Blick über die sich auf der anderen Seite anschließenden Täler und auf die Stallungen und die Häuser der Farmarbeiter, die zu Westhill gehörten.

Alice sah sich um und atmete tief durch. »Es tut gut, draußen zu sein. Die Bahnfahrt war endlos. In Wensley, oder wie der Ort heißt, hat George dann eine Kutsche gemietet.« Sie lächelte. »Wie idyllisch es hier ist!«

»Manchmal ist es auch ein bißchen langweilig«, meinte Frances. Sie setzte sich neben Alice. »Woher kennen Sie meinen Bruder?«

»Wir haben uns bei einer Demonstration kennengelernt. Na ja, das ist untertrieben. Es war schon eher eine richtige Schlacht.« Sie lachte. »Sie sehen ja ganz fassungslos aus, Frances! Ich glaube, Sie versuchen gerade, sich Ihren Bruder als Teilnehmer einer Demonstration vorzustellen. Aber seien Sie ganz beruhigt. Er hatte nichts damit zu tun. Wir sind in den Unterricht in Eton eingedrungen und haben unsere Plakate entrollt. Es gab ziemlichen Tumult.«

»Wer ist *wir*?«

»Die WSPU. Von der haben Sie doch sicher schon gehört?«

Natürlich hatte sie von der WSPU gehört, der »Women's Social and Political Union«. Es war die Partei der militanten Frauenrechtlerinnen um Emmeline und Christabel Pankhurst, die für das Frauenwahlrecht stritten – mit zunehmend radikalen Mitteln. Es wurde viel von ihnen gesprochen, zumeist in abfälliger Weise. Die meisten Männer verhöhnten sie mit derben Worten – von »Mannweibern« war die Rede, von »unbefriedigten Schlampen«, von »häßlichen Krähen« und »armen Irren«.

Frances konnte nicht recht verstehen, weshalb manche Männer so taten, als müßte das Empire zusammenbrechen in dem Fall, daß die Frauen das Wahlrecht bekamen. »Nächstens soll noch mein Hund über das politische Schicksal Englands mitbestimmen!« hatte sich der alte Arthur Leigh kürzlich erst in gesellschaftlicher Runde entrüstet und dabei selber wie ein gereizter Hund geknurrt. Alle Anwesenden hatten gelacht und applaudiert, auch die Frauen. Frances wußte, daß selbst ihr Vater, Tory-Wähler zwar, aber seiner Einstellung nach im Grunde ein Liberaler, den Suffragetten – wie man sie nach ihrem Ziel, dem Wahlrecht »Suffrage«, nannte – ablehnend gegenüberstand.

»Politik ist nichts für Frauen«, sagte er immer. Maureen hatte sich nie dazu geäußert, was Frances als stillschweigende Zustimmung gedeutet hatte. Sie nahm sich nun aber vor, ihre Mutter unter vier Augen noch einmal danach zu fragen.

»Ich habe noch nie jemanden gekannt, der zur WSPU gehörte«, sagte sie nun.

»Ich nehme an, Ihre Eltern achten sehr darauf, mit wem Sie Umgang pflegen«, meinte Alice spöttisch, »und Frauenrechtlerinnen dürften da kaum erwünscht sein.«

»Meine Eltern achten auch sehr darauf, mit wem George Umgang hat.«

»Ja«, sagte Alice, »ich kann es mir denken. Sie werden alles andere als entzückt sein, wenn er mich ihnen vorstellt.«

Das befürchtete Frances auch. Es wunderte sie darüber hinaus, weshalb George sich in dieses Mädchen verliebt hatte. Alice war attraktiv und sicher sehr klug, aber Frances konnte sich nicht vorstellen, daß George nicht größte Vorbehalte gegen ihre Überzeugung hegte.

»George...«, begann sie vorsichtig, und Alice lachte erneut.

»Ich weiß. Er ist überhaupt nicht einverstanden mit dem, was ich tue. Wahrscheinlich hofft er, daß ich zur Vernunft komme, wenn ich älter werde, aber ich bin fast sicher, daß er da auf dem Holzweg ist. Vielleicht wird *er* ja vernünftig.«

»Möchte er Sie heiraten?« fragte Frances neugierig.

Alice zögerte. »Ja«, sagte sie schließlich, »das möchte er. Ich weiß nur noch nicht, ob *ich* das auch will.«

Während Frances noch über die Ungeheuerlichkeit dieser Aussage nachdachte – eine Frau, die sich nicht glücklich schätzte, daß George Gray sie heiraten wollte! –, kramte Alice in ihrer Tasche und zog eine flache, braune Schachtel hervor, der sie eine Zigarre entnahm.

»Möchten Sie auch?« fragte sie.

Frances hatte natürlich nie geraucht und zudem gelernt, daß eine Dame das ohnehin nicht tat. Aber da sie nicht wie ein kleines Mädchen dastehen wollte, murmelte sie gelassen: »Ja, gern.«

Sie verschluckte sich gleich beim ersten Zug und mußte minutenlang gegen eine heftige Hustenattacke ankämpfen. Alice wartete geduldig, bis sie fertig war, dann stellte sie fest: »Das ist Ihre erste Zigarre, nicht?«

Da es keinen Sinn hatte, dies abzustreiten, nickte Frances und wischte sich die Tränen aus den Augen. »Ja. Ich hab' das noch nie gemacht.«

Sie erwartete eine spöttische Bemerkung, aber Alice sah sie nur ruhig an. »Wie alt sind Sie?« fragte sie.

»Siebzehn«, antwortete Frances und nahm vorsichtig einen zweiten Zug. Es schmeckte scheußlich, aber diesmal mußte sie wenigstens nicht husten.

»Siebzehn, aha. Ich bin zwanzig, also auch nicht viel älter, aber ich habe schon eine Menge erlebt. Ich könnte mir vorstellen, dazu hätten Sie auch Lust. Sie kommen mir vor wie ein ziemlich behütetes Mädchen, das ganz gerne das Leben kennenlernen würde. Oder möchten Sie einfach tun, was von Ihnen erwartet wird? Heiraten, Kinder bekommen, ein geselliges Haus führen und Damentees veranstalten?«

»Ich ... weiß nicht ...«, sagte Frances. Sie hatte etwas zu hastig weitergeraucht, und nun hatte sie auf einmal die größten Schwierigkeiten, sich auf Alices Worte zu konzentrieren. Ihr wurde sterbensübel, ihr Magen revoltierte, und vor ihren Augen flimmerte es.

O nein, dachte sie entsetzt. Ich werde mich übergeben. Vor den Augen einer Fremden!

»Sie sollten mich einmal in London besuchen«, fuhr Alice fort, »ich könnte Sie mit einigen sehr interessanten Menschen bekannt machen.«

Frances rutschte von der Mauer. Ihre zitternden Beine schienen sie kaum tragen zu wollen. Von weither vernahm sie Alices Stimme: »Frances? Was ist denn mit Ihnen? Sie sind ja leichenblaß!«

Kräftige Arme packten sie um die Mitte, hielten sie fest. Ihr war so schlecht wie noch nie in ihrem Leben. Sie begann zu würgen.

»Guter Gott, das ist meine Schuld«, hörte sie Alice sagen, »ich hätte Ihnen keine Zigarre geben dürfen!«

Frances beugte sich über ein dichtes Gebüsch von Farnen und erbrach ihr Frühstück.


John Leigh erschien nicht. Nicht um fünf Uhr, wie er in seinem Brief angekündigt hatte, nicht um sechs Uhr, und auch um halb sieben ließ er sich nicht blicken.

»Es wird wirklich Zeit, daß wir uns ein Telefon anschaffen«, sagte Frances wütend zu ihrer Mutter. »Dann könnte ich in so einem Fall John wenigstens anrufen. Ich hoffe, er hat eine gute Erklärung für sein Verhalten.«

»Sicher hat er die«, meinte Maureen. Sie sah angespannt aus. Eine Stunde zuvor hatte George ihr und seinem Vater erklärt, daß er beabsichtige, Miss Chapman zu heiraten. Charles Gray hatte mehr über die junge Frau wissen wollen, und dabei war herausgekommen, daß sie Mitglied der WSPU war. Charles war so wütend geworden, daß selbst Maureen Mühe gehabt hatte, ihn zu beruhigen.

»Aber warum hast du *das* erzählt?« fragte Frances später, als George ihr von der Unterredung berichtete und dabei sehr deprimiert wirkte.

Er hob resigniert die Schultern. »Sonst hätte *sie* es gesagt. Irgendwann heute oder morgen hätte Vater sie ja mal gefragt, was sie so macht.«

»Und da hätte sie wahrheitsgemäß geantwortet?«

George lachte, aber es klang nicht fröhlich. »Darauf kannst du Gift nehmen! Vornehme Zurückhaltung ist leider gar nicht Alices Sache. Sie hätte ihm lang und breit ihre Ziele auseinandergesetzt und sich bemüht, ihn von der Notwendigkeit zu überzeugen, dafür zu kämpfen. Du kannst dir denken, wie die beiden aneinandergeraten wären!«

So hatte nur er die Wut seines Vaters abbekommen. Charles hatte schließlich sogar kategorisch erklärt, er werde »diese Person« nicht in seinem Haus dulden. Es war nur Maureens Überredungskünsten zu verdanken, daß er schließlich einwilligte, Alice Chapman bis zur Abreise des Paares in Westhill zu beherbergen.

Maureen, die gerade den Tisch für das Abendessen im Eßzimmer deckte, tauchte für einen Moment aus ihren trüben Gedanken um die Zukunft ihres Sohnes und die unerwarteten Probleme auf. Sie musterte Frances eindringlich.

»Bist du traurig, weil John nicht gekommen ist?« fragte sie. »Oder warum bist du so blaß? Du siehst richtig schlecht aus!«

Frances hatte sich von den Auswirkungen der Zigarre noch nicht erholt. »Mir ist nicht besonders gut«, sagte sie, »aber das hat nichts mit John zu tun. Er ist mir ziemlich egal, ehrlich gesagt. Aber ich glaube nicht, daß ich etwas essen kann.«

»Setz dich zu uns und versuche es. Der Abend wird schwierig genug, auch ohne daß du noch ausfällst. Himmel, konnte sich George nicht irgendein anderes Mädchen aussuchen?«

Nach und nach trafen alle Familienmitglieder ein. Am Kopfende des Tisches saß Charles Gray, wie immer zum Abendessen im dunklen Anzug, hellgrauer Weste und Seidenkrawatte. Den Status, der ihm von Geburt her zugestanden hätte, hatte er verloren, aber um so mehr bemühte er sich, an gewissen Konventionen festzuhalten. Dazu gehörten elegante Kleidung, Kerzenlicht am Abend, das vollständige Erscheinen der – soweit anwesenden – Familie. Es grämte ihn sehr, daß er Maureen für alle im Haus anfallenden Arbeiten nur eine einzige Hilfe, die energische Haushälterin Adeline, zur Verfügung stellen konnte. Weitere Angestellte hätte er nicht bezahlen können, wenn er gleichzeitig seine Kinder auf gute Schulen schicken wollte.

Am anderen Ende des Tisches saß Maureens Mutter, Kate Lancey. Kate trug ein bodenlanges, schwarzes Kleid, ein schwarzes Häubchen auf den weißen Haaren und als einzigen Schmuck eine dünne Goldkette mit einem Kreuz um den Hals. Sie war eine kleine, spindeldürre Person, die wirkte, als würde sie beim leisesten Windhauch umfallen. In Wahrheit war sie zäher und gesünder als der Rest der Familie zusammen. Gestählt durch lange, harte Jahre in den Slums von Dublin, die sie an der Seite eines sich langsam zu Tode saufenden Ehemannes verbracht hatte, und durch den täglichen schweren Kampf darum, sich und ihr Kind vor dem Verhungern zu bewahren. Großmutter Kate hatte genug mitgemacht, um sich durch nahezu nichts mehr auf der Welt erschüttern zu lassen.

George und Alice kehrten von einem Spaziergang zurück, George mit bedrückter Miene, Alice in bester Laune. Sie hatte Blumen gepflückt, die sie Maureen überreichte. Victoria erschien, mit ihren roten Wangen, den blonden Haaren und den leuchtenden Augen schön wie ein Gemälde. Ihr Anblick entlockte dem in eisigem Schweigen verharrenden Charles ein kurzes Lächeln. Sie war sein erklärter Liebling. Sie sah aus wie Maureen, und sie hatte ihm noch nie Sorgen bereitet.

Die Stimmung blieb angespannt und verkrampft. Charles starrte vor sich hin und sagte kein Wort. Frances stocherte in ihrem Essen, konnte noch immer keinen Bissen herunterbringen und sprach ebenfalls nicht. George sah aus, als wolle er am liebsten das Zimmer verlassen. Selbst Victoria war verstummt; sie hatte bemerkt, daß etwas nicht stimmte, kannte jedoch nicht den Grund und wollte sich nicht mit einer ungeschickten Bemerkung in Ungnade bringen.

»Das Essen schmeckt ganz ausgezeichnet«, sagte Alice schließlich, »muß man die Haushälterin dafür loben oder Sie, Mrs. Gray?«

»Leider kann ich diesen Ruhm nicht beanspruchen«, entgegnete Maureen bemüht heiter. »Er gebührt Kate. Sie hat heute gekocht.«

»Ich bewundere Sie, Mrs. Lancey«, sagte Alice. »Ich selbst kann überhaupt nicht kochen, mir fehlt jedes Geschick dafür.«

»Man kann es lernen«, sagte Kate, »es ist nur eine Frage der Übung.« Charles hob den Kopf. »Ich nehme an, Miss Chapman ist nicht im geringsten daran interessiert, kochen zu lernen, Kate. Das dürfte mit ihren Prinzipien kollidieren. Nach ihrer Ansicht gehören Frauen schließlich nicht in die Küche, sondern in die Wahllokale!«

»Charles!« sagte Maureen warnend.

»Vater!« zischte George. Victoria machte große Augen.

Alice schenkte Charles ein liebenswürdiges Lächeln. »Ich denke nicht, daß Küche und Wahllokale einander ausschließen«, meinte sie, »oder können Sie mir dafür einen überzeugenden Grund nennen, Mr. Gray?«

»Möchte noch jemand etwas Gemüse?« fragte Maureen hastig.

Niemand antwortete. Alle starrten Charles an.

»Eine Frau, Miss Chapman«, sagte er langsam, »denkt von ihrem ganzen Wesen, ihrer Veranlagung her, *nicht* politisch. Sie ist daher auch nicht in der Lage, Aufbau, Ziele und Vorstellungen einer Partei zu erfassen. Sie würde ihre Stimme aufgrund diffuser Emotionen und völlig irrationaler Ideen abgeben. Ich halte es für außerordentlich gefährlich, die politische Zukunft eines Landes etwa zur Hälfte in die Hände von Menschen zu geben, die nicht die mindeste Ahnung haben, worum es überhaupt geht!«

Frances sah, daß George fast der Atem stockte. Charles' Worte mußten eine unerträgliche Provokation für Alice darstellen. Sie hatte sich jedoch gut im Griff.

»Wie viele politische Diskussionen haben Sie schon mit Frauen geführt, Mr. Gray?« fragte sie. »Es müssen viele gewesen sein, da Sie den Frauen mit solcher Sicherheit das Fehlen jeglichen politischen Bewußtseins absprechen!«

»Eine politische Diskussion habe ich noch mit keiner einzigen Frau geführt!« erwiderte Charles heftig. »Und deshalb weiß ich ja, daß...«

»Lag das an den Frauen oder an Ihnen? Ich meine, haben Sie nie eine Frau getroffen, die bereit oder interessiert gewesen wäre, mit Ihnen über Politik zu sprechen, oder waren *Sie* nie bereit?«

In Charles' Augen begann es gefährlich zu glimmen. Wer ihn kannte, wußte, daß er sich bemühen mußte, höflich zu bleiben.

»Ich glaube nicht«, sagte er betont ruhig, »daß uns diese Haarspaltereien weiterbringen.«

»Und ich glaube, daß genau hier der springende Punkt liegt«, sagte Alice.

»Frauen diskutieren mit Männern nicht über Politik, weil Männer ihnen keinen Moment lang zuhören würden. Frauen schweigen in diesen Fragen, weil es für sie keinen Sinn hat, eine Meinung zu äußern. Daraus auf ein Unvermögen der Frauen zu schließen, sich mit Politik zu befassen und womöglich sogar durchaus vernünftige Gedanken zu allgemeinen Problemen zu äußern, halte ich, gelinde gesagt, für infam.« Ihre Miene war unverändert freundlich geblieben, aber ihre Stimme hatte einen scharfen Ton angenommen.

Charles legte sein Besteck nieder. »Ich glaube, niemand hat etwas dagegen, wenn Sie dieses Haus verlassen, Miss Chapman«, sagte er.

»Fürchten Sie uns Frauenrechtlerinnen so sehr, daß Sie nicht einmal ein Gespräch über unsere Forderungen ertragen?« fragte Alice spöttisch und stand auf.

George warf seine Serviette auf den Teller. »Wenn sie geht, gehe ich auch, Vater«, sagte er drohend.

Charles nickte. »Sicher. Jemand muß sie schließlich zum Bahnhof nach Wensley bringen.«

George sprang auf. Er war kalkweiß geworden. »Wenn ich jetzt gehe, komme ich nicht zurück«, sagte er.

»George!« rief Frances entsetzt.

Charles sagte nichts. Er sah seinen Sohn unentwegt an. George wartete einen Moment. Dann sagte er mit vor Empörung und Erregung zitternder Stimme: »Von dir hätte ich das nicht erwartet, Vater. Ausgerechnet von dir! Du müßtest wissen, was ich fühle. Nachdem dein eigener Vater mit dir gebrochen hat, weil du und Mutter...«

Nun sprang Charles auf. Einen Moment schien es, als wolle er George ins Gesicht schlagen. »Hinaus!« schrie er. »Hinaus! Und wage es nie wieder, deine Mutter zu vergleichen mit dieser... dieser unerträglichen Suffragette, die weder Mann noch Frau, sondern nur ein armes Geschöpf irgendwo dazwischen ist!«

George ergriff Alices' Hand. »Komm! Laß uns verschwinden, bevor ich nicht mehr weiß, was ich tue!« Er zog sie zur Tür. Dort stießen sie beinahe mit John Leigh zusammen, der gerade hereinkam und überrascht auf die Szenerie blickte, die sich ihm bot. Er trug Reitstiefel und war etwas außer Atem.

»Guten Abend«, sagte er, »entschuldigen Sie, daß ich…«

»Wir wollten gerade gehen«, sagte George und schob Alice aus dem Zimmer.

Charles stand noch immer vor seinem Platz, seine Hände zitterten. »Guten Abend, Mr. Leigh«, sagte er, bemüht, seine Fassung wiederzufinden.

»John Leigh!« rief Frances anzüglich. »Mit dir hätte ich wirklich nicht mehr gerechnet!«

Er warf ihr nur einen kurzen Blick zu. Sie bemerkte, daß sein Gesicht aschfahl war und er sehr erregt schien. »Was ist denn passiert?« fragte sie.

»Wollen Sie sich zu uns setzen?« fragte Maureen. »Ich werde ein neues Gedeck für Sie…«

Er wehrte ab. »Nein danke. Ich muß gleich wieder weiter. Ich wollte Ihnen nur… Sie wissen es noch nicht, oder?«

»Was?« fragte Charles.

»Verwandte aus London haben angerufen«, sagte John. »Seine Majestät der König ist heute nachmittag gestorben.«

Alle sahen einander an, geschockt und entsetzt.

»O nein«, sagte Maureen leise.

»Das ist eine schlimme Nachricht«, murmelte Charles, »eine sehr schlimme Nachricht.« Er schien plötzlich in sich zusammenzufallen, sah auf einmal älter und grauer aus.

»Ich muß wieder nach Hause«, sagte John, »mein Vater ist sehr krank und regt sich entsetzlich auf. Frances… es tut mir wirklich leid wegen heute nachmittag!«

»Schon gut. Unter diesen Umständen…«

Maureen erhob sich. »Ich begleite Sie zur Tür, Mr. Leigh«, bot sie an. »Wir sind Ihnen sehr dankbar, daß Sie extra herübergekommen sind.«

Frances wußte, daß ihre Mutter vor allem darauf hoffte, draußen noch auf George und Alice zu treffen und mit ihnen sprechen zu können. Sosehr es Maureen bedauern mochte, daß der König tot war – schwerer wog an diesem Abend für sie das Zerwürfnis zwischen ihrem Mann und ihrem Sohn.

Es war sehr still im Zimmer, nachdem Maureen und John gegangen waren. Schließlich sagte Charles leise: »Der König ist tot… eine Ära ist zu Ende gegangen.«

Er sah durch das Fenster in den warmen Abend hinaus. Eine Ahnung, daß sich die Zeiten dramatisch ändern würden, mochte ihm durch den Kopf gehen. König Edward hatte die letzte Verbindung zu jenem England dargestellt, in dem Charles Gray aufgewachsen war, das ihn geformt und sein Weltbild verkörpert hatte. In einer Zeit fortschreitender Liberalisierung, einer Zeit des Aufruhrs, der Klassenkämpfe, der lautstarken Kritik an vertrauten Traditionen war König Edward noch immer ein Teil der viktorianischen Epoche gewesen, hatte ihre Werte und Ideale verkörpert. Mit seinem Tod starb eine Ära. Was nun kommen würde, schien unsicher und bedrohlich.

Charles griff nach seinem Weinglas. Seine Hand zitterte noch immer.

»Gott schütze England«, sagte er.

Es hatte lange gedauert, ehe Frances wirklich begriff, daß ihre Familie anders war als andere Familien, und warum das so war. Als Kind war ihr die Welt, in der sie aufwuchs, so vertraut und angenehm, daß sie nichts daran jemals in Zweifel gezogen hätte. Sie besaßen beileibe nicht so viel Geld wie die Leighs oder die Leute, die auf Daleview aus und ein gingen; aber sie hatten immer genug zu essen, hübsche Kleider zum Anziehen, ein großes, altes Haus, in dem sich alle wohl und geborgen fühlten. Manchmal betrachtete Frances Mrs. Leigh mit einer gewissen Ehrfurcht, denn sie trug stets wunderschöne Kleider, die nach der neuesten Mode gearbeitet und über und über mit Rüschen, Spitzen und Bändern verziert waren. Ihr Haar ließ sie sich jeden Morgen von einem Dienstmädchen sehr sorgfältig frisieren. Sie sprach mit leiser Stimme, saß stets mit einer Teetasse in der Hand oder mit einer Stickerei im Salon ihres Hauses und dirigierte eine ganze Schar von Dienstboten mit einer Strenge und Härte, die niemand dieser zarten Person mit dem feinen Stimmchen zugetraut hätte. Mrs. Leigh hatte häufig Migräne oder fühlte sich anderweitig unwohl, und dann durfte niemand im Haus ein lautes Wort sprechen – man mußte auf Zehenspitzen schleichen und alle Türen lautlos öffnen und schließen.

Für Frances, die in einem Haus aufwuchs, in dem ständig drei Kinder die Treppe hinauf und hinunter und durch den Garten tobten, war das äußerst ungewohnt, und nachdem sie Mrs. Leigh mit all ihren Wehwehchen eine Zeitlang recht elegant gefunden hatte, begann sie doch ihre eigene Mutter wieder deutlich vorzuziehen.

Maureen war nie krank gewesen, soweit sich ihre Kinder erinnern konnten, und nie saß sie mit blassem Gesicht und einer Teetasse in der Hand im Wohnzimmer herum. Sie trug wesentlich schlichtere Kleider als Mrs. Leigh und steckte sich die Haare am Morgen selber auf. Wenn sie in ihrem geliebten Garten arbeitete, sang sie oft mit ihrer kräftigen, etwas rauchigen Stimme irische Volkslieder. Es gab wenig, was sie ihren Kindern verbot; darüber hinaus ließ sie in einem solchen Fall jegliche Konsequenz vermissen und hob ihre Verbote auf, sowie die Kinder sie bedrängten.

John Leigh, der einzige Sohn auf Daleview, hingegen führte ein sehr reglementiertes Leben, durfte dies nicht und das nicht, und jedes »Nein« seiner Mutter hatte die Bedeutung eines unumstößlichen Gesetzes. Zu irgendeinem Zeitpunkt hatte Frances nicht mehr die geringste Lust, mit ihm zu tauschen. Dennoch ging sie gern hinüber. Trotz der sechs Jahre, die zwischen ihnen lagen, gab es eine Zeit, in der sie viel miteinander spielten. Frances verehrte John, und wenn der es manchmal langweilig fand, seine Zeit mit einem kleinen Mädchen zu verbringen, so hatte er doch keine Wahl: Mit George Gray verstand er sich nicht besonders, und mit den Kindern aus Leigh's Dale oder mit denen der Gutsarbeiter durfte er natürlich nicht spielen. Aber dann wurde Frances eines Tages Zeugin eines Gesprächs zwischen Mr. und Mrs. Leigh und erfuhr zum ersten Mal, daß man sie hier keineswegs als standesgemäß ansah.

Sie war damals acht Jahre alt gewesen. John besuchte bereits ein Internat, aber gerade waren die Ferien angebrochen. Sie wollte ihn sofort besuchen, aber er hatte keine Zeit und schickte sie nach ein paar ausgetauschten Höflichkeiten wieder fort. Gewohnheitsmäßig schlich sie die Treppe hinunter, denn man konnte nie wissen, ob Mrs. Leigh nicht gerade schlief oder wieder unter Kopfschmerzen litt. Als sie am Salon, dessen Tür einen Spaltbreit offenstand, vorbeikam, hörte sie ihren Namen. Neugierig blieb sie stehen.

»Ich finde wirklich, die kleine Frances ist zu oft hier«, sagte Mrs. Leigh. Wie immer klang ihre Stimme lieblich, hatte aber einen nörgelnden Unterton.

»Wir müssen das wirklich einschränken, Arthur.«

»Es ist doch nur für die Ferien! Danach...«

»Die Ferien sind lang.«

»Wie soll ich das denn machen?« fragte Arthur. »Ich kann doch nicht die Enkelin von Lord Gray...«

»Du darfst sie nicht direkt als seine Enkelin sehen. Schließlich hat er sich von der Familie dieses Sohnes völlig distanziert.«

»Deshalb bleibt Frances doch seine Enkelin. Sie ist kein einfaches Bauernmädchen oder so etwas!«

Eine Teetasse klirrte leise. Mrs. Leigh schien sie etwas heftiger abgestellt zu haben als gewöhnlich. »Sie ist ein *halbes* Bauernmädchen, Arthur, darüber müssen wir uns im klaren sein. Mein Gott, ich werde es einfach nie begreifen, wie Charles Gray sich soweit vergessen konnte, dieses kleine irische Ding zu heiraten! Ich frage mich einfach, was er an dieser Frau findet!«

Arthur Leigh, den die ewigen Kopfschmerzen seiner Frau längst in die Arme und das Bett einer üppigen blonden Bürgersfrau aus Hawes getrieben hatten – die halbe Grafschaft wußte davon, und auch Frances erfuhr es später –, hatte wohl durchaus ein gewisses Verständnis für die Gründe, die Charles Gray an die sinnliche, lebensfrohe Maureen Lancey aus Dublin geschmiedet hatten, wenn er wohl auch nicht begriff, weshalb Charles nicht ein ähnliches Arrangement getroffen hatte wie er selbst – und wie es durchaus auch in allerhöchsten Kreisen üblich war: Daheim hatte man die vornehme Gattin aus guter Familie und mit untadeligem Ruf, aber für all die besonderen Bedürfnisse, die ein Mann dann und wann hatte und die seine Ehefrau nur schockiert hätten, unterhielt man eine kleine amouröse Geschichte nebenher. Man ging mit den Mädchen der unteren Klassen ins Bett, aber niemals heiratete man sie. Charles Gray mochte durchaus ehrenhaft gehandelt haben, in den Augen seinesgleichen war er jedoch einfach ein Trottel.

Arthur klang recht unbehaglich. »Das ist eine schwierige Situation. Ich kann nicht einfach zu Charles Gray gehen und ihm sagen, daß seine Kinder nicht mehr mit meinem Sohn verkehren dürfen!«

»So direkt können wir es natürlich nicht ausdrücken. Aber wir werden den Kontakt mehr und mehr einschränken, indem wir Ausreden benutzen, bis sie es begriffen haben. Und sie *werden* es begreifen.« Sie hatte die Unnachgiebigkeit in der Stimme, mit der sie schon viele Leute, die sie zunächst unterschätzten, überrascht hatte. Es wirkte fast ein wenig gehässig, als sie hinzufügte: »Wegen dieser Mesalliance wird Gray sein Leben lang unangenehme Konsequenzen tragen müssen. Wir und unsere Familie, Arthur, sind nicht dazu da, sie ihm zu erleichtern.«

»Sicher, Liebes«, meinte Arthur bedrückt, und das nachfolgende Klirren von Eiswürfeln, die in ein Glas fielen, verriet, daß er nach diesem Gespräch einen Drink brauchte.

Frances lief die Treppe hinunter und rannte den ganzen Weg bis nach Hause. Einmal fiel sie hin und schlug sich das Knie blutig, aber sie rappelte sich sofort wieder auf und beachtete den Schmerz kaum. Daheim stürmte sie ins Haus und rief sofort nach ihrer Mutter.

Sie fand ihre Eltern im Wohnzimmer, wo sie Hand in Hand am Fenster standen und einander ansahen. Das Licht der Abendsonne fiel als breiter, glühendroter Streifen durch die Scheiben und beleuchtete Charles' Gesicht. Frances, so klein und unerfahren sie war, begriff den Ausdruck in seinen Zügen. Voller Zärtlichkeit und Hingabe betrachtete er seine Frau.

»Mutter!« Sie wußte nicht, daß das Blut von ihrem aufgeschlagenen Knie durch den Stoff ihres Kleides drang und daß Erdspuren auf ihren Wangen verliefen.

»Mutter, werde ich nie mehr mit John spielen dürfen?«

Maureen und Charles schraken zusammen und starrten ihre Tochter an. Maureen stieß einen Schreckenslaut aus. »Was hast du denn gemacht? Du bist ja ganz dreckig im Gesicht! Und was ist das da? Blut?«

»Ich bin hingefallen. Es ist nicht schlimm. Mutter, Mrs. Leigh hat gesagt, John darf nicht mehr mit mir spielen. Weil ich ein halbes Bauernmädchen bin. Und sie versteht nicht, warum Vater dich geheiratet hat!«

»Das hat sie zu *dir* gesagt?« fragte Charles ungläubig.

Frances senkte schuldbewußt den Kopf. Sie wußte, daß es sich nicht gehörte, zu lauschen. »Ich habe gehört, wie sie es zu Mr. Leigh gesagt hat.«

»Das ist unglaublich!« Charles' Gesicht war rot geworden vor Zorn. Mit raschen Schritten ging er zur Tür. »Ich werde sofort Arthur aufsuchen und ihm erklären, was ich von ihm halte!«

»Nicht, Charles!« Maureen griff nach seinem Arm. »Du änderst damit nichts. Wir wissen, daß die Leute alle in dieser Art über uns reden. Wir sollten es überhaupt nicht zur Kenntnis nehmen!«

»Ich will nicht, daß die Kinder darunter leiden!«

»Sie werden damit konfrontiert werden, das kannst du nicht verhindern.« Maureen strich Frances durch das Haar. »Das einzige, was wir tun können, ist, ihnen genügend Selbstvertrauen zu geben, damit sie immer auf sich und ihre Familie stolz sind.«

Maureen war dreizehn Jahre alt gewesen, als ihre Mutter Dublin den Rücken gekehrt und mit ihr nach England ausgewandert war. – Kate Lancey hatte längst die Rolle des Familienernährers übernommen, denn ihr Mann hatte seine Arbeit verloren; und wenn er hin und wieder doch eine Stelle fand, flog er nach spätestens zwei Tagen wegen ständiger Trunkenheit erneut hinaus. Kate ging von morgens bis abends zum Putzen in ein Krankenhaus, und an den Wochenenden half sie als Köchin bei wohlhabenden Familien aus, die für ihre großen Abendessen eine Aushilfe brauchten.

Dennoch hatte, solange Maureen zurückdenken konnte, das Geld nie gereicht. Die Lanceys lebten in einer kleinen, feuchten Wohnung in den Slums von Dublin, einer trostlosen Ecke, die aus Straßen voller Pfützen und Unrat und gleichförmigen, schmutziggrauen Häuserzeilen bestand. Die meisten Wohnungen hatten nur zwei Zimmer, manchmal eine winzige Küche, aber meist wurde im Wohnraum gekocht. In diesen engen Behausungen lebten oft sechs- oder siebenköpfige Familien, und im Vergleich zu ihnen hatten es die Lanceys, die nur zu dritt waren, noch gut. Die Eltern besaßen ihr eigenes Schlafzimmer, eine kleine Kammer mit schiefem Fußboden, die nach Norden ging und nie richtig hell wurde. Maureen hatte nachts das Wohnzimmer für sich und bekam ihr Bett auf dem durchgesessenen Sofa eingerichtet. Manchmal fühlte sie sich recht allein und hätte gerne Geschwister gehabt, aber Kate wies jede diesbezügliche Bitte sofort weit von sich.

»Der größte Fehler in meinem Leben war, daß ich deinen Vater geheiratet habe«, sagte sie immer, »aber ich werde diesen Fehler bestimmt nicht noch schlimmer machen, indem ich nun auch noch ein Kind nach dem anderen bekomme. Kannst du mir verraten, wovon die alle satt werden sollen? Außerdem würden wir einander hier nur auf den Füßen herumstehen!«

Kate sprach immer sehr verächtlich von den Leuten in der Nachbarschaft, die sich »wie die Kaninchen« vermehrten und ihrer Ansicht nach ihr Elend damit nur verschlimmerten. Sie selbst hielt sich ihren Mann energisch vom Leib, aber Dan Lancey kam ohnehin meist viel zu betrunken nach Hause. Bei den seltenen Gelegenheiten, da er sich nüchtern und stark genug fühlte, seine Frau sexuell beglücken zu wollen, wies sie ihn so scharf zurück, daß er sich verschüchtert in eine Ecke verzog. Er war ein schwacher und gutmütiger Mensch, seiner Trunksucht völlig ausgeliefert und nicht im mindesten in der Lage, für eine Familie zu sorgen – aber er wurde nie gewalttätig, weder gegen Kate noch gegen Maureen. Das war der Grund, weshalb Kate es so lange mit ihm aushielt. Sie bekam mit, wie es in den Nachbarsfamilien zuging, und ihr war klar, daß sie mit Dan nicht den schlechtesten Griff getan hatte.

Aber oft lag sie nachts wach, weil die Sorgen sie nicht schlafen ließen. Die Miete mußte bezahlt werden, das Essen, sie brauchten Holz für den Ofen. Maureen wuchs aus ihren Kleidern heraus, und ihre Schuhe hielten kaum noch; für den Winter würde sie neue haben müssen. Und neben ihr schlief Dan seinen Rausch aus...

Dan ging schon morgens zu früher Stunde ins Pub und kehrte erst abends zurück. Natürlich brauchte er Geld für die Unmengen an Schnaps, die er konsumierte. Von Kate bekam er nichts, und sie achtete auch darauf, daß nie Geld in der Wohnung lag, von dem er sich selbst hätte bedienen können. Aber er griff sich, was nicht niet- und nagelfest war, und trug es zu den Händlern, wo er nicht die Hälfte von dem bekam, was die Gegenstände einstmals gekostet hatten. Aber für einen Tag im Pub reichte es immer.

An einem kalten Novembermorgen verschwand er mit den Winterstiefeln, die Kate für Maureen gekauft und sich buchstäblich vom Mund abgespart hatte; sie hatte Nachtschichten im Krankenhaus eingelegt, um das Geld zusammenzubekommen. Dan erhielt noch eine recht ansehnliche Summe für die Stiefel, was ihn veranlaßte, sich im Pub wie ein Krösus aufzuspielen und seinen Kumpanen eine Runde nach der anderen zu spendieren. Kate erfuhr am Abend von den Nachbarn davon. Sie sagte kein Wort, aber in den dunklen ersten Stunden des nächsten Tages erschien sie fertig angezogen und mit einer Tasche in der Hand vor Maureens Sofa.

»Steh auf, zieh dich an«, befahl sie, »wir gehen fort.«

Schlaftrunken und vor Kälte zitternd suchte Maureen ihre Sachen zusammen und zog sich an. Im Nebenzimmer konnte sie ihren Vater schnarchen hören.

»Wohin gehen wir? Was wird aus Dad?«

»Wir stellen uns jetzt auf eigene Füße«, sagte Kate, »denn von *ihm* haben wir nur Ärger zu erwarten. Er muß sehen, wie er allein zurechtkommt.«

Maureen weinte zwei Tage und zwei Nächte lang, weil sie, trotz allem, sehr an ihrem Vater hing und große Angst um ihn hatte. Aber sie wagte nichts mehr zu sagen, denn das Gesicht ihrer Mutter trug einen Ausdruck von so wilder Entschlossenheit, daß sie wußte, jede Debatte wäre völlig zwecklos.

Von ihrem letzten Geld bezahlte Kate die Überfahrt mit dem Schiff von Irland nach England. Am 22. November des Jahres 1886 kamen sie in Holyhead an. Von dort ging es weiter nach Sheffield und dann nach Hull, wo Kate eine Stellung in einer Tuchfabrik fand. Sie mußte nicht weniger hart arbeiten als zuvor in Dublin, aber wenigstens gab es nun niemanden mehr, der ständig versuchte, etwas von ihrem Geld oder ihren Erwerbungen für sich abzuzweigen. Sie konnte ein einigermaßen anständiges Zimmer für sich und Maureen mieten, und sie konnte Maureen sogar zur Schule schikken, einer kleinen Schule für Arbeiterkinder, wie es sie nur selten gab und wo nur das Notwendigste gelehrt wurde. Maureen erwies sich als eifrige, ehrgeizige Schülerin. Sie begann jedes Buch zu lesen, das ihr in die Hände fiel, und Kate, die den Wissensdurst ihrer Tochter unterstützte, wo sie nur konnte, verzichtete oft tagelang auf ihr Stück Brot am Mittag, um für Maureen ein neues Buch kaufen zu können. Maureen eignete sich auf diese Weise eine Bildung an, die weit über das hinausging, was einem Mädchen ihrer Herkunft für gewöhnlich überhaupt an Wissen zugestanden wurde.

Es war eine schöne Zeit, in der sich die intensive Beziehung zwischen Kate und Maureen täglich vertiefte. Für Maureen war ihre Mutter die stärkste Frau der Welt, pragmatisch, zielstrebig, hart und entschlossen im Durchsetzen dessen, was sie sich einmal vorgenommen hatte. Sie leistete sich kaum einmal den Luxus, zurückzublicken und vergangenen Tagen, Stunden, Geschehnissen nachzuhängen. Nur ganz selten ließ sie es zu, daß Erinnerungen in ihr auflebten; dann erzählte sie ihrer Tochter manchmal von ihrer

Jugendzeit in einem kleinen Dorf in der Nähe von Limerick, ganz im Westen Irlands, dort, wo das Land grün war und feucht und oft wochenlang im Regen versank. Sie erzählte von der Kraft, mit der der Atlantik gegen die Küste brandete, und von den dunklen Wolkentürmen, die er mit sich brachte. »Stundenlang lief ich über die Klippen, blickte über das Meer, und wenn ich nach Hause ging, spiegelte sich der Himmel in den Pfützen auf den Feldwegen, und in dem schillernden Wasser meinte ich, eine wunderbare Zukunft zu sehen...«

Maureen dachte an die elenden Jahre in Dublin und schaute sich dann in dem winzigen Zimmer um, das sie beide in Hull bewohnten; und insgeheim fand sie, daß sich nicht einer der Zukunftsträume verwirklicht hatte, die Kate geträumt haben mochte. Sie zog für sich selbst eine Erkenntnis daraus: keine schönen Bilder von der Zukunft, keine Phantasien über ein besseres Leben. Hart arbeiten und aus dem Augenblick das Beste machen. Das wurde Maureens persönliche Philosophie.

Und dann, sie war sechzehn, traf sie Charles Gray.

Charles Gray war der drittälteste Sohn von Lord Richard Gray, dem achten Earl Langfield. Die Grays waren reich und snobistisch, lebten das üppige, abwechslungsreiche Leben ihres Standes, das aus Politik, Jagdgesellschaften und Bällen bestand, aus Polospielen und Opernbesuchen. Lord Gray hatte einen Sitz im Oberhaus und hegte die feste Überzeugung, der Besitz von Landgütern und das Ausüben von Regierungsämtern gehöre untrennbar zusammen. Die Grays bewohnten in London ein säulengeschmücktes Haus am Belgravia Square, besaßen zudem ihr Familiengut in Sussex und ein weiteres Gut in Devon. Ebenso gehörte ihnen ein großes Stück Land in Wensleydale in Yorkshire: eine Schaffarm mit einem geräumigen Wohnhaus, das nur »die Jagdhütte« genannt wurde. Hierher, auf die Westhill Farm, kamen sie zur Moorhuhnjagd Ende August und zur Fuchsjagd im Oktober. Diese Jagden wurden als große gesellschaftliche Ereignisse zelebriert, und wochenlang fanden jeden Abend Festlichkeiten statt, die bis in die frühen Morgen dauerten.

Bei einem solchen Anlaß traf im Herbst des Jahres 1889 Charles Gray, der zwar nicht den Grafentitel, aber beachtliche Ländereien erben würde, die junge Maureen Lancey aus den Slums von Dublin.

Es ging Kate nicht gut zu dieser Zeit, und Maureen hatte eine

Arbeit angenommen, um etwas Geld zu verdienen. Sie hatte eine Stelle als Küchenhilfe bei einer wohlhabenden Familie in Leeds gefunden und war von der Hausherrin für eine Woche an Lady Gray gewissermaßen verliehen worden, da diese anläßlich der Rotwildjagd im September Abend für Abend große Diners veranstaltete. So kam Maureen zum ersten Mal nach Westhill. Mit einem anderen Mädchen mußte sie sich einen kalten, fensterlosen Raum im Keller zum Schlafen teilen und ansonsten vom frühen Morgen bis tief in die Nacht in der Küche stehen, um für die Annehmlichkeiten zu sorgen, die zum »einfachen Landleben« der feinen Gesellschaft gehörten.

Die Liebe traf sie und Charles ohne Vorwarnung. Charles war zu diesem Zeitpunkt schon über dreißig Jahre alt, und in seiner Familie sorgte man sich bereits, weil er noch immer keine Wahl für eine Heirat getroffen hatte. Mit seinen dunklen Haaren und den hellen blauen Augen war er ein gutaussehender Mann, aber linkisch und schüchtern, viel zu gehemmt, als daß er eine Frau hätte angemessen umwerben können. Zeitlebens hatte er unter seinem jähzornigen, aufbrausenden Vater gelitten und nicht das geringste Selbstwertgefühl entwickelt. Die reichen, hübschen Mädchen, mit denen seine Mutter ihn eifrig zu verkuppeln suchte, verschreckten ihn mit ihrer koketten, schnippischen Art. Anstatt bei Geselligkeiten verbrachte er seine Zeit lieber mit langen Wanderungen durch die Natur. Je mehr Druck er von seinen Eltern wegen einer Heirat spürte, um so mehr zog er sich in sich selbst zurück.

Er sah Maureen bewußt zum ersten Mal, als er an einem Morgen während jener Jagdwoche ungewöhnlich früh aufwachte und – lange bevor das offizielle Frühstück serviert wurde – in die Küche von Westhill schlich und um einen Kaffee bat. Maureen war dort gerade ganz allein beschäftigt. Sie sah müde aus, aber sie lächelte liebenswürdig und sagte: »Guten Morgen, Sir. Schon ausgeschlafen?«

Vermutlich waren es ihre rauchige Stimme und der zarte Anklang des irischen Dialektes, die Charles elektrisierten, gefolgt von ihrem goldfarbenen Haar, den Katzenaugen und dem weichen Lächeln.

Die Geschichte ihrer Abreise aus Dublin, die Zeit in Hull, die erste Begegnung mit Charles in Westhill – davon erzählte Maureen ihren Kindern später immer bereitwillig und sehr ausführlich. Die

Berichte über das, was dann kam, wurden knapper. Offensichtlich begann Charles rasch ein Verhältnis mit ihr, wobei sie, ungewöhnlicherweise, wohl seine erste sexuelle Erfahrung darstellte. Darüber verfiel er ihr vollkommen. Schon bald mußte in ihm das Gefühl erwacht sein, ohne dieses irische Mädchen nicht mehr leben zu können.

Eine Zeitlang glückte es ihnen, ihre Romanze geheimzuhalten. Maureen mußte nach Leeds zurück, und sie trafen sich in verschwiegenen Landgasthöfen zwischen Leeds und Leigh's Dale. Schließlich konnte Charles seinen Aufenthalt in Westhill nicht länger ausdehnen und fuhr wieder nach London; aber dort wurde er halb krank vor Sehnsucht und reiste nun ständig zwischen London und Yorkshire hin und her. Dies fiel seiner Familie natürlich auf, und sein Vater ließ umgehend Nachforschungen anstellen.

Er fand schnell heraus, daß Charles ein Verhältnis mit einem Dienstmädchen hatte, aber das erschütterte ihn zunächst keineswegs. Im Gegenteil, es zerstreute eine Reihe von Sorgen, die er sich wegen Charles' Zurückhaltung gegenüber Frauen insgeheim schon gemacht hatte. Endlich wurde ein Mann aus dem Jungen. Er sollte sich ruhig gründlich die Hörner abstoßen und dann ein Mädchen aus seiner Gesellschaftsschicht heiraten.

Im Mai des Jahres 1890 teilte Maureen Charles entsetzt mit, daß sie schwanger sei. Das Kind werde im Dezember zur Welt kommen.

»Das macht überhaupt nichts«, entgegnete Charles, »ich wollte dich sowieso fragen, ob du meine Frau werden möchtest.«

Maureen, obwohl gerade erst siebzehn geworden, stand wesentlich fester mit beiden Beinen im Leben als der naive Charles und wußte, daß ein Drama auf sie beide zukam.

»Überleg dir das gut«, warnte sie, »deine Familie wird alles andere als erfreut darüber sein.«

»Sie werden sich daran gewöhnen müssen«, erwiderte Charles.

Der Sturm, der nun losbrach, war so heftig, daß er ein weniger fest aneinandergeschmiedetes Paar, als es Maureen und Charles bereits waren, auseinandergerissen hätte. Der alte Richard Gray bekam einen Tobsuchtsanfall nach dem anderen, während sich seine Frau nur noch schluchzend in ihrem Zimmer einschloß und niemanden mehr um sich haben wollte.

»Du bist wohl von allen guten Geistern verlassen!« brüllte Richard seinen Sohn an. »Es ist völlig unmöglich, was du da vorhast! Es ist ausgeschlossen!«

»Ich werde Maureen heiraten, Vater. Mein Entschluß steht fest, und du kannst nichts mehr daran ändern«, entgegnete Charles mit einer Unnachgiebigkeit in der Stimme, die noch niemand je bei ihm erlebt hatte.

Richard hegte einen bestimmten Verdacht und fragte: »Ist sie... ich meine, ist sie...?«

»Ja. Sie erwartet ein Kind.«

»Nun, das ist doch keine Tragödie, Junge!« Richard bemühte sich, seine Fassung wiederzufinden und ruhig zu sprechen. »Ich weiß, was in dir vorgeht. Du willst wie ein Ehrenmann handeln. Das ist sehr anständig, aber du tust weder ihr noch dir einen Gefallen, wenn du deine Zukunft wegwirfst. Wir werden sie nicht im Stich lassen, das verspreche ich dir. Sie bekommt Geld. Genug Geld, damit sie das Kind in Ruhe aufziehen kann und dabei nicht im Elend leben muß. In Ordnung? Das ist weit mehr, als sie je hätte erwarten können.«

Charles sah seinen Vater voller Widerwillen an. »Sie würde unser Geld gar nicht nehmen«, sagte er verächtlich, »sie würde es dir vor die Füße werfen. Und außerdem heirate ich sie nicht aus Anstand. Sondern weil ich sie liebe!«

Richard wurde dunkelrot im Gesicht. »Du heiratest sie nicht!« schrie er. »Sie ist ein Dienstmädchen! Und was noch schlimmer ist, sie ist Irin! Und was am allerschlimmsten ist, sie ist katholisch!«

»Das weiß ich alles.«

»Du setzt keinen Fuß mehr in die gute Gesellschaft, wenn du das tust!«

»Auf die gute Gesellschaft kann ich gerne verzichten.«

»Ich werde dich enterben. Du bekommst nichts! Nichts! Und du wirst nicht mehr mein Sohn sein!«

Charles zuckte nur mit den Schultern. Später sagte Maureen manchmal, sie werde sich bis an ihr Lebensende dafür schämen, in dieser Zeit an Charles gezweifelt zu haben. Sie hatte geglaubt, er werde nicht durchhalten, werde letzten Endes nicht die Kraft haben, den Bruch mit seiner Familie zu ertragen.

In Wahrheit hätte Charles es nicht ertragen, von Maureen getrennt zu werden. Er blieb standhaft, auch als ihm sein Vater

tatsächlich den Anspruch auf Ländereien und Vermögen aber-
kannte. Laut Gesetz stand Charles jedoch eine Abfindung zu, deren
Höhe sich am geschätzten Wert des Gesamtvermögens orientieren
mußte. Er bekam die Westhill Farm in Yorkshire sowie einen
Geldbetrag, den er sofort anlegte, um einen monatlichen Ertrag
daraus zu haben. Das Geld hatte er ursprünglich ablehnen wollen,
aber Maureen mahnte, er solle nicht die Zukunft ihrer Kinder außer
acht lassen. Nur mit Hilfe des Geldes war es ihnen dann auch
tatsächlich später möglich, George auf eine exklusive Schule wie
Eton zu schicken.

Der Kontakt zwischen Charles und seiner Familie riß völlig ab.
Seine Eltern und seine beiden Brüder ließen nichts mehr von sich
hören. Lediglich seine Schwester Margaret, die immer sehr an ihm
gehangen hatte und unverheiratet in London lebte, schrieb regel-
mäßig und besuchte ihn auch einige Male. Sie verstand sich gut mit
Maureen. Beide Frauen bemühten sich immer wieder, Charles zu
einem Versöhnungsversuch mit seinem Vater zu bewegen, doch
Charles weigerte sich beharrlich. Margaret berichtete, daß auch
Richard, den sie ebenfalls mehrfach hatte überreden wollen, seinem
Sohn die Hand zu reichen, jedes Entgegenkommen verweigerte.

»Ich warte, bis er eines Tages angekrochen kommt«, lautete sein
einziger Kommentar, »und ich bin ganz sicher, er wird kriechen.«

Frances bedauerte es nie, daß sie nicht in dem Luxus aufgewachsen war, der ihrem Vater zugestanden hätte. Sie wußte, daß ihre
Kindheit und Jugend nie so frei und unbeschwert verlaufen wäre.
Die Yorkshire Dales, die sie so liebte, wären dann nicht ihre Heimat, sondern nur ein gelegentliches Ferienziel gewesen. Sie hätte nie
barfuß herumlaufen oder im Herrensitz reiten dürfen. Sie hätte
keine Mutter gehabt, die im Garten kniete und in der Erde grub und
dabei irische Lieder sang. Und nie hätte sie den angenehmen Schau-
der empfunden, mit dem sie Großmutter Kate beobachtete, wenn
diese abends in der Küche saß und ihren Rosenkranz betete, die
Perlen rasch durch die Finger gleiten ließ und geheimnisvolle, latei-
nische Worte dabei murmelte.

Es war der 20. Mai 1910, ein brütendheißer Tag. Bienen brummten
satt und schwerfällig durch die Luft, und ein überwältigender Blütenduft strömte aus Wäldern und Gärten. Auf den Weiden hatten

sich Kühe und Schafe schattige Plätze gesucht und warteten geduldig darauf, daß die Abendstunden Kühlung bringen würden.

Das Haus lag still in der Mittagssonne; zu still, fand Frances. Auch wenn das Herrenhaus von Daleview in seiner Ruhe und Düsternis oft wie eine Gruft wirkte, so hatte doch meist irgend etwas daran erinnert, daß dort Menschen aus und ein gingen. An diesem Tag aber war es, als rege sich nichts mehr hinter den hohen Fenstern, als hielten die alten Mauern den Atem an.

Es war der Tag, an dem der große Frühsommerball bei den Leighs hätte stattfinden sollen, aber im Hinblick auf den Tod des Königs war er abgesagt worden. Zumal gerade an diesem 20. Mai in London die Beisetzungsfeierlichkeiten abgehalten wurden, zwei Wochen, nachdem König Edward gestorben war. Schneller hätten jedoch die Monarchen Europas nicht anreisen können, um dem verstorbenen König die letzte Ehre zu erweisen. Tausende von Menschen hatten sich in London versammelt und säumten die Straßen, durch die sich der Trauerzug bewegte. Wegen der ungewöhnlichen Hitze brachen die Leute reihenweise ohnmächtig zusammen, viele erlitten einen Hitzschlag. Überall im Land herrschte große Trauer. Für kurze Zeit schien das Volk wieder einmal vereint zu sein, jenseits der vielen innenpolitischen Schwierigkeiten und aller Strömungen von Aufruhr und Klassenkampf, die überall immer wieder durchbrachen.

Frances und John hatten sich für einen Spaziergang verabredet, und Frances hoffte, daß John sie nicht schon wieder vergessen hatte. Die Grabesruhe über dem Haus erschreckte sie. Niemand eilte wie sonst herbei, um sich um ihr Pferd zu kümmern. Nicht einmal von den in einiger Entfernung befindlichen Unterkünften der Gutsarbeiter drang ein Laut herüber.

Frances sprang vom Pferd, strich sich ihren langen, braunen Rock glatt und führte das Tier dicht an die steinerne Eingangstreppe heran, wo es Schatten fand und sie es am Geländer festbinden konnte. Zögernd stieg sie die Stufen hinauf, betätigte den bronzenen Türklopfer in Form eines Löwenkopfes. Nichts geschah. Entschlossen drückte sie die Klinke hinunter, die Tür ging auf, und sie trat ein.

In der Eingangshalle war es angenehm kühl, aber wie stets empfand Frances das hier herrschende Dämmerlicht als bedrückend.

Die Wände waren mit dunklem Holz getäfelt und wurden geschmückt von zahlreichen goldgerahmten Ahnenbildern. Eine breite, geschwungene Treppe mit kunstvoll geschnitztem Geländer führte hinauf zu den oberen Räumen. Ein gewaltiger Kronleuchter hing von der Decke, doch außer zu festlichen Abendveranstaltungen hatte Frances ihn nie brennend erlebt. Er trug echte Kerzen, die alle einzeln angezündet werden mußten, eine langwierige und mühevolle Arbeit, die mehrere Dienstboten für einige Zeit beschäftigte.

Ich weiß nicht, dachte Frances, ob ich in einem solchen Haus leben könnte.

Fröstelnd zog sie die Schultern zusammen. Dann vernahm sie ein Geräusch auf der Treppe und blickte hoch.

John kam langsam die Stufen herunter. Selbst in der düsteren Halle konnte Frances erkennen, daß er blaß und übernächtigt aussah. Er hatte sich nicht rasiert, der Schatten eines Bartes lag auf seinen Wangen. Er trug eine schwarze Hose und Reitstiefel, sein Hemd war zerknittert. Mit einer müden Bewegung strich er sich die Haare aus der Stirn.

»Frances«, sagte er, »ich wollte gerade sehen, ob du schon da bist. Diesmal habe ich es nicht vergessen.«

Er blieb vor ihr stehen, und sie nahm seine Hände in ihre. Sie waren eiskalt.

»Ist etwas passiert?« fragte sie. »Alles hier ist so still! Und du ... du bist weiß wie eine Wand, John!«

In seinen dunklen Augen stand eine Angst, die sie an ihm noch nie gesehen hatte. »Mein Vater«, sagte er leise, »er stirbt.«

Irgendwo im Haus schlug eine Uhr dreimal. Eine Tür wurde leise geöffnet und ebenso leise wieder geschlossen.

»O nein«, sagte Frances. Das Frösteln in ihrem Körper verstärkte sich. Fast übermächtig wurde der Wunsch, das kalte, dunkle Haus zu verlassen und hinauszulaufen in die heiße Sonne, fort von dem dumpfen Geruch, der zwischen den alten Mauern hing. Sie sehnte sich nach dem süßen Duft des Flieders, der an der Auffahrt zur Westhill Farm blühte.

Sie riß sich zusammen. Sie konnte nicht einfach davonstürzen. »John, das ist furchtbar. Es tut mir sehr leid. Ich wußte, daß er krank ist, aber nicht, daß es so schlimm steht.«

»Sein Herz machte ihm schon lange zu schaffen. Vor zwei Wochen holten sie mich deswegen ja sogar aus Cambridge hierher. Irgendwie wurde es schlimmer seit dem Tag, als der König starb.«

Frances dachte an ihren Vater. Der Tod des Königs hatte ihn ebenfalls schwer getroffen. Die ganze Zeit über war er in sich gekehrt und schien eigenen, unerfreulichen Gedanken nachzuhängen.

»Vater hat sich so aufgeregt«, fuhr John fort, »alles, was in diesem Land passiert, beunruhigt ihn so sehr. Für ihn war der König eine letzte Bastion. Ich habe den Eindruck, er fürchtet, daß nun ein Schicksalsschlag nach dem anderen England heimsuchen wird. Dauernd redet er von einer Invasion der Deutschen, von Arbeiterrevolution und dem Sieg des Sozialismus. Und dazwischen schnappt er verzweifelt nach Luft, weil er kaum noch atmen kann. Heute früh dachten wir schon... ich glaube nicht, daß er noch länger als ein oder zwei Tage durchhält.«

»Wie geht es deiner Mutter?«

»Sie ist oben bei ihm. Sie will für einige Zeit mit ihm allein sein.«

Frances hielt noch immer seine kalten Hände in ihren warmen. »Komm! Du mußt hier mal raus. Es ist schön draußen. Laß uns ein Stück laufen!«

Er folgte ihr. Frances atmete tief, als sie hinaustraten und die warme Luft sie tröstlich umfing.

Sie gingen einen Feldweg entlang. Rechts und links erstreckten sich frische, grüne Weiden. Ein paar Kühe grasten hier, lagen schläfrig in der Wiese oder versuchten mit einem trägen, halbherzigen Schwanzschlag die Fliegen zu vertreiben.

»Ich bin froh, daß du da bist, Frances«, brach John das Schweigen, »mir geht heute so vieles durch den Kopf, Gedanken vor allem, die mit meiner Zukunft zu tun haben. Und mit dir.«

»Mit mir?«

»Erinnerst du dich an den Brief, den ich dir vor zwei Wochen schrieb? Ich wollte mich mit dir treffen.«

»Ich erinnere mich.«

»Ich schrieb, daß ich unbedingt mit dir sprechen müsse.«

»Ja.«

John blieb stehen. In seinen dunkelbraunen Haaren ließ die Sonne ein paar helle Reflexe aufleuchten. Seine Gesichtszüge waren angespannt. Er schien in den vergangenen Stunden um Jahre älter geworden zu sein.

»Ich wollte dich damals fragen, ob du mich heiraten möchtest. Und ich will dich heute dasselbe fragen.«

In der Stille, die seinen Worten folgte, registrierte Frances, daß irgendwo in der Ferne zwei Vögel kreischend miteinander stritten. Das war der einzige Laut. Nicht einmal das Rascheln von Blättern störte die Ruhe dieses Nachmittages.

»Entweder«, sagte John nach einer Weile, »du erwiderst nichts, weil dich die Rührung überwältigt, oder weil du verzweifelt überlegst, wie du den Kopf aus der Schlinge ziehst, ohne mich zu verletzen.«

»Ich bin ziemlich überrascht, das ist alles.«

»Ich liebe dich, Frances. Das ist so, und daran wird sich nie etwas ändern. Also«, fast zornig riß er ein paar Blätter von einem Strauch am Wegrand ab, »sag einfach ja oder nein. Aber steh nicht so schockiert herum!«

»Ich stehe nicht schockiert herum. Aber ich kann auch nicht einfach ja oder nein sagen. Du hattest Zeit, über alles nachzudenken. Ich nicht. Ich muß wenigstens ein bißchen überlegen dürfen!«

Er verzog das Gesicht. »Ja. Entschuldige. Ich wollte dich nicht überfahren.«

Sie betrachtete ihn von der Seite. Er sah sehr gut aus, und er sah auch aus wie ein Mann, der das wußte. In Wahrheit, das war ihr klar, verstand er keineswegs, weshalb sie überlegen wollte. Ein beträchtlicher Teil der snobistischen Haltung seiner Familie war auch ihm zu eigen, und er erwartete, daß ein Mädchen entzückt reagierte, wenn es einen Heiratsantrag von ihm erhielt. »Was wirst du als nächstes tun?« fragte sie.

»Als nächstes wollte ich dich heiraten. Davon abgesehen...«

»Ja?«

»Ich kann nicht mehr nach Cambridge zurück, wenn mein Vater... wenn er nicht mehr lebt. Ich kann Mutter ja mit all dem hier nicht allein lassen. Ich muß versuchen, einen guten Verwalter zu finden. Und dann würde ich gern anfangen, meinen alten Traum zu verwirklichen.«

Sie kannte ihn lange genug, um von seinen Träumen zu wissen. »Politik?«

Er nickte. »Jetzt, wo der König gestorben ist, wird es Parlaments-neuwahlen geben. Ich möchte für die Tories hier in unserem Wahl-kreis kandidieren.«

»Du wirst es schwer haben«, meinte Frances, und sie dachte dabei nicht nur an seine Jugend. Die Konservativen hatten im Norden Englands, in dem große Armut herrschte und soziale Span-nungen verschärft zutage traten, einen harten Stand. Für den We-sten von Yorkshire saß sogar seit dem letzten Jahr ein fanatischer Sozialist als Vertreter im Unterhaus.

»Natürlich werde ich es schwer haben«, sagte John. Er blieb erneut stehen. Seine Miene spiegelte eine Mischung aus Müdigkeit und Entschlossenheit. »Ich bin erst dreiundzwanzig Jahre alt. Auf der anderen Seite sind die Leighs die reichste und einflußstärkste Familie in unserem Wahlkreis. Ich kann es schaffen. Irgendwann sitze ich im Unterhaus, du wirst es sehen. Ich meine... auch das solltest du bedenken. Vielleicht schreckt dich die Vorstellung, dein ganzes Leben auf Daleview zu verbringen, aber so wird es nicht sein. Wir würden viele Monate des Jahres in London leben. Wir können ins Theater gehen und in die Oper und zu großen Gesell-schaften. Wir machen Reisen, wenn du möchtest. Paris, Rom, Venedig... wohin du willst. Wir werden Kinder haben, und...«

»John! Du mußt mich nicht davon überzeugen, daß ich an deiner Seite ein gutes Leben haben würde. Das weiß ich von allein.«

»Und warum zögerst du dann?«

Sie wich seinem fragenden, ratlosen Blick aus, schaute in die Ferne. Heute ragten die Hügel nicht in die Wolken; sie hoben sich klar gegen den Himmel ab. Warum zögerte sie? Weder sich noch ihm hätte sie in diesem Moment eine eindeutige Antwort auf diese Frage geben können. In gewisser Weise war sie auch nicht aufrich-tig gewesen, als sie gesagt hatte, sie sei überrascht von Johns Frage, daher brauche sie Zeit, um zu überlegen. Sie hatte seinen Antrag nicht in *diesem* Moment erwartet, aber sie hatte immer gewußt, daß er sie eines Tages bitten würde, ihn zu heiraten. Irgendwie war es klar gewesen, seit den Tagen ihrer Kindheit, als er ihr das Reiten beigebracht hatte und sie zusammen über die Wiesen galoppiert waren – und sie versucht hatte, seine von Grasflecken und Erde verdreckten Hosen in einem Bach zu waschen, nachdem er gestürzt war und einen Nervenzusammenbruch seiner pingeligen Mutter fürchtete. Sie hatten es gewußt, und alle hatten es gewußt, und vermutlich hatte Mrs. Leigh deshalb versucht, sie beide auseinanderzubringen, ohne daß es ihr geglückt wäre.

In den langen Jahren, die Frances in der verhaßten Schule in Richmond hatte verbringen müssen, war es John gewesen, der ihr Heimweh gelindert und sie davon abgehalten hatte, sich unmöglich zu benehmen, um einen Hinauswurf zu provozieren. So wie er an jenem Junitag ans Ufer des River Swale gekommen war, um sie zu trösten, so war er immer bereit gestanden, ihr zu helfen. Er hatte ihr Berge von Briefen geschrieben, zärtliche, heitere, ironische, witzige Briefe, die sie zum Lachen gebracht hatten. Neben den Mitgliedern ihrer Familie war er der vertrauteste Mensch der Welt für sie.

Was stand nun also plötzlich zwischen ihnen? Sie begriff es nicht, fühlte aber, daß es etwas zu tun haben mußte mit der dauernden, latenten Unzufriedenheit, in der sie seit der Rückkehr von der Schule lebte. Diese Unruhe, dieses Warten auf etwas, wovon sie nicht einmal wußte, was es war.

Unvermittelt fiel ihr ein, was Alice Chapman an jenem Tag gesagt hatte, als sie zusammen im Garten gesessen und geraucht hatten. »Wollen Sie einfach tun, was von Ihnen erwartet wird? Heiraten, Kinder bekommen, ein geselliges Haus führen und Damentees veranstalten?«

»Das kann ich jetzt nicht«, sagte Frances laut.

John starrte sie an. »Was?«

Das dunkle Haus, in dem sie zusammen leben würden, in dem man immer fror, in dem man nie laut sprechen durfte, weil Mrs. Leigh sonst Kopfschmerzen bekam...

»Ich brauche Zeit«, erklärte sie. »Ich kann nicht ohne jeden Übergang aus dem Haus meiner Eltern in dein Haus ziehen. Wann soll ich denn jemals auf eigenen Füßen stehen? Wie soll ich herausfinden, ob ich mich auch alleine behaupten kann?«

»Wieso mußt du das denn herausfinden? Wozu?«

»Du verstehst mich überhaupt nicht, oder?«

Er nahm ihre Hand. Die letzten Wochen, dieser Tag hatten zuviel Schreckliches gebracht, als daß er im Augenblick die Kraft gehabt hätte, mit ihr zu kämpfen.

»Nein«, sagte er müde, »ich verstehe dich nicht. Ich will in Vaters Nähe sein.«

Langsam gingen sie den Weg zurück. Die dunklen Mauern von Daleview tauchten wieder auf. Unvermittelt fragte Frances: »Wie denkst du über das Frauenwahlrecht?«

»Wie kommst du denn jetzt darauf?« fragte John überrascht.

»Es ging mir gerade durch den Kopf.«

»Du beschäftigst dich ja mit eigenartigen Dingen!«

»Wie denkst du nun darüber?«

Er seufzte. Das Thema schien ihn nicht im mindesten zu interessieren, nicht in diesem Moment. Sein Vater lag im Sterben. Die Frau, die er liebte, hatte ihn zurückgewiesen. Er fühlte sich einsam und elend. »Ich glaube einfach, die Zeit ist nicht reif dafür«, sagte er.

»Wenn es nach den Männern geht, wird sie das nie sein.«

»Ich bin kein Gegner des Frauenstimmrechts. Allerdings lehne ich die Mittel ab, mit denen militante Frauenrechtlerinnen ihre Ziele durchzusetzen versuchen. Mit ihren Gewaltaktionen machen sie sich unglaubwürdig und verlieren alle Sympathien.«

»Manchmal denke ich, es gibt Dinge, die lassen sich nur mit Gewalt durchsetzen«, sagte Frances. »Solange Frauen ihre Forderungen höflich und freundlich vorbringen, hört man ihnen nicht zu. Erst wenn sie schreien und Fensterscheiben einschlagen, nimmt man sie überhaupt zur Kenntnis.«

Sie waren beinahe am Haus angelangt. John hatte die ganze Zeit über Frances' Hand gehalten. Nun ließ er sie los. Er nahm ihr Gesicht in beide Hände und küßte sie auf die Stirn. Dann trat er einen Schritt zurück.

»Das sind gefährliche Gedanken, die du da hegst«, sagte er, »du solltest dich nicht in etwas hineinsteigern, Frances.«

Sie antwortete nicht. Er betrachtete sie voller Beunruhigung. Jahre später erzählte er ihr, er habe in diesem Moment eine so starke Ahnung von drohendem Unheil gehabt, daß ihm eiskalt geworden wäre trotz des heißen Wetters. Ihm sei gewesen, als zerbreche etwas Kostbares, das ihnen beiden gehört hatte. Er wußte noch nichts von dem Krieg, der vier Jahre später ausbrechen, nichts von den Abgründen, in die er sie beide reißen würde – aber er ahnte, daß die Zeiten schlechter werden würden. Er sagte, er habe an jenem Nachmittag das Gefühl gehabt, daß sie mit ihrer Weigerung, ihn zu heiraten, das Paradies verspielte, das sie gemeinsam hätten haben können. Und er gab zu, es sei ihm nie wirklich gelungen, ihr zu verzeihen.

»Aber *warum* willst du nach London?« fragte Maureen bereits zum dritten Mal.

Sie wirkte verstört und erschrocken. Sie war ganz in Schwarz gekleidet, denn die Familie war gerade von den Beisetzungsfeierlichkeiten für Arthur Leigh nach Westhill zurückgekehrt. Im Eßzimmer hatte Frances ihren Eltern mitgeteilt, sie habe beschlossen, für einige Zeit nach London zu gehen.

»Was willst du denn da machen?« fragte Charles. »Du kannst doch nicht einfach irgendwohin gehen und keine Ahnung haben, was du dort eigentlich vorhast!«

»Ich dachte, ich könnte bei Tante Margaret wohnen. Und einfach London kennenlernen.«

»Ich finde, das ist zu gefährlich für ein junges Mädchen«, sagte Maureen, »London ist eine andere Welt als Leigh's Dale. Und auch als Richmond. Du bist so etwas nicht gewöhnt.«

»Deshalb will ich ja dorthin. Soll ich langsam versauern auf dem Land?«

»Du könntest viel Zeit in London verbringen, wenn du John Leigh heiraten würdest«, sagte Maureen unvorsichtig, »aber dann wärst du wenigstens...«

Frances sah ihre Mutter scharf an. »Woher weißt du denn *das*?«

»Eines der Dienstmädchen auf Daleview machte eine Andeutung. Offenbar hat es eine Auseinandersetzung zwischen John und seiner Mutter gegeben, in deren Verlauf er ihr sagte, er habe dich gefragt, und du habest abgelehnt.«

»Ist da irgend etwas völlig an mir vorbeigegangen?« fragte Charles erstaunt.

»John hat Frances einen Heiratsantrag gemacht, und sie hat nein gesagt«, wiederholte Maureen.

»Ich habe gesagt, ich könne ihn *jetzt* nicht heiraten. Nicht *sofort*.«

»Sofort könntest du ihn schon wegen der Trauerzeit für Arthur Leigh nicht heiraten. Du hättest durchaus Gelegenheit, dich an den Gedanken zu gewöhnen.«

»Ich will nach London«, beharrte Frances, »und ich will mich im Augenblick auf nichts anderes festlegen.«

Maureen blickte sehr sorgenvoll drein. »Ein Mann wie John Leigh wartet nicht ewig auf dich. Wenn du zu lange zögerst, schnappt ihn dir eine andere weg.«

»Nun gibt es natürlich auch noch andere Männer auf der Welt als John Leigh«, mischte sich Charles ein, »Frances wird noch viele Heiratsanträge bekommen.«

»Aber sie liebt John. Sie ziert sich jetzt, aber wenn es dann zu spät ist, werden wir ein Drama erleben«, behauptete Maureen.

»Mutter, ich weiß nicht, ob ich John liebe. Ich weiß nicht, ob ich ihn heiraten will. Ich fühle mich verwirrt und durcheinander und habe keine Ahnung, was ich aus meinem Leben machen möchte. Ich brauche Abstand. Ich muß einfach einmal etwas anderes sehen. Ich will nach London«, wiederholte sie.

»Du bist wirklich schwer zu verstehen«, klagte Maureen, »die ganze Zeit hast du gejammert, weil du in Richmond sein mußtest und es vor Heimweh nach Westhill nicht aushalten konntest. Nun bist du hier, da willst du wieder weg!«

»Das ist etwas anderes.«

»Ich weiß auch nicht, ob Tante Margaret geeignet ist. Sie hatte nie Kinder und ist ziemlich weltfremd. Wer weiß, ob sie auf ein junges Mädchen aufpassen kann!«

»Margaret wird sicher nicht leichtfertig sein«, meinte Charles.

Maureen trat ans Fenster und blickte hinaus. Der Tag hatte sonnig begonnen; nun, am Abend, zogen dunkle Wolken von Westen her auf, und aus der Ferne klang leises Donnergrollen. Die Vögel schrien aufgeregt. Die Luft roch bereits nach Regen und war erfüllt von einem schweren, süßen Blütenduft.

»Endlich«, sagte Charles, »die Trockenheit hat schon zu lange angedauert.«

Maureen wandte sich zu ihnen um. In ihren Augen las Frances, daß sie keinen Widerstand mehr leisten würde. So war es immer gewesen. Letzten Endes hatte Maureen ihren Kindern nie etwas verbieten können.

»Vater?« fragte Frances.

Charles hatte die stumme Einwilligung seiner Frau ebenfalls zur Kenntnis genommen. Seinen Kindern gegenüber konnte er standhaft sein, aber es fiel ihm schwer, eine andere Position einzunehmen als Maureen. Resigniert hob er die Schultern.

»Wenn du gehen mußt, dann geh«, sagte er.

Im Zimmer der Großmutter roch es stets nach Lavendelöl. Kate benutzte es, solange sie denken konnte. Sogar in den schlimmsten und hungrigsten Dubliner Zeiten hatte sie es geschafft, sich einmal im Jahr ein Fläschchen zu kaufen und täglich einen kleinen Tropfen des Öls hinter ihre Ohren zu tupfen. Niemand konnte sich eine Kate vorstellen, die nicht von einem zarten Lavendelgeruch umgeben war.

Als Frances an diesem Abend in das Zimmer mit den geblümten Tapeten und den im selben Muster gewählten Vorhängen trat, empfand sie den vertrauten Geruch als ungemein tröstlich. Sie hatte einen Entschluß gefaßt, und sie würde ihn umsetzen; aber seitdem ihre Eltern nachgegeben hatten, spürte sie einen Kloß im Hals. Solange die Einwilligung der Eltern ausstand, war alles so weit weg gewesen. Nun rückte der Abschied in greifbare Nähe. Während des Abendessens war sie schweigsam gewesen und hatte nur mit halbem Ohr auf das muntere Geplauder Victorias gehört, die von irgendeiner lustigen Begebenheit in der Schule berichtete.

Maureen hatte in ihrem Essen herumgestochert und plötzlich gesagt: »Nun haben wir seit über zwei Wochen nichts von George gehört. Und jetzt geht auch Frances fort. Bald werde ich überhaupt nicht mehr wissen, wo meine Kinder sind und was sie machen.«

Charles' Gesicht verdüsterte sich bei der Erwähnung von Georges Namen.

»George wird Vernunft annehmen und sich bei uns melden«, brummte er, »und wo Frances hingeht, weißt du ja. Bei Margaret ist sie gut aufgehoben.«

»Wenn wir nur ein Telefon hätten! Dann...«

»Ich werde dir ein Telefon kaufen«, sagte Charles genervt, »denn sonst wirst du mich verrückt machen während der nächsten Wochen. Ich kaufe eines, und du kannst zehnmal am Tag bei Margaret anrufen und fragen, ob Frances noch am Leben ist.«

Kate saß in ihrem Schaukelstuhl am Fenster, als Frances hereinkam. Draußen war es inzwischen dunkel, der Regen rauschte wie eine Wand herab.

»Du wolltest mich sprechen, Großmutter?« sagte Frances.

Kate legte das Buch zur Seite, in dem sie gelesen hatte. Sie nickte.

»Ich wollte dir sagen, daß ich deinen Entschluß für gut halte. Es ist richtig, was du vorhast. Laß dich nicht umstimmen, auch wenn deine Mutter in den nächsten Tagen noch ziemlich viel jammern wird.«

Frances setzte sich auf das Bett ihrer Großmutter. Sie war nicht weniger verwirrt und zerrissen als vor ihrem Entschluß, nach London zu gehen. »Ich hoffe, ich tue das Richtige, Großmutter. John Leigh hat mich gefragt, ob ich ihn heirate. Ich habe gesagt, ich kann das jetzt nicht entscheiden.«

»Wahrscheinlich kannst du das auch nicht. Dann war es richtig, ihm das zu sagen.«

»Ich glaube, das hat gar nichts mit ihm zu tun. Nur mit mir. Mein Leben wäre so festgeschrieben, wenn ich jetzt heiratete. Ich habe das Gefühl, ich will vorher noch eine andere Seite des Lebens kennenlernen. Eine, von der ich jetzt nichts weiß, in der nichts vorhersehbar ist. Alles andere... scheint mich zu ersticken. Glaubst du, das ist normal?«

»Ob normal oder nicht«, sagte Kate, »du mußt jedenfalls tun, was du willst. Was du *wirklich* willst. Nicht, was bestimmte gesellschaftliche Normen dir auferlegen. Verstehst du?« Sie lächelte. »Du bist ziemlich vorbelastet in dieser Hinsicht. Deine Eltern haben sich über alle guten Sitten hinweggesetzt, als sie heirateten. Du bist sehr frei aufgewachsen, wenn man von der Zeit absieht, in der sie dich auf diese gräßliche Schule geschickt haben, aber das hat dich Gott sei Dank nicht mehr verbiegen können. Wahrscheinlich wirst du nie eingeengt leben können, und das wird Probleme für dich mit sich bringen – aber das ist nun einmal so. Damit mußt du dich abfinden.«

»Wenn John eine andere heiratet...«

Kate sah sie scharf an. »Liebst du ihn?«

Frances machte eine hilflose Handbewegung. »Ja. ich glaube, ja. Aber...«

»Aber nicht genug, ihn jetzt heiraten zu wollen. Frances, es kann sein, du verlierst ihn. Aber diese Furcht darf deine Entscheidung nicht bestimmen. Vielleicht ist John der Preis, den du zahlen wirst. Irgendeinen zahlt man immer. Schau, ich...« Kate stockte. »Ich habe es deiner Mutter nie erzählt«, fuhr sie fort, »denn ich fürchte, sie würde es nicht verkraften. Aber du bist härter als sie.«

»Was ist es denn?«

»Es geht um deinen Großvater Lancey. Um Dan, diesen irischen Lumpen, den ich vor einem halben Jahrhundert geheiratet habe.« Es klangen Zärtlichkeit und Resignation aus Kates Stimme. »Deine Mutter denkt, wir haben eben nie wieder etwas von ihm gehört. Ich glaube, sie klammert sich an die Vorstellung, daß er entweder noch lebt oder aber einen sanften Tod gestorben ist, irgendwann.«

Frances sah ihre Großmutter aufmerksam an. »Aber du weißt es besser?«

Kate nickte. »Fünf Jahre, nachdem ich mit Maureen Dublin verlassen hatte, habe ich mich mit Bekannten daheim in Verbindung gesetzt. Ich wollte wissen, was aus Dan geworden ist.« Ihre Augen verdunkelten sich. »Er war tot. Und er ist elend gestorben. Allein, auf der Straße, abgerissen und hungrig, zum Schluß sogar ohne Alkohol, weil ihm niemand mehr etwas gegeben hat. Man hatte ihn aus der Wohnung gewiesen, weil er die Miete nicht bezahlen konnte. Von da an war er obdachlos, irrte in den Straßen von Dublin umher, lebte von den Abfällen, die die Marktleute zermatscht und zertreten liegen ließen, wenn sie ihre Stände abbauten. Manchmal gelang es ihm wohl, ein bißchen Geld zusammenzubetteln, von dem er sich sofort wieder Alkohol kaufte. Im Winter nahmen ihn mitleidige Nachbarn aus unserer Siedlung manchmal auf, und das war wohl der Grund, weshalb er die vielen eisigen Monate überhaupt durchstand. Aber die Menschen leben dort so beengt, weißt du, so armselig, und sie haben so viele Probleme – irgendwann schickten sie ihn immer wieder hinaus in Kälte und Nässe. Du hast keine Ahnung, wie naß die Winter von Dublin sind.«

»Es ist schrecklich, Großmutter«, sagte Frances leise.

»Er muß gestarrt haben vor Dreck und Ungeziefer und zum Himmel gestunken«, fuhr Kate fort, »und offensichtlich hat er sich den Leuten buchstäblich vor die Füße geworfen, wenn er sie um etwas Alkohol anbettelte. Das schlimmste war... das schlimmste war, daß er, wenn sie ihm vorhielten, er könne ja nicht bezahlen, immer antwortete: ›Kate wird das in Ordnung bringen. Kate ist verreist, aber sie kommt wieder, und dann wird sie euch das Geld geben. Kate wird kommen!‹ Aber Kate kam nicht. Nie mehr.«

»Großmutter...«, begann Frances, aber Kate unterbrach sie sofort.

»Nein. Du brauchst mich nicht zu trösten. Ich habe dir das nicht erzählt, um mir etwas von der Seele zu reden. Ich wollte dir etwas damit sagen: Als ich deinen Großvater verließ, um mir in England eine neue Existenz aufzubauen, wußte ich, daß es der einzige Weg war, den ich gehen konnte. Nicht, weil ich ansonsten untergegangen wäre. Ich hätte auch in Dublin weiterhin für Maureen und mich sorgen und Dan irgendwie mitschleppen können. Ich hätte eben noch mehr als zuvor auf mein Hab und Gut achten müssen, damit er es nicht dauernd in diesen verfluchten Fusel umsetzte, ohne den er nicht leben zu können glaubte. Aber auf eine Weise wäre ich eben doch untergegangen. Etwas in mir starb Stück für Stück, jeden Tag. Ich verlor meine Freude am Leben, meine Selbstachtung, meinen Optimismus. Ich verlor immer mehr von der Kate, die ich einmal gewesen war. Ich wußte, daß ich gehen mußte, und ich ging. Der Preis ist...«, sie atmete tief, »der Preis ist, zu wissen, wie er gestorben ist, und damit leben zu müssen.«

Frances stand auf. Sie ging zu Kate hin, kauerte neben ihrem Sessel nieder und nahm ihre Hand. »Ich bin stolz, daß ich deine Enkelin bin, Kate«, sagte sie.

## Juni bis September 1910

Der Sommer 1910 war heiß und trocken, und es gab kaum einen Tag, an dem es Frances nicht bedauert hatte, nach London gereist zu sein und hier nun aushalten zu müssen. Tag für Tag strahlte die Sonne von einem wolkenlosen Himmel; aber während oben in Wensleydale selbst bei größter Hitze noch ein Windhauch von den Hügeln herabstrich, hing die stickige Luft hier in London wie eine bleierne Glocke über der Stadt und machte jede Bewegung mühsam. Es waren Tage, um schläfrig im Garten von Westhill zu liegen und vor sich hin zu träumen, um durch kalte Bäche zu waten oder um sich abends, wenn es kühl und dämmrig geworden war, ein Pferd zu satteln und die Feldwege entlangzutraben.

In dem schönen, eleganten Haus ihrer Tante Margaret am Berkeley Square, in dem es nichts zu tun gab und wo man von der Hitze erschlagen wurde, sobald man einen Schritt vor die Tür tat, fühlte sich Frances wie ein gefangener Vogel. Sie sehnte sich danach, mit ihrer Mutter in der Küche von Westhill zu sitzen, Buttermilch zu trinken und zu plaudern; aber immer, wenn sie dicht davor war, die Koffer zu packen und nach Hause zu fahren, biß sie die Zähne zusammen und sagte sich, daß sie vor ihrer Familie bis auf die Knochen blamiert wäre, wenn sie das Abenteuer, um das sie so gekämpft hatte, nun vorzeitig abbrach.

Das Schlimme war, daß das Abenteuer gar kein Abenteuer war. Tante Margaret führte für gewöhnlich, wie sie sagte, ein sehr geselliges Leben; aber wie in jedem Sommer hatten ihre Freunde und Bekannten, die natürlich ausnahmslos der »upper class« angehörten, der Hauptstadt den Rücken gekehrt und sich aufs Land verzogen. Wer nicht mußte, blieb nicht in London, und von den Reichen mußten es die wenigsten.

»Warte ab, bis es Herbst wird«, tröstete Margaret, »dann werden wir jeden Abend zu einer anderen Gesellschaft gehen.«

Margaret hatte nie geheiratet; man munkelte in der Familie, in frühester Jugend habe ihr ein Verehrer das Herz gebrochen, indem er sich einem anderen Mädchen zuwandte, doch Margaret erzählte Frances, davon sei kein Wort wahr.

»Ich hatte einfach keine Lust zu heiraten. Für den Rest meines Lebens an einen Mann gefesselt sein, der immer dicker wird, der mich mit seiner schlechten Laune plagt und mich schließlich mit irgendeinem jungen Ding betrügt? Nein, ich habe mich für meine Freiheit und meinen Seelenfrieden entschieden!«

Margaret hatte sich darüber hinaus ihr Erbe vorzeitig auszahlen lassen, was ihr ein sorgenfreies Leben ohne Einschränkungen ermöglichte. In ihrem großen Haus beschäftigte sie eine Köchin, einen Butler, zwei Küchenmädchen und zwei Hausmädchen. Frances bekam ihren Tee und eine Scheibe gebutterten Toast morgens ans Bett gebracht, und später erschien die ruhige, freundliche Peggy, um ihr beim Anziehen und Frisieren zu helfen. Frances bekam einen deutlichen Eindruck davon, wie das Leben ihres Vaters ausgesehen hätte, wäre er nicht bei seiner Entscheidung für Maureen geblieben. Er hatte auf eine Menge Annehmlichkeiten verzichtet, und in jenen Londoner Monaten wuchs Frances' Achtung vor ihm.

Ihre Garderobe war Londoner Verhältnissen nicht angepaßt, wie sie bald feststellte, und einige herrliche, abwechslungsreiche Wochen verbrachte sie mit der Auswahl von Schnittmustern und Stoffen und mit Anproben bei Tante Margarets Schneiderin. Daheim hatte sie zu festlichen Anlässen immer noch ein Korsett getragen, aber in der Großstadt hatten die Frauen diesem unbequemen Relikt bereits den Laufpaß gegeben. Bei den Kleidern setzte die Taille derzeit ohnehin so weit oben an, daß ein Korsett überflüssig war. Frances kaufte ein Kostüm und zwei Röcke, einen eleganten, weitschwingenden Mantel und zierliche sandfarbene Schnürstiefel. Sie war entzückt von der neuen Hutmode – die Hüte nahmen gewaltige Ausmaße an und wurden kunstvoll mit Blumen und Bändern geschmückt – und von einer ganz neuen Errungenschaft: den Pullovern. Gestrickte Kleidungsstücke aus Wolle oder Seide, bequem und locker und einfach über den Kopf zu ziehen. Frances erstand einen Pullover aus dunkelblauer Seide und einen aus brauner Wolle.

Um ein Haar hätte sie sich sogar noch für die allerneueste Modeerscheinung entschieden, den Hosenrock. Auf den ersten Blick dachte man, die Trägerin habe einen Rock an, denn der Stoff fiel in weiten, weichen Falten bis zu den Knöcheln hinab. Aber sobald die betreffende Dame zu laufen begann, wurde offensichtlich, daß es sich in Wahrheit um eine Hose handelte. Frances fand dieses Kleidungsstück ungeheuer praktisch, aber Tante Margaret riet ihr vom Kauf ab. Der Hosenrock sorgte für Aufsehen und Unruhe, und erst kürzlich, so erzählte Margaret, waren zwei junge Frauen, die so gekleidet daherkamen, von einer Horde aufgebrachter Hausfrauen wegen der Verletzung von Anstand, Sitte und Moral beschimpft und schließlich sogar zusammengeschlagen worden.

»Diese Dinge brauchen noch etwas Zeit«, sagte Margaret, »die Menschen werden sich an alles gewöhnen, nach und nach; aber offenbar ist es nötig, sich vorher entsetzlich über jede Neuerung aufzuregen.«

So vergingen die Wochen. Frances lief im Hyde Park und am »Strand« spazieren, sie schrieb zwei Briefe an John, die unbeantwortet blieben; sie ging mit Tante Margaret einige Male ins Theater und einmal in eine Operette, in Gilberts berühmten *Mikado*. Im Bücherregal in Tante Margarets Salon hatte sie in der zweiten Reihe, versteckt hinter den gesammelten Werken Shakespeares, einige Bücher mit für sie befremdlichem Inhalt entdeckt; es handelte sich um erotische Literatur. Wenn ihre Tante bereits schlafen gegangen war, las sie darin, in Clelands *Fanny Hill* oder in Pallavicinos *The Whores Rhetoric*.

Was sie dort las, schockierte sie zunächst, und für einige Zeit beglückwünschte sie sich täglich aufs neue zu dem Entschluß, Johns Heiratsantrag abgelehnt zu haben. Zur Ehe gehörte es offenbar, daß man sehr peinliche und eigenartige Dinge miteinander tat.

Einige Male veranstaltete Margaret Dinnerpartys für die wenigen in London verbliebenen Freunde, und zum erstenmal stellte Frances fest, daß die Gespräche der Damen sie langweilten und daß sie mit einem Ohr immer zu den Herren hinüberlauschte. Seitdem das Stricken immer mehr in Mode kam, unterhielten sich die Frauen, außer über ihre Kinder und über die Sorgen mit den Dienstboten, auch noch über Strickmuster und rechte und linke Maschen. Frances fand das sterbenslangweilig. Bei den Männern drehten sich die Gespräche zwar auch meist im Kreis, aber die Gegenstände waren interessanter.

Drei Themen bildeten in diesem schwülen Sommer des Jahres 1910 die Schwerpunkte aller Diskussionen: das Parliament Bill, ein

Gesetz, das das Veto-Recht des Oberhauses abschaffen sollte und das vom Unterhaus im April angenommen worden war, nun aber durch die notwendig gewordenen Neuwahlen wieder in Frage stand.

Zum anderen eine mögliche Invasion der Deutschen, die Gegenstand von Theaterstücken, Zeitungsartikeln und Büchern sowie hitzigst geführter Debatten an allen Straßenecken geworden war, was sich allmählich zu landesweiter Hysterie auswuchs (wobei die Vorstellungen darüber, was den Deutschen alles einfallen würde, um den Einmarsch in England zu bewerkstelligen, manchmal allzu absurd wurden).

Zum dritten ging es um die Suffragetten, die »Mannweiber«, die praktisch einen Krieg gegen das Empire führten und damit ihre zahlreichen Frustrationen zu kompensieren suchten. Unter Tante Margarets Gästen befanden sich vorwiegend Anhänger der Tories, die in der Frauenbewegung eine schreckliche Ausuferung des ohnehin äußerst gefährlichen, fortschreitenden Liberalismus sahen und die die Frauenrechtlerinnen der Unterstützung des Weltsozialismus verdächtigten.

Frances mischte sich in die Debatten selten ein, aber sie hörte sehr genau zu. Wenn der Abend später wurde und der Wein die Zungen immer mehr löste, begannen sich die Herren anzügliche Witze zu erzählen; oder sie flüsterten einander bestimmte Stellen aus den derb-erotischen Balladen Swinburnes zu, der im Jahr zuvor gestorben war, sich aber zu Lebzeiten für den in konservativen Kreisen so hart verurteilten Liberalismus stark gemacht hatte. Dieselben Herren, die zuvor dafür plädiert hatten, Frauenrechtlerinnen und Kommunisten ausnahmslos ins Gefängnis zu werfen, schienen durchaus bereit, einem Swinburne für gewisse, offenbar recht erregende Gedichte die politische Einstellung zu verzeihen. Die Gesichter röteten sich, die Nasen fingen an zu glänzen, und in ihrem Lachen lagen Lüsternheit und Gier.

Frances, die dank ihrer derzeitigen geheimen Lektüre äußerst empfindlich auf Anzüglichkeiten reagierte, empfand die Männer häufig als ziemlich verachtenswert und fragte sich immer öfter, weshalb sie sich für geeigneter hielten als Frauen, die politischen Geschicke eines Landes zu kontrollieren. Ihr gingen eine Menge Gedanken im Kopf herum, und auch wenn sie sich oft ärgerte, so bedeuteten diese Abendgesellschaften doch eine willkommene Abwechslung in der Eintönigkeit dieses Sommers.

Denn es war heiß, und es blieb heiß, und bis zum September geschah nichts.

Sie traf Alice Chapman am selben Tag wieder, an dem Phillip Middleton bei Tante Margaret einzog.

Es war Anfang September, und obwohl auch der Spätsommer warm und ungewöhnlich trocken war, hatte die drückende Hitze doch nachgelassen, und das Leben in der Stadt wurde erträglich.

Margaret hatte am Morgen einen Anruf von einer Freundin bekommen, die sie aufgeregt gebeten hatte, zu ihr zu kommen, da sie ein schweres Problem zu lösen habe.

»Die gute Anne neigt ein wenig zur Hysterie«, sagte Margaret, während sie vor dem Spiegel in der Eingangshalle ihres Hauses ihren Hut aufsetzte und zurechtrückte. »Aber ich denke, ich gehe doch gleich zu ihr. Kann ich dich allein lassen?«

Sie wandte sich zu Frances um, betrachtete sie prüfend und strich ihr dann leicht über die Wange. »Du bist so blaß, Kind. Du solltest ein wenig spazierengehen.«

»Ich bin immer blaß«, sagte Frances, »aber du hast recht. Ich mache einen Spaziergang.«

Sie wanderte im Hyde Park umher. Männer mit runden Hüten auf dem Kopf saßen auf den Wiesen und machten Mittagspause. Damen spazierten in kleinen Gruppen die Wege entlang, plauderten, flüsterten, lachten. Zwei junge Hunde tobten wild hintereinander her, mit fliegenden Ohren und lautem Gekläffe. Kinder ließen ihre Kreisel tanzen. Die Blätter an den Bäumen färbten sich in ihren Spitzen bereits bunt. Zum erstenmal spürte Frances an diesem Tag nicht das schmerzende Heimweh, das ihr den Sommer vergällt hatte. Sie dachte plötzlich, daß es sich auch in London gut leben ließe.

Sie registrierte, daß sich in einiger Entfernung eine größere Menschenansammlung gebildet hatte. Neugierig beschleunigte sie ihren Schritt. Sie schätzte die Menge auf annähernd hundert Personen, die sich beim Näherkommen fast ausnahmslos als Frauen entpuppten. Die meisten schienen den gehobenen Gesellschaftskreisen anzugehören, waren gut und sorgfältig gekleidet. Zwei von ihnen hielten ein Transparent in die Höhe, auf dem in dicken, schwarzen Lettern der Wahlspruch der WSPU geschrieben stand: VOTES FOR WOMEN!

Die Frauen hatten sich um eine – provisorisch errichtete – Holzplattform gruppiert, auf der eine junge Frau stand und eine Rede hielt. Sie trug ein dunkelblaues, hochgeschlossenes Kleid, sie war sehr schlank und hatte feine Gesichtszüge, die eine große Empfindsamkeit verrieten. Sie konnte noch kaum dreißig Jahre alt sein und hatte bei aller äußeren Zartheit eine überraschend energische Stimme.

»Seit Jahrhunderten unterstützen wir Frauen die Männer. Wir sorgen für sie, wir hören ihnen zu, wir trösten sie, wir sprechen ihnen Mut zu. Wir kümmern uns um die Kinder und halten die vielen kleinen Probleme des Alltags von ihnen fern. Wir unterstützen sie auf diese Weise in ihrer Arbeit, in ihrer Karriere. Ich denke, es ist an der Zeit, daß wir die Kraft, die wir bislang in den Erfolg und das Fortkommen unserer Männer investiert haben, nutzen, um *unseren* Erfolg und *unser* Fortkommen zu sichern!«

Beifall brandete auf. Die junge Rednerin ergriff ein Glas, das ihr eine andere Dame reichte, und nahm einen Schluck Wasser.

»Frauen haben zu allen Zeiten bewiesen, daß sie Kraft, Mut und Verstand besitzen und dabei um nichts hinter den Männern zurückstehen«, fuhr sie fort. »Es ist deshalb eine Infamie, Frauen von einem wichtigen, vielleicht dem *wichtigsten* Bereich des öffentlichen Lebens völlig auszuschließen – vom politischen Bereich. Noch nie hat ein Mann einen überzeugenden Grund dafür vorbringen können, weshalb einer Frau nicht dasselbe Recht zu unmittelbarer politischer Einflußnahme zusteht wie ihm!«

Frances war ganz hinten stehengeblieben. Unweit von ihr hatten sich ein paar Männer gruppiert, in sicherem Abstand zu den Frauen, doch nahe genug, daß Frances sie verstehen konnte.

»Hört, hört!« sagte einer von ihnen. »Politische Einflußnahme! Sollen wir demnächst auch Frauen im Parlament sitzen haben?«

»Warum will sie nicht gleich Premierminister werden?« fragte ein anderer.

»Das Amt sollte unbedingt demnächst mit einer Frau besetzt werden!«

Alle lachten. Ein dicklicher Mann, der sich ständig mit seinem

Taschentuch den Schweiß von der Stirn wischte, meinte: »Sieht doch gar nicht so schlecht aus, die Kleine! Könnte glatt einen Mann abkriegen, dann müßte sie nicht in öffentlichen Parks herumstehen und dumme Reden schwingen!«

»Sie ist zu mager«, befand ein anderer, »wer die kriegt, steht immer mit leeren Händen da!«

Wieder Gelächter.

»Was diese Frauen da allesamt brauchen«, sagte der Dicke, »sind Männer, die sie einmal richtig...«

Sein Blick traf auf den von Frances, und sofort verstummte er verlegen. Auch die anderen Männer wurden sich bewußt, daß sie eine Zuhörerin hatten, und lachten etwas hilflos. Frances sah sie mit so viel Verachtung an, wie sie nur aufbringen konnte, und schob sich dann zwischen den anderen Frauen weiter nach vorne.

»Frauen haben jahrhundertelang mit den Waffen gekämpft, die ihnen von den Männern zugestanden wurden«, sagte die Rednerin gerade, »Waffen, die keinerlei Gefahr darstellten. Im wesentlichen waren sie anpassungsbereit, ordneten ihre Wünsche denen der Männer unter und bemühten sich, keine ungehörigen Forderungen nach größerer Gleichstellung laut werden zu lassen. Die wenigen, die ausbrachen, hatten dafür meist teuer zu bezahlen. Die übrigen setzten ihre Belange – meist höchst bescheidene Wünsche – mit eben jenen berühmten, von den Männern wohlwollend abgesegneten Waffen einer Frau durch, die da sind: Schmeichelei, kindlich-süßes Verhalten – und Prostitution!«

Unter den Zuhörerinnen entstand einige Unruhe.

Die Rednerin wurde lauter. »Jawohl, Prostitution! Wie oft haben Sie versucht, auf diese Weise etwas zu erreichen? Und wenn Sie dabei nett und willig waren, meine Damen, ließ die Belohnung meist nicht lange auf sich warten. Die Männer zeigten sich dann durchaus bereit, Ihnen entgegenzukommen – aber nur so weit, wie die Männer es *wollten*. Nicht so weit, wie Sie, meine Damen, es *verlangten*!«

Eine Frau, die einige Schritte von Frances entfernt stand, brach plötzlich in Tränen aus. Eine andere legte den Arm um sie und führte sie langsam hinaus aus den Reihen der Versammelten.

»Jahrelang hat die WSPU mit den Mitteln gekämpft, die einer Frauenbewegung allgemein zugebilligt werden. Wir waren friedlich und umgänglich. Wir haben argumentiert, diskutiert, appelliert. Man hat uns dafür belächelt, und man hat uns keine Sekunde lang ernst genommen.«

Frances drängelte sich noch ein Stück weiter nach vorne und stieß dabei einer vor ihr stehenden Frau den Ellbogen in den Rücken.

»Entschuldigung«, sagte sie.

»Schon gut«, erwiderte die Frau und drehte sich um. Es war Alice Chapman.

Sie stieß einen leisen Schrei aus. »Frances Gray! Das kann doch nicht wahr sein!«

»Alice! Das ist ja wirklich ein großartiger Zufall.«

Alice lächelte. »Das Mädchen mit dem schwachen Magen. Weit weg von daheim, mitten in einer Kundgebung der WSPU. Ich bin sehr beeindruckt!«

»Ehrlich gesagt, in die Kundgebung bin ich zufällig hineingeraten«, gestand Frances. Sie machte eine Bewegung mit dem Kopf zur Rednertribüne hin. »Wer ist sie?«

»Sie kennen sie nicht? Das ist Sylvia Pankhurst!«

»Oh«, sagte Frances ehrfürchtig. Sylvia Pankhurst, die Tochter von Emmeline Pankhurst, der Mitbegründerin der WSPU.

»Sie gefällt mir«, flüsterte sie.

»Wir sorgen jetzt dafür, daß man uns ernst nimmt«, sagte Sylvia Pankhurst, »und wir werden es auch in Zukunft tun. Es gibt durchaus manches, das wir von den Männern übernehmen sollten – die Erkenntnis etwa, daß tiefgreifende Veränderungen in den meisten Fällen nur mit Gewalt herbeizuführen sind. In der ganzen Geschichte der Menschheit haben Männer für die Durchsetzung ihrer Ziele zu den Waffen gegriffen. Sie hatten Erfolg damit. Und wir werden nun beweisen, daß wir daraus gelernt haben. Wir greifen nun auch zu den Waffen. Wir bitten nicht länger, wir kämpfen. Es wird weiterhin Straßenschlachten geben, und es wird Blut fließen. Sie werden uns in die Gefängnisse sperren, und wir werden dennoch weitermachen. Und wir werden gewinnen!«

Minutenlanger Beifall folgte ihren Worten. Alice nahm Frances' Arm. »Kommen Sie. Es werden noch mehr Reden gehalten, aber im Moment möchte ich lieber mit Ihnen sprechen. Lassen Sie uns ein Stück laufen, ja?«

Sie drängten sich aus der Gruppe. Frances entdeckte einige Polizisten, die, mit Helmen und Schlagstöcken gewappnet, die Demonstrantinnen scharf beobachteten.

Alice schnaubte verächtlich. »Schauen Sie nur! Als gingen sie auf Verbrecherjagd! Und ich sage Ihnen, die hoffen geradezu auf einen Grund, eingreifen zu können. Es ist unwahrscheinlich, wieviel Aggressionen Männer gegen Frauen entwickeln, die gegen sie aufbegehren.«

Sie hatten sich weit genug entfernt, um Miss Pankhurst nicht mehr zu hören, und gingen nun einen schmalen, schattigen Weg entlang. Die Sonne fiel schräg durch die Blätter über ihnen und zeichnete ein filigranes Muster auf die trockene Erde.

»Wie geht es George?« fragte Frances. »Wir haben nichts mehr von ihm gehört seit jenem Abend.«

»Er hat seinen Abschluß mit sehr guten Noten gemacht«, sagte Alice, »und bereitet sich nun für die Aufnahmeprüfung in Sandhurst vor. Er hofft auf ein Stipendium, weil er kein Geld mehr von seinem Vater annehmen möchte.«

Sandhurst war eine Militärakademie. Frances nickte. »Er wird das schaffen. Wohnt er bei Ihnen zur Zeit?«

»Ja. Vorübergehend.« Alice musterte Frances eindringlich. »Und Sie? Was tun Sie in London?«

»Ich lebe bei der Schwester meines Vaters. Seit Juni schon. Ich hatte mir von London irgend etwas Großartiges versprochen, aber bisher habe ich nur unter der Hitze gelitten und ziemlich mit dem Heimweh gekämpft.«

»Warum machen Sie nicht bei uns mit?« fragte Alice ohne Umschweife. »Sie sind doch für das Frauenstimmrecht?«

Sie wartete die Antwort nicht ab, sondern kramte aus ihrer Tasche einen Stift und einen Notizblock. Sie kritzelte etwas, riß dann das oberste Blatt ab und reichte es Frances. »Meine Adresse. Kommen Sie einfach vorbei. Ich würde mich freuen. Und George auch.«

Überrumpelt ergriff Frances den Zettel. »Als ich vorhin dort stand und zuhörte«, sagte sie, »unterhielten sich neben mir ein paar Männer. Sie zogen über Miss Pankhurst her und auch über andere Frauen. Es war nicht einfach so, daß sie eine andere Meinung hatten oder anders über diese Fragen dachten. Das Schlimme war, mit welcher Verachtung, mit wieviel Haß sie sprachen. Es war primitiv und abstoßend. Und irgendwie fühlte ich mich erniedrigt in diesem Moment.«

Alice lächelte. »Sie sind noch sehr jung. Sie werden lernen, sich nicht mehr so zu fühlen. Sie werden begreifen, daß solche Leute sich selbst in den Dreck ziehen, nicht uns. Frances, ich verspreche Ihnen, Sie werden ein dickes Fell bekommen, und es wird Sie nicht mehr interessieren, was andere von Ihnen denken!«

Als sie am späten Nachmittag den Heimweg antrat – schuldbewußt, weil Margaret sich sicher schon Sorgen machte –, fragte sie sich, ob sie wohl jemals diese unumstößliche Selbstsicherheit einer Alice Chapman erlangen würde. Manchmal hatte sie das Gefühl, daß sich die Antworten um so weiter von ihr entfernten, je drängender sie fragte. Sie war vor John davongelaufen, weil sie die Enge einer Ehe fürchtete. Sie war nach London gekommen, um sich klarzuwerden, was sie wirklich wollte. Aber sie spürte in sich mehr Verwirrung als je zuvor.

Alice faszinierte sie. Diese junge Frau verfolgte ein Ziel mit eiserner Konsequenz, unbekümmert darum, daß sie Scherben auf ihrem Weg hinterließ. Frances hatte nicht den Eindruck, daß es ihr Kopfzerbrechen bereitete, George und seinen Vater auseinandergebracht zu haben. Hätte George sich aber hinter seinen Vater und gegen sie gestellt, hätte es ihr genausowenig ausgemacht. Das waren die Opfer, die gebracht werden mußten, und sie brachte sie. Sie hatte etwas von dem unsentimentalen Pragmatismus, den Frances von Kate her kannte. »Irgendeinen Preis zahlt man immer.«

Sie war zu Fuß gegangen und hatte sich sehr beeilt, und so war sie etwas atemlos, als sie am Berkeley Square anlangte. Die Dunkelheit war schon hereingebrochen, ein Anflug von Herbstgeruch durchwehte die Septembernacht, feucht und würzig, ungewohnt nach den Sommermonaten. Das Haus stand hellerleuchtet, aus jedem Fenster schimmerte Licht. Obwohl sie so schnell gelaufen war, fröstelte Frances. Die Abende wurden bereits kühl.

Mr. Wilson, der Butler, öffnete ihr die Haustür. Aber auch Margaret eilte herbei, blaß im Gesicht und ziemlich aufgeregt. »Wo warst du denn nur?« rief sie. »Ich habe mir schon Sorgen gemacht!«

»Ich habe eine alte Bekannte getroffen«, sagte Frances, und vom Teufel geritten fügte sie hinzu: »Und ich war bei einer Kundgebung der WSPU. Sylvia Pankhurst hat eine Rede gehalten.«

»Du meine Güte!« sagte Margaret erschrocken, und auch Mr. Wilson hatte Mühe, seinen üblichen stoischen Gesichtsausdruck beizubehalten.

»Tut mir leid, daß du dich gesorgt hast«, entschuldigte sich Frances, »ich habe einfach nicht auf die Zeit geachtet.« Plötzlich verspürte sie Hunger.

»Hast du schon gegessen, Tante Margaret?«

»Ich fürchte, ich bekomme keinen Bissen hinunter. Ich bin viel zu nervös. Heute war ein schrecklicher Tag!« Zu Frances' Bestürzung schwankte Margarets Stimme.

Frances legte den Arm um sie. »Das wollte ich nicht. Ich wollte dich wirklich nicht so beunruhigen. Ich war auch nur zufällig bei dieser Kundgebung. Du mußt dich also überhaupt nicht aufregen!«

Langsam gingen sie in den Salon hinüber, wo sich Margaret auf das Sofa fallen ließ. Frances schenkte ihr einen Brandy ein, den sie in einem Zug hinunterkippte.

»Das tut gut«, seufzte sie. Sie stellte das Glas zur Seite. »Liebling, Frances, entschuldige! Du mußt mich für ganz schön hysterisch halten. Ich habe mich gar nicht wegen dir so aufgeregt. Ich mache mir nur solche Gedanken...«

»Worum machst du dir Gedanken?«

»Ach, diese Anne! Diese Anne Middleton! Du weißt schon, die Freundin, die ich heute aufsuchen mußte. Ich glaube, ich bin für die Leute immer der Schuttabladeplatz für ihren Seelenmüll. Besonders, wenn sie Probleme mit ihren Kindern haben. Wahrscheinlich denken sie, so eine alte Jungfer hat keine eigenen Sorgen, da können sie ruhig ihre Kinder bei ihr abstellen und sie bitten, daß...« Sie stockte, merkte wohl, daß Frances dies auch auf sich beziehen könnte, und sagte hastig: »Damit meine ich natürlich nicht dich! Du hast ja keine Probleme!«

»Wen meinst du dann, Tante Margaret?« fragte Frances, inzwischen einigermaßen verwirrt.

»Ich meine diesen Phillip«, zischte Margaret, »er ist *hier*! Ich wollte das nicht, aber Anne ist am Ende ihrer Kräfte, und es scheint, daß eine Tragödie passieren wird, wenn Phillip noch länger mit seinem Vater unter einem Dach lebt!«

Frances runzelte die Stirn. »Wer ist denn Phillip?«

»Annes Sohn. Ein netter junger Mann, wirklich. Ich dachte erst, verflixt, was habe ich damit zu tun? Aber dann fand ich, ich könnte ihr den Gefallen tun, aus alter Freundschaft und weil sie wirklich recht verzweifelt schien. Und nun glaube ich, daß ich dem nicht gewachsen bin, und wenn nachher etwas passiert, ist es meine Schuld!«

Während sich Frances noch vergeblich bemühte, aus den etwas konfusen Reden ihrer Tante schlau zu werden, klopfte es an die Tür, und auf Margarets »Herein« trat ein junger Mann ins Zimmer. Er blieb erschrocken stehen, als er sah, daß Margaret nicht allein war.

»Oh, Sie haben Besuch...« Er wollte den Raum wieder verlassen, doch Margaret bedeutete ihm mit einer Handbewegung, er solle bleiben.

»Nein, ist schon gut. Kommen Sie näher, Phillip. Frances, dies ist Phillip Middleton. Phillip, dies ist meine Nichte Frances Gray aus Yorkshire.« Sie stand auf; vielleicht lag es am Brandy, aber sie wirkte wieder recht gefaßt. »Wir drei werden in den nächsten Wochen miteinander auskommen müssen«, fügte sie hinzu.

Phillip trat heran, neigte sich über Frances' Hand und küßte sie. Als er sich aufrichtete und sie anblickte, dachte Frances, daß sie selten einen Mann gesehen hatte, der so attraktiv war, und noch niemals Augen, in denen so viel Verzweiflung und Einsamkeit, eine solch mörderische Hoffnungslosigkeit zu lesen stand wie in denen von Phillip Middleton.

»Er hat dreimal versucht, sich das Leben zu nehmen«, berichtete Margaret, »und jedesmal wurde er nur durch Zufall gerettet. Seine Mutter ist halb verrückt vor Angst, er könnte es wieder probieren.«

»Er gehört in ärztliche Behandlung«, meinte Frances, »wieso glaubt sie, du könntest damit zurechtkommen?«

»Sie befürchtet, er könnte für immer in einer Anstalt verschwinden, wenn er erst einmal in die Mühlen der Psychiatrie gerät«, erwiderte Margaret. »Sie hat eine Menge Erkundigungen eingezogen, und demnach scheint es schrecklich zuzugehen in den psychiatrischen Krankenhäusern. Sie verspricht sich viel davon, wenn er nicht mehr täglich mit seinem Vater zusammen ist. Der behandelt ihn wohl sehr schlecht.«

Sie saßen beim Frühstück im Eßzimmer. Frances hatte auf ihren Tee im Bett verzichtet, weil sie auf eine Unterredung mit Margaret brannte. Phillip war nicht erschienen. Margaret hatte Mr. Wilson nach oben geschickt, um zu sehen, ob alles in Ordnung war, und Mr. Wilson hatte gesagt, Phillip stehe fertig angezogen an seinem Zimmerfenster und starre hinaus. Daraufhin war Margaret ebenfalls nach oben gegangen und nach einer Weile mit ratloser Miene zurückgekehrt. »Er hat keinen Hunger, sagt er. Er möchte nur hinaussehen. Er ist höflich, aber völlig abweisend.«

»Warum wollte er sich umbringen?« fragte Frances nun. Sie hatte sich Würstchen und Rühreier von der Anrichte geholt. Sie verspürte großen Hunger an diesem Morgen.

»Ich weiß nicht, ob er ohnehin eine depressive Veranlagung hat, jedenfalls schien es in seiner Schulzeit loszugehen.« Margaret hatte offensichtlich *keinen* Hunger an diesem Morgen. Sie trank nur etwas Tee und sah blaß und sorgenvoll aus. »Sein Vater schickte ihn von klein auf in ein sehr strenges Internat. Phillip war ein überaus sensibles und verträumtes Kind, sehr scheu und zurückhaltend. Das wollte ihm sein Vater unbedingt austreiben. Die anderen Kinder erkannten ihn als den Schwächsten und begannen sofort, ihn zu drangsalieren. Er wurde von morgens bis abends gehänselt und gequält.«

»Konnten seine Eltern nicht eine andere Schule für ihn aussuchen?«

»Sein Vater bestand auf *dieser* Schule. Allerdings wäre wohl überall das gleiche passiert. Zumindest was die Mitschüler angeht. Was die Lage in diesem Fall für den kleinen Phillip aber noch übler machte, war die Tatsache, daß es sich bei dem Schulleiter um einen ausgesprochenen Sadisten handelte. Er schlug die Kinder für die geringsten Vergehen – und er schlug sie wirklich brutal. Zudem hielt er noch eine Anzahl bösartiger Foltermethoden für sie bereit, zum Beispiel drei Tage und drei Nächte im finsteren Keller eingesperrt zu bleiben. Manche Schüler mußten sich völlig ausziehen und wurden dann mit mehreren Eimern eiskaltem Wasser übergossen.

Oder ein Stofflappen wurde mit Urin getränkt, zusammengeknäult und dem armen Geschöpf, das es nach Ansicht des Schulleiters verdient hatte, in den Mund gestopft.«

Frances spürte ein Würgen im Hals. Sie schob ihren Teller zurück. Jetzt war auch ihr der Hunger vergangen. »Phillip stellte doch bestimmt nichts an, oder?«

»Bewußt ganz sicher nicht. Im Gegenteil. Er war ja wie gelähmt vor Angst und versuchte nur, auf gar keinen Fall Anstoß zu erregen. Aber gerade dann passiert einem natürlich ein Malheur nach dem anderen. Außerdem wurde er, wie gesagt, von den anderen Kindern gequält, und so wurde er oft für etwas bestraft, was sie ihm eingebrockt hatten – ausgekippte Tinte auf seinem Pult, ein ungemachtes Bett, Löcher in seiner Kleidung.«

»Das ist wirklich furchtbar, Tante Margaret!«

Margaret nickte bekümmert. »Der Schulleiter hatte es wohl auch gerade auf ihn besonders abgesehen. Und er fand einen Verbündeten in Phillips Vater, der die Überzeugung hegte, genau so werde ein Mann aus seinem Sohn.«

»Ich frage mich, wie man so grausam sein kann zu seinem eigenen Kind! Hat er damals schon versucht, sich das Leben zu nehmen?«

»Als Kind noch nicht. Er lief nur einige Male weg, wurde aber immer wieder zurückgebracht und mußte seine Flucht dann teuer bezahlen. Später, in der weiterführenden Schule, in der es kaum besser zuging, schnitt er sich die Pulsadern auf, wurde jedoch gefunden. Damals war er fünfzehn.«

»Wie alt ist er jetzt?«

»Vierundzwanzig. Sein Vater bestand darauf, daß er eine Militärakademie besuchte. Er sollte unbedingt ein hoher Offizier werden. Dem Drill dort war er natürlich überhaupt nicht gewachsen.

Er versuchte es erneut mit seinen Pulsadern. Daraufhin mußte er die Akademie verlassen – Selbstmörder wollen sie dort nicht.«

»Was tut er seither?« fragte Frances.

Margaret zuckte mit den Schultern. »Im Grunde nichts. Sitzt daheim, völlig apathisch. Sein Vater hackt bei jeder Gelegenheit auf ihm herum, nennt ihn einen Feigling und Versager. Anfang des Jahres wollte er sich vergiften.«

»Und seine Mutter?« fragte Frances heftig. »Wieso läßt sie es zu? Wieso hat sie es all die Jahre zugelassen? Sie hätte sich gegen den Vater durchsetzen müssen!«

»Wie denn? Er ist ihr Mann«, sagte Margaret in einem Ton, als sei dies eine völlig plausible Erklärung.

Während Frances noch über diese Antwort nachdachte, ging die Tür auf und Phillip kam herein. Er lächelte schüchtern. »Guten Morgen, Lady Gray. Guten Morgen, Miss Frances.«

»Wie schön, daß Sie doch noch beschlossen haben, uns Gesellschaft zu leisten«, rief Margaret etwas zu betont munter. »Kommen Sie, setzen Sie sich!«

Er nahm Frances gegenüber Platz. »Ich möchte nur etwas Tee, bitte«, sagte er.

»Sie sind zu dünn für Ihre Größe«, befand Margaret, »Sie sollten schon ein bißchen essen!«

»Ich habe morgens nie Hunger«, entgegnete Phillip.

Frances musterte ihn verstohlen.

Er hatte sehr feine Züge, einen sensiblen, schmalen Mund, dichtes, dunkelblondes Haar. Seine Augen, grün und überschattet von langen Wimpern, hätten das Schönste an ihm sein können, wären sie nicht erfüllt gewesen von jener erschreckenden Trostlosigkeit. Wie schon am Vorabend schauderte es Frances auch jetzt wieder.

Er blickte plötzlich auf. Sie widerstand dem ersten Impuls, rasch wegzusehen. Ihrer beider Augen begegneten sich. Frances lächelte, und nach einer Sekunde der Überraschung erwiderte Phillip ihr Lächeln.

»Wir sollten irgend etwas Schönes heute machen«, schlug Margaret vor, »wer weiß, wie lange das gute Wetter noch anhält! Wir könnten nach Helmsley hinausfahren und am Themseufer picknikken.«

»Natürlich. Wenn Sie möchten«, sagte Phillip höflich.

Margaret seufzte.

»Verzeihen Sie!« Mr. Wilson, der Butler, war unbemerkt ins Zimmer gekommen.

»Ein Telefongespräch für Miss Gray.«

Es war Alice Chapman. Sie lud Frances für den Nachmittag zu einem Treffen der WSPU ein.

Frances sagte zu, und Margaret hatte einen triftigen Grund mehr, noch einmal aus tiefster Seele zu seufzen.

Ihr wurde klar, daß sie nicht nur einen suizidgefährdeten jungen Mann in ihrem Haus beherbergte, sondern auch noch eine Suffragette.

## Donnerstag, 26. Dezember 1996

Barbaras Hände waren eiskalt geworden während des Lesens. Sie legte die Blätter zur Seite und rieb die Hände unter der Bettdecke aneinander, um sie zu durchbluten und zu wärmen. Das Zimmer verwandelte sich langsam in eine Eishöhle. Kurz überlegte sie, wer hier wohl früher geschlafen haben mochte. Charles und Maureen? Großmutter Kate? Eines der Kinder, Frances vielleicht? Sie dachte darüber nach, wie ein kalter Wintermorgen damals hier ausgesehen haben mochte. Knisternde Feuer in den Kaminen. Der Duft von Kaffee und gebratenem Speck, der die Treppe heraufzog. Ein geschmückter Tannenbaum im Wohnzimmer. Die Stimmen von sechs Menschen – sieben, wenn man Adeline, die Haushälterin, miteinbezog –, die durcheinanderriefen, redeten, lachten und stritten. Ein Haus voller Wärme und Leben. Einen Moment lang überkam Barbara ein Gefühl der Sehnsucht; etwas regte sich in ihr, was bislang als Wunsch nie in Erscheinung getreten war.

Es ist auch eine Art zu leben, dachte sie, in einem Haus auf dem Land, mit einer Familie.

Doch dann geht die älteste Tochter hin und schließt sich den militanten Frauenrechtlerinnen an, was heutzutage ungefähr dem Beitritt zu einer terroristischen Vereinigung entsprechen mußte. Was kam noch zu auf die Grays? Der Erste Weltkrieg stand vor der Tür, und es gab einen Sohn im wehrpflichtigen Alter.

Sie würde weiterlesen. Sie würde *unbedingt* weiterlesen. Aber vorher mußte sie etwas essen. Während der letzten Stunden hatte sie ihren Hunger schlichtweg vergessen, doch nun kam er ihr immer nachdrücklicher zu Bewußtsein. Es erstaunte sie, daß zwei Tage Fasten zu einem solchen Gefühl der Schwäche führen konnten.

»Darf ich hereinkommen?« fragte eine Stimme vom Gang her. Es war Ralph. Er trat ein, brachte einen Schwung eisiger Schneeluft mit. Er hatte kältegerötete Wangen.

»Frühstück ist fertig«, meldete er.

»Mein Gott«, sagte Barbara schuldbewußt, »und ich liege noch im Bett! Es tut mir leid!« Sie sah, daß sein Haar naß war. »Wie ist das Wetter?«

»Es schneit. Ich habe den Weg zum Schuppen freigeschippt und Holz herübergebracht. Es scheint nicht aufhören zu wollen.« Er trat näher und berührte vorsichtig ihr Kinn. »Das sieht abenteuerlich aus!«

»Grün und blau? Es tut auch ziemlich weh.«

»Man könnte meinen, du seist in einen Boxkampf geraten. Wahrscheinlich hättest du gleich Eis drauflegen sollen. Davon haben wir schließlich genug!«

Sie schwang die Beine aus dem Bett. »Ich war zu aufgeregt wegen der Kassette, die ich gefunden hatte. Was gibt es zum Frühstück?«

»Tee, soviel du willst«, antwortete Ralph lakonisch, »ein halbes hartgekochtes Ei und eine Scheibe Brot für jeden. Es bleiben uns dann noch zwei Eier und zwei Scheiben Brot, etwas Käse, Butter und Marmelade. Dann haben wir nichts mehr.«

»Das übliche Feiertagsproblem werden wir dieses Jahr jedenfalls nicht erleben«, meinte Barbara, »wir werden uns keinerlei Gedanken machen müssen, wie wir die Pfunde loswerden, die man sich immer so anfuttert!«

»Wir werden schlank und gestählt zurückkommen«, ergänzte Ralph. »Hungern, Schnee schippen und Holz hacken kann ja nicht ohne Folgen bleiben.«

Sie lachten beide etwas mühsam, dann wies Ralph mit einer Kopfbewegung zu dem Papierstapel auf Barbaras Nachttisch. »Aha. Du liest es also wirklich!«

»Ja. Es ist äußerst interessant. Diese Frances Gray, deren Bild unten auf dem Kamin steht, gehörte zu den Frauen, die für das Frauenwahlrecht in England kämpften.«

»Na, großartig!« Wie viele Männer hegte Ralph eine latente Abneigung gegenüber Feministinnen, ohne tatsächlich Gegner ihrer Ziele zu sein. »Kommst du jetzt zum Frühstück?«

Barbara schlüpfte in ihren Bademantel. »Kannst du dir vorstellen, daß hier einmal eine sechsköpfige Familie und eine Haushälterin gelebt haben?« fragte sie, während sie hinter Ralph die Treppe nach unten ging. »Drei Kinder, Eltern, die Großmutter. Und ein Hund. Der Garten muß wunderschön gewesen sein im Sommer, und für eine bestimmte Zeit waren sie alle sehr glücklich.«

Ralph blieb stehen und drehte sich zu ihr um. In dem Dämmerlicht, das im Treppenhaus herrschte, konnte sie sein Gesicht nur schwach erkennen, aber um so deutlicher vernahm sie den Anflug von Bitterkeit in seiner Stimme.

»Eigenartig«, sagte er, »das erinnert mich ziemlich stark an meine Beschreibungen davon, was ich unter Glück verstehe. Bei *dir* stieß das allerdings immer auf völliges Unverständnis und sofortige Zurückweisung. Und nun scheinst du zu deiner eigenen Überraschung zu entdecken, daß es seinen Reiz haben könnte!«

Sie erwiderte nichts.

Später, nach dem kargen Frühstück, das ihre Mägen eher aufwühlte als besänftigte, sagte Ralph: »Ich hätte es nicht für möglich gehalten, aber dieser verdammte Schneesturm scheint kein Ende zu finden. Wenn das noch sehr lange so geht, bekommen wir Probleme.«

»Wegen des Essens, meinst du?«

»Wir haben nur noch für morgen früh etwas. Und das auch nur, wenn wir heute für den Rest des Tages nichts mehr essen, was schwer sein wird. Dann sitzen wir auf dem trockenen.«

Barbara nickte. Zum erstenmal, seitdem sie hier waren, keimte echte Angst in ihr auf. Sie sah Unmengen Schnee vom Himmel herabrieseln, tagelang, wochenlang, und sie und Ralph saßen in dieser Küche vor ihren Kaffeetassen, und irgendwann vor ihren Teetassen, wenn auch der Kaffeevorrat aufgebraucht war, und ihre Gedanken kreisten nur noch um Essen, um nichts sonst auf der Welt...

Hör auf, befahl sie sich, rede dir nicht solchen Unsinn ein!

»Ich meine, so schnell verhungert man natürlich nicht«, fuhr Ralph nun fort, »aber dieser Zustand ist einfach ungemütlich, und ich habe wenig Lust, ihn noch sehr lange andauern zu lassen.« Er schob seinen Teller zurück, auf dem ein paar Stücke einer zerbrochenen Eierschale lagen, kläglicher Rest einer kläglichen Mahlzeit.

»Es fängt an, mir auf die Nerven zu gehen«, sagte er, »morgen werde ich vierzig Jahre alt, und das Festessen wird wiederum aus einem hartgekochten Ei und einer Scheibe Brot bestehen. Ich habe nachts schon Visionen von üppig beladenen Tellern und Schüsseln!«

Barbara schenkte sich Kaffee nach. »Mir geht es auch so. Aber ich fürchte, wir können wenig tun.«

»Im Keller stehen ein Paar Skier. Mit denen könnte ich versuchen, nach Leigh's Dale zu gelangen.«

»Das ist zu gefährlich. Wir sind hier vor drei Tagen in der Dämmerung angekommen, eigentlich war es fast schon dunkel. Wir haben nur eine ungefähre Ahnung, in welcher Richtung Leigh's Dale von hier aus liegt, und selbst da können wir uns irren. Angenommen, du verläufst dich. In dieser Kälte, in diesem Sturm kann dich das dein Leben kosten!«

»Ich habe nachgedacht, Barbara. Natürlich besteht ein Risiko, daß man das Dorf überhaupt nicht findet. Aber auch wenn das hier eine wirklich einsame Gegend ist, so ist sie doch nicht völlig ausgestorben! Selbst wenn man sich verirrt, stößt man doch wohl hin und wieder auf eine Farm oder ein Wohnhaus!«

»Wenn es dumm läuft, dann vielleicht nicht.«

»Wir sind hier in Wensleydale in Nord-Yorkshire«, sagte Ralph, »nicht in den sibirischen Weiten, auch wenn es im Augenblick draußen so aussieht. Hier bist du nicht tagelang unterwegs, ohne einen Menschen zu treffen.«

»Dann laß uns wenigstens zusammen losziehen«, meinte Barbara.

Er schüttelte den Kopf. »Es ist nur ein Paar Skier da.«

»Ich finde die Idee nicht besonders gut. Aber du scheinst entschlossen zu sein.«

Über den Tisch hinweg nahm er ihre Hand; eine Geste, die zwischen ihnen selten geworden war und die Barbara als eigenartig zärtlich empfand. »Ich will ja nicht heute aufbrechen. Ich denke nur, wir sollten einen Plan schmieden für den Fall, daß sich die Dinge da draußen nicht beruhigen wollen.«

Sie nickte und griff erneut nach der Kaffeekanne, obwohl sie aus früheren Jahren von ihren radikalen Diätkuren her noch wußte, daß sie von so viel Kaffee auf fast leeren Magen Bauchschmerzen bekommen würde.

Für den Moment war ihr das völlig egal.


Sie hatten Schnee geschaufelt und Holz gehackt, und Barbara hatte Ralphs blutige Blasen an den Händen verarztet, die er sich trotz des Tragens von Handschuhen beim Arbeiten zugezogen hatte. Beide waren sie müde und hungrig, krampfhaft bemühten sie sich, nicht ans Essen zu denken oder an solch luxuriöse Annehmlichkeiten wie ein heißes Bad mit viel Schaum. Ralph hatte angeboten, für Barbara Wasser auf dem Herd zu erhitzen und nach oben zu tragen, bis die Wanne auf ihren altmodischen Schnörkelfüßen gefüllt war; aber Barbara sagte, der Aufwand stehe in keinem Verhältnis zum tatsächlichen Nutzen.

Ralph, abgekämpft wie er war, schien erleichtert. Er hatte einen Hercule-Poirot-Krimi in einem Regal gefunden und zog sich damit vor den Kamin im Eßzimmer zurück, während sich Barbara in der Küche einen Kräutertee aus Lauras unerschöpflichen Beständen braute. Ihr Magen schmerzte heftig. Draußen wurde es dunkel, und die Schneeflocken stürzten in Kaskaden vom Himmel. Barbara zog mit einem wütenden Ruck die Vorhänge am Küchenfenster zu. Sie konnte den verdammten Schnee nicht mehr sehen.

Auf dem Tisch lag Frances Grays Buch. Barbara hatte den ganzen Tag über immer wieder darin gelesen, zwischen den leidigen Arbeiten, die erledigt werden mußten. Frances Gray hatte sich im Herbst des Jahres 1910 häufig mit Alice Chapman getroffen und an Veranstaltungen der WSPU teilgenommen. Sie hatte ihren Bruder George wiedergesehen, der unter dem Zerwürfnis mit seinem Vater schwer litt, dem es Stolz und Selbstachtung jedoch verboten, von sich aus den ersten Schritt zu tun. Frances schrieb noch einmal an John Leigh, der aber wiederum nicht antwortete. Sie hatte einige Auseinandersetzungen mit Margaret, die es nicht im mindesten guthieß, daß sich ihre Nichte mit den militanten Frauenrechtlerinnen zusammentat.

Margaret stand in diesen Wochen vor einem schweren Konflikt, der sie fast zerriß. Einerseits fühlte sie sich verpflichtet, Frances' Eltern von den gefährlichen Ambitionen der Tochter zu unterrichten; andererseits fürchtete sie, unloyal zu sein, wenn sie Frances verriet und damit in Schwierigkeiten brachte. Sie war ohnehin mit den Nerven am Ende, weil sie sich ununterbrochen bemühte, Phillip nicht aus den Augen zu lassen, da sie argwöhnte, er warte nur auf eine Gelegenheit, erneut Hand an sich zu legen. Nachts lag sie wach und grübelte darüber nach, was alles mit den beiden jungen Menschen passieren könnte, die ihr anvertraut waren.

Phillip seinerseits versuchte, sich enger an Frances anzuschließen, was von dieser eher widerwillig geduldet wurde, da sie zu sehr mit

Alice beschäftigt war, um sich um den melancholischen jungen Mann mit der zerbrochenen Seele zu kümmern.

Er schrieb ihr Gedichte und schenkte ihr Blumen, doch Frances, völlig abwesend mit ihren Gedanken, begriff zu diesem Zeitpunkt nicht, daß er sich längst hoffnungslos in sie verliebt hatte. Sie beschäftigten nur zwei Dinge: das Frauenstimmrecht und eine gewisse unterschwellige Traurigkeit wegen John.

Phillip hatte keine Ahnung, daß Frances einen anderen Mann liebte und sich mit der Angst herumschlug, eine falsche Entscheidung getroffen zu haben, als sie dessen Antrag zurückwies. Er glaubte, ihre Ungeduld ihm gegenüber und ihre Geistesabwesenheit hingen allein mit ihrem Engagement für die Frauenrechtlerinnen zusammen. Er stellte sich in dieser Frage völlig auf ihre Seite und machte ihr immer wieder Mut; tat dies jedoch auf eine so schüchterne und zurückhaltende Weise, daß Frances kaum registrierte, hier auf einen Mitstreiter gestoßen zu sein. Manchmal ging sie mit ihm spazieren oder besuchte eine Theatervorstellung, aber das tat sie eher aus Mitleid, weil ihr hin und wieder schuldbewußt in den Sinn kam, daß sie sich um einen Menschen, der so viel Schlimmes erlebt hatte, mehr kümmern mußte.

Barbara setzte sich an den Tisch und probierte von dem Tee. Er schmeckte scheußlich, aber laut Aufschrift auf der Verpackung half er gegen Magenschmerzen. Sie wärmte ihre Hände an der heißen Tasse, trank in kleinen vorsichtigen Schlucken.

Sie vertiefte sich erneut in das Buch.

»Darf ich dich einen Moment stören, Frances?« fragte Margaret und streckte ihren Kopf ins Zimmer.

Frances saß auf ihrem Bett, einen dicken Wollschal um den Hals, vor sich ein Glas Milch mit Honig. Sie war blaß, ihre Augen glänzten fiebrig.

»Du siehst aber gar nicht gut aus«, stellte Margaret fest. Sie legte ihre Hand auf Frances' Stirn. »Du hast Fieber!«

»Ich fühle mich auch ziemlich elend«, gab Frances zu. Sie kämpfte seit Wochen mit einer heftigen Erkältung, aber es wollte nicht besser werden.

»Weißt du, du tust mir wirklich leid«, sagte Margaret, »aber ich muß doch gestehen, ich bin recht erleichtert, daß du nun heute nicht zu dieser... wie heißt diese Veranstaltung?«

»Women's Parliament.«

»Ja. Ich hätte mir große Sorgen gemacht. Man weiß nie, wie so etwas endet. Ich... ich kann mich doch darauf verlassen, daß du hierbleiben wirst?«

Jetzt erst registrierte Frances, daß Margaret Mantel und Handschuhe trug.

»Gehst du noch fort?«

»Bridge-Tee bei Lady Stanhope. Ich wollte erst absagen, weil ich dachte, ich müsse hier sein, falls dir etwas passiert, und natürlich auch wegen Phillip, aber... nun, ich könnte meine Freundinnen einmal wiedersehen...«

Schuldbewußt erkannte Frances, wie sehr ihre Tante aus Sorge um die beiden jungen Leute in ihrem Haus ihr gewohntes Leben einschränkte.

»Geh nur«, sagte sie, »und mach dir keine Gedanken. Mir wird nichts passieren. Ich werde für den Rest des Tages in meinem Zimmer sitzen und versuchen, gesund zu werden. Keine Straßenschlachten, Tante Margaret!«

»Da bin ich wirklich beruhigt«, sagte Margaret erleichtert. »Du kümmerst dich auch ein wenig um Phillip, ja? Ihr könntet doch zusammen zu Abend essen!«

»Ehrlich gesagt, ich fürchte, ich werde keinen Hunger haben. Aber ich kann ihm Gesellschaft leisten. Mach dir einen schönen Tag und denke nicht dauernd über uns nach. Wir sind ja keine kleinen Kinder mehr!«

»Weißt du«, sagte Margaret, »ich habe es sehr oft bedauert, keine eigenen Kinder zu haben, aber allmählich fange ich an, auch die guten Seiten daran zu sehen.« Sie strich Frances über das Haar. »Du bist ein reizendes Mädchen, wirklich, und auch Phillip habe ich sehr gern. Aber«, sie wandte sich zur Tür, »man kommt nie ganz aus den Sorgen heraus, nicht?«

Frances schlief ein paar Stunden, während draußen der Novemberregen gegen das Fenster hämmerte und die frühe herbstliche Dunkelheit rasch hereinbrach. Als sie aufwachte, war es fünf Uhr. Im Haus herrschte Stille.

Frances stand auf. Sie fühlte sich besser, der Schlaf hatte sie gestärkt, und ihr Kopf schmerzte nicht mehr so heftig wie am Morgen. Tatsächlich verspürte sie sogar einen Anflug von Hunger.

Sie beschloß, in die Küche zu gehen und mit der Köchin das Abendessen zu besprechen. Auf dem Weg dorthin kam sie an Phillips Zimmertür vorbei, zögerte und klopfte dann an.

»Herein«, sagte Phillip.

Er stand, wie meist, am Fenster und starrte hinaus in Dunkelheit und Regen. Nur eine kleine Lampe brannte und beleuchtete schwach sein Gesicht. Ein Lächeln erhellte seine angespannten Züge, als er Frances sah.

»Frances!« Er trat auf sie zu. »Wie geht es Ihnen? Fühlen Sie sich besser?« Es schien, als habe er, einem Impuls folgend, nach ihren Händen greifen wollen, aber seine Schüchternheit hinderte ihn daran. So blieb er mit hängenden Armen vor ihr stehen.

»Sie sehen besser aus als heute früh«, stellte er fest.

»Es geht mir auch besser. Ich wollte gerade mit der Köchin wegen des Abendessens sprechen. Sie essen doch mit mir?«

»Natürlich!« Er nickte eifrig. Wie immer machte irgend etwas in seinem Verhalten Frances verlegen.

»Ja, dann«, sagte sie, »wir sehen uns später.«

Er streckte den Arm aus, berührte sie aber wiederum nicht. »Frances!«

»Ja?«

»Ich ... es hört sich sicher dumm an, aber ich bin sehr froh, daß ich Sie kennengelernt habe!«

O Gott, dachte Frances. Laut sagte sie: »Ich finde es auch nett, Sie zu kennen, Phillip.«

»Ich dachte nie, daß ich so etwas einmal zu einer Frau sagen würde. Ich meine, daß ich froh bin, sie zu kennen.« Er wußte immer noch nicht, wohin mit seinen Händen. Aber seine sonst so stumpfen, hoffnungslosen Augen leuchteten. »Ich dachte nie, daß ich so für eine Frau empfinden würde«, setzte er leise hinzu.

»Phillip, Sie kennen mich ja kaum«, erwiderte Frances und lachte unsicher.

»Ich kenne Sie. Ich kenne Sie viel besser, als Sie denken. Wissen Sie, ich habe häufig über Sie nachgedacht.«

Frances wußte nicht, was sie darauf erwidern sollte, und schwieg.

Phillip hatte natürlich das Gefühl, zu weit gegangen zu sein. Er schwieg nun ebenfalls, und schließlich sagte er stockend: »Ich habe Sie ... ich meine, ich habe Sie hoffentlich nicht in Verlegenheit gebracht?«

»Durchaus nicht«, versicherte Frances. Sie überlegte verzweifelt, wie sie der Situation entkommen könnte, ohne Phillip zu kränken. »Ich ... wir sollten uns um das Abendessen kümmern, ja?«

Er war verletzt, das verrieten seine sensiblen, ausdrucksvollen Gesichtszüge. Er mühte sich, es nicht spürbar werden zu lassen, aber sein Lächeln wirkte jetzt aufgesetzt und angestrengt. »Gut«, sagte er, »gehen wir hinunter.«

Sie waren auf der Hälfte der Treppe angelangt, als ein wildes Hämmern an der Haustür sie beide zusammenzucken ließ.

»Das kann doch nicht Tante Margaret sein?« fragte Frances erschrocken.

Mr. Wilson eilte herbei. Seine Miene verriet Entrüstung über das ungebührliche Benehmen, das der unbekannte Besucher an den Tag legte. Er öffnete, und schon stürmte eine junge Frau an ihm vorbei in die Eingangshalle. Ihr Mantel klebte naß wie ein Scheuerlappen an ihr, die Haare hingen ihr wirr und triefend auf die Schultern. Sie blutete aus einer Wunde unterhalb des rechten Auges.

»Wohnt hier Frances Gray?« fragte sie.

»Darf ich um Ihren Namen bitten?« mahnte Wilson indigniert.

»Ich bin Miss Gray!« Frances kam die Treppe herunter. Sie konnte die junge Frau gerade noch festhalten, ehe diese zu Boden fiel. Gemeinsam mit Wilson stützte sie sie bis zu einem Stuhl und half ihr, sich zu setzen.

»Entschuldigung«, flüsterte die Fremde. Ihre Lippen waren schneeweiß. »Mir ist nur etwas schwindelig.«

Frances zog ein Taschentuch hervor und tupfte die Wunde ab. »Wilson, holen Sie bitte irgend etwas zum Desinfizieren«, befahl sie, »und, Phillip, bringen Sie Tante Margarets Brandy. Sie braucht etwas für ihren Kreislauf.«

Phillip eilte sofort gehorsam davon, während Wilson zögerte. »Wir wissen nichts über die Identität dieser...«, begann er.

»Louise Appleton«, sagte die Fremde mit schwacher Stimme. »Ich komme von Alice Chapman.«

»Von Alice?« Frances war sofort alarmiert. »Jetzt tun Sie endlich, was ich Ihnen gesagt habe!« fuhr sie Wilson an. Dann kauerte sie sich neben Louise und ergriff deren Hand. »Was ist mit Alice?«

»Sie wurde verhaftet. Sie ist verletzt. Es gelang ihr noch, mir Ihren Namen und Ihre Adresse zu nennen. Sie sollen Alices Verlobtem Bescheid sagen.« Sie kämpfte mit den Tränen. »Es war so furchtbar!«

»Die Polizei hat euch angegriffen?«

Louise konnte das Weinen nicht länger zurückhalten. »Ich habe es noch nie erlebt, daß Männer mit einer solchen Brutalität gegen Frauen losgehen«, schluchzte sie. »Sie haben Frauen in Hauseingänge getrieben und dort zusammengeschlagen. Sie haben sie zu Boden geworfen und getreten, wohin sie nur trafen. Sie haben sie an den Haaren gerissen, und sie haben gezielt auf ihre Brüste geschlagen. Ich hatte das Gefühl, sie wollten uns umbringen.«

Phillip eilte mit dem Brandy herbei. Frances füllte das Glas und drückte es Louise in die Hand. »Hier. Trinken Sie das. Es wird Ihnen guttun.«

Louises Finger zitterten. Sie trank den Brandy in kleinen Schlukken, und ihre Wangen bekamen einen Hauch von Farbe. »Ich werde das nie vergessen«, flüsterte sie, »nie, solange ich lebe. Wir wollen das Stimmrecht. Wir wollen ein Recht, das den Männern seit Jahrhunderten zusteht. Und dafür behandeln sie uns wie Kriminelle.«

»Hat man Alice ins Gefängnis gebracht?« fragte Frances. »Oder in ein Krankenhaus? Sie sagten, sie sei verletzt.«

»Soweit ich verstanden habe, sollte sie ins Holloway-Gefängnis gebracht werden. Ich hoffe, man wird sich dort irgendwie um sie kümmern. Sie war blutüberströmt...«

Louises Stimme schwankte wieder, und Frances schenkte ihr rasch noch etwas Brandy ein. Dann sagte sie: »Ich gehe zum Holloway-Gefängnis. Ich muß sehen, ob ich etwas für Alice tun kann.«

»Das dürfen Sie nicht!« widersprach Phillip erschrocken.

Mr. Wilson tauchte aus den Wirtschaftsräumen im Souterrain auf, die Köchin im Schlepptau. Sie brachte eine Flasche mit Jod und ein Päckchen Verbandsmull. »Was ist denn passiert?« rief sie.

»Die Polizei hat auf Frauenrechtlerinnen eingeschlagen und eine ganze Reihe von ihnen verhaftet«, erklärte Frances, »Miss Appleton hier hat auch etwas abbekommen.«

Sowohl Mr. Wilson als auch die Köchin, Miss Wentworth, lehnten die Frauenrechtlerinnen, ihre Methoden und Ziele aus tiefster Überzeugung ab; jedoch schien das mütterliche Herz der Köchin gerührt vom Anblick der blassen, regendurchweichten Frau, die wie Espenlaub zitternd auf ihrem Stuhl kauerte und auf deren Wange getrocknetes Blut klebte.

»Sie holt sich noch den Tod in den nassen Sachen!« sagte Miss Wentworth. »Sie müßte schleunigst ein heißes Bad nehmen und in ein warmes Bett gepackt werden.«

»Sie übernehmen das, Miss Wentworth«, bestimmte Frances. »Lassen Sie ihr ein Bad ein und richten Sie das Gästezimmer für sie her. Ich gehe jetzt zum Holloway-Gefängnis!«

»Nein!« riefen Mr. Wilson, Miss Wentworth und Phillip wie aus einem Mund. Doch Frances rannte schon die Treppe hinauf, um ihren Mantel zu holen.

Phillip folgte ihr. »Sie wissen doch gar nicht, wo das ist!«

»Ich nehme eine Droschke.«

»Ich fahre mit.«

»Das kommt nicht in Frage! Jemand muß hierbleiben und Tante Margaret alles erklären. Sie wird ohnehin den Schrecken ihres Lebens bekommen.«

»Wilson ist da. Und Miss Wentworth. Die werden ihr sagen, was los ist!«

»Phillip, jetzt nehmen Sie Vernunft an!« Frances zerrte ihren Mantel aus dem Kleiderschrank und einen Schal, um ihn sich um die Haare zu schlingen. »Bleiben Sie hier und beruhigen Sie meine Tante!«

Phillip stand in der Tür. Frances war in diesem Moment nicht in der Lage, es wirklich zu registrieren, aber später erinnerte sie sich dennoch, daß er zum erstenmal nicht den Gesichtsausdruck eines verletzten Kindes gehabt hatte, sondern den eines Mannes.

»Ich lasse Sie um diese Zeit nicht alleine in London herumirren, Frances. Ich komme entweder mit, oder ich lasse Sie nicht gehen!«

Sie lachte kurz auf. »Glauben Sie, ich brauche Ihre Erlaubnis?«

Aber er stand wie ein Fels dort in der Tür, und sie wußte, daß sie eine Menge Zeit verlieren würde, wenn sie mit ihm zu streiten begann.

»Dann kommen Sie mit, in Dreiteufelsnamen«, sagte sie, »ich kann mich jetzt nicht mit Ihnen auseinandersetzen!«

Er nickte. Fünf Minuten später rannten sie durch Regen und Nebel. Sie waren im Nu naß bis auf die Haut.

Es war der 18. November des Jahres 1910, und er sollte als »Schwarzer Freitag« in die Geschichte der englischen Frauenrechtsbewegung eingehen. 115 Frauen wurden an diesem Tag verhaftet, und die Polizei ging mit einer noch nie dagewesenen Brutalität gegen die Demonstrantinnen vor. Christabel Pankhurst beschuldigte später den Innenminister, Winston Churchill, das rabiate Vorgehen gegen die Frauen angeordnet zu haben; ein Vorwurf, der Churchill so entrüstete, daß er mit dem Gedanken spielte, Christabel Pankhurst wegen Verleumdung anzuzeigen.

Tatsache aber war, daß es eine Menge Verletzte gab, daß das Holloway-Gefängnis überquoll von Frauenrechtlerinnen und daß für viele Frauen dort ein Martyrium begann.

Phillip, der depressive Phillip, von dem Frances bislang geglaubt hatte, er könne kaum etwas anderes, als aus dem Fenster zu starren oder melancholische Gedichte zu verfassen, schaffte es irgendwann tatsächlich, eine Droschke zu ergattern, und zwar kurz vor der Bond Street. Sie waren zwar bereits völlig durchweicht vom Regen, aber so dauerte es nun nicht mehr lange, bis sie Islington im Norden Londons erreichten, wo das Gefängnis lag. Der Kutscher weigerte sich allerdings, bis zum Eingang zu fahren, da bereits am Beginn der Parkhurst Road zu erkennen war, daß vor dem Gefängnis eine Straßenschlacht tobte.

»Da hinein wage ich mich nicht! Da wird ja mein Wagen zu Schrott!«

»Wir steigen hier aus«, sagte Phillip rasch und kramte in seiner Brieftasche.

»Das sind wieder diese verdammten Weiber«, knurrte der Kutscher. »Ich frage mich, wann die Regierung endlich kurzen Prozeß mit denen macht! Ich sage Ihnen, bei den Wahlen in vier Wochen bekommt die Partei meine Stimme, die verspricht, mit diesem Gesindel aufzuräumen!«

Phillip drückte ihm ein paar Pfundnoten in die Hand, sagte hastig: »Stimmt so!«, dann zog er Frances hinter sich her aus dem Gefährt.

Sie standen im Regen auf der Straße, und auf Phillips Miene spiegelte sich die Verzweiflung darüber, in diese unheilvolle Geschichte verstrickt worden zu sein. Vor dem Portal des Gefängnisses demonstrierten an die hundertfünfzig Frauen für die Freilassung ihrer inhaftierten Gefährtinnen. Polizisten versuchten sie auseinanderzutreiben, wobei sie oft wahllos auf die Frauen einschlugen und willkürlich Festnahmen aus der Menge heraus tätigten.

Phillip, dem vor Kälte die Zähne aufeinanderschlugen, hielt Frances am Arm fest. »Frances, Sie können da jetzt nicht hinein! Sie kommen nicht durch! Lassen Sie uns nach Hause fahren. Lassen Sie uns morgen...«

Unwillig schüttelte sie seine Hand ab. »Ich will sehen, was mit Alice los ist, und ich werde dort jetzt hineingehen. Sie müssen ja nicht mitkommen!«

Schon zog sie ihren nassen Mantel enger um sich und rannte die Straße entlang. Sie hörte, wie Phillip leise fluchte, ihr jedoch folgte. Sie drängelte sich zwischen den demonstrierenden Frauen hindurch, hörte Schreie und Fluchen und die wütenden Stimmen der Polizisten wie durch eine Nebelwand. In ihrer Aufregung nahm sie nicht wirklich wahr, daß sie dabei war, in ein unüberschaubares Chaos zu geraten, daß sie sich unmittelbar in Gefahr begab.

Direkt vor ihr zerrte ein Polizist eine ältere Frau an den Haaren hinter sich her, ein anderer trat einer reglos am Boden liegenden

Gestalt die Spitze seines Stiefels in die Rippen. Eine sehr elegante Frau, die einen Mantel mit Pelzbesatz und Ohrringe mit großen Smaragden trug, hielt einen Laternenpfahl umklammert und spuckte Blut in den Rinnstein.

Es war ihr Anblick, der Frances aus ihrer Trance aufwachen ließ. Sie trat zu ihr – irgend jemand fiel gegen sie, und sie erhielt einen harten Tritt gegen das Schienbein, aber sie ignorierte den Schmerz – und griff nach ihrer Hand. »Kann ich Ihnen helfen?«

Die Frau, die sich nach vorn gekrümmt hatte, richtete sich langsam auf, wischte sich mit dem Handrücken das Blut vom Mund. »Geht schon«, sagte sie heiser, »sie haben mir nur zwei Zähne ausgeschlagen.«

Frances starrte sie entsetzt an, und nun begriff sie endlich, was um sie herum passierte. Sie hörte die Schreie, sah, wie Frauen zu fliehen versuchten und wie Männer ihnen nachsetzten, um sie mit bloßen Fäusten zu traktieren. Sie sah aber auch Frauen, die wie Wildkatzen kämpften, um sich traten und schlugen und sich in Polizeibeamte förmlich verkrallten. Es brannten nur wenige Straßenlaternen hier; Nebel und Regen taten ein übriges, der Szenerie eine gespenstische Unwirklichkeit zu verleihen.

Sie drehte sich um und fragte: »Phillip?«, aber sie hatte ihn in der Menge verloren. Sie brauchte einen Augenblick, um ihre Orientierung wiederzufinden, und in diesem Moment geschah es: Von irgendwo aus der Dunkelheit, von der kleinen Kirche her, die dem Gefängnis gegenüber an der Gabelung Parkhurst Road und Camden Road lag, kam ein Stein geflogen. Ein großer, kantiger, häßlicher Stein. Er verfehlte Frances' Kopf um Millimeter und traf einen Polizisten, der nur wenige Schritte von ihr entfernt stand, an der Schläfe. Der Mann brach in die Knie und fiel dann mit einem harten Schlag der Länge nach auf den Boden. Er gab keinen Laut von sich.

Frances, überzeugt, er sei tot, schrie auf. Schon stürzten ein paar Polizisten auf sie zu und packten sie. Der eine drehte ihr den Arm auf den Rücken, so daß sie erneut schrie, diesmal vor Schmerz. Er rammte ihr sein Knie ins Kreuz, und sie kippte nach vorn. Ein anderer packte sie an den Haaren und riß ihr dabei so ruckartig den Kopf zur Seite, daß ihr die Tränen in die Augen schossen. Der dritte baute sich vor ihr auf, und sie erkannte, daß er drauf und dran war, sie zu ohrfeigen; vergeblich versuchte sie, sich zu ducken. Ein vierter Polizist hielt ihn fest. »Nicht. Laß sie!«

»Sie hat ihn umgebracht! Sie hat Billy umgebracht!«

»Trotzdem. Es reicht. Über sie soll der Richter entscheiden.«

Der Mann, der Frances' Arm auf den Rücken gedreht hatte, ließ sie los, ebenso der, der sie an den Haaren festhielt. Frances kauerte sich auf der regennassen Straße zusammen, den mißhandelten Arm eng an sich gedrückt. Ihre Schulter schmerzte höllisch, und sie fragte sich, ob man sie ihr ausgekugelt hatte. Der Polizist, der sie vor den Mißhandlungen seiner Kollegen in Schutz genommen hatte, beugte sich zu ihr herab. »Stehen Sie bitte auf, Miss. Sie sind verhaftet.«

Er half ihr auf die Füße. Schmerzpfeile schossen durch ihren Arm. Sie sah den Mann auf der Straße liegen; einige Kameraden bemühten sich um ihn, und Panik überflutete sie, als ihr klar wurde, was man ihr vorwarf. »Ich war es nicht«, sagte sie, »ich war es wirklich nicht.«

»Das wird sich alles finden. Sie kommen jetzt mit mir.«

Schmerzgepeinigt, wie sie war, fand sie keine Kraft mehr, sich zu wehren. Er zog sie mit sich fort, und später wußte sie, daß sie Glück gehabt hatte, weil zumindest er keine Gewalt anwandte.

Als sich die hohen Gefängnistore hinter ihnen beiden schlossen, sagte sie noch einmal mit schwacher Stimme: »Ich war es nicht!«

Sie hatte nicht den Eindruck, daß ihr jemand glaubte.

Sie wurde in eine Zelle gesperrt, in der schon vier andere Frauen saßen. Der Raum war etwa fünf Schritte lang und ebenso breit; es gab gegenüber der Zellentür ein kleines, vergittertes Fenster, das direkt unter der Decke lag und aus dem man nur hätte hinaussehen können, wenn man auf einen Stuhl oder eine Kiste gestiegen wäre. Die Wände waren aus roten Ziegelsteinen gemauert, der Boden bestand aus kaltem Zement. Es gab nur vier Betten, jeweils zwei doppelstöckig übereinander, mit dünnen, durchgelegenen Matratzen und zerschlissenen Wolldecken, denen man ansah, daß sie bretthart und kratzig waren. In einer Ecke stand ein Eimer.

Die anderen vier Frauen sahen ebenso abgekämpft, durchnäßt und verzweifelt aus wie Frances. Immerhin schien keine von ihnen ernsthaft verletzt zu sein; nur eine hielt sich den Magen, stöhnte leise und sagte, sie müsse sich jeden Moment übergeben, und es tue ihr leid, dies den anderen zumuten zu müssen. Eine hochgewachsene Frau mit grauen Haaren und einem energischen Gesicht trat auf Frances, die gleich hinter der Tür stehengeblieben war, zu.

»Ich heiße Carolyn«, sagte sie. »Ich bin Krankenschwester. Darf ich mir Ihren Arm ansehen? Sie scheinen starke Schmerzen zu haben.«

»Ja«, sagte Frances so heiser, daß man sie kaum verstehen konnte. Sie räusperte sich. »Ja«, wiederholte sie, »es tut furchtbar weh.«

»Ziehen Sie Ihren Mantel aus«, bat Carolyn. »Vorsichtig! Ja. Ganz langsam!«

Der nasse Mantel fiel zu Boden.

»Öffnen Sie Ihr Kleid«, fuhr Carolyn fort.

Frances zögerte. Aber sie wußte, daß für Schamhaftigkeit kein Platz war angesichts ihrer Lage. Carolyn streifte ihr den Stoff von den Schultern.

»Ausgekugelt ist er nicht«, sagte sie, nachdem sie das Gelenk abgetastet und den Arm vorsichtig hin und her bewegt hatte. »Er ist nur verrenkt. Es wird noch eine Weile weh tun, aber es kommt wieder in Ordnung.«

»Vielen Dank«, flüsterte Frances und zog sich wieder an. Der nasse Stoff des Kleides klebte kalt und schwer an ihrem Körper, und sie bemerkte erst jetzt, daß auch ihre knöchelhohen Lederstiefel völlig durchweicht waren und ihre Füße sich wie Eisklumpen anfühlten. Angstvoll fragte sie sich, was aus ihrer Erkältung werden würde, wenn sie nicht bald in trockene Sachen kam. Da das Frieren, die Kopfschmerzen, das Fieber unmittelbare Wirklichkeit waren, beschäftigten sie die von dort drohenden Gefahren weit mehr als die Probleme, die auf sie zukommen würden, wenn man sie weiterhin für die Steinwerferin hielt. Ihr drohte eine Anklage wegen schwerer Körperverletzung oder sogar – falls der Polizist tot war oder später starb – wegen Totschlags.

»Wie heißen Sie?« fragte Carolyn. Sie hatte Frances' klatschnassen Mantel aufgehoben und hängte ihn an einen der oberen Bettpfosten zum Trocknen, neben die Mäntel der anderen Frauen.

»Frances Gray«, antwortete sie.

Carolyn musterte sie besorgt. »Sie haben Fieber. Ich sehe das an

Ihren Augen.« Sie legte ihr die Hand auf die Stirn und nickte. »Ja. Sie sind krank.«

Eine andere Frau trat vor. Sie war jung und attraktiv; ihr Kleid, obwohl natürlich naß und zerdrückt, verriet einen erstklassigen Schneider. Wie sich herausstellte, hieß sie Pamela Cooper und war die Tochter eines Professors aus Oxford.

»Ich habe jetzt schon dreimal nach trockener Kleidung gefragt«, sagte sie. Ihre Stimme bebte vor kaum noch zu unterdrückender Wut. »Es ist unmöglich, was sie hier mit uns machen. Sie haben kein Recht, uns einzusperren, aber noch weniger dürfen sie uns mißhandeln!«

Sie begann an der Gittertür zu rütteln und zu schreien. »Verdammt noch mal, läßt sich denn keiner hier blicken? Ich möchte, daß sofort jemand herkommt!«

Eine Aufseherin erschien schließlich, eine derbe Person mit dem Schatten eines Bartes über der Oberlippe. »Schreien Sie nicht so herum«, wies sie Pamela scharf zurecht. »Sie sind hier nicht im Hotel, und ich bin nicht dazu da, nach Ihrer Pfeife zu tanzen!«

Pamela achtete nicht auf ihre Worte. »Ich werde mich beschweren«, sagte sie, »wenn wir nicht sofort trockene Sachen zum Wechseln und weitere Decken bekommen. Diese Dame hier«, sie wies auf Frances, »hat Fieber. Sie ist schwer erkältet, und wenn sie ernsthaft erkrankt, werden wir Sie zur Rechenschaft ziehen, und das wird unangenehm für Sie werden, das kann ich Ihnen versprechen!«

»So?« Die Aufseherin war nicht so leicht einzuschüchtern. »Offenbar ist sie gesund genug, sich bei diesem Wetter auf der Straße herumzutreiben und zu randalieren. Wer hat ihr denn gesagt, sie soll das machen? Habe ich das etwa gesagt? Das ist ja noch schöner, daß ich jetzt verantwortlich gemacht werden soll für euren Blödsinn!«

»Wir möchten trockene Kleidung«, beharrte Pamela, »und Decken. Und zwar sofort!«

Die Aufseherin schüttelte den Kopf und verschwand, aber Pamela begann sofort wieder an den Gitterstäben zu rütteln und zu brüllen. Sie erreichte es schließlich immerhin, daß ihnen nach einer Stunde zäher Verhandlung mit der Aufseherin fünf weitere Wolldecken in die Zelle gebracht wurden. Um ihre nasse Kleidung kümmerte sich niemand.

»In einer halben Stunde geht das Licht aus«, sagte die Aufseherin, »ihr solltet machen, daß ihr in die Betten kommt.«

Pamela ging sofort wieder in die Offensive. »Wir haben hier vier Betten! Und wir sind fünf Frauen, wie Ihnen vielleicht aufgefallen ist. Wir brauchen ein weiteres Bett!«

Die Augen der Aufseherin blitzten höhnisch. »Ihr seid doch so gute Kameradinnen! Zweien von euch wird es wohl möglich sein, in *einem* Bett zu schlafen, oder?« Sie verschwand mit einem bösen Lächeln.

»Hexe!« rief Pamela ihr nach. Ihre Stimme war heiser vom Schreien. »Ich fürchte, wir erreichen heute nichts mehr. Wir sollten wirklich im Bett sein, ehe das Licht ausgeht.«

Sie beratschlagten, wie sie sich am besten verteilen würden. Lucy, eine ziemlich dicke Frau, sollte ein Bett für sich bekommen, ebenso Frances, weil sie krank war und jemanden anstecken konnte. Carolyn durfte auch allein schlafen, und Pamela tat sich mit der fünften im Bunde, einer jungen Frau namens Helen, zusammen. Helen stammte ebenfalls aus Oxford, und sie und Pamela kannten einander schon länger, ohne allerdings wirklich befreundet zu sein.

»Ich hoffe nur, es gibt hier keine Flöhe und Wanzen«, sagte Pamela. Skeptisch betrachtete sie ihre Schlafstätte. »O Gott, ich habe bestimmt noch nie in einem so furchtbaren Bett gelegen!«

Die Frauen entledigten sich ihrer nassen Kleider, ein umständliches Unterfangen in der engen Zelle, und hängten sie dann, so gut es eben ging, zum Trocknen auf. Nacheinander benutzten sie den Eimer in der Ecke, für jede von ihnen eine schreckliche Überwindung. In ihren klammen Unterkleidern legten sie sich in die Betten und zogen ihre zwei Wolldecken über sich, die sie jedoch kaum gegen die Kälte schützen konnten. Die nackte elektrische Birne, die an der Decke hing und ihnen Licht gespendet hatte, erlosch. Die Zelle lag in völlige Finsternis getaucht.

Frances tat die ganze Nacht kein Auge zu. Sie fror erbärmlich, und ihr Kopf schmerzte mit jeder Minute mehr. Sie spürte förmlich, wie das Fieber stieg. Wirre Gedanken kamen ihr in den Sinn. Was war aus Phillip geworden? Hatte er mitbekommen, daß sie verhaftet worden war? Die arme Tante Margaret hatte sicher einen Schock erlitten. Ihre Nichte im Gefängnis! Nun mußte sie ihrem Bruder Bescheid sagen und dabei auch eingestehen, daß Frances seit längerem mit den Frauenrechtlerinnen umherzog. Sie würde einigen Ärger mit Charles bekommen und war an der ganzen Geschichte doch völlig unschuldig.

Sie dachte auch an Alice. Befand sie sich hier im selben Gefängnis? Oder hatte man sie in ein Krankenhaus gebracht? War sie schwer verletzt? Würde irgend jemand George benachrichtigen?

Was mache ich, wenn ich ernsthaft krank werde, fragte sie sich, wenn ich eine Lungenentzündung bekomme? Wird man mir helfen, oder lassen sie mich hier erfrieren?

Ihre Zähne wollten ständig aufeinanderschlagen, vor Kälte oder Fieber, sie wußte es nicht. Sie mühte sich, ruhig zu bleiben, sie wollte nicht, daß die anderen aufwachten – falls sie überhaupt schliefen.

Sie zog die Decken enger um sich und dachte neidvoll, daß Pamela und Helen es nun doch besser getroffen hatten als die anderen: Sie konnten sich wenigstens gegenseitig wärmen.

Irgendwann, es war noch tiefdunkel draußen, ging das Licht an und tauchte die ganze Zelle in nackte, häßliche Helligkeit. Gleichzeitig waren aus dem ganzen Gebäude Geräusche zu hören: Türen, die geöffnet und geschlossen wurden, klirrendes Geschirr, Stimmen, Rufe, rasselnde Schlüssel.

Die Frauen richteten sich auf. Pamela und Lucy waren völlig verschlafen, die anderen hatten, genau wie Frances, nur wach gelegen. Frances hatte das Gefühl, ihr würden hundert Nadeln durch den Kopf gebohrt, als sie aus ihrem Bett kletterte. Ihre Haare waren inzwischen getrocknet, aber sie sahen sicher aus wie ein unentwirrbares Gestrüpp.

In der eiskalten Zelle war natürlich nicht ein einziges Kleid getrocknet. Es erwies sich als so unangenehm, sich jetzt wieder anzuziehen, daß alle fanden, es wäre besser gewesen, sie hätten sich am Vorabend gar nicht erst ausgezogen. Man brachte ihnen eine Schüssel mit kaltem Wasser; sie wuschen sich ihre Gesichter und halfen einander gegenseitig, das Haar einigermaßen in Ordnung zu bringen. Es gab weder Kamm noch Bürste, und so dauerte es lange, bis die Prozedur abgeschlossen war. Dann setzten sie sich auf die unteren Betten und warteten, frierend und müde.

Nach einer Weile erschien eine Aufseherin, die sympathischer wirkte als die vom Abend zuvor. Sie brachte das Frühstück, das zu

Frances' Überraschung üppiger ausfiel, als sie erwartet hatte. Es gab Kaffee, reichlich Brot, Butter und Marmelade. Die Aufseherin stellte das Tablett in der Ecke ab und verschwand wieder. Lucy hatte gierige Augen bekommen, sie wollte sofort aufstehen.

Doch Pamela drückte sie auf das Bett zurück. »Nein!« sagte sie energisch.

Alle starrten sie an. Nur Carolyn nickte sofort. »Sie haben recht, Pamela«, sagte sie, »wir werden auf unsere Inhaftierung so reagieren, wie es unsere Mitstreiterinnen tun und immer getan haben.«

»Hungerstreik«, sagte Frances.

Pamela sah die anderen an. »Einverstanden?« Die Frage war Formsache, überdies klang sie wie ein Befehl. Schweigend bekundeten alle ihr Einverständnis.

»Nach ein bis zwei Tagen wird es hart«, warnte Carolyn, »aber wir müssen durchhalten. Vielleicht lassen sie uns ja auch bald schon wieder frei.«

»Dann genehmigt sich jetzt jede ihren Becher Kaffee«, bestimmte Pamela, »aber das ist alles. Ansonsten nehmen wir keinerlei Nahrung auf.«

Der heiße Kaffee stärkte ihrer aller Lebensgeister. Aber noch während sie ihn in kleinen Schlucken trank, fiel Frances plötzlich ein, was Alice ihr über einen Hungerstreik erzählt hatte, an dem sie selbst teilgenommen hatte: Man hatte die Gefangenen schließlich zwangsernährt.

Es sei, so hatte Alice berichtet, das Schlimmste gewesen, was ihr je widerfahren sei.


Frances wurde am vierten Tag nach ihrer Festnahme zum ersten Mal zwangsernährt. Sie war, wie ihre Zellengenossinnen auch, standhaft geblieben, obwohl ihnen eine augenscheinlich gute Verpflegung in die Zelle gebracht wurde. Noch Stunden, nachdem man das Essen wieder fortgetragen hatte, war der kleine Raum erfüllt von dem Duft. Frances war nicht sicher, ob sie alleine durchgehalten hätte, aber innerhalb der Gruppe blieb ihr keine Wahl.

Eigenartigerweise fiel das Hungern keineswegs der dicken Lucy am schwersten, obwohl sie häufig jammerte, sondern der energischen Pamela. Sie schien mit jeder Stunde bleicher zu werden, mußte sich oft plötzlich hinsetzen, weil ihr schwarz vor den Augen wurde, und zweimal kippte sie ohne jede Vorwarnung um wie ein gefällter Baum. Frances versuchte sie zu überreden, wenigstens etwas Suppe zu essen, da Salz helfen würde, ihren Kreislauf zu stabilisieren, doch Pamela lehnte das rundweg ab und kämpfte weiterhin von früh bis spät gegen ihre Ohnmachten.

»Schön verrückt bist du!« sagte die Aufseherin, die kräftige Person vom ersten Abend. »Schön verrückt seid ihr alle. Ihr werdet schon sehen, wohin das führt! Guter Gott, wie kann man nur so dumm sein!« Sie trug das Tabelett mit den unberührten Speisen davon, und die Inhaftierten sahen ihr mit hungrigen Augen hinterher.

Obwohl Frances manchmal dachte, ihr Magen fühle sich an wie ein schmerzendes Loch, machte ihr die Kälte weit mehr zu schaffen als der Hunger. Sie hatte ohnehin nicht wirklich Appetit, aber ihre Erkältung war schlimmer geworden, sie fieberte ständig, und das ließ sie noch heftiger frieren. Sie zitterte jede einzelne Minute des Tages und der Nacht, und bisweilen fürchtete sie, die Vorstellung von einem heißen Bad werde noch in einem Wahn enden, so intensiv, so verlangend suchte sie sie heim.

Die vier Tage in einer grausamen Ausnahmesituation hatten ausgereicht, um sie ihr Leben, wie es bisher gewesen war, mit anderen Augen und mit einer ihr bis dahin völlig ungewohnten Dankbarkeit betrachten zu lassen. Ein großes, warmes Haus, ein schönes Zimmer, saubere, trockene Kleidung, zu essen und zu trinken, soviel sie wollte; und wenn sie krank gewesen war, hatten ihre Mutter und Großmutter sie umsorgt, Kräutertees für sie gekocht, ihr Gesellschaft geleistet und sich unentwegt nach ihrem Befinden erkundigt. Noch nie zuvor war jemand so rüde und grob mit ihr umgegangen, wie es nun die Aufseherinnen taten, niemand in der Familie, niemand in der verhaßten Schule, und John natürlich schon gar nicht.

Jeder Gedanke an John versetzte ihr einen Stich. Sie hatte gefürchtet, Wichtiges im Leben zu versäumen, wenn sie hinging und ihn heiratete, ohne vorher andere Möglichkeiten zu erkunden, und nun dachte sie, daß es Möglichkeiten gab, die man nicht im geringsten erkunden mußte. Zum erstenmal zeigte ihr das Leben nun ein wahrhaft häßliches Gesicht. Ein Gesicht, das aus Kälte und Hunger bestand, aus einer winzigen Zelle, aus einem harten Bett, aus dem stinkenden Eimer in der Ecke, aus dem qualvoll engen Zusammensein mit vier anderen Frauen, mit denen sie eine gemeinsame Idee verband und sonst nichts; und um vierundzwanzig Stunden am Tag aufeinanderzusitzen, war eine gemeinsame Idee zu wenig.

Und gerade was diese Idee betraf, so quälten Frances nun häufig Zweifel. Nicht, soweit es um den Inhalt ging. Aber sie fragte sich, wie stark und lodernd die Flamme wohl wirklich in ihr brannte. Sie kam sich vor wie ein Mensch, der mit dem Kopf einen Gedanken erfaßt, gewogen und für gut befunden hat. Aber das Herz war nicht ergriffen worden davon, und so konnte es in dieser mißlichen Lage auch nicht helfen. Alles, was ihr widerfuhr, mußte sie allein mit dem Verstand zu bewältigen suchen, ohne daß ihr ein Feuer im Innern darüber hinweggeholfen hätte. Manchmal quälte sie die Frage, ob sie zu echter Leidenschaft fähig war; Leidenschaft für einen Menschen oder für ein Ideal. In Alice hatte sie stets etwas von dieser brennenden Kraft gespürt, in Pamela entdeckte sie sie wieder. Pamela lebte für ihren Kampf. Notfalls würde sie für ihn sterben.

Pamela war die erste, die sie abholten, um ihr gewaltsam Nahrung zuzuführen. Sie sah schrecklich aus, als sie zurückgebracht wurde; sie hatte blutig gebissene, dick angeschwollene Lippen, blaurote Flecken an Handgelenken und Fußknöcheln, wo man sie festgehalten hatte. Die Aufseherinnen keuchten, als sie sie in die Zelle brachten, und sagten, noch nie habe sich jemand so heftig gewehrt. Pamela selbst konnte nichts erzählen. Von dem Gummischlauch, den man ihr in den Magen geführt hatte, schmerzte ihr Hals so sehr, daß sie kein Wort hervorbrachte.

Dann kam Frances an die Reihe.

Die ganze Zeit über hatte sie gehofft, bereits draußen zu sein, ehe *das* auf sie zukam. Sie war überzeugt, daß ihre Familie längst alle Hebel in Bewegung zu setzen versuchte, um ihr zu helfen. Vielleicht fanden sie sogar jemanden, der bezeugen konnte, daß sie den Stein nicht geworfen hatte. Es irritierte sie zwar, daß noch niemand sich hatte blicken lassen, aber Pamela hatte gemeint, das würde im Moment vermutlich nicht erlaubt; es hatte so viele Festnahmen gegeben, daß die Zustände chaotisch waren und alles durcheinanderging.

Zwei Männer holten sie gegen Mittag ab. Es waren große, bärenstarke Kerle, wie man sie inzwischen grundsätzlich für derartige

Aufgaben abstellte; eine Reaktion auf die heftige Gegenwehr, die die Frauenrechtlerinnen an den Tag legten. Der ältere von ihnen fragte Frances, ob sie es nicht vorziehe, ihren Hungerstreik abzubrechen, und ihnen allen, vor allem aber sich selbst, die nun folgende Prozedur ersparen wolle; aber Frances sagte, nein, das wolle sie nicht. Sie fand es lächerlich, wie diese beiden kräftigen Männer sie nun in ihre Mitte nahmen und jeder sie an einem Arm festhielt, so als fürchteten sie, sie könne jeden Moment davonlaufen oder gar auf sie losgehen. Sie hatte Fieber, war vom Hunger und der Krankheit völlig entkräftet, und ganz sicher stellte sie in diesem Moment keine ernstzunehmende Gefahr dar.

»Halte durch!« rief ihr Carolyn hinterher, »es ist schlimm, aber man stirbt nicht daran!«

Sie hatte weiche Knie vor Angst. Sie fragte sich, wie sie nur in eine so schreckliche Lage hatte geraten können. Sie mußte all ihre Energie aufbringen, um nicht klein beizugeben, ihre Begleiter nicht zu bitten, umzukehren, und ihnen nicht zu versprechen, freiwillig zu essen.

Ich muß da jetzt durch, sagte sie sich, Alice hat es überstanden und Pamela auch. Ich will nicht die sein, die zusammenbricht.

Über eine dunkle Treppe mit ausgetretenen Stufen gelangten sie in den Keller des Gefängnisgebäudes. Sie gingen einen langen, engen Flur entlang, in dessen Wänden sich rechts und links verschlossene Türen aus Stahl befanden. Beklommen fragte sich Frances, was sich dahinter verbergen mochte.

Am Ende des Ganges stand eine Stahltür offen, und sie betraten einen fensterlosen, quadratischen Raum, leer und kahl bis auf einen klapprigen Stuhl.

»Setzen Sie sich«, sagte einer der Männer. Frances ließ sich auf den Stuhl fallen. Das Laufen hatte sie angestrengt, sie merkte, daß sie kränker war, als sie gedacht hatte. Über ihrem Kopf schien eine Glocke zu liegen, die alle Geräusche gedämpft an ihr Ohr dringen ließ und Frances in eine dumpfe Benommenheit hüllte.

Sie wußte, sie würde sich nicht wehren. Sie hatte überhaupt nicht die Kraft dazu. Ihre einzige Widerstandsleistung bestand darin, daß sie sich weigerte, den Hungerstreik abzubrechen. Darüber hinaus würde sie alles über sich ergehen lassen.

Die Männer standen noch immer wie eine Schildwache neben

ihr. Sie unterhielten sich, aber während sie sich Frances gegenüber bemüht hatten, ein halbwegs klares Englisch zu sprechen, verfielen sie nun in derart ausgeprägtes Cockney, daß Frances kaum etwas verstand. Sie versuchte gar nicht erst, etwas mitzubekommen, sondern hoffte nur, daß alles rasch vorüber wäre.

Es vergingen ein paar Minuten, dann betraten zwei weitere Männer den Raum, gefolgt von zwei Gefängnisaufseherinnen, die ebenfalls Größe und Statur von Männern hatten. Für die Zwangsernährung schienen sie ihre kräftigsten Leute abzustellen, eine deutliche Aussage über die Erfahrungen, die sie beim Anwenden dieser Methode gemacht hatten.

»Bindet sie fest«, befahl eine der Aufseherinnen mit träger Stimme.

Frances fühlte, wie rauhe Stricke um ihre Handgelenke, ihre Fußknöchel, ihren Oberkörper geschlungen und mit einem harten Ruck festgezogen wurden. Sie unterdrückte mit Mühe einen Schmerzenslaut. Warum taten sie das? Hatte es sich als notwendige Vorsichtsmaßnahme erwiesen in der Vergangenheit, oder war die Demütigung des Opfers einfach Teil der Strategie? Sie mochten nur zu gut wissen, wie ein Mensch sich fühlte, der, zur völligen Bewegungsunfähigkeit verurteilt, festgebunden auf einem Stuhl saß, hilflos und ausgeliefert.

Bande, dachte sie, und zwischen Fieber, Elend und Hunger kochte plötzlich Zorn in ihr hoch. Verdammte Bande!

Und dann sah sie den Schlauch. Schwarz und dick. *Viel* zu dick! Sie konnten nicht ernsthaft annehmen, daß sie in der Lage wäre, ihn zu schlucken. Sie konnten auch nicht glauben, sie könnten ihn ihr einfach in den Rachen und dann den Hals hinunter stoßen, denn sie würde daran ersticken, sie würde das nicht überleben. Sie konnten nicht ...

Sie wußte, daß sie konnten. Sie wußte, daß sie es tun würden.

Jetzt verstand sie alles: die Stricke, die vielen Leute, und weshalb man die Kräftigsten ausgesucht hatte. Ein einziger Blick auf den Schlauch hatte ausgereicht, um Kräfte in ihr zu mobilisieren, an deren Vorhandensein sie nicht mehr geglaubt hatte.

Sie zerrte an den Stricken, versuchte, ihren Leib aufzubäumen, kämpfte wie ein wildes Tier in der Falle. Sie hörte eine Stimme sagen: »Haltet sie bloß gut fest! Das ist wieder so eine Wildkatze!«

Und ein anderer fügte hinzu: »Diese elenden Miststücke!« Es klang weniger zornig als erschöpft, und Frances schoß der Gedanke durch den Kopf, daß dieser Mann vermutlich von morgens bis abends inhaftierten Frauen gewaltsam Nahrung zuführen mußte und daß er seinen Job wahrscheinlich gründlich satt hatte.

Starke Arme preßten ihre Handgelenke auf die Stuhllehnen. In Lederhandschuhe gehüllte Hände griffen unter ihr Kinn, bogen ihren Kopf zurück. Sie sah verzerrte Gesichter über sich, roch fremden Atem, der heiß ihr Gesicht streifte. Sie kämpfte mit aller Kraft, aber ihr gelang nicht eine einzige Bewegung, nur krampfartige Zuckungen durchliefen ihren Körper.

Andere Hände, ebenfalls in Handschuhen, griffen grob an ihren Mund und zerrten ihr mit einem Ruck die Kiefer auseinander. Empört versuchte sie, ihren Mund wieder zu schließen, während ihr aus Wut über die entwürdigende Behandlung die Tränen in die Augen schossen, aber es war hoffnungslos: Sie saß fest wie in einem Schraubstock.

»So, und jetzt richtig tief rein mit ihm!« sagte jemand, ein Mann, und eine der Frauen gab ein dreckiges Lachen von sich.

Frances hatte plötzlich den widerlichen Geschmack von Gummi auf der Zunge, bitter und irgendwie chemisch, und im nächsten Moment spürte sie einen fast unwiderstehlichen Brechreiz. Sie brach in Panik aus, weil ihr klar war, daß sie ersticken würde, wenn sie sich jetzt übergab. Mit der Zunge, dem buchstäblich einzigen Muskel in ihrem Körper, den sie noch frei bewegen konnte, kämpfte sie wie eine Irre gegen den Gummischlauch, ohne daß sie auch nur die winzigste Chance gehabt hätte. Das heftige Würgen, mit dem sie reagierte, als er in ihren Hals eindrang, klang laut und furchterregend. Der rauhe, dicke Schlauch in ihrer Speiseröhre schmerzte entsetzlich, aber schlimmer noch war die Übelkeit; schlimmer war, daß sie zu ersticken meinte; schlimmer war, daß alles in ihrem Innern sich zusammenkrampfte und Widerstand leistete und damit die Tortur verschlimmerte. Sie stieß unzusammenhängende, krächzende Laute aus bei dem Versuch, ihren Peinigern zu sagen, daß sie sie loslassen *mußten*, weil sie sich jetzt gleich übergab und weil sie dann *ersticken* würde. Aber niemand reagierte, niemand achtete auf ihre Qual.

Sie pumpten ihr flüssige Nahrung in den Magen, und als sie fertig waren, zogen sie den Schlauch zurück, gröber und hastiger, als es hätte sein müssen. Es tat mörderisch weh, es brannte wie Feuer, und es hinterließ ihren Körper wund und zerschlagen.

Aber trotz allem, trotz der Panik, der Verzweiflung, des grausamen Schmerzes in ihrem Innern, wallte zum zweitenmal, seit sie in diesem Stuhl saß, die Wut in Frances auf, ein elementarer, ungefilterter Zorn, der durch nichts zu beschwichtigen war.

Es war das Pech ihrer Peiniger, daß sie zuletzt unvorsichtig wurden. Der Griff des Mannes, der ihr die Kiefer auseinanderdrückte, lockerte sich. Der Schlauch glitt heraus. Und Frances biß zu. Sie schlug mit der ganzen Kraft, die ihr die Qual verlieh, ihre Zähne in seine Hand, und da man sie bestialisch gequält hatte, biß sie bestialisch zu. Sie spürte, daß sie den Lederhandschuh durchdrang, und hörte den Knochen splittern. Der Mann brüllte und zog seine malträtierte Hand zurück; Frances erhaschte noch einen Blick auf sein Gesicht, das kalkweiß geworden war. Im nächsten Moment kippte sie vom Stuhl und verlor das Bewußtsein.

Sie durfte am nächsten Tag im Bett liegenbleiben, obwohl das für gewöhnlich verboten war. Aber die Aufseherin, die am Morgen das Frühstück brachte – um es später erneut völlig unberührt wieder fortzutragen –, warf nur einen kurzen Blick auf sie und nickte dann zustimmend, als Frances sie mit kaum hörbarer Stimme bat, nicht aufstehen zu müssen.

Sie glühte vor Fieber, und bei jedem Atemzug rasselte es in ihrer Brust. Ihr Körper erschien ihr zerrissen, wund und aufgerieben. Es fiel ihr schwer, zu sprechen und zu schlucken. Sie hatte Bauchkrämpfe und mußte sich immer wieder zu dem Eimer in der Ecke schleppen. Das war beinahe das Schlimmste. Es war schon eine Qual, den Eimer zu benutzen, wenn man nicht krank war, aber es war die Hölle, wenn man unter Übelkeit und Durchfall litt.

Zum Frühstück wollte sie nicht einmal mehr etwas trinken, weil ihr das Schlucken viel zu weh tat, aber die anderen bestanden darauf.

»Sie werden sonst zu schwach«, sagte Carolyn. »Kommen Sie! Wenigstens etwas Wasser!«

Sie stützten ihren Kopf und hielten den Becher an ihre Lippen, und Frances begriff, daß sie unerbittlich bleiben würden. Sie trank, obwohl sogar das klare Wasser wie Feuer in ihrer mißhandelten Speiseröhre brannte und ihr die Tränen in die Augen schossen.

Nach dem Frühstück wurde Pamela erneut abgeholt, obwohl sie immer noch kaum sprechen konnte und sehr elend aussah.

»Es ist ungerecht!« stieß Lucy hervor, nachdem Pamela mit ihren Bewachern verschwunden war. »Warum *sie* schon wieder?«

»Sie wissen, daß sie den Willen eines Menschen schneller brechen, wenn sie ihm keine Zeit lassen, sich zwischendurch zu erholen«, erklärte Carolyn düster. »Aber keine Sorge. Wir anderen kommen schon auch noch dran!«

Bedrücktes Schweigen folgte ihren Worten. Frances überlegte, daß, wenn Carolyns Theorie stimmte, sie selbst heute auch noch einmal der Behandlung unterzogen werden würde. Sie stöhnte leise. Sie wußte nicht, woher sie die Kraft nehmen sollte, das noch einmal durchzuhalten.

Pamela wurde zurückgebracht, sank wortlos auf ihr Bett und vergrub das Gesicht im Kissen. Niemand wagte es, sie anzusprechen. Es vergingen einige Stunden, in denen nichts geschah, aber am späten Nachmittag erschien eine Aufseherin und herrschte Frances an, sie solle aufstehen und mitkommen.

Pamela hob zum ersten Mal, seitdem sie zurückgekehrt war, den Kopf. Ihre Lippen waren so geschwollen, daß sie völlig entstellt wirkte. »Sie ist zu krank«, flüsterte sie undeutlich.

»Halten Sie sich da raus!« blaffte die Aufseherin.

Frances quälte sich hoch. Ihr war schwindelig, und ihr Hals schmerzte, aber wenigstens hatten die Bauchkrämpfe aufgehört. Sie strich ihren Rock glatt, versuchte mit fieberheißen Händen ihre Haare zu entwirren. Sie wußte, daß sie miserabel aussah, hoffte aber, etwas von ihrer Würde wiederzufinden, wenn sie sich ein wenig in Ordnung brachte. Sie hatte panische Angst, mühte sich aber, es niemanden merken zu lassen. Man schien zu wissen, wie schwach sie inzwischen war, sonst hätte man sicher wieder zwei Männer zu ihrer Begleitung abgestellt, und nicht nur eine Frau.

Ich muß eine ziemliche Jammergestalt abgeben, dachte sie, während sie den Gang entlangschlich.

Zu ihrem Erstaunen wurde sie diesmal nicht in den Keller geführt, sondern in einen Raum im Erdgeschoß des Gefängnisses, der in der Mitte von einem deckenhohen Gitter in zwei Hälften geteilt wurde. Auf jeder Seite befand sich ein hölzerner Stuhl.

»Setzen Sie sich«, befahl die Aufseherin. Sie selbst blieb in der Tür stehen und kaute an ihren Fingernägeln.

Frances setzte sich und atmete tief durch. Sie war immer noch nervös, aber die Panik flaute ab. Offenbar würde man sie nicht erneut der Qual unterziehen, der man sie am Vortag ausgesetzt hatte. Gespannt blickte sie zur Tür, die sich auf der anderen Seite des Raumes befand. Es war klar, daß Besuch für sie gekommen war. Tante Margaret? Phillip? Oder gar ihre Eltern?

Die Tür ging auf, und John trat ein.

Frances war so überrascht, daß sie unwillkürlich aufstand. Mit wem auch immer sie gerechnet hatte – mit John bestimmt nicht. Er ging auf sie zu, und an seinem erschrockenen Gesichtsausdruck konnte sie ablesen, wie sie aussehen mußte – nämlich überaus erbärmlich.

Er sagte: »Mein Gott, Frances, du bist...« Er unterbrach sich und fügte sachlicher hinzu: »Was machst du denn für Sachen?«

Durch die Gitterstäbe faßte er nach ihren Händen, was sofort die Aufseherin auf den Plan rief. »Anfassen ist verboten! Treten Sie jeder einen Schritt zurück!«

John gehorchte, aber Frances scherte sich nicht um die Frau, sie blieb an das Gitter geklammert stehen. »John!« Sie brachte seinen Namen nur mühsam und krächzend hervor. »John, wie schön, daß du da bist!«

Ihr wurde bewußt, wie groß der Kontrast zwischen ihnen beiden sein mußte: John in seinem dunklen Anzug, gepflegt und sauber, elegant und nach einem guten Rasierwasser duftend. Und sie – abgerissen und verwahrlost, in einem zerknitterten, fleckigen Kleid, nach Schweiß riechend, die Haare wirr und verfilzt. Später einmal erzählte ihr John, sie habe ausgesehen wie ein hungriges, räudiges Tier, und selten im Leben habe er sich so erschreckt.

Er schluckte. »Was haben sie mit dir gemacht?« fragte er.

Frances stellte fest, daß es einfacher ging, wenn sie flüsterte. »Sie haben mich zwangsernährt«, hauchte sie, »und ich habe eine Grippe.«

John wurde blaß. »Lieber Himmel«, sagte er.

»Es wird schon wieder«, flüsterte Frances beruhigend.

John sah sie an mit einem Blick voller Sorge und Zärtlichkeit, und plötzlich lächelte er. »Weißt du, daß du eine Berühmtheit hier im Gefängnis bist?«

»Wieso?«

»Soviel habe ich schon mitbekommen: Du bist das Gesprächsthema im ganzen Haus. Du hast einem Wachmann den Finger abgebissen, zumindest fehlte nicht viel dazu. Jeder, der deinen Namen nennt, hat dabei einen schockierten Unterton in der Stimme.«

»Sie haben mich gequält. Deshalb...«

John ließ die Weisung der Aufseherin außer acht, trat wieder dichter an das Gitter heran, streckte die Hand aus und berührte sacht Frances' Gesicht.

»Dieser Wachmann hat dich gequält?« fragte er leise.

»Er auch, ja.«

»Schade, daß du nicht seine ganze Hand erwischt hast«, sagte John heftig. Sie war gerührt von der Wut in seinen Augen, aber bestürzt mußte sie ansehen, wie seine Wut Ratlosigkeit und Hilflosigkeit wich.

»Warum nur?« fragte er. »Warum?«

Sie wußte, er meinte die Teilnahme an der Demonstration und ihren Leichtsinn, die sie in diese Lage und in diesen erbärmlichen Zustand gebracht hatten.

»Das Komische ist«, sagte sie mit ihrer flüsternden, kaum verständlichen Stimme, »daß ich an der ganzen Sache eigentlich gar nicht beteiligt war. Ich war krank. Ich wollte daheim bleiben.«

»Aber du...«

»Ich erfuhr, daß eine Freundin von mir verletzt und außerdem festgenommen wurde. Ich wollte zu ihr. Ich wollte sehen, ob ich etwas für sie tun kann. Deshalb bin ich hier gelandet.« Sie zuckte mit den Schultern. »Es war wirklich Pech!«

John paßte sich unwillkürlich ihrem Flüsterton an. »Du hast einen Polizisten schwer verletzt. Du hast ihn mit einem Stein an der Schläfe getroffen. Du hast riesiges Glück, daß er nicht tot ist!«

»Ich war das nicht! Irgend jemand hinter mir hat mit Steinen geworfen.« Sie merkte, daß sie nicht mehr lange würde sprechen können. Ihr Hals schmerzte zu sehr. Müde fügte sie hinzu: »Ich schwöre, ich hab's wirklich nicht getan!«

»Es wird schwierig sein, das zu beweisen. Du hast eine Anklage wegen schwerer Körperverletzung am Hals, und dazu noch an einem Polizisten. Mein Gott, Frances«, er fuhr sich mit allen Fingern durch die Haare, aufgebracht und resigniert zugleich, »ich kann es einfach nicht verstehen. Warum machst du überhaupt mit diesen Frauen gemeinsame Sache? Ich habe es dir doch gesagt, damals auf Daleview, daß es gefährlich werden würde und daß du dich besser heraushältst!«

Damals auf Daleview... Wie lange lag dieser sommerheiße Maitag zurück? Ein halbes Leben, so schien es Frances, trennte sie von dem Mädchen, das sie damals gewesen war.

»Man kann sich nicht immer heraushalten«, murmelte sie und dachte gleichzeitig, daß diese Erkenntnis rasch zu einer ganzen Reihe schwerwiegender Probleme im Leben führen konnte.

»Frances, ich bin ja kein Gegner des Frauenwahlrechts«, sagte John, »aber es geht nicht auf diesem Weg. Es funktioniert einfach nicht. Eingeschlagene Fensterscheiben und fliegende Steine sind keine Argumente!«

»Sie zwingen aber, zuzuhören«, flüsterte Frances, und dann lächelte sie entschuldigend. »Ich kann nicht mehr viel reden, John. Mein Hals tut entsetzlich weh.«

Beschwörend sagte er: »Frances, ich kann dich vielleicht hier rausholen. Ich weiß noch nicht, was wir wegen des Verdachts auf Körperverletzung machen sollen, aber vielleicht kann ich über Beziehungen wenigstens dafür sorgen, daß du in ein Krankenhaus kommst. Du siehst wirklich schlecht aus, und ich denke, daß du...«

»Das geht nicht.«

»Warum nicht?«

»Weil...« Wie sollte sie ihm das klarmachen? »Ich kann das nicht tun. Die anderen müssen ja auch hier drin bleiben.«

»Aber die haben auch demonstriert. Du nicht. Du sagtest doch selbst, du bist im Grunde ganz zufällig in den ganzen Schlamassel hineingeraten!«

Ihre Augenlider brannten. Es war, als steige das Fieber mit jeder Minute. »Es war Zufall, daß ich nicht demonstriert habe. Ich wäre ja dabeigewesen, hätte mich nicht diese Erkältung erwischt. Ich stehe zu den Zielen der anderen Frauen. Ich kann jetzt nicht irgendwelche Privilegien in Anspruch nehmen und verschwinden. Den anderen geht es auch schlecht, und sie müssen bleiben.«

Johns Gesicht, in dem bislang die verschiedenartigsten Empfindungen miteinander gestritten hatten, zeigte nur noch Ärger.

»Willst du damit sagen, daß du nach all dem hier...«, er machte eine Handbewegung, die den kalten, kahlen Raum umfaßte und das ganze Gefängnis meinte, »immer noch weitermachen willst mit dieser Geschichte? Daß du dich nach wie vor mit dieser Bewegung solidarisierst?«

»Ja.«

Er starrte sie an. Die Aufseherin verrenkte sich fast die Ohren, um mitzubekommen, was gesprochen wurde.

»Du bist verrückt«, sagte John. »Du hast offenbar keine Ahnung, daß du bis zum Hals in der Patsche sitzt. Du mußt dich von all dem distanzieren. Nur dann hast du eine Chance, glaubhaft zu machen, daß du den Stein nicht geworfen hast. Frances, bitte, sei jetzt nicht dumm!«

»Ich kann das nicht tun. Ich habe den Stein nicht geworfen, und das werde ich sagen. Aber zu allem anderen stehe ich.«

In seinen Augen funkelte ein Zorn, wie sie ihn an ihm noch nicht gesehen hatte.

»Du verspielst alles, Frances. Dazu hast du wirklich ein Talent. Du verspielst, was zwischen uns sein könnte, und das ist schon schlimm genug, aber du verspielst auch noch deine Zukunft. Das ist idiotisch. Wofür denn? Das Frauenwahlrecht hängt doch nicht von dir ab. Es wird dazu nicht einen Tag früher eine Gesetzesänderung geben, nur weil du hier sitzt und leidest. Dein Kampf wird ohnehin bald beendet sein, weil sie dich für eine ganze Reihe von Jahren einsperren werden. Du spielst ganz umsonst die Märtyrerin!«

»Ich gehöre zu ihnen. Ich kann nicht, wenn es zum erstenmal kritisch für mich wird, den Schwanz einziehen und weglaufen. Das würdest du auch nicht tun.«

»Ich würde mich von vornherein nicht auf solch einen Unsinn einlassen!« entgegnete John heftig. »Frances«, er warf einen Blick zu der Aufseherin hin und senkte die Stimme, »ich will dich immer noch heiraten. Du hast das Leben jenseits von Leigh's Dale doch nun weiß Gott ausprobiert. Ich möchte, daß...«

»Ach, das ist es!« krächzte Frances. Sie legte ein Lächeln auf ihr abgekämpftes Gesicht, das Verachtung und schmerzenden Spott zeigte. »Natürlich! Der aufstrebende Politiker John Leigh! Du willst ins Unterhaus, und auch noch für die Tories. Und für deine Karriere brauchst du natürlich die passende Frau an deiner Seite. Nicht eine, die im Gefängnis war und bei diesen liederlichen Suffragetten mitgezogen ist. Du willst mich heiraten, aber vorher soll ich mich natürlich rasch zu deinen Anschauungen bekehren lassen. Was bist du für ein Narr, John! Kennst du mich nicht genug, um zu wissen, daß ich das nun gerade nicht tue?«

»Jetzt laß dir bitte...«

Aber sie wandte sich ab. »Ich möchte zurück in meine Zelle«, sagte sie mit letzter Kraft in der Stimme zu der Aufseherin.

»Frances!« rief John. »Du machst einen Fehler!«

Sie sah noch einmal zu ihm hin. Sein Bild, wie er dort jenseits der trennenden Gitterstäbe stand, brannte sich tiefer in ihr Gedächtnis als alle anderen Bilder, die sie in sich trug. Er paßte so wenig in diese Umgebung. Aber er war gekommen, weil er immer gekommen war, wenn sie in Schwierigkeiten steckte. Er liebte und haßte sie in diesem Moment.

Sie wußte plötzlich, daß er sie nie wieder fragen würde, ob sie ihn heiraten wolle; eher würde er sich die Zunge abbeißen. Was immer sie jetzt noch von ihm wollte, sie müßte auf Knien darum betteln. Ihr schossen die Tränen in die Augen, und rasch drehte sie sich um, damit er es nicht merkte. Sie wies ihn ein zweites Mal zurück, und nun verlor sie ihn endgültig. Dabei war es ihr, als reiche der Verlust weit über diesen Mann hinaus; er umfaßte alles, was bislang ihr Leben ausgemacht hatte. Sie hatte eine Entscheidung getroffen, die sie von allen entfernte, die sie liebte.

Sie verließ den Raum und schaute nicht mehr zu John zurück.

Irgendwann wurde sie gar nicht mehr gefragt; sie verlegten sie einfach in ein Krankenhaus. Sie hatte eine schwere Lungenentzündung und so hohes Fieber, daß sie kaum mitbekam, was geschah. Erst viel später begriff sie, wie nahe sie in jenen Wochen dem Tod gewesen war.

Im Krankenhaus besuchte sie Margaret, eine Margaret, die massenhaft Gewicht verloren hatte und beim kleinsten Anlaß in Tränen ausbrach. Phillip saß an Frances' Bett, sooft es ihm erlaubt wurde.

George erschien; er trug die Uniform der Militärschule von Sandhurst, und Frances, durch fiebrige Tagträume irrend, erkannte ihn nicht. Er erzählte, daß Alice aus der Haft entlassen worden sei, aber man habe sie ebenfalls zwangsernährt, und es gehe ihr psychisch sehr schlecht. Später erst drang diese Information in Frances' Bewußtsein vor. Sie wußte auch nicht, daß sie immer wieder nach ihrer Mutter rief, daß Maureen jedoch nicht kam. Manchmal sah sie das gütige, schmale Gesicht eines grauhaarigen Mannes über sich, und dann dachte sie für ein paar Sekunden voller Freude, es sei ihr Vater. Aber trotz des ständigen Nebels, der sie umgab, erkannte sie dann doch immer wieder, daß es sich nicht um Charles handelte, sondern um den Arzt, der sie betreute.

Nun, er wird kommen, bald, dachte sie mit der unverbrüchlichen Hoffnung eines Kindes, das noch nicht weiß, wie wenig geneigt das Leben oft ist, brennende Wünsche zu erfüllen.

Ihr Vater kam tatsächlich, aber es war nicht so, wie Frances es sich ersehnt hatte. Er erschien kurz nach Weihnachten, an dem Tag, an dem Frances zum erstenmal ihr Bett verlassen durfte und am Arm einer Schwester auf puddingweichen Beinen einige erste Gehversuche unternahm. Zehn Tage zuvor war ihr Zustand so kritisch gewesen, daß der Arzt ihr gesagt hatte, er habe nicht mehr geglaubt, sie werde es überleben. Sie war abgemagert bis auf die Knochen, ihre Augen lagen in dunkel umrandeten Höhlen, ihr Gesicht war gespenstisch bleich. Sie fühlte sich viel zu schwach, um aufzustehen, aber die Schwester sagte, es sei gefährlich, wenn sie noch länger liegenbliebe. So schleppte sie sich den langen Krankenhausflur hinauf und wieder hinunter, und so elend ihr zumute war, sie spürte doch, wie sich erste Kräfte zaghaft ihren Weg zu bahnen suchten. Ihr Überlebenswille, den die Krankheit zuletzt fast gebrochen zu haben schien, erwachte wieder. Sie biß die Zähne zusammen. Sie würde laufen. Sie würde essen. Sie würde gesund werden. Dann konnte sie sehen, wie es weiterging.

Sie glaubte, ihren Augen nicht trauen zu können, als sie Charles den Gang entlang auf sich zukommen sah. Sie ließ den stützenden Arm der Krankenschwester los und ging ihm mit unsicheren Schritten entgegen.

»Vater!«

Er konnte sie gerade noch auffangen, ehe ihr die Knie nachgaben. Sie lag in seinen Armen, roch den tröstlich vertrauten Geruch – ein wenig Rasierwasser, ein wenig Zigarre, ein wenig Whisky – und hatte das Gefühl, nach sehr langer Zeit wieder daheim angekommen zu sein.

»Ist Mutter auch da?« fragte sie schließlich und hob den Kopf. Nun erst sah sie ihm bewußt ins Gesicht, und sie erschrak vor dem fremden, distanzierten, beinahe feindseligen Ausdruck in seinen Augen. Unwillkürlich trat sie einen Schritt zurück, aber sie hatte ihre Schwäche unterschätzt. Sie schwankte sofort wieder. Er griff nach ihrem Arm und hielt sie fest.

»Ich habe mit dem Arzt gesprochen«, sagte er, »er erlaubt, daß du das Krankenhaus verläßt. Er meint, daß du in einer vertrauten Umgebung am schnellsten wieder zu Kräften kommen wirst.«

»Du meinst, daheim auf der Westhill Farm?«

Charles schüttelte den Kopf. »Das wäre im Moment eine viel zu lange Reise. Margaret ist bereit, dich erneut bei sich aufzunehmen – trotz allem, was du ihr angetan hast.« Seine Stimme klang scharf bei diesem letzten Satz, und auf einmal bemerkte Frances, daß seine kühle Reserviertheit aufgesetzt war. In Wahrheit erfüllte ihn eine heftige Wut, und er mußte sich bemühen, zumindest höflich zu bleiben.

Die Schwester, die sich diskret im Hintergrund gehalten hatte, trat heran. Sie lächelte glücklich. »Ich wußte, daß Ihr Vater heute kommt und Sie abholt«, sagte sie, »aber ich dachte, wir überraschen Sie damit. Das ist uns geglückt, denke ich.«

Sie strahlte unbefangen. Frances riß sich zusammen. »Tatsächlich«, sagte sie, bemüht um ein Lächeln, »ich habe nicht damit gerechnet.«

»Kommen Sie, ich werde Ihnen helfen, sich anzuziehen und Ihre Sachen zusammenzupacken«, sagte die Schwester und nahm ihren Arm. Charles schien erleichtert, seine Tochter loslassen zu können.

»Ich werde hier warten.« *Er* bemühte sich nicht um ein Lächeln. »Laß dir Zeit«, fügte er noch hinzu.

Frances quälte sich in ihr Zimmer zurück und zog sich mit Hilfe der Schwester an. Margaret hatte ihr ein paar Tage zuvor einige Kleidungsstücke für die Zeit der Genesung gebracht. Der lange Wollrock schlabberte wie ein Kartoffelsack an Frances, und der

Pullover darüber hing wie die Verkleidung einer Vogelscheuche über ihren knochigen Schultern.

»Passen Sie auf, das Schlimmste ist überstanden«, meinte die Schwester. »Jetzt müssen Sie nur noch tüchtig essen daheim, nicht wahr? Sie werden bald wieder bei Kräften sein.«

Frances musterte sich im Spiegel und dachte, wie schrecklich es war, daß sie ihrem zornigen Vater auch noch klapperdürr und bleich wie ein Gespenst entgegentreten mußte. Wenn er die Ansicht hegte, sie habe ihr Leben ruiniert, so konnte ihr derzeitiges Aussehen ihn in dieser Meinung nur bestärken. Könnte sie doch nur ein wenig Farbe in ihr Gesicht bringen! So, wie sie jetzt aussah, fühlte sie sich hoffnungslos unterlegen – ein Mensch, der nur noch als Häufchen Elend daherkam. Aber sie hatte kein Rouge hier und keinen Puder, sie konnte nichts beschönigen. Sie kniff sich in beide Wangen, um ihnen einen Hauch von Frische zu verleihen, aber das änderte nicht viel am Gesamteindruck, und der war niederschmetternd.

»Ich glaube, wir können dann gehen«, sagte sie zu der Schwester.

Sie mußte sich noch von den anderen Schwestern und den Ärzten verabschieden, und an der Art, wie alle sie ansahen, erkannte sie, daß sie das Sorgenkind des Krankenhauses gewesen sein mußte. Nach und nach begriff sie nun erst, wie ernst ihr Zustand gewesen war.

Die Schwester trug ihr die Tasche nach unten vor das Portal, wo eine Droschke wartete, die Charles bestellt hatte. Es war der 19. Dezember, es regnete, und die Luft war sehr kalt. Dunkelheit senkte sich über die Stadt. Frances fröstelte und schlang die Arme um ihren ausgemergelten Körper.

»Was für ein trüber, dunkler Tag«, sagte sie, und sie und ihr Vater wußten, daß damit nicht nur das Wetter gemeint war.

Als sie im Wagen saßen und das Krankenhaus hinter sich gelassen hatten, drückte sich Frances, der vor Kälte fast die Zähne aufeinanderschlugen, tiefer in die Polster des Sitzes. Sie warf ihrem Vater einen Blick von der Seite her zu. Charles sah starr geradeaus. Seine Lippen waren fest aufeinander gepreßt.

»Vater…«, sagte Frances leise.

Er wandte sich ihr zu. Sein Gesicht zeigte unverhüllten Zorn. »Ja?«

»Vater, muß ich ... muß ich später wieder ins Gefängnis zurück? Du weißt, wegen ...«

»Wegen der Sache mit dem Polizisten. Ja, ich bin informiert. Nein«, er sah wieder von ihr fort, »du kannst beruhigt sein. Die Anklage wurde fallengelassen.«

Sie brauchte ein paar Sekunden, um das zu begreifen. »Oh«, sagte sie dann überrascht. Charles schwieg. Fast trotzig fügte sie hinzu: »Ich war es auch nicht, Vater. Ich würde es dir gegenüber zugeben. Aber ich war es wirklich nicht.«

»Du hättest keine Chance gehabt«, sagte Charles, »das ist dir hoffentlich klar. Du gehörst zu diesen ... diesen Suffragetten. Du warst mitten im Tumult. Der Stein flog genau aus deiner Richtung. Der Polizist war sehr schwer verletzt. Alles sprach gegen dich.«

Ihr war klar, daß er recht hatte. Ihre Lage war verzweifelt gewesen. War?

»Vater, wieso haben sie dann nicht Anklage erhoben?«

Er sah sie immer noch nicht an.

»Das ist doch gleich«, erwiderte er.

»Nein, das ist es nicht. Ich will es wissen.«

Er schwieg einen weiteren Augenblick lang, dann wandte er sich ihr zu, mit einer ruckartigen, heftigen Bewegung. »Dein Großvater war es«, sagte er, »ihm hast du es zu verdanken. Reicht dir das nun?«

Wegen des lang zurückliegenden Familienzwistes hatte Frances ihren Großvater nie zu Gesicht bekommen. Für sie war er eine nebulöse Gestalt, in ihrer Phantasie ein steinalter Patriarch mit weißem Haar und grimmigem Gesicht, der mit verbiesterter Miene in einem Lehnstuhl auf seinem Landsitz saß, mit sich und der Welt im Unfrieden. Sie fragte sich, weshalb er sich einsetzen sollte für eine Enkelin, die er nicht kannte und die überdies die Tochter einer irischen Katholikin war.

»Wieso wußte er überhaupt davon?« fragte sie verwirrt.

»Ich habe es ihm gesagt«, antwortete Charles kurz.

»Du hast es ihm gesagt? Aber ich dachte, du hast seit zwanzig Jahren nicht mehr ...«

»Richtig. Seit zwanzig Jahren habe ich kein Wort mehr mit ihm gesprochen. Und ich war stolz darauf. Stolz, ihn nicht zu brauchen. Stolz, leichten Herzens auf all das zu verzichten, wovon er geglaubt hatte, es werde mich tief treffen, wenn er es mir wegnahm. Ich wollte ihn bei Gott niemals wiedersehen. Ich hatte keinen Vater mehr.«

Sie fuhr sich mit der Hand über die Stirn. Ihre Haut fühlte sich feucht und kalt an.

»Du bist zu ihm gegangen«, flüsterte sie.

»Gegangen? Ich hatte das Gefühl, auf allen vieren zu kriechen. Ich mußte an seine Tür klopfen und ihn um Hilfe bitten. Er konnte triumphieren. Und er hat mich seinen Triumph spüren lassen. Er hat es genossen.«

Was sollte sie noch sagen? Es gab nichts, was jetzt nicht dumm und hohl geklungen hätte.

»Er war der einzige, der helfen konnte«, fuhr Charles fort, »der Earl Langfield mit Sitz im Oberhaus. Er hat Einfluß und Macht. Deine Mutter und Großmutter plädierten nachdrücklich dafür, daß ich zu ihm gehen sollte. Für ihn war es ein leichtes, klarzustellen, daß seine Enkelin unmöglich jenen fatalen Stein geworfen haben konnte und daß sie lediglich in jugendlicher Verwirrung in eine Sache hineingeraten ist, hinter der sie im Grunde überhaupt nicht steht. Er hat seine Sache gut gemacht. Du warst ziemlich schnell reingewaschen von jedem Verdacht.«

In jugendlicher Verwirrung...

Eine Sache, hinter der sie nicht steht...

*So* habe ich es nicht gewollt, dachte Frances, aber sie war zu krank, zu zerschlagen, um einen – im nachhinein ohnedies sinnlosen – Streit zu beginnen.

»Ich weiß nicht, was ich falsch gemacht habe«, sagte Charles, »daß mir zwei meiner Kinder so etwas antun! Erst George, der sich mit dieser unmöglichen Person einläßt und es sogar noch wagt, sie mit in mein Haus zu bringen. Und nun du! Du schließt dich dieser Bewegung an, lieferst dir nachts Straßenschlachten mit der Polizei, gerätst in den Verdacht, einen Polizisten verletzt zu haben, und...«

»Ich habe ihn nicht...«

»Ich sagte *Verdacht*, oder? Tu nicht so unschuldig. Auch wenn du den Stein tatsächlich nicht selbst geworfen hast – in den Verdacht geraten bist du, weil du dich mit dem entsprechenden Gesindel abgibst. Und wer auch immer die Täterin war, du bist nicht besser als sie!«

Es hat keinen Sinn, dachte sie, es hat keinen Sinn, mit ihm zu reden. Er hat sein Urteil gefällt. Er wird es nicht mehr ändern.

»Daß du mir das antust«, klagte Charles noch einmal. Frances hätte ihm gern erklärt, daß der Kampf um das Frauenwahlrecht keinen Angriff auf seine Person darstellte. Es schien ihr, als ob er und viele Männer es aber genau als solchen empfanden.

»Daß du das deinem Land antust!« fuhr Charles fort. »Du und deine... Mitstreiterinnen! Ausgerechnet jetzt! England durchlebt eine schwere Zeit. Sozialer Aufruhr an allen Ecken! Streiks ohne Ende. Sozialistische Umtriebe. Dazu die Sorge um Gefahren, die von außen drohen. Die alarmierende Rüstungspolitik der Deutschen. Alles ist im Umbruch! Jeder von uns hätte die Pflicht...« Er verstummte.

»Ach, was rede ich«, sagte er dann, »was versuche ich es ausgerechnet dir zu erklären!«

Wie müde er aussieht, dachte Frances, und wie alt!

Voller Schmerz erkannte sie, wie tief der Riß zwischen ihnen ging, wie weit die Wunde auseinanderklaffte. Ihr fiel der Tag ein, an dem John sie im Gefängnis besucht hatte. Sie erinnerte sich, wie sie gedacht hatte: Ich entferne mich von allem, was ich liebe.

Über den Sitz hinweg streckte sie die Hand aus, berührte ihren Vater sacht am Arm, dankbar, daß er ihn nicht sofort wegzog.

»Vater...«, sagte sie bittend.

Er sah sie an. Er wirkte ernst, keineswegs so, als gebe ihm augenblickliche Erregtheit die Worte ein. »Ich werde dir das nie verzeihen, Frances«, sagte er ruhig. »Selbst wenn ich es wollte, ich kann es nicht. Vielleicht könnte ich dir noch verzeihen, daß du an dieser Demonstration teilgenommen hast, obwohl es für mich unbegreiflich ist, wie du das tun konntest. Aber ich werde nie darüber hinwegkommen, daß ich deswegen zu meinem Vater gehen mußte.«

»Ich verstehe«, sagte Frances so ruhig wie er. Sie spürte einen Kloß im Hals, kämpfte aber energisch gegen ihn an. Keine Tränen! Nicht jetzt, nicht hier! Später vielleicht, wenn sie allein war.

Der Wagen hielt vor Margarets Haus am Berkeley Square. Alle Fenster des Hauses waren hell erleuchtet, schimmerten warm und willkommenheißend durch die inzwischen alles verhüllende Dunkelheit. Der Droschkenfahrer stieg aus und betätigte den Klingelzug neben der Tür. Gleich würde Mr. Wilson dienstbeflissen herbeieilen.

»Für eine ganze Weile«, sagte Charles, »wäre es besser, du kämst nicht nach Westhill. Ich habe mit Margaret gesprochen. Du kannst bei ihr wohnen, solange du möchtest.«

»Ich verstehe«, wiederholte Frances. Der Kloß in ihrem Hals wurde dicker. Nicht weinen, nicht weinen, hämmerte es in ihrem Kopf.

Durch die Fensterscheibe sah sie Mr. Wilson im Schein all der Lichter, die aus dem Haus fielen. Der Fahrer drückte ihm gerade Frances' Reisetasche in die Hand. Hinter ihm tauchte Phillip auf.

Phillip. Irgendwie bedeutete er einen Trost in diesem furchtbaren Moment.

»Du steigst nicht mehr mit aus?« fragte Frances, obwohl sie die Antwort schon kannte.

Charles schüttelte den Kopf. »Ich will den Spätzug nach Yorkshire hinauf noch erreichen. Margaret weiß Bescheid.«

Er streckte seiner Tochter förmlich die Hand hin, und sie ergriff sie. Ihrer beider Hände waren eiskalt.

»Auf Wiedersehen«, sagte er. Mr. Wilson öffnete die Wagentür. Phillip trat heran, bereit, Frances beim Aussteigen zu helfen. Feuchtkalte Luft strömte ins Innere.

»Grüße Mutter von mir«, bat Frances, »und Großmutter. Und Victoria. Ach ja, und Adeline.« Es war gefährlich, all diese Namen auszusprechen. Die Tränen saßen sofort noch lockerer.

Sie hielt sich an Phillips Arm fest. Verdammte Schwäche in den Beinen! Könnte sie doch jetzt wenigstens aufrecht von ihrem Vater fort ins Haus gehen! So mußte sie, gestützt von Phillip, davonschleichen. Die Wut darüber drängte die Tränen energisch zurück, und sie fand die Kraft, hinzuzufügen: »Grüße auch John von mir, bitte!«

»Ach so«, sagte Charles, »das weißt du ja noch nicht. John hat die Stimmenmehrheit in unserem Wahlkreis gewonnen. Er hat es nun endlich ins Unterhaus geschafft. Man sagt, er habe eine glänzende Karriere vor sich.«

Irgendwo, so meinte Frances, hatte sie gelesen, jeder Mensch müsse einmal in seinem Leben durch eine wirklich schwere Krise gehen. Damit seien nicht einfach schwierige Zeiten, Mißerfolge, Fehlschläge gemeint. Sondern die tiefgreifende Erschütterung, die alles in Frage stellt, was das Leben bis dahin ausgemacht hat. Die Auflösung der Beständigkeit.

Frances durchlitt diese Krise mit siebzehn Jahren. 1910 war grau und trostlos zu Ende gegangen, 1911 brachte keine Verbesserung. Gesundheitlich schien sie nicht wieder auf die Beine kommen zu wollen, sie blieb blaß und mager und fühlte sich oft so schwach, daß sie darüber in Tränen ausbrach. Eine tiefe Depression hatte von ihr Besitz ergriffen; oft versank sie in stundenlanges Grübeln, nachts fand sie keinen Schlaf. Sie sah so schlecht aus, daß Margaret alle paar Tage den Arzt kommen ließ, der Frances immer wieder von Kopf bis Fuß untersuchte, Blutarmut und Unterernährung diagnostizierte und Lebertran verschrieb.

»Es ist Ihre Seele, nicht wahr?« fragte er, legte einen Finger unter Frances' Kinn, hob ihren Kopf und zwang sie so, ihn anzusehen. »Sie quälen sich, Sie finden keine Kraft. Das ist durchaus nicht ungewöhnlich nach einer schweren Krankheit. Sie wären um ein Haar gestorben. Im Kampf gegen den Tod haben Sie sich völlig verausgabt. Sie haben keinerlei Reserven mehr. Es wird seine Zeit dauern, mein Kind.«

Er ließ sie los und lächelte. »Alles dauert seine Zeit. Und weil das so ist, glaubt man manchmal, ein Zustand währe ewig. Das stimmt jedoch nicht. Alles verändert sich, und während wir noch die Stagnation sehen und fast verzweifeln an ihr, bahnt sich die Veränderung bereits an. Glauben Sie mir, während Sie hier sitzen und nichts fühlen als Schwäche und Verzweiflung, bauen sich schon neue Kräfte in Ihnen auf, und eines Tages werden Sie sie voller Erstaunen bemerken.«

George besuchte sie; er war entrüstet, daß Charles auch mit ihr gebrochen hatte.

»Guter Gott, was für ein Vater!« rief er wütend. »Er ist wirklich um nichts besser als sein eigener Vater. Wenn wir etwas tun, was ihm nicht paßt, wirft er alle Türen zu. Zerbrich dir bloß nicht den Kopf seinetwegen. Mach es wie ich. Führe dein eigenes Leben.«

Auch Alice kam hin und wieder vorbei, eine Alice, an der das Gefängnis diesmal auch nicht spurlos vorübergegangen war. Sie rauchte mehr als früher und wirkte nervös und unruhig. Frances versuchte sich bei ihr zu entschuldigen; noch immer hatte sie den Eindruck, die anderen verraten zu haben, als sie sich von ihrem Großvater aus dem Gefängnis hatte holen lassen.

Aber Alice sagte, sie brauche sich nicht zu schämen. »Du hast es sehr tapfer durchgestanden, Frances. Aber nun mußt du gesund werden. Es kränkt dich hoffentlich nicht, wenn ich dir sage, daß du wirklich furchtbar aussiehst? Du fällst ja um, wenn dich nur ein Windhauch streift!«

Weder George noch Alice, noch Margaret konnten sie aufmuntern oder auch nur erreichen mit ihren Worten. Sie hatte eher das Gefühl, sich nach jedem Gespräch noch ausgelaugter zu fühlen – und schuldbewußt dazu, weil sie nicht dankbar sein konnte für die Mühe und Fürsorge der anderen. Der einzige Mensch, mit dem sie sich besser fühlte in dieser Zeit, war Phillip.

»Erzähle mir etwas«, bat sie ihn manchmal, »oder lies mir etwas vor. Du hast eine sehr schöne Stimme.«

Phillip war schließlich von morgens bis abends um sie, und es wurde deutlich, daß seine Depressionen im selben Maß nachließen, wie die von Frances zunahmen. Später machte sie sich klar, was in ihm vorgegangen sein mußte: Er war noch nie in einer solchen Situation gewesen. Ein Mensch brauchte ihn, verlangte nach seiner Nähe. Dazu handelte es sich um die Frau, in die er sich verliebt hatte. Er hatte es schon oft erlebt, daß Frauen sein attraktives Äußeres auffiel, aber sowie sie ihn näher kennenlernten, kam es unweigerlich zu dem Moment, da sie begriffen, daß sie es mit einem kranken Mann zu tun hatten, und stets waren sie dann auf Distanz gegangen.

Frances schien ihn zu mögen, wie er war. Er machte sich nicht klar, daß sie sich in einer Ausnahmesituation befand, in der sie gierig nach jedem gegriffen hätte, der ihr Zuwendung und Anteilnahme schenkte. Phillip, mit seiner tief verwundeten Seele und den bösen Erinnerungen an eine zerstörte Kindheit und Jugend, verstand sich besser darauf, Trost zu spenden als jeder andere. Das machte seine

Bedeutung für Frances aus. Seine Euphorie darüber, plötzlich stark zu sein, gründete auf einem Irrtum. Er war nicht stärker geworden, er hatte nur einen Menschen gefunden, der schwächer war als er, und damit hatte sich das Kräfteverhältnis verschoben. Er dachte nicht darüber nach, daß es eine Frage der Zeit war, bis sich Frances wieder erholen würde.

Wie er ihr später in einem Brief schrieb, schmiedete er zu dieser Zeit bereits Pläne für eine gemeinsame Zukunft; er sah sie als seine Frau und Mutter seiner Kinder. Ängste und Sorgen würden sie miteinander teilen und dadurch kleiner werden lassen. Er würde immer für sie da sein, und sie für ihn. Irgendwo weit hinter ihnen lag ein breiter Streifen Dunkelheit, in ihm begraben waren die Schrekken der Vergangenheit. Vor ihnen wartete das Licht.

Zu ihrem achtzehnten Geburtstag am vierten März schenkte er ihr ein goldenes Medaillon mit seinem Bild darin, und auf die beiliegende Karte schrieb er, der er Marlowe liebte, ein Zitat aus *The World's Desire*: »...and in the next moment, he held the world's desire in his arms, and the bitterness of the long years fell away from them and was forgotten.«

Zum ersten Mal beschlich Frances das Gefühl, daß etwas auf sie zukam, was sie besser beenden sollte, ehe es zu spät war. Aber ausgerechnet an diesem Tag schien es, als habe sie noch weniger Kraft als sonst. Sie feierte ihren achtzehnten Geburtstag und fühlte sich abgekämpft wie eine alte Frau. Von Großmutter Kate war ein Brief eingetroffen, nicht aber von Charles und Maureen.

Der vierte März fiel auf einen Samstag. Margaret lud Alice und George zu einer Teeparty ein, und George, der Wochenendurlaub hatte, konnte es tatsächlich möglich machen, zu kommen. Die Köchin hatte Torte, Kuchen und Kekse gebacken, genug, um eine Armee satt werden zu lassen. Es gab Tee und Kaffee und heiße Schokolade mit Schlagsahne.

Es blieb beinahe alles übrig. Frances hatte sowieso keinen Appetit, und Phillip war nie ein guter Esser gewesen. Alice und George hatten ganz offensichtlich miteinander gestritten, sie wechselten kaum ein Wort und nippten nur an ihren Tassen, pickten von ihren Tellern. Frances vermutete, daß es um das ewige Thema »Heiraten« gegangen war. Sie verstand nicht, warum Alice sich so beharrlich weigerte, und es tat ihr leid für ihren Bruder, der sichtlich litt.

So machte sich nur Margaret mit einem gesunden Hunger über all die Herrlichkeiten her, aber irgendwann fiel ihr auf, daß außer ihr niemand das Essen wirklich zu genießen schien. Sie legte ihren Löffel beiseite. »Euch schmeckt es wohl gar nicht?« meinte sie betrübt.

»Doch, Tante Margaret, natürlich«, versicherte George höflich. Ihm war anzusehen, daß er sich den Kopf zerbrach, um eine Erklärung für seine Zurückhaltung zu finden, und ziemlich lahm meinte er schließlich: »Ich muß ja noch eine Weile in meine Uniform passen, nicht wahr?«

»Wir haben alle gerade eine schlechte Zeit«, sagte Alice ehrlich, »nehmen Sie es nicht persönlich, Margaret. Ich weiß, Sie haben sich viel Mühe gemacht.«

»Wenn ich euch nur etwas aufheitern könnte!« seufzte Margaret. »Frances, mein Liebes, du willst doch nicht für immer so dünn bleiben wie jetzt, oder? Wie wäre es mit einem schönen, großen Stück Schokoladenkuchen?«

»Danke. Ich kann wirklich nichts mehr essen«, antwortete Frances gepreßt. Sie sah zum Fenster hinaus. Es regnete, und ein kalter Wind fegte durch die Straßen Londons.

Ich wünschte, es wäre endlich wieder Sommer, dachte sie, ohne sicher zu sein, daß die Dinge dann besser würden. Aber vielleicht würde sie aufhören zu frieren. Sie fror immer, selbst wenn sie, wie jetzt, in unmittelbarer Nähe eines großen Kaminfeuers saß. Das Frösteln hatte sich wie ein Virus in ihrem Körper eingenistet und ließ sich nicht vertreiben.

Es verwunderte niemanden, daß George zu ziemlich früher Stunde sagte, er müsse nun gehen. Alice stellte sofort ihre Kaffeetasse ab, um sich ihm anzuschließen; für alle Anwesenden war ersichtlich, daß die beiden die ganze Zeit über darauf gebrannt hatten, ihren Streit fortzusetzen, und daß sie genau dies nun tun würden.

Alice umarmte Frances und sagte zerstreut: »Bis bald, Kleines. Sieh zu, daß du endlich zu Kräften kommst!«

Es war der Satz, den alle Menschen seit Monaten zu Frances sagten, und irgendwie klang er mechanisch. Einen Moment lang überlegte Frances, ob die Leute ihr »Komm wieder zu Kräften!« noch sagen würden, wenn sie längst als fette Matrone mit rosigen

Wangen im Schaukelstuhl saß und es sich gutgehen ließ. Aber der Gedanke konnte ihr kein Lächeln entlocken.

»Wir sehen uns bald wieder«, versprach George. »Paß auf dich auf!«

Es gelang ihr, etwas Passendes zu erwidern und sich für den Besuch zu bedanken. Sie sagte zu Margaret, dies sei ein wirklich schöner Tag gewesen, sie wolle nun nach oben gehen und sich etwas hinlegen, sie habe Kopfschmerzen. Geradezu süchtig verlangte es sie nach ihrem Zimmer, nach Ruhe und Dunkelheit.

Allein sein, dachte sie, nur allein sein. Weit weg von all den besorgten Blicken und bohrenden Fragen.

Sie ging in ihr Zimmer hinauf, schloß nachdrücklich die Tür hinter sich. Ihr Blick fiel durch das Fenster hinaus auf den Himmel; es dämmerte, aber der Himmel war noch von eisblauer Farbe, es hatte aufgehört zu regnen, und der Wind riß die Wolken auseinander. Im Westen flammte ein letztes rotes Licht auf.

Frances starrte in die dahineilenden Wolken, dann schritt sie energisch zum Fenster und zog die Vorhänge zu. Der stürmische Abend, der gläserne Himmel erinnerten sie zu sehr an Wensleydale, und das war mehr, als sie im Moment ertrug. Manchmal dachte sie, daß es auch das Heimweh war, was so an ihr zehrte.

Wie sie war, sogar ohne die Schuhe auszuziehen, legte sie sich auf ihr Bett. Sie war so erschöpft, daß sie bereits nach wenigen Minuten einschlief. Als sie erwachte, war es völlig finster im Zimmer, den schmalen Lichtstreifen, der noch zwischen den Vorhängen hindurchgesickert war, gab es nicht mehr. Etwas benommen setzte sie sich auf; sie hatte den Eindruck, daß irgend etwas sie geweckt hatte, aber sie wußte nicht, was es gewesen war. Erst als ein zaghaftes Pochen an der Tür erklang, wurde ihr klar, daß es dieses Geräusch gewesen sein mußte, das bis in ihre Träume vorgedrungen war.

»Herein«, sagte sie.

Die Tür ging auf, und Phillip kam herein.

Sie sah ihn zunächst nur als schwarzen Schatten, der sich scharf gegen den erleuchteten Flur draußen abhob. Er war stehengeblieben, zögerte noch, hereinzukommen.

»Frances?« fragte er schließlich.

Sie schaltete ihre Nachttischlampe ein, die ein gedämpftes Licht unter dem fliederfarbenen Seidenschirm verbreitete.

»Ach – Phillip! Wie spät ist es denn?«

»Gleich Mitternacht.« Er sprach mit gedämpfter Stimme. »Ich wollte nur... ich wollte nur einmal nach Ihnen sehen. Es schien Ihnen gar nicht gutzugehen den ganzen Tag über.«

Sie strich sich die Haare aus der Stirn. »Wann geht es mir schon gut?« fragte sie resigniert. »Manchmal denke ich, es wird nie aufhören mit dieser elenden Kraftlosigkeit.«

Phillip trat nun ganz ins Zimmer, schloß vorsichtig die Tür. »Ich will nicht, daß Margaret aufwacht«, erklärte er.

Margaret hätte seine Anwesenheit im Zimmer ihrer Nichte zu dieser Stunde nie gebilligt, das wußte Frances, aber die Gebote der Schicklichkeit waren ihr selbst schon seit einiger Zeit gleichgültig.

Sie nickte. »Ja, ihren Schlaf will ich ihr nicht auch noch rauben. Sie hat genug am Hals mit mir.«

»So dürfen Sie das nicht sehen. Sie liebt Sie. Sie empfindet Sie nicht als Last.«

»Na ja«, meinte Frances.

Phillip stand unbeholfen mitten im Zimmer. »Haben Sie... ich meine... die Karte... haben Sie sie gelesen?«

»Natürlich.« Sie versuchte sich zu erinnern, was er ihr geschrieben hatte. Irgend etwas von der »Sehnsucht der Welt« und von zwei Menschen, die einander fanden.

»Marlowe«, sagte Phillip. »Er hat eine wunderbare Sprache, finden Sie nicht? Die Stelle, die ich Ihnen aufgeschrieben habe, liebe ich besonders. Menelaos irrt durch das brennende Troja und trifft schließlich auf Helena. Seine Gefühle sind widersprüchlich und konfus. Zehn Jahre... was weiß er von dem, was in ihr vorgeht? Vielleicht liebt sie einen anderen. Vielleicht liebt sie Paris, der sie raubte.«

Frances kramte ihre geringen Kenntnisse der griechischen Mythologie zusammen. Es war nicht allzuviel übriggeblieben seit der Schulzeit.

»Aber dann«, fuhr Phillip fort, »sieht er nur noch, daß sie seine Helena ist. Was immer gewesen ist, es zählt nur noch der Moment des Wiederfindens. Sie haben beide Schlimmes erlebt, und um sie herum tobt ein Inferno. Aber sie werden darüber triumphieren.«

Frances fragte sich, weshalb er ihr das erzählte. Ihrer Ansicht nach klang das allzu romantisch und weltfremd. Sie überlegte kurz, wie es mit Menelaos und Helena am Schluß ausgegangen war, aber es fiel ihr nicht ein. Wurde das überhaupt noch erwähnt?

Phillip hatte gedankenverloren seinen eigenen Worten nachgehangen. Nun kehrte er in die Wirklichkeit zurück. Er schien wieder Frances zu sehen, das Zimmer, das in dem schwachen Licht voller Schatten und Geheimnisse war und nach dem Lavendel roch, den Frances, in Erinnerung an Kate, in kleinen Duftkissen verpackt in den Schrank gelegt hatte. In seine Augen trat ein eigentümlicher Ausdruck, den Frances nicht zu deuten vermochte.

Er trat plötzlich an das Bett heran, setzte sich auf den Rand, nahm Frances' Hände. »Ich könnte dir helfen«, sagte er, »ich könnte dir helfen, mit allem fertig zu werden. Du hast Schreckliches erlebt. Ich weiß, was du fühlst. Deshalb kann ich...«

»Du weißt es *nicht*«, unterbrach Frances. Sie hätte gern ihre Hände aus seinen gezogen, aber er hielt sie zu fest. »Du kannst es gar nicht wissen. Niemand könnte das.«

Sie stöhnte unwillkürlich leise auf, als sich ihr die Erinnerung wieder aufdrängte: der düstere Kellerraum. Der Stuhl. Die Menschen, die sie festhielten, die mit ihrem ganzen Gewicht auf ihre Arme und Beine drückten, um sie festzuhalten. Der Strick um ihren Leib. Die groben Hände, die in ihren Mund griffen, um ihn zu öffnen. Der furchtbare Schlauch, den sie ihr in den Hals hinunterstießen. Wieder spürte sie die würgende Übelkeit, die panische Angst, zu ersticken.

»O Gott«, flüsterte sie. Tränen traten ihr in die Augen, liefen ihre Wangen hinab. »Es war so schlimm. Es tat so weh.«

Er zog sie an sich. »Das weiß ich.«

»Ich dachte, ich müßte sterben.«

»Ja. Ich verstehe dich.«

»Ich dachte, sie bringen mich um, und niemand hilft mir. Niemand hilft mir!«

Beruhigend strich er ihr über die Haare. Seine Hände waren sanft und tröstend.

»Ich fühlte mich so wehrlos. Ich konnte mich nicht bewegen. Ich wollte kämpfen, ich wollte es nicht einfach hinnehmen. Aber ich konnte nichts tun. Ich konnte überhaupt nichts tun!«

Die Tränen strömten nur so. Zum erstenmal seit jenem Tag weinte sie wirklich. Es waren nicht nur ein paar hilflose Tränen, weil sie sich elend fühlte oder krank. Es war ein Schluchzen aus ihrem tiefsten Innern. Die Starre, die sie umklammert gehalten hatte, löste sich. Es war, als habe sich eine Wunde geöffnet und als flösse das Gift hinaus, das in ihr gewirkt hatte.

»Aber das Schlimmste waren nicht die Schmerzen. Nicht einmal die Todesangst und die Übelkeit. Das Schlimmste war, daß sie es *taten*. Daß sie mich festhielten und mir... Es war wie eine Vergewaltigung. So habe ich mich gefühlt. So fühle ich mich jetzt. Beschmutzt und erniedrigt.«

Sie lag jetzt in seinen Armen. Sie durchweichte sein Hemd mit ihren Tränen, während das Beben ihres Körpers langsam nachließ unter Phillips streichelnden Händen.

»Es ist ja schon gut«, sagte er sanft. »Es ist alles gut.«

»Ich werde es nie vergessen können. Vielleicht kann ich es nie verwinden.«

»Du wirst es verwinden. Ich werde da sein. Ich werde immer für dich da sein.«

Irgendwo tief in ihr schrillte eine Alarmglocke. Was meint er damit? Er ist ein guter Freund. Mehr wird er nie sein, und das sollte ich ihm sagen.

Aber gleich darauf kam sie sich albern vor, denn vielleicht dachte er ja auch nur an Freundschaft, und zudem mochte sie jetzt kein Gespräch darüber führen. In den letzten Monaten war sie sich wie ein krankes, einsames Kind vorgekommen. Sie genoß das Gefühl, von einem Menschen gehalten, gestreichelt, getröstet zu werden.

»Ich gehöre zu dir«, flüsterte er dicht an ihrem Ohr. Sein Atem streifte warm ihr Gesicht. Sie wußte später nicht, wie es geschehen war, daß ihrer beider Lippen sich berührten. Sie schmeckte ihre eigenen, salzigen Tränen.

Wie angenehm es ist, dachte sie.

Seine Hände glitten unter ihren Pullover, und das störte ihre Gedanken. Sie wich zurück.

»Phillip...«

Er atmete schneller. Er preßte seinen Kopf an ihre Brust. »Ich liebe dich, Frances«, murmelte er, »ich muß dich... ich will dich haben, Frances!«

Frances hatte eine recht genaue Vorstellung, worauf er hinaus-wollte. Sie war auf dem Lande aufgewachsen und hatte eine Menge beobachten können. Letzte Wissenslücken hatten die erotischen Geschichten in Margarets Bücherregal gefüllt. Sie hatte den Ein-druck, sie sollte Phillip davon abhalten, weiterzumachen.

»Phillip, bitte laß mich los!« sagte sie.

Etwas in ihrer Stimme brachte ihn zur Besinnung. Er hob ruckar-tig den Kopf, zog seine Hände fort. Seine Wangen röteten sich. »Mein Gott, Frances, verzeih mir bitte. Ich...«

»Schon gut«, sagte Frances. Sie stand auf, ging zur Kommode, kramte ein Taschentuch hervor und trocknete sich das Gesicht, putzte die Nase.

»Ich muß mich entschuldigen«, sagte sie, »mich hinzusetzen und zu heulen...«

Er stand mit hängenden Armen mitten im Zimmer. »Sicher denkst du, ich hätte die Situation ausnützen wollen...«

»Unsinn. Wirklich, es ist alles in Ordnung.«

»Ich möchte nicht, daß du glaubst, ich... ich hätte nur ein flüchtiges Abenteuer gesucht...«

Fast mußte sie lächeln. Der Gedanke, ausgerechnet Phillip könnte ein flüchtiges Abenteuer suchen, schien zu absurd.

»Ich glaube so etwas bestimmt nicht, Phillip. Mach dir bitte keine Gedanken.«

»Ich...« Er schien noch etwas sagen zu wollen, aber offensicht-lich wagte er es nicht.

»Ich gehe dann«, meinte er schließlich. »Gute Nacht, Frances.«

»Gute Nacht, Phillip.« Sie sah ihm nach, wie er das Zimmer verließ und die Tür hinter sich zuzog. Sie atmete tief.

Es wird Zeit, sagte sie sich, es wird wirklich Zeit, daß du wieder auf die Beine kommst.


Eine knappe Woche später vollendeten sie, was sie an jenem Abend begonnen hatten. Frances erinnerte sich später an den Tag auch deshalb so deutlich, weil einige Aufregung im Land herrschte. Die Zeitungen überschlugen sich mit Sondermeldungen. Der englische Außenminister hatte bekanntgegeben, daß es keinerlei Abkommen gebe, das England zur militärischen Unterstützung Frankreichs zwinge. Daraufhin erinnerte die alarmierte französische Regierung an eine Absprache, wonach sich England verpflichtet habe, Frankreich im Falle eines deutschen Angriffs zu Hilfe zu kommen. Die deutsche Regierung fühlte sich dadurch aufgerufen, ihre Friedfertigkeit zu beteuern und zu erklären, Deutschland hege keinerlei Angriffsabsichten gegen irgend jemanden. Aber durch das ganze Hin und Her war die Möglichkeit eines deutschen Angriffskrieges wieder einmal zum Thema geworden, und an allen Straßenecken wurde voller Panik diskutiert, was in einem solchen Fall wohl geschehen und inwieweit sich England darin verstricken würde.

Margaret verbrachte den Nachmittag außer Haus bei ihrem obligatorischen Bridge-Tee, obwohl sie zunächst verkündet hatte, ihr stehe der Sinn nicht nach Geselligkeit in diesen schlechten Zeiten, und nun, da auch noch ein Kriegsausbruch drohe...

»Tante Margaret, der Krieg wird bestimmt nicht heute ausbrechen«, sagte Frances beschwichtigend. »Und morgen sicher auch nicht. Wenn du dir solche Sorgen machst, ist es ohnehin besser, du gehst unter Menschen, das lenkt dich ein bißchen ab.«

Margaret lamentierte noch eine Weile vor sich hin, aber schließlich siegte natürlich ihre Lebenslust, und sie machte sich auf den Weg.

Frances und Phillip tranken im Salon zusammen Tee, aber obwohl das Hausmädchen frisch gebackenen Kuchen dazu servierte, brachte keiner von ihnen einen Bissen hinunter. Eine Spannung hatte sich zwischen ihnen aufgebaut, die sich von Tag zu Tag steigerte und von ihnen nicht mehr ignoriert werden konnte. Sie waren nicht länger wie Bruder und Schwester oder einfach zwei junge Menschen, die zufällig im selben Haus wohnten; jetzt waren sie ein Mann und eine Frau.

Es war überaus typisch für die weltfremde Margaret, daß sie sich zwar um alles und jedes Gedanken und Sorgen machte, die brisante Problematik, die sich aus dem Zusammenleben eines jungen Mannes und einer jungen Frau in ihrem Haus ergeben konnte, jedoch völlig übersah.

Irgendwann an diesem Nachmittag küßten sie einander erneut, dann gingen sie hinauf in Frances' Zimmer, und als sie einander dort gegenüberstanden, glühten Phillips Augen vor Liebe, während sich Frances nüchtern fragte, wie es wohl sein würde und ob es ihr das Gefühl geben würde, endlich wirklich erwachsen zu sein.

Sie fand es unangenehm und unästhetisch, und sie fragte sich verwirrt, was die Leute nur daran fanden. Die ganze Angelegenheit wurde stets so geheimnisvoll behandelt, die jungen Leute eindringlich davor gewarnt, und man flüsterte und tuschelte und kicherte; es schien sich um einen Zeitvertreib zu handeln, der die Gemüter erregte und der vielfach praktiziert wurde.

Frances reagierte durchaus erregt auf Phillips Hände und Lippen, aber sie war zu nervös und Phillip zu ungeübt, als daß diese Erregung hätte anhalten können. Sie flaute von einem Moment zum anderen völlig ab; statt dessen verkrampfte sich jeder Muskel in Frances' Körper. Sie lag viel zu angespannt da, war aber entschlossen, durchzuhalten. Verwundert betrachtete sie Phillips Gesicht, das ganz verändert aussah, längst nicht so attraktiv wie sonst, sondern schweißglänzend und mit einem leeren Ausdruck in den Augen. Frances überlegte, ob alle Männer in dieser Situation so aussahen, so weggetreten und stumpfsinnig.

Ob John auch so aussah? Der Gedanke an ihn tat ihr überraschend heftig weh. Auf einmal fand sie, daß sie hier etwas völlig Absurdes tat, und sie hoffte nur noch, daß Phillip zum Ende käme. Das einzige, was ihr wirklich gefiel, war, hinterher in seinen Armen zu liegen, seinen warmen Körper an ihrem Rücken, seinen gleichmäßigen Atem in ihren Haaren zu spüren. Er war sofort eingeschlafen, was Frances jedoch nicht störte, denn so konnte sie ihren Gedanken in Ruhe nachhängen.

Schließlich wachte er auf und begriff offenbar plötzlich, was geschehen war. Er tat einen erschreckten Atemzug, dann schlossen sich seine Arme fester um Frances.

»Wir heiraten natürlich«, flüsterte er, »ich liebe dich, Frances. Ich möchte, daß du meine Frau wirst.«

Sie hoffte, daß er ihr Schweigen nicht als Zustimmung interpretierte.

In den folgenden Wochen gesundete Frances – von Tag zu Tag mehr, sichtbar für alle. Sie aß wieder, sie schlief, sie unternahm lange Spaziergänge. Ihre bleichen Wangen bekamen Farbe, ihre Augen etwas von ihrem alten Glanz. Sie lächelte wieder häufiger und lachte manchmal sogar aus vollem Herzen. Margaret beobachtete das mit wachsender Zufriedenheit, und eines Morgens, Ende

Mai, als sie und Frances allein beim Frühstück saßen, strahlte sie ihre Nichte an und zwinkerte ihr zu.

»Ich weiß schon, warum es dir bessergeht!«

»Warum denn?« fragte Frances ahnungslos.

Margaret senkte die Stimme, obwohl niemand in der Nähe war. »Phillip hat sich mir gestern anvertraut. Er hat mir erzählt, daß ihr heiraten werdet. Oh, Frances, ich freue mich so für dich!«

Frances hob rasch ihre Teetasse und trank in großen Schlucken daraus, bemüht, Zeit zu gewinnen. Die Angelegenheit wurde brenzlig. Phillips Werben in den letzten Wochen war sie beharrlich ausgewichen, hatte an anderes gedacht, wenn er begann, von der Zukunft zu schwärmen. Nun begriff sie, daß sie ihre Taktik, Augen und Ohren zu verschließen, nicht endlos fortsetzen konnte. Sie hatte mit ihm geschlafen, und er nahm das als ein Versprechen; nun war es höchste Zeit, daß sie ihm aufrichtig sagte, woran er war. Schließlich begann er bereits, zu dritten Personen davon zu sprechen – wobei die Tatsache, daß ausgerechnet Margaret Bescheid wußte, einer öffentlichen Bekanntmachung gleichkam.

»Das ist alles noch nicht so sicher«, sagte sie, nachdem die Tasse leer war und sie sich nicht länger dahinter verstecken konnte. »Es wäre mir lieb, wenn du es für dich behieltest, Tante Margaret!«

»Ich schweige wie ein Grab«, versicherte Margaret sofort, »darauf kannst du dich verlassen!«

Frances seufzte. Wenn sie sich auf etwas verlassen konnte, dann darauf, daß Margaret *nicht* schweigen würde.

»Ich bin so stolz, daß ihr einander in meinem Haus begegnet seid«, fuhr Margaret fort. »Ich bin sozusagen die Ehestifterin, nicht wahr? Nach all den schrecklichen Ereignissen... endlich etwas, worüber man sich freuen kann!«

»Ich...«, setzte Frances beklommen an, doch Margaret winkte ab.

»Du mußt mir doch nichts erklären! Ich freue mich, daß du wieder aufblühst durch ihn!«

Schuldbewußt dachte Frances, daß dem tatsächlich so war, daß aber die Zusammenhänge anders lagen, als er und Margaret dachten. Beide glaubten, es sei Phillips Liebe, die sie aus ihren Depressionen gerissen habe, jedoch war die Sache komplizierter: Phillip hatte sich angewöhnt, in endlosen Monologen ihrer beider tragische

Geschichte in der Vergangenheit zu beschwören, wobei er sie beide als zwei einsame Kinder zeichnete, Opfer einer feindseligen Umwelt, Schiffbrüchige, die sich aneinander festklammerten, um gemeinsam zu überleben.

Frances, die dieses Bild von sich zunehmend haßte, hatte ihn einmal angefahren: »Hör doch auf mit dem Unsinn! Du kannst uns doch gar nicht miteinander vergleichen!«

Er hatte sie völlig verstört angesehen. »Ich meinte doch nur ...«

»Ich will einfach davon nichts hören«, unterbrach Frances ihn mißgelaunt, und sie sah ihm an, daß er sich Vorwürfe machte, sie an etwas erinnert zu haben, was sie offenbar vergessen wollte.

Paradoxerweise war ihm aber eines tatsächlich gelungen: Er hatte sie aufgerüttelt. Indem er ständig betonte, sie sei wie er, packte er sie bei ihrem Ehrgeiz, um keinen Preis so sein zu wollen. War sie nicht gefährlich dicht daran gewesen, ein solcher Trauerkloß zu werden wie er? Geschockt, freudlos, voller Angst vor der Welt und den in ihr verborgenen Gefahren?

Sie wollte nicht mit dem Gesichtsausdruck eines verschüchterten Kindes durchs Leben laufen. Sie wollte nicht am Fenster stehend ihre Tage verbringen, hinausstarrend, grübelnd, wartend auf etwas, das nicht kam. Sie wollte es nicht, und sie würde es nicht zulassen. Sie kämpfte mit aller Kraft gegen die dunkle Macht, die sie hatte umklammern wollen, und mit jedem Tag schüttelte sie ein kleines Stück mehr von ihr ab.

Aber mit Phillip trieb sie ein böses Spiel, das war ihr klar. Sie wußte um seine Gefühle; es war ihre Pflicht, ihm reinen Wein einzuschenken, was *ihre* Gefühle anging.

Nach dem Gespräch mit Margaret unternahm sie zwei Anläufe, eine Aussprache herbeizuführen; aber jedesmal sah sie, wie er sich mit seinen Blicken an ihr festklammerte, und jedesmal brach sie das Gespräch ab, ehe es wirklich begonnen hatte, weil sie sich wie ein Ungeheuer vorkam. Nachts lag sie oft wach und verfluchte jene schwache Stunde, in der sie mit ihm ins Bett gegangen war – es hatte ihr nichts gebracht, sie aber in eine Zwangslage manövriert, denn irgendwie mußte sie Phillip klarmachen, daß ihre Hingabe nicht gleichbedeutend gewesen war mit einem Eheversprechen.

Sie war genug Kind ihrer Zeit, daß ihr der Gedanke, eine solche Frivolität auszusprechen, brennende Röte in die Wangen trieb. Eine

Frau erlaubte sich keinerlei Intimitäten mit einem Mann, ehe sie nicht verheiratet war mit ihm, und wenn sie es doch tat, heiratete sie ihn wenigstens danach so schnell wie möglich. In jedem Fall landete sie nicht im Bett eines Mannes, den sie überhaupt nicht liebte, und ließ seine Berührungen nüchtern und mit kühlem Kopf über sich ergehen. Für das, was sie getan hatte, wäre heftige Leidenschaft die einzig akzeptable Entschuldigung gewesen, und beim besten Willen konnte sich Frances nicht ernsthaft einreden, auch nur einen Funken von Leidenschaft verspürt zu haben. Wie seinerzeit im Gefängnis, als sie staunend beobachtet hatte, mit welch fanatischer Hingabe Pamela ihre Ziele verfolgte, fragte sie sich auch jetzt manchmal etwas befremdet, weshalb sie selbst nicht fähig war, durchdrungen zu sein von einem Gefühl, getragen von einer rauschhaften Kraft. Was immer sie tat, stets hatte sie den Eindruck, ein Teil ihrer selbst stehe daneben, und analysiere sie und ihr Tun mit kühlem Verstand und einem völligen Mangel an Emotion.

Vielleicht fehlt etwas bei mir, dachte sie, irgend etwas, was andere Menschen haben.

Am Ende – und das war ein erschreckender Gedanke – würde sie aber nie dahinterkommen, *was* ihr fehlte; denn wie sollte sie letztlich etwas, das sie nicht empfand, in ihrer Vorstellung definieren?

Und dann, in einer hellen, warmen Juninacht, in der sie schlaflos in ihrem Bett lag, wußte sie plötzlich, was sie tun wollte, was ihre Probleme lösen und ihr ihren Frieden zurückgeben würde: Sie würde nach Hause zurückkehren. Heim nach Leigh's Dale, nach Westhill, zu ihrer Familie. Zu allem, was ihr lieb und vertraut war.

Sie setzte sich im Bett auf, und ihr Herz hämmerte. Die Sehnsucht nach den Hügeln und Tälern, den klaren Bächen und dem hohen Himmel von Wensleydale überwältigte sie beinahe. Fort von London mit seinen überfüllten Straßen, dem Lärm der Kutschen und Automobile, dem fauligen Gestank am Themseufer und dem düsteren Himmel über den Fabrikschornsteinen im Osten der Stadt. Fort von Phillip mit all seinen Erwartungen und flehenden Blicken. Fort von dem Schuldbewußtsein, mit dem sie an die Frauenbewegung dachte, weil sie sich bei den Versammlungen kaum mehr blicken ließ, nicht wissend, woher sie die Kraft dazu nehmen sollte.

Nach Hause. Zu Charles. Zu Maureen. Zu Kate.

»Ich hätte es längst tun sollen«, sagte sie laut, »längst!«

Natürlich, ihr Vater war damals sehr böse auf sie gewesen. Er hatte gesagt, er werde ihr nie verzeihen. Aber die meisten Menschen sagten Dinge im ersten Ärger, die sie in Wahrheit nicht so meinten.

Frances verdrängte die Erinnerung an den Moment, da sie deutlich gefühlt hatte, daß es ihrem Vater sehr ernst gewesen war, daß es keineswegs in impulsivem Unmut seine Entscheidung getroffen und verkündet hatte. Sie vergaß es einfach, weil sie es vergessen wollte. Ein gesunder, jugendlicher Optimismus erwachte statt dessen in ihr: Er hatte sie geliebt. Er würde sie wieder lieben. Und John würde sie genauso zurückerobern. Wie ihr Vater, liebte er sie seit Kindertagen. Das Intermezzo im Gefängnis war für ihn sicher längst vergessen.

So saß sie und schmiedete Pläne, und erst gegen Morgen fand sie noch für zwei Stunden Schlaf.

Sie war nie im Leben feige gewesen, bis zu diesem Tag nicht, und auch später würde sie es nie wieder sein. Aber in dieser Situation fand sie nicht den Mut, mit Phillip zu sprechen. Sie setzte sich hin und schrieb ihm einen Brief; mit der fünften Fassung gab sie sich endlich zufrieden, auch wenn es sie noch immer schauderte bei dem Gedanken an seine Gefühle, sobald er dies las.

Am Abend des nächsten Tages packte sie heimlich einen Koffer; sie konnte nur das Notwendigste mitnehmen, den Rest mußte Margaret ihr irgendwann nachsenden. Sie schrieb ihrer Tante ebenfalls einen Brief, in dem sie sich für alle Hilfe bedankte und um Verzeihung bat wegen ihres nächtlichen Aufbruchs. Da Phillip Margaret ohnehin in seine Heiratspläne eingeweiht hatte, konnte Frances offen erklären, dieser Verstrickung entkommen und Phillip die Gelegenheit geben zu wollen, sein Leben ohne sie neu zu ordnen.

Ahnungsvoll dachte sie jedoch: Ich werde eine ganze Menge zerschlagenes Porzellan hinter mir zurücklassen.

Sie ging früh zu Bett, fand aber keinen Schlaf, sondern starrte nur in die Dunkelheit und lauschte auf ihren eigenen Herzschlag. Um vier Uhr am Morgen stand sie auf, zog sich an, nahm ihren Koffer und schlich auf Zehenspitzen die Treppe hinunter. So leise sie sich bewegte, es war dennoch nicht lautlos genug, und wie aus dem Boden gewachsen stand plötzlich Mr. Wilson vor ihr, sehr eigentümlich anzusehen in seinem grauen Schlafrock, mit den dicken, handgestrickten Socken an den Füßen. Er hielt eine Kerze in der Hand und leuchtete Frances damit ins Gesicht.

»Miss Gray!« sagte er erstaunt. »Was tun Sie um diese Zeit hier unten?«

Dann bemerkte er, daß sie einen Mantel trug, und er sah auch den Koffer.

»Um Himmels willen...«

Frances widerstand dem Bedürfnis, ihm den Mund zuzuhalten. »Mr. Wilson, nun seien Sie doch nicht so laut!« zischte sie. »Wollen Sie das ganze Haus aufwecken?«

»Wo wollen Sie denn hin?« flüsterte Mr. Wilson.

»Ich fahre nach Hause. Nach Yorkshire. Ich habe Lady Gray und Mr. Middleton hier alles erklärt!« Sie drückte dem perplexen Butler die beiden Briefe in die Hand. Sie hatte sie eigentlich im Eßzimmer auf den Tisch legen wollen, aber nun konnte sie ebensogut Wilson mit der Übergabe beauftragen. »Bitte geben Sie ihnen die Briefe, wenn sie aufgestanden sind.«

»Aber...«

»Mr. Wilson, machen Sie mir jetzt bitte keine Schwierigkeiten. Ich will den Frühzug nach York erreichen.«

»Sie können doch nicht einfach... Ich weiß nicht...« Der arme Mr. Wilson war völlig ratlos, was er tun sollte. Sie legte ihm eine Hand auf den Arm.

»Niemand wird Sie verantwortlich machen. Ich brenne ja nicht irgendwohin durch. Ich fahre nach Hause, und die Gründe dafür habe ich ausführlich in diesen Briefen dargelegt.«

»Wie wollen Sie denn zum Bahnhof kommen?«

Sie seufzte. Er war so altmodisch, so umständlich. »Spätestens auf der Grosvenor Street werde ich eine Droschke anhalten können. Machen Sie sich keine Sorgen!«

Sie sah ihm an, daß er sich schon jetzt die größten Sorgen machte. Sie konnte nur hoffen, daß er nicht, kaum daß sie aus dem Haus war, Margaret weckte, und daß diese dann den Brief lesen, die Zusammenhänge begreifen und versuchen würde, ihre Nichte aufzuhalten.

Sie trat hinaus. Die Nacht war wolkig und dunkel, aber es wehte ein warmer Wind, bei dem sich Frances einbildete, er rieche nach blühendem Jasmin. Es war fast genau ein Jahr her, seit sie nach

London gekommen war. Sie spürte, daß sie den brennenden Hunger gestillt hatte, der sie von daheim fortgetrieben hatte. Sie war um einige Erfahrungen reicher, sie war durch eine bittere Zeit gegangen, aber sie stand wieder auf ihren beiden Füßen und hielt den Kopf hoch.

Irgendwann, irgendwo während des vergangenen Jahres war sie das behütete Mädchen in sich losgeworden.

Damit hatte sie erreicht, was sie hatte erreichen wollen.

Wie eine hohe, schlanke, mit filigranen Ornamenten über und über verzierte Kerze hob sich die Kathedrale von York über die Stadt in den hellen Himmel des Sommermorgens. Die Sonne tauchte sie in strahlendes Licht und ließ sie weithin leuchten, während die Häuser und Gassen zu ihren Füßen noch im Schatten lagen. Für Frances, die einen kurzen Zwischenaufenthalt in York hatte und ihn zu einem Besuch der Kathedrale nutzte, war es wie ein festlicher Empfang. Das Gotteshaus in seiner Ruhe und Schönheit hatte etwas von einer Mutter, die ihr Kind willkommen hieß. Noch nie hatte sie den prachtvollen Bau in seiner ganzen Vollkommenheit mit so viel Wärme betrachtet.

Ein Herr, der neben ihr stand und die Kathedrale ebenfalls bewunderte, sah sie an. »Ein wirkliches Erlebnis«, sagte er. »Sehen Sie sie zum ersten Mal?«

Frances schüttelte den Kopf. »Nein. Ich bin in Yorkshire aufgewachsen. Aber ich war ein Jahr lang in London, und...« Sie beendete den Satz nicht, aber der Mann wußte, was sie meinte, und nickte verständnisvoll.

»Im Süden!« sagte er verächtlich.

»Süden« war für jeden echten Yorkshireman fast ein Schimpfwort, denn den Süden Englands gab es im Grunde nicht; zumindest stellte er etwas dar, worüber man entweder gar nicht oder nur in abfälligem Ton sprach. Eigentlich gab es sowieso nur Yorkshire. Der Rest von England hatte sich irgendwie darumgruppiert.

»Na«, sagte er, »dann wird es höchste Zeit, daß Sie wieder Heimatboden unter den Sohlen spüren, nicht? Ein Jahr in London! Man sollte es nicht glauben!«

Das letzte Stück der Reise brachte sie voller Ungeduld hinter sich. Sie kam sich vor wie ein Pferd, das mit den Hufen scharrt, weil es den heimatlichen Stall bereits wittert. Ein paarmal kam ihr Phillip in den Sinn, der inzwischen längst den Brief gelesen haben mußte. Sie versuchte sofort an etwas anderes zu denken.

Es war Mittag, als sie Wensley Station erreichte. Der vertraute kleine Bahnhof lag unter der warmen Sonne. Frances bemerkte, wie anders die Luft hier roch als in London, frischer und würziger. Der Wind trug die wilden Kräuter und Blumen in sich, die lichten Eschenwälder und die kalten Quellen.

Frances machte sich daran, eine Möglichkeit zur Weiterbeförderung zu finden, was sich als schwierig erwies. Außer ihr waren nur ein paar Bauern ausgestiegen, von denen keiner von einem Automobil oder einer Kutsche erwartet wurde. Frances war bereits ein ganzes Stück die Landstraße entlanggegangen, als ein Wagen neben ihr hielt, in dem ein älteres Ehepaar saß.

»Können wir Sie vielleicht mitnehmen?« fragte die Dame. »Der Koffer muß doch ziemlich schwer zu tragen sein!«

»Ich muß nach Leigh's Dale. Das ist etwa...«

»Wir kennen Leigh's Dale. Es liegt auf unserem Weg. Wenn Sie wollen, können Sie mitfahren.«

Frances dankte erleichtert. Die Herrschaften fuhren eine feine Limousine und waren festlich gekleidet.

Welch ein Glück, dachte Frances, daß offenbar gerade heute in der Nähe von Leigh's Dale eine Feierlichkeit stattfindet, sonst hätte ich sicher niemanden gefunden, der dorthin fährt!

Die beiden Fremden sprachen nicht viel. Frances, die auf dem kleinen Notsitz hinter ihnen kauerte, hing ihren eigenen Gedanken nach. Sie sah hinaus: Da waren der durchsichtig blaue Himmel, mit langen Schleierwolken durchzogen, die Täler und kahlen Hochflächen; da war die fast schmerzhafte Einsamkeit; in der dieser Landstrich verharrte, und da waren die schaumigen Wiesen, die sich im Wind kräuselten und silbrig glänzten unter dem Licht der Sonne.

Wie sehr ich all das liebe, dachte Frances beinahe verwundert.

Das Ehepaar entpuppte sich letzten Endes als etwas kleinlich, denn sie ließen Frances am Fuße des Feldweges, der nach Westhill hinaufführte, aussteigen, anstatt ihr anzubieten, sie hinaufzufahren, was sie kaum mehr als drei Minuten gekostet hätte. So mußte Frances mit ihrem Koffer unter der heißen Sonne zu Fuß gehen. Der Weg war nicht wirklich steil, aber er führte doch stetig bergauf, und schon bald war Frances außer Atem. Rechts und links des Weges erstreckten sich Schafkoppeln, so weit das Auge reichte. Die meisten Tiere hatten sich im Schatten der Bäume versammelt, lagen im Gras und hielten die Augen geschlossen. Kaum eines wandte den Kopf, als Frances alle paar Schritte stehenblieb und sich den Schweiß von der Stirn wischte. Der Koffer, der ihr zuerst so leicht vorgekommen war, wog nun doch erstaunlich schwer, und zudem war sie zu warm gekleidet; es war viel kühler gewesen bei ihrem nächtlichen Aufbruch. Hatte sich dieser Weg schon immer so lange hingezogen?

Aber dann kam das letzte Stück, sie lief schneller und schneller, und dann stand sie auf dem Hof vor dem Haus, ließ den Koffer einfach fallen und rannte auf die Haustür zu. »Mutter! Vater! Ich bin es, Frances! Ich bin wieder da!«

Die Tür war nicht verschlossen, niemand verschloß hier seine Türen. Frances stieß sie auf und trat in den Flur. Dämmrige Kühle empfing sie. Und völlige Stille.

Sie ging durch alle Räume im Erdgeschoß, aber niemand war dort. Nur Molly, die Hündin, lag im Eßzimmer auf ihrer Decke; als sie Schritte hörte, hob sie erwartungsvoll den Kopf, aber dann sah sie, daß es nicht George war, auf den sie Tag und Nacht wartete, sondern nur Frances, und die Hoffnung in ihren Augen erlosch. Sie stand nicht auf, doch sie wedelte mit dem Schwanz, ein wenig enttäuscht, aber höflich. Frances trat zu ihr hin und streichelte sie. »Molly, wo sind sie denn alle?« fragte sie. »Es scheint ja überhaupt niemand daheim zu sein!«

Molly klopfte mit dem Schwanz auf den Boden und legte den Kopf wieder zwischen die Vorderpfoten. Frances richtete sich auf und ging in den ersten Stock, aber auch hier konnte sie niemanden finden.

»Alle ausgeflogen«, murmelte sie. »Eigenartig. Sogar Großmutter und Adeline sind fort!«

Schließlich raffte sie sich auf, holte ihren Koffer herein, der draußen vor dem Haus in der Sonne stand, und schleppte ihn hinauf in ihr Zimmer.

Hier hatte sich nichts verändert. Noch immer lag die hellblaue Decke mit dem Rosenmuster auf dem Bett, und an den Wänden hingen Drucke der Bilder von Sisley. Auf dem Schreibtisch entdeckte sie alte, getrocknete, kleine Blumensträuße und ihr in grünes

Leinen gebundenes Tagebuch, in dem sich so wichtige Eintragungen befanden wie: »Heute gab es Lamm, das liebt Miss Parker ja so, aber mir wurde wie immer schlecht!« oder »Meine Mannschaft hat im Lacrosse gewonnen; wir bekamen jeder eine Schleife hinterher, die wir uns anstecken können, aber ich finde, das sieht zu albern aus!«

Irgendwie, so heimelig und vertraut auch alles war, paßten das Zimmer, die Rosendecke, das Tagebuch nicht mehr recht zu ihr. Diese Dinge gehörten einer anderen Zeit an, und Frances stellte fest, daß Zurückkommen und Wiederfinden zweierlei waren. Sie konnte die Uhr nicht zurückdrehen. Sie konnte sich unter einer Decke mit Rosen nicht mehr geborgen fühlen.

Sie öffnete das Fenster, sah hinunter in den blühenden Garten. Hätte sie die Arme ausgestreckt, sie hätte fast die Zweige des Kirschbaumes berühren können. Gedankenverloren blickte sie dem kleinen Feldweg nach, der jenseits der steinernen Umfriedung des Gartens begann und irgendwo hinter dem Hügel verschwand. Er führte nach Daleview, wenn man die Hauptstraße nicht nehmen wollte.

Und plötzlich hatte sie eine Idee: Wenn schon von ihrer Familie niemand da war, dann konnte sie auch nach Daleview hinüberlaufen und John besuchen. Wenn er daheim war. Sie beschloß, die Möglichkeit, er könne sich gerade in London aufhalten, gar nicht in Erwägung zu ziehen.

Sie nahm ein Sommerkleid aus dem Koffer, es war aus saphirblauem Musselin, und Phillip hatte einmal gesagt, es mache ihre Augen dunkler und strahlend. Es war ein wenig zerknittert, aber das konnte sie nun nicht ändern. Sie zog sich um, kämmte ihre Haare. Prüfend betrachtete sie sich im Spiegel. Sie war immer noch zu mager, ihre Wangenknochen traten scharf hervor, das Kleid hing formlos um die Taille. Aber John hatte sie zuletzt elend und kaputt im Gefängnis erlebt; er würde staunen, wie gut sie sich trotz allem erholt hatte.

Sie setzte einen großen Strohhut, der mit langen blauen Bändern geschmückt war, zum Schutz gegen die Sonne auf den Kopf und machte sich auf den Weg.

Entlang der Straße unten, die Auffahrt hinauf und auf dem großen Platz vor dem Haus standen Automobile und Kutschen geparkt. Es mochten an die fünfzig Wagen sein. Die Chauffeure in ihren herausgeputzten Uniformen lehnten an den Kühlerhauben der Wagen und lasen Zeitung oder hatten sich in Gruppen unter den Bäumen zusammengefunden, lachten und plauderten. Einige Kutscher waren beschäftigt, Wasser und ein paar Heuballen für die Pferde herbeizutragen. Sie wischten sich dabei den Schweiß von der Stirn und fluchten auf ihre steifen Livreen, die sie in ihren Bewegungen behinderten. Neugierige Blicke flogen zu Frances hin, die zögernd die Auffahrt entlangging.

»Je später der Tag, desto hübscher die Gäste!« rief ein schwarzhaariger Chauffeur, der eine Uniform aus leuchtendrotem Tuch trug, mit Goldknöpfen, die in der Sonne blitzten. Die anderen antworteten mit Gelächter auf seine Bemerkung. Frances ignorierte Blicke und Worte und schritt auf das Haus zu, das sich dunkel und düster wie immer gegen den hellen Himmel abhob. Musikfetzen wehten ihr entgegen. Stimmengewirr? Sie lief schneller. Die letzten Meter rannte sie fast.

Die Haustür stand weit offen, war ringsum mit Bergen von Blumen geschmückt. Ein roter Teppich führte die Stufen hinauf in die ebenfalls blumengeschmückte Eingangshalle. Ein livrierter Diener stand in der Tür, etwas müde in sich zusammengesunken, aber als er Frances' ansichtig wurde, setzte er eine strenge Miene auf.

»Ja, bitte?« fragte er.

»Ich…«, setzte Frances an, wußte jedoch nicht weiter. Was sollte sie sagen? Sie wußte ja nicht einmal, was hier eigentlich stattfand! Sie merkte, daß der Diener sie von oben bis unten kritisch musterte. Ihr hübsches, blaues Sommerkleid war für ein Fest dieses Ausmaßes und dieser Bedeutung sicher völlig unzureichend.

»Sie haben eine Einladung?« erkundigte er sich.

Da er nicht wußte, wer sie war, verhielt er sich vorsichtshalber sehr höflich, ließ aber durchblicken, daß er sie nicht ohne weiteres einlassen würde.

Sie hob den Kopf. »Ich bin Frances Gray«, erklärte sie würdevoll. »Ich habe keine Einladung, da man mich in London glaubt. Ich bin heute überraschend zurückgekehrt.«

Die Musik, die einen Moment lang verstummt gewesen war,

setzte wieder ein. Leise klirrten Teller und Gläser. Dazwischen Stimmen und Gelächter.

»Ja...« Der Diener schien ziemlich ratlos. Er hatte keine Ahnung, ob er sie passieren lassen durfte oder nicht.

»Sie sind verwandt mit Miss Victoria Gray?« fragte er.

»Ich bin ihre Schwester.« Wieso nannte er ausgerechnet Victoria, das Küken der Familie?

»Nun...«, zögerte er noch immer, und sie beschloß, sich nicht länger aufhalten zu lassen. Sie lief einfach an ihm vorbei ins Haus und ignorierte sein »Halt! Sie können nicht einfach...« Sie ging über den roten Teppich, umwogt von Blumen – lieber Himmel, sie mußten jede einzelne Gärtnerei in Yorkshire aufgekauft haben! –, und dann öffnete sie die Flügeltür, die zu dem großen Saal auf der anderen Seite der Eingangshalle führte. Sie blieb in der Tür stehen und suchte zu erfassen, was sie sah.

Der Saal war ebenso verschwenderisch mit Blumen geschmückt wie der Eingang des Hauses. Seine drei hohen, weißlackierten Türen zur Gartenseite hin standen offen und gaben den Blick frei auf die sich über die ganze Breite des Hauses hinziehende steinerne Terrasse, von der breite Stufen zu dem tiefer liegenden Park hinabführten. Warmer Blütenduft strömte in den Raum, von dem Frances wußte, daß er meist eiskalt und im Winter trotz zweier riesiger Kamine kaum beheizbar war.

An langen Tischen saßen an die hundert Gäste, die Herren in schwarzen Anzügen oder Ausgehuniformen, die Damen in langen, bunten Seidenkleidern, behängt mit Schmuck. Auf den Tischen lagen schneeweiße Damastdecken, zerbrechlich feines Porzellan war gedeckt; Johns Mutter hatte es, wie Frances sich erinnerte, als Mitgift in die Ehe gebracht und war immer sehr stolz darauf gewesen. Kerzen in hohen, silbernen Leuchtern brannten. In einer Ecke hatten sich die Musiker gruppiert und spielten fröhliche, dezente Weisen. Auf lautlosen Sohlen eilten Dienstboten hin und her, trugen leere Teller fort und neue Speisen auf und schenkten Wein nach.

Es war ein Bild von beinahe schmerzhafter Intensität. Und wie ein Gemälde kam es Frances auch tatsächlich vor: eine Darstellung von etwas, das nichts mit der Wirklichkeit zu tun hatte. Es war, als bewegten sich alle Personen an unsichtbaren Fäden, als habe jemand im Hintergrund sie arrangiert und lasse nun eine Szene ablaufen wie auf einer Bühne. Das Stück hieß: Hochzeit.

Die Hauptdarsteller waren John Leigh und Victoria Gray.

Sie saßen an der längsten Tafel, die von einer Breitseite des Saales zur anderen reichte. Sie thronten genau in der Mitte, und vor ihnen stand ein gewaltiges Blumenbukett. John trug eine dunkle Uniform aus der Zeit seiner kurzen militärischen Ausbildung; sie hatte einen hohen, steifen Kragen und war geschmückt mit ein paar Abzeichen seines Regiments und verschiedener Vereinigungen, denen er angehörte. Victoria war bekleidet mit einem cremefarbenen Brautkleid und einem Schleier aus weißer Spitze, der mit einem Blütengesteck in ihrem Haar befestigt war. Sie sah bildschön aus und war während des vergangenen Jahres auf geheimnisvolle Weise erwachsen geworden. Als Frances fortging, war sie gerade noch vierzehn gewesen, nun stand sie kurz vor ihrem sechzehnten Geburtstag. Das fünfzehnte Jahr schien sie genutzt zu haben, sich von Matrosenkleidchen, Stirnfransen und unentwegtem Gekicher zu befreien. Ihr Anblick erregte Übelkeit in Frances, und unwillkürlich preßte sie die Hand auf den Mund.

Neben John saßen Maureen und Charles, neben Victoria Johns Mutter und Großmutter Kate. Sie alle waren in Gespräche vertieft. Es war schließlich Maureen, die ihre Tochter als erste entdeckte, als sie zufällig aufblickte. Sie erstarrte, und Frances konnte sehen, wie ihr Mund ihren Namen formte.

»Frances!«

Jetzt schauten auch Charles und John auf. John wurde blaß. Victoria zuckte zusammen. Kate, die mit einem Herrn zu ihrer Rechten plauderte, hielt inne. Und auf eigentümliche Weise setzte sich die Irritation, die bei den Hauptpersonen ihren Anfang genommen hatte, nach und nach durch alle Reihen fort. Schließlich verstummten alle Gäste, und endlich hörten sogar die Musiker, völlig verunsichert, auf zu spielen. Eine Geige klang noch einsam mit ein paar Tönen nach, dann senkte sich Stille über den Saal, und an die hundert Augenpaare wandten sich Frances zu.

Sie stand da in ihrem blauen, zerknitterten Kleid, mit ihren vom schnellen Laufen und der Wärme des Tages geröteten Wangen, und begriff ganz langsam – als wolle sich etwas in ihr gegen den jähen Schock wappnen –, was geschehen war.

Sie war in die Hochzeitsfeier ihrer Schwester geplatzt. Ihre Schwester und John Leigh hatten geheiratet. Victoria sah aus wie eine kleine Prinzessin, hatte Blüten im Haar und schaute drein wie ein Kalb, wenn es donnerte.

Niemand hatte ihr etwas gesagt. Niemand hatte es für der Mühe wert befunden, sie zu unterrichten. Wieder schwappte Übelkeit in ihr hoch.

Ich muß fort, dachte sie panisch, nach Hause, nach London, irgendwohin...

Aber bei allem Entsetzen arbeitete noch ein Rest von kühler Vernunft in ihr, und der sagte ihr, daß sie blamiert sein würde bis ans Ende ihrer Tage, wenn sie sich jetzt umdrehte und davonrannte. Dann begriffe auch der letzte, wie ihr zumute war. Unter den Anwesenden – deren Gesichter ihr vor den Augen verschwammen – gab es mit Sicherheit genügend Nachbarn, die genau wußten, daß John Leigh und Frances Gray einander praktisch versprochen gewesen waren. Sie lauerten darauf, wie Frances mit der Demütigung, daß er sich am Ende für ihre Schwester entschieden hatte, fertig werden würde. Den Triumph, sie aufgelöst das Weite suchen zu sehen, wollte sie ihnen keinesfalls gönnen.

Ihre Knie waren weich, und in ihren Ohren rauschte es, aber sie ging langsam auf John und Victoria zu, durchquerte den ganzen Saal und konnte förmlich spüren, wie alle den Atem anhielten. Sie trat an Victoria heran, die vor Schreck wie erstarrt war und kaum wußte, wohin sie blicken sollte, neigte sich zu ihr hinab und küßte sie auf die Wange. Victoria roch nach Maiglöckchenparfüm, und ihre Haut schmeckte süß wie die eines Babys.

Frances' Stimme klang etwas rauh. »Ich wollte doch unbedingt meiner kleinen Schwester zu ihrer Hochzeit gratulieren«, sagte sie. »Ich wünsche dir alles Gute, Victoria.«

»Danke«, murmelte Victoria. Sie konnte Frances noch immer nicht in die Augen schauen.

Bin ich damals auch so *plötzlich* vom Kind zum jungen Mädchen geworden? fragte sich Frances verwirrt. Dieses Geschöpf war einfach nicht mehr die Victoria, die sie gekannt hatte. Und alles, was früher bereits hübsch an ihr gewesen war, hatte an Intensität gewonnen: Das Haar glänzte goldener, die dunklen Augen leuchteten wärmer. Im Ausschnitt ihres Kleides konnte Frances den Ansatz ihrer kleinen, hohen Brüste sehen. Auf einmal kam sie sich wie eine magere, alte Katze vor. An Liebreiz hatte sie es mit ihrer Schwester nie aufnehmen können, aber jetzt mußte die Diskrepanz zwischen ihnen geradezu schmerzhaft auffallen.

John war aufgestanden. Seine kalten, bleichen Lippen streiften Frances' Stirn. Ein keuscher, brüderlicher Kuß.

»Frances«, sagte er, und es schien, als müsse er sich sehr anstrengen beim Sprechen. »Was für eine Überraschung!«

»Ja, nicht wahr? Ich bin heute mit dem ersten Zug aus London gekommen.«

Frances hoffte, daß die übrigen Gäste wenigstens nicht mitbekamen, daß die Schwester der Braut keinen blassen Schimmer von der Hochzeit gehabt hatte. Bei diesem Gedanken kroch schon wieder die Wut in ihr hoch.

Sie hätten es mir zumindest sagen müssen, dachte sie zornig.

Charles preßte die Lippen zusammen, als er seiner ältesten Tochter die Hand reichte. Maureen zog sie an sich, wich aber ihrem Blick aus. Kate als einzige sah ihr ins Gesicht; was in *ihren* Augen stand, vermochte Frances nicht leicht zu enträtseln. Mitleid? Kate brachte niemandem Mitleid entgegen, höchstens Verachtung, und verächtlich blickte sie nicht drein.

Ihr Ausdruck zeigte Verständnis für das, was Frances jetzt durchmachen mußte, und – jetzt erkannte es Frances – Anerkennung für die Tapferkeit und Haltung, mit der sie in diesen Saal marschiert war und ihrer Schwester vor aller Augen und Ohren gratuliert hatte. Kaum merklich lächelte Kate ihrer Enkelin zu, und diese erwiderte das Lächeln.

Johns Mutter, die alte Mrs. Leigh, die Frances nie gemocht hatte, konnte sich eine taktlose Bemerkung nicht verkneifen. Sie war sicher auch mit Victoria als Schwiegertochter nicht einverstanden; aber wenn es das Kind einer irischen Katholikin sein mußte, dann war Victoria zumindest nur die zweitschlimmste Wahl.

»So spielt das Leben«, sagte sie und gab Frances die Hand. »Ich hätte immer gedacht, Sie wären es, die ich eines Tages auf Daleview einziehen sehe. Aber nichts bleibt, wie es ist, nicht?«

»Mutter!« zischte John.

»Was ist? Stimmt es etwa nicht? Ihr wart doch unzertrennlich früher. Nun ja, Ihnen ist ja in London ganz nett der Wind um die

Nase geweht, und Sie haben ohnehin andere Prioritäten für Ihr Leben gefunden.«

Frances wandte sich wortlos ab. Sie fragte sich, wie lange sie es durchhalten würde, hier zu stehen.

»Wo setzen wir Sie denn jetzt hin?« überlegte Mrs. Leigh und sah sich um.

Frances legte ihr rasch die Hand auf den Arm. »Keine Umstände, bitte. Ich habe sonst nur ein schlechtes Gewissen, daß ich unangemeldet hier hereingeplatzt bin. Ich wollte ja auch nur dem glücklichen Paar gratulieren.«

»Aber Sie werden doch nicht schon wieder gehen? Als meine Beinahe-Schwiegertochter müssen Sie unbedingt dem Fest die Ehre geben.«

Das ist das einzige, was ich Victoria gönne, dachte sie, diesen Teufel von einem Weib, mit dem sie von nun an leben muß!

Sie fühlte sich außerstande, an der Feier teilzunehmen. Alles, was sie an Disziplin aufbringen konnte, hatte sie verbraucht, um Victoria zu beglückwünschen und diesen schrecklichen, distanzierten Kuß von John zu ertragen. Nun sehnte sie sich danach, allein zu sein, niemanden mehr sehen zu müssen, am liebsten für den Rest ihres Lebens.

»Ich bin sehr müde«, sagte sie, »ich bin schon die halbe Nacht auf den Beinen.«

Sie wandte sich zum Gehen. Endlich fing sie an, einzelne Gesichter wahrzunehmen. Die halbe Grafschaft hatte sich versammelt. Sie entdeckte sogar das Ehepaar, das sie nach Westhill mitgenommen hatte.

»Wenn Sie uns gesagt hätten, daß Sie hierher wollen, hätten Sie ganz mit uns fahren können«, sagte die Dame, als Frances an ihr vorbeiging. Es klang vorwurfsvoll, so als habe Frances sie persönlich gekränkt.

Sie drehte sich an der Tür noch einmal kurz um. Das Stimmengewirr hatte wieder eingesetzt. Sie sah John in seiner Uniform und Victoria daneben, das Maiglöckchen, so hübsch, so lieblich, so vollkommen.

Die perfekte Gattin, dachte sie, die perfekte Gattin für den Unterhausabgeordneten John Leigh!

Und dann wurde ihr wirklich schlecht, und sie schaffte es gerade noch ins Freie, wo sie sich zittrig und schweißgebadet auf einen Stein setzte und wartete, daß sich ihr rasender Herzschlag wieder beruhigte.

Der Abend bewahrte die Vollkommenheit, die der Tag gebracht hatte. Es wollte nicht Nacht werden; die Sonne, obwohl bereits am westlichen Horizont untergegangen, erhellte den Himmel noch immer und ummalte die letzten kleinen Wolken mit roten Rändern. Es war der 21. Juni, der längste Tag, die kürzeste Nacht des Jahres, und hier oben im Norden würde es bis zum Aufgehen der Sonne nicht wirklich dunkel werden.

Frances saß in der äußersten Ecke des Gartens auf dem Steinmäuerchen, von dem aus man an dieser Stelle einen weiten Blick über das Tal hatte. Sie hatte die Beine eng an den Körper gezogen und ihre Arme darum geschlungen, denn die Luft war kühl, und aus dem Gras und der Erde ringsum kroch die Feuchtigkeit herauf. Irgendwo quakten Frösche, und ein paar Schafe schrien, wild und hungrig nach Liebe in dieser schlaflosen, hellen Nacht. Viel stärker als am Tag verströmte der Jasmin im Garten seinen süßen Duft.

Frances wandte sich nicht um, als sie leise Schritte hinter sich vernahm; sie wußte auch so, wer da kam. Ein zarter Lavendelhauch verriet es ihr.

»Es ist schon sehr spät«, sagte Kate, »und du mußt doch ziemlich müde sein inzwischen. Willst du nicht schlafen gehen?«

»Ich glaube nicht, daß ich schlafen kann. Ich muß immer an ...« Sie preßte die Lippen zusammen. Es tat zu weh, es auszusprechen.

Kate wußte, was sie meinte. »Du denkst an John und Victoria.«

Sie trat noch näher heran, stützte sich auf die Mauer und blickte über das sommerliche Tal, in dem die Schatten immer tiefer und dunkler wurden und ein leiser Wind die Blätter der Bäume geheimnisvoll rauschen ließ.

»Was für eine schöne Nacht«, sagte sie. »In solchen Nächten wünsche ich mir immer, ich wäre noch einmal jung.«

»Großmutter«, fragte Frances leise, »warum hast nicht einmal du mir etwas gesagt?«

Kate schwieg einige Augenblicke lang. »Ich war zu feige«, antwortete sie dann ehrlich. »Ich hatte Angst vor deiner Traurigkeit.

Ich habe mir gesagt, wenn die beiden verheiratet sind, dann fahre ich nach London und erzähle es Frances. Ich wußte, jemand mußte es dir sagen, ehe du einem von ihnen wieder über den Weg läufst.«

»Du wärst wirklich gekommen?«

»Ich denke, ja. Jetzt könnte ich mich ohrfeigen, daß ich es vor mir hergeschoben habe. Dieser Schock heute hätte dir erspart bleiben müssen. Aber nun hilft kein Jammern. Ich bin zu lange ausgewichen, und jetzt haben wir die Quittung bekommen.«

Frances mußte an den Brief denken, den sie Phillip geschrieben hatte, weil sie es nicht fertigbrachte, ihm die Wahrheit ins Gesicht zu sagen. Sie konnte Kate nicht verurteilen. Sie selbst hatte sich kein bißchen mutiger verhalten.

»Ich verstehe nicht, wie John das tun konnte«, sagte sie und erschrak vor der kalten Verzweiflung in ihrer Stimme. »Er liebt mich. Er hat mich immer geliebt. Noch vor einem halben Jahr...«

»Du hast ihn mehrfach zurückgewiesen. Ein Mann wie John bittet nicht ewig. Ich nehme an, die Heirat mit der armen Vicky stellt seinen Versuch dar, sich dich aus dem Kopf zu schlagen. Er konnte sich nicht ein Leben lang nach dir verzehren, oder? Und vielleicht ist auch ein bißchen Trotz dabei: Frances wollte mich nicht, jedenfalls nicht sofort, nun kann sie sehen, daß ich auch noch andere Möglichkeiten habe.«

»Victoria ist nicht nur eine mühsame Ersatzlösung«, meinte Frances verzagt. »Ich habe sie ja gesehen heute. Sie ist so erwachsen geworden. Sie ist sehr hübsch, Großmutter. Viel hübscher, als ich es je war oder sein werde.«

»Sie ist ein Püppchen. Repräsentativ und anschmiegsam. Auf die Dauer aber vielleicht auch etwas langweilig.«

»Ich kam mir so häßlich vor heute. So alt. Irgendwie schon so... verlebt.«

Kate lachte leise. »Verlebt bist du noch nicht mit deinen achtzehn Jahren. Aber ein paar Spuren haben die Ereignisse natürlich hinterlassen. Einfach nur ein junges, unerfahrenes Ding bist du nicht mehr.«

»Welch ein Wunder!« sagte Frances. Es klang verbittert. »Ich saß ja auch im Gefängnis und lag dann wochenlang im Krankenhaus, während Vicky ihre Zeit damit zubrachte, sich zu hätscheln und zu pflegen und herauszuputzen. Natürlich ist sie ganz und gar die

Frau, die sich ein junger, aufstrebender Politiker an seiner Seite wünscht.«

»Oh – höre ich da so etwas wie Selbstmitleid heraus? Schenke es dir, Frances! Jeder wählt seinen Weg. Du wußtest, du würdest irgendeinen Preis zahlen dafür. Wir haben vor einem Jahr darüber gesprochen, erinnerst du dich? Du warst dir vollkommen darüber im klaren, daß du manches aufs Spiel setztest!«

»Aber ich dachte nicht...«

»Du dachtest nicht, daß man dich so grausam zur Kasse bitten würde? Frances, so ist das Leben. Manchmal hast du Glück und kommst erstaunlich gut weg. Und manchmal spielt es dir übel mit. Am besten, du stellst dich darauf ein, denn es wird nie anders.«

»Es ist ja nicht nur John«, sagte Frances müde. »Auch Vater und Mutter. Ich habe es heute gemerkt. Vater verzeiht mir wirklich nicht. Und Mutter... Sie verstößt mich zwar nicht, aber sie läßt mich spüren, auf wessen Seite sie steht.«

»Maureen und Charles sind eine untrennbare Einheit, Frances. Das waren sie immer. Vielleicht, weil man ihnen am Anfang so viele Steine in den Weg gelegt hat. Maureen steht zu Charles, was immer passiert. Aber ich kann dir versichern, sie leidet schrecklich unter dem Auseinanderbrechen der Familie. Erst George, jetzt du... glaube nicht, daß es leicht ist für sie!«

»Es ist so schnell gegangen. Plötzlich tut sich der Boden unter uns auf. Es war alles... perfekt vorher. Das Leben war so leicht. Egal, wie sehr ich die Schule gehaßt habe... das waren Kinkerlitzchen. Es schien, als könne kein Sturm jemals unserer Familie etwas anhaben. Wahrscheinlich ging es uns zu gut. Nun will uns irgend jemand zeigen, daß es anders sein kann.«

Fröstelnd zog sie die Beine noch enger an den Körper. Das Tal unter ihr tauchte nun völlig ins Dunkel. Das Rauschen der Blätter wurde lauter. Aber weit hinten im Westen lag noch ein breiter, heller Streifen über dem Himmel.

»Es ist immer noch meine Heimat«, murmelte sie. »Die habe ich noch. Das Gefühl für dieses Land hier kann mir niemand nehmen.«

Kates alte, harte Hand legte sich auf ihren Arm. »Du hast recht. Das kann dir wirklich niemand nehmen.«

Frances wandte ihr Gesicht der Großmutter zu. Von einer plötzlichen, unkontrollierbaren Emotion überwältigt, sagte sie inbrünstig: »Großmutter, ich hasse Victoria. Ich hasse sie, und ich schäme mich nicht einmal dafür!«

Trotz der Dunkelheit konnte sie erkennen, daß Kate lächelte. »Du solltest sie nicht hassen, Frances. Sie ist zu bedauern. Eines habe ich ganz genau gespürt heute: John liebt dich noch immer. Nur dich. Das wird nicht einfach werden für Victoria.«

Am nächsten Morgen fanden ein Sektempfang und ein Frühstück auf Daleview statt, und Maureen sagte, Frances müsse auf jeden Fall daran teilnehmen.

»Ich bin doch überhaupt nicht eingeladen«, widersprach Frances sofort, doch Maureen sagte, die alte Mrs. Leigh habe ihr beim Abschied am gestrigen Abend noch ausdrücklich aufgetragen, Frances am Morgen mitzubringen.

»Dadurch, daß du gestern aufgekreuzt bist, weiß nun jeder, daß du hier bist«, fügte sie hinzu. »Man kann jetzt gar nicht anders, als dich einzuladen. Und es würde eigenartig aussehen, wenn du jetzt nicht mitkämst.«

»Aber es fand wohl niemand eigenartig, daß ich zur eigentlichen Hochzeit meiner Schwester nicht eingeladen war. Besser gesagt: Es fand niemand eigenartig, daß man mich nicht einmal davon in Kenntnis gesetzt hatte.«

Maureen sah sie scharf an. »Du hast dich von der Familie entfernt, nicht die Familie von dir!«

»Ich habe getan, was...«

»Du hast deinem Vater das Herz gebrochen«, sagte Maureen leise, aber Frances schrak zurück vor dem Zorn in ihren Augen. »Du hast gewußt, was du tust, und hast es getan. Nun beschwere dich nicht darüber, daß eine Menge Porzellan zerbrochen ist.« Sie ging aus dem Zimmer und warf die Tür hinter sich zu.

Der Empfang fand im kleinen Kreis statt, nicht im großen Saal, sondern im kleinen, weitaus gemütlicheren Eßzimmer mit seinen holzgetäfelten Wänden und den zahlreichen Ahnenporträts aus der Zeit des Bürgerkrieges. Etwa zwanzig Leute hatten sich versammelt, um auf das junge Paar anzustoßen. Als die Grays eintrafen, waren John und Victoria noch nicht aufgetaucht; nur die alte Mrs. Leigh fungierte als Gastgeberin, in einem dunkelgrauen Kleid mit weißem Spitzenkragen und altem Granatschmuck.

»Wo sind die beiden denn?« erkundigte sich Maureen, und ein älterer Herr, der dem dargebotenen Sekt schon reichlich zugesprochen hatte, rief: »Aber gnädige Frau, die wissen sicher Besseres zu tun, als hier mit uns zu frühstücken!« Er grinste anzüglich, und Maureen lächelte verlegen.

Es ist ein Alptraum, dachte Frances, ein einziger Alptraum!

John und Victoria tauchten schließlich auf, Victoria sehr frisch und jung anzusehen in einem blaßgelben Musselinkleid, eine zweireihige Perlenkette um den Hals – das Hochzeitsgeschenk ihrer Schwiegermutter. John trug einen schlichten, dunklen Anzug und eine Krawatte, auf der sich graue und hellgelbe Streifen abwechselten; genau das Gelb, das Victorias Kleid hatte. Er wirkte nicht so glücklich wie seine Frau, aber das fiel wohl nur Frances auf, die ihn schärfer beobachtete als jeder andere im Raum.

Maureen stellte ihr Glas ab, trat auf Victoria zu, nahm sie in die Arme und flüsterte ihr irgend etwas zu. Victoria lächelte, eine sanfte Röte huschte über ihre Wangen.

Frances atmete scharf ein und wandte sich ab. Aufgrund ihrer neugewonnenen Erfahrung besaß sie eine nur allzu genaue Vorstellung vom Ausmaß der Intimität, die sich zwischen John und Victoria in der vergangenen Nacht abgespielt hatte, und sie selbst hatte während langer, wacher Stunden gegen die Bilder angekämpft, die sich ihr aufdrängen wollten. Inbrünstig hatte sie gehofft, es sei wenigstens schrecklich und unangenehm für Victoria gewesen, aber so sah diese nicht aus. Wahrscheinlich war John ein besserer Liebhaber als Phillip, wahrscheinlich ...

Hör auf, darüber nachzudenken, befahl sie sich, hör sofort damit auf!

Ihr Sektglas war schon wieder leer, aber ein Diener kam gerade mit einem Tablett vorbei, und sie nahm sich ein neues. Sie wußte, daß sie auf nüchternen Magen – sie hatte schließlich auch am Vortag nichts gegessen – zuviel Alkohol trank, aber für den Moment milderte das zumindest ihre innere Spannung. Als John auf sie zutrat, um sie zu begrüßen, hatte sie dieses nächste Glas auch schon wieder fast geleert und war in der Lage, ihm ruhig in die Augen zu blicken.

An diesem Morgen küßte er nicht ihre Stirn, sondern ihre Hand. Diesmal hatte er sich auf die Begegnung vorbereiten können. Er wirkte ausgeglichener als am Vortag.

»Ich habe gehört, daß du sehr krank warst«, sagte er. »Ich bin froh, daß es dir offenbar bessergeht. Du siehst gut aus.«

Das war weit höflicher als ehrlich. Frances wußte, daß sie nach dieser durchwachten Nacht schlecht aussah. Der Blick in den Spiegel am frühen Morgen hatte ihr gezeigt, daß sie dunkle Schatten unter den Augen hatte und gespenstisch bleich war.

»Und ich habe gehört, du hast den Wahlkreis gewonnen«, erwiderte sie. »Du kannst sehr stolz auf dich sein. Es war sicher nicht leicht.«

»Um ehrlich zu sein, ich habe selbst kaum daran geglaubt, es diesmal schon zu schaffen«, sagte John, »und es war auch ziemlich knapp. Aber ich bin froh, daß ich diese Hürde habe nehmen können.«

»Du wirst jetzt oft in London sein?«

»Wir brechen noch heute dorthin auf. Übermorgen beginnen die Krönungsfeierlichkeiten. Als Abgeordneter muß ich daran teilnehmen. Eine Woche lang. Es wird sicher ziemlich anstrengend.«

»Ach ja, die Krönung!«

Sie hatte gar nicht mehr daran gedacht, daß in London die Vorbereitungen für die Krönung von George V. seit Wochen auf Hochtouren liefen. Alle diese Dinge hatten lange Zeit keine Bedeutung für sie gehabt. Aber nun dachte sie plötzlich daran zurück, wie vor etwas über einem Jahr König Edward gestorben war. Nun krönten sie seinen Sohn. Irgendwo dazwischen war ihr ganzes Leben umgestürzt, hatte sie Menschen verloren, die sie liebte, hatte sie auch etwas von sich selbst verloren. Auf einmal löste sich die Heftigkeit ihrer verletzten Gefühle auf. Zurück blieb eine stille, unbestimmte Traurigkeit.

Sie öffnete den Mund, um ihn zu fragen, warum er das getan, warum er Victoria geheiratet hatte – aber es traf sie ein beschwörender Blick aus seinen Augen, und sie begriff, daß er wußte, was sie hatte fragen wollen, und daß er sie bat, es nicht zu tun.

So sagte sie nur: »Nun, vielleicht treffen wir uns einmal in London. Obwohl ich noch nicht genau weiß, wo ich in Zukunft leben werde.«

»Ich wünsche dir, daß du glücklich wirst«, sagte John leise, gerade noch, ehe Victoria neben ihn trat und seinen Arm nahm. Sie lächelte ihre Schwester unsicher an.

»Wir sollten jetzt mit dem Frühstück beginnen«, meinte sie, »die Gäste sind sicher schon hungrig. Deine Mutter meinte, ich sollte den Anfang...« Sie verstummte ohne ersichtlichen Grund.

»... du als Hausherrin solltest den Anfang machen«, vollendete John, »und du wirst sicher sehr charmant sein.« Es klang liebevoll.

Es stimmt nicht, was Großmutter sagt, dachte Frances. Er liebt sie. Und warum auch nicht? Sie ist jung, hübsch, und sie betet ihn an. Sie hat alles, was ich nicht habe.

»Du entschuldigst uns?« fragte John höflich.

Sie nickte. »Selbstverständlich.«

Irgendwie ging dieses Frühstück vorüber. Das Wetter, warm und sonnig wie am Vortag, lockte die Gäste in den Park hinaus, wo sie in kleinen Gruppen beisammenstanden, herumschlenderten oder auf den Bänken im Schatten der Bäume saßen. John und Victoria waren hinaufgegangen, um sich für die Reise fertig zu machen. Der Wagen, der sie zum Bahnhof nach Northallerton bringen sollte, stand bereit. Noch eine halbe Stunde, und sie wären verschwunden.

Frances hatte sich in die Bibliothek verzogen. Ein düsterer Raum, mit seinen bleigefaßten Butzenglasfenstern, die wenig Licht einließen. Außer den deckenhohen Regalen gab es nur zwei Sessel und einen Tisch. Die Luft roch abgestanden und war sehr kühl.

Ich werde einen Moment hierbleiben und dann gehen, dachte Frances. Sie hatte reichlich schwarzen Kaffee getrunken, um zu vertuschen, daß sie nichts aß. Die Wirkung des Sektes hatte das nicht mindern können. Ihr war schwindelig, und in ihrem Magen rumorte es. Das Dämmerlicht jedoch, die kühle Luft, der Geruch nach Staub und Leder legten sich besänftigend auf ihr Gemüt und gaben ihr etwas von ihrem Seelenfrieden zurück.

Sie erinnerte sich, wie sie sich an einem weit zurückliegenden Tag, irgendwann in den Jahren ihrer Kindheit, beim Versteckspiel mit John hier in der Bibliothek verkrochen hatte, in einer kleinen Nische in der Wandtäfelung. Die Nische gab es noch, doch schien es nicht mehr vorstellbar, daß sie dort hineingepaßt hatte.

John hatte sie schließlich gefunden. Er hatte ihr geholfen, sich aus dem Versteck herauszuwinden, dann waren sie einander gegenübergestanden, er hatte sie angesehen und gesagt: »Da ist eine Spinnwebe in deinem Haar!« Seine Stimme hatte atemlos geklungen. Er hatte sich vorgebeugt und ihren Haaransatz geküßt, dann hatte er gelacht: »Jetzt ist sie weg!«

Sie hatte das sehr romantisch gefunden und sich lange Zeit gewünscht, wieder einmal eine Spinnwebe im Haar zu haben, doch es war nicht mehr passiert.

Eigenartig, daß sich hier nichts verändert hat, dachte Frances nun. Als sei die Zeit stehengeblieben! Jeden Moment könnte die Tür aufgehen, und John...

Die Tür ging auf, und Victoria kam herein.

Sie hatte ihr gelbes Kleid vom Frühstück gegen ein graues Reisekostüm getauscht, in dem sie noch einmal um einige Jahre älter aussah. Am Revers ihrer Jacke steckte eine rosafarbene Rose; mit den gleichen Blumen war auch der graulackierte Strohhut geschmückt, den sie in den Händen hielt. Wie schon zuvor sah sie ungeheuer perfekt aus. Zuerst war sie die Politikersgattin gewesen, die ein Frühstück gibt, jetzt war sie die Politikersgattin auf Reisen. Niemand hätte es besser machen können.

»Eines der Mädchen meinte, es habe dich in die Bibliothek gehen sehen«, sagte sie. »Was tust du denn hier so allein?«

»Ich brauchte einen Moment Ruhe«, entgegnete Frances. »Ich weiß, ich hätte nicht einfach...«

Es ist *ihr* Haus, nicht deines! Du hast kein Recht, in irgendwelche Zimmer zu gehen und die Tür hinter dir zu schließen!

»Nein, nein, schon gut«, sagte Victoria sofort. Sie musterte ihre Schwester besorgt. »Du bist sehr blaß, Frances.«

»Das macht das Licht hier drinnen.«

»Ja, vielleicht...« Victoria schien unschlüssig und unsicher.

»Du hast viel mitgemacht«, sagte sie schließlich. »Mutter hat erzählt, daß sie dich im... im Gefängnis zwangsernährt haben. Das soll sehr schlimm sein.«

»Es ist nicht besonders angenehm. Aber du brauchst kein Mitleid mit mir zu haben. Ich wußte immer, was ich tat.«

»Ja... natürlich...«

»Du hast es sicher eilig«, sagte Frances, »dein Mann wartet wahrscheinlich schon.«

»Er sucht seine Mutter, um sich zu verabschieden. Frances...«
Es schien Victoria ungeheure Mühe zu kosten, die richtigen Worte zu finden. »Frances – es tut mir leid, wie alles gekommen ist.«

»Es tut dir leid, daß du John geheiratet hast? Jetzt schon?«

»Nein, so meine ich das nicht. Ich meine ... du weißt doch, was ich meine. Ich ... habe dir weh getan, und ich wollte dir nicht weh tun. Es ist ... mit John und mir, das ist einfach passiert.«

»Es gibt nichts, wofür du dich entschuldigen müßtest, Victoria.«

»Nein?« Es klang hoffnungsvoll. »Wirklich nicht?«

»Wirklich nicht.« Frances betete, daß Victoria den Widerwillen nicht spürte, mit dem sie in ihr süßes Gesicht unter der goldfarbenen Haarpracht sah. Um nichts in der Welt sollte die Schwester ihre Verletztheit, ihre Verzweiflung bemerken.

»Mach dir keine Gedanken. Ich bin ein wenig gekränkt, daß ich nicht eingeladen wurde. Das ist alles.«

Victoria schien tief erleichtert. »Ich bin sehr froh. Weißt du, ich dachte ... du und John ...«

»O Himmel! Das ist doch ewig her. Kindergeschichten, nichts weiter.«

»Gott sei Dank! Dann steht nichts zwischen uns, ja? Ich wollte dich natürlich gerne zu meiner Hochzeit einladen, und auch George, aber Vater ... du weißt ja ... er wollte es nicht!«

Und du wirst dich wohl ein Leben lang danach richten, was andere wollen und was nicht, dachte Frances verächtlich.

Aber sie lächelte und sagte: »Ich weiß schon. Komm, Victoria, setze deinen hübschen Hut auf und suche deinen Mann. Ihr wollt doch den Zug nicht verpassen.«

Blitzschnell hauchte Victoria ihrer Schwester einen Kuß auf die Wange, dann drehte sie sich um und lief rasch aus dem Raum. Die Tür fiel hinter ihr laut ins Schloß.

Frances blieb allein zurück, ihr Gesicht brannte, und erst jetzt nahm sie bewußt den Maiglöckchenduft wahr, der zwischen den Wänden hing. Maiglöckchen. Süß und unschuldig. Lieblich und lockend.

Frances erschien es in diesem Moment, als verkörpere der Duft alles, was sie nicht hatte. Und nie haben würde.

Als sie nach Westhill zurückkehrten, trafen sie den Telegrammboten, der für Frances eine Nachricht aus London brachte. Sie stammte von Margaret.

In knappen Worten teilte sie ihrer Nichte darin mit, daß Phillip

Middleton nach der Lektüre von Frances' Brief völlig zusammengebrochen sei. Am Abend desselben Tages habe er erneut versucht,
sich das Leben zu nehmen, und diesmal sei es geglückt.

Er habe eine Überdosis Tabletten geschluckt und sei noch auf
dem Weg ins Krankenhaus gestorben.

»O nein«, sagte Barbara entsetzt und schob den Papierstapel ein Stück von sich fort, so als versuche sie dadurch Abstand zu gewinnen zu dem Gelesenen. Ihre Augen brannten; seit Stunden saß sie über der Lektüre. Erst jetzt registrierte sie, daß das Feuer im Herd erloschen und es unangenehm kühl im Raum war. In der Tasse vor ihr befand sich ein letzter Rest Tee; sie versuchte davon und verzog angewidert das Gesicht. Er war kalt und schmeckte bitter.

»Willst du gar nichts anderes mehr tun, als in diesem Buch lesen?« fragte Ralph von der Tür her. Er hatte einen Stapel Feuerholz im Arm und brachte kalte Schneeluft mit sich herein. Er hinterließ eine Spur von Schneematsch, als er zum Ofen ging und das Holz im Korb daneben aufschichtete. »Hast du übrigens gerade gerufen?« erkundigte er sich.

»Ich? Nein. Ich habe nur ›O nein‹ gerufen, weil ich etwas Schlimmes hier gelesen habe«, erklärte Barbara. Sie stand auf und streckte ihre steifen Knochen.

»Ein Freund von Frances Gray hat sich das Leben genommen. Ein ganz junger Mann. Weil sie seine Gefühle nicht erwiderte.«

»Laß dich nur nicht zu sehr davon ergreifen«, warnte Ralph. »Das ist alles sehr lange her. Solche alten Häuser wie dieses hier bergen immer eine Menge Geschichten, auch solche mit tragischem Ausgang.«

»Es scheint mir alles gar nicht so weit weg zu sein«, meinte Barbara nachdenklich. »Frances ist sehr lebendig für mich. Weißt du, was mich sehr berührt? Wie sie ihre Heimat, dieses Haus und das Land ringsum beschreibt. Sie schlägt sich mit dem Gedanken herum, ein Mensch zu sein, der keiner Leidenschaft fähig ist, aber sie hat eine deutliche Leidenschaft für ihre Heimat. Sie hat das alles hier sehr geliebt. Und irgendwie fange ich durch ihre Schilderungen auch an, es zu lieben.«

»Ich kann das von mir nicht behaupten.«

Ralph hatte das Holz sauber gestapelt und stand wieder auf. Die grauen Stoppeln auf seinen Wangen hatten sich zu einem gleichmäßigen dunklen Schatten verdichtet. Er sah abgekämpft aus.

»Ich sehne mich nur noch fort von hier. Ich möchte wieder Musik hören, fernsehen und morgens heiß duschen. Ich möchte essen, was ich will und soviel ich will. Weißt du, was ich ständig vor mir sehe? Einen Gänsebraten. Klöße. Rotkraut. Und Weihnachtsplätzchen und Punsch und...«

»Und Enzyme, um das Ganze zu verdauen«, ergänzte Barbara. Sie hob ihren Pullover und spielte mit dem locker sitzenden Bund ihrer Jeans.

»Ich habe auch scheußlichen Hunger, aber *das hier* ist ein guter Nebeneffekt!«

Ein sehr guter. Es hatte noch immer eine berauschende Wirkung auf sie, wenn Kleider weiter wurden.

»Ich werde versuchen, es auch so zu sehen«, sagte Ralph. Er wischte sich den Schweiß von der Stirn. »So. Für morgen haben wir jedenfalls genug Holz.«

Jetzt erst begriff Barbara, daß er offenbar die ganze Zeit über schon wieder im Schuppen Holz gehackt hatte. »Wie spät ist es eigentlich?« fragte sie.

Ralph blickte auf seine Armbanduhr. »Viertel vor zwölf. Also fast Mitternacht.«

»Und da arbeitest du noch?«

Er zuckte die Schultern. »Was ich jetzt schaffe, muß ich nicht morgen früh machen. Und wir hätten uns ohne Holz nicht einmal einen Kaffee zum Frühstück kochen können.«

Sie blickte auf seine Hände. Die Blasen hatten sich wieder geöffnet und bluteten.

»Morgen werde *ich* versuchen, Holz zu hacken«, sagte sie. »Deine Hände müssen heilen.«

»Kommt nicht in Frage. Ich fange endlich an, mich etwas geschickter anzustellen. Bis wir hier wieder abreisen, kann ich einen neuen Beruf daraus machen. Ich muß nur irgendwo im Haus andere Handschuhe auftreiben, meine sind völlig kaputt.«

Sie lächelte. »Du siehst richtig abenteuerlich aus.«

Ralph erwiderte ihr Lächeln. »Glaubst du, du nicht?«

Er trat auf sie zu und berührte sacht ihr geschwollenes Kinn. »Das hier wird immer farbintensiver. Äußerst apart, würde ich sagen.«

Sie zuckte leicht zurück. »Es tut auch ziemlich weh. Wahrscheinlich ist es ganz gut, daß mich im Augenblick niemand sieht. Außer dir natürlich«, fügte sie hinzu.

»Nun, und ich zähle ja nicht«, sagte Ralph und lachte, aber das Lachen klang nicht ganz echt.

Sie standen sehr dicht voreinander, und es lag plötzlich eine Spannung zwischen ihnen, die Barbara verunsicherte – sie, die schon lange durch nichts mehr zu verunsichern gewesen war.

Man wird ganz neurotisch, wenn man zusammen tagelang in einem Haus eingesperrt ist, dachte sie und trat einen Schritt zurück.

»Schneit es eigentlich noch?« fragte sie, um etwas Sachliches zu sagen.

Ralph schüttelte den Kopf. »Schon seit einigen Stunden nicht mehr. Ich will es ja nicht beschwören, aber vielleicht haben wir das Schlimmste hinter uns.«

»Wenn es aufgehört hat zu schneien – meinst du, sie werden jetzt bald alles wieder in Ordnung bringen? Die Stromleitungen und das alles?«

»Sie werden sicher damit anfangen. Bloß – bis wir hier wegkommen, wird es noch etwas dauern. Du mußt es noch eine Weile mit mir aushalten.«

»Ach – warum redest du so? Es ist nichts, was ich *aushalten* müßte. Ich ... habe ja kein Problem mit dir.«

»Ich dachte, unser Leben bestünde nur aus Problemen. Deshalb seien wir überhaupt hier.«

»Aber irgendwie scheint das alles im Moment gar nicht so wichtig. Wahrscheinlich liegt es an diesem verdammten Schneesturm. Es käme mir ganz eigenartig vor, über Beziehungsschwierigkeiten zu sprechen, wenn unser tägliches Hauptproblem darin besteht, Feuerholz und etwas zu essen zu bekommen!«

»Diese Sorgen sind sicher wesentlich akuter, da hast du recht.«

Barbara hatte sich unmerklich noch ein kleines Stück weiter zurückgezogen.

»Es wird sich alles finden«, sagte sie unbestimmt.

Ralph schüttelte den Kopf. »Einfach so von selbst wird sich nichts finden. Wir sitzen hier nicht ewig fest, Barbara. Wir werden in unser altes Leben zurückkehren, und wir werden eine Entscheidung fällen müssen, was uns beide betrifft. Ich bin fast vierzig

Jahre alt.« Er lächelte freudlos. »Jedenfalls trennen mich keine zehn Minuten mehr davon. Mit vierzig hört man endgültig auf zu hoffen, daß sich die Dinge von selbst zum Besseren wenden. Man begreift, daß nichts besser wird und daß einem die Zeit mit Riesenschritten davonläuft, während man auf ein Wunder wartet.«

»So schlecht leben wir nun auch nicht zusammen.«

»Vielleicht empfindest du es nicht so. Ich bin nicht glücklich mit einer Frau, die ich höchstens zweimal am Tag sehe, und das auch nur im Vorbeirennen. Ich träume von einem Familienleben. Von Kindern. Und ich will kein uralter Vater sein. Ich habe das Gefühl... wenn ich jetzt nicht an mich und meine Wünsche denke, wird es zu spät sein.«

Etwas Kaltes, Dunkles kroch in Barbara hoch, etwas, das sie schaudern ließ.

»Du würdest dich von mir trennen?« fragte sie leise.

Er hob die Hände in einer hilflosen Geste, ließ sie wieder sinken. »Ich bin einfach nicht glücklich«, sagte er schlicht.

»Aber...«

»Nichts aber! Versuche jetzt nicht, unsere Situation zu beschönigen, Barbara. Schau dich doch an, du weichst förmlich vor mir zurück. Du hältst eine Distanz, die mich frösteln läßt. Du hast seit über einem Jahr nicht mehr mit mir geschlafen. Kannst du dir wirklich nicht vorstellen, daß ich frustriert bin, einsam – und auch ziemlich verletzt?«

Sie konnte es sich vorstellen. Natürlich. Glaubte er, sie sei ein Stück Holz, empfindungslos und stumpf? Sie verstand, was er fühlte, aber sie war nicht sicher, ob sie etwas ändern konnte.

Sie schwiegen eine Weile, sahen aneinander vorbei und wußten beide, daß es nichts zu sagen gab, was die Grausamkeit der Erkenntnis, daß sie eine Entscheidung nicht mehr lange würden aufschieben können, mildern konnte. Das Schlagen der Standuhr im Wohnzimmer ließ sie beide zusammenfahren.

»Mitternacht«, sagte Barbara.

Sie wartete, bis der zwölfte Schlag verhallte. Sie konnte nicht einfach stehenbleiben, wo sie war. Es war Ralphs vierzigster Geburtstag. Der 27. Dezember. Sie konnte nicht so tun, als wäre *nichts*.

Sie trat zu ihm hin und legte beide Arme um ihn. »Alles Gute«, sagte sie leise, dicht an seinem Gesicht, »wirklich, von ganzem Herzen alles Gute!«

Seine Hände legten sich, zögernd erst, dann mit wachsender Sicherheit, um ihre Taille. Er zog sie näher an sich heran. Seine Lippen suchten die ihren, aber rasch preßte sie das Gesicht an seine Schulter, so daß sie einander nicht berühren konnten.

»Bleib bei mir heute nacht«, flüsterte er in ihrem Haar, »bitte, bleib heute nacht bei mir.«

Sein Körper fühlte sich vertraut an – und gleichzeitig wie etwas, das aus einer anderen Zeit stammte. Es war so lange her. Sie merkte, wie ihr eigener Körper reagierte, ohne daß sie es wollte. Ihr Verstand schaltete sich blitzschnell ein, ehe sie hätte schwach werden können. Es hätte ihr vielleicht Spaß gemacht, mit ihm zu schlafen, aber das barg zu viele Konsequenzen, die erst gründlich überdacht werden mußten.

»Es geht nicht«, murmelte sie, »ich kann das jetzt einfach nicht.«

Statt einer Antwort preßte er sie noch enger an sich. Seine Hände glitten hinunter zu ihren Hüften. Sein Atem ging rascher. Als sie spürte, wie erregt er war, wie fordernd er plötzlich zupackte, machte sie sich mit einer heftigen Bewegung frei und trat einen Schritt zurück.

»Laß mich los!« fauchte sie ihn an, Panik in der Stimme, weil sie fürchtete, er oder sie oder am Ende sie beide könnten die Kontrolle über die Situation verlieren.

In seinen Augen, seinen Gesichtszügen konnte sie noch erkennen, wie sehr er sie begehrte, ehe Betroffenheit und Ärger die Oberhand gewannen.

»Lieber Himmel, was ist denn?« fragte er wütend. »Tu doch nicht so, als hätte ich versucht, dich zu vergewaltigen!«

»Wir sollten erst einmal...«, begann Barbara, aber Ralph unterbrach sie sofort.

»Laß mich bitte damit in Frieden! Wenn du *erst einmal* unsere Beziehung diskutieren, eine Grundsatzdebatte anstrengen oder mir ein paar feministische Verhaltensmaßregeln an den Kopf werfen willst, so nimm bitte zur Kenntnis, daß mir danach im Moment nicht im geringsten zumute ist! Ich wollte einfach mit dir schlafen, nicht mehr und nicht weniger. Für alles andere bin ich zu müde und zu genervt!«

»Du hast selber vorhin von unserer Beziehung und unserer Zukunft angefangen!«

»Richtig. Aber ich dachte nicht unbedingt an eine Diskussion. Es gibt ja noch andere Möglichkeiten, mit denen du mir zeigen könntest, ob dir noch etwas an mir liegt oder nicht. Allerdings muß ich zugeben: Du *hast* es mir gezeigt. Dein Verhalten ließ an Deutlichkeit nichts zu wünschen übrig.«

»Weißt du, was wirklich ärgerlich ist?« fragte Barbara zornig. »Daß man im Leben immer wieder darauf gestoßen wird, daß die lächerlichsten Klischees einen verdammt hohen Wahrheitsgehalt haben. Ich habe mich immer geweigert zu glauben, daß die meisten Männer tatsächlich denken, alle Probleme seien am besten im Bett zu lösen. Ich muß sagen, du machst es mir ziemlich schwer, meine immerhin noch einigermaßen gute Meinung von den Männern aufrechtzuerhalten!«

»Ich bin keineswegs der Ansicht, daß sich alle Probleme im Bett lösen lassen«, entgegnete Ralph, wütend, weil es ihr gelungen war, ihn in die Defensive zu drängen. »Ich dachte nur, es könnte einer Beziehung guttun, wenn man wenigstens einmal im Jahr die körperliche Nähe des anderen sucht. Aber in deinen Augen hat das vermutlich etwas mit Sexismus zu tun oder mit Unterdrückung oder dient der Manifestation männlicher Herrschaftsgelüste oder etwas Ähnliches!«

»Es ist erstaunlich«, sagte Barbara kühl, »wieviel Unsinn ein intelligenter Mann reden kann, wenn eine Frau ihn nicht hat zum Zuge kommen lassen. Ihr benehmt euch wie kleine Kinder, die mit dem Fuß aufstampfen, weil man ihnen ihr Lieblingsspielzeug nicht gibt!«

Sie sah, daß er blaß wurde.

»Ich gehe lieber«, sagte er dann, »ehe ich irgend etwas sage oder tue, was mir nachher leid tut. Gute Nacht!« Mit drei Schritten war er aus der Küche hinaus und knallte die Tür hinter sich zu.

»Lauf nicht einfach weg, wenn ich mit dir rede!« schrie Barbara, aber sie vernahm schon seine Schritte auf der Treppe und hörte dann, wie oben die Tür seines Schlafzimmers ebenso heftig ins Schloß flog wie zuvor die Küchentür.

Jede Wette, daß er den Schlüssel zweimal herumdrehte!

»Wir könnten vielleicht nach London fahren und ein wenig bummeln gehen«, schlug Laura vor, nachdem sie eine ganze Weile am Küchenfenster gestanden und hinausgesehen hatte. »Das schöne Wetter scheint anzuhalten.«

»Schönes Wetter!« brummte Marjorie. »Es sieht ziemlich kalt aus, muß ich sagen!«

»Aber es ist trocken.«

Der seit Tagen andauernde Regen hatte über Nacht tatsächlich aufgehört. Ein rauher Wind jagte ein paar Wolken über den blauen Himmel und pfiff zwischen den Häusern hindurch. In zahllosen Pfützen spiegelte sich eine kalte, blasse Sonne.

»Wenn wir uns richtig warm anziehen...«, meinte Laura, war innerlich aber bereits auf dem Rückzug. Ihr war klar, daß sich ihre Schwester, die mit mißmutiger Miene am Frühstückstisch saß, zu keiner Unternehmung aufraffen würde.

»Wozu überhaupt?« fragte Marjorie. »Bummeln gehen! Ich habe kein Geld übrig, das ich verplempern könnte, und du auch nicht. Wozu also?«

Laura seufzte. Mit mechanischen Bewegungen stellte sie einen Topf mit Wasser auf den Herd und löffelte Teeblätter in ein Sieb. Wenn sie sowieso nicht fortgingen, konnte sie ruhig noch ein paar Tassen Tee trinken; schließlich war es dann kein Problem, wenn sie ständig zur Toilette mußte.

»Ich verstehe dich nicht ganz, Marjorie«, sagte sie. »Immerzu erzählst du mir, ich müßte doch versauern da oben in Yorkshire. Aber wenn ich dann hier bin und mit dir nach London möchte, hast du keine Lust. Du hast zu gar nichts Lust! Ich finde, du versauerst viel mehr als ich. Ich habe immerhin ab und zu Kontakt zu den Nachbarn, auch wenn sie alle weit weg sind, und zu den Leuten von Leigh's Dale. Aber du...«

»Ich sage ja gar nicht, daß du zu wenig Kontakt hast. Man kann gar nicht wenig genug Kontakt haben, so schlecht, wie die Menschen sind!«

Laura dachte, daß es schon einer Menge Widerstandskraft bedurfte, sich von Marjories fortwährendem Pessimismus nicht gänzlich zu Boden drücken zu lassen.

»Ich könnte es nur einfach in diesem schrecklichen Haus nicht aushalten«, fuhr Marjorie fort. »Ich kann nicht vergessen, wie gräßlich es damals war. Ich würde mich dort ständig bedrückt fühlen.«

Na, so strahlender Laune bist du hier aber auch nicht, dachte Laura. Laut sagte sie: »Das ist wahrscheinlich der Unterschied. Ich fand es dort nie gräßlich. Ich hatte das Gefühl, eine Heimat gefunden zu haben. Ich habe nie verstanden, warum du Westhill nicht mochtest!«

»Es *war* gräßlich«, beharrte Marjorie. »Diese ganzen Weiber. Diese zwei haßerfüllten Schwestern...«

»Haßerfüllt waren sie nicht. Sie konnten einander nicht besonders gut leiden, aber das hatte Victoria zu verantworten. Frances...«

»Oh, ich weiß! Die heilige Frances. Sie hat ihre Schwester gehaßt, da kannst du sagen, was du willst, und das nur, weil Victoria ihr mal irgendwann den Mann weggenommen hat. Himmel! Der Bessere gewinnt! So ist das eben!«

»Frances hat viel getan für ihre Schwester. Sie hat sie immer mit durchgeschleppt. Es war Frances, die ihnen beiden das Erbe der Eltern, das Haus und das Land erhalten hat. Victoria hätte doch alles verkommen lassen!«

Marjorie lächelte boshaft. »Frances hat dich weiß Gott nicht immer gut behandelt, aber im Zweifelsfall schlägst du dich stets auf ihre Seite. Vor allem, wenn es gegen Victoria geht! Weißt du, was ich glaube? Du haßt Victoria bis heute. Schließlich bist du dann ja auch mit ihr wegen eines Mannes zusammengerasselt, damals bei Kriegsende, und...«

Laura wurde blaß. »Das ist sehr lange her!«

Der Kessel pfiff. Mit einer heftigen Bewegung schüttete sie das kochende Wasser durch das Sieb in die Kanne. Ein paar glühendheiße Spritzer trafen sie an der Hand, aber sie unterdrückte jeden Schmerzenslaut. Sie wollte Marjorie nicht zeigen, wie durcheinander sie war.

»Ich habe dir das alles nicht erzählt, damit du jetzt ständig deswegen über mich herziehen kannst!« sagte sie verletzt.

Marjorie gähnte. »Nun, ich war jedenfalls heilfroh, als ich von dort wegkam. Ich hatte immerzu Heimweh. Ich wollte dort einfach nicht sein.«

»Es war besser als die Bomben hier in London.«

»Deine Ansicht. Ich hätte mich mit den Bomben eher abfinden können.«

Laura rührte nervös in dem Sieb herum, das in der Kanne hing. »Weißt du«, sagte sie, »ich würde gern noch einmal versuchen, in Westhill anzurufen. Vielleicht gibt es ja wieder eine Telefonverbindung.«

»Muß das sein? Denk nur daran, wie teuer so ein Gespräch bis nach da oben ist!« nörgelte Marjorie sofort.

»Ich bezahle es dir, ja? Wahrscheinlich komme ich sowieso nicht durch.«

Laura war schon im Flur, wo das Telefon auf einem nachgemachten Biedermeiertischchen stand. Sie wählte die Nummer und merkte, daß sie den Hörer so fest umklammert hielt, als wollte sie ihn zerdrücken. Sie versuchte, ihre Muskeln ein wenig zu entspannen.

Wie seit zwei Tagen schon erklang das Besetztzeichen. Hätte Laura aus Radio und Zeitung nicht gewußt, daß es in Nordengland über weite Landstriche hin keine Telefonverbindung mehr gab, wäre sie in Panik geraten. Sie hätte aus dem andauernden Besetztzeichen auf eine Tragödie geschlossen, ohne genau zu wissen, worin sie bestand. So aber wußte sie, was los war, und legte resigniert wieder auf.

»Ich werde nie verstehen, weshalb man sich wegen eines alten Hauses so verrückt machen kann«, sagte Marjorie, als Laura in die Küche zurückkam. »Was glaubst du denn, was passiert? Deine Mieter können es schließlich nicht auf den Rücken packen und davontragen, oder?«

»Ich könnte es verlieren«, erwiderte Laura leise. Sie probierte von ihrem Tee; er war so heiß, daß sie zusammenzuckte. »Und es ist alles, was ich habe.«

»Ist es wieder das Geld?« fragte Marjorie. »Also ehrlich, ich verstehe nicht, weshalb du damit nie hinkommst. Ich kann dir nicht schon wieder...«

»Ich weiß«, sagte Laura.

Sie setzte sich an den Tisch und stützte den Kopf in beide Hände.

Sie war am frühen Morgen aus schwerem, traumlosen Schlaf erwacht. Sie war aufgestanden und ans Fenster getreten. Draußen hüllte noch Dunkelheit die Landschaft ein, aber es war nicht mehr eine sturmdurchwehte Nacht voller Wolken und Schnee; es war ein klarer, vollkommen stiller Morgen, klirrend kalt und mit einem Himmel voller Sterne. Wenn die Sonne aufging, würde sie die weiten Schneefelder in überwältigender Schönheit erstrahlen lassen.

Obwohl es so frostig im Zimmer war, daß sie zitterte, blieb Barbara eine ganze Weile am Fenster stehen und starrte hinaus, ohne wirklich etwas zu sehen.

Mit schmerzhafter Deutlichkeit erinnerte sie sich an den Vorfall um Mitternacht, als Ralph sie in der Küche umarmt hatte. Sie hatte nicht gewußt, woher ihr jähes Schreckensgefühl gerührt hatte in diesem Moment; aber nun, in der unbestechlichen Klarheit dieses Wintermorgens begriff sie, daß die Intensität seiner Gefühle sie geängstigt hatte, die Erkenntnis, daß er sie um nichts weniger liebte als an ihrem ersten Tag und daß die Entscheidung, wie es weitergehen sollte zwischen ihnen, bei ihr lag.

»Wenn ich nur wüßte, was ich wirklich will«, murmelte sie.

Die Kälte wurde unerträglich. Sie mußte ins Bett zurück oder sich anziehen. Sie dachte an Frances Grays Bericht, der noch auf dem Küchentisch lag, und beschloß, hinunterzugehen.

In der Küche herrschte die gleiche eisige Kälte wie oben im Schlafzimmer. Trotz Rollkragenpullover, einer Strumpfhose unter ihren Jeans und zwei Paar Socken an den Füßen fröstelte Barbara heftig. Mit klammen Fingern schichtete sie Holz im Ofen auf, knäulte die letzten spärlichen Papierreste dazwischen und entfachte ein Feuer. Bald würden die eisernen Wände des Herdes schön heiß sein, und sie konnte sich mit dem Rücken dagegenlehnen.

Während sie wartete, daß das Wasser für ihren Morgenkaffee heiß wurde, blätterte sie in den Aufzeichnungen. Was hatte Phillips Selbstmord für Frances bedeutet? Sie schrieb nicht viel darüber, wie Barbara feststellte. Aber was an Gefühlen zwischen den trockenen Worten hindurchschien, verriet, wie schwer es sie getroffen hatte.

»Frances wurde niemals damit fertig«, hieß es an einer Stelle, und dann wechselte sie das Thema, denn es war alles klar und alles gesagt. Wie sie genau ausgesehen hatten, die peinigenden Gedanken in den schlaflosen Nächten Frances Grays, mußte nicht mehr beschrieben werden.

Sie war nach London zurückgegangen, überflog Barbara, denn in Westhill konnte sie keinen Trost finden. Alles erinnerte sie dort an John. Hinzu kam die eisige Ablehnung durch ihren Vater, der an seinem Versprechen, er werde ihr nie verzeihen, festhielt. Er wies ihr nicht die Tür, denn sie war und blieb seine Tochter, und sein Haus war ihr Haus, aber er verhielt sich kühl und abweisend, legte eine verletzend distanzierte Höflichkeit an den Tag. Schließlich packte Frances ihre Sachen und reiste zurück nach London.

Barbara blätterte die nun folgenden Seiten rasch durch. Es war noch zu kalt in der Küche, um sich hinzusetzen und in Ruhe zu lesen. So marschierte sie frierend auf und ab, während ihr Blick über das Geschriebene glitt.

Nachdem sie bei Nacht und Nebel von Margaret davongelaufen war, hatte Frances dort nicht mehr wohnen können. Sie zog zu Alice in deren kleine Wohnung in Stepney. Der ärmliche Stadtteil im Osten Londons war alles andere als eine attraktive Wohngegend und Alices düstere Wohnung im Grunde zu klein für beide Frauen, weil keine mehr ihre Privatsphäre darin fand. Es gab eine winzige Küche, die nach Norden ging, über verwahrloste Hinterhöfe blickte und immer kühl und feucht war. Dann waren da ein Wohnzimmer und ein Schlafzimmer, beide ebenfalls sehr klein und nur durch einen Vorhang voneinander getrennt. Alice schlief im Schlafzimmer, Frances auf dem Sofa im Wohnzimmer. Waschen mußten sie sich am Spülbecken in der Küche, wo das Wasser kalt und nur spärlich aus dem verrosteten Hahn floß. Immerhin gab es im Haus aber sogar ein Wasserklosett, allerdings für alle Mieter gemeinsam auf dem Treppenflur. Es war meistens besetzt.

Dann war da noch der Hausmeister, ein unscheinbarer Mann von einer Schüchternheit, die andere Menschen in seiner Gegenwart ebenfalls in Verlegenheit trieb und lähmte. Es gab eine grausige, nebulöse Geschichte in seiner Vergangenheit, die er Alice einmal stockend und schluckend und ziemlich unverständlich erzählt hatte. Demnach war seine Mutter in einem Irrenhaus gestorben, in das man sie eingewiesen hatte, nachdem sie mehrfach versucht hatte, ihren kleinen Sohn auf unterschiedliche Arten zu töten. Er hatte eindeutig einen psychischen Knacks, war aber immer freundlich und hilfsbereit und erledigte seine Arbeit, für die er im Grunde zu intelligent war, stets pünktlich und zuverlässig. Er schien hoffnungslos vernarrt in Alice und versuchte sie jeden Morgen und jeden Abend im Treppenhaus abzufangen – um dann abwechselnd rot und blaß zu werden und kaum ein Wort über die Lippen zu bringen.

Kompliziert wurde es, wenn George auftauchte, manchmal spätabends, weil er Ausgang hatte und für eine Nacht bleiben konnte. Der große Bruder war Frances als einziger aus der Familie geblieben, und sie freute sich immer, ihn zu sehen; aber neben dem jungen Liebespaar, das ohnehin so wenig voneinander hatte, kam sie sich wie ein lästiger Störenfried vor. Nachts fand sie keinen Schlaf auf ihrem Sofa, sosehr sie sich auch bemühte, einzuschlafen und nicht mitzubekommen, daß George und Alice einander jenseits des Vorhangs liebten. Sie merkte, daß die beiden versuchten, so leise wie möglich zu sein, und sie sagte sich, daß es ihnen sicher auf diese Weise nur halb soviel Vergnügen machte.

Außerdem wurde sie unfreiwillig Zeugin zahlloser, in einem scharfen Flüsterton geführter Auseinandersetzungen, die das Thema Heirat zum Gegenstand hatten und jedesmal ergebnislos abgebrochen wurden. George, im Grunde seines Wesens zutiefst konservativ, fand das »Hintertreppenverhältnis«, wie er es einmal wütend nannte, entsetzlich und wollte nichts so sehr, wie seine Verbindung mit Alice zu legalisieren. Alice weigerte sich standhaft.

»Ich bin dazu nicht geschaffen«, sagte sie immer, und sie blieb bei ihrer Haltung, sosehr George beteuerte, er habe nicht die geringste Absicht, aus Alice eine unterwürfige Ehefrau zu machen.

»Du tust so, als erwarte dich ein furchtbares Schicksal oder trostloses Dasein an meiner Seite!« sagte er eines Nachts wütend und recht laut. Offenbar hatte er Frances im Wohnzimmer vergessen. »Du solltest mich gut genug kennen, um zu wissen, daß ich niemals...«

»Es hat mit dir nichts zu tun. Ich mag die Institution Ehe als solche nicht. Und sei nicht so laut! Frances schläft.«

Manchmal wurde George so ärgerlich, daß er noch mitten in der Nacht die Wohnung verließ und schwor, nie wiederzukommen. Er kehrte jedoch stets zurück; er konnte nicht lassen von Alice. Es tat Frances weh, miterleben zu müssen, wie ihr Bruder zum Bittsteller wurde, wie sehr es ihn schmerzte, zurückgewiesen zu werden. Sie blieb dabei, sich nicht einzumischen, aber ihre Freundschaft zu

Alice kühlte täglich mehr ab. Zeitweise hatten sie ein äußerst gespanntes Verhältnis.

Hätte Frances ihren Vater um Geld gebeten, er hätte ihr welches geschickt, aber sie bat nicht. Sie war auf Arbeitssuche gegangen und erledigte nun Schreibarbeiten für einen Zoologieprofessor, der an einem wissenschaftlichen Werk arbeitete, und die Korrespondenz für eine private kleine Blindenschule, deren Leiterin sich nicht daran störte, daß Frances in einer »üblen Gegend« wohnte, sondern nur froh war, eine billige Kraft gefunden zu haben.

Frances verdiente nicht viel. Sie konnte ihr Essen selbst bezahlen und Alice einen Mietzuschuß geben, aber sie hätte sich keinesfalls eine eigene Wohnung leisten können. Sie blieb angewiesen auf Alice, und darüber war sie sehr unglücklich. Alice besaß ein wenig ererbtes Geld, das sie recht geschickt angelegt hatte; aber sie sagte immer, lange werde sie damit nicht mehr hinkommen. Sie mußten an allen Ecken und Enden sparen.

Die Kämpfe der Frauenrechtlerinnen flammten mit neuer Schärfe auf, und Alice war an vorderster Front dabei. Sie wurde mehrfach verhaftet, stand eine Reihe von Hungerstreiks durch. Frances merkte erst nach einiger Zeit, daß Alice jedesmal weniger geworden zu sein schien, wenn sie aus dem Gefängnis kam. Langsam brachen sie ihr das Rückgrat. Alice verlor ihre Lebendigkeit, ihre Kaltschnäuzigkeit. Sie sah sehr viel älter aus, als sie war, und ihre Bewegungen wurden zunehmend müde und schwerfällig.

Der Kampf um das Frauenwahlrecht vermischte sich mit dem Klassenkampf der Arbeiterbewegung. An allen Stellen des Landes flammten Unruhen auf: bei den Minenarbeitern, den Eisenbahnern, den Fabrikarbeitern. Streiks und gewalttätige Ausschreitungen bestimmten das Tagesgeschehen. England, das so lange zufrieden und träge im Zenit seiner imperialen Macht, seiner geordneten Verhältnisse, seiner scheinbar unangreifbaren gesellschaftlichen Strukturen verharrt hatte, schwankte nun in seinen Grundfesten. Eine alte Zeit, in der viele Regeln, Gesetze und Traditionen längst ihr Verfallsdatum überschritten hatten, stürzte mit Donnergetöse in sich zusammen und war unwiderruflich dahin. Zu vieles, was schon lange im argen gelegen hatte, brach nun auf. Es gab Politiker, die überzeugt waren, ein Bürgerkrieg stehe unmittelbar bevor.

Ein Bürgerkrieg – und ein Krieg von außen. Im August 1911 ging in einer Londoner Nachrichtenagentur die Meldung ein, zwischen Deutschland und Frankreich sei der Krieg ausgebrochen. Die Neuigkeit löste Panik und Hysterie aus, und obwohl Berlin und Paris am Nachmittag desselben Tages dementierten, war doch das Schreckgespenst wieder aufgelebt und geisterte im ganzen Land umher.

Im Februar des Jahres 1912 reiste Lord Richard Haldane, der englische Kriegsminister, auf Einladung des deutschen Reichskanzlers Bethmann-Hollweg nach Berlin. Es stellte sich rasch heraus, daß der deutsche Kanzler ein sehr konkretes Anliegen hatte: Für den Fall eines Krieges mit Frankreich strebte er ein Neutralitätsabkommen mit England an, um nicht im Ernstfall einen weiteren Gegner zu haben. Haldane erklärte sich bereit, ein solches Abkommen zu unterzeichnen, aber nur, wenn die Formulierung dahingehend laute, daß Deutschland *angegriffen*, nicht, daß es in einen Krieg *verwickelt* werde, unter Umständen also selbst der Aggressor sei. Der Kanzler lehnte die Einschränkung ab. Unverrichteter Dinge reiste Haldane wieder nach Hause.

Am 15. April desselben Jahres wurde England erneut erschüttert. Auf seiner Jungfernfahrt von Southampton nach New York kollidierte der als unsinkbar geltende Luxuspassagierdampfer *Titanic* kurz vor Mitternacht im Nordmeer mit einem Eisberg und ging unter. Über eineinhalbtausend Menschen kamen bei dieser größten Katastrophe in der Geschichte der zivilen Schiffahrt Englands ums Leben. An Bord der *Titanic* hatten sich zu wenig Rettungsboote befunden; überdies hätte der Kapitän niemals diese nördliche Route wählen dürfen.

In einer Zeit wachsender Unruhen und Bedrohungen lag es nahe, die stolze *Titanic* mit dem Empire selbst zu vergleichen – beide hatte man für unzerstörbar gehalten. Nun lag das Schiff auf dem Meeresboden, und England schien sich auf einen Abgrund zuzubewegen. Es mochte die Sinnbildlichkeit des gesunkenen Schiffes sein, die die Engländer so tief und nachhaltig erschütterte. Mit der *Titanic* waren nicht nur Menschen untergegangen, sondern auch ein weiteres großes Stück des englischen Selbstbewußtseins.

Zudem entzündeten sich daraufhin brisante politische und gesellschaftliche Streitigkeiten erneut: Den Schiffsuntergang im nächtlichen Eismeer hatten vorwiegend Passagiere der ersten Klasse überlebt, während Reisende aus dem Zwischen- und Unterdeck im verzweifelten Kampf um die Boote zurückgedrängt worden waren. Arbeiterbewegung und Gewerkschaften und ihre Zeitungen schrien Protest – während es sich die ehrwürdige *Times* nicht verkneifen konnte, einen Seitenhieb gegen die Frauenrechtlerinnen zu führen: Frauen und Kindern war auf der *Titanic* der Vortritt bei den Rettungsbooten gelassen worden, und die *Times* schrieb anzüglich im Hinblick auf den Schlachtruf der Suffragetten, der Schrei auf dem sinkenden Schiff habe nicht mehr »Votes for women!« gelautet, sondern »Boats for women!« Den Frauen sei plötzlich jeglicher Gleichheitsgedanke abhanden gekommen.

Im Juni 1913 hatte die WSPU ihre erste Märtyrerin. Beim großen Derby von England warf sich die militante Frauenrechtlerin Emily Davidson vor das Pferd des Königs, um auf die Sache der Frauen aufmerksam zu machen. Sie wurde schwer verletzt und starb wenige Tage später. Ein zunächst geplanter Nachruf in der *Daily Mail* entfiel. Man war nicht sicher, wie die Leser reagieren würden. Die zunehmend radikale Vorgehensweise der Frauenrechtlerinnen rief in der Bevölkerung vielfach Unmut hervor.

Im Februar 1914 kam es erneut zu Zusammenstößen zwischen Suffragetten und der Polizei. Frances, die dabei war, als man zum Haus des Innenministers zog und dort die Fensterscheiben einschlug, wurde zum zweiten Mal verhaftet und kam für acht Wochen ins Gefängnis. Sie trat wiederum in den Hungerstreik und wurde mehrfach zwangsernährt, aber diesmal war sie weit davon entfernt, einen traumatischen Schock zu erleiden wie beim ersten Mal. Sie stand die Angelegenheit mit einiger Gelassenheit durch und verließ das Gefängnis den Umständen entsprechend gesund und munter.

Barbara staunte beim Lesen, wie sehr die junge Frau sich verändert hatte. Da war nichts mehr zu finden von dem jungen Mädchen, das sich in ein Farngebüsch übergab, weil es eine Zigarre geraucht hatte, das von Alpträumen und Depressionen gequält wurde, nachdem es im Gefängnis zum ersten Mal im Leben hart und brutal angefaßt worden war.

Frances hatte sich mit ihrer Familie überworfen und den Mann, den sie liebte, verloren. Ein junger Mann hatte sich ihretwegen das

Leben genommen. Sie war mißhandelt worden und hatte eine Krankheit überstanden, die ihr beinahe den Tod gebracht hätte. Sie lebte seit langem schon von der Hand in den Mund und in einer trostlosen Umgebung, weit weg von ihrer geliebten Heimat. Es gab zu diesem Zeitpunkt nicht mehr allzuviel, was sie erschüttern konnte.

Die neue Frances, die Barbara während ihres Herumwanderns in der kalten Küche an diesem eisigen Dezembermorgen kennenlernte, verbrachte kaum noch Zeit damit, zu grübeln, zu klagen oder von vergangenen Tagen zu träumen. Die neue Frances versuchte das Beste aus dem zu machen, was sie hatte. Sie rauchte zuviel und hatte sich eine Leidenschaft für schottischen Whisky angewöhnt, der sie, wie sie auf diesen Seiten vorwegnahm, bis ins hohe Alter treu bleiben würde. Sie war zudem, wie sie gnadenlos ausführte, nicht mehr allzu nett anzusehen:

»Frances war nie besonders hübsch gewesen. Aber ihre kühnen, kantigen Züge und der allzu scharfe Kontrast zwischen ihrer weißen Haut, dem schwarzen Haar und den kühlblauen Augen waren gemildert und verschönt worden durch einen Liebreiz, der in ihrem Lächeln lag und der herrührte von ihrer Unschuld und Unbefangenheit. Beides hatte sie inzwischen verloren. Nun fehlte ihrem Lächeln die Wärme, ihren Augen das Leuchten. Dafür waren ihre Gedanken klarer, ihre Formulierungen präziser, ihre Reden unverblümter als früher. Sie lebte in dem Gefühl, nichts mehr zu verlieren zu haben und in gewisser Weise unverletzlich zu sein – ein Irrglaube, wie sie später herausfand, aber für den Moment verlieh ihr diese Überzeugung Selbstsicherheit und Kraft.«

Und um Frances herum jagte die Welt auf einen mörderischen Krieg zu, unaufhaltsam und mit tödlicher Konsequenz. Im März 1914, an Frances' einundzwanzigstem Geburtstag, hielt der Erste Lord der Admiralität, Winston Churchill, eine flammende Rede vor dem Unterhaus, in der er seine gigantische Aufrüstungspolitik der englischen Flotte verteidigte. Die Effizienz der britischen Armee, so verkündete er, hinge von Englands Stärke zur See ab. Von Labour-Seite wurde er scharf angegriffen, seine Haltung als Gefährdung des Weltfriedens bezeichnet.

Aber der Weltfrieden war schon nicht weiter zu gefährden, die Welt stand ohnehin dicht davor, in Flammen aufzugehen.

Am 28. Juni wurde das österreichische Thronfolgerpaar in Sarajewo von einem serbischen Attentäter ermordet.

Vier Wochen später erklärte Österreich Serbien den Krieg.

Am 1. August machte Deutschland mobil. An die belgische Regierung erging die Aufforderung, den Durchmarsch deutscher Truppen nach Frankreich zu dulden, nachdem Frankreich erklärt hatte, in einem europäischen Krieg nicht neutral bleiben zu wollen. Belgien lehnte ab. Ultimativ forderte daraufhin die britische Regierung die Deutschen auf, die Neutralität Belgiens zu respektieren.

Am 3. August überschritten deutsche Truppen die belgische Grenze.

Am 4. August 1914 erklärte England Deutschland den Krieg.

Frances schrieb dazu: »Der Kriegsausbruch am 4. August einte das Volk – für den Moment jedenfalls. Hatten in den Tagen zuvor noch zahlreiche Demonstrationen, vor allem in London, stattgefunden, in denen die Regierung aufgefordert wurde, keinesfalls den Frieden aufs Spiel zu setzen, so brachte die Nachricht vom Einmarsch der Deutschen in Belgien den großen Stimmungsumschwung im ganzen Land. Sogar die Labour-Partei sagte der Regierung Asquith nun ihre Unterstützung zu. Alle innenpolitischen Querelen verstummten fast von einem Moment zum anderen. Die Engländer sahen sich einem Feind von außen gegenüber und hörten auf, sich untereinander zu bekriegen. Sie waren wieder gute Patrioten und bereit, alles für den Sieg ihres Landes zu geben.

Für Frances aber blieb jener 4. August 1914 nicht allein wegen des Kriegsausbruchs unauslöschlich im Gedächtnis haften. Es war der Tag, an dem ihre Großmutter Kate für immer die Augen schloß. Eine zu spät erkannte Blinddarmentzündung hatte den Tod verursacht. Wenige Tage später traf zum ersten Mal seit Jahren wieder die ganze Familie zusammen – George, der bereits seinen Einberufungsbefehl erhalten hatte und vom Grab weg zu seinem Regiment abreisen mußte, eine schmerzerstarrte Maureen, Charles mit unbeweglicher Miene.

Victoria, hochelegant gekleidet und wunderschön frisiert, erschien am Arm von John, aber Frances war so traurig über Kates Tod, daß sie sich deswegen nicht aufregen konnte. Sie registrierte nur, daß John nervös wirkte; sein Platz wäre in diesen Tagen des Kriegsausbruchs in London gewesen, und er fieberte danach, dorthin aufzubrechen. Victoria sah bei aller Schönheit ungewöhnlich melancholisch aus, nicht allzu verwunderlich während einer Beerdigung; aber Maureen erzählte Frances später, Victoria sei verzweifelt, weil sie drei Jahre nach ihrer Hochzeit noch nicht schwanger war, obwohl sie inzwischen eine Vielzahl von Ärzten konsultiert und eine Menge Kuren gemacht hatte.

Vielleicht hätte Frances zu irgendeinem anderen Zeitpunkt eine gewisse Häme nicht unterdrücken können, aber diesmal blieb sie unberührt von allem, was sie sah und hörte. Es ging nur um Kate. Es war Frances, als werde der einzige Mensch zu Grabe getragen, der sie wirklich verstanden und vorbehaltlos akzeptiert hatte. Kate hatte sie ermutigt, nach London zu gehen. Kate war dagewesen, als John und Victoria heirateten und Frances kaum wußte, wie sie mit ihrer Verzweiflung fertig werden sollte. Zu Kate hatte sie immer kommen können, hatte sich geborgen gefühlt, wenn die rauhen Hände der alten Frau über ihr Haar strichen, wenn sie den feinen Duft des Lavendelöls roch.

Nun war sie allein.«

Barbara legte die Blätter zur Seite und schenkte sich frischen Kaffee nach. Sie verwendete nur einen Tropfen Milch, dafür aber reichlich Zucker. Das heiße, süße Getränk belebte sie und ließ sie sich gleich besser fühlen, auch wenn es immer noch kalt war in der Küche und der Herd nur zögernd etwas Wärme spendete. Sie schloß beide Hände um den Becher und genoß das Kribbeln, das sich durch die Hitze in ihnen ausbreitete. Sie nahm einen tiefen Schluck, verbrannte sich den Mund dabei und nahm dennoch gleich den nächsten, weil es so guttat.

Sie schrak zusammen, als Ralph plötzlich zur Tür hereinkam; sie hatte seine Schritte nicht gehört und geglaubt, er schliefe noch.

»Guten Morgen«, sagte er. Er wirkte übernächtigt, blaß. Die Bartstoppeln, die ihn bis zum Abend vorher noch hatten sexy aussehen lassen, machten ihn jetzt noch älter und müder.

»Wie spät ist es?« fragte Barbara. Sie hatte ihre Uhr oben liegengelassen.

»Gleich neun. Ich bin spät dran.«

»Wieso? Wir haben Ferien. Wenn sie auch ein bißchen eigenartig verlaufen. Allerdings«, sie musterte ihn besorgt, »siehst du nicht so aus, als habest du *verschlafen*. Eher so, als habest du gar nicht geschlafen.«

Er fuhr sich mit der Hand über das Gesicht. »Stimmt. Aber gegen sieben bin ich dann doch eingeschlafen, und so wurde es eben später.«

»Komm, setz dich und trink einen Kaffee. Leider habe ich keine Geburtstagstorte für dich. Aber du bekommst sie, wenn wir wieder daheim sind.« Sie holte einen zweiten Becher, einen Löffel und stellte die Zuckerdose auf den Tisch. »Möchtest du deine letzte Scheibe Brot haben?«

»Danke. Ich hebe sie mir für später auf. Morgens geht es noch, aber nachmittags bekomme ich immer einen mörderischen Hunger.«

»So ist es bei mir auch.« Barbara nahm den Kaffee vom Herd, schenkte Ralph ein. Sie blieb an die Spüle gelehnt stehen und sah zu, wie er trank und langsam einen Hauch Farbe auf den Wangen bekam.

Schließlich blickte er auf. »Danke auch noch einmal für dein Geschenk«, sagte er, »du weißt, eine Reise hierher habe ich mir schon lange gewünscht.«

»Oh!« Barbara hob abwehrend beide Hände. »Dafür mußt du dich wirklich nicht bedanken. Es war alles ganz anders gedacht.«

»Nun – für den Schnee kannst du wirklich nichts.« Er betrachtete die vielen Papiere, die über den Tisch verteilt lagen. »Du mußt ja schon bald fertig sein mit dem Buch!«

»Es dauert noch eine Weile. Der Erste Weltkrieg ist gerade ausgebrochen.«

»Und bist du Frances Gray schon nähergekommen?«

»Ich glaube, ja«, sagte Barbara nachdenklich. »Sie war eine starke Frau, obwohl sie es oft sehr schwer hatte. Im Augenblick geht es ihr gar nicht gut. Ihre Familie hat sich von ihr abgewandt, weil sie mit den Frauenrechtlerinnen gekämpft hat. Sie lebt in großer Armut irgendwo im Osten von London. Ihre Großmutter, ihre engste Vertraute, ist gestorben. Und der Mann, den sie liebt, hat ihre jüngere Schwester geheiratet.«

»Ich finde, sie sieht hart aus auf diesem Bild im Eßzimmer. Mir ist sie nicht sehr sympathisch.«

»Du hättest ihre Schwester gemocht. Victoria. Ein anschmiegsames, liebenswürdiges kleines Mäuschen. Sehr hübsch und ohne die geringsten Ambitionen, eigene Wege zu gehen. Häuslich und ganz auf ihren Mann ausgerichtet. Keine, die Scherereien macht oder ehrgeizige Karrierepläne hegt.«

Barbaras Stimme hatte eine Schärfe angenommen, die Ralph nur allzu vertraut war. Sie schlug diesen Ton immer an, wenn es um Karriere ging, um die Frage, wie sich berufliche Höchstleistungen mit Familie und Kindern vereinbaren ließen. Sie hatten Diskussionen darüber geführt bis zur völligen Erschöpfung. Der springende Punkt war: Barbara wollte einfach keine Familie haben. Sie wollte nicht, und deshalb, das wurde Ralph allmählich klar, war es sinnlos, wenn er sich den Mund fusselig redete und sie immer wieder zu überzeugen suchte, daß es nicht in seiner Absicht lag, ihre Karriere zu bremsen, und daß Kinder und ein wenig mehr Familienleben das auch nicht fertigbringen würden.

Es war keine Frage der Logik oder Vernunft. Sie hatte sich dagegen entschieden. Und er konnte kaum darauf hoffen, daß sie es sich anders überlegte, zumindest würde dafür kaum Zeit bleiben. Barbara war siebenunddreißig Jahre alt. Die Uhr lief langsam ab.

In manchen dunklen Stunden grübelte Ralph darüber nach, ob der tiefere, der wahre Grund vielleicht er selbst war. Schreckte sie davor zurück, sich mit ihm so unverbrüchlich einzulassen, wie es – zumindest in ihren Augen – Voraussetzung und Folge war bei einer Familiengründung? Kinder würde sie womöglich als Verpflichtung empfinden, auf jeden Fall mit Ralph zusammenzubleiben.

Barbara war eine Perfektionistin. Das Scheitern einer Ehe mochte schlimm genug für sie sein, das Auseinanderbrechen einer ganzen Familie aber würde eine große, persönliche Niederlage für sie bedeuten.

Hätte sie bei einem anderen Mann den Mut gefunden?

Zu quälend, entschied er, um noch länger darüber nachzudenken.

Sie hatte von Victoria Grays Anpassungsbereitschaft gesprochen und wartete auf eine Antwort.

»Ich habe dir schon hundertmal erklärt«, sagte er, »daß mir überhaupt nichts an einer Frau liegt, die sich mir unterwirft oder ihr Leben nach mir ausrichtet. Ich bin es leid, es wieder und wieder zu sagen. Glaube es oder glaube es nicht. Es fängt an, mir gleichgültig zu sein.«

Barbara runzelte kurz die Stirn; das war ein neuer Ton, der sie für einen Moment verunsicherte. Aber ihre Gedanken weilten noch bei dem Buch, sie mochte jetzt nicht über Ralph nachdenken.

»Sie konnte offenbar keine Kinder bekommen«, sagte sie, »jedenfalls war sie drei Jahre nach der Hochzeit noch immer nicht schwanger, obwohl sie alles versuchte. Ich frage mich, ob das der Scheidungsgrund war.«

»Wer war noch nicht schwanger?« erkundigte sich Ralph irritiert.

»Victoria Gray. Oder – Victoria Leigh, wie sie dann hieß. Laura hat doch erzählt, daß sie von John Leigh geschieden wurde.« Barbara überlegte kurz.

»Laura hat das so komisch formuliert... Victoria war mit Fernand Leighs Vater verheiratet, sagte sie, nicht: Victoria war Fernands Mutter!«

»Seine Mutter war eine französische Emigrantin«, erinnerte Ralph, »das erwähnte doch Cynthia Moore, weißt du nicht mehr?«

»Stimmt. Dann hat es später also noch eine Frau gegeben.«

»Du wirst das alles herausfinden.« Ralph trank seinen letzten Schluck Kaffee, schob den Becher fort und stand auf. »Ich werde die Skier aus dem Keller holen und sehen, wie ich damit zurechtkomme. Wenn bis morgen nicht irgend etwas Entscheidendes passiert ist, muß ich sehen, daß ich nach Leigh's Dale komme.«

Barbara sah zum Fenster hinaus. Der Himmel war klar und blau. »Immer noch kein neuer Schnee. Vielleicht wird man versuchen, mit einem Schneepflug zu uns vorzudringen.«

»Das meine ich ja mit ›Wenn etwas Entscheidendes passiert‹. Aber vielleicht passiert auch gar nichts. Und wir brauchen etwas zu essen. Langsam wird es akut.«

»Okay. Aber mach dich nicht einfach auf den Weg, ohne etwas zu sagen, ja?«

»Natürlich nicht. Ich will meine Fähigkeiten als Langläufer ja auch erst einmal testen.« Er ging zur Tür, blieb dort noch einmal stehen. »Übrigens – ich möchte mich entschuldigen, falls ich heute nacht irgendwie zu aufdringlich war. Ich denke, das wird nicht mehr vorkommen.«

Sie zuckte zusammen. Es hatte etwas Hartes und Abweisendes in seiner Stimme gelegen, das sie erschreckte.

»Ich muß mich entschuldigen«, sagte sie leise, »ich habe sehr übertrieben reagiert. Es tut mir leid.«

Er nickte und verließ die Küche.

Barbara fühlte sich plötzlich sehr elend.

»Ach, verdammt, es liegt auch einfach an der Situation«, murmelte sie. »Wir sind jetzt seit bald vier Tagen hier zusammen eingesperrt, wir sind abgeschnitten von der Außenwelt, wir frieren und haben Hunger. Da muß man ja ganz komisch werden!«

Sie nahm sich noch einen Kaffee und setzte sich entschlossen an den Tisch. Sie würde jetzt weiterlesen. Sie konnte gar nichts anderes tun. Sie fühlte sich nicht im geringsten in der Verfassung, über ihre privaten Probleme nachzugrübeln.

Frances traf John an einem Maiabend des Jahres 1916 wieder, mitten auf den Straßen von London, völlig überraschend. Sie kam von der Arbeit und war sehr müde. In einem der vielen, vom zuständigen Ministerium mit großem Nachdruck aufgebauten Rüstungsbetriebe, die den Versorgungsnotstand britischer Soldaten in Frankreich beheben sollten, hatte sie eine Tätigkeit bei der Herstellung von Eßgeschirren gefunden; eine öde, geistlose Beschäftigung, aber da sie mit irgend etwas Geld verdienen mußte, wollte sie dabei wenigstens versuchen, etwas für die Soldaten zu tun.

Die Kriegsfront in Frankreich war seit einem Jahr erstarrt, verschlammte Schützengräben und verminte Stacheldrahtverhaue zogen sich Hunderte von Kilometern dahin, und nichts bewegte sich. George, der dort drüben als Leutnant der Infanterie im Schlamassel saß, schrieb regelmäßig Briefe an Alice, und diese reichte sie stets bereitwillig an Frances weiter. George war ganz offensichtlich bemüht, nicht zu jammern; aber seine psychischen Wechselbäder zwischen Wut, Verzweiflung und Resignation wurden dennoch deutlich. Seine Kompanie hatte erhebliche Verluste erleiden müssen, und George litt an Depressionen, nachdem er zu viele seiner Kameraden hatte jämmerlich krepieren sehen. Er sprach das nicht aus, aber wer ihn kannte, las es aus jedem Wort.

»Wenn das noch lange dauert«, hatte Alice einmal gesagt, »wird er zum seelischen Krüppel. Selbst wenn er den Krieg überlebt, kommt er als toter Mann zurück.«

Das hatte Frances bewogen, sich um die Arbeit bei einem Rüstungsbetrieb zu bewerben. »So habe ich wenigstens das Gefühl, ihn ein bißchen zu unterstützen«, erklärte sie.

Alice war wütend geworden. »Du unterstützt den *Krieg*! Das, was George fertigmacht. Ich dachte, du wärest auf Seiten derer, die *dagegen* sind!«

»Bin ich auch. Aber wir haben nun einmal Krieg, ob wir dagegen sind oder nicht. Jetzt sollten wir unsere Soldaten wenigstens unterstützen.«

Sie stritten heftig deswegen, aber Streit war zwischen ihnen ohnehin an der Tagesordnung. Alice war verbittert und enttäuscht, weil sich in der Frage des Frauenwahlrechts nichts getan hatte und weil der Krieg die Bewegung gespalten und gewissermaßen außer Gefecht gesetzt hatte. Die Dinge schienen im Sande zu verlaufen.

Alice war mehrfach im Gefängnis gewesen, die unmenschlichen Haftbedingungen hatten sie gezeichnet und eine gesundheitlich angegriffene, psychisch labile Frau aus ihr gemacht. Sie hing der Idee nach, für die sie gestritten hatte, der Zeit, in der sie vor Begeisterung und Kampfesgeist geglüht hatte. Mit der Veränderung, die der Krieg ins Land, in das Bewußtsein der Bevölkerung gebracht hatte, kam sie nicht zurecht. Es ließ sie zornig und verzweifelt zugleich werden, ansehen zu müssen, wie scheinbar leicht sich Frances dem Wandel der Dinge anpaßte. Sie begriff nicht oder hatte es nicht registriert, mit wieviel Mühe sich Frances in den vergangenen Jahren eine pragmatische Denkweise angewöhnt hatte: Schau nicht hinter dich, schau auch nicht zu weit vor dich, kümmere dich nur um das, was der Augenblick erfordert.

Es hatte während der Kriegsjahre keinen Sinn, für das Frauenstimmrecht zu streiten, also hätte es Frances als zwecklos empfunden, ihre Kräfte daran zu verschwenden. Alice warf ihr immer wieder vor, sie habe sich im Grunde nie wirklich für »die Sache« interessiert; aber sie konnte diese Behauptung schwerlich untermauern, da Frances wie sie alle im Gefängnis gesessen und gehungert und sich auf der Straße mit der Polizei herumgeschlagen hatte. Trotzdem spürte sie wohl, daß Frances nicht mit ihrem Herzblut dabeigewesen war – so wie sie selbst. Sie drohte nun zu verbluten, Frances hingegen wandte sich neuen Aufgaben zu. Es hatte ein ernsthafter Bruch zwischen ihnen stattgefunden. Ihre Freundschaft sollte sich nie wieder davon erholen.

An dem Abend, als sie John traf, hatte es Frances trotz ihrer Müdigkeit nicht eilig, nach Hause zu kommen; denn Alice war schon am Morgen übler Laune gewesen, und Frances ahnte, daß ein Abend voller Auseinandersetzungen und Streit bevorstand. Sie hatte daher beschlossen, das schöne Wetter zu nutzen und ein wenig spazierenzugehen. Mit der Straßenbahn fuhr sie zum Victoria Embankment hinunter und bummelte ein Stück an der Themse entlang. Die Luft war warm und klar, der Abendsonnenschein ließ das Wasser des Flusses rotgolden glitzern.

Das Stadtbild hatte sich völlig verändert seit den Tagen, da Frances zum ersten Mal in die Hauptstadt gekommen war: überall Soldaten, wohin man blickte. Wenige wirkten noch gesund und unverbraucht. Die meisten waren Frankreich-Heimkehrer, müde, gebeugte Gestalten, junge Männer mit alten Gesichtern, mit Augen, in denen all das Grauen zu lesen stand, das sie gesehen hatten. Viele hatten ein Bein verloren und bewegten sich mühsam an Krücken voran, anderen fehlte ein Arm oder ein Auge. Eine Krankenschwester führte einen kaum zwanzigjährigen Mann mit noch kindlichen Gesichtszügen den Weg entlang; ein Verband bedeckte seine beiden Augen, er schüttelte unablässig den Kopf und murmelte zusammenhanglose Sätze vor sich hin. Ein Zeitungsverkäufer hielt die *Daily Mail* in die Höhe und schrie: »Allgemeine Wehrpflicht! Unterhaus beschließt allgemeine Wehrpflicht! Premier Asquith überstimmt!«

Jetzt werden sie noch mehr von unseren Jungs da hinüberschikken, dachte Frances voller Grauen.

Sie klaubte ein paar Geldstücke aus ihrer Tasche und kaufte eine Zeitung. Als sie sich umdrehte, um weiterzugehen, stieß sie mit einem Herrn zusammen.

»Entschuldigung«, sagte sie zerstreut, dann sah sie genauer hin.

»John!« rief sie erstaunt.

Auch er war überrascht. »Himmel, Frances! Was tust du denn hier?«

»Ich gehe nur etwas spazieren. Und du?«

»Ich hatte bei Gericht zu tun.« Sie befanden sich direkt unterhalb des Temple. »Und nun wollte ich auch die Sonne noch ein bißchen ausnutzen.«

Sie sahen einander unschlüssig an.

»Gehen wir doch ein Stück zusammen«, schlug John schließlich vor.

Erst in diesem Moment bemerkte Frances, daß er eine Uniform trug.

Sie waren schon an der Northumberland Avenue angelangt, da hatte sich Frances von ihrem Schrecken noch nicht erholt.

»Du gehst nach Frankreich? Warum? Du bist Parlamentsabgeordneter. Du müßtest das nicht tun!«

»Ich will es aber. Ich komme mir wie ein Feigling vor hier

daheim. Die anderen halten ihre Köpfe hin, und ich führe ein schönes, sicheres Leben. Seitdem der Krieg ausgebrochen ist, schlage ich mich damit herum.«

»Hast du keine Angst? Nach allem, was George schreibt, ist es ziemlich furchtbar da drüben.«

John lächelte etwas schief. »Ich habe eine Heidenangst. Aber schlimmer wäre es, wenn ich mir selber nicht mehr ins Gesicht sehen könnte. Seit ich diese Uniform hier angezogen habe, fühle ich mich besser.«

»Ich verstehe«, sagte Frances, und auf irgendeine Weise verstand sie es auch, aber die Angst kroch kalt und böse in ihr hoch, schlimmer noch als damals, als George ins Feld mußte.

Es berührte sie eigenartig tief, zu wissen, daß er bald in Frankreich sein würde und jeden Moment sterben konnte. Würde sie es überhaupt erfahren, wenn etwas passierte? Man würde Victoria benachrichtigen, nicht sie. Sie hatte keinerlei Rechte an diesem Mann, nicht das Recht, ihn zu bitten, hierzubleiben, nicht das Recht auf Beileidsbekundungen, wenn ihm etwas zustieße, im Grunde kaum das Recht, eine solche Angst um ihn zu haben. Jedenfalls nicht in der Öffentlichkeit. Alles, was John betraf, mußte sie mit sich allein abmachen.

»Was sagt...«, sie hatte Mühe, den Namen auszusprechen, »was sagt Victoria dazu?«

Er machte eine resignierte Handbewegung. »Sie will natürlich nicht, daß ich gehe. Wir hatten heftige Auseinandersetzungen deswegen. Sie versteht nicht im mindesten...« Er stockte. Es war, als bisse er sich auf die Zunge, ärgerlich, daß er zuviel gesagt hatte.

»Es ist nicht leicht für sie«, fuhr er fort. »Sie bleibt wohl nicht in London, während ich fort bin. Sie geht nach Daleview, da ist sie zumindest in der Nähe ihrer Familie.«

Das arme, kleine Ding, dachte Frances boshaft, wenn der Gatte nicht da ist, muß sie schnell zu Mama flüchten. Sie hätte mal durchmachen müssen, was ich durchgemacht habe, da hätte sie gewußt, wie es ist, wenn einem wirklich der Wind um die Nase weht!

Sie erschrak vor dem Haß, den sie verspürte, und hoffte, daß man ihn ihr nicht anmerkte. Nimm dich zusammen, befahl sie sich.

Es half nicht viel. Er sah noch besser aus als bei ihrer letzten

Begegnung, älter, ernster. Sein Gesicht war schmaler geworden. Sie betrachtete seine Hände. Wie mochte es sein, von diesen Händen berührt, von diesen Armen umfaßt zu werden? Victoria wußte es. Victoria hatte ein Recht auf seine Umarmung. Victoria schlief am Abend mit ihm ein und wachte am Morgen mit ihm auf ... Frances wurde beinahe übel bei dem Gedanken.

John hatte offenbar auch etwas gemerkt, denn er fragte plötzlich: »Ist dir nicht gut? Du bist ganz weiß um die Nase!«

»Nichts. Es ist alles in Ordnung. Ich bin ein bißchen müde, das ist es.«

Er musterte sie besorgt, und ihr wurde bewußt, wie unansehnlich sie aussehen mußte. Ihr einfaches, graues Kleid, das zerdrückt und zerknittert an ihr herabhing, war gut genug für die Arbeit in der Fabrik, aber man vermochte kaum einem Mann darin zu gefallen. Sicher sah sie noch fahler und blasser aus als sonst. Die Haare hatte sie lieblos zurückfrisiert, im Laufe des Tages hatten sich einzelne Strähnen gelöst und hingen ihr nun wirr ins Gesicht. Sie fühlte sich klebrig, verschwitzt, abgekämpft und unattraktiv. Sie dachte an die perfekte kleine Victoria. Sicher erwartete sie ihren Mann daheim in einem schönen Kleid, kühl und sauber, gewiß roch sie nach Maiglöckchen statt nach Schweiß.

»Du hast dich nie bei uns blicken lassen in all der Zeit«, sagte John, »ich weiß gar nichts mehr von dir. Was tust du? Wo und wie lebst du?«

»Ich bin eine gute Patriotin. Ich arbeite in einer Rüstungsfabrik.« Sie lächelte etwas mühsam. »Deshalb mußt du auch mein Aussehen entschuldigen. Ich habe den ganzen Tag im Akkord geschuftet. Ich bin ziemlich kaputt.«

Sie hoffte, er hielte sie wirklich für eine Patriotin. Er mußte nicht wissen, daß sie das Geld brauchte. Es war durchaus *en vogue*, auch in besten Kreisen, für den Kampf Englands zu arbeiten. Allerdings ließen sich die meisten jungen Frauen als Krankenschwestern verpflichten, für Fabrikarbeit konnten sich die wenigsten begeistern.

Er nickte; offenbar dachte er nicht genauer darüber nach, weshalb sie gerade eine so unangenehme Arbeit gewählt hatte. Er schien versunken in eigene Gedanken, und während Frances noch überlegte, was wohl vorging hinter seiner Stirn, sagte er plötzlich: »Etwas würde mich noch interessieren, bevor ich nach Frankreich gehe. Wenn ich dir eine Frage stelle, könntest du sie mir ehrlich beantworten?«

»Das hängt auch von der Frage ab«, erwiderte Frances vorsichtig.

»Dieser junge Mann damals«, sagte John, »der sich deinetwegen das Leben genommen hat – war das etwas wirklich Ernstes? Ich meine, von deiner Seite aus?«

Sie sah ihn überrascht an, sie hatte keine Ahnung gehabt, daß er davon wußte.

»Du weißt das?« fragte sie.

Er lächelte. »Dachtest du, so etwas bleibt ein Geheimnis? Deine Tante Margaret ist nicht unbedingt die Diskretion in Person. Ich glaube, sie hat es vom Ersten Lord der Admiralität bis hinunter zum kleinsten Küchenmädchen am Berkeley Square so ungefähr jedem erzählt, dem sie begegnet ist. Du warst eine Saison lang das beliebteste Klatschthema der Londoner Gesellschaft!«

Sie erkannte, wie abgeschottet sie lebte, denn sie hatte nichts davon mitbekommen. Und sie dachte, wie naiv sie doch war. Natürlich hatte Margaret jedem von der tragischen Romanze erzählt, die sich in ihrem Haus abgespielt hatte, bestens informiert durch Frances' Abschiedsbriefe. Sicher hatte sie den Brief an Phillip ebenso gelesen wie ihren eigenen. Sie war nicht der Mensch, der einen schönen Tratsch für sich behielt.

»Es war von meiner Seite aus bei weitem nicht so ernst wie von seiner«, antwortete sie auf Johns Frage, »und das ist auch etwas, das ich ...« Sie verstummte.

Er blieb stehen. »Was?«

»Diese Geschichte«, sagte sie, »diese Geschichte, das ist etwas, das ich mir nie verzeihen werde.« Sie räusperte sich. »Hast du zufällig eine Zigarette?« fragte sie.

Er stutzte. Eine Dame, wenn sie schon rauchte, tat dies keinesfalls auf der Straße. Doch dann schien ihm einzufallen, daß Frances sich bereits vor einigen Jahren von einer ganzen Reihe von Konventionen verabschiedet hatte und daß es auf ein öffentliches Fehlverhalten mehr oder weniger nicht ankam.

Er grinste, während er ein silbernes Etui hervorkramte und es ihr darbot. »Bitte sehr. Weniger eigenwillig bist du wohl nicht geworden in all den Jahren.« Er gab ihr Feuer.

Sie nahm einen tiefen Zug. »Man versäumt zuviel im Leben«, sagte sie, »wenn man immer nur damit beschäftigt ist, um jeden Preis jede Regel zu beachten.«

Sein Grinsen verschwand. »Manchmal«, sagte er, »versäumt man auch entscheidende Dinge im Leben, wenn man es zu locker mit den Regeln nimmt.«

Etwas in seinem Tonfall ließ Frances aufhorchen. Das war kein Geplänkel. Eine Traurigkeit sprach aus seiner Stimme, die sie in ihm nicht vermutet hätte. Bislang war sie überzeugt gewesen, die einzige zu sein, die aus den Wirren der vergangenen Jahre mit Verwundungen hervorgegangen war. Nun erkannte sie, daß auch John seinen Teil abbekommen hatte.

Auf einmal erschien es ihr so nutzlos, so unsinnig, daß sie beide da standen und unglücklich waren und das verspielt hatten, was ihnen von Anfang an gehört hatte: ihre unverbrüchliche, tief verwobene Zusammengehörigkeit. Was sie betrieben, war Verschwendung, die schlimmste Verschwendung, die es gab. Sie verschleuderten Lebenszeit, verharrten in einer Situation, in die sie durch Irrtümer, Mißverständnisse und Starrköpfigkeit geraten waren.

Vor allem durch *seine* Starrköpfigkeit, dachte Frances, weit mehr als durch meine.

Diese Erkenntnis, wie viele Jahre sie bereits verloren hatte, ließ sie ihren Stolz vergessen, ihre Vorsicht, ihre Zurückhaltung. Sie schlug alle Ermahnungen in den Wind, die sie sich selbst gegeben hatte: Zeige ihm nicht, daß du verletzt bist. Frage ihn nie, warum er das getan hat!

»Warum hast du das getan?« fragte sie. »Warum hast du sie geheiratet?«

Eine Sekunde lang war er aus dem Gleichgewicht gebracht. Er faßte sich jedoch schnell. »Das ist kein Thema zwischen uns«, sagte er kühl und zündete sich ebenfalls eine Zigarette an. Ein Trupp singender Rekruten zog an ihnen vorbei. Über den Fluß wehte ein frischer Wind heran. Die Sonne war hinter den Häusern versunken.

»Bestimmst du allein, was ein Thema zwischen uns ist und was nicht?« fragte Frances scharf. Sie hatte keine Lust, sich abweisen zu lassen. Auf einmal brannte es ihr unter den Nägeln, endlich eine Antwort auf das Warum zu bekommen.

»*Warum*? Warum so plötzlich? Ich meine, warum bist du hingegangen und hast so *plötzlich* geheiratet?«

»Warum interessiert dich das?«

»Warum interessiert dich, was zwischen Phillip und mir war?«

»Eins zu null«, sagte John.

»Du hast von mir eine ehrliche Antwort bekommen. Ich will von dir auch eine.«

»Es war nicht so plötzlich. Wir trafen uns auf einigen Festen. Wir ritten zusammen aus. Sie interessierte sich für meinen Wahlkampf. Sie...«, er zuckte mit den Schultern, »sie war auf einmal kein kleines Mädchen mehr. Sie war eine junge Frau.«

»Das ist doch kein Grund, sie gleich zu heiraten!«

Er wirkte plötzlich feindselig. »Du wolltest mich nicht. Ich denke also nicht, daß du das Recht hast...«

»Du wolltest mir eins auswischen«, sagte Frances schrill. »Sei doch ehrlich und gib es zu! Du hast es nicht verwinden können, daß ich nicht sofort zu deinen Füßen hingesunken bin, als du mich fragtest, ob ich deine Frau werde. Du bist ja so attraktiv. So wohlhabend. Ehrgeizig und erfolgreich. Du konntest es nicht fassen, daß eine Frau dir nicht wie eine reife Frucht in den Schoß fällt!«

Er war wütend, das konnte sie sehen, und er zwang sich mühsam, nicht laut zu werden; vermutlich um sie nicht zu provozieren, ihrerseits noch lauter zu werden. Eine Reihe von Passanten hatte sich bereits neugierig nach ihnen umgedreht.

»Frances, es gibt nicht die geringste Veranlassung, weshalb wir die Gründe für unser Verhalten damals analysieren müßten. Die Dinge sind nun, wie sie sind, daran ändert keiner von uns mehr etwas. Ich habe Victoria geheiratet, und damit mußt du dich abfinden.«

»Wie überzeugend du wieder die große Gelassenheit herauskehrst! Nur weil du nicht wahrhaben willst, wie kindisch und zudem berechnend und egoistisch deine Motive waren. Mich wolltest du ärgern – und dazu war dir wohl aufgegangen, wieviel geeigneter eine Frau wie Victoria für deine Karriere ist. Gib das doch wenigstens zu! Ich hätte dich Stimmen gekostet mit meiner Vergangenheit. Wie peinlich, mit mir in der guten Gesellschaft aufzukreuzen! Dagegen die niedliche, adrette Vicky! Die kann man schön vorzeigen, nicht? Ein unbescholtenes Mädchen aus guter

Familie – sieht man von dem Makel ab, daß sie immerhin genauso wie ich Tochter einer irischen Katholikin ist. Warum hat dich das eigentlich nicht gestört? Du ordnest doch sonst alles dem Prinzip unter, nur ja im Ansehen der Leute nicht einen einzigen Punkt zu verspielen!«

»Frances, es reicht! Und sei, vor allem, nicht so laut! Ich denke nicht, daß die ganze Stadt mitbekommen muß, worüber wir streiten.«

»Und wenn mir das völlig gleich ist?«

Er warf seine nur halb aufgerauchte Zigarette auf den Boden, trat sie aus.

»Mach, was du willst. Ich werde jetzt gehen. Ich lasse mich von dir nicht in ein so unsinniges Gespräch verwickeln!«

»Geh doch!« Das klang wie ein Pistolenschuß. Überall blieben die Leute stehen.

»Frances, ich rate dir, hör auf. Du machst dich lächerlich«, warnte John.

»Das ist etwas, was mir nicht halb soviel ausmacht wie dir«, gab sie zurück, leiser als zuvor, aber überaus heftig.

Entschlossen packte er sie am Arm und zog sie mit sich fort. »Du nimmst dich jetzt zusammen!« herrschte er sie an.

Sie entwand ihm ihren Arm und trat einen Schritt zurück. Sie spürte, wie bleich sie geworden sein mußte.

»Hör doch endlich auf, mir und dir und allen anderen etwas vorzuspielen!«

Ringsum verstummten die Leute und hörten interessiert zu.

»Du liebst Victoria nicht! Du kannst diese hirnlose, kleine Person gar nicht lieben! Sie ist doch unfähig, sich einen eigenständigen Gedanken zu machen. Alles, was sie kann, ist, sich herauszuputzen, mit den Wimpern zu klimpern und ›Ja, John‹ und ›Nein, John‹ zu sagen. Hast du nicht manchmal Angst, daß du selber verblödest, wenn du den Rest deines Lebens mit einer Frau verbringst, die nicht bis drei zählen kann?«

Er war jetzt mindestens so wütend wie sie, und sie konnte sehen, daß er sich mit äußerster Anstrengung beherrschte, nicht handgreiflich zu werden. Seine Lippen waren weiß und schmal, seine Haut fahl.

»Ich verbiete dir, so über Victoria zu sprechen. Ein für allemal.

Sie ist meine Frau. Sie ist deine Schwester. Mit deinen Hetzreden diskreditierst du dich in erster Linie selber. Du hast nicht das mindeste Recht, sie in dieser Weise abzuurteilen, und ich warne dich wirklich, tu es nicht noch einmal!«

Frances hatte John noch nie so zornig erlebt, und eine innere Stimme sagte ihr, es sei besser, den Mund zu halten; aber sie wollte ihm nicht den Eindruck vermitteln, er könne sie einschüchtern.

»Sie ist doch eine von den Frauen, die andere für sich die Kastanien aus dem Feuer holen lassen«, fuhr sie verächtlich fort. »Während sie sich mit neuen Kleidern eingedeckt, vor dem Spiegel ihren Augenaufschlag geübt und sich eine der besten Partien der nördlichen Grafschaften geangelt hat, habe ich im Gefängnis gesessen und für das Frauenstimmrecht gestritten, was immerhin auch ein Kampf für *sie* als Frau war!«

»Vielleicht ist sie gar nicht so scharf auf das Stimmrecht, also versuche bloß nicht, die große Wohltäterin zu spielen. Der Kampf, den du geführt hast, war ausschließlich deine Sache. Niemand hat das von dir verlangt, niemand hat dich gedrängt. Jetzt bade nicht im Selbstmitleid, weil die Konsequenzen härter ausgefallen sind, als du dachtest. Und verlange vor allem nicht, vom Schicksal für deine Opfer belohnt zu werden oder eine Art Wiedergutmachung zu erhalten. So funktioniert das im Leben nicht!«

Mit dem Wort »Selbstmitleid« hatte er sie getroffen, sie jäh von der Insel des Zorns und der Unbeherrschtheit zurückgeholt. Selbstmitleid hatte sie immer verachtet – war sie nun wirklich selbst davon gepackt?

Plötzlich verließ sie alle Kraft. Schlaff hingen ihre Arme herab, sie fühlte sich nicht mehr wütend, nur noch elend und ausgelaugt.

»Ach, John«, sagte sie leise.

»Ich muß gehen«, erwiderte John, »ich bin schon zu lange unterwegs. Wie kommst du nach Hause? Soll ich dir einen Wagen heranwinken?«

»Ich nehme die Straßenbahn. Aber geh nur, ich bleibe noch ein wenig.«

Er zögerte. »Wenn du meinst...«

»Sicher. Ich will noch ein bißchen spazierengehen.«

»Na gut. Also – leb wohl, Frances. Wir werden uns lange nicht sehen.«

»Leb wohl. Paß auf dich auf.«

John nickte. Er ergriff Frances' Hand und zog sie für einen Moment an seine Lippen, dann ging er davon, mit schnellen Schritten, die immer leichter zu werden schienen, je weiter er sich von Frances entfernte.

»Du weißt, dein Vater und ich sind sehr traurig über den Bruch innerhalb unserer Familie«, schrieb Maureen. Ihre vertraute, flüssige Schrift auf dem weißen Briefbogen berührte Frances schmerzlich. So lange hatte sie nichts gehört von ihrer Mutter!

»Dennoch hast du, denke ich, das Recht, alles zu erfahren über Veränderungen, die sich bei uns zutragen. Eine erfreuliche Neuigkeit möchte ich dir deshalb heute mitteilen: Im Dezember wirst du eine kleine Schwester oder einen kleinen Bruder bekommen.«

Frances ließ den Brief sinken. »Das gibt es doch nicht!« sagte sie laut.

Alice, die in der kleinen Küche auf dem Herd irgend etwas Undefinierbares zu kochen versuchte, fragte: »Schlechte Nachrichten?«

»Nicht eigentlich, nein. Meine Mutter erwartet wieder ein Kind.«

»Oh«, sagte Alice, »wohl ein letzter Versuch, neben der lieben Victoria einen weiteren wohlgeratenen Nachkommen in die Welt zu setzen – nachdem das bei dir und George ein wenig mißlungen ist!«

Frances fand diese Bemerkung weder komisch noch geschmackvoll. Sie schwieg.

»War nicht böse gemeint«, fügte Alice versöhnlich hinzu.

»Schon gut. Mein Gott«, Frances überlegte, »Mama ist schon über vierzig! Ich frage mich, warum sie noch einmal ein solches Risiko eingehen muß!«

»Wahrscheinlich ist es einfach passiert. Und nun kann sie es nicht mehr ändern.«

»Ich finde das gefährlich.«

»Sie ist gesund, oder? Sie wird das schon schaffen.«

Frances las weiter: »Ich habe Vicky noch nichts erzählt, obwohl ich sie fast jeden Tag sehe. Sie lebt ja ganz in Daleview, seitdem John in Frankreich ist. Sie fühlt sich einsam und hat Angst um ihren Mann, aber am meisten grämt sie sich, weil sie immer noch nicht schwanger ist. Sie hat so viele Ärzte aufgesucht, keiner konnte sagen, woran es liegt. Und nun muß ich, ihre Mutter, noch einmal ein Kind bekommen! Sosehr ich mich zuerst gefreut habe, Vickys Kummer macht die Angelegenheit nun recht schwer für mich.«

Ich möchte wissen, wieso Victoria rund um die Uhr von allen Menschen bedauert wird, fragte sich Frances aggressiv.

»Ich hoffe, es geht dir gut«, schrieb Maureen am Schluß. »Ich mache mir oft Gedanken, wie und wovon du lebst. Es ging nie um Geld, das weißt du hoffentlich. Wenn du etwas brauchst, dann sage es. Ab nächsten Monat kannst du uns sogar anrufen. Charles löst endlich sein jahrealtes Versprechen ein. Wir bekommen ein Telefon in Westhill. Ich würde mich freuen, von dir zu hören.«

Frances schrieb einen Brief zurück, in dem sie ihrer Mutter Glück wünschte für die kommenden Monate und ihr sagte, daß sie sich auf das Baby freue.

Sie freute sich tatsächlich, aber wenn sie ganz ehrlich war, mußte sie sich eingestehen, daß sich in ihre Freude eine gute Portion Gehässigkeit mischte. Maureens Schwangerschaft würde einen schweren Schlag für Victoria bedeuten, und Frances genoß es – auch wenn sie sich zeitweise dafür schämte.

Am 1. Juli 1916 brach die große Offensive der Engländer und Franzosen an der Somme los, nachdem die Feinde zuvor eine Woche lang durch heftigen Artilleriebeschuß mürbe gemacht worden waren. Bereits während der ersten Stunde des Angriffs verloren die Engländer 21 000 Soldaten. Die Somme-Schlacht entwickelte sich zu einer der furchtbarsten, verlustreichsten und nutzlosesten Schlachten des Krieges. Als sie im November desselben Jahres abgebrochen wurde, zählten Engländer und Franzosen zusammen an die 600 000 Tote, auf deutscher Seite waren es 450 000. Auf einem Gebiet von fünfzig Kilometern Länge hatten Engländer und Franzosen etwa zwölf Kilometer Land gewonnen.

Je schlechter die Nachrichten aus Frankreich lauteten, je mehr Verwundete und Versehrte das tägliche Straßenbild Londons beherrschten, desto größer wurde Frances' Angst um John. Schließlich rief sie beinahe jeden Tag entweder in Westhill oder in Daleview an. Frances durfte von der Fabrik aus telefonieren, in der sie arbeitete; aber sie mußte dafür natürlich bezahlen, und diese täglichen Ferngespräche rissen gewaltige Löcher in ihren Geldbeutel.

Doch sie wußte: Wenn John etwas passierte, erfuhren es seine Mutter und Victoria, Charles und Maureen als erste.

Als sie zum ersten Mal in Daleview anrief und der Butler endlich Victoria gefunden und an den Apparat gebeten hatte, sagte die Schwester sofort mit tränenerstickter Stimme: »Weißt du es schon? Mutter erwartet ein Kind!«

»Mein Gott!« erwiderte Frances ärgerlich.

Als sie Victorias Schluchzen vernommen hatte, war sie überzeugt gewesen, John sei etwas passiert, und ihr Herz hatte beinahe ausgesetzt. Es war nicht zu fassen! Ihr Mann riskierte jenseits des Kanals in den mörderischen Somme-Gefechten Tag für Tag sein Leben, und Victoria hing daheim herum und heulte, weil sie kein Baby bekam!

»Sie hat es mir heute früh gesagt«, fuhr Victoria fort. Dann folgte eine Unterbrechung, in der sie sich die Nase putzte. »Oh, Frances, du hast keine Ahnung, wie elend ich mich fühle!«

»Hast du etwas von John gehört?« fragte Frances.

Das Telefonieren kostete zuviel Geld, als daß sie sich Victorias Gejammere hätte anhören wollen.

Victoria war so sehr mit ihrem Kummer beschäftigt, daß sie einen Moment gebraucht hatte, um Frances' Frage ganz zu begreifen.

»Ich habe nichts gehört«, sagte sie dann. »Ich überlege, ob ich ihm schreiben soll, daß Mutter ein Kind erwartet«, fuhr sie dann fort. »Was meinst du?«

»Ich meine, daß ihn das in dem Schlamassel, in dem er augenblicklich steckt, herzlich wenig interessiert«, antwortete Frances und setzte boshaft hinzu: »Etwas anderes wäre es natürlich, wenn du ihm schreiben könntest, daß *du* ein Kind erwartest.«

Es hatte nur dieser kurzen Bemerkung bedurft, um Victoria erneut in Tränen ausbrechen zu lassen. »Ich weiß nicht mehr, was ich tun soll! Es ist schrecklich! Ich kann an nichts anderes mehr denken! Was soll ich nur tun?«

»Na, im Moment kannst du gar nichts tun, da John ja in Frankreich ist, nicht? Du solltest dich entspannen und aufhören, dir den Kopf zu zerbrechen. Du machst dich noch völlig verrückt – und uns alle dazu!«

»Weißt du, John ist so lieb zu mir. Nie erwähnt er von sich aus, daß er sich ein Kind wünscht. Aber ich weiß, daß er auf einen Erben hofft. Dieser ganze Besitz hier – was machen wir denn, wenn ich keinen Sohn bekomme?«

»Du tust immer so, als hinge das alles von dir ab. Vielleicht liegt es an John, daß ihr noch kein Kind habt. Rede dir bloß keine Schuldgefühle ein!«

»Aber ich...«

»Hör zu, Victoria, dieses Gespräch kostet mich viel Geld. Ich muß aufhören. Ich rufe wieder an, ja?«

Um nach John zu fragen, dachte sie. Lieber Himmel, ist das eine wehleidige Person!

Schließlich rief sie so oft in Daleview an, um sich nach John zu erkundigen, daß sogar die stets nur um sich selbst kreisende Victoria aufmerksam wurde.

»Wieso interessiert dich das so sehr? Du führst dich ja auf, als wärst du seine Frau!«

Das wäre ich auch, wenn alles so gekommen wäre, wie es kommen sollte, dachte Frances. Laut sagte sie: »Wir waren früher gut befreundet. Ich mache mir natürlich Sorgen um ihn.«

Aber Victoria war hellhörig geworden. Einige Tage später fuhr sie ihre Schwester an: »John ist *mein* Mann! Ich hoffe, du vergißt das nicht!«

Das klang so aggressiv, wie Victoria noch nie zuvor zu irgend jemandem gesprochen hatte. Sie war nicht mehr die alte, sie veränderte sich in diesen Kriegsjahren. Sie war inzwischen überzeugt, nie ein Kind bekommen zu können. Zudem vermißte sie ihren Mann, sorgte sich um ihn. In dem riesigen, düsteren Haus, in dem sie mit ihrer humorlosen, strengen Schwiegermutter leben mußte, überfielen sie Kälte und Einsamkeit, und sie konnte davor nicht einmal mehr zu ihrer Familie nach Westhill flüchten, da sie den Anblick ihrer schwangeren Mutter nicht ertrug. Sie wurde immer wehleidiger und quengeliger und verlor nach und nach den Zauber, den sie früher im Umgang mit anderen Menschen an den Tag gelegt hatte.

Der September verging, ohne daß ein Brief von George eintraf. Alice war halb krank vor Angst. George hatte stets regelmäßig geschrieben.

Doch nachdem er am Anfang des Krieges seine Lage noch beschönigt und Optimismus zu vermitteln versucht hatte, war er spätestens seit Beginn der Somme-Schlacht dazu offensichtlich nicht mehr in der Lage. Zwei Jahre Krieg hatten ihn zermürbt und erschöpft. Seine Briefe waren im Stakkato-Stil verfaßt und zeigten die elende, schwierige Lage der Soldaten.

»Neben uns ist ein Stollen verschüttet worden. Bis auf einen wurden alle Männer tot geborgen. Diese verdammten Stollen, sie können in Sekundenschnelle zum Massengrab werden ... Es regnet ohne Unterlaß. Bei uns im Stollen steht das Wasser dreißig Zentimeter hoch. Alles ist naß: Kleider, Schuhe, Decken, Proviant. Der Stollengraben – ein eisiger Sumpf. Beim Essenholen ist einer meiner Leute regelrecht steckengeblieben, zwei andere mußten ihn ausgraben ...

Für ein paar Tage biwakieren wir in einer Höhle unter der Erde; sie wurde vor langer Zeit gegraben, ist also nicht von der Natur geschaffen. Die Züge wechseln sich beim Bewohnen der Höhle ab, die Luft ist hier so schlecht, daß es niemand lange aushält. Es ist entsetzlich kalt. Die Kerzen, die uns ein wenig Licht geben sollen, verlöschen ständig, weil wir hier so wenig Sauerstoff haben ...

... Ständiger Artilleriebeschuß durch die Deutschen. Wir sitzen wieder im Stollen. Ein Treffer, und wir sind begraben. Einer hat gestern den Verstand verloren, fing an wirr zu reden und bekam Fieber. Später stellte sich heraus, sein Bruder ist gestern an einem Bauchschuß gestorben ...

... Ich habe Angst, Alice. In meinem ganzen Leben habe ich noch nicht solche Angst gehabt. Mir wäre es lieber, ich bekäme eine Kugel in den Kopf, als daß der Stollen über mir einbricht. Ich wußte nie, daß ich an Klaustrophobie leide, hier kommt sie aber durch, schlimmer als bei den meisten anderen ...

Alice, wann wird es vorbei sein? Wann wird es endlich vorbei sein?«

So endete sein letzter Brief. Dann hörten sie nichts mehr – für vier endlos lange Wochen.

»Das muß überhaupt nichts Schlimmes bedeuten«, sagte Frances immer wieder. »Überlege doch nur, wie es da drüben zugeht. Es war ein Wunder, wie schnell und regelmäßig seine Briefe bisher hier eintrafen. Jetzt funktioniert es eben nicht mehr!«

»Das glaube ich nicht. Andere bekommen auch Briefe.« Alice hatte sich umgehört. Die Zustellung von Feldpost aus Frankreich klappte im allgemeinen recht gut. »Er hat praktisch jeden Tag geschrieben! Warum jetzt nicht mehr?«

»Ich weiß es nicht. Ich rufe heute noch einmal meine Mutter an, vielleicht hat sie inzwischen etwas gehört.«

Aber Maureen hatte auch keine Nachricht mehr erhalten, war allerdings deshalb nicht beunruhigt, denn George hatte ihr seit Beginn des Krieges ohnehin nur viermal geschrieben: Postkarten, damit sie wußte, er lebte noch. Der Kontakt zu seinen Eltern war ja gewissermaßen immer noch abgebrochen. Mit ihrem Anruf daheim hatte Frances nur erreicht, daß Maureen sich nun auch noch sorgte. Frances fand, die Stimme ihrer Mutter höre sich anders an als sonst, weniger frisch und kräftig, und als sie nachfragte, erklärte Maureen, die Schwangerschaft mache ihr sehr zu schaffen.

»Ich werde einfach älter. Früher hatte ich keine Probleme.«

Später fügte sie hinzu: »Vielleicht kommt vieles zusammen. Der Krieg, das Zerwürfnis zwischen Vater und dir. Weißt du, ich denke jetzt über manches anders. Man sollte nicht soviel Lebenszeit mit Streit und Unfrieden vergeuden. Auf einmal ist alles zu Ende, und man kann nichts mehr wiedergutmachen.«

Irgend etwas in der Stimme ihrer Mutter beunruhigte Frances. Es klang so ahnungsvoll, was sie sagte und wie sie es sagte. Maureen hatte wirklich Angst. Vor einem Ende. Wessen Ende? Davor, nichts mehr gutmachen zu können...

Nun begann auch Frances, immer mehr um George zu fürchten.

Im August war Rumänien – nach Abschluß eines Paktes mit Rußland – in den Krieg eingetreten. Mitte September wurden in Frankreich von den Engländern erstmals Panzerwagen eingesetzt, womit sich die Möglichkeit ergab, über Granattrichter und Schützengräben einfach hinwegzurollen, und tatsächlich gelang den Engländern ein Vorstoß tief in die deutschen Linien hinein. Der Jubel daheim war groß, viele prophezeiten, die gewaltigen Kettenfahrzeuge würden den festgefahrenen Kampf nun endlich entscheiden.

Tatsächlich aber erwies sich die Euphorie als verfrüht; wie so oft in diesem Krieg, gab es wieder Probleme mit dem Nachschub, es wurden zu wenig Panzer geliefert, und davon fielen noch eine ganze Reihe bereits auf dem Weg zur Front aus. Die verbliebenen »tanks«

reichten für eine breitangelegte Offensive nicht aus. Der kurze Hoffnungsschimmer hatte sich rasch wieder eingetrübt.

An einem regnerischen Abend Ende September kam Frances von der Fabrik zurück und traf eine in fieberhafte Reisevorbereitungen vertiefte Alice an. Zwei Koffer standen aufgeklappt im Wohnzimmer – was bedeutete, daß es dort praktisch überhaupt keinen Platz mehr gab, an dem man hätte stehen oder gehen können –, und einige Kleider lagen über das Sofa gebreitet, das Frances als Bett diente. Dazwischen balancierte Alice hin und her.

»Was hast du denn vor?« fragte Frances erstaunt und tastete sich vorsichtig zur Küche, wo sie ihre nassen Überschuhe, die sie im Hausflur ausgezogen hatte, auf einen Stapel Zeitungspapier stellte.

»Ich habe eine Nachricht erhalten«, sagte Alice, »von Georges Bataillonskommandanten. George ist schwer verletzt.«

Frances schluckte. »Was?«

»Er liegt in einem Lazarett in irgendeinem verdammten französischen Dorf. Er ist nicht transportfähig«, erklärte Alice.

Trotz der schlechten Nachricht schien sie nicht mehr so verzweifelt und mutlos wie in den vergangenen Wochen. Eine schlechte Nachricht war immerhin eine Nachricht. Die Ungewißheit hatte ein Ende. Jetzt konnte sie handeln.

Frances sank mit weichen Knien auf den Küchenhocker. »Mein Gott«, flüsterte sie.

»Er hatte meine Adresse bei sich, nicht die seiner Eltern. Deshalb hat man *mir* geschrieben«, sagte Alice, und es sprach eine gewisse Zufriedenheit aus ihren Worten.

»Was genau ist denn passiert?« fragte Frances. Sie war völlig geschockt.

»Eine Granate ist in seinen Unterstand geflogen. Der Stollen war verschüttet. Alle seine Kameraden haben sie tot ausgegraben. Nur George lebte noch. Er hat eine ziemlich schwere Verletzung am Kopf und eine leichtere am rechten Bein. Der Major schreibt, er sei jetzt außer Lebensgefahr.«

Verschüttet im Stollen. Georges schlimmster Alptraum. War er bewußtlos gewesen, während sie nach ihm gruben? Oder hatte er wach und voller Todesangst ausharren müssen?

»Das ist ja entsetzlich«, sagte Frances, und als sie Alices Blick bemerkte, setzte sie hinzu: »Ich meine nicht, daß er außer Lebensgefahr ist. Sondern daß ihm das Schlimmste passiert ist. Das, wovor er am meisten Angst hatte.«

»Er muß völlig verstört sein«, meinte Alice, »das ist offenbar ein weit größeres Problem als seine Verletzungen. Ich werde zu ihm reisen.«

»Nach Frankreich? An die Front?«

»Das Lazarett liegt natürlich hinter der Front. Ich glaube, George braucht jetzt jemanden, den er kennt, der ihm vertraut ist.«

Frances' Herzschlag normalisierte sich allmählich. Sie hatte keine Erfahrung, was Kriegstraumata in einem Menschen anrichten können, sie hatte darüber auch noch nichts gehört oder gelesen – sonst hätte sie sich größere Sorgen gemacht. So dachte sie nur: Gott sei Dank! Er wird nicht sterben. Es ist alles in Ordnung!

»Im Grunde müssen wir froh sein«, meinte sie. »Wer weiß, ob sie ihn in diesem Krieg noch werden einsetzen können. Vielleicht hat er jetzt alles hinter sich!«

Alice konnte ihren Optimismus nicht teilen. »Vielleicht kommt er psychisch nie mehr auf die Beine. Ich habe von Soldaten gehört, die sind in einer Anstalt gelandet.«

»Aber nicht George. Er ist stark.«

»Nicht so stark, wie du vielleicht denkst«, widersprach Alice. Sie faltete einen Schal sorgfältig zusammen und verstaute ihn in einem Koffer. »Auf jeden Fall fahre ich zu ihm. Und ich gehe von dort nicht weg ohne ihn. Ich bringe ihn zurück nach England, und in einem hast du recht: Sie schicken ihn nie wieder in diesen Krieg, nie wieder. Ich lasse das nicht zu.«

Voller Erstaunen erkannte Frances, wie tief Alices Gefühle für George tatsächlich waren. Sie hatte immer geglaubt, Alice könne gar nicht wirklich lieben, und George sei dazu verurteilt, ein Leben lang hinter ihr herzulaufen und höchstens die Hälfte der Gefühle zurückzubekommen, die er in diese Beziehung eingebracht hatte. Aber sie hatte sich geirrt. Irgend etwas an dieser Partnerschaft, irgend etwas an dem Menschen Alice hatte sie überhaupt nicht begriffen. Und auf einmal betrachtete sie die Freundin wieder mit größerem Interesse und neu gewonnener Achtung.

Und dann, ohne noch einen Moment zu überlegen, sagte sie: »Ich begleite dich. Ich komme mit nach Frankreich.«

Der Oktobertag war sonnig, aber kühl, doch es herrschte eine erstickende Hitze im Inneren der baufälligen Scheune, die von den Engländern zum Lazarett umfunktioniert worden war. Die Verwundeten waren in Feldbetten entlang den Wänden untergebracht, aber wegen der Überfüllung lagen viele auch, einfach nur in Decken gehüllt, auf dem Fußboden. Die Gänge zwischen den Lagern hatten frei bleiben sollen, aber auch hier drängten sich verletzte Soldaten. Sanitäter, die weitere Opfer auf Tragbahren hereintrugen, stolperten jedesmal fast über die vielen ausgestreckten Arme und Beine, oder sie stießen aus Versehen mit den Füßen gegen einen der Unglücklichen, der dann – falls er nicht bewußtlos oder schon halb tot war – entsetzlich aufschrie oder schlimmer fluchte als ein Droschkenkutscher. Mit Hilfe von Zeltplanen hatte man den Raum nach außen hin noch vergrößert, aber das hatte nur vorübergehend etwas Erleichterung gebracht. Inzwischen drängten sich im Zelt ebenso viele Verwundete wie in der Scheune, und auf der großen Wiese davor, auf der in besseren Zeiten Dorffeste stattgefunden hatten und in hellen Mainächten getanzt worden war, saßen nun die Leichtverletzten oder bereits halb Genesenen; manche liefen ein wenig herum und unterhielten sich, einige rauchten mit genießerisch geschlossenen Augen eine Zigarette, eine seltene und begehrte Kostbarkeit. Viele hockten nur apathisch im Gras unter einem Baum oder auf einer Bank und starrten vor sich hin. Ein junger Mann, dem man beide Beine oberhalb der Knie abgenommen hatte, saß mit totenbleichem Gesicht und zitternden Lippen in seinem Rollstuhl und murmelte Unverständliches vor sich hin. Über allem dröhnte das Artilleriefeuer der in unmittelbarer Nähe befindlichen Front. Rauch nebelte den Horizont ein. Der Himmel zeigte das starke, tiefe Blau des Herbstes, die Bäume standen in bunte Farben getaucht.

Die Sterbenden schrien.

Es ist ein Alptraum, dachte Frances, ein furchtbarer Alptraum, und man wünscht nichts mehr, als endlich daraus zu erwachen.

Der Alptraum bestand aus Blut, Eiter, Exkrementen, aus Erbrochenem, in dem sich Fliegen tummelten, aus schmutzstarrenden Verbänden, aus fieberheißen Gesichtern, grauenerfüllten Augen, aus struppigen Bärten und hohlen Wangen, aus Händen, die sich nach jedem Vorübereilenden ausstreckten und um Wasser bettelten oder um etwas Morphium gegen die Schmerzen flehten. Er bestand aus den Schreien des Schwerstverwundeten, dem der vollkommen übernächtigte Arzt in der zum Operationsraum umfunktionierten ehemaligen Kammer zur Holzlagerung gerade eine Kugel irgendwo aus dem Bauch herausgrub.

Zum Alptraum gehörten das ununterbrochene Dröhnen der Artillerie und der Mann, den zwei Sanitäter vor wenigen Minuten im Laufschritt in die Scheune getragen hatten; er hatte, halb irr vor Schmerzen, geschrien und beide Hände auf den Bauch gepreßt. Seine Uniform hatte nur noch in kläglichen Fetzen an seinem Körper gehangen. Irgend etwas quoll zwischen seinen Fingern hindurch, und als Frances, trotz ihres Grauens von einem seltsamen Zwang getrieben, näher hinsah, erkannte sie, daß es die Gedärme des Mannes waren.

Zum ersten Mal, seitdem sie hier war – und sie hatte viel, zuviel gesehen in der Zeit –, konnte sie sich nicht mehr beherrschen. Sie drehte sich um und erbrach sich in einen Blecheimer, der neben dem Bett eines Patienten stand.

»Kotzen Sie sich nur aus, junge Frau«, sagte er müde, »kann einen ganz schön fertigmachen das alles hier, was?«

Sie richtete sich mit einem leisen Stöhnen auf, wischte sich mit zitternder Hand über den Mund. Als sie endlich wagte, sich wieder umzudrehen, hatten die Sanitäter die Bahre mit dem Bauchverletzten nur ein paar Schritte weiter abgestellt. Die Arme des Mannes hingen schlaff rechts und links herab, seine Augen standen weit offen, starrten blicklos zur Decke. Seine Schreie waren verstummt.

»Scheiße«, sagte der eine Sanitäter, während bereits eine energische Dame im Schwesternkleid herbeieilte, mit einem Blick die Lage erfaßte und den Sanitätern bedeutete, den Toten hinauszubringen.

»Rasch, rasch! Wir brauchen den Platz! Und da hinten in dem Bett in der Ecke, der ist auch tot! Beeilt euch mit ihm, das Bett kriegt der Operierte!«

Sie sterben wie die Fliegen, dachte Frances, und es gibt so wenig, was man tun kann.

Die Front bewegte sich seit Wochen keinen Millimeter vor oder zurück, aber sie spuckte Tote und Verletzte aus ohne Ende. Die Bewohner des kleinen Dorfes St. Ravill, das nicht weit entfernt lag von Beaumont an der Ancre, einem Nebenfluß der Somme, brachten täglich Nahrungsmittel zum Lazarett, einige kochten freiwillig Suppe und halfen beim Verteilen. Alle hatten sie Angst dabei, denn die alte Scheune lag ein Stück außerhalb von St. Ravill und näher an der Front, und manchmal krachte es so laut, als sei eine Granate gleich vor der Tür eingeschlagen. Trotzdem taten alle ihre Arbeit, ungerührt und gleichmütig; so als tobe nicht einen Kilometer weiter der Weltuntergang.

Auch Frances versuchte sich nützlich zu machen. Sie hatte zwar keinerlei Erfahrung in der Krankenpflege, aber sie bewies gute Nerven und die Fähigkeit, entschlossen zupacken zu können. Sie war nicht zimperlich, und das gefiel der Oberschwester, einer resoluten, älteren Dame aus der Grafschaft Somerset.

»Miss Gray, können Sie hier einmal helfen?«

»Miss Gray, können Sie dort drüben rasch saubermachen?«

Solche Rufe erklangen immer häufiger. Frances' Zusammenbruch, als der Mann mit dem Bauchschuß vorübergetragen wurde, blieb der einzige Vorfall dieser Art. Sie fühlte sich keineswegs zur Schwester berufen, denn sie besaß zu wenig Idealismus für diesen Beruf und im Grunde auch zu wenig Menschenliebe; aber die Gefühle, die sie beim Anblick all des Schreckens ringsum bewegten, machte sie mit sich alleine ab und rannte vor dem Grauen nicht davon.

George hatte zuerst auf einem der Feldbetten gelegen, aber da seine körperlichen Verletzungen gut heilten, hatte er es für einen der neuen, schlimmen Fälle räumen müssen und kampierte nun auf einer Decke gleich neben dem Eingang. Alice hatte dagegen vehement protestiert und sich überhaupt nicht mehr beruhigen wollen, bis schließlich der Arzt erschienen war und sie derart grob abgekanzelt hatte, daß sie verstummte und sich mit hochrotem Kopf abwandte. Sie kauerte Tag und Nacht neben Georges Lager, schlief nur stundenweise und aß so wenig, daß sie innerhalb einer Woche erschreckend abmagerte. Sie half George beim Essen, wusch ihn, erzählte ihm Geschichten und bewachte seinen Schlaf.

Frances fand das übertrieben, obwohl sie selbst erschrocken

gewesen war, als sie ihren Bruder zum ersten Mal wiedergesehen hatte. Er war so dünn geworden, daß man meinen konnte, er bestehe wirklich nur noch aus Haut und Knochen. Seine Augen lagen tief in den Höhlen; jedes Leben, jedes Leuchten, jede Regung war in ihnen erloschen. Alles an ihm wirkte wie tot. Stumpf und struppig die Haare, grau die Haut, blutleer die Lippen. Es war nicht viel übrig von dem gutaussehenden jungen Mann mit dem herzlichen Lächeln und den lebhaften Augen.

Wie gut, daß Mutter ihn so nicht sieht, hatte Frances als erstes gedacht.

Er hatte sie beide sofort erkannt. »Alice! Frances! Wo kommt ihr denn her?«

Er sprach monoton, weder hob noch senkte er die Stimme. Es schien nicht so, als berühre es ihn wirklich, die beiden Frauen zu sehen. Er fragte nicht nach seinen Eltern, nicht nach daheim. Nichts schien tiefer zu ihm vorzudringen.

Frances sah vor allem, daß seine Verletzungen dabei waren, gut zu heilen, und das erleichterte sie.

»Natürlich ist er noch geschockt«, sagte sie zu Alice, die sich nach dieser ersten Begegnung größte Sorgen machte. »Er war achtundvierzig Stunden lang lebendig begraben. Um ihn herum nur tote Kameraden. Es ist doch kein Wunder, daß er so verstört ist!«

»Er ist nicht nur verstört. Merkst du nicht, daß er ein ganz anderer Mann ist? Er nimmt ja kaum noch etwas wahr!«

»Das gibt sich doch wieder.«

»Woher willst du das wissen? Menschen, die einen schweren Schock erlitten haben, müssen auf eine ganz bestimmte Weise sorgfältig therapiert werden. Dazu hat hier natürlich niemand Zeit. Ich habe Angst, daß er restlos abtaucht in seine eigene, innere Welt.«

Frances sagte sich, daß Alice nur Gespenster sah. Erst viel später sollte sie erkennen, daß Alice die Tragödie bereits zu einem Zeitpunkt gesehen hatte, als noch niemand sonst sie wahrhaben wollte.

Viele Männer im Lazarett litten neben ihren körperlichen Verletzungen unter psychischen Wunden. Sie hatten ihre Kameraden sterben sehen und selbst monatelang in ständiger Todesangst gelebt. Es waren Soldaten dabei, die über vier Monate ohne Ablösung im Schützengraben hatten ausharren müssen.

Frances kümmerte sich viel um einen achtzehnjährigen Jungen, der aus Northumberland stammte, der nördlichsten Grafschaft Englands. Er hatte entsetzliches Heimweh, kam über den Tod seines besten Freundes nicht hinweg, der, unmittelbar neben ihm kauernd, mit einem Kopfschuß zusammengebrochen war. Nachts, so erzählte er Frances, träume er immer von den Pferden.

»Ich habe so viele Pferde sterben sehen. Sie haben geschrien. Und sie haben geweint. Ich wußte nicht, daß Pferde weinen können. Sie lagen dort auf der Erde und kämpften mit dem Tod, ihre Leiber waren aufgerissen, und sie bluteten aus vielen Wunden. Manche hatten sich ergeben, warteten still, mit weit geöffneten Augen, auf das Ende. Nur ab und zu schnaubten sie ganz leise. In ihren Gesichtern war so viel Traurigkeit. Sie kommen mir immer vor wie die allerunschuldigsten Opfer in diesem Krieg.«

Frances dachte an die Pferde daheim in Westhill, an ihre seidigen Ohren und dunklen Augen, daran, wie es sich anfühlte, wenn sie ihre weichen Nüstern fest in eine menschliche Hand preßten. Sie verstand den Jungen und liebte ihn für seine Empfindungen. Von nun an versuchte sie immer, ein paar Leckerbissen für ihn aufzutreiben, und wenn sie ihn im Schlaf stöhnen hörte, weckte sie ihn rasch auf, weil sie wußte, er träumte wieder von den Pferden.

George wurde von Alice völlig okkupiert, und so gelang es Frances nur selten, sich mit ihm zu beschäftigen. In ihren vielen Gesprächen mit den anderen Männern versuchte sie, etwas über John herauszufinden. Sie hatte keine Ahnung, wo seine Einheit stand, aber sie nannte jedem seinen Namen.

»Lieutenant John Leigh? Keine Ahnung, Ma'm. Nie gehört.«

Insgeheim wünschte sie, ihm möge etwas zustoßen, nichts Schlimmes natürlich, aber ausreichend, um ihn ins Lazarett zu verschlagen, am besten nach St. Ravill. Schlimm genug auch, um nicht wieder ins Feld geschickt zu werden, aber sein Leben sollte nicht in Gefahr sein. Nachts, wenn sie schlaflos auf der schmalen Pritsche lag, die ihr in einem Bauernhaus als Bett diente, malte sie sich romantische Szenen aus, um sich gleichzeitig für ihre Jungmädchenphantasien zu verspotten. Hatte sie nicht genug Häßliches erlebt, um sich noch derart gefühlsduseligen Träumen hinzugeben?

Du bist dreiundzwanzig, nicht mehr siebzehn, ermahnte sie sich manchmal unbarmherzig, nicht mehr das junge Mädchen, das glaubt, ihm stehe das Beste im Leben zu. *Nichts* steht dir einfach zu. Du kannst ein paarmal Glück haben und das eine oder andere fällt dir in den Schoß, zufällig und unverdient; aber das meiste mußt du hart erkämpfen und kannst froh sein, wenn du die Hälfte von dem bekommst, was du wolltest.

Und John ist der Ehemann deiner Schwester! Du solltest weder erträumen, daß er dir plötzlich seine Liebe gesteht, noch solltest du dir vornehmen, um ihn zu kämpfen. Laß die Finger von ihm.

Aber sie fuhr fort, sich nach ihm zu erkundigen, und wenn sie gefragt wurde, in welchem Verhältnis sie zu ihm stehe, antwortete sie ausweichend, sie seien sehr gute Freunde. »Er ist mein Schwager«, brachte sie nicht über die Lippen. Allgemein hatte sich schließlich die Meinung verbreitet, sie sei die Verlobte von Lieutenant Leigh, und sie unterließ es, dies richtigzustellen. Jedem tat es leid, daß diese junge Frau so im ungewissen war über das Schicksal des Mannes, den sie liebte, und jeder versprach ihr, es ihr sofort zu sagen, wenn er irgend etwas von ihm hörte.

An einem warmen, sonnigen Oktobertag ging Frances jenseits des Dorfes spazieren; sie hatte gehofft, wenigstens für kurze Zeit dem Schlachtenlärm zu entkommen, der seit den frühen Morgenstunden mit neuer Heftigkeit und ohne Unterbrechung tobte. Der Himmel im Osten wurde überhaupt nicht hell, so dicht und schwarz wogten dort die Rauchwolken. Pausenlos schlugen Granaten ein, die Artillerie feuerte in tödlichem Stakkato. Versprengte Soldaten, die im Dorf auftauchten, berichteten, die Front bewege sich zum ersten Mal seit Wochen wieder, Engländer und Franzosen hätten bereits einige Meter Boden gewonnen, die Deutschen hätten ihre vordersten Schützengräben aufgegeben und sich zurückziehen müssen.

In den allgemeinen Jubel darüber vermochte Frances nicht einzustimmen. Worüber freuten sich die anderen so? Über das Stück schlammigen, von Minen und Stacheldraht durchsetzten Boden, das man den Deutschen bis zum Abend würde abgerungen haben?

Der Blutzoll war wieder einmal hoch: Im Lazarett erlebten sie einen Zustrom von Verletzten wie schon lange nicht mehr. Die Sanitätskommandos waren ständig im Einsatz, trugen Bahre um Bahre heran. Irgendwann gab es nicht einen Flecken Platz mehr in der Scheune oder unter dem Zelt, und sie legten die Soldaten auf die Wiese vor der Scheune; bald lagen dort an die hundertfünfzig Männer in langen Reihen, schrien, stöhnten, starben.

»Was machen wir, wenn es dunkel wird?« fragte eine junge Schwester ratlos. »Die Nächte sind doch schon so kalt!«

Der Arzt, der seit achtundvierzig Stunden nicht geschlafen hatte und aussah, als müsse man ihn jeden Moment neben seine Patienten legen, sah sie nur aus übermüdeten, resignierten Augen an.

»Es hilft nichts. Sie müssen es da draußen irgendwie aushalten. Beten Sie, daß es nicht zu regnen anfängt.«

Frances hatte den ganzen Vormittag geholfen, wo sie konnte, aber irgendwann hatte sie gedacht: Ich kann jetzt nicht mehr. Ich brauche eine Pause. Nur für kurze Zeit. Ich will niemanden mehr leiden und sterben sehen. Ich halte es nicht aus.

Sie war entwischt, war zwischen herbstlichen Feldern umhergelaufen, die Front und die Toten hinter sich lassend, ohne eine Sekunde vergessen zu können. Hinter sich hörte sie noch immer das Krachen der Geschütze. Um sich herum sah sie nur wenige abgeerntete Stoppelfelder; die meisten Äcker standen voll welkem Unkraut, waren schon lange nicht mehr bestellt worden. Die Mehrzahl der Männer war im Krieg, die daheim gebliebenen Frauen konnten mit all der Arbeit nicht alleine fertig werden. Alles sah verwahrlost aus. Auf einer Wiese rostete ein vergessener Pflug vor sich hin. Ob das Pferd, das ihn einst gezogen hatte, noch lebte?

Aber die Luft war rein und klar, und Frances fühlte sich ein wenig besser, als sie zurückkehrte. Vor der Scheune herrschte das Chaos, ein unüberblickbares Gewimmel von verwundeten Soldaten, Sanitätern und Schwestern. Irgend jemand schrie unverständliche Anweisungen, die von niemandem beachtet wurden. Die Reih-und-Glied-Ordnung hatte sich aufgelöst, dadurch gab es keine Gassen mehr, in denen man sich bewegen konnte. Alle Hilfskräfte mußten sich ihren Weg irgendwie selber bahnen und blieben immer wieder an unpassierbaren Stellen hängen. Zwei Sanitätern rutschte ein Soldat im allgemeinen Gewirr von der Bahre; er starb lautlos im Staub der zertrampelten Wiese. Eine junge Schwester, durchsichtig wie ein Geist und augenscheinlich völlig erschöpft, sank plötzlich mit kalkweißem Gesicht zu Boden und blieb reglos liegen. Es roch durchdringend nach Chloroform. Ein Soldat mit einem Holzbein humpelte herum und schrie, er habe frische Muscheln zu verkaufen; aber natürlich hatte er nichts anzubieten, sondern streckte jedem nur seine leere, schmutzige Hand hin, an der drei Finger fehlten.

Etwas abseits von dem Gewühl saß George auf einem Baumstumpf und rauchte eine Zigarette. Er wirkte gänzlich unberührt von den Geschehnissen ringsum, schien nichts zu hören, nichts zu sehen. Er war vertieft in sich selbst, machte den Eindruck, als halte er stumme Zwiesprache mit seinem Innern. Ebensogut hätte er einsam irgendwo im Wald sitzen können, an einem der Bäche oder auf einer Wiese Wensleydales. Wundersamerweise war keine Spur von der allgegenwärtigen Alice zu entdecken.

Frances trat zu ihm hin. »George?«

Er blickte auf, ohne besonderes Interesse. »Ach, du bist es. Ich dachte schon, Alice sei bereits wieder aufgewacht.«

»Hat sie sich endlich einmal schlafen gelegt?«

»Sie konnte nicht mehr. Sie ist in ihr Quartier gegangen und wollte in einer Stunde zurück sein.«

»Wenn sie einschläft«, sagte Frances, »dann wacht sie vor heute abend nicht mehr auf. Sie ist ja fix und fertig.«

Unschlüssig blieb sie stehen, wartete, daß George sie auffordern würde, sich neben ihn zu setzen. Aber er beachtete sie schon nicht mehr, zog stumm an seiner Zigarette. So kauerte sie sich einfach zu seinen Füßen ins Gras, das noch warm und trocken war von der Sonne des Tages. Noch zwei Stunden, und die Dämmerung würde hereinbrechen, erste Vorbotin eines dunklen Herbstabends, der kalte Luft mit sich bringen würde und Feuchtigkeit, die aus der Erde stieg. Die kritische Situation der Männer, die hier draußen lagen und mit dem Tod rangen, würde das noch verschärfen.

»Wie geht es dir heute, George?« fragte Frances.

Er starrte dem Rauch seiner Zigarette hinterher. »Recht gut, danke«, antwortete er.

Es war das, was er immer antwortete auf die Frage nach seinem Befinden. Dann realisierte er, daß Frances im Gras saß.

»Entschuldige«, sagte er und versuchte mühsam, aufzustehen. Sein Körper wollte meist noch nicht so, wie er sollte. »Nimm hier meinen...«

Sanft drängte sie ihn zurück. »Bleib sitzen. Ich habe derzeit die gesünderen Knochen.«

Er blieb, wo er war, und fragte: »Möchtest du eine Zigarette?«

»Sag nur, du hast noch eine?«

Er nickte, kramte eine etwas zerdrückte Zigarette aus seiner Jackentasche, dazu ein verbeultes Päckchen mit Streichhölzern. »Hat Alice für mich organisiert. Ich weiß nicht, wie sie das macht. Aber sie hat jeden Tag etwas Besonderes für mich.«

»Sie liebt dich, das ist mir inzwischen klar. Vielleicht hat sie es selbst erst begriffen, als wochenlang keine Nachricht von dir kam. Sie hatte wirklich Angst.«

»Sie wollte mich nie«, sagte George, aber es klang weder gekränkt noch traurig, noch resigniert. Es war eine völlig emotionslose Feststellung. Er gab Frances Feuer, und sie tat einen langen, genießerischen Zug, nachdem sie ihre ersten Skrupel, George eine solche Kostbarkeit wegzunehmen, überwunden hatte. Es war vielleicht nicht anständig, aber sie war ausgehungert nach der besänftigenden Wirkung des Nikotins. Sie hätte nicht verzichten können.

Es ging ihr tatsächlich sofort besser, alles in ihr entspannte sich, und es gelang ihr, innerlich ein Stück abzurücken von den Ereignissen ringsum.

»Jetzt noch ein Whisky«, sagte sie sehnsüchtig, »und für einen Moment wäre die Welt fast in Ordnung.«

George lächelte. »Aber Frances! Trinkt eine Dame in aller Öffentlichkeit Whisky?«

Sie zuckte die Schultern. »Als Dame werde ich wohl sowieso nie wieder akzeptiert. Es liegt mir auch, ehrlich gesagt, nicht allzuviel daran.«

Er nickte. »Das ist etwas, das Hand in Hand geht mit dem Älterwerden, nicht? Es liegt einem an so vielem nichts mehr, was früher wichtig war. Man ist so manchem hinterhergerannt... und dann merkt man, wie unwesentlich das war... wie sinnlos...«

Frances musterte ihn besorgt. Seine Resignation ging zu tief. Sie selbst hatte bereits das eine oder andere abgehakt in ihrem Leben, das Verbliebene neu gewichtet. Als »sinnlos« hätte sie nichts bezeichnet, nicht Vergangenes, nicht Gegenwärtiges. Aber George... Sie betrachtete sein graues Gesicht, seine stumpfen Augen. Er schien so ohne Leben, ohne Hoffnung...

»Ich glaube, für unsere Eltern hat sich auch manches verschoben«, sagte sie. »Mutter deutete es in unserem letzten Gespräch an.

George, ich bin ganz sicher, sie werden dich mit offenen Armen aufnehmen. Es wird für sie nur noch wichtig sein, daß du lebst.«

»Der Arzt hat heute gesagt, ich sei wieder transportfähig. Alice möchte so schnell wie möglich mit mir nach England zurückkehren.«

»Das ist gut. Du mußt nach Hause. Nach Westhill. Dort wirst du deinen Frieden wiederfinden.«

»Ich glaube nicht, daß ich nach Hause möchte«, sagte George. »Ich weiß ohnehin nicht mehr, was und wo zu Hause für mich ist. Es ist alles so gleichgültig geworden.«

»Das denkst du jetzt. Du bist sehr krank gewesen. Du hast Schlimmes mitgemacht. Es ist nur natürlich, daß du augenblicklich solch eine Leere empfindest.«

»Ich werde es nie vergessen.« Sein Blick war jetzt in die Ferne gerichtet, irgendwohin, wo er etwas sah, das er mit niemandem teilen konnte.

»Ich dachte, ich sterbe. Als die Balken brachen, als ich das Holz splittern hörte, als die Erde herunterkam und alles schwarz wurde, da dachte ich, ich sterbe. Ich hatte solche Angst. Die ganze Zeit hatte ich Angst. Im Schützengraben, als rechts und links von mir meine Kameraden zusammenbrachen, schreiend, sterbend, als mir die Kugeln um die Ohren pfiffen und die Welt nur noch ein Inferno war... Immerzu hatte ich Angst. Aber am meisten unten im Stollen. Wir saßen dort im Wasser, zitternd und frierend, und draußen tobte ein Orkan über uns hinweg; und ich wußte, es ist nur Zufall, ob eine Granate bei uns einschlägt oder nicht. Bloßer Zufall. Wir konnten nichts tun.«

»Ich weiß. Es ist furchtbar, was du mitgemacht...«

Er hörte ihr gar nicht zu. »Ich kam zu mir, während ich noch dort unten lag. Alles war dunkel. Ich hörte jemanden stöhnen, gleich neben mir. Ich konnte nichts sehen. Ich versuchte etwas zu sagen, aber ich brachte keinen Laut hervor. Mein Körper war ein einziger Schmerz.«

»Ich verstehe.«

»Irgendwann hörte der Kamerad neben mir auf zu stöhnen. So schrecklich es geklungen hatte, es war besser gewesen als die Stille. Ich fühlte mich... so hoffnungslos allein.« Seine Hand, die die Zigarette hielt, zitterte. »Über mir lag ein Berg von Erde, etwas

Freiraum hatte ich nur durch ein paar Balken, die sich über mir verkeilt hatten. Ich wußte, daß ich nur warten konnte, bis mir die Luft ausginge. Ich konnte nur daliegen und warten, daß ich sterben würde.«

Frances hielt seine zitternde Hand fest. »Aber du bist nicht gestorben, George. Du lebst, und das allein zählt. Alles andere mußt du vergessen.«

»Ich habe es dir doch gesagt.« Seine Stimme klang, als müsse er einem begriffsstutzigen Kind etwas erklären. »Ich kann es nicht vergessen.«

»Das denkst du nur. Du wirst sehen, wenn du erst daheim bist...«

»Es gibt kein Daheim.«

»Du mußt doch irgendwohin!«

»Wir werden sehen.« Seine Zigarette war fast am Ende, vorsichtig balancierte er das letzte winzige Stück zwischen den Fingerspitzen.

»Eigenartig«, sagte er leise, »als ich da unten verschüttet lag, hatte ich Angst, zu sterben. Ich hatte entsetzliche Angst, und alles, was ich denken konnte, war: Hoffentlich bleibe ich irgendwie am Leben. Um nichts in der Welt wollte ich da unten einfach verrecken, so wie meine Kameraden. Und jetzt... jetzt wünschte ich, ich wäre gestorben wie sie.«

»So darfst du nicht reden. Und nicht denken. Es kommt alles wieder in Ordnung. Glaube mir das!«

Er sah sie endlich an.

Er hat so schöne Augen, dachte Frances, goldfarben wie die von Mutter. Im Schein der Sonne schimmerten sie wie zwei klare Topase. Frances war sich bewußt, wie kühl, fast wäßrig ihre dagegen wirken mußten. Aber während sie Victoria beneidet hatte um ihre Augen, vermochte sie Georges nur zu bewundern.

»George«, sagte sie leise.

»Hättest du das je gedacht?« fragte er. »Wir beide in Frankreich, in einem Lazarett, und um uns tobt ein schrecklicher Krieg. Man hat uns nicht darauf vorbereitet. Das war das Schlimme. Ich kann nicht damit umgehen, weil nichts in meinem Leben mich gelehrt hat, wie ich das machen soll.«

»So etwas kann dir niemand beibringen. Es geschieht, und jeder muß sehen, wie er damit fertig wird.« In welche Gedankengänge vergrub er sich da? Sinnlos, dachte sie, nutzlos.

»Es war die vollkommene Idylle«, fuhr George fort, als habe Frances nichts gesagt. »Das Leben in Westhill. Es war unwirklich. Wir waren abgeschottet von der Welt, wie sie ist. Das hier ist real. Das hier ist das Leben.«

»Nein. Es ist nur ein Teil. Ein böser, alptraumhafter Teil. Nicht das ganze Leben.«

Seine Zigarette war zu Ende, Asche rieselte von seinen Fingerspitzen ins Gras. George versank wieder in sich, seine Augen glitten ab von Frances. Wo war er? Wieder im Stollen? Durchlebte er wieder die dunklen Stunden? Hörte er, wie das Stöhnen verstummte?

Zum ersten Mal dachte Frances erschrocken: Am Ende hat Alice recht. Er ist krank. Viel mehr, als ich glaubte.

Kälte breitete sich in ihr aus, und Furcht. Mit George hatte sie den größten Teil ihres bisherigen Lebens verbracht. Die schönsten Jahre hatten sie geteilt. Er war ihr großer Bruder, ihr Halt, ihr Anker. Und nun mußte sie erkennen: Ich habe ihn verloren. Als das, was er war, habe ich ihn verloren. Ich kann mich nie mehr an ihm festhalten. Von nun an – und auch nur, wenn er sich nicht aufgibt – wird er sich an *mir* festhalten.

So saßen sie eine Weile, jeder in eigene Gedanken versunken, bis es kühl und dämmrig wurde um sie herum und eine blasse Alice auf sie zukam.

»Wir können morgen mit einem Verwundetentransport nach England zurück«, sagte sie. »Ich habe Plätze für uns alle drei.«

George blickte gleichgültig an ihr vorbei. Frances hob den Kopf. »Morgen schon?«

Alice nickte. »Der Arzt erlaubt es.«

»Hoffentlich irrt er sich nicht«, meinte Frances, »die schicken die Leute hier sicher früher auf Transport, als es zulässig wäre. Schließlich brauchen sie jeden Millimeter Platz.«

Morgen! Morgen schon heim nach England! Und sie wußte immer noch nichts von John! Geschweige denn, daß sie auch nur ein einziges Wort mit ihm hatte sprechen können. Seine letzte Erinnerung an sie mußte immer noch die sein, wie sie in einem unvorteilhaften Kleid, verschwitzt und abgekämpft am Themseufer in London stand und keifte wie ein Marktweib. Ihr wurde noch heute heiß vor Scham, wenn sie daran dachte, wie sie gewirkt haben mochte. Sie hätte ein Vermögen gegeben, dies alles wieder in Ordnung bringen zu können.

»In Georges Fall hat der Doktor aber recht«, sagte Alice nun. »Er ist transportfähig, das kann sogar ich sehen! Je eher er von hier fortkommt, desto besser. Er braucht Ruhe und Frieden, und bei mir kann er beides finden.«

»Du willst ihn mit zu dir nach London nehmen?« fragte Frances überrascht.

»Wohin denn sonst?«

»Er muß heim nach Yorkshire. Dort ist sein Zuhause!«

»Sein Vater will ihn da doch nicht mehr sehen«, zischte Alice mit gedämpfter Stimme, denn sie mochte dem kranken George nicht auch noch diesen tragischen Umstand ins Gedächtnis rufen.

»Er ist knapp dem Tod entronnen. Für meine Eltern hat sich vieles geändert. Meine Mutter hat das deutlich gesagt.«

»London ist besser für ihn«, beharrte Alice.

»Diese enge, feuchte, kleine Wohnung!« rief Frances. »Das kann doch nicht dein Ernst sein!«

Sie starrten einander zornig an, eine so unnachgiebig wie die andere. Schließlich sagte Frances: »Ich weiß, was dahintersteckt. Du bist nicht willkommen in Westhill. Da liegt dein Problem. Es ist eine zu ärgerliche Vorstellung für dich, seine Mutter könnte ihn gesundpflegen, und nicht du. Statt daß du an ihn denkst und daran, was für ihn das Beste ist!«

»Es war meine Idee, nach Frankreich zu ihm zu fahren«, sagte Alice, »von euch hätte sich doch keiner in Bewegung gesetzt, um ihn zurückzuholen. Um bei ihm zu sein. Du hast dich mir angeschlossen, von allein hättest du keinen Fuß vor den anderen gesetzt!«

»Er ist *mein* Bruder!«

»Er ist...«, begann Alice, sprach aber nicht weiter.

Frances lachte. »Er ist *nicht dein Mann*! Dagegen hast du dich ja erfolgreich gewehrt in all den Jahren. Nun erhebe nicht einen Anspruch, der dir nicht zusteht.«

»George«, sagte Alice, »vielleicht solltest du entscheiden, wohin du möchtest. Ich kann mir nicht denken, daß es dich zu deinem Vater...«

Eine gewaltige Detonation nicht weit von ihnen riß ihr die letzten

Worte aus dem Mund und trug sie davon. Vom Lazarett gellten Schreie herüber, alle hatten sich erschrocken, denn noch nie zuvor hatte die Erde so stark gebebt. George war nicht einmal zusammengezuckt. Er starrte zu einem knorrigen Ahornbaum hinüber und schien durch ihn hindurchzublicken.

Frances, die noch immer im Gras gesessen hatte, stand entschlossen auf, strich mit beiden Händen über ihren zerknitterten Rock und sagte: »In einem Punkt hast du jedenfalls recht, Alice: Er muß von hier weg. Hier kann er ja nur versinken in Depressionen. Du brichst morgen mit ihm nach England auf, und ich hoffe nur, du triffst dort eine Entscheidung in seinem Interesse.«

Alice starrte sie an. »Ja – kommst du denn nicht mit uns?«

»Ich bleibe noch eine Weile hier. Ich habe noch etwas zu erledigen.«

Um weiteren Fragen zu entgehen, lief Frances rasch davon, hörte noch Alice rufen: »Was, um Himmels willen, hast du *hier* zu erledigen?«, kümmerte sich aber nicht darum. Sie betrat die Scheune, ignorierte den Gestank und das Geschrei, hielt nur Ausschau nach der Oberschwester, um sie zu fragen, ob sie noch ein paar Tage bleiben und freiwillig helfen dürfe.

Fünfzehn Minuten später erfuhr sie, daß John von einem Kundschaftergang nicht zurückgekehrt war und seit einer Woche als vermißt galt.

Sie sah John Ende Oktober wieder, in einem Krankenhaus an der Atlantikküste, in das man ihn zur Erholung verlegt hatte. Es hatte sich gelohnt für Frances, daß sie jedem Soldaten, jeder Schwester, jedem Arzt von John erzählt hatte, denn so war sie schließlich tatsächlich an die Information gelangt, die sie brauchte. Der Junge aus Northumberland, der die sterbenden Pferde nicht vergessen konnte, hatte sie an jenem Tag, an dem sie das lange, deprimierende Gespräch mit George gehabt hatte, aufgeregt zu sich gewinkt.

»Hier ist eine neue Schwester! Sie kennt diesen John Leigh, Ihren Verlobten!«

Seine Augen hatten geglänzt. Er vergötterte Frances, weil sie ihn wegen der Pferde verstand, und ihre Sorge um den »Verlobten« hatte ihn immer bekümmert. Noch eifriger als alle anderen hatte er stets versucht, etwas für sie herauszufinden.

»Oh, Pete, wirklich? Wo ist sie? *Wer* ist sie?«

Er zeigte ihr die neue Schwester, eine kleine dunkelhaarige Person, sehr jung und offensichtlich sehr tüchtig um die Patienten bemüht. Frances ging sofort zu ihr und erhielt die Nachricht, daß John vermißt wurde; Pete hatte nichts davon gewußt und war später entsetzt, daß nun ausgerechnet er der netten Frances Gray neuen Kummer zugefügt hatte.

Die junge Frau war mit dem Offizier verheiratet, der John auf den Patrouillengang geschickt hatte. Zusammen mit einem anderen jungen Soldaten war er spätabends losgezogen und nicht zurückgekehrt. Möglicherweise hatten sie sich zu weit hinter die Linien der Deutschen gewagt, zumal diese am darauffolgenden Morgen einen Vorstoß unternommen und zwei Kilometer Land gewonnen hatten.

Die junge Frau hieß Diane Wilson. Sie versuchte Frances zu trösten und sagte, es sei keineswegs sicher, daß die beiden tot seien.

»Aber wenn sie bei den Deutschen sind und...«

»Die Deutschen metzeln auch nicht gleich jeden nieder. Sie nehmen sie gefangen. Aber das ist kein Todesurteil.«

In Frances' Augen handelte es sich bei den Deutschen – gemäß britischer Propaganda – um ein Volk von Barbaren, und sie war keineswegs sicher, daß Gefangenschaft und Hinrichtung *nicht* gleichzusetzen waren.

»Vielleicht«, sagte Diane, »können sie sich aber auch vor den Deutschen verstecken und sich wieder bis zu den eigenen Leuten durchschlagen.«

»Ich muß sofort dorthin!« rief Frances.

Diane hielt sie am Arm fest. »Ich verstehe ja Ihre Aufregung, Miss Gray. Aber so einfach können Sie als Zivilperson hier nicht in der Gegend herumreisen. Außerdem: *wohin* wollen Sie?«

»Dorthin, von wo aus er losgezogen ist.«

»Sie wissen doch gar nicht, ob er genau dort wieder auftaucht. Bleiben Sie hier. Mein Mann ist John Leighs Vorgesetzter, er wird es in jedem Fall erfahren, wenn John zurückkehrt. Ich werde ihm sagen, daß er mich sofort informieren muß. In Ordnung?«

Frances sah ein, daß dies die vernünftigste Lösung war. Sie nickte und wollte sich zum Gehen wenden, da sagte Diane mit scharfer Stimme: »Miss Gray?«

»Ja?«

»Der junge Soldat, der mir Ihre Geschichte erzählte, sagte, Sie seien die Verlobte von John Leigh. Durch meinen Mann kenne ich ihn aber und weiß, daß er verheiratet ist.«

Frances erwiderte nichts, hielt Dianes forschendem Blick unbeweglich stand.

»Ach so«, sagte Diane schließlich, einen verächtlichen Unterton in der Stimme.

Jetzt glaubt sie, ich bin John Leighs Verhältnis, dachte Frances, aber sie sah keine Veranlassung, sich vor Diane zu rechtfertigen und die Angelegenheit richtigzustellen.

Immerhin bewahrte Diane Stillschweigen, und Frances galt weiterhin als Johns Verlobte. Jetzt erwies es sich als vorteilhaft, daß sie in den letzten Wochen das Vertrauen und die Anerkennung von Ärzten und Schwestern gewonnen hatte. Normalerweise hätte sie sich als Zivilperson überhaupt nicht so lange unmittelbar hinter der Front aufhalten dürfen. Aber im Lazarett brauchten sie jede helfende Hand, und Frances hatte bewiesen, daß sie hart arbeiten konnte.

»Bleiben Sie nur hier, bis Sie Nachricht von Ihrem Verlobten haben«, sagte die Oberschwester, und Frances konnte wenigstens in dieser Hinsicht erst einmal aufatmen.

Das Wetter, bislang sonnig und trocken, war umgeschwenkt; es regnete viel, die Luft war kalt, morgens hing der Nebel in undurchdringlich dicken Schwaden tief über dem Land. Die Front war wieder erstarrt, der kurze Vorstoß der Engländer hatte nicht zu dauerhaftem Erfolg geführt, und sie hatten unter hohen Verlusten tatsächlich nur wenige Fußbreit Boden gewonnen. Unter dem strömenden Regen verwandelten sich die Schützengräben in eisige Schlammlöcher, und in den Stollen kauerten die Männer in kniehohem Wasser. War der Sommer schon schlimm gewesen, so verschärfte sich die Situation nun noch mehr. Kälte und Nässe gaben den ohnehin zermürbten Soldaten den Rest. Die Ruhr grassierte, Läuse und Flöhe trieben manchen fast mehr zum Wahnsinn als der andauernde Granatbeschuß. Im Lazarett stapelten sich förmlich die Verwundeten, und bei wem nur das geringste Anzeichen von Besserung zu entdecken war, der mußte sein Lager im Inneren der Scheune räumen und draußen unter den notdürftig befestigten Zeltplanen biwakieren. Hier war der Boden so naß, die Luft so kalt, daß man froh sein konnte, wenn man ohne Lungenentzündung davonkam.

Frances arbeitete viel, um sich abzulenken; aber trotz ihrer ständigen körperlichen Erschöpfung war sie so nervös, daß sie nachts kaum Schlaf fand. Immerzu sah sie John vor sich, sah, wie ihn eine Mine zerriß, wie ihn Gewehrschüsse niederstreckten. War sie nicht verrückt, ernsthaft zu hoffen, er sei noch am Leben?

Ihre Unruhe machte sie reizbar; jeder behandelte sie mit Vorsicht, weil sie so rasch explodierte. Einmal hörte sie, wie die Oberschwester zu einer ihrer Mitarbeiterinnen sagte: »Sie ist einfach kein netter Mensch, diese Miss Gray. Hast du mal ihre Augen gesehen? Völlig kalt. Ich werde aus ihr nicht klug. Aber sie ist ungeheuer tüchtig, das muß man ihr lassen. Manchmal wüßte ich nicht, was ich ohne sie anfangen sollte.«

Frances gewann nicht eine einzige Freundin unter den Schwestern, aber das war ihr gleich. Mit Diane verstand sie sich noch am besten, wenngleich diese ihre Beziehung zu einem verheirateten Mann mißbilligte. Aber Diane hatte die gleiche unsentimentale, praktische Art wie Frances, und auf irgendeine Weise zollten sie einander einen gewissen Respekt.

Diane hatte ihren Mann unterrichtet, daß sie über jede Neuigkeit, John Leigh betreffend, unterrichtet werden wollte. Am 27. Oktober erhielt sie ein Telegramm: John hatte sich tatsächlich mehr als zwei Wochen lang auf feindlichem Gebiet versteckt halten können, und er hatte sich schließlich wieder zu den Engländern durchgeschlagen. Er hatte sich schwere Unterkühlungen zugezogen und war halb verhungert, aber er lebte. In einem Krankenhaus nahe Le Havre erholte er sich von den Strapazen.

Dieses Krankenhaus ließ sich in nichts vergleichen mit dem Lazarett, in dem Frances gearbeitet hatte. Es hatte keine Ähnlichkeit mit jener zur Krankenstation umfunktionierten Scheune auf einem Akker gleich hinter der Front, wo die ganze Welt getaucht schien in Blut, zerfetzte Gliedmaßen, Schreien und Stöhnen, in Rauch und Feuer und das unablässige Dröhnen der Artillerie. Dort hatten sie die Menschen geliefert bekommen, wie sie aus den Schützengräben gezogen wurden, so zerschossen, so kaputt, so unkenntlich, wie sie eben waren. Die einfachsten Hygienevorschriften waren oft nicht einzuhalten gewesen, aber es hatte sich auch niemand mehr darum geschert, weil man meist froh sein konnte, wenn man überhaupt einen Platz fand, wo ein Verletzter abgelegt werden konnte; und wenn die Decke dort noch getränkt war vom Blut des Vorgängers – wen sollte das kümmern?

Irgendwann ging es nur noch darum, jeden Tag möglichst ein paar Männer mehr durchzubringen, als zu verlieren, ganz gleich, auf welche Weise.

In das Krankenhaus bei Le Havre kamen die Soldaten nach ihrem ersten Durchgang durch die Feldlazarette – gesäubert und zumindest notdürftig zusammengeflickt. Das ehemalige Privatsanatorium für begüterte Franzosen lag in einem großen Park voller Büsche und Bäume und sauber geharkter Kieswege, die sich zwischen kleinen Goldfischteichen entlangschlängelten und von grün gestrichenen Bänken gesäumt wurden. Hier war man weit genug entfernt vom Kampfgeschehen, nichts störte die friedliche Stille. Die Bäume verloren gerade ihr buntes Laub, raschelnde Blätterteppiche breiteten sich auf den gepflegten Wiesen aus. Die hellgelb gestrichenen Wände des Villengebäudes, das sonst ganz versteckt lag, schimmerten nun schon zwischen den kahler werdenden Ästen hervor.

Innen huschten blütenweiß gekleidete Schwestern und Pfleger auf den Gängen herum, und manchmal hätte man tatsächlich glauben können, es gebe nirgendwo einen Krieg, der schon Abertausende Opfer gefordert hatte; doch auf den Fluren schlenderten keine schwindsüchtigen Damen wie in früheren Zeiten, jetzt sah man hier nur Uniformen: Soldaten in Rollstühlen oder auf Krücken, mit Verbänden um den Kopf oder Armschlingen um den Hals, mit Augenklappen oder mit durch Giftgas entstellten Gesichtern. Scharen von Männern, mehr oder weniger schwer versehrt am Körper, fast alle aber zutiefst verwundet in ihrem Gemüt. Ihre Augen verrieten, wie es in ihrem Innern aussah: verwüstet und ausgebrannt.

Frances erschrak, als sie John zum ersten Mal sah. Er war immer ein großer, kräftiger Mann gewesen, dem man die robuste Gesundheit, die gute Kondition ansah. Krankheit war ein Begriff, den Frances mit ihm nie hatte in Verbindung bringen können. Krank war er nun auch eigentlich nicht. Aber die Strapazen hatten ihn weit mehr gezeichnet, als es sich Frances ausgemalt hatte. Er war völlig abgemagert, seine Uniform schlotterte an ihm, seine Augen lagen tief in den Höhlen, seine Wangenknochen stachen spitz unter der pergamentähnlichen Haut hervor.

Wie ein alter Mann, dachte Frances, um Jahrzehnte älter als früher!

Er hatte ein eigenes Zimmer, ein gemütliches Kämmerchen gleich unter dem Dach. Als Frances eintraf, saß er am Fenster und starrte hinaus. Draußen stand eine wunderschöne Kastanie, die gerade ihre Blätter verlor, und John verfolgte jedes einzelne, langsam zur Erde segelnde Blatt mit seinen Blicken.

Er wandte sich nicht um, als Frances eintrat, aber er erriet, wer da kam, denn er sagte spöttisch: »Ah – meine Verlobte!«

Sie war bei dieser Version geblieben, weil sie nicht sicher gewesen war, ob man sie sonst zu ihm gelassen hätte.

»Er ist noch sehr schwach«, hatte die Leiterin des Sanatoriums gesagt und Frances dabei streng angeblickt. »Eigentlich dürfte er noch gar keinen Besuch empfangen.«

»Ich bin aus England herübergekommen. Ich habe wochenlang in einem Feldlazarett gearbeitet, um hierbleiben zu können. Ich muß ihn sehen.«

»Hm. Sie sagen, Sie sind mit ihm verlobt? In diesem Fall... werde ich eine Ausnahme machen.«

Nun, bei ihm im Zimmer, dachte Frances, daß sie vielleicht einen Fehler gemacht hatte. Am Ende war er verärgert.

Leise sagte sie: »Tut mir leid, daß ich schwindeln mußte. Sie hätten mich sonst nicht zu dir gelassen.«

»Und war das so wichtig? Mußtest du unbedingt zu mir?« Jetzt drehte er sich mit einer ruckartigen Bewegung um. Dabei erst bemerkte Frances, daß er im Rollstuhl saß.

»Bist du verletzt?« fragte sie.

»Nein. Nur etwas schwach. Im Grunde brauche ich das Ding nicht mehr.«

»Ich wollte dich sehen, weil ich dir manches erklären muß.«

Er machte eine ungeduldige Handbewegung. »Du mußt mir überhaupt nichts erklären. Wenn du den weiten Weg gemacht hast, nur um Erklärungen abzugeben – vergiß es! Wie hast du überhaupt herausgefunden, wo ich bin?«

»Ich habe es eben herausgefunden. In dem Lazarett, in dem ich gearbeitet habe, kannte dich jemand.«

»Sieh an! Frances Gray in einem Feldlazarett! Wie hat es dich denn ausgerechnet dorthin verschlagen?«

Frances merkte, daß Ärger in ihr aufstieg. Wozu dieser Zynismus? Mit welchem Recht hackte er auf ihr herum?

»Ich glaube, ich habe meine Sache dort ziemlich gut gemacht«, erklärte sie kühl, »und es war keine leichte Arbeit. Die Soldaten sind mehr oder weniger in ihre Einzelteile zerlegt, wenn sie dort ankommen.«

»Ich weiß. Ich habe den Krieg auch erlebt. Ich kann mir schon denken, daß du gut warst. Knochenhart, wie du bist, kannst du sicher zupacken, wo andere erst einmal ohnmächtig würden.«

Sie preßte die Lippen aufeinander. »Ich kann auch wieder gehen, wenn du nur streiten willst.«

John zuckte die Schultern. »Du kannst tun, was du möchtest.«

Sie zögerte; am liebsten hätte sie das Zimmer verlassen und die Tür hinter sich zugeschmettert. Aber dann dachte sie an George, an seine dumpfe Verzweiflung. Er war ein anderer geworden, und John ebenfalls. George versank in seinen Depressionen, John rettete sich offenbar in Wut und Angriffslust. Wen der Krieg einmal in seinen Klauen hatte, an dem riß und zerrte er, lud seinem Gedächtnis Bilder unfaßbaren Grauens auf, nahm ihm Gesundheit, Ruhe und Lebensfreude und warf ihn dann in eine Ecke, wo er zusehen mußte, wie er wieder auf die Beine kam.

Ich muß Geduld mit ihm haben. Er hat Schlimmes hinter sich. Wie George. Mit dem war es natürlich leichter, aber John verdient ebensoviel Rücksichtnahme.

So bezwang sie ihren Impuls, davonzustürzen, kam statt dessen ganz ins Zimmer herein und schloß leise die Tür hinter sich.

»John«, sagte sie vorsichtig, »es war schlimm, nicht?«

»Schlimm? Ja, das war es wohl. Aber nicht für mich. Ich lebe ja noch. Der Junge aber...«

Der andere Soldat, den er mitgenommen hatte. Er war nicht zurückgekehrt.

»Bist du sicher, daß er tot ist?«

»Tot oder gefangen, was weiß ich. Er ist knapp neunzehn Jahre alt.«

»John…«

»Es war meine Idee, ihn an diesem Tag mitzunehmen«, sagte John. In seinen Augen, das sah Frances, brannten Tränen, die er nicht weinen konnte. »Er bettelte und drängte immerzu. Er wollte etwas Besonderes tun, etwas Abenteuerliches. Und so schlug ich ihn als meinen Begleiter vor. Er war begeistert.«

»Du hast getan, was er wollte.«

Johns Hände krampften sich um die Armlehnen seines Stuhls. »Ich hätte wissen müssen, daß er nicht die Nerven hatte. Er war von einem brennenden Idealismus erfüllt, aber im Grunde war er ein Kind. Ich weiß bis heute nicht, wie wir so in die Irre gehen konnten. Wir waren weit in deutsches Gebiet vorgedrungen. Ein Wunder, daß wir nicht von einer Granate zerfetzt oder von den Deutschen abgeknallt wurden. Mit meinem Kompaß hat etwas nicht gestimmt. Wir haben uns völlig verlaufen.«

»Dafür kannst du doch aber nichts.«

»Ich war der Ältere. Ich hatte die Verantwortung. Ich hätte ihn erst gar nicht mitnehmen sollen. Aber schon gar nicht hätte ich…«

»Was?«

John sah sie nicht an. »Ich habe ihn im Stich gelassen. Um mein verdammtes, erbärmliches Leben zu retten, habe ich ihn im Stich gelassen.«

Sie trat näher an ihn heran, legte ihm eine Hand auf die Schulter. »Das glaube ich nicht.«

John lachte auf, es klang bitter. »Du glaubst es nicht? Natürlich nicht, du würdest ja gern für den Rest deines Lebens mit dem Heldenbild herumlaufen, das du dir von mir gemacht hast. Leider muß ich dich enttäuschen. Ich bin nicht der wunderbare Mann, den du in mir sehen willst.«

»Wer sagt dir, daß ich je einen wunderbaren Mann in dir sehen wollte?« Sie lächelte, aber er erwiderte ihr Lächeln nicht. Sachlich setzte sie hinzu: »Was ist passiert?«

»Als uns klar wurde, in welcher Situation wir uns befanden, hat Simon – so hieß er – die Nerven verloren. Er geriet in Panik. Er war buchstäblich nicht mehr in der Lage, einen Schritt zu tun. Überall witterte er Granaten oder Soldaten, die schießen würden. Er kauerte sich auf den Boden und weinte wie ein kleines Kind.«

»Und was tatest du?«

»Ich redete auf ihn ein. Ich sagte, ich würde uns zurückbringen. Ich sagte, wir hätten eine Chance. Natürlich war ich nicht sicher, im Gegenteil, ich hatte Angst und sah nur eine ganz geringe Hoffnung für uns. Aber ich wußte, wir hatten keine Wahl. Wir mußten es versuchen.«

»Aber du konntest ihn nicht überreden, mitzukommen.«

John schüttelte den Kopf. »Er war in Panik. Erstarrt vor Angst. Er wollte dort sitzen bleiben. Er könne sich nicht bewegen, sagte er. Ihn hatte aller Mut verlassen.«

Leise sagte Frances: »Du gingst ohne ihn weg.«

»Ja. Ich sah keine andere Möglichkeit mehr. Ich konnte ihn nicht einmal mitschleppen, weil er sofort zu schreien begann. Mir blieb nur die Hoffnung, daß die Deutschen, wenn sie ihn fanden, nicht auf ein neunzehnjähriges Kind schießen würden.«

»Das haben sie sicher auch nicht getan. Sie werden ihn gefangen genommen haben.«

John spielte mit seinen Händen. Seine Finger verknoteten sich ineinander. »Vielleicht. Vielleicht ist er aber doch noch losgelaufen und auf eine Mine getreten oder erschossen worden. Ich weiß es nicht. Alles, was ich weiß, ist: Ich hätte nicht ohne ihn fortgehen dürfen.«

»Aber...«

»Ohne Wenn und Aber. Ich hätte es nicht tun dürfen. Natürlich machte mich die Vorstellung fast närrisch, mich dorthinzusetzen und auf die Deutschen zu warten. Aber ich hätte trotzdem nicht gehen dürfen. Ich war der Ranghöhere und der Ältere. Und Simon war am Ende. Ihn dort sitzen zu lassen...« Er schüttelte verzweifelt den Kopf, starrte zum Fenster hin.

Frances kramte in ihrer Handtasche. »Möchtest du eine Zigarette?«

Zum ersten Mal entspannten sich seine Züge. »Wenn du eine hast – gern.«

Frances hatte von einigen Männern im Lazarett zum Abschied Zigaretten geschenkt bekommen und sie wie einen Schatz gehütet. Nun rauchten sie und John gemeinsam, schweigend, jeder in seine eigenen Gedanken versunken. Schließlich erzählte Frances von George und davon, wie Alice darum gekämpft hatte, ihn mit nach London nehmen zu dürfen.

»Jahrelang ließ sie ihn bitten und betteln. Jetzt plötzlich fängt sie an, hinter ihm herzulaufen.«

John lächelte. Frances errötete und stand hastig auf. »Du denkst gerade, es sei wie bei uns, nicht? Daß ich angefangen habe, hinter dir her zu sein, nachdem du meine Schwester geheiratet hattest. Ich habe dich vorher nicht warten lassen, weil ich mit dir spielen wollte, John. Ich habe es damals schon gesagt: Ich brauchte diese Zeit in London. Es ging nicht anders.«

Das Lächeln wich aus Johns Zügen, er sah auch nicht länger entspannt aus. »Laß doch endlich diese alten Geschichten«, sagte er ärgerlich, »wen interessiert das alles noch? Es ist so lange her... eine andere Zeit, ein anderes Leben. Die Dinge sind, wie sie sind, wir ändern nichts mehr daran, indem wir ständig darüber sprechen.«

Wie bei George, dachte Frances, man erreicht ihn nicht mehr. Er hat sich in sich zurückgezogen. Er lebt inmitten der Bilder, die er nicht vergessen kann, und jenseits davon interessiert ihn nichts.

Mit einer Sanftmut, die sonst nicht ihre Sache war, fragte sie: »Solange du hier bist – würde es dich stören, wenn ich auch bliebe? Ich könnte ein Zimmer mieten im Dorf, und...«

Er zuckte mit den Schultern. »Du kannst tun, was du möchtest.«

Jetzt erwachte Zorn in ihr, trotz allem. Er hatte eine schwere Zeit gehabt, gut, aber die hatte sie auch gehabt. Sie verstand, daß er deprimiert war, abwechselnd aggressiv und in sich gekehrt, aber diese verletzende Gleichgültigkeit würde sie nicht leidend und schweigend hinnehmen.

In einer leeren Kaffeetasse, die auf dem Tisch stand, drückte sie ihre Zigarette aus.

»In Ordnung«, sagte sie kalt, »ich habe begriffen. Weißt du, den November in irgendeinem gottverlassenen Nest an der französischen Kanalküste zu verbringen, war ohnehin nie mein Traum. Ich finde sicher recht schnell eine Möglichkeit, von Le Havre aus nach England zurückzukehren.«

Als sie die Hand schon auf der Türklinke liegen hatte, vernahm sie Johns Stimme.

»Bleib«, sagte er. Es klang scharf und schneidend wie ein Befehl. Offenbar hatte auch er das bemerkt, denn während sich Frances langsam umdrehte, setzte er leise hinzu: »Bitte!«

271

Sie sah die Trostlosigkeit in seinen Augen, das Grauen, das sie inzwischen aus hundert anderen Gesichtern nur zu gut kannte. Er erinnerte sie an ein verwundetes Tier, gereizt und voller Angst zugleich. Er würde nach jeder Hand beißen, die sich ihm entgegenstreckte, und zugleich gierig auf diese Hand warten.

Sie überlegte manchmal, wie sie diese Novemberwochen in dem kleinen nordfranzösischen Dorf bei Le Havre beschrieben hätte, hätte sie ein Tagebuch geführt – was nicht mehr der Fall war, denn sie verfügte über ein Elefantengedächtnis, und es wäre überflüssig gewesen, die Dinge zusätzlich schriftlich festzuhalten.

Über die Tage von St. Ladune hätte sie gesagt, daß sie voller Regen waren und oft sturmdurchtost, dann wieder neblig und still, die lastende Ruhe nur unterbrochen von den Schreien der Möwen irgendwo aus dem undurchdringlichen Grau heraus. Wenn der Wind auflebte, kalt und kraftvoll vom Meer her ins Land wehte, zerrissen die Schwaden, und manchmal brach sogar eine blasse Novembersonne zwischen den Wolken hindurch; sie vermochte nicht zu wärmen, aber sie ließ die Feuchtigkeit ringsum für Momente erglänzen, ehe sie sich wieder hinter jagenden, dunkelgrauen Wolkenbänken verbarg. Wenn der Regen einsetzte, so geschah das jäh und unvermittelt, und in ihrer Kälte fühlten sich die Tropfen wie Nadelstiche auf der Haut an.

Man mußte etwa zwanzig Minuten laufen, um vom Dorf zum Strand zu gelangen. Hier gab es ein paar Holzhäuschen, in denen im Sommer und in besseren Zeiten Süßigkeiten und Kaffee verkauft wurden, und es gab einen weißen Pavillon in den Dünen, in dem wohl Musik gespielt wurde, wenn die Kurgäste hier entlangpromenierten: Damen in schönen Kleidern mit großen Hüten und spitzenbesetzten Schirmchen zum Schutz gegen die Sonne, Herren mit blankgeputzten Schuhen, als Konzession an Meer und Sand vielleicht das Jackett lässig über die Schultern gehängt und die Hemdsärmel hochgekrempelt.

Jetzt waren die kleinen Hütten verrammelt und verriegelt, im Pavillon suchten nur ein paar Möwen Schutz vor dem Sturm, und der Strand lag menschenleer und verlassen, übersät nur von Algen, Schlick, Hölzern und allem möglichen Unrat, den das Meer mitbrachte und dort ablud.

Zu den Tagen von St. Ladune gehörte auch das winzige Kämmerchen, das Frances im Dorf bewohnte, bei einer Pensionswirtin, die sonst nur im Sommer vermietete, nun aber froh war, einen unerwarteten Gast für den Spätherbst gefunden zu haben. Weißlakkierte Dielenbretter bedeckten den Fußboden; es gab ein breites, gemütliches Bett mit dicken Federkissen, einen Schrank, der säuberlich mit geblümtem Papier ausgelegt war und schwach nach Lavendel duftete, was wie ein freundlicher Gruß von Großmutter Kate anmutete, und einen Waschtisch mit einer porzellanenen Schüssel und einem Krug voll kaltem Wasser. Auf dem Fensterbrett lag eine gelbgetönte Muschel, aus deren Innerem feiner, weißer Sand gerieselt kam, als Frances sie hochnahm. Solche Muscheln hatte sie als Kind in Scarborough gesammelt, wenn sie mit ihrer Familie in das Seebad an der Ostküste Yorkshires gereist war. Die Muschel kam ihr vor wie etwas, das sie aus einer anderen Zeit herüber anlächelte.

Frances hätte auch keineswegs Madame Véronique unerwähnt gelassen, die Wirtin. Sie war Witwe, jedoch erst seit knapp zwei Jahren, und ihrem verstorbenen Mann weinte sie keine Träne nach, wie sie Frances anvertraute. Sie war eine hübsche, schlanke Frau mit feiner, weißer Haut und Augen schwarz wie Kohlestücke. Sie erlaubte Frances, sich im ganzen Haus ungehindert zu bewegen.

»Verkriechen Sie sich bloß nicht da oben in dem kleinen Zimmer«, sagte sie, »kommen Sie herunter zu mir und machen Sie es sich am Kamin gemütlich. Mich stören Sie nicht. Ich bin oft genug allein.«

Das Beste an Véronique war, daß sie über einen schier unerschöpflichen Vorrat an Whisky und Zigaretten verfügte. Es handelte sich nicht um irgendeinen Whisky, sondern um echten *Scotch*. Es mußte da irgendeine dunkle Geschichte geben, denn Véronique hüllte sich in Schweigen, wenn es um ihre im Keller gehorteten Schätze ging. Eine Affäre mit einem Schotten? Gemeinsame Sache mit Schmugglern? Es war Véronique anzusehen, daß es Untiefen in ihrem Leben gab, aber sie verriet nichts davon. Doch was sie hatte, teilte sie großzügig mit Frances.

St. Ladune: stundenlange Spaziergänge am Strand, nur John und Frances, meist schweigend, verbissen Regen und Kälte trotzend. Oft waren sie naß bis auf die Haut, wenn sie ins Dorf zurückkehrten, und kalt bis in die Knochen. John gewann seine körperliche Robustheit langsam zurück; wie es in seinem Innern aussah, vermochte Frances nicht zu sagen.

Manchmal, wenn sie in einer windgeschützten Senke zwischen den Dünen kauerten, um sich auszuruhen, ehe die Kälte sie wieder auf die Beine jagte, fragte sie: »Woran denkst du gerade?«

Meist antwortete er: »An nichts.«

Seine Augen, in denen sie früher hatte lesen können wie in einem offenen Buch, blieben verschlossen.

Die Engländer stellten ihre Angriffe auf die deutschen Stellungen an der Somme ein; die Schlacht hatte Hunderttausende von Opfern gefordert, aber nichts eingebracht. Premier Asquith sprach sich gegen einen »unehrenhaften Kompromißfrieden« aus, aber in England begannen die Arbeiter auf die Straße zu gehen und für einen schnellen Friedensschluß zu demonstrieren. Es gab Turbulenzen jenseits des Kanals, soviel erfuhr man sogar in St. Ladune. Ansonsten... vielleicht lag es am Nebel.

Zuallererst hätte Frances über diese Wochen gesagt: »Es war wie auf einer Insel. Um uns herum herrschten Tod und Gewalt. Nichts davon erreichte uns. Wir hatten ein kleines Stück Zeit geschenkt bekommen, das außerhalb der Wirklichkeit lag. Wir waren uns der kurzen Frist bewußt, die uns blieb. Aber wir waren zu weit weg, um über das nachzudenken, was danach kommen würde.«

Manchmal jedoch fragte sich Frances, wie wohl Ehebruch mit dem Mann der eigenen Schwester bestraft wurde. Sie wußte nicht genau, woher eine solche Strafe kommen sollte, denn ihr Glaube an Gott oder andere himmlische Mächte stand auf schwachen Füßen. Doch obwohl sie im anglikanischen Glauben der englischen Staatskirche erzogen worden war, hatten ihre katholische Mutter und Großmutter sie natürlich geprägt, und Begriffe wie »Fegefeuer« und »Absolution« hatten immer eine Rolle gespielt in ihrem Bewußtsein. Sie hatte es nie gewagt, dies rigoros als Unsinn abzutun.

Nun dachte sie, daß sie, wenn in all dem etwas Wahres lag, kaum auf Vergebung hoffen durfte und vermutlich eine ganze Weile in der Hölle würde schmoren müssen. Manchmal betete sie hastig ein paar Ave Maria und Vaterunser, so wie es Kate mit ihrem Rosenkranz getan hatte; aber sie ahnte, daß dies wenig Wirkung haben dürfte, da sie nicht wirklich bereute, sondern nur Angst vor Vergeltung hatte. Sowohl nach göttlichem wie nach weltlichem Recht beging sie zweifellos eine große Sünde.

Es hätte alles einfacher gemacht, wenn sie sich irgendwo in den Dünen am Meer hätten lieben können; sie hätten sich dann eingeredet, von Leidenschaft überwältigt worden zu sein, und so der Angelegenheit einen Hauch von Unschuld zurückgegeben. Aber das Wetter verbot diesen Ausweg. Also gingen sie in die kleine Kammer bei Véronique, und das machte das Zusammensein zu einem vorsätzlichen und geplanten Akt, machte es häßlicher und verdorbener. Véronique legte ihnen keinerlei Steine in den Weg, obwohl Frances ihr gegenüber, durch den Whisky unvorsichtig geworden, die Version von dem »Verlobten« aufgegeben hatte.

»Wer ist er denn dann?« fragte Véronique.

»Der Mann meiner Schwester«, sagte Frances.

»Oh...«, machte Véronique gedehnt, und ein Glitzern in ihren Augen verriet, daß sie größten Gefallen an Geschichten dieser Art fand.

Ihre Tage nahmen stets den gleichen Ablauf: Frances holte John am Vormittag im Sanatorium ab, und dann gingen sie Stunde um Stunde spazieren, ganz gleich, wie kalt, neblig oder verregnet es war. In der frühen, winterlichen Dämmerung der Nachmittagsstunden kehrten sie in Véroniques Haus zurück, stiegen in Frances' Zimmer hinauf, zogen sich ihre nassen Kleider aus und gingen ins Bett.

John war ein guter Liebhaber, wie sich Frances das schon gedacht hatte; es war ganz anders mit ihm als mit dem armen, unerfahrenen Phillip: aggressiver, intensiver und dann wieder unerwartet warm und zärtlich. Die sprachlose, immer gleiche Routine aber, mit der sie ins Haus, aus den Kleidern, ins Bett kamen, hatte den Akt ritualisiert und auf eine eigenartige Weise seelenlos gemacht. Sie liebten einander ohne jene Gefühle, von denen Frances gedacht hatte, sie gehörten unabdingbar dazu.

John war monatelang an der Front gewesen und hatte ein traumatisches Erlebnis gehabt, er schien außerstande, ein tiefer gehendes Gefühl zu entwickeln und zu zeigen. Und auch Frances wußte nur zu gut, daß es nicht Lust und Liebe allein waren, die sie trieben: Vor allem anderen suchte sie Heilung zu finden für jene Wunde, die unablässig brannte und schmerzte seit jenem Sommertag fünf Jahre zuvor, da sie auf Daleview eingetroffen war und John und Victoria als Brautpaar angetroffen hatte.

Tatsächlich fand sie Linderung in Johns Umarmungen, in seinem heißen, schnellen Atem neben ihrem Gesicht, in seinen Küssen, die salzig schmeckten vom feinen Sprühen der Gischt am Meer. Sie begriff, daß die Liebe viele Motive, viele Wege kennt. Und manchmal, in ganz seltenen, verzauberten Augenblicken, sah sie wieder das Mädchen und den Jungen, die Hand in Hand über eine Wiese liefen und entschlossen waren, nie voneinander zu lassen.

Das Ende kam während der letzten Novembertage. Draußen vor dem Fenster wirbelten die ersten Schneeflocken des Jahres durch die Luft. John und Frances lagen dicht beieinander in den zerwühlten Kissen und Decken, nach der Kälte des Tages genußvoll hingegeben an die Wärme ihrer beider Körper unter den weichen Daunen, und John sagte plötzlich: »Ich habe heute einen Brief von Victoria bekommen.«

Frances konnte diesen Namen nicht hören, ohne daß ihr Herz schneller zu klopfen begann. Sie empfand das, was er gesagt hatte, wie ein bösartiges Eindringen der Welt in den empfindlichen Kokon, der um sie beide gesponnen lag.

»Von Victoria? Woher kennt sie denn deine Adresse?«

»Ich habe ihr geschrieben, als ich hierherkam.«

»Warum?«

John lachte, er schien dieses Warum auf eine belustigende Weise naiv zu finden.

»Man hatte ihr doch mitgeteilt, daß ich vermißt wurde. Ich mußte ihr natürlich schreiben, daß ich noch lebe und mich im Moment hier an der Küste erhole.«

»Meinst du, sie wird jetzt hier anreisen?«

»Sicher nicht. Ich glaube nicht, daß Victoria allein durch ganz England reist, bei diesem ständigen Sturm über den Kanal setzt und sich nach Frankreich begibt – was für sie, an welchem Ort auch immer, gleichbedeutend ist mit der Front.«

»Ich ...«, begann Frances, aber John unterbrach sie. »Victoria ist nicht wie du. Bestimmte Dinge kämen für sie nicht in Frage.«

Frances meinte, eine gewisse respektvolle Anerkennung aus seiner Stimme zu hören, und das versöhnte sie mit dem Schrecken, in den ihre Schwester sie gestürzt hatte.

Ebenso unvermittelt wie zuvor sagte John in diesem Moment: »Noch eine Woche, und ich kehre zu meinem Regiment zurück.«

Frances setzte sich auf. »Das geht nicht«, sagte sie.

Ihr Mund war auf einmal ganz trocken. »Der Arzt wird es nicht erlauben.«

»Er hat es schon erlaubt. Ich bin wieder in Ordnung. Es gibt keinen Grund für mich, noch länger in einem Sanatorium herumzuhängen und den kranken Mann zu spielen.«

Frances stieg aus dem Bett und schlüpfte in ihren Bademantel. In dem Spiegel über dem Waschtisch konnte sie sehen, daß sie blaß geworden war.

»Niemand verlangt das von dir«, sagte sie. »Du hast deinen Anteil geleistet in diesem Krieg. Jeder würde verstehen...«

»Ich will es so. Meine Entscheidung ist nicht mehr zu ändern.«

Die unvermeidliche Whiskyflasche und zwei Gläser standen auf einem Tablett bereit. Frances schenkte sich ein, kippte den Alkohol in einem Zug hinunter. Ihre Hände zitterten leicht.

»O Gott«, sagte sie leise.

»Du kehrst dann am besten nach England zurück«, meinte John.

Sie sah ihn an. Er hatte sich im Bett aufgesetzt. Seine Arme, die Frances gerade noch gehalten hatten, lagen entspannt auf der Decke. Nichts an ihm gehörte ihr, gar nichts. Sie hatte keine Rechte, keinen Einfluß. Er würde tun, was er wollte, ohne sich um sie zu scheren.

»An der Geschichte mit dem Jungen«, sagte sie, »wirst du nichts ändern, auch wenn du jetzt erneut deinen Kopf hinhältst.«

Mit einer zornigen Bewegung warf John die Decke zurück, stand auf und begann sich anzuziehen. »Hör auf damit«, sagte er, »ich will davon nichts mehr hören!«

»John, ich finde...«

»Ich sagte, ich will nichts hören!« fauchte er. Mit beiden Händen fuhr er sich durch die noch nassen, wirren Haare, um sie zu glätten.

»Deine Sachen sind noch nicht trocken«, sagte Frances, »zieh sie wieder aus, wir hängen sie unten vor den Kamin. Dann trinkst du noch einen Whisky und ...«

»...und überlegst es dir anders? Vielen Dank, Frances, nein! Ich will jetzt gehen, und zum Teufel mit den nassen Kleidern!«

Nur weil ich den Jungen erwähnt habe, dachte Frances.

John ließ die Tür laut hinter sich zufallen. Seine Schritte verklangen auf der Treppe.

Frances stellte klirrend ihr Glas ab. »Dann verschwinde doch!« rief sie laut. »Geh doch an die Front! Fordere das Schicksal ein zweites Mal heraus! Mach, was du willst. Und laß deine verdammten Launen an anderen aus!«

Am nächsten Tag packte sie ihre Koffer und fuhr nach Le Havre, um sich wegen einer Überfahrt nach England zu bemühen.

## Dezember 1916

London empfing sie kalt, grau und trostlos. Von der sonst im Dezember üblichen festlichen Vorweihnachtsstimmung war kaum etwas zu spüren. Der Krieg hatte schon zu viele Opfer gefordert, als daß es den Menschen nach Feiern zumute gewesen wäre. Es gab nicht mehr allzu viele Familien, in denen nicht wenigstens ein Toter zu beklagen gewesen wäre.

Der Unmut innerhalb der Bevölkerung wuchs. Von der anfänglich patriotischen Stimmung war kaum mehr etwas übrig. Man wollte endlich den Frieden, und die Regierung wurde heftig attackiert. Sie wehrte sich mit beschwörenden Aufrufen, alles zu geben, um die Gegner zu besiegen, sich nicht in einen voreiligen Friedensschluß drängen zu lassen. An den Straßenecken tauchten Plakate auf, die für den Einsatz aller im Krieg warben. »Was wollen Sie antworten, wenn Ihre Kinder Sie einmal fragen, was *Sie* in diesem Krieg getan haben?« hieß es dort etwa, aber kaum jemanden vermochte das mehr aus der Anti-Kriegsstimmung zu reißen. Die meisten Leute hatten Angst, daß ihre Kinder sie *nichts* mehr würden fragen können, wenn der Krieg nicht endlich aufhörte.

Frances wollte als erstes Alice aufsuchen, traf aber nur George in der Wohnung in Stepney an. Sie war entsetzt, in welch schlechtem Zustand er sich befand. Er hatte noch stärker an Gewicht verloren und sah in seiner verbeulten, viel zu weiten Hose und einem verfilzten Wollpullover aus wie ein alter Mann, dem es an Energie und Kraft fehlt, sich anständig anzuziehen, zu waschen und zu kämmen. Seine struppigen Haare waren zu lang und schienen noch immer nach dem gräßlichen Zeug zu stinken, das man den Soldaten gegen die Läuse auf die Kopfhaut schmierte. Er war schlecht rasiert; an den verschiedensten Stellen wuchsen ungleichmäßige, graue Stoppeln nach, vermutlich Alices dilettantisches Werk.

Er saß am Fenster und starrte vor sich hin. Seine schönen, goldbraunen Augen hatten ihr einstiges Leuchten noch immer nicht wiedergefunden. Es schien schlimmer geworden zu sein mit ihm seit der Zeit im Lazarett. Die Wohnung war eiskalt und roch nach abgestandenem Bratfett.

Frances riß sofort alle Fenster auf. Kälter konnte es kaum werden, aber wenigstens der ranzige Geruch würde vielleicht vergehen. Sie lief in die Küche, wo sich schmutziges Geschirr voller Speisereste stapelte. Da sie nur kaltes Wasser zur Verfügung hatte, dauerte es eine halbe Ewigkeit, bis sie die klebrigen Krusten von den Tellern gelöst hatte. Sie nahm einen Eimer und ging in den Keller, um Kohlen zu holen, aber der Raum, in dem sie immer gelagert wurden, war gähnend leer. Als sie den Hausmeister fragte, sah der sie nur traurig an.

»Es tut mir wirklich leid, Ma'm«, sagte er unbeholfen. »Ich versuche jeden Tag, Heizmaterial zu kriegen. Wirklich. Aber Kohlen sind streng rationiert. Vielleicht habe ich morgen Glück. Ich würde Ihnen wirklich gerne helfen.«

»Sie *müssen* uns helfen!« erwiderte Frances wütend. »Wir erfrieren da oben fast! Es geht meinem Bruder sehr schlecht. Er kommt aus Frankreich, wo er wochenlang schwer verletzt im Lazarett gelegen hat.«

Seine grauen Augen waren voll echten Mitgefühls. »Schlimm, daß es ihm so übel geht. Und Ihnen und Miss Chapman auch. Was ich auftreibe, bekommt immer Miss Chapman, darauf können Sie sich verlassen. Es dürfen nur die anderen Mieter nichts merken. Aber ich kann's gar nicht mitansehen, wie dünn sie ist, und so blaß und verfroren!«

Er hat es immer noch nicht aufgegeben, dachte Frances.

»Ich werde wirklich sehen, was ich tun kann«, versprach er, aber Frances wußte, daß sie die Sache selbst in die Hand nehmen mußte. Dieser Mann mochte noch so bestrebt sein, Alice zu erfreuen und für sich zu gewinnen, aber er war zu schüchtern und hatte nicht genug Durchsetzungsvermögen, das heißbegehrte Brennmaterial zu ergattern. Frances wußte, daß sich die Leute oft buchstäblich darum schlugen.

Sie stieg wieder nach oben, kauerte sich vor George, der noch genauso dasaß, wie sie ihn verlassen hatte, und sagte eindringlich: »Ich gehe jetzt fort und versuche, Holz oder Kohlen oder irgend etwas Brennbares aufzutreiben. Ich komme bald wieder. Du wirst nicht mehr frieren, das verspreche ich, und ich werde dir ein warmes Essen kochen, und wenn ich die Zutaten stehlen müßte.«

Sie hatte kaum noch Geld. Ihre Ersparnisse hatte sie in Frankreich zum Leben und für die Miete bei Véronique verbraucht, die Überfahrt nach England hatte ein weiteres Loch in den Sparstrumpf gerissen. Trotzdem gelang es ihr, im Hafen einen kleinen Sack mit Kohlen zu erwerben, unter dessen Gewicht sie zwar fast zusammenbrach, den sie aber nach Hause schleppte, ohne ein einziges Mal innezuhalten. Vor Anstrengung war sie naß geschwitzt, als sie endlich ankam.

Sie hatte außerdem Kartoffeln und Fisch gekauft; für mehr hatte ihr Geld nicht gereicht, zumal sie auch in den nächsten Tagen noch irgendwie durchkommen mußte. Aber als Alice am Abend heimkam, brannte ein Feuer im Ofen, die Wohnung war blitzblank, warm und gemütlich, und in der Küche briet der Fisch und kochten die Kartoffeln.

»Oh«, rief Alice, »was ist denn hier los?«

Dann erst entdeckte sie Frances. Es gelang ihr nicht, zu verhehlen, daß sie über die Anwesenheit der einstigen Freundin alles andere als glücklich war.

»Seit wann bist du denn da?« fragte sie gedehnt.

»Seit heute mittag«, antwortete Frances. Sie war wütend, und sie wußte, daß man ihr das ansah.

»Ich bin entsetzt, Alice. Wirklich entsetzt!«

»Psst!« machte Alice mit einer Kopfbewegung zu dem reglos dasitzenden George hin.

»Ach, glaub doch nicht, daß es ihn interessiert, was wir reden!« sagte Frances. »Er nimmt uns doch gar nicht wahr! Sieht so deine Fürsorge für einen kranken Mann aus? Als ich kam, war es hier drinnen so kalt, daß man seinen eigenen Atem sehen konnte, und es stank so widerlich nach altem Essen, daß es einem schlecht wurde. George saß völlig allein da in seinem Stuhl und starrte vor sich hin. Alice, auf diese Weise würde er selbst dann depressiv werden, wenn er kein Trauma hinter sich hätte!«

Müde streifte Alice ihre Strickmütze vom Kopf, schälte sich aus Mantel, Schal und Handschuhen. Sie sah verfroren und sehr erschöpft aus.

»Wo warst du überhaupt den ganzen Tag?« fragte Frances.

»Arbeiten«, antwortete Alice.

»Arbeiten? Aber du hattest doch immer...«

»Das Geld aus meinem Erbe ist sehr zusammengeschmolzen.

Und ich gehe mit George zweimal in der Woche zu einem Psychologen. Das verschlingt eine Menge. Also habe ich mir eine Arbeit gesucht.«

»Was machst du?«

»Büro. Bei einer Firma, die Wein importiert. Es ist anstrengend, aber sie zahlen nicht schlecht.«

Frances fühlte sich beschämt. »Für die Kriegsopfer muß doch der Staat sorgen!«

Alice schüttelte den Kopf. »George gilt nicht als versehrt. Er ist ja körperlich in Ordnung. Seine Seele interessiert niemanden. Er müßte schon wirr reden oder eindeutig geistesgestört auftreten. Aber das tut er ja nicht.«

»Wir sollten erst einmal essen«, schlug Frances vor. Sie hatte bereits den Tisch vor dem Kamin gedeckt und mit einer Kerze geschmückt. Das Essen duftete verlockend. Frances und Alice aßen mit gesundem Appetit, wohingegen George nur deshalb zu essen schien, weil man ihm gesagt hatte, er solle es tun.

Er merkt gar nicht, was er auf dem Teller hat, dachte Frances, er würde nicht mal merken, wenn es Hundefutter wäre.

Später spülten Alice und Frances ab, und Frances schnitt erneut das Thema George an.

»Du meinst das gut mit dem Psychologen, Alice, ich weiß. Aber ich glaube nicht, daß es etwas nützen wird. Nicht, wenn die übrigen Umstände so negativ sind. Ich bin wirklich erschrocken heute mittag. George ist viel zuviel allein, wenn du jeden Tag arbeiten gehst. Nichts reißt ihn aus seiner Grübelei. Er sitzt hier in dieser Kälte, in diesem finstern Loch, und starrt die Wände an. Vermutlich sieht er ständig furchtbare Bilder, die ihm niemand vertreibt. Merkst du denn nicht, daß er immer mehr in sich versinkt?«

»Es ist hier nicht immer so kalt«, verteidigte sich Alice. »Wir sind in dieser Woche zum ersten Mal in Not geraten mit den Kohlen.«

Frances seufzte. »Das ist doch das wenigste!«

»Es gibt keinen anderen Weg«, beharrte Alice und schrubbte an einem Glas herum.

»Doch, den gibt es. Westhill Farm.«

Alice lachte höhnisch. »Fängst du schon wieder damit an? Glaubst du, es tut George gut, seinen Vater wiederzusehen? Der ihn verstoßen hat und nur an ihm herumkritisiert?«

»Ich habe dir schon einmal gesagt, die Zeiten haben sich geändert.«

»Aber nicht die Menschen.«

»Die Menschen insofern, als sie, nach allem, was war, andere Dinge für wichtiger halten als früher.«

»Ich stimme dem nicht zu«, sagte Alice. Das Glas zersprang. Blut tropfte in das Spülbecken, und Alice wurde bleich.

Frances zog ein Taschentuch hervor und schlang es um den verletzten Finger. »Das hört gleich auf zu bluten.«

Mit einem gewissen Bemühen um Sanftheit und Verständnis sah sie die totenblasse Alice an. »Du mußt ihn hergeben. Wie die Dinge liegen, kannst du nicht richtig für ihn sorgen.«

»Ich kann es«, sagte Alice, dann stürzte sie ans Fenster, riß es auf, atmete gierig die frische, kalte Luft. Auf ihrer Stirn hatten sich Schweißperlen gebildet.

»Entschuldigung«, sagte sie, »ich dachte gerade, ich falle um.«

Sie ist hundemüde, dachte Frances, und nervlich am Ende. Das alles überfordert sie völlig.

»Ich mache das hier fertig«, sagte sie, »setz dich zu George und ruh dich aus!«

Alice gehorchte. Als Frances zehn Minuten später ins Zimmer kam, saß sie im Sessel, das Kinn auf die Brust gesunken, die Augen geschlossen. Sie schlief tief. Die verletzte Hand mit dem Taschentuch lag auf der Lehne und sah seltsam kindlich und rührend aus. Es war Frances nie zuvor aufgefallen, daß Alice so kleine Hände hatte wie ein achtjähriges Mädchen.

In den nächsten Tagen schlichen sie umeinander herum wie zwei Katzen. Das Thema George wurde nicht erwähnt. Alice ging tagsüber zur Arbeit, Frances kaufte ein, hielt die Wohnung sauber und unternahm ein paar Spaziergänge mit George, was so aussah, daß sie ihn am Arm nahm und die Straßen entlangführte und er teilnahmslos neben ihr hertrottete.

An einem Abend ging Alice mit ihm zu dem Psychologen. Als sie zurückkehrten, ging es George deutlich schlechter, er war kalkweiß im Gesicht, seine Hände zitterten, sein Atem ging keuchend.

»Ist das jedesmal so, wenn ihr da hingeht?« fragte Frances erschrocken.

»Das ist völlig normal!« Alice war sofort in Verteidigungsbereitschaft. »Im Gespräch wühlt der Arzt ja alles wieder auf, was George zugestoßen ist. Nur so kann er das Trauma verarbeiten und überwinden.«

»Ich habe eher den Eindruck, er wird tiefer hineingestoßen.«

Alice schrie: »Darüber rede ich mit dir nicht! Darüber nicht!« Und rannte türenschlagend aus der Wohnung.

Frances wußte, sie würde bald eine Entscheidung treffen müssen, was ihren eigenen Aufenthalt in London anging. Sie hatte fast kein Geld mehr. Sie würde sich entweder eine Arbeit suchen müssen – was hieße, George wieder sich selbst zu überlassen –, oder sie mußte nach Hause fahren. Sie wollte keinesfalls irgendwann auf Alices Kosten leben. Schlimm genug, daß sie in ihrer Wohnung hauste.

Nach zehn Tagen, es war der 15. Dezember, und kalter Nebel hing über der Stadt, kam Frances am späten Vormittag vom Einkaufen zurück und traf George auf den Stufen vor der Haustür sitzend an. Er hatte nicht einmal einen Mantel angezogen, trug nur den üblichen Wollpullover und die alte, zu weite Hose. Er zitterte am ganzen Körper vor Kälte, seine Lippen hatten sich bläulich verfärbt.

Frances stellte ihre Tasche ab und beugte sich über ihren Bruder. »George! Warum, um Himmels willen, sitzt du hier draußen?«

Er hob den Kopf. Er schien verwirrt und ratlos. »Draußen?«

»Es ist bitterkalt! Du kannst dir hier den Tod holen! Steh auf, George, bitte. Wir müssen nach oben in die Wohnung!«

»Sie haben geschossen«, sagte George. Er stand mühsam auf. Der einst starke, junge Mann schwankte wie ein Grashalm im Wind, und seine Schultern neigten sich nach vorn.

»Ich hatte Angst«, fuhr er fort. Mit der Hand strich er sich über das Gesicht. Seine Augen waren voller Furcht.

»George, du bist in London! Du bist in Sicherheit! Dir kann nichts mehr passieren. Du mußt keine Angst mehr haben.«

Mit der einen Hand nahm sie ihre Tasche, mit der anderen griff sie nach Georges Arm. Glücklicherweise sträubte er sich nicht, sondern ließ sich willig nach oben führen. Dort steckte ihn Frances sofort ins Bett, legte ihm eine heiße Wärmflasche an die Füße, wickelte ihm einen Schal um den Hals, flößte ihm Salbeitee und heiße Milch mit Honig ein. Wer wußte, wie lange er dort schon gesessen hatte? Abgemagert, wie er war, hätte ihm eine Lungenentzündung den Rest gegeben. Frances hoffte, sie würde eine Erkrankung noch abwenden können.

Alice zeigte sich betroffen über den Vorfall, aber sie blieb bei der Ansicht, George sei nur hier bei ihr gut aufgehoben.

»Er ist vorher nie auf die Straße gelaufen«, sagte sie, »das war wirklich eine Ausnahme. Es kommt sicher nicht mehr vor.«

»Wir hatten noch Glück, daß er auf der Treppe sitzen blieb«, erwiderte Frances. »Das nächste Mal läuft er vielleicht weiter und irrt dann hilflos durch die Stadt. Wir würden ihn am Ende überhaupt nicht mehr finden.«

Alice entgegnete darauf nichts. Sie ging ins Nebenzimmer, wo George schlief. Frances hörte sie sagen: »Es wird alles wieder gut. Du wirst schon sehen. Alles wird gut.«

Aber nicht, indem du alle Probleme verdrängst, dachte Frances, ärgerlich auf Alice, aber auch ärgerlich auf sich selbst, weil sie schon viel zu lange gezögert hatte. Ihr Entschluß stand nun fest.

Am Montag, kaum daß sich Alice auf den Weg zur Arbeit gemacht hatte, weckte Frances George auf und half ihm beim Anziehen. Er zeigte keine Anzeichen einer Erkältung, offenbar hatten ihre Bemühungen genützt.

»Wir fahren nach Westhill zurück«, erklärte sie ihm. »Heute noch. Wie findest du das?«

Wie meist antwortete er nicht.

»In einer Woche ist Weihnachten«, fuhr Frances fort, »sicher ist das Haus schon geschmückt. Wir werden Truthahn essen und Adelines Plumpudding, und Mutter wird auf dem Klavier spielen. Vielleicht schneit es. Stellst du dir das nicht auch schön vor?«

»Ja«, sagte George. Er hörte sich an wie ein folgsamer Schüler.

Frances lächelte ihm aufmunternd zu, dann packte sie mit fliegenden Händen ihre Sachen zusammen, zog ihren Mantel an, setzte ihren Hut auf. Nun, da sie endlich wußte, was sie zu tun hatte, konnte sie es überhaupt nicht mehr abwarten, endlich wegzukommen. Die enge, dunkle Wohnung, die schmuddelige Gegend widerten sie an.

Nie wieder, dachte sie inbrünstig, als sie unten auf der Straße standen, nie wieder hierher!

George blieb plötzlich stehen und sah sie an. In seine Augen, die sich sonst immer im Nebel zu verlieren schienen, trat ein Ausdruck von Klarheit.

»Und Alice?« fragte er.

Frances griff seinen Arm fester. »Sie kann im Moment nicht für dich sorgen. Sie weiß das, und sie ist einverstanden, daß du mit mir nach Leigh's Dale kommst.«

Sie hätte ihm jede Lüge der Welt erzählt, um ihn zum Mitgehen zu bewegen.

George lief weiter; seine verschlossene Miene verriet nicht, ob Frances' Auskunft ihn beruhigt hatte oder ob Alice seinen Gedanken schon wieder entflohen war.

Nie war sie mit einem heißeren Herzen nach Hause gefahren als an diesem trüben, kalten Wintertag, an dem der frühe Nachmittag bereits die Dämmerung brachte. Nicht einmal während ihrer Schulzeit bei der verhaßten Miss Parker hatte sie Westhill so sehnsüchtig entgegengefiebert. Von der Höhe Nottinghams ab lag Schnee. Jenseits der Zugfenster erstreckten sich weißbestäubte Wiesen und Felder, über die ein kalter Wind pfiff und die kahlen Hecken zauste, die die Weiden umschlossen. Am Horizont verwoben sich Himmel und Erde zu einem undurchdringlichen Grau. Die Dunkelheit schien sich mit jeder Minute zu verdichten.

Es fuhren nicht viele Leute mit dem Zug. Die meisten schliefen oder lasen. Es waren nur Frauen oder ältere Männer zu sehen, die jungen Männer standen in Frankreich. George bekam manch mitleidigen Blick zugeworfen. Frances hatte ihm seine Uniformjacke angezogen, und seine trostlose Magerkeit verriet jedem, daß er Schlimmes hinter sich hatte.

»Wenn sie nur endlich Frieden schlössen«, sagte eine Frau zu ihrer Nachbarin. »Ich kann diese verletzten jungen Kerle nicht mehr sehen.«

»Der hat es wohl eher hier.« Ihre Nachbarin tippte sich an den Kopf. »Da hat er was abbekommen.«

Frances starrte sie an, und verlegen senkte sie die Augen.

Sie stiegen in York um, fuhren mit dem Anschlußzug aber nicht bis Wensley weiter, sondern verließen ihn bereits in Northallerton, weil dort die Wahrscheinlichkeit, eine Droschke zu bekommen, größer war. Es war halb fünf, und die Nacht war hereingebrochen. Es stand nur ein Wagen am Bahnhof, und den ergatterte ein Ehepaar, beide beladen mit Körben voller Eier und Gemüse. Frances zog den apathischen George hinter sich her und drängte die Frau energisch von der Autotür weg, die diese gerade geöffnet hatte.

»Ich habe hier einen Kriegsversehrten bei mir. Sie müssen uns das Auto überlassen.«

»Erlauben Sie mal!« empörte sich die Frau.

Ihr Mann warf George einen besorgten Blick zu. »Dem geht es aber gar nicht gut«, meinte er unbehaglich.

»Er hat an der Somme-Schlacht teilgenommen«, sagte Frances, »und er war zwei Tage lang verschüttet in einem Unterstand. Er hat ein schweres Trauma.«

»Was geht uns das...«, begann die Frau, aber ihr Mann unterbrach sie.

»Nehmen Sie den Wagen. Wir finden schon etwas anderes.«

»Ken, ich denke wirklich...«

»Er hat für uns alle den Kopf hingehalten. Das mindeste, was wir tun können, ist, ihm jetzt das Auto hier zu überlassen.« Er lächelte Frances zu. Sie erwiderte das Lächeln und bugsierte George in das Innere des Wagens. Sie hörte die Frau noch schimpfen und zetern, aber kümmerte sich nicht mehr darum. Aufatmend sank sie in die Polster.

»Leigh's Dale«, sagte sie zu dem Fahrer. Er nickte und fuhr los.

Der Wind hatte die Wolken in Fetzen gerissen und jagte sie über den dunklen Himmel. Dazwischen fiel immer wieder etwas blasses Mondlicht zur Erde und beleuchtete die verschneite Landschaft. Frances preßte das Gesicht gegen die Scheibe und starrte hinaus. Jede Wiese kannte sie, jeden Hügel, jeden Baum. Jede Biegung der Straße, jedes einsame Gehöft. Mit weit ausgebreiteten Armen, so schien es ihr, hieß das Land sie willkommen.

An der Auffahrt nach Westhill kam der Wagen ins Rutschen, und der Fahrer sagte, er könne dort nicht hinauffahren.

»Das schaffe ich nicht. Tut mir leid, das letzte Stück müssen Sie zu Fuß gehen.«

»In Ordnung.« Frances reichte ihm ihre letzten Pfundnoten nach vorne. Nun besaß sie keinen Pfennig mehr; in ihrem Geldbeutel klimperten nur noch ein paar Franc-Münzen herum.

Sie half George aus dem Auto. »George! Wir sind daheim. Wir haben es geschafft!«

Er nickte. Naßkalte Luft umfing sie, sobald sie draußen standen. Frances dachte an den heißen Junitag fünf Jahre zuvor, als sie ebenfalls diesen Weg hinaufgelaufen war, keuchend unter der Sonne.

Und dann im August 1914, da war sie angereist, um Großmutter Kate zu beerdigen. Jene schrecklichen Tage, als der Krieg ausbrach... Seitdem spielte die ganze Welt verrückt, nichts war mehr wie einst.

Aber die goldenen Tage würden wiederkehren.

Der Krieg konnte nicht ewig dauern. Nach dem Gesetz, dem das Leben folgte, blieben die Zeiten nicht für immer schlecht. Die Familie war durcheinandergewirbelt worden, aber sie würden wieder Ruhe und Frieden finden. Bald. Weihnachten stand vor der Tür. Sie würden ein neues Baby haben. Sie würden aufatmen können.

Da waren Lichter im Dunkel. Warm glänzte der Schein durch die Nacht. Westhill House. Schattenhaft sah Frances den Efeu, der sich an den dunklen Mauern emporrankte. Das Licht malte helle Flecken in den Schnee auf dem Hof.

Vor der Haustür stand ein überdachter Zweispänner, das Pferd davor hielt den Kopf gesenkt und die Augen geschlossen vor dem stärker werdenden Schneefall.

Frances runzelte die Stirn. Besuch? An diesem unwirtlichen Abend? Eigenartig, daß das Pferd unversorgt dastand. Ihr Vater hatte eiserne Prinzipien, was Tiere anging. Kam ein Gast mit der Kutsche, so wurde sein Pferd, noch ehe er selbst einen Drink angeboten bekam, in den Schuppen geführt, bekam einen großen Eimer Wasser und ein Bündel Heu vorgelegt.

Vielleicht ist jemand da, der gleich wieder wegwill, dachte sie.

Auf ihr Klopfen hin rührte sich nichts, aber wie meist war die Tür ohnehin unverschlossen, und sie konnten eintreten. Der Flur war hell erleuchtet. Aus dem Wohnzimmer erklangen leise Stimmen.

George blieb an der Treppe stehen. Frances schälte ihn aus seinem Mantel.

»Du mußt gleich die Schuhe ausziehen«, sagte sie, »sie sind bestimmt ganz naß vom Schnee. Du darfst dich auf keinen Fall erkälten.«

Folgsam setzte sich George auf die unterste Treppenstufe und bemühte sich, mit seinen klammen Händen die Schuhe abzustreifen. Frances wollte sich gerade die Handschuhe von den Fingern ziehen, als sie Schritte auf der Treppe hörte. Sie blickte auf. Adeline, die Haushälterin, kam die Stufen herab. Sie trug irgend etwas im Arm – einen ganzen Berg zerwühlter Laken und Tücher.

Sie erstarrte, als sie George und Frances bemerkte. »Mister George! Miss Frances! Wo kommen Sie denn her?«

George wandte sich nicht einmal nach ihr um.

»Wir kommen gerade aus London, Adeline«, sagte Frances. »Ich habe George nach Hause gebracht. Er hat Schlimmes erlebt in Frankreich.«

»Gut, daß Sie da sind«, rief Adeline, und irgendwie klang das nicht so, wie sich Frances eine Begrüßung vorgestellt hatte. Adeline wirkte so angespannt. Sie hatte George immer besonders geliebt. Sie hätte sich mit einem Jubelschrei auf ihn stürzen müssen. Sodann hätte sie entrüstet erklärt, daß er viel zu mager sei und daß er sofort mit ihr in die Küche kommen müsse, um etwas Anständiges zu essen, und daß man ja nun sehe, wohin es führe, wenn Männer in diesen unsinnigen Krieg zögen...

Aber nichts davon tat Adeline. Sie blieb stehen, wo sie stand, starrte die beiden an und wirkte dabei nicht erfreut, sondern nur verstört.

»Adeline!« Frances' Stimme klang rauh. Angst legte sich plötzlich um sie wie ein zu schwerer Mantel, in dem man kaum atmen konnte.

»Adeline, stimmt etwas nicht?« Ihre Augen irrten aufmerksam im Flur umher, suchten eine Antwort. Keine Tannengirlande über dem Spiegel. Keine Mistelzweige in der Vase am Fenster.

»Warum ist nichts geschmückt?« fragte sie.

»Ach, Miss Frances...«, begann Adeline, und dann hörten sie ein rasches Tapp-tapp-tapp auf den Steinfliesen. Molly, die Hündin, hatte gemerkt, wer gerade gekommen war. Jahrelang hatte sie gewartet. Sie konnte nicht mehr so wild springen wie in ihrer Jugend. Sie leckte George die Hände, leise und still. In ihren klugen Augen lag ein warmes Leuchten.

Irgend etwas in George erwachte. Er hob den Kopf. Sein Blick veränderte sich.

»Molly«, sagte er. Sie sahen einander an, versanken ineinander. Mit seinen abgemagerten Fingern begann George, Mollys Kopf zu streicheln.

»Molly«, flüsterte er noch einmal.

Frances beachtete die beiden nicht. »Adeline!« sagte sie scharf.

Adeline kam langsam die letzten Stufen herab. Den Berg von Tüchern trug sie wie einen Schild vor sich her. Und in diesem Moment erst, als Adeline unten angelangt war und sich an George und Molly vorbeigedrückt hatte, sah Frances, daß all die Tücher über und über befleckt waren mit Blut, frischem, hellem, leuchtend-rotem Blut.

Scharf sog sie die Luft ein. »Um Gottes willen! Was ist das? Wo ist mein Vater? Wo ist meine Mutter?«

»Mr. Gray ist im Wohnzimmer mit dem Doktor«, antwortete Adeline, »und Mrs. Gray...« Sie stockte. Frances packte ihr Handgelenk. Es fehlte nicht viel, und sie hätte die alte Frau geschüttelt.

»Was ist mit meiner Mutter? Nun rede schon! Hat sie ihr Baby bekommen?« Nur das konnte das viele Blut erklären. Aber blutete eine Frau so heftig, wenn sie ein Kind bekam? War das normal?

»Ich höre gar kein Babygeschrei«, sagte sie hastig. »Was ist los?«

»Das Baby ist... ist tot«, entgegnete Adeline und brach in Tränen aus.

»O nein!« sagte Frances leise, »o nein! Arme Mama! Ich muß gleich zu ihr gehen.«

»Warten Sie, Miss Frances!« Adelines Stimme klang rauh wie Sandpapier. »Sie müssen wissen... Mrs. Gray...«

Sie sprach nicht weiter, aber in ihrem Schweigen ballte sich eine furchtbare Wahrheit zusammen, die so übermächtig wurde, daß sie alles auszufüllen schien.

»Das... ist doch nicht wahr«, murmelte Frances schwerfällig.

Adeline weinte heftiger. »Der Doktor konnte nichts mehr tun. Mrs. Gray hat uns zusammen mit ihrem kleinen Mädchen für immer verlassen.«

Sie stieg die Treppe hinauf, mit den mühsamen Schritten einer alten Frau. Sie war immer noch in Mantel und Hut, nur ihre Handschuhe streifte sie endlich ab und legte sie oben achtlos auf das Treppengeländer, von dem sie hinabrutschten und unten im Flur liegen blieben. Sie konnte nicht viel anderes denken als immer wieder: Mutter ist tot. Sie ist gestorben, und ich habe nicht einmal mehr mit ihr sprechen können. Sie ist tot.

Das Wort »tot« tanzte und hämmerte in ihrem Kopf. Erbarmungslos und ohne Ende. »Tot« ließ keinen Ausweg offen. Sie konnte nicht wie sonst ihre Gedanken jagen lassen auf der Suche nach einer Lösung, nicht in rasender Eile nach einer Möglichkeit fahnden, drohendes Unheil abzuwenden oder aus einer schlimmen Situation noch etwas Gutes herauszuschlagen. Es gab nichts mehr zu tun, es blieb nichts mehr zu ändern. Es war alles vorbei.

Aus dem Schlafzimmer der Eltern schlug ihr der Geruch von Krankheit und Blut entgegen; sie kannte ihn nur zu gut aus ihrer Zeit in Frankreich. Es war so heiß, so stickig in dem Raum, daß es einem den Atem nahm. Leise, als könnte sie eine Schlafende stören, trat Frances ein. Dämmriges Licht empfing sie. Nur die kleine Nachttischlampe mit dem dunkelgrünen Seidenschirm brannte, und auf der Kommode gegenüber dem Bett waren die Kerzen in dem dreiarmigen goldenen Leuchter angezündet, den Maureen immer besonders geliebt hatte. Am Fußende des Bettes stand eine schmale Gestalt. Es war Victoria, die mit gefalteten Händen ihre Mutter betrachtete.

Frances zuckte zurück, sie hatte geglaubt, allein zu sein. Aber Victoria hatte sie schon gehört und wandte den Kopf. Ihre Augen waren rot geschwollen vom Weinen.

»Ach, Frances«, sagte sie nur. Es schien sie in diesem Moment nicht einmal besonders zu wundern, ihre Schwester plötzlich zu sehen.

Langsam kam Frances näher. Sie starrte auf das Bett. Adeline hatte nicht nur die blutigen Laken entfernt, sondern Decke und Kissen bereits frisch bezogen. Maureen lag in sauberer, blütenweißer Wäsche. Die Decke war bis unter die Arme hochgezogen, die Arme lagen darüber, die Hände waren gefaltet. Als einzigen Schmuck trug sie ihren Trauring. Ihre schönen, langen Haare waren zu einem Zopf geflochten, der über eine Schulter nach vorne fiel.

Die mädchenhafte Frisur, die gefalteten Hände, das weiße Bett erweckten jedoch nur auf den ersten Blick den Eindruck von Frieden, der sich als trügerisch erwies, betrachtete man das Gesicht der Toten: Es mußte ein langer Kampf, ein schweres Sterben gewesen sein. Die Spuren von Angst und Schmerz hatte der Tod noch nicht aus Maureens Zügen zu löschen vermocht. Zwei scharfe Linien verliefen von der Nase zu den Mundwinkeln hinab, die früher nicht dagewesen waren. Es hatte den Anschein, als ziehe Maureen ganz leicht die Augenbrauen zusammen, denn da war eine Kerbe über ihrer Nase, die dem Gesicht einen ungewohnt strengen, zugleich leidenden Ausdruck gab. Frances hatte ihre Mutter noch nie so gesehen. Maureen war für sie immer der Inbegriff von Heiterkeit und Frohsinn gewesen, über ihren Zügen hatte immer etwas Strahlendes gelegen. Meist hatte sie vor sich hin gelacht und gesungen. Selbst wenn sie mit ihren Kindern geschimpft hatte, was selten genug geschehen war, hatte sie es nicht geschafft, wirklich ärgerlich auszusehen. Ihre Kinder hatte ihre Vorhaltungen daher nie ernst genommen, wie sollte man das auch bei jemandem, der immer ein Zwinkern in den Augen hatte?

Aber jetzt...

Frances dachte: Wie sehr muß sie gelitten haben! Was hat das Sterben aus ihrem Gesicht gemacht!

»Mami«, flüsterte sie.

Victoria zitterte am ganzen Körper. »Zum Schluß haben wir schon gehofft, daß es bald zu Ende geht«, sagte sie, ein tonloses Schluchzen in der Stimme. Es war, als müsse sie weinen, habe aber nicht mehr die Kraft dazu.

»Es war furchtbar. Irgendwann konnte sie nicht einmal mehr schreien. Sie wimmerte bloß noch. Es klang, als verende ein kleines Tier.«

Frances ging um das Bett herum. Sie kniete neben Maureen nieder, nahm ihre Hände. Sie waren eiskalt.

»Mami...« Es klang beschwörend. Als wäre da irgendeine Hoffnung, daß Maureen den Kopf wenden, die Augen öffnen und ihre Tochter ansehen würde.

»Die Wehen haben schon vorgestern eingesetzt«, berichtete Victoria, »am Samstag früh. Vater rief mich an. Mutter fühle sich wohl, sagte er, sie sei recht gelassen. Ich müsse nicht herüberkommen. Eine Hebamme sei da, und die habe erklärt, es werde keine Komplikationen geben.«

Keine Komplikationen! Und sechzig Stunden später war Maureen tot. Und ihr Baby ebenfalls.

»Ich war froh, nicht hinüberzumüssen«, fuhr Victoria stockend fort, »ich war ja nie mehr hier, seit ... seit ich wußte, daß sie schwanger war.«

O ja, natürlich, so war Victoria! Ewiges Kreisen um ihre eigenen Probleme. Eher ließ sie ihre Mutter ein halbes Jahr lang allein, als daß sie über ihren Schatten sprang und sich zusammenriß, es ertrug, daß eine andere Frau ein Baby bekam und nicht sie.

Maureens Haut hatte einen gelblichen Ton angenommen. Sie sah viel älter aus. Frances konnte die Augen nicht von ihr wenden. Langsam breitete sich ein Gefühl eisiger Kälte in ihr aus, kroch von ihrer Mitte her in jeden Winkel ihres Körpers, obwohl es so überheizt war im Zimmer und sie ja noch immer ihren Mantel trug. Um ihren Hals schien ein stählerner Ring zu liegen, der immer enger wurde.

»Gestern früh rief mich Vater an und sagte, ich solle herüberkommen.« Victorias Stimme war rauh vom vielen Weinen. »Es gehe Mutter gar nicht gut, und das Kind komme einfach nicht. Wir haben dann abends den Doktor geholt. Er meinte, das Kind liege irgendwie falsch, aber Mutter werde es schaffen.«

Frances löste ihre Finger von den kalten, starren Händen ihrer Mutter. Sie stand langsam auf. Ihr Blick glitt durch das Zimmer und blieb an der hölzernen Wiege hängen, in der sie alle ihr erstes Lebensjahr verbracht hatten. Viele Jahre lang hatte sie dann verstaubt auf dem Dachboden gestanden. Nun hatte man sie hinuntergetragen, gesäubert, voll Freude und Ungeduld im Elternschlafzimmer aufgestellt.

Sie trat heran. Ihre kleine Schwester lag auf einem spitzenverzierten Kissen, zugedeckt mit einer blaßgrünen Wolldecke. Ihr Köpfchen war leicht zur Seite geneigt. Sie sah nicht aus wie ein neugeborenes Baby, sondern auf eine erschreckend absurde Weise wie eine alte Frau, die schon viel im Leben durchgemacht hat. Ihre Haut hatte die gleiche gelbliche Färbung wie die ihrer Mutter. Das dunkle, erstaunlich dichte Haar war fein gebürstet worden. Irgend jemand – vermutlich Adeline – mußte das Kind gesäubert und zurechtgemacht haben. Aber auch hier der Ausdruck von Schmerz in dem kleinen Gesicht. Ebenso wie Maureen hatte dieses Kind tagelang verzweifelt um sein Leben gekämpft und war nun gezeichnet von diesem Kampf.

Du kleiner Todesengel, dachte Frances. Sie suchte nach einer

Empfindung für dieses winzige Wesen, das ihre Schwester war; aber in all der Kälte und Leere, die in ihr war, konnte sie nichts finden.

»Wie heißt sie?« fragte sie.

Victoria sah sie verwirrt an. »Was?«

»Das Baby. Sie hatten doch sicher einen Namen vorgesehen.«

»Ja. Ein Junge sollte Charles heißen, wie Vater. Ein Mädchen Catherine. Sie heißt Catherine.«

»Catherine«, sagte Frances langsam, und dann wurde ihr plötzlich schwindelig, sie stürzte zum Fenster, riß es auf und lehnte sich weit hinaus in den kalten Abend. Sie atmete tief.

»Lieber Gott«, stöhnte sie, »hier drin erstickt man ja!«

Der Schwindel ebbte ab. Sie drehte sich um. »Bist du denn überhaupt nicht auf die Idee gekommen, hier mal das Fenster aufzumachen?« fuhr sie Victoria an. Die schrak zusammen und sah so verstört aus, daß Frances ihre Unbeherrschtheit bedauerte.

»Entschuldige. Ich...« Sie strich sich über die Stirn, auf der ein feiner Schweißfilm lag. »Es ist ein solcher Schock...« Ihre Stimme brach. Mühsam würgte sie die Tränen zurück. Wenn sie jetzt weinte, hörte sie tagelang nicht mehr damit auf.

»Ich muß hinunter und nach George sehen«, sagte sie.

»George?«

»Ich habe ihn mitgebracht. Alice und ich haben ihn aus einem Lazarett in Frankreich geholt.«

»George ist hier!« Erleichterung zeichnete sich auf Victorias Gesicht ab. Ihr war anzusehen, daß sie sich von ihrem großen Bruder Trost und Hilfe versprach – etwas, das sie bei ihrer Schwester mit der gereizten, harten Stimme und den kalten Augen kaum zu finden hoffte.

Aber Frances zerstörte diesen Anflug von Licht in der Finsternis. »George ist sehr krank. Er darf keinesfalls belastet werden, hörst du? Er kann keine Hilfe geben, er braucht selbst Hilfe!«

»Was hat er denn?« fragte Victoria mit weit aufgerissenen Augen.

»Er hat ein schweres Trauma erlitten«, erklärte Frances, und dann setzte sie an zu einer Schilderung dessen, was zwei Jahre Front mit all ihrem Grauen bedeuteten, aber sie unterbrach sich bald wieder. Victorias süßes Puppengesicht zeigte Erschrecken – und eine gewisse Verständnislosigkeit. In ihrer behüteten Welt, die aus

Spaziergängen durch den Park von Daleview bestand, aus langen Leseabenden am Kamin und aus gelegentlichen Besuchen anderer Frauen, deren Männer in Frankreich waren, gab es keinen Platz für die Vorstellung davon, was Krieg hieß.

Am nächsten war sie dem Krieg noch gekommen, als sie in London an den Treffen patriotischer Damenkränzchen teilgenommen hatte, bei denen Strümpfe für die Frontkämpfer gestrickt und Verbandsmull aufgewickelt wurden. Irgend jemand hatte dabei immer ein bißchen Klavier gespielt, es hatte Kaffee und Gebäck gegeben, und der neueste Gesellschaftsklatsch hatte für gute Unterhaltung gesorgt.

Wie soll sie es begreifen? dachte Frances verächtlich. Sie hat doch nichts erlebt. Gar nichts!

Das Zimmer war nun voll feuchter, kalter Luft. Victoria schlang fröstelnd beide Arme um sich.

»Es ist schrecklich«, jammerte sie, »was bricht nur alles über unsere Familie herein? Ist George ... ist er nicht ganz bei sich?«

»Er ist völlig abwesend. Er braucht jetzt sehr viel Liebe, Ruhe und Verständnis.« Würde er überhaupt begreifen, daß seine Mutter gestorben war?

Frances gab sich einen Ruck. Sie konnte nicht ewig hier stehen und Maureen anstarren. Sie mußte nach George sehen und nach ihrem Vater.

»Bleibst du heute nacht hier, Victoria?« fragte sie.

Die Schwester nickte. »Ich möchte bei Mutter wachen.«

Frances gab einen ärgerlichen Laut von sich. »Das nützt doch keinem etwas. Leg dich lieber ins Bett. Du siehst ganz grau aus vor Erschöpfung!«

»Ich will bei Mutter bleiben, und das tue ich auch«, entgegnete Victoria mit ungewohnter Schärfe. Frances hatte sie so noch nicht erlebt.

Überrascht sagte sie: »Wie du willst!«, und verließ das Zimmer.

George saß nicht mehr am Fuß der Treppe. Frances sah sich suchend um. Da streckte Adeline den Kopf zur Küchentür heraus.

»Mister George ist hier bei mir, Miss Frances«, sagte sie. »Ich koche ihm gerade eine schöne, heiße Suppe. Der Arme ist ja nur noch Haut und Knochen.«

»Danke, Adeline.« Frances fühlte sich ein wenig getröstet durch

Adelines schlichte, stetige Anwesenheit. »Ist mein Vater noch im Wohnzimmer?«

»Ja. Der Doktor ist auch noch da.«

Frances klopfte an die Wohnzimmertür und trat ein.

Die beiden Herren standen in der Mitte des Raums. Der Doktor wandte sich zu Frances um. Er war ein alter Mann mit einem zerfurchten Gesicht und freundlichen Augen.

»Oh, Miss Gray! Es tut mir entsetzlich leid, was mit Maureen und dem Baby geschehen ist.«

Sie beachtete ihn gar nicht. Ihr Blick suchte nur ihren Vater. Sie sah ihn an. Grauer Anzug, Uhrkette, Seidenkrawatte, untadelig wie immer. Kaum merklich neigten sich seine Schultern nach vorn. Seine Hände, die auf einer Sessellehne lagen, zitterten leicht. Sein Gesicht war wie erloschen. Frances erschrak vor der stummen Qual in seinen Augen.

»Vater!« rief sie hilflos.

Sie beerdigten Maureen drei Tage vor Weihnachten auf dem idyllischen kleinen Friedhof von Leigh's Dale, wo die Toten im Schatten alter Bäume mit ausladenden Zweigen ruhten. Im Sommer wuchsen hier hohe Gräser und Farne, ein Seitenquell des River Ure plätscherte als kleines Bächlein vorbei, lilafarbene Blumen entsprossen dem Moos, das in den Ritzen der bröckeligen Friedhofsmauer saß. Man hatte immer das Gefühl, sich in einem verwilderten, romantischen Garten zu bewegen, und sah sich nicht den beklemmenden Gedanken ausgesetzt, die ein solcher Ort sonst stets hervorrief.

An diesem Dezembertag aber sauste ein kalter Wind durch das kahle Geäst der Bäume, graue Wolken lasteten tief über dem Land und hüllten die Hügel ein; die dünne Schneeschicht war wieder verschwunden und hatte flachgedrücktes, matschiges Gras zurückgelassen. Die Grabsteine erhoben sich dunkel und düster über den blumenlosen, kahlen Gräbern. Ein paar Krähen schwangen sich schreiend aus den Bäumen, als sich die Trauergesellschaft näherte. In der Luft lag ein feiner Nieselregen, dessen kalte Feuchtigkeit jedem langsam in die Knochen drang.

Maureen und ihr Baby wurden gleich neben Kate begraben, in jener Ecke des Friedhofs, die Bürgern katholischen Glaubens vorbehalten war und wo es außer Kates Grab nur noch ein einziges weiteres Grab gab. Für Catherine war vom anglikanischen Pfarrer des Ortes eine Taufe *post mortem* vollzogen worden, aber sie wurde trotzdem bei ihrer katholischen Mutter bestattet; niemandem wäre es richtig erschienen, die beiden zu trennen. Es war Frances gelungen, einen katholischen Priester aufzutreiben; er hatte von Richmond herüberkommen müssen und war schlechter Laune, weil sein Automobil unterwegs im Matsch steckengeblieben und niemand vorbeigekommen war, der ihm beim Freischaufeln hätte helfen können.

Für Frances kam es einem Alptraum gleich, an diesem Ort zu stehen, den sie seit frühester Kindheit kannte und dessen Idylle sie immer gemocht hatte, und zusehen zu müssen, wie der Sarg mit ihrer Mutter darin in die Erde gesenkt wurde. Sie hätte sich gern an irgend jemandem festgehalten, aber ihr Vater hatte wie selbstverständlich Victorias Arm ergriffen und war mit ihr vorausgegangen, und für Frances blieb nur George, der an diesem Tag hilflos und verwirrt war wie ein alter Mann. Er stand gebeugt und stützte sich auf sie. Immer wieder musterte sie ihn besorgt von der Seite. Wußte er, was vor sich ging? Sein Blick verirrte sich wie immer irgendwo in der Ferne.

Victoria schluchzte die ganze Zeit über und bebte wie Espenlaub. Sie sah wieder einmal perfekt aus: Sie trug einen knöchellangen Pelzmantel, auf dem Kopf eine kleine, schwarze Pelzkappe. Ihre Finger steckten in feinen Lederhandschuhen. Als einzigen Schmuck hatte sie eine einreihige Perlenkette umgelegt. Ihr zartes Gesicht war noch immer hübsch, wenn auch vom Weinen verquollen. Nichts auf der Welt schien ihre Lieblichkeit schmälern zu können. Frances vermochte sich durchaus vorzustellen, daß ihr Anblick Beschützerinstinkte und Zärtlichkeit bei Männern hervorrief. Sie schämte sich, daß sie mit Ärger und Eifersucht auf ihre Schwester blickte, sogar in einem Moment wie diesem. Sie hatten Maureen verloren. Es sollte jetzt nichts Schlechtes geben in ihren Gedanken.

Fast alle Leute des Dorfes hatten sich versammelt, um Maureen das letzte Geleit zu geben. Junge Männer waren auch hier kaum zu sehen – eine weitere, bittere Erinnerung an den Krieg.

Viele Frauen weinten.

»Sie war so lieb, so freundlich«, sagte eine von ihnen zu Frances.

»Für jeden hatte sie ein gutes Wort. Daß immer die Besten so früh sterben müssen!«

Und so unnötig, dachte Frances. Maureen war eine gesunde, kräftige Frau gewesen. Sie hätte mindestens so alt werden können wie Kate. Wenn da nicht noch ein Baby gewesen wäre...

Frances sah zu ihrem Vater hinüber, in sein graues, versteinertes Gesicht. Zum ersten Mal kam ihr der Gedanke, daß er sich vielleicht mit heftigen Selbstvorwürfen herumschlug. Das Kind war nicht geplant gewesen. Seine Unachtsamkeit so sehr wie Maureens. Am Ende gab er sich die Schuld an ihrem Tod.

Irgendwann, am späten Nachmittag, waren endlich alle Trauergäste gegangen, und Stille senkte sich wieder über Westhill. Victoria hatte sich zu Adeline in die Küche verkrochen und weinte ohne Unterlaß. George saß oben in seinem Zimmer und streichelte Molly. Frances hatte mit Charles zusammen die letzten Gäste verabschiedet und war dann mit ihm ins Wohnzimmer zurückgekehrt. Mit Rücksicht auf ihn hatte sie sich bisher beherrscht, aber nun brauchte sie etwas gegen die schmerzlichen Gedanken. Sie schenkte sich ein großes Glas Whisky ein und zündete eine Zigarette an.

»Am Tag, an dem wir deine Mutter zu Grabe getragen haben!« sagte Charles mißbilligend.

»Es hilft, Vater. Nimm auch einen Schluck.«

Charles schüttelte den Kopf. »Nein. Ich will das nicht.«

Schwer ließ er sich in seinen Sessel fallen. Hier hatte er jeden Abend gesessen, Maureen in dem Sessel gegenüber. Frances konnte sich an ihr Plaudern, ihr Lachen, ihre verliebten Blicke erinnern.

Rasch kippte sie den Whisky hinunter. Sie wäre sonst in Tränen ausgebrochen, und noch immer wäre dies einem Dammbruch gleichgekommen. Sie füllte sich das Glas sofort ein zweites Mal. Wärme schoß durch ihre Glieder, erfüllte prickelnd ihren Körper. Ihr Magen krampfte sich für einen Moment zusammen; sie hatte kaum etwas gegessen heute, und ihre Eingeweide entrüsteten sich über diese grobe Attacke mit hochprozentigem Alkohol. Aber das ging rasch vorüber, zurück blieb ein Gefühl der Entspannung. Die Dinge verloren ein wenig an Härte, wurden verschwommen in den Konturen.

»Wenn du schon nichts trinken willst, Vater, dann solltest du dich vielleicht hinlegen«, sagte sie. »Es war ein anstrengender Tag, und du hast in den letzten Nächten nicht geschlafen.« Sie hatte ihn stundenlang in seinem Zimmer auf und ab gehen hören. »Du siehst sehr müde aus.«

»Ich würde keine Ruhe finden«, erwiderte Charles.

Mit der Hand strich er sich über das Gesicht. Frances trat näher an ihn heran. Sie wagte es nicht, sich in den Sessel ihrer Mutter zu setzen, und blieb daher stehen. Sie streckte die Hand aus und berührte ihren Vater flüchtig an der Schulter. Sie konnte spüren, wie hart und verkrampft seine Muskeln waren.

»Es ist sicher nicht gut, daß du immer noch in dem Zimmer schläfst, in dem ... sie gestorben ist«, sagte sie sanft. »Du kannst mein Zimmer haben. Ich ziehe zu Victoria – falls die nicht sowieso nach Daleview zurückgeht.«

»Ich werde das Zimmer nicht verlassen, das ich fast dreißig Jahre mit Maureen geteilt habe«, sagte Charles, und sein störrischer Gesichtsausdruck ließ keinen Zweifel daran aufkommen, daß er sich keinesfalls würde umstimmen lassen.

»Wie du möchtest. Es war nur so ein Gedanke. – Vater, wir sollten über Weihnachten reden.«

»Über Weihnachten? Du willst über Weihnachten reden?«

»Wegen George.« Sie zog sich einen samtbezogenen Fußschemel heran und setzte sich darauf. Sie sah ihren Vater eindringlich an.

»Es geht ihm nicht gut. Er hat Schreckliches durchgemacht. Er braucht jetzt das Gefühl, daheim angekommen zu sein. Seinetwegen müssen wir uns nun alle zusammenreißen. Verstehst du?«

An seinen Augen erkannte sie, daß ihn das alles im Moment überhaupt nicht interessierte.

George ist sein Sohn, dachte sie ärgerlich, er kann sich jetzt nicht derart verschließen.

»Es muß ja kein fröhliches Fest werden. Das kann es auch gar nicht. Aber wir sollten Truthahn essen und alle Räume schmücken. Mutter ... sie hätte das auch so gewollt.«

»Mach alles, wie du denkst«, sagte Charles.

Frances unterdrückte ein Seufzen. Eine Victoria, die nicht aufhören konnte zu weinen. Und Charles, der wie ein kranker, alter Mann im Sessel saß und nur Gleichgültigkeit an den Tag legte. Wie sollte George hier gesund werden?

Sie schwiegen beide eine Weile. Nirgendwo im Haus war ein Laut zu hören. Nur das leise Knistern und Knacken der Holzscheite im Kamin störte die Stille. Frances konnte sich nicht erinnern, Westhill jemals so ruhig erlebt zu haben. Immer hatte ein Hund gebellt, immer hatte Maureen vor sich hin gesungen, Charles stundenlang politisiert. Victoria rannte die Treppen hinauf und hinunter. George stürzte in die Küche, um zu sehen, ob er Adeline etwas Eßbares abluchsen konnte. Adeline schimpfte, und Großmutter Kate, die auf geheimnisvolle Weise alles mitbekam, was um sie herum geschah, stimmte in das Schimpfen ein. Irgendwo schlug eine Tür oder stolperte jemand über herumliegende Gegenstände. Das Haus war erfüllt gewesen von Stimmen, Gelächter und manchmal auch handfesten Streitereien.

Diese Grabesruhe, die nun über ihm lag, war unnatürlich. Sie paßte nicht hierher. Sie war dumpf und lähmend. Frances hatte wieder einmal das Bedürfnis, aufzuspringen und ein Fenster aufzureißen. Sie nahm sich zusammen. Es hätte ihren Vater vielleicht gestört.

»Sie war mein Leben«, sagte Charles plötzlich. Das kam so unvermittelt, daß Frances zusammenzuckte.

»Sie war mein Leben«, wiederholte er leise. »Nun ist alles vorbei.«

Erneut krampfte sich Frances' Magen zusammen, aber diesmal lag es nicht am Alkohol.

»Es ist nicht alles vorbei, Vater«, sagte sie. »Du bist nicht allein. Du hast uns. Victoria, George und mich. Wir sind auch ein Teil von dir und deinem Leben.«

Der Schmerz hatte ihn mitleidlos gemacht.

»Ihr seid nicht ein Teil meines Lebens«, sagte er, »ihr geht eure eigenen Wege.«

»Das ist nur natürlich. Aber wir gehören zusammen.«

Er erwiderte nichts darauf, aber sein Schweigen sagte mehr, als es Worte vermocht hätten.

Frances neigte sich vor. »Vater, wenn du mir nicht verzeihen kannst, daß ich im Gefängnis war und du mich herausholen mußtest, dann kann ich daran nichts ändern. Ich werde auch ganz sicher nicht um deine Vergebung betteln. Aber um deiner selbst willen solltest du deine Kinder jetzt nicht von dir weisen. Und du mußt

George verzeihen – wenn du noch immer meinst, er hat ein solches Unrecht begangen, als er sich für Alice Chapman entschied. Er hat für dieses Land gekämpft. Damit auch für dich. Er hat es verdient, jetzt mit offenen Armen aufgenommen zu werden.«

»Ich weiß nichts von ihm.«

»Willst du denn etwas von ihm wissen?«

»Nein.«

Frances stand mit einer ruckartigen Bewegung auf.

»Ich weiß aber vieles von ihm«, sagte sie mit scharfer Stimme. »Ich bin drüben gewesen in Frankreich. In dem Lazarett, in dem George lag. Gleich hinter der Front. Ich habe den Krieg aus nächster Nähe miterlebt und mich manchmal gefragt, wie ein Mensch weiterleben kann nach dieser Hölle. Die Männer sind da gestorben wie die Fliegen. Sie sind unter den Händen der Ärzte verreckt. Sie haben geschrien und gewimmert und sich in ihrem Blut gewälzt. Manche haben gebettelt, daß man sie erschießt. Manche haben den Verstand verloren. Ich habe es gesehen. Ich weiß, wovon ich rede.« Sie hielt inne. Charles' Miene war unbewegt geblieben.

»George braucht deine Hilfe«, fuhr sie eindringlich fort, »er ist ein kranker Mann. Wenn du ihm jetzt das Gefühl gibst, allein gelassen zu werden, wird er sich vielleicht nie erholen.«

Er hatte die ganze Zeit an ihr vorbeigestarrt. Nun endlich blickte er sie an. »Es geht nicht um Verzeihen«, sagte er, »es geht darum, daß ich nicht die Kraft habe, mich um irgend jemanden zu kümmern. Ich brauche selbst jemanden, um mich zu stützen.« Er erhob sich aus dem Sessel, ging zum Fenster, sah hinaus in die Dunkelheit.

»Wie gut, daß ich Victoria habe«, murmelte er, »sie ist ein Halt.«

Frances schnappte nach Luft. War das sein Ernst? Das Püppchen, das ständig jammerte und nun schon seit Tagen pausenlos heulte? Wie, um Himmels willen, sollte sie ein Halt sein?

»Victoria?« fragte sie ungläubig. Aber Charles schien nicht geneigt, eine Erklärung abzugeben; er schwieg und blickte weiter hinaus in die Nacht.

Natürlich, sie hat immer getan, was von ihr erwartet wurde, dachte Frances, was *er* von ihr erwartet hat. Sie ist berechenbar für ihn, und deshalb fühlt er sich bei ihr sicher.

Sie mühte sich, ihren Ärger hinunterzuwürgen. Es schien ihr nicht richtig, am Tag von Maureens Beerdigung Haßgefühle gegen ihre Schwester in sich zu dulden. Aber zweifellos waren diese Gefühle da, geboren schon vor langer Zeit, keineswegs kleiner geworden durch die Schuld, die sie durch ihre Affäre mit John auf sich geladen hatte.

Sie trank den restlichen Whisky aus und widerstand dem Bedürfnis, sich einen dritten einzuschenken. Es hätte ihren Vater nur in seiner schlechten Meinung von ihr bestärkt, wenn sie beim Verlassen des Zimmers nicht mehr gerade hätte gehen können.

Die liebe, kleine Vicky hat sich bestimmt noch nie betrunken, dachte sie bitter.

»Auf jeden Fall«, sagte sie, »muß George vorerst hierbleiben. Es gibt keinen anderen Ort, wohin er gehen könnte. Und er kann im Moment nicht für sich sorgen. Bist du einverstanden?«

»Womit?«

»Daß er hierbleibt«, wiederholte sie mit leise bebender Stimme.

Charles zuckte mit den Schultern. »Solange es noch geht, kann er bleiben. Du auch. Ihr stört mich nicht.«

»Was heißt – solange es noch geht?«

»Solange wir Westhill noch haben. Ich weiß nicht, wie lange das sein wird.«

»*Was?*«

»Es steht nicht gut. Viele unserer Pächter sind im Krieg. Es gab Krankheiten unter den Schafen. Viele Tiere gingen verloren. Eine Reihe von Pächtern haben aufgegeben und sind weggezogen.«

»Wie schlimm ist es denn?« fragte Frances alarmiert. Sie konnte es kaum glauben. Ihr Vater redete, als ginge es um nichts Besonderes. Dabei ging es um *alles*.

»Ich weiß nicht, wie schlimm es genau ist. Aber wir haben nicht mehr viel Geld.«

»Und was wirst du tun?«

Er sah sie an, als sei sie eine Fremde, die zu seiner Verwunderung überhaupt nichts begriffen hatte.

»Nichts«, antwortete er, »ich werde nichts tun. Ich mag nichts tun.«

Mit schweren Schritten ging er an ihr vorbei aus dem Raum. Sie sah fassungslos hinter ihm her, ließ sich dann auf einen Sessel fallen. Er hatte ihr die Nachricht, daß Westhill in ernsthaften Schwierigkeiten steckte, so zufällig und gleichgültig mitgeteilt, als hätte er nur gesagt, es werde wohl regnen über Weihnachten. Es schien ihn kaltzulassen, was aus ihnen allen wurde, und sie hatte die düstere Ahnung, daß sich daran nichts ändern würde.

Charles war nicht etwa in eine vorübergehende Resignation gefallen, die schwinden würde mit dem allmählichen Nachlassen des Schmerzes. Charles würde nie Linderung finden, er würde nie mehr neue Kraft schöpfen. Mühsam gestand es sich Frances in diesen Minuten, in diesem stillen Zimmer vor dem Kamin ein: Ihr Vater besaß überhaupt keine Kraft, auf die er sich irgendwann würde rückbesinnen können. Er hatte nie Kraft gehabt. Er war ein schwacher Mann, und das winzige bißchen Stärke, das ihm die Natur mitgegeben hatte, hatte er verbraucht, als er mit seiner Familie brach, um Maureen zu heiraten. Und das hatte er auch nur geschafft, weil ihm das schöne, eigenwillige Mädchen aus Irland, das sich von nichts und niemandem unterkriegen ließ, mehr Halt gab, als es seine Familie vermochte.

Charles brauchte einen Menschen, der ihn an der Hand nahm und führte. Störte jemand sein mühsam errungenes Gleichgewicht, wie es George und Frances getan hatten, zog er sich zurück und tat alles, damit es nicht ein zweites Mal passierte. Wenn er sagte, Maureen sei sein Leben gewesen, so stimmte das. Er hatte nur durch sie gelebt.

Nun, da sie tot war, blieb nichts mehr von ihm übrig.

Rosafarbene und gelbe Rosen rankten sich an den steinernen Wänden des kleinen Cottage empor. Wicken schoben sich dazwischen, saphirblauer Rittersporn leuchtete in der Sonne. In das hohe, schaumige Gras des Gartens hatte sich vereinzelt hellroter Klatschmohn verirrt. An einem knorrigen, schiefen Apfelbaum, der breit und behäbig geworden war unter dem Seewind und den häufigen Stürmen, denen er trotzen mußte, röteten sich die Äpfel. Über die Mauer, die das Grundstück umschloß, strich eine schwarzweiße Katze. Unterhalb der Felsen, die sich jenseits des Gartens anschlossen, schimmerte das Meer in hellem Türkisblau, durchsetzt von den weißen Tupfern der Schaumkronen. Die Bucht von Staintondale glänzte an diesem Tag in hellem Sonnenschein. Die weite Hochebene zwischen Scarborough und den North York Moors, sonst häufig düster in ihrer Kargheit und Einsamkeit, lag heute lieblich und blühend unter dem wolkenlosen Himmel.

Es war schwer zu sagen, wie alt der Mann sein mochte, der aus dem Cottage trat und in die Sonne blinzelte. Seine Haare waren grau, etwas zu lang und ziemlich struppig. Ein ebenfalls grauer Bart bedeckte sein Gesicht. Aber die gebräunte Haut war glatt; nur um die Augen zeigten sich ein paar Fältchen. Der Mann mußte sich bücken, um durch die Tür zu gelangen. Er war groß; noch nicht gebeugt, wie es alte Männer oft sind.

Er blickte den beiden Frauen entgegen, die den von Vergißmeinnicht gesäumten Gartenweg entlangkamen. Sie trugen einen Korb zwischen sich. Er lächelte nicht, aber er sah auch nicht unfreundlich drein. Besucher schienen ihn weder zu erfreuen noch zu verärgern.

Hinter dem Mann tauchte ein Hund auf. Er war zweifellos recht alt, hatte eine eisgraue Nase, und die bläulich-weiß überschatteten Pupillen in seinen Augen verrieten, daß er kaum noch etwas sehen konnte. Aber er wußte, wer dort kam, und wedelte würdevoll und gemessen mit dem Schwanz.

»Guten Tag, George«, sagte Frances. Sie trug ein helles Sommerkleid und einen Strohhut auf dem Kopf. Das Kleid war bedruckt mit blauen Blumen, die ihren Augen etwas Wärme und Farbe gaben.

»Wir sind später dran, als wir dachten, tut mir leid. Wir hatten eine Reifenpanne, gleich hinter Scarborough. Zum Glück kamen schließlich zwei junge Burschen vorbei, die uns helfen konnten.«

»Ich hatte sowieso die Zeit vergessen«, sagte George. Er nahm den Korb und stellte ihn neben sich auf die Erde. »Der wird immer schwerer«, stellte er fest.

Alice strich sich das feuchtverklebte Haar aus der Stirn. »O Gott, ist das heiß heute! Nicht einmal hier oben bei dir geht ein Windhauch. Hast du etwas zu trinken für uns?«

»Wartet«, sagte George und verschwand im Haus. Alice kauerte sich ins Gras, den Rücken an den Stamm des Apfelbaums gelehnt. Sie sah müde und blaß aus. Auf ihrem Gesicht glänzte Schweiß.

»Ich dachte, wir kommen überhaupt nicht mehr von dieser Landstraße weg«, murmelte sie.

Frances sah Alice mit einer Mischung aus Gereiztheit und Mitleid an. Alice jammerte oft. Es war ihr zu heiß oder zu kalt, zu stürmisch oder zu drückend, zu dunkel oder zu hell. Sie litt auch ständig unter diffusen Krankheiten, die weder sie noch sonst jemand richtig einordnen konnte. Oft klagte sie über Magenschmerzen, dann wieder waren es Herzstiche oder Migräne. Immer wenn Frances an die robuste, energische Frau dachte, die sie neun Jahre zuvor kennengelernt hatte, konnte sie es kaum fassen. Sie wußte, daß die Gefängnisaufenthalte aus Alice eine kranke Frau gemacht hatten. Den Rest hatte das Auseinanderbrechen der Frauenbewegung besorgt, das Miterleben-Müssen, wie eine Idee von den Geschehnissen der Zeit überrollt wurde und plötzlich im Sande verlief.

Daß den Frauen nach Kriegsende das Wahlrecht zuerkannt worden war, hatte Alice nicht mehr freuen können; da war sie schon zu verbittert gewesen. Die Einschränkung, die Frauen erst ab dem Alter von dreißig Jahren als Wählerinnen zuließ, hätte sie auf die Barrikaden treiben müssen. Statt dessen nahm sie es mit erschöpfter Resignation hin.

Es bekommt ihr einfach nicht, daß sie nicht mehr in London lebt, dachte Frances, sie ist Londonerin mit Leib und Seele. Das Leben hier oben macht sie immer depressiver.

Seit eineinhalb Jahren folgten die Sonntage nun schon der immer gleichen Routine: Frances setzte sich in ihr Auto, fuhr quer durch die ganze Grafschaft bis nach Scarborough an der Ostküste, packte

Alice ein, die dort in einem schäbigen Hotel wohnte und stets schon bereitstand, in einem ihrer altmodischen, knöchellangen Kleider, mit weißem Gesicht, auf den Lippen die vielen Klagen über all die Widrigkeiten, mit denen sie hier zu kämpfen hatte: zuallererst ihre Gesundheit, aber auch die Leute im Hotel mit ihrer Neugier und Feindseligkeit, und das dauernde Geldproblem... Und dann war das Bett zu hart, niemand konnte hier ein anständiges Brot backen, und der Dialekt war eine Zumutung.

Frances hielt sich manchmal nur mühsam zurück, sie anzufahren, sie solle *einmal* den Mund halten oder etwas *Angenehmes* berichten. Dann wieder dachte sie, daß es kein Wunder war: Jeder müßte verrückt werden bei dem Leben, das Alice führte. Sie saß in diesem furchtbaren Hotel in einer Küstenstadt, die sie nicht mochte, in einem Landstrich Englands, zu dem sie keinen Bezug hatte, dessen Klima sie haßte. Von morgens bis abends hatte sie nichts zu tun. Sie verbrauchte den letzten Rest ihrer Erbschaft für ihr Zimmer und eine kärgliche Mahlzeit am Tag. Sie hatte zu niemandem Kontakt gefunden. In ihrer rigorosen, unverbindlichen Art verachtete sie jede Frau, die nicht am »Kampf« teilgenommen hatte, und in Scarborough ließ sich keine auftreiben, die mitgezogen war. Sie las bergeweise Bücher, die sie sich aus einer Leihbibliothek besorgte. In dem Hotel fiel häufiger der Strom aus, dann saß Alice während der langen dunklen Wintermonate beim Schein einer Kerze herum und überanstrengte ihre Augen. Im Sommer wurde das Leben einfacher, aber nicht ereignisreicher.

Die Frau, die Diskussionen geliebt hatte, die eine leidenschaftliche, kompromißlose Kämpferin gewesen war, sprach nun tagelang mit niemandem ein Wort und lebte ein Dasein, das ihr nicht im mindesten entsprach.

Und das alles seit dem Januar 1918, als sich George nach Staintondale am Fuße der North York Moores in die völlige Einsamkeit zurückgezogen hatte.

George trat wieder vor die Tür, in jeder Hand einen Becher mit Wasser. Er reichte einen an Frances weiter, den anderen an Alice. »Hier. Ihr könnt natürlich noch mehr haben.«

Beide Frauen tranken durstig.

»Bei diesem Wetter ist es wirklich schön hier«, sagte Frances dann. Sie blickte über das Meer. Von hier oben sah es friedlich und glatt aus, aber sie wußte, daß es sich heftig an der Steilküste brach.

»Immer wenn ich hier bin, muß ich an unsere Badeferien früher in Scarborough denken. Weißt du noch?«

»Ja«, sagte George, weder glücklich noch wehmütig. Sein Zustand hatte sich seit dem Kriegssommer von 1916 insofern gebessert, als er immerhin wieder in der Lage war, Gespräche zu führen. Zwar blieb er einsilbig und gab von sich aus nie einen Anstoß, aber er antwortete, wenn er etwas gefragt wurde, und versank nicht mehr in dem uferlosen Schweigen, mit dem er anfangs jeden Versuch zunichte gemacht hatte, sich ihm zu nähern.

Seine Gleichgültigkeit jedoch war geblieben. Der Panzer, der ihn abschirmte gegen die Welt, hatte Risse bekommen, war aber nicht zerbrochen. Das einzige Wesen, das echte Gefühlsregungen in ihm wachrief, war die alte Hündin Molly. Wer ihm zusah, wenn er sie streichelte und leise mit ihr sprach, fand etwas wieder von der Kraft und Zärtlichkeit, die einmal zu diesem jungen Mann gehört hatten. Denn das war er noch immer: ein junger Mann. Er war keine dreißig Jahre alt.

»Vater scheint es jetzt übrigens endlich besser zu gehen«, fuhr Frances fort, »er hat an innerem Gleichgewicht gewonnen. Das warme Wetter tut ihm gut.«

»Das höre ich gern«, sagte George höflich. »Möchtest du noch Wasser?«

»Danke. Jetzt nicht mehr.« Sie sah, daß sein Blick auf ihren sonnenverbrannten, rissig-rauhen Händen ruhte, und errötete leicht. »Ich hatte mal schönere Hände, ich weiß. Aber die viele Arbeit... Wenn ich nicht mit anpacke, können wir die Farm nicht halten.«

»Oh... ich habe deine Hände gar nicht gesehen«, sagte George zerstreut. »Was hast du gerade gemeint?«

»Nichts. Schon gut.«

»Was machen deine Bilder, George?« ließ sich Alice vernehmen.

George zuckte mit den Schultern. »Das Licht ist jetzt tagsüber zu grell. Ungünstig.«

»Aber du malst noch?«

»Ja.«

»Hast du etwas verkauft in der letzten Zeit?« fragte Frances.

George schüttelte den Kopf. »Schon länger nicht mehr.«

Das schien ihm nichts auszumachen. Frances wußte, daß er sich auch keineswegs bemühte, seine Bilder zu verkaufen oder überhaupt irgend jemanden darauf aufmerksam zu machen.

Manchmal fand trotzdem der eine oder andere Interessent den Weg in sein Cottage draußen in der Einsamkeit, auf dieser kahlen, weiten Fläche hoch über dem Meer. In den Dörfern an der Ostküste hatte es sich herumgesprochen, daß es da einen Einsiedler gab, der Bilder malte.

»Er ist nicht ganz richtig im Kopf«, sagten die Leute, wenn sie von ihm erzählten, und tippten sich dabei bedeutungsvoll mit dem Finger an die Stirn, »aber harmlos. Der Krieg hat ihn fertiggemacht, den armen Kerl. Jetzt redet er nur noch mit seinem Hund und malt komische Bilder.«

Frances hatte zwei- oder dreimal Sätze dieser Art aufgeschnappt und jedesmal das Gefühl gehabt, etwas schneide ihr ins Herz. Ihr Bruder George war es doch, über den sie so redeten, George, der seine Schwestern getröstet hatte, wenn sie weinten, der ihnen ihre Puppen repariert und sie zu Gartenfesten und Bällen begleitet hatte. George, der Eton mit glänzenden Noten abgeschlossen hatte.

Und nun ... Ein junger Mann sah sie mit uralten Augen an. Nie konnte sie seinem Blick begegnen, ohne sich bewußt zu werden, daß das Leben nichts von seinen Versprechungen gehalten hatte. Aber vielleicht hatte es gar nichts versprochen. Aus der Sorglosigkeit, in der die Familie so viele Jahre lang gelebt hatte, hatte Frances abgeleitet, daß es auf eine gleichmäßige, unabänderliche Weise immer so sein mußte. Heute wußte sie: Was sie als Sicherheit angesehen hatte, war nie eine gewesen. Es gab überhaupt keine Sicherheit, so einfach war das. Alles konnte in sich zusammenstürzen, auch das, was man für felsenfest gehalten hatte. Dann blieb nur der Kampf ums Überleben, für sich selbst und für die, die es allein nicht mehr schafften.

»Es sind viele Lebensmittel in dem Korb, George«, sagte sie, »die sollten nicht hier in der Sonne stehen. Bring sie doch in deine Vorratskammer.«

Folgsam ergriff er den Korb, und Alice rappelte sich auf. »Ich helfe dir beim Einräumen!« Sie warf Frances einen Blick zu, der besagte, daß sie einen Moment mit George allein sein wollte.

Nachdem die beiden verschwunden waren, schlenderte Frances durch den Garten. Er erinnerte sie an den daheim – wie er gewesen war zu Maureens Lebzeiten. Inzwischen verwilderte er zusehends, weil niemand die Zeit fand, sich richtig um ihn zu kümmern. Aber dieser Garten hier wurde mit aller Liebe und Sorgfalt gepflegt. Wie viele Blumen George gepflanzt hatte! Wild und bunt blühten sie durcheinander. Bienen summten im Geäst der Obstbäume herum. Die Katze, die vorhin die Mauer entlanggelaufen war, hatte sich auf einer hölzernen Bank zusammengerollt, öffnete schläfrig ein Auge, als Frances herankam, und schloß es dann wieder. Die Katze gehörte irgend jemandem im Dorf, erinnerte sich Frances, sie kam jeden Tag hierher. Tiere liebten George und hielten sich gern in seiner Nähe auf. Und auch er zog Tiere ganz entschieden den Menschen vor. In ihrer Gegenwart schien er zeitweilig manches von dem zu vergessen, was ihn sonst ständig verfolgte und quälte.

Es ist wenigstens ein gutes Zeichen, daß er sich hier ein kleines Paradies geschaffen hat, dachte Frances.

Sich der Blumen und Bäume seines Gartens zu erinnern bedeutete jedesmal einen Trost für sie, wenn sie wieder einmal zutiefst erschrocken vor einem neuen Bild stand, das er gemalt hatte.

Er hatte mit dem Malen bald nach seiner Rückkehr aus Frankreich angefangen, und Frances hatte ihn bestärkt und ermutigt, hatte ihm eine Staffelei, Farbe und Leinwand gekauft. Wenn das Malen George Erleichterung brachte, sollte er es in Gottes Namen tun. Seine Bilder blieben sich immer gleich: düstere Farben, Gesichter, die zu Fratzen verzerrt waren, feuerspeiende Ungeheuer, die direkt aus der Hölle zu kommen schienen. Die Bilder verströmten Haß und Gewalt und die Allgegenwärtigkeit eines furchtbaren Todes.

Frances konnte den Gedanken kaum ertragen, wie es wohl in der Seele ihres Bruders aussehen mochte, daß er solche Bilder malen konnte. Irgendwie hoffte sie immer, er werde eines Tages eine Blume malen oder einen Vogel, oder das Gesicht eines Kindes, dem die Welt noch kein Leid zugefügt hat. Unverdrossen kaufte sie daher immer wieder Farbe und Leinwand. Sie besorgte außerdem Nahrungsmittel für ihn und Molly und brachte sie jeden Sonntag in einem Korb. Und heimlich zahlte sie zwei Drittel der Miete für das Cottage; sie hatte sich mit dem Besitzer geeinigt, George davon nichts wissen zu lassen. Weltfremd, wie er geworden war, fiel ihm überhaupt nicht auf, daß ihn das Häuschen unmöglich den geringen Betrag kosten konnte, den er von seiner Kriegerrente zu bestreiten in der Lage war.

Es wäre Frances weitaus lieber gewesen, er wäre in Westhill geblieben, in ihrer Nähe, unter ihrer Aufsicht; aber er hatte um nichts in der Welt dort ausharren mögen, und sie hatte schließlich nachgeben müssen. Es hatte ihr weh getan, als sage sich ein leibliches Kind von ihr los.

Sie wandte sich um, als sie Stimmen hörte, und sah zum Haus zurück. Die Sonne stand nun schon weiter im Westen, Frances mußte blinzeln und die Hand über die Augen halten, um etwas sehen zu können. Alice trat aus der Tür, gefolgt von George. Frances hatte zuerst gedacht, sie rede mit *ihm*, aber nun merkte sie, daß Alice nach *ihr* rief.

»Frances! Frances, kommst du?«

Sie ging zu den beiden hinüber. Alice hatte eine steile Falte auf der Stirn, sie sah aus, als habe sie Kopfschmerzen.

»Wir sollten aufbrechen. Du hast ja noch ein ganzes Wegstück vor dir.«

Frances nickte. Sacht berührte sie Georges Arm. »Ist es dir recht, wenn wir wieder gehen? Oder gibt es noch etwas, das du besprechen möchtest?«

Sie hatte die Antwort schon vorher gewußt.

»Nein, nein, vielen Dank«, sagte George höflich, »es ist schon recht, wenn ihr wieder geht.«

Frances überlegte manchmal, ob er es eigentlich merken würde, wenn sie gar nicht mehr kamen. Er würde dann kaum mehr etwas zu essen haben und keine Farbe zum Malen. Vielleicht würde er sich einfach in eine Ecke setzen und langsam immer weniger werden, bis er eines Tages ganz verschwunden wäre.

»Wir sehen uns nächsten Sonntag«, sagte sie, und er erwiderte: »Ja. Nächsten Sonntag.«

Die beiden Frauen verließen den Garten. Am Tor blickte sich Frances noch einmal um, aber George war schon wieder im Haus verschwunden. Einsam, verwunschen und blühend lag der Garten in der Nachmittagssonne.

Als sie im Auto saßen und die Landstraße entlangfuhren, sagte Alice plötzlich: »Ich werde nach London zurückgehen.« Ihr Tonfall ließ keinen Zweifel daran, daß ihr Entschluß feststand.

Frances sah sie überrascht von der Seite an. »Sicher?«

»Ich habe gerade noch einmal mit George gesprochen«, sagte Alice. »Es hat keinen Sinn. Ich bin eine Fremde für ihn. Von allem, was früher war, weiß er nichts mehr, oder er will es nicht wissen. Ich glaube nicht mehr, daß sich daran etwas ändern wird.«

Frances glaubte es auch nicht. »Er lebt in seiner eigenen Welt. Sie hilft ihm, den Erinnerungen zu entkommen.«

»Manchmal frage ich mich, ob ich eine Chance gehabt hätte, wenn du nicht damals mit ihm ausgerissen wärst. Eine Chance, zu ihm durchzudringen.«

»Alice...«

Es war so sinnlos, zum hundertsten Mal davon anzufangen. Alice hatte gestritten, geweint und geschrien. Es war ihrer Entkräftung zuzuschreiben, der Depression, in der sie seit Jahren lebte, daß sie irgendwann aufgegeben hatte zu kämpfen. Die Alice von früher, das wußte Frances, hätte ihr die Augen ausgekratzt und Himmel und Hölle in Bewegung gesetzt, um George nach London zurückzuholen. Die Alice von heute zog nach Nordengland in seine Nähe und arrangierte sich mit ihrer Widersacherin, um noch etwas von dem zu ergattern, was sie längst verloren hatte: Georges Nähe und Zuneigung.

Auch jetzt beließ sie es bei der kurzen Bemerkung, vermied weitere Vorwürfe und Anklagen.

»So bald wie möglich werde ich abreisen«, sagte sie.

»Du mußt dir dann wieder eine Wohnung suchen.«

»Ich werde schon etwas finden. Sicher kann ich erst einmal bei Hugh Selley unterkriechen und von dort Ausschau halten.«

Hugh Selley, der Hausmeister.

»Das würde ich nicht tun«, warnte Frances, »der nützt das doch sofort aus. Glaube bloß nicht, daß der jemals aufgibt.«

Sie waren vor dem kleinen Hotel am oberen Ende der Strandpromenade von Scarborough angekommen. Schmutzige Fenster, verfärbte Gardinen, blätternder hellblauer Putz. Ein paar Frauen, die vor dem Eingang standen und plauderten, brachen ihr Gespräch ab und starrten das Automobil und seine Insassen mit unverhohlener Neugier an.

»Ja, also...«, sagte Alice und wollte die Tür öffnen.

Frances hielt ihren Arm fest. »Versuch doch wieder, ein bißchen mehr an dich zu glauben«, bat sie, »du warst immer so stark. Du hast niemanden gebraucht. Auch George über viele Jahre nicht.«

Alice lächelte. »Ich weiß schon, was du denkst, Frances. Daß ich nun meine gerechte Strafe erhalte. Als George um mich kämpfte, hatte ich hundert andere Dinge im Kopf, die mir wichtiger waren. Und nun, da ich mich am Ende und verlassen fühle, da ich ihn brauche, ist er nicht mehr für mich da. Hätte er sich aus Ärger oder gekränktem Stolz von mir abgewandt, dann könnte ich ihn zurückgewinnen. Ich könnte ihm alles erklären. Aber er ist krank. Ich könnte anstellen, was ich wollte, ich würde nie mehr zu ihm durchdringen. Das Schicksal kann so perfide sein, findest du nicht? Es hält Wendungen bereit, mit denen wir nie gerechnet hätten.«

»Ja«, sagte Frances leise, »das ist wirklich manchmal alles absurd.«

Sie schwiegen beide. Die anderen Frauen glotzten noch immer.

»Wenn du am nächsten Sonntag wieder zu George fährst, bestelle ihm Grüße von mir«, bat Alice und stieg aus.

»Das mache ich. Und, Alice – verkaufe dich nicht unter Wert. Du wirst dich nicht immer schwach und allein fühlen, du kommst wieder auf die Beine. Von selber. Halte dich nicht an den falschen Menschen fest.«

Alice nickte. Frances sah ihr nach, wie sie auf die Hoteltür zuging. Sie wirkte bedrückt und resigniert.

Frances fuhr wieder an und widerstand nur mühsam dem Bedürfnis, den gaffenden Frauen die Zunge herauszustrecken.


Sie vernahm die Stimme ihrer Schwester schon an der Haustür. Sie klang klagend und weinerlich wie immer. Seit einiger Zeit hatte sich ein schriller Unterton eingeschlichen, der da früher nicht gewesen war und der überreizte Nerven und chronische Unzufriedenheit verriet.

»Er behandelt mich schlechter als einen Hund. Nie ein freundliches Wort. Nie eine Geste der Zärtlichkeit. Er wird so furchtbar schnell wütend. Manchmal habe ich richtig Angst vor ihm.«

»Er ist aber doch nicht gewalttätig?«

Das war Charles. Müde wie stets. Aber auch besorgt. Victoria war der Mensch, der noch immer die stärksten Emotionen in ihm wachrufen konnte.

»Nein, gewalttätig ist er nicht«, entgegnete Victoria, und fügte nach einem Moment des Schweigens bedeutungsvoll hinzu: »Noch nicht!«

Frances draußen auf dem Flur verzog verächtlich den Mund. Dieses ständige hysterische Getue ihrer Schwester! In den vergangenen Jahren hatte sie sich zu einer Frau entwickelt, die ununterbrochen auf der Suche nach Mitleid war. Ihre Eheprobleme eigneten sich hervorragend, um sich überall bedauern zu lassen, und nach Frances' Ansicht spielte sie alles übertrieben hoch.

Als ob John sich jemals soweit vergessen würde, sie tätlich anzugreifen! Sie ging ihm auf die Nerven, das war alles, und er hatte sich einen ruppigen Ton angewöhnt, um sie auf Distanz zu halten. Was nichts nützte. Je abweisender er sich verhielt, desto mehr lief sie ihm nach und heulte ohne Unterlaß.

»Ja, Kind, wie soll ich dir helfen?« war nun wieder Charles zu vernehmen, und bei dem Kummer und der Sorge in seiner Stimme stieg Wut auf in Frances.

Zweieinhalb Jahre nach Maureens Tod hatte Charles zwar einigermaßen sein inneres Gleichgewicht wiedergefunden, aber er war natürlich nicht mehr der alte geworden, und es ging ihm nicht gut. Mußte ihm Victoria mit ihrem Gejammere noch obendrein das Leben schwermachen? Sie schaffte es einfach nicht, mit ihren Schwierigkeiten allein fertig zu werden, und ihr Vater, wie er heute war, schwach und unfähig, auch nur die mindeste Kritik an ihr zu üben, eignete sich besonders gut als Anlaufstelle. Stundenlang konnte sie klagen, ohne daß er je ungeduldig geworden wäre. Seine Vicky, sein Herzblatt!

Frances, die, völlig auf sich gestellt, versuchte, die Farm wieder zum Laufen zu bringen, und die jedes Problem eisern von Charles fernhielt, hätte Victoria manchmal packen und ohrfeigen mögen. *Sie* hatte weit schlimmere Sorgen durchzustehen. Victoria machte sich ja keine Vorstellungen davon, wie oft ihnen in Westhill in den letzten Monaten das Wasser bis zum Hals gestanden hatte.

Hätte sie meine Schwierigkeiten, sie wäre längst zusammengebrochen, die alberne, kleine Gans, dachte Frances hart.

»Ach, *niemand* kann mir helfen, Vater, das ist ja das Schlimme«, sagte Victoria. »John hat sich so furchtbar verändert, seitdem er aus dem Krieg zurückgekehrt ist. Ich erkenne ihn nicht wieder.«

»Das ist mit vielen Männern passiert. Denke nur an George!«

»Aber George ist wenigstens nicht aggressiv. Er hat sich von allem zurückgezogen, aber er sagt nie etwas Böses.«

Ach, und das findest du besser? höhnte Frances im stillen. Ich möchte mal wissen, wie du dich aufregen würdest, wenn John irgendwo in einer Hütte säße und malte und sich nicht mehr um dich kümmerte. Du würdest noch mehr lamentieren als jetzt!

»Vielleicht braucht er einfach Zeit«, meinte Charles.

»Wieviel Zeit denn noch?« fragte Victoria aufgeregt. »Bald ist es ein Jahr her, seit der Krieg vorbei ist. Er ist als Sieger nach Hause gekommen. Was hindert ihn, sein altes Leben wieder aufzunehmen? Er könnte doch zurück in die Politik gehen. Aber nein, auch das will er nicht mehr. Es ist so verdammt...«

»Vicky!« mahnte Charles sanft.

»Weißt du, was ich manchmal glaube, Vater? Auf irgendeine absurde Weise vermißt John den Krieg. Es ist, als fiebere er danach, sich dort noch einmal beweisen zu können. Er ist so unruhig. Er findet seinen eigenen Frieden nicht, obwohl draußen längst Frieden herrscht.«

Das erschien Frances, die auf Zehenspitzen den Gang entlang näher zur Tür schlich, um besser lauschen zu können, eine erstaunlich treffende Beschreibung von Johns Zustand – erstaunlich deshalb, weil sie von Victoria kam und diese für gewöhnlich wenig von dem begriff, was in anderen Menschen vorging.

»Wenn der Krieg ihn ein Bein gekostet hätte oder einen Arm«, fuhr Victoria fort, »dann könnte ich verstehen, daß er hadert mit der ganzen Welt. Aber so... wir könnten ein gutes Leben haben!«

»Er war einmal ein richtig netter Junge«, sagte Charles.

Victorias Stimme wurde um eine weitere Nuance schriller. »War! War! Manchmal denke ich, das Leben besteht nur noch aus ›Es war einmal‹. Es war einmal alles gut. Vor dem Krieg. Als Mutter noch lebte. Als wir alle zusammen waren, als alles friedlich war und sorglos!«

Sie kann sich nicht zusammennehmen, dachte Frances aufgebracht. Merkt sie denn nicht, daß es auch *seine* Wunden sind, in denen sie herumstochert?

»Ich weiß es noch gut«, sagte Charles traurig.

»John war der zärtlichste, aufmerksamste Ehemann, den man sich wünschen konnte. Das Leben war so wundervoll mit ihm. Ich werde nie unsere Hochzeit vergessen. Es war der schönste Tag meines Lebens. Ich hatte so viele Träume...«

Ihre Stimme schwankte bedenklich. Frances konnte sich das hilflose Gesicht ihres Vaters vorstellen. Was tut man mit einer Tochter, die immerzu weint? Sicher zerriß es ihm das Herz. Seine kleine Victoria, sein Liebling...

»Ich wollte Kinder. Eine richtige Familie. Ich hatte es mir so gewünscht.« Nun weinte sie wirklich. »Ich würde alles dafür geben, Vater, wenn ich ein Kind haben könnte!«

»Du bist noch jung«, meinte Charles unbehaglich. Nach seinem Verständnis war das kein Thema zwischen Vater und Tochter. »Du hast Zeit. Eines Tages wirst du ein Kind haben.«

»Wie denn?« Das kam scharf, fast hysterisch. »Wie soll ich ein Kind haben, wenn John... seit er aus Frankreich zurück ist, hat er... er hat nicht ein einziges Mal mit mir... er faßt mich überhaupt nicht mehr an!«

Frances konnte hören, daß Charles aufstand und im Zimmer umherging. »Lieber Himmel, Vicky! Das ist nichts, was du... das solltest du nicht mit mir besprechen. Darüber mußt du mit deinem Mann reden.«

»Das habe ich doch versucht. Fast jeden Tag. Aber er ist nur ausgewichen. Inzwischen wird er richtig ärgerlich, wenn ich damit anfange. Ich solle ihn in Ruhe lassen, sagt er.«

»Wenn deine Mutter noch lebte... sie könnte dir sicher einen Rat geben.«

»Ich weiß einfach nicht, was ich tun soll. Er liebt mich nicht mehr. Ich spüre das genau. Alles ist erloschen, was er je für mich empfunden hat.«

»Vielleicht solltest du mit Frances darüber reden«, schlug Charles vor, ganz offensichtlich darauf bedacht, das Thema möglichst schnell von sich wegzuschieben. »Als Frau kann sie dir sicher...«

Victoria lachte höhnisch auf. Ihre Tränen waren versiegt. »Als Frau! Vater, was redest du da? Ausgerechnet Frances hat doch von diesen Dingen überhaupt keine Ahnung. Was ist sie denn? Eine alte Jungfer ohne die geringste Erfahrung!«

»Du solltest nicht so abfällig über deine Schwester sprechen!«

»Wie soll ich denn sonst über sie sprechen? Verlange bitte nicht von mir, daß ich freundliche Worte für sie finde. Manchmal habe ich den Eindruck, sie ist die einzige von uns allen, die es gar nicht so schlimm findet, wie alles gekommen ist!«

»Victoria, ich werde wirklich ärgerlich, wenn du weiterhin so über Frances sprichst«, sagte Charles. Er schien tatsächlich aufgebracht zu sein.

»Du siehst doch, wie sie hier alles an sich gerissen hat«, verteidigte Victoria ihre Behauptung. »Sie spielt sich auf, als sei sie hier die Herrin. Wäre Mutter nicht gestorben, wäre George nicht... sonderbar geworden, dann wäre ihr das nie gelungen. Sie bestimmt doch alles, was hier passiert. Sie hat eigenmächtig die Pacht gesenkt, damit die Bauern hierbleiben. Um fast die Hälfte gesenkt! Es ist mir schleierhaft, warum du ihr das durchgehen läßt!«

»Aus dem Grund, den du gerade selbst genannt hast: damit die Bauern und die Arbeiter hierbleiben. Wir können die Farm anders nicht betreiben.«

»Sie kauft Schafe. Rinder. Pferde. Sie fährt auf die Märkte und feilscht mit den Händlern, als sei sie eine Bauersfrau. Es ist geradezu peinlich. Autofahren hat sie auch gelernt, und nun holpert sie in der Gegend herum, sie sollte einmal daran denken, aus welcher Familie sie kommt! Sie macht uns ja alle unmöglich mit ihrem Verhalten!«

Der alte Ledersessel am Kamin knarzte. Charles mußte sich wieder gesetzt haben.

»Ich hätte Westhill längst verkaufen müssen, wenn sie nicht so hart arbeiten würde. Ich könnte das alleine nicht schaffen. Sie sichert mir ein ruhiges Alter in dem Haus, in dem ich mit Maureen glücklich war. Dafür muß ich ihr dankbar sein.«

Dafür muß ich ihr dankbar sein... Frances draußen grub die Fingernägel in ihre Handflächen. Daß seine Kälte noch immer so weh tat! Er hatte ihr immer noch nicht verziehen, gab nie die Distanz auf, die er zwischen sich und ihr errichtet hatte. Er zollte ihr höfliche Anerkennung. Mehr würde sie von ihm nicht bekommen.

»Auf jeden Fall sieht sie inzwischen schrecklich aus«, konnte sich Victoria nicht enthalten, noch loszuwerden. »Hast du dir einmal ihre Hände angeschaut? Rauh und rissig, als sei sie ein Landarbeiter. Ihre Haare sind stumpf und ihre Haut verbrannt. Außerdem ist ihr Gesicht so mager geworden. Das macht sie viel älter, als sie ist.«

»Laß sie in Ruhe. Sie lebt ihr Leben und du deines. Wenn du sie so wenig magst, dann mußt du ihr aus dem Weg gehen.«

»Das werde ich tun. Vater, ich muß jetzt nach Hause. Es ist bald Zeit fürs Abendessen. Wahrscheinlich werde ich zwar sowieso wieder nur mit meiner Schwiegermutter allein sein, aber . . .« Victoria ließ den Satz unvollendet.

Schritte näherten sich der Tür. Frances war wie der Blitz an der Treppe, huschte die Stufen hinauf. Natürlich knarrten die alten Dielenbretter.

»Hallo?« fragte Victoria. »Ist da jemand? Adeline?«

Frances beugte sich über das Geländer. »Nein. Ich bin es.« Sie genoß den Ausdruck von Erschrecken, der sich über das Gesicht ihrer Schwester breitete, beschloß jedoch, sich nicht anmerken zu lassen, daß sie viel zuviel gehört hatte.

»Ich bin gerade von George zurückgekommen.«

Sie klang so unbefangen, daß sich Victoria entspannte. »Oh, wirklich? Wie geht es ihm denn?«

»Den Umständen entsprechend recht gut. – Guten Tag, Vater!«

»Guten Tag.«

Charles war hinter Victoria auf den Gang getreten. Vater und Tochter standen dort dicht beieinander und blickten zu Frances hinauf. Es versetzte ihr einen Stich, zu sehen, wie hübsch Victoria wieder einmal war. Nach der neuen Mode trug sie ihr Haar jetzt kurz geschnitten, was sie sehr jung machte. Ihr Kleid reichte bis knapp über die Knie; es war aus hellgrünem Musselin mit einem tiefen Ausschnitt und einer grün-weiß gestreiften, seitlich gebundenen Schärpe um die Taille. Die Füße steckten in eleganten weißen Schuhen. Sie wirkte sehr zart und zerbrechlich. Sie und der vornehme Charles mit den silbergrauen Haaren und dem erstklassig geschneiderten Anzug gaben ein schönes Bild ab.

Ich muß wirklich wie eine struppige Katze neben ihnen wirken, dachte Frances.

»Ich wollte gerade gehen«, sagte Victoria. »Besuche uns doch wieder einmal in Daleview, Frances!« Es klang höflich und keineswegs so, als ob sie wirklich daran interessiert sei.

»In Ordnung«, erwiderte Frances ebenso unverbindlich. Sie wandte sich an Charles. »Vater, warte nicht mit dem Abendessen auf mich. Ich muß noch einmal weg.«

»Wohin denn?« fragte Victoria.

»Wir haben einen neuen Pächter. Ich muß ein paar Dinge mit ihm besprechen.«

Victoria sagte dazu nichts. Gefolgt von ihrem Vater, verließ sie das Haus. Frances lief hinauf in ihr Zimmer, um sich umzuziehen. Sie hatte schon zuviel Zeit verloren, sie mußte sich beeilen.

Eine halbe Stunde später parkte sie ihr Auto neben einem kleinen, steinernen Haus. Es stand auf der Hochebene, die sich an den Wald hinter dem Herrenhaus von Daleview anschloß, und gehörte ebenfalls zum Gut. Das Haus war alt; bei näherem Hinsehen bemerkte man, daß überall zwischen den Steinen der Lehm herausbrach und Moos und Flechten statt dessen in den Ritzen wucherten. Im Dach fehlten einige Schindeln. Das Haus mochte an die hundertfünfzig Jahre alt sein und mußte allzulange schon den rauhen Winden trotzen, die vor allem im Frühjahr und im Herbst über die Hochebene rasten. Hier oben ging es hart und unwirtlich zu, und es war nicht verwunderlich, daß schon lange niemand mehr in dem Haus wohnen mochte.

Frances stieg aus. Die Hitze des Tages hatte auch hier jeden Windhauch zum Erliegen gebracht. Kein Grashalm rührte sich. Drückende Schwüle hing über den Bergen. Es schien Frances schlimmer geworden zu sein, obwohl der Abend nahte, der Kühlung hätte bringen müssen. Sie meinte, kaum die Hand heben zu können, ohne in Schweiß auszubrechen.

Die Haustür öffnete sich.

»Ich nehme an, wir bekommen ein Gewitter«, sagte John und trat heraus.

Sie lächelte ihn an. Sie hatte ein schönes Kleid angezogen, sich die Haare gekämmt und dabei zum hundertsten Mal überlegt, ob sie sie abschneiden sollte.

Vielleicht würde es mich jünger aussehen lassen, hatte sie gedacht und ihr Gesicht voller Sorge im Spiegel gemustert.

»Ihre mageren Gesichtszüge machen sie älter, als sie ist«, hatte Victoria gesagt. Sie mochte recht haben, aber – zum Teufel mit ihr! Sie hatte zuviel um die Ohren, als daß sie hätte darüber nachdenken können, wie sie es anstellen sollte, daß ihre Wangen voller und ihre Nase weniger spitz wirkten.

Aber sie wußte, daß sie *jetzt* hübsch aussah. Sie wußte, daß John es mochte, wenn sie braungebrannt war – ein Wunder bei ihrer blassen Haut! Daß er ihre rauhen Hände mochte und ihre widerspenstigen langen Haare.

Ich werde sie *nicht* abschneiden, entschied sie, als John sie an sich zog und sich seine Hände in ihrem Haar vergruben. Seine Lippen berührten die ihren. Gestohlene Küsse. Gestohlene Stunden. Und doch veränderte die Welt ringsum ihr Gesicht.

Die goldenen Tage. Etwas von ihrem Glanz war zurückgekehrt.

Barbaras Augen schmerzten. Wie viele Stunden saß sie nun schon am Küchentisch und las? Sie hob den Kopf und hätte beinahe einen Schmerzenslaut ausgestoßen. Ihr Körper hatte sich so verspannt, daß ihr vom Hals abwärts sämtliche Wirbel am Rücken weh taten. Sie mutmaßte, daß sie ihre Haltung seit Stunden nicht mehr verändert hatte.

Die Küchenuhr zeigte auf fünf. Jenseits des Fensters lag Dunkelheit. Das Feuer im Ofen brannte nur noch schwach. Es war ziemlich kalt im Raum, und Barbara merkte nun auch, daß sie sich ganz schwach fühlte vor Hunger.

Es war eine gute Gelegenheit, das Buch zu unterbrechen, denn wie sie feststellte, hatte Frances Gray selbst eine Zäsur an dieser Stelle vorgenommen. Ein eingeschobenes Blatt wies darauf hin, daß es nun mit dem zweiten Teil weiterging. Der erste Teil also endete ohne jeden weiteren Kommentar in der kleinen Hütte irgendwo auf einer Hochebene hinter Daleview, an einem schwülheißen, gewitterschweren Juliabend des Jahres 1919.

Frances und der Mann ihrer Schwester bei einer ihrer offenbar regelmäßigen, leidenschaftlichen Zusammenkünfte. Während der Wochen in dem kleinen Nest an der nordfranzösischen Küste hatten sie das Tabu gebrochen. John Leigh war als fremder Mann aus dem Krieg zurückgekehrt. Er war überzeugt, sich als Feigling erwiesen zu haben, kam damit nicht zurecht, war bitter geworden. Anders als George, der sich in die Einsamkeit zurückgezogen hatte und das Elend seiner Seele in grauenerregenden Bildern herausschrie, hatte sich John Leigh in eine kühle Gleichgültigkeit geflüchtet, die dafür sorgte, daß ihn nichts mehr tief berührte. Seine Karriere interessierte ihn nicht mehr; allem, was er früher gewollt und begehrt, wofür er gekämpft hatte, stand er nun verächtlich gegenüber. Was sollte ein solcher Mann noch anfangen mit der hübschen, hohlen Puppe Victoria? Moralische Skrupel, die ihn früher davon abgehalten hätten, seine Frau zu hintergehen und sie zudem mit seinem abweisenden Verhalten ununterbrochen zu verletzen, besaß er nicht mehr. Das Leben hatte ihm sein bösartigstes Gesicht gezeigt; es mochte ihm eine Befriedigung sein, zu zeigen, daß er ebenfalls bösartig sein konnte.

Und Frances hatte längst gelernt, sich zu nehmen, was sie haben wollte. Zwischen den Schwestern herrschte jetzt offene Feindseligkeit, und ganz sicher verdarb sich Frances ihre Zeit nicht mit Schuldgefühlen.

Wenn der verdammte Schnee nicht wäre, dachte Barbara, dann würde ich losziehen und nachsehen, ob es die alte Hütte noch gibt.

Sie stand auf, legte Holz im Ofen nach und entfachte die müden Flammen neu. Ein paar Minuten lang blieb sie vor dem Feuer sitzen und wärmte ihre Hände. Als sie schließlich aufstand, wurde ihr schwarz vor den Augen, ihr schwindelte, und sie mußte sich an einer Stuhllehne festhalten. Ihre Magengrube war von brennend heißen Schmerzen erfüllt. Sie hatte gar nicht gewußt, daß Hunger so weh tat. Ihr Kreislauf drohte eindeutig in naher Zukunft schlappzumachen.

»Es hilft nichts«, sagte sie leise zu sich, »einer von uns muß morgen losziehen und sehen, daß er etwas zu essen auftreibt.«

Sie überlegte gerade, wo Ralph sein mochte – er hatte sich den ganzen Tag über nicht blicken lassen –, da klingelte plötzlich das Telefon.

Barbara schrak zusammen, als habe sie einen Pistolenschuß vernommen, und blieb einen Moment lang völlig entgeistert stehen, wo sie war. Obwohl sie erst seit wenigen Tagen abgeschnitten von der Außenwelt lebten, schien es ihr doch eine Ewigkeit her zu sein, seit sie mit den alltäglichen Dingen der Zivilisation, wie etwa dem Telefon, in Berührung gekommen waren. Die Kälte, der Hunger, das schleichende Verrinnen der Stunden ließen die tatsächlich verstrichene Zeit um ein Vielfaches länger erscheinen. In irgendeinem anderen Leben hatte es Telefone, Fußbodenheizung, Pizza-Service und Schaumbäder gegeben. Es lag weit zurück.

Die Klingel schrillte wieder, und endlich setzte sich Barbara in Bewegung. *Es gibt* die Welt noch, dachte sie elektrisiert, und sie hat uns nicht vergessen!

Als sie ins Wohnzimmer kam, sah sie, daß Ralph schneller gewesen war. Er stand an dem kleinen Tisch am Fenster, hielt den Telefonhörer ans Ohr. Neben sich hatte er einen Leuchter mit vier brennenden Kerzen abgestellt, die das Zimmer genug erhellten, um zumindest die einzelnen Möbelstücke unterscheiden zu können. An den Wänden tanzten groteske Schatten.

»Sie haben sich sicher schon große Sorgen gemacht, Miss Selley«, sagte er gerade. Er sprach englisch. »Aber im Grunde ist alles in Ordnung – nur sitzen wir hier völlig fest, haben keinen Strom, keine Heizung, und bis eben funktionierte auch das Telefon nicht.« Er lauschte eine Weile, dann sagte er in beruhigendem Ton: »Nein, wirklich, regen Sie sich nicht auf. Das Haus ist nicht...«

Er wurde wieder unterbrochen. Barbara trat näher. Sie konnte nicht verstehen, was Laura am anderen Ende der Leitung sagte, aber sie hörte, daß sie schnell und aufgeregt sprach.

Ralph hatte Barbara nun auch bemerkt, er drehte sich um, wies mit der freien Hand auf den Telefonhörer und verzog genervt das Gesicht. »Laura«, bedeutete er lautlos. Barbara nickte.

»Nein, ich will Sie bestimmt nicht bloß beruhigen«, sagte Ralph, »aber ich bin ganz sicher, daß nichts am Haus kaputt ist. Nein, das Dach auch nicht. Es ist ja keine Lawine auf uns heruntergegangen. Nein... nein, Sie brauchen sich nicht herzubemühen. Sie würden auch gar nicht durchkommen bis zu uns. Nein... ja, natürlich. Sie können jederzeit anrufen, selbstverständlich. Sicher. Einen schönen Gruß von meiner Frau. Ja. Auf Wiedersehen, Laura!«

Er legte auf. »Mein Gott, ich hatte den Eindruck, die steht kurz vor einem Nervenzusammenbruch. Wobei es sie weniger zu interessieren schien, daß wir frieren und hungern. Sie hat nur Panik, daß mit dem Haus etwas sein könnte.«

»Ich nehme an, es kostet sie ziemlich viel Geld, das Haus zu unterhalten«, meinte Barbara. »Sie ist eine einfache Frau. Sicher bekommt sie nur eine kleine Rente. Jede hier anfallende Reparatur stürzt sie vermutlich in große Probleme.«

»Wahrscheinlich hast du recht«, stimmte Ralph zu. Er hob fröstelnd die Schultern und griff nach dem Leuchter. »Komm, wir gehen in einen geheizten Raum. Ich halte diese dauernde Kälte immer schlechter aus.«

In der Küche war es, verglichen mit dem seit fast einer Woche ungeheizten Wohnzimmer, geradezu kuschelig warm. Ralph wies auf die Papiere, die verstreut auf dem Tisch lagen.

»Du kannst wohl nicht mehr aufhören, wie? Man hat ja den ganzen Tag über nichts gehört oder gesehen von dir!«

»Tut mir leid«, sagte Barbara schuldbewußt.

Wahrscheinlich hatte er Holz gehackt, während sie ihre Neugier befriedigte. Sie räumte die Blätter zusammen, um den Tisch für das Abendessen freizumachen. Abendessen! Die eine Scheibe Brot und das halbe hartgekochte Ei, das bißchen Käse, das jeder bekommen würde, verdiente kaum die Bezeichnung *Abendessen*.

»Ich habe die Skier ausprobiert«, berichtete Ralph. »Ich komme ganz gut damit klar und werde mich morgen auf den Weg nach Leigh's Dale machen.«

»Aber jetzt, wo das Telefon ...«

»Das hilft uns noch nicht viel. Wir sind nicht mehr völlig abgeschnitten, aber Nahrungsmittel können sie uns durch die Leitung auch nicht schicken.«

»Aber es schneit nicht mehr. Bald wird ein Schneepflug die Wege freimachen.«

»Sicher. Aber ich weiß nicht, wann das sein wird. Vielleicht dauert es noch drei Tage. Ab morgen früh haben wir außer einem Ei, einem Rest Käse und etwas Marmelade nichts mehr zu essen. Und ich habe absolut keine Lust, noch länger zu hungern.«

»Du hast dich vollkommen hysterisch aufgeführt«, sagte Marjorie mißmutig, »ich wette, du gehst diesen Leuten ganz schön auf die Nerven.«

»Ich habe doch nur ganz kurz mit ihm gesprochen«, verteidigte sich Laura.

Sie hatte vor Aufregung rote Flecken auf den Wangen. »Meine Güte, ich bin ganz durcheinander. Ich dachte natürlich, ich bekomme wieder keine Verbindung. Ich konnte es gar nicht fassen, als sich plötzlich jemand meldete.«

»Du führst dich auf wie der erste Mensch, der je telefoniert hat. Wirklich, Laura, es ist schlimm mit dir. Alles mußt du zu wichtig nehmen.«

»Du verstehst mich nicht. Du kannst das auch gar nicht verstehen.«

Laura bewegte sich endlich von dem Telefontischchen im Flur weg, vor dem sie bislang wie angewurzelt stehengeblieben war. Sie kam in die Küche, wo Marjorie am Tisch saß und in einer Tasse mit kaltem Kaffee rührte.

»Kann ich mir etwas von dem Sherry nehmen?« fragte Laura. Sherry war das einzige alkoholische Getränk, das Marjorie in der Wohnung hatte.

Marjorie zog die Augenbrauen hoch. »Sherry? Ich dachte, du machst dir jetzt einen Tee! Wenn du schon zum Alkohol greifst, mußt du ziemlich durcheinander sein!«

Blaßgelb floß der Sherry ins Glas. Er war so trocken, daß Laura unwillkürlich eine Grimasse schnitt, nachdem sie den ersten Schluck genommen hatte.

»Er klang völlig normal«, sagte sie, »es scheint alles in Ordnung zu sein bis auf die Tatsache, daß sie eingeschneit sind.«

»Manchmal hast du wirklich eine blühende Phantasie, Laura! Was sollte dort auch nicht in Ordnung sein?«

Laura erwiderte nichts auf diese Frage. Etwas mitleidig sah sie ihre Schwester an. Marjorie war so *ahnungslos*. Natürlich hatte sie dadurch auch mehr Ruhe, aber ihr Leben plätscherte ereignislos dahin. Keine Höhen, keine Tiefen.

Sie war so unsagbar erleichtert. Die beiden hatten nichts gefunden. Dieser Ralph Sowieso hätte sonst niemals so unbefangen mit ihr reden können. Ein bißchen genervt, das hatte sie schon bemerkt. Er hielt sie für eine schrullige Alte, die sich über einen unerwarteten Schneeeinbruch ganz unverhältnismäßig heftig aufregte. Sollte er nur denken, was er mochte. Hauptsache, er wußte nichts.

Der Sherry schmeckte gräßlich, aber er entspannte sie, und sie konnte es sich nicht versagen, sich ein zweites Mal einzuschenken.

Marjorie beobachtete sie argwöhnisch. »Weißt du, Laura, wenn ich dich so sehe, kommt es mir vor, als wäre *ich* die ältere von uns beiden. Du bist manchmal so unvernünftig wie ein kleines Kind. Ich meine, was regst du dich denn auf, weil diese Schneekatastrophe irgend etwas an deinem Haus kaputtgemacht haben könnte? Du mußt Westhill ohnehin verkaufen, das ist dir doch wohl klar? Du brauchst schon wieder Geld, und ich helfe dir diesmal nicht aus der Patsche. Ich kann es nicht. Freunde dich endlich mit dem Gedanken an, dieses Gemäuer da oben abzustoßen, statt immer davor wegzulaufen!«

»Es ist noch nicht aller Tage Abend«, sagte Laura störrisch. Die kurze Euphorie, die sie nach dem Gespräch mit Ralph erfüllt hatte, verflog schon wieder. Zurück blieb Ernüchterung.

Warum muß Marjorie immer so sein, dachte sie, warum hat sie solchen Spaß daran, anderen das Leben schwerzumachen?

»Du wirst immer mehr Schulden machen müssen. Und allzuviel Kredit wird dir die Bank nicht bewilligen. Du kannst höchstens die Farm selbst beleihen. Und dann ist es nur eine Frage der Zeit, bis man sie dir wegnimmt. Ich an deiner Stelle würde verkaufen, solange du noch die Preise bestimmst!«

»Ich könnte es vielleicht schaffen. Noch gehört mir ja ein bißchen Land. Ich müßte den Farmbetrieb aktivieren. Damit hat es Frances nach dem Ersten Weltkrieg auch geschafft. Sie hat es mir oft genug erzählt. Damals hat sie...«

Marjorie schnaubte verächtlich. »Nimm es mir nicht übel, Laura, aber du bist keine Frances Gray. Du hast einfach nicht ihr Format. *Sie* hätte das Ruder noch herumgerissen, aber du nicht!«

»Du hast ja eine großartige Meinung von mir.«

»Entschuldige, aber du weißt es doch selbst. Du bist keine Unternehmerin. Dafür muß man Mut haben, Ideen. Man muß über Entschlußkraft verfügen. Du weißt, daß von all dem bei dir nicht viel zu finden ist. Du bist eine nette Person, Laura, und du warst für die alte Gray eine gute Gesellschafterin, eine passable Köchin und Haushälterin. Aber daß du hingehst und aus Westhill wieder die Farm machst, die es einmal war... nein, das überfordert dich. Und das weißt du auch!«

Laura trank den letzten Schluck Sherry. Er schmeckte noch scheußlicher als vorher. Sie war jetzt völlig deprimiert. Vor allem, weil sie wußte, daß Marjorie recht hatte.

»Abgesehen von allem anderen«, fuhr Marjorie fort, »bräuchtest du auch einiges Startkapital. Woher wolltest du das nehmen?«

»Ich weiß nicht«, flüsterte Laura. Konnte Marjorie nicht endlich aufhören?

Aber die war in Fahrt. »Es wird höchste Zeit, daß du den Kasten verkaufst. Fernand Leigh steht doch ohnehin schon Gewehr bei Fuß, sich das Ding einzuverleiben. Er hat dann endlich, was er immer wollte, und du bist einen Haufen Sorgen los. Was soll denn eine einzelne Frau in einem Haus mit so vielen Zimmern? Zugig ist es dort, unpraktisch. Und diese karge Landschaft! In den Geschichten der Brontës hat sie ja noch ihren Reiz, aber in Wirklichkeit gibt es dort nichts, weshalb es sich lohnen würde, da zu leben.«

»Marjorie...«

»Warum machst du es nicht endlich so wie ich? Eine überschaubare Wohnung in einem Mietshaus. Wenn etwas nicht in Ordnung ist, kümmert sich ein Hausmeister darum. Du hast keinen Ärger mehr!«

Sie ist so verdammt selbstgerecht, dachte Laura. Sie sah ihre Schwester an. Diese verkniffenen Gesichtszüge. Die stechenden Augen. Das farblose Haar, das sie im Nacken zu einem straffen Knoten geschlungen hatte. Das sackähnliche Wollkleid...

Marjorie war alles so *gleichgültig*. Auch mit wenig Geld konnte man sich eine Wohnung gemütlich einrichten und ansehnliche Kleider kaufen. Hätte es ihr geschadet, einmal einen Lippenstift zu benutzen oder zu einem anständigen Friseur zu gehen? Man brauchte Äußerlichkeiten nicht zu übertreiben, und sicher sollte man ihnen nicht zuviel Gewicht beimessen; aber das Leben mußte nicht in solch trostloser Kargheit versinken, wie es das bei Marjorie tat.

Wie kommt sie eigentlich darauf, daß ihr Dasein so beneidenswert ist, fragte sich Laura, während sie überrascht registrierte, daß sich Wut auf ihre Schwester in ihr ausbreitete; ein heftiger Ärger, wie sie ihn Marjorie gegenüber noch nie empfunden hatte, vielleicht überhaupt *keinem* Menschen je gegenüber. In ihrer scheuen, stillen Art war sie stets bemüht gewesen, niemandes Mißfallen zu erregen, und zornige Gedanken hatte sie sich nicht gestattet. Doch je weiter sie sich in die Enge getrieben fühlte, desto weniger gelang es ihr, mit Sanftmut auf ihre Umgebung zu reagieren.

»Ich habe alles, was ich brauche«, erklärte Marjorie gerade, »und ich muß mir nicht durch unnötige Sorgen nachts den Schlaf stören lassen.«

»Du hast alles, was du brauchst?« fragte Laura. »Bist du sicher?«

Das kam so scharf, daß Marjorie zusammenzuckte. »Nun, ich...«, begann sie, aber Laura ließ sie nicht ausreden.

»Du hast nichts, gar nichts«, brach es aus ihr heraus. »Du lebst in einer Wohnung, die so trist ist, daß man darin schwermütig wird. Dich selber mußt du nur mal anschauen, du siehst aus, als habest du seit mindestens zwanzig Jahren nicht mehr gelacht. Findest du es wirklich so großartig, jeden Morgen nach dem Aufstehen beim ersten Blick aus dem Fenster nur auf schmuddelige Hochhäuser zu schauen? Hier gibt es ja nicht einmal irgendwo einen Grashalm, keinen Baum, keine Blume! Merkst du nicht, wie *häßlich* es hier ist?«

»Laura!« sagte Marjorie erschüttert.

»Ja, du hast recht, ich habe Sorgen, eine Menge sogar. Ich habe mir oft gewünscht, mein Leben wäre ganz anders verlaufen. Aber wenn *ich* morgens aus dem Fenster sehe, dann sind da Wiesen und Hügel und Bäume, so weit das Auge reicht. Im Sommer duften die Blumen in meinem Garten. Ich wache auf vom Gesang der Vögel, und im Winter kommen die Eichhörnchen bis auf die Fensterbank vor der Küche und lassen sich mit Nüssen füttern.« Sie hielt inne. Marjorie starrte sie an.

»An all dem hängt mein Herz, Marjorie«, fuhr Laura ruhiger fort, »ob du das nun verstehst oder nicht. Seit mehr als fünfzig Jahren liebe ich das Haus und das Land darum herum. Kampflos werde ich es nicht hergeben.«

»Du hast keine Chance«, sagte Marjorie leise. Es klang unerwartet mitfühlend.

Laura setzte sich neben sie an den Tisch und stützte den Kopf in die Hände.


Im Laufe des Abends riefen Ralphs Mutter und Barbaras Eltern an, um Ralph zum Geburtstag zu gratulieren und zu fragen, was es mit dem Schneeinbruch in Nordengland auf sich habe, von dem in Fernsehen und Zeitung berichtet worden war. Ralph und Barbara hatten bereits für den Fall, daß sich die Familie meldete, vereinbart, die Situation so harmlos wie möglich darzustellen.

»Es heißt, daß ganze Ortschaften und auch einzelne Gehöfte seit Tagen von der Außenwelt abgeschnitten sind«, berichtete Ralphs Mutter.

Sie hatte einen vorwurfsvollen Unterton in der Stimme. Es hatte sie gekränkt, daß ihr Sohn Weihnachten und ausgerechnet seinen vierzigsten Geburtstag hatte ohne sie feiern wollen, daß er sich mit seiner Frau in irgendeiner gottverlassenen Einöde vergraben hatte. Nun sah man ja, was dabei herauskam. Eine Schneekatastrophe und nichts als Ärger.

»Ich habe wieder und wieder versucht, dich zu erreichen. Ich habe mir furchtbare Sorgen gemacht.«

»Die Telefonleitungen waren kaputt«, sagte Ralph.

Er fragte sich, warum ihn die Stimme seiner Mutter immer so müde machte. Vielleicht lag es an ihrem ständigen Nörgeln. Er hatte sich den Zusammenhang nie ganz klargemacht, aber jetzt begriff er plötzlich, daß es ihn seit Jahren erschöpfte, ihren angedeuteten Vorwürfen zuzuhören.

»Das Telefon funktioniert erst seit einigen Stunden wieder«, sagte er.

»Was kein Grund für dich war, mich sofort anzurufen und von meinen Sorgen zu erlösen«, klagte seine Mutter seufzend.

Ralph hatte schon die Bemerkung auf der Zunge, es gehöre sich nicht, am eigenen Geburtstag bei den Leuten anzurufen und sich die Glückwünsche gewissermaßen abzuholen, aber er schluckte den Gedanken wieder hinunter. Seine Mutter hatte recht; unter den gegebenen Umständen hätte er anrufen müssen. Aber es war ihm überhaupt nicht in den Sinn gekommen, was er ihr natürlich nicht sagen durfte. Sie hätte lamentiert ohne Ende.

»Über den Fremdenverkehrsverband in York habe ich erfahren, daß vielerorts die Telefone nicht funktionieren«, sagte sie, »und sie meinten dort auch, ich solle mich nicht aufregen. Die Lage werde sich bald entspannen.«

Irgendwie fand Ralph seine Mutter nun wieder rührend. Er wußte, daß sie kaum Englisch sprach und sich, stand sie einmal einem Engländer oder Amerikaner gegenüber, schon mit einem einfachen »good morning« schwertat und vor Verlegenheit wand. Er konnte sich vorstellen, wie sie sich abgequält hatte, um eine wildfremde Person am Telefon wegen des Unwetters und der dadurch verursachten Schäden auszufragen. Aber wenn es um ihren Sohn, ihr einziges Kind, ging, hätte sie sich selbst auf chinesisch alle Informationen zu beschaffen gewußt, die sie haben wollte.

»Also, Mutter, es ist wirklich alles nur halb so schlimm«, sagte Ralph betont munter. »Wir haben ein schönes, warmes Haus und genug zu essen!« Lügen, dazu angetan, einen aufgeregten Menschen zu beruhigen, waren nicht eigentlich Lügen, fand er. »Und nun geht auch noch das Telefon wieder! Wir kommen bloß im Moment nicht von hier weg, aber das wird in ein oder zwei Tagen vorbei sein. Es hat längst aufgehört zu schneien.«

Barbaras Eltern, die eine halbe Stunde später anriefen, wirkten ebenfalls recht besorgt, machten aber wenigstens keine Vorwürfe. Nachdem sie Ralph gratuliert hatten, wollte Barbaras Mutter auch ihre Tochter sprechen.

»Hoffentlich vertragt ihr euch«, sagte sie als erstes. »Wenn ich das Pech hätte, mit deinem Vater irgendwo einzuschneien, würden wir nach drei Tagen wahrscheinlich mit Messern aufeinander losgehen.«

»Ach, dazu sind wir beide zu vernünftig«, meinte Barbara und stellte wieder einmal erstaunt fest, daß ihre Mutter immer viel mehr mitbekam, als sie dachte. Über den angeknacksten Zustand ihrer Ehe hatte sie nie mit ihr gesprochen, trotzdem wußte sie offenbar, daß es einige Probleme gab. Sie besaß jedoch die dankenswerte Eigenschaft, sich nie ungefragt einzumischen.

»Übrigens, dein Herr Kornblum hat sich das Leben genommen«, sagte sie, »am ersten Weihnachtsfeiertag. Es stand heute in der Zeitung.«

»O Gott!« rief Barbara erschüttert. Der biedere, etwas perverse, aber völlig harmlose Peter Kornblum, den sie gerade noch aus einem Riesenschlamassel herausgepaukt hatte! »Warum denn nur? Seine Unschuld stand fest. Über die ganze Sache wäre doch irgendwann Gras gewachsen!«

»Aber seine Karriere war dahin. Das scheint jedoch nicht der Auslöser für den Selbstmord gewesen zu sein. Laut Zeitungsbericht hat Kornblum über Weihnachten alles versucht, sich wieder mit seiner Frau zu versöhnen, aber das war nicht möglich. Sie verzeiht ihm nicht.«

»Na ja«, murmelte Barbara.

Kurz darauf fragte sie sich, ob sie Ralph hätte verzeihen können, wenn sie plötzlich darauf gestoßen wäre, daß er sich seit Jahren im Rotlichtmilieu herumtrieb und intime Beziehungen zu einer Prostituierten unterhielt. Sie bezweifelte, daß sie dafür auch nur das geringste Verständnis oder gar die Bereitschaft zur Vergebung hätte aufbringen können.

»Er hat sich eine Kugel in den Kopf geschossen«, sagte ihre Mutter, »eines seiner Kinder hat ihn gefunden.«

Barbara fühlte sich niedergeschlagen und tief deprimiert nach dem Gespräch. Sie sollte sich die Geschichte nicht zu sehr zu Herzen nehmen, das wußte sie. Kornblum war ein Mandant gewesen, einer von vielen. Ein abgeschlossener Fall, in dem sie ihr Bestes gegeben und schließlich gewonnen hatte. Sie hatte sich nichts vorzuwerfen; für die »Nachsorge« ihrer Klienten war sie nicht zuständig, konnte es auch nicht sein. Ihr Job bestand darin, auf juristischer Ebene die Kastanien für sie aus dem Feuer zu holen, mit dem privaten Scherbenhaufen mußten sie selbst zurechtkommen. Aber es waren auch nicht eigentlich Schuldgefühle, die sie plagten. Es war das frustrierende Gefühl, scheinbar gesiegt und letztlich doch verloren zu haben. Das Leben folgte eigenen Gesetzen, ein richterlicher Freispruch konnte dabei zur Bedeutungslosigkeit verblassen. So oder so mußten die Schulden früher oder später bezahlt werden. Auch Kornblum hatte dem nicht entgehen können.

Ralph lehnte in der Küche am Spültisch und versuchte mit einem Brandy den Ärger auf seine Mutter hinunterzuspülen. Er sah Barbara sofort an, daß irgend etwas geschehen war.

»Was ist los?« fragte er.

Barbara nahm sich ein Glas und schenkte sich ebenfalls einen Brandy ein.

»Kornblum hat sich erschossen. Meine Mutter hat es mir gerade erzählt. Es stand in der Zeitung.«

Ralph mußte einen Moment überlegen. »Kornblum? Ach, Kornblum! Der Bürgermeister, dem man den Prostituiertenmord anhängen wollte!«

»Ja, und die Anklage wurde fallengelassen; aber seine Frau war natürlich alles andere als entzückt darüber, was ihr Mann seit Jahren so getrieben hatte. Die Zeitung deutet an, er habe sich erschossen, weil seine Frau eine Versöhnung rundweg abgelehnt habe.« Sie schwieg einen Moment und setzte dann leise hinzu: »Das ist doch kein Grund, sich zu *erschießen*!«

»Es geht dir ziemlich nahe, oder?«

»Du weißt, es ist immer ein besonderes Verhältnis zwischen Anwalt und Mandant. Wenn es gut läuft, entsteht viel Vertrauen dabei.«

Sie dachte nach. »Mit Kornblum war es zunächst sehr schwierig«, erinnerte sie sich. »Er konnte sich mir einfach nicht öffnen. Der Mann bestand nur aus Angst und Mißtrauen. Und irgendwann plötzlich brach dann das Eis. Ich weiß gar nicht, warum; vielleicht begriff er, daß ich wirklich seine einzige Verbündete war und daß ich ihm nur helfen konnte, wenn er absolut ehrlich zu mir war. Damit waren die Schleusen geöffnet. Er lebte ja seit Jahren mit der ständigen Heimlichtuerei, es war wohl eine Befreiung für ihn, sich alles von der Seele zu reden. Er wurde mir sehr vertraut. Ich meine, ich konnte begreifen, was in ihm vorging.«

»Eigentlich ist er aber doch genau das gewesen, was du verachtest. Nach außen der angepaßte, ehrbare Bürger, und dahinter abartig genug, seine freie Zeit im Bordell zu verbringen. Normalerweise verabscheust du solche Menschen.«

»Das stimmt. Aber wenn ein Mensch dir alles von sich erzählt, beginnst du einfach, auch die Dinge zu verstehen, denen du bis dahin vielleicht negativ gegenübergestanden hast. Er hatte *seine* Geschichte, die erklärbar machte, warum er so war, wie er war.«

»Auf jeden Fall«, sagte Ralph, »brauchst du dir absolut nichts vorzuwerfen. Was du tun konntest für ihn, hast du getan. Er hat einen Freispruch bekommen, mehr konnte er nicht verlangen. Seine zerrüttete Ehe war nicht mehr dein Problem.«

»Ich werfe mir nichts vor. Es hat mich nur... erschüttert. Vielleicht erschüttert es einen immer, wenn sich jemand, den man kennt, das Leben nimmt. Viel mehr, als wenn er eines natürlichen Todes stirbt. Man fragt sich, wie groß, wie überwältigend die Verzweiflung gewesen sein muß, die ihn erfüllt hat. Meinst du nicht?«

Er sah sie nachdenklich an; wie stets war eine Zärtlichkeit in seinem Blick, die sie schuldbewußt machte.

»Es ist sicher so«, sagte er.

Sie schwiegen beide eine Weile, dann fragte Barbara plötzlich: »Warst du eigentlich immer überzeugt, daß du deinen Beruf für alle Zeiten ausüben würdest?«

»Wie meinst du das?« fragte Ralph überrascht.

»Na ja, bis du dich zur Ruhe setzt, eben. Daß du bis dahin immer als Anwalt tätig sein wirst.«

»Ich habe nichts anderes gelernt.«

»Man kann ja auch Dinge tun, die man nicht gelernt hat.«

»Ich weiß wirklich nicht, worauf du hinauswillst.« Er schien beunruhigt. »Ich meine, gerade du! Für dich ist dein Beruf doch dein Leben. Es gab nie etwas Wichtigeres für dich. Deshalb hätte ich nie gedacht, daß eine Frage, wie du sie mir gerade gestellt hast, überhaupt in deinem Kopf herumspuken könnte.«

»Manchmal geht mir mein Beruf einfach nur noch auf die Nerven«, sagte Barbara, und zu ihrem eigenen Entsetzen brach sie im nächsten Moment in Tränen aus.

In der kuscheligen Wärme ihres Bettes fand sie langsam ihre Ruhe wieder, aber das Gefühl der Bedrückung blieb. Sie hatte wahre Ströme von Tränen vergossen, hatte geschluchzt und gezittert. Ralph war völlig hilflos gewesen.

»Was ist denn nur? Beruhige dich doch«, hatte er einige Male gesagt, und schließlich hatte er sie in seine Arme genommen, unsicher zunächst, wie sie darauf reagieren würde. Das Weinen hatte sie jedoch so geschüttelt, daß sie gar nicht zu merken schien, ob sie umarmt wurde oder nicht. Sie konnte nicht sprechen, und so ließ er sie einfach weinen und strich ihr nur sanft über die Haare. Als ihr Schluchzen etwas abebbte, fragte er: »Ist es wegen Kornblums Selbstmord?«

»Ich ... weiß nicht«, stieß sie hervor und wußte doch gleichzeitig, daß das nicht stimmte. Wenn ihr auch nicht klar war, warum sie so weinte, so spürte sie doch zumindest, daß es *nicht* wegen dem armen Kornblum war. Sein Selbstmord hatte sie erschreckt, und der Schreck war der Auslöser für ihren nervlichen Zusammenbruch gewesen.

Aber wieso nur, wieso? fragte sie sich, als sie zusammengekrümmt wie ein Embryo im Bett lag. Vielleicht war ihr die Tatsache, eingeschneit hier zu sitzen, viel stärker an die Nieren gegangen, als ihr bewußt war. Vielleicht hatte sich in ihr ein latentes klaustrophobisches Gefühl eingenistet, das sich nun Bahn gebrochen hatte. Vielleicht machten ihre konfusen Gefühle für Ralph sie langsam verrückt, oder die Tatsache, daß sie nun seit bald einer Woche hier zusammen festsaßen und bis auf wenige Ausnahmen noch keinen Weg aus ihrer Sprachlosigkeit gefunden hatten. Aber was hatte das mit ihrem Beruf zu tun, mit dem plötzlichen, überwältigenden Bedürfnis, aus allem auszubrechen?

Vielleicht ist es der Hunger, dachte sie, wie stets bemüht, eine sachliche Erklärung zu finden. Dieses ewig leere Gefühl im Bauch macht einen ja langsam närrisch!

Sie überlegte, wann sie zum letzten Mal geweint hatte. Es war gar nicht einfach, das herauszufinden, denn sie weinte selten. Ihr fiel ein

Prozeß ein, in dem sie zwei Jahre zuvor als Verteidigerin aufgetreten war; ein ziemlich undurchsichtiger Fall von Kindesmißbrauch, der viel Aufmerksamkeit erregt und Emotionen freigesetzt hatte. Einen Teil der Wut, die sich gegen den Verdächtigen und schließlich Angeklagten richtete, hatte auch Barbara als seine Verteidigerin abbekommen. Sie hatte den Fall haushoch verloren und war in den Zeitungen tagelang mit Spott und Häme überschüttet worden. Schließlich hatten ihre Nerven morgens beim Lesen eines Boulevardblattes versagt, und sie hatte an die zwanzig Minuten lang heftig geschluchzt: aus Ärger, aus Wut, und auch weil sie es einfach nicht gewöhnt war, eine Niederlage hinnehmen zu müssen.

Das war ein neuer Gedanke: Weinte sie diesmal auch, weil sie das Gefühl einer Niederlage hatte? War es ein Schlag gegen ihr Ego, daß ein Mandant hingegangen war und sich erschossen hatte? Hatte er ihr damit den Sieg genommen – und hatte sie immer noch nicht gelernt, es zu ertragen, daß sich die Dinge ihrer Kontrolle entzogen? Wieviel trug sie noch in sich von dem Mädchen, das sie einmal gewesen war und an das sie nicht mehr denken mochte, wenn eine solche Geschichte ihr derart den Boden unter den Füßen wegziehen konnte?

Vorhin, unten in der Küche, hatte sie sich irgendwann aus Ralphs Armen gelöst und sich auf einen der Stühle am Tisch gekauert. Sie wußte, daß sie wie ein verheultes Kind aussehen mußte: bleiche Wangen, rote Augen und eine verquollene Nase, zerzauste Haare. Sie schniefte ein wenig, und Ralph machte ihr einen Malventee, von dem seine Mutter immer behauptete, er sei gut für die Nerven. Dann suchte er sich aus dem Telefonbuch die Nummer von Cynthia Moore, der Besitzerin des Gemischtwarenladens, heraus, und verschwand im Wohnzimmer, um sie anzurufen und zu fragen, wie die Lage im Dorf war und ab wann sie mit Hilfe rechnen konnten. Barbara trank in kleinen Schlucken ihren Tee. Sie konnte Ralph sprechen hören, vermochte aber nicht zu verstehen, was er sagte. Schließlich kam er in die Küche zurück.

»Cynthia meint, ich soll mich unbedingt morgen mit Skiern auf den Weg ins Dorf begeben«, sagte er, »sie kommen mit dem Räumen nicht nach. Die Panzer machen die Hauptstraßen frei, aber sie können nicht jeden Feldweg zu jedem einzelnen Haus übernehmen. Also bleibt uns nur dieser Weg.«

Barbara nickte. »Okay«, sagte sie mit piepsiger Stimme.

Ralph musterte sie besorgt. »Alles in Ordnung?«

»Ja, es geht schon«, antwortete Barbara und fing bereits wieder zu weinen an.

Entschlossen zog Ralph sie von ihrem Stuhl hoch und nahm ihren Arm. »Du gehst jetzt ins Bett«, bestimmte er, »und dieses verdammte Manuskript läßt du hier unten liegen. Das stundenlange Lesen bei schlechter Beleuchtung muß dich ja langsam ganz verrückt machen.«

Oben ließ sie sich von ihm beim Ausziehen helfen, ohne daran zu denken, daß sie es seit langem vermied, von ihm unbekleidet gesehen zu werden. Sie streifte ein T-Shirt über und einen dicken Pullover, und als sie im Bett lag, deckte Ralph sie fürsorglich zu. Sie merkte, daß es ihr guttat, so umsorgt zu werden, obwohl sie sich früher immer gesträubt hatte, wenn ihre Mutter damit anfangen wollte.

»Danke«, sagte sie leise.

Er ging zur Tür. »Ich bin unten, wenn noch etwas ist«, sagte er und verließ das Zimmer.

Nach einer Stunde merkte sie, daß sie keinen Schlaf fand. Vom Weinen war sie zunächst erschöpft gewesen, aber nun ergriff eine Unruhe von ihr Besitz, die mit jeder Minute schlimmer zu werden schien.

Wahrscheinlich hat sich Ralph geirrt, dachte sie, während sie sich im Bett hin und her warf. Malventee dient überhaupt nicht zur Beruhigung, sondern ist das reinste Aufputschmittel.

Sie knipste probeweise am Lichtschalter, aber die Elektrizität funktionierte immer noch nicht. Also tastete sie auf dem Nachttisch herum, bis sie Streichhölzer gefunden hatte und die Kerzen in dem Leuchter anzünden konnte. Sie schaute auf ihre Uhr. Es war kurz nach zehn. Viel zu früh für eine Nachtschwärmerin wie sie.

Sie dachte an die Papiere, die unten auf dem Küchentisch lagen. Auch wenn Ralph gemeint hatte, das stundenlange Lesen sei für den schlechten Zustand ihrer Nerven verantwortlich, so war sie sich doch im klaren, daß schlafloses Herumwälzen im Bett sicher keine Hilfe für sie war. Es war Ralph sowieso von Anfang an ein Dorn im Auge gewesen, daß sie Frances' »Tagebuch«, wie er es nannte, las. Aber es war kein Tagebuch! Und von den Personen lebte ohnehin niemand mehr!

Es juckte sie in allen Fingern, sich den zweiten Teil der Aufzeichnungen zu holen und zu lesen. Schließlich stand sie auf. Sie würde hinunterschleichen, vielleicht merkte Ralph nichts. Zwar hätte sie sich keine Vorschriften von ihm machen lassen, aber sie mochte im Augenblick auch keine Diskussionen mit ihm führen. Er war vorhin sehr liebevoll zu ihr gewesen. Eigenartig, daß es ein bißchen weh tat, daran zu denken.

Vorsichtshalber nahm sie keine Kerze mit, denn der Lichtschein hätte Ralph unweigerlich aufmerksam gemacht. Im dunklen, eiskalten Treppenhaus stehend, brauchte sie eine ganze Weile, bis sich ihre Augen soweit an die Dunkelheit gewöhnt hatten, daß sie die Treppe hinunterhuschen konnte. Zweimal knarrten die Stufen, aber sonst blieb alles still. Vielleicht, überlegte sie, schläft Ralph ja längst.

In der Küche fand sie sich ohne Schwierigkeiten zurecht. Das Mondlicht fiel durch die Fenster, beleuchtete die leeren Brandygläser auf dem Tisch, die Teller mit den Brotkrümeln, die Teekanne. Schwach glomm die Glut im Herd. Barbara sammelte die Seiten zusammen und verließ die Küche so leise, wie sie gekommen war.

Als sie den Flur durchquerte, blickte sie unwillkürlich durch die geöffnete Tür ins Eßzimmer und blieb abrupt stehen.

Sie sah Ralph.

Genaugenommen nur seine Silhouette vor dem Hintergrund des kalten Lichtes, das von draußen hereindrang. Er stand am Fenster und wandte ihr den Rücken zu. Sie wußte nicht, ob er sie nicht bemerkt hatte oder ob es ihm gleichgültig war, daß sie hier unten herumschlich. Er stand unbeweglich und starrte hinaus, und etwas in seiner Haltung – seine leicht nach vorn gezogenen Schultern, die Anspannung in seinen Gliedern? – verriet seine Einsamkeit. In einem wortlosen Gefühlsaustausch zwischen ihnen beiden, wie sie ihn nie erlebt hatten, nicht einmal in ihren besten, verliebten Jahren, konnte Barbara spüren, wie allein er war und wie ihn sein Alleinsein schmerzte. Sie tat einen hastigen, erschrockenen Atemzug, und Ralph wandte sich um. Er wirkte nicht überrascht, vermutlich hatte er sie vorher bereits doch gehört.

»Kannst du nicht schlafen?« fragte er.

Sie hielt das Manuskript in die Höhe und verzog entschuldigend das Gesicht.

»Nein. Ich brauche etwas zu lesen.«

Er nickte. »Das hilft manchmal. Wenn man nicht schlafen kann, meine ich.«

»Gehst du auch bald ins Bett?«

»Ja. Aber es ist noch nicht spät.« Er machte eine Kopfbewegung zum Fenster hin. »Es ist ein unwahrscheinliches Licht draußen.«

»Ich weiß. Ich habe es schon in der Küche gesehen.«

»Du hast nichts an den Füßen«, sagte er, »du solltest nicht auf den kalten Steinen stehen.«

Sie sah an ihren nackten Beinen herunter. Die Zehen krümmten sich unwillkürlich nach innen, um der Kälte zu entgehen, die den Fliesen entstieg.

»Ich gehe vielleicht besser nach oben«, meinte sie etwas beklommen. »Gute Nacht.« Sie sahen einander an.

Auf einmal wußte Barbara, warum sie geweint hatte. Sie hatte aus dem gleichen Grund geweint, aus dem Ralph hier stand und hinaussah in die Nacht. Irgendwann, heute, in der letzten Nacht oder in den vergangenen Tagen, hatten sie beide begriffen, daß es vorbei war. Sie fanden den Weg zueinander nicht mehr. Wahrscheinlich gab es ihn nicht mehr, und das schon seit langem. Sie hatten es nur nicht gemerkt oder nicht merken wollen. Nun traf sie die Erkenntnis wie ein Schlag, und beide kippten sie aus dem Gleichgewicht. Sie konnten sich nichts mehr vormachen, vor nichts davonlaufen in diesem eingeschneiten Haus, in dem sie buchstäblich festsaßen mit sich und allem, was zwischen ihnen nicht stimmte.

Sie wandte sich ab und ging die Treppe hinauf. Ihre Füße schmerzten vor Kälte. Nachdrücklich schloß sie ihre Zimmertür, kroch zähneklappernd unter ihre Decke. Die Wärme umfing sie tröstend wie eine Umarmung.

Ich will jetzt nicht nachdenken, sagte sie zu sich, ich will jetzt einfach über gar nichts nachdenken.

Das Papier raschelte in ihren Händen. Der etwas modrige Geruch des Holzschuppens hing zwischen den Seiten. Barbara empfand ihn als beruhigend. Sie suchte nach dem Blatt, das sie zuletzt gelesen hatte.

»Die goldenen Tage. Etwas von ihrem Glanz war zurückgekehrt.«

Sie blätterte weiter. Es folgte ein Papier, das nur die Beschriftung »2. Teil« trug, und dann kam eine handschriftliche Eintragung von Frances Gray über mehrere Seiten. Die blaue Tinte war verblaßt in all den Jahren, die Schrift war krakelig. Barbara hatte Mühe, den Text zu entziffern.

»Es gelang mir während der zwanziger Jahre, die Farm wieder in Schwung zu bringen, und ich manövrierte sie sogar weitgehend unbeschadet durch die dreißiger, die geprägt waren von einer weltweiten Wirtschaftskrise...«

## 2. Teil

Es gelang mir während der zwanziger Jahre, die Farm wieder in Schwung zu bringen, und ich manövrierte sie sogar weitgehend unbeschadet durch die dreißiger, die geprägt waren von einer weltweiten Wirtschaftskrise. Die Pächter waren wieder zurückgekehrt, oder es waren neue gekommen, nachdem ich die Pacht drastisch gesenkt hatte; das hatte mir ja harsche Kritik von Victoria eingebracht, aber anders hätte ich keine Leute gewonnen, und was hätten wir dann gehabt von unseren Wiesen und Weiden? Als die Zeiten besser wurden, konnte ich die Pacht langsam wieder erhöhen, aber das tat keinem weh. Wir züchteten Schafe und Rinder und – im kleinen Stil – auch Pferde.

Pferde sind immer meine Leidenschaft gewesen, schon als kleines Mädchen, als John mir das Reiten beibrachte und wir zusammen über die Felder galoppierten. Ich liebte es, morgens in aller Frühe aufzustehen und zu den Pferdeställen zu fahren; sie waren neu gebaut worden, obwohl ich dafür einen Kredit bei der Bank hatte aufnehmen müssen, aber glücklicherweise ließ Vater mir ja völlig freie Hand. Von den Pferdepflegern war noch keiner auf den Beinen, wenn ich ankam. Die Pferde wieherten mir leise entgegen. Sie kamen sofort an die Türen ihrer Boxen, weil sie wußten, daß ich Äpfel und Mohrrüben mitbrachte. Sie bliesen mir ihren Atem gegen den Hals und versenkten ihre Nüstern mit den weichen, behutsamen Lippen in meinen Händen.

Nie war ich ruhiger, als wenn ich so da stand, gegen den mächtigen Leib eines Pferdes gelehnt, seinem Herzschlag lauschend. Tiere, so scheint es mir immer, sind ein wichtiger Teil dessen, woher wir kommen und wohin wir gehen werden. Mir haben stets die Menschen leid getan, die Tiere nicht verstehen können, und solche, die sie quälen, habe ich nur verachtet.

Ich mochte auch unsere Schafe und Rinder, stattliche Herden waren das. Wir verdienten viel Geld mit Wolle und mit dem berühmten »Wensleydale Cheese«. Neue Schafe kaufte ich auf dem Markt in Skipton, der dort jede Woche stattfand. Oft kaufte ich schwache, häßliche Tiere, die sonst keiner wollte und die ich für einen lächerlich geringen Betrag bekam; ich wußte jedoch, was ich tat. Ich hatte gute Leute. Aus jedem dieser räudigen, kleinen Staubwedel wurde ein prächtiges, gesundes Tier.

Victoria rümpfte natürlich die Nase über mich, denn ich lief nur noch in Hosen und Stiefeln herum und verbrachte die meiste Zeit auf einem Pferderücken. Einmal sagte sie zu mir: »Du bist ein richtiger Landmensch geworden!«

Geworden? Ich bin es immer gewesen. Immer verwachsen mit dem Land hier oben, mit seinen Wäldern, Bergen, Mooren, mit den kalten Winden, mit den Tieren. Ich konnte in London gar nicht heimisch werden, auch wenn es mich dort so stark hingezogen hatte, als ich siebzehn gewesen war. Aber wenn wir jung sind, wissen wir oft noch nicht, woran unser Herz wirklich hängt. Wir werden umgetrieben von der Angst, irgend etwas zu versäumen, und obwohl wir das ganze Leben vor uns haben, meinen wir, daß uns die Zeit wie Sand durch die Finger rinnt. Wir fürchten, daß wir nie tun werden, was wir nicht sofort tun.

Ich wenigstens kann sagen, ich habe meine Jugendzeit genutzt, wobei dahingestellt sein mag, ob ich sie immer vernünftig und sinnvoll genutzt habe. Jedenfalls habe ich mich nicht gedrückt, und ich war da, wo die Dinge geschahen. Ich habe mit den Frauenrechtlerinnen demonstriert und mit ihnen im Gefängnis gesessen. Ich hatte eine Affäre mit einem Mann, der sich später das Leben nahm. Ich wurde von der guten Gesellschaft gemieden und lebte in bitterer Armut. Ich war in Frankreich und habe geholfen, Soldaten zusammenzuflicken, die kaum noch wie Menschen aussahen. Und ich hatte jahrelang eine Beziehung mit dem Mann meiner Schwester, mit allen Skrupeln, Schuldgefühlen und Ängsten vor einer Strafe des Himmels, die dazu gehören.

Arme Victoria! In jenen Jahren, in denen ich aus Westhill eine wirklich ertragreiche Farm machte, spottete sie so viel über mich und wußte *gar nichts*. Manchmal kränkte es mich fast ein wenig, daß sie so gar keinen Verdacht schöpfte, denn das hieß ja, daß sie mich nicht im geringsten für eine Gefahr hielt. Wahrscheinlich glaubte sie, John würde einer Frau keinen zweiten Blick gönnen, die immer nach Stall und Tieren roch und eine Farm leitete wie ein Mann, mit den Banken verhandelte und mit den Viehhändlern feilschte. Damals, im Krieg noch, als ich mir Sorgen machte um

John, hatte sie für kurze Zeit eine Ahnung gehabt... aber die war längst verflogen.

Ach, Victoria! Glaubst du wirklich, ich trug nur schmutzige Stiefel und stapfte in den Ställen herum und redete mit harter, scharfer Stimme, weil mich sonst keiner der Männer, die für mich arbeiteten, ernst genommen hätte?

Das war *eine* Seite. Aber heimlich ließ ich mir auch Kataloge und Schnittmuster kommen, und als es mit dem Geld keine solchen Probleme mehr gab, kaufte ich Stoffe in Leyburn oder Northallerton und ging damit zu einer Schneiderin. Du würdest staunen, wenn du wüßtest, wie viele Nachmittage ich bei Anproben verbracht habe. Du würdest dich auch wundern, wenn du wüßtest, wieviel Geld ich für Parfüm und Schmuck ausgegeben habe. Ich liebte es, mich lange und ausgiebig zurechtzumachen, ehe ich mich mit deinem Mann traf! Ich bevorzugte dunkles Blau oder Grün bei der Farbe meiner Kleider, weil meine weiße Haut darin so schön zur Geltung kam.

Ich mußte mit meinen Pfunden wuchern, liebste Schwester, und ich hatte es dabei sicher schwerer als du, die du von der Natur so gut behandelt worden bist. Ich mußte immer von meinen blassen Augen und von den kantigen Linien meines Gesichtes ablenken. Nicht jeder hat Apfelwangen und Grübchen. Ich glich es aus mit tiefen Ausschnitten und zeigte gern viel Bein. Meine Beine waren wirklich hübsch, vielleicht überhaupt das Hübscheste an mir. Ich mochte die zarten, feinen Strümpfe, die man in den zwanziger Jahren trug, die pastellfarbenen leichten Schuhe, die fließenden Stoffe, aus denen man die Kleider schneiderte.

John war nicht mehr der Mann, der er einmal gewesen war, und er wurde es auch nie wieder. Er trank zuviel, er konnte bitter und verletzend sein. Aber er gab mir das Gefühl, begehrenswert zu sein, und durch all seine Schroffheit spürte ich etwas von der unwandelbaren Liebe, die er für mich hegte seit den Tagen unserer Kindheit.

Victoria war die Hausherrin auf Daleview, ihre Schwiegermutter starb 1921. Sie war viel allein, langweilte sich und kam immer öfter herüber zu Charles, um zu jammern und zu nörgeln. Sie war immer noch sehr hübsch, aber sie hatte jetzt einen verkniffenen Zug im Gesicht. Sie hatte es aufgegeben, noch jemals ein Kind bekommen zu wollen, und das machte eine zutiefst frustrierte Frau aus ihr.

An John kann es übrigens nicht gelegen haben, daß es zwischen den beiden nicht klappte – das wußte ich lange, bevor Jahre später sein Sohn Fernand geboren wurde. Ich war zweimal schwanger von ihm, 1923 und 1925. Ich ließ das jeweils in London in Ordnung bringen, hauptsächlich meinem Vater zuliebe. Meinen Kredit bei ihm hatte ich voll ausgeschöpft, genau genommen weit überzogen durch meinen Gefängnisaufenthalt damals vor dem Krieg. Als ledige Mutter hätte ich ihm den Rest gegeben. Es fiel mir nicht so leicht, wie es hier klingt, aber es ging nicht anders, und ich hatte mir angewöhnt, über Unabänderliches niemals lange zu klagen.

Im März des Jahres 1933 wurde ich vierzig. Es war die Zeit der weltweiten Depression, und das merkten wir hier oben auch. Es hatte sich viel verändert in der Welt. Rußland war jetzt eine Republik, in Moskau regierte Josef Stalin. Die Revolution hatte viele Leben gefordert und großes Leid gebracht, und noch immer lebten die Menschen dort elend und in Angst. Bei uns in England saß König Edward VIII. auf dem Thron, ein etwas labiler, wankelmütiger Mann, der 1936 wegen seiner Liebe zu der geschiedenen Amerikanerin Wallis Simpson abdanken und die Regentschaft an seinen Bruder, den Herzog von York, abtreten sollte. In Deutschland war Adolf Hitler im Januar zum Reichskanzler ernannt worden. Noch ahnte hier kaum jemand, welche Folgen das für die ganze Welt und auch für England haben würde.

Mir machte es nichts aus, vierzig zu werden. Victoria heulte an meinem Geburtstag, denn er erinnerte sie daran, daß sie auch bald an die Reihe kam. Sie sah sehr schlecht aus in dieser Zeit. Ich glaube, John behandelte sie wirklich wie einen Schuhabstreifer.

In all den Jahren besuchte ich nach wie vor Sonntag für Sonntag meinen Bruder George in seinem Cottage bei Scarborough. Ich brachte ihm zu essen und zu trinken, Farbe und Leinwand. Manchmal ließ er es zu, daß ich ein wenig aufräumte und Staub wischte. Insgesamt hielt er aber selbst alles weitgehend in Ordnung, und den Garten verwandelte er immer mehr in ein Paradies. Die vielen kleinen Büsche und Bäume, die er gepflanzt hatte, waren inzwischen groß geworden und bildeten eine einzige, blühende, duftende Wildnis. Im Sommer konnte man vom Gartentor aus schon nicht mehr das Haus sehen. Aber im Winter schlangen sich Nebelschleier um die kahlen Äste, und die Nordseewellen brandeten dumpf und drohend gegen die Steilküste, und dann hatte ich immer Angst um ihn. Phillips Selbstmord im Jahr 1911 lag mir ein Leben lang auf dem Gemüt, und ich fürchtete, George werde sich eines Tages, von Einsamkeit und düsteren Gedanken überwältigt, zu dem gleichen Schritt entschließen.

Es beunruhigte mich, daß seine Bilder nie fröhlicher wurden. Zwanzig Jahre nach Kriegsende malte er noch immer die gleichen schwarzen Fratzen unter dunklem Himmel wie damals nach seiner Rückkehr. Fand denn seine Seele nie ihren Frieden? Ich mußte mich damit abfinden, daß er ein kranker Mann war, für den es keine Heilung gab.

Molly, seine geliebte Hündin, war 1925 gestorben, im Alter von siebzehn Jahren! George redete darüber kein Wort, zeigte keine Regung, was ich unheimlich fand. Einige Wochen nach ihrem Tod brachte ich ihm einen wuscheligen Welpen in einem Korb mit, aber George wollte ihn nicht haben. Also nahm ich ihn wieder mit und behielt ihn selbst. Er wurde ein schöner, großer Hund, der intelligenteste Hund, den ich je gekannt habe, und ein überaus treuer Kamerad. Er wäre genau richtig gewesen für George. Ich habe immer bedauert, daß es nicht funktioniert hat.

Von unserem Vater wäre zu berichten, daß er auf eine stille, melancholische Weise sein Leben lebte. Häufig besuchte er das Grab unserer Mutter und verharrte dort stundenlang. Ob er stumme Zwiesprache mit ihr hielt, oder ob er von vergangenen Zeiten träumte, Bilder aus den Jahren suchte, in denen sie beide jung und glücklich und vereint gegen den Rest der Welt gewesen waren, weiß ich nicht.

Einmal, an einem eisigkalten Februartag des Jahres 1929, kam er so lange nicht nach Hause, daß ich mir Sorgen machte und loszog, nach ihm zu suchen. Wie ich erwartet hatte, fand ich ihn auf dem Friedhof. Es war Abend, aber die Tage wurden bereits wieder länger, und über einen lichtblauen Himmel jagten lange, zerfetzte, dunkle Wolkenbänke. Vater saß auf einem Baumstumpf gegenüber von Mutters Grab. Wie kalt es war, schien er überhaupt nicht zu merken. Er starrte hinauf in diesen stürmischen Himmel, der erfüllt war von dem phantastischen letzten Licht des Tages. Er hatte mich nicht kommen gehört und zuckte zusammen, als ich seine Schulter berührte.

»Vater«, sagte ich leise, »es ist schon spät. Komm mit mir nach Hause.«

Er verzog unwillig das Gesicht. »Geh allein, Frances«, sagte er, »ich komme später.«

»Es ist zu kalt hier für dich. Du wirst...«

Er unterbrach mich, zornig und aufgebracht wie schon seit Jahren nicht mehr.

»Laß mich in Ruhe! Du hast kein Recht, über mich zu bestimmen! Ich werde nach Hause gehen, wenn ich es will.«

»Vater...«

»Geh endlich«, sagte er fast flehentlich, und ich sah ein, daß es keinen Sinn hatte, und machte mich allein wieder auf den Heimweg.

An diesen Tag erinnere ich mich übrigens auch deshalb so gut, weil ich zu Hause einen Brief von Alice vorfand. Er mußte schon mittags gekommen sein, aber ich war so beschäftigt gewesen den ganzen Tag und hatte ihn wohl übersehen. Sie schrieb mir darin, daß sie Ende Januar ihre zweite Tochter geboren hatte und daß alles gut gegangen war.

Ich war ziemlich entsetzt. Ich hatte gar nicht gewußt, daß sie schon wieder schwanger gewesen war. Ihr ältere Tochter war bald drei Jahre alt. Alice hatte nämlich tatsächlich den zwar netten, aber einfach *unpassenden* Hugh Selley geheiratet, schon bald nachdem sie damals aus Scarborough fortgegangen war. Ich hatte es kaum fassen können, obwohl ich es manchmal gefürchtet, also irgendwie damit gerechnet hatte.

Wahrscheinlich mußte man ihre Erklärung dafür akzeptieren: Sie hatte Angst vor dem Alleinsein, und sie hätte alles getan, ihrer Einsamkeit zu entfliehen. Das Verrückte war ja nur, daß es so überhaupt nicht paßte zu Alice – jedenfalls nicht zu der Alice, die sie einmal gewesen war. Die Frau, die vor langen, langen Jahren mit mir auf der Gartenmauer hinter dem Haus gesessen, geraucht und gelacht und mich später getröstet hatte, als ich mich übergeben mußte; die Frau, die mit meinem Vater über das Frauenstimmrecht gestritten hatte und später bei allen Demonstrationen in London in der ersten Reihe mitgezogen war – diese Frau heiratete schließlich aus Verzweiflung einen liebenswürdigen, labilen Mann, der sie auf Händen trug, ihr jedoch kein angemessener Partner sein konnte.

Worüber unterhielt sie sich mit ihm? Was verstand er von den Dingen, die sie bewegten und beschäftigten? Aber vielleicht war das gar nicht mehr so wichtig für sie – einen Menschen zu finden, mit dem sie reden konnte. Vielleicht brauchte sie heute die Wärme, die Selley ihr geben konnte, vielleicht streichelte seine Anbetung ihre Seele.

Obwohl es wegen George einen ernsthaften Bruch zwischen uns gegeben hatte und unsere Freundschaft im Grunde nicht mehr bestand, schmerzte es mich noch immer, ihre Verwandlung miterleben zu müssen. Sie hatten sie kleingekriegt in den Gefängnissen, sie hatten sie wirklich gebrochen. Die stärkste Frau, die ich je gekannt hatte, war klein und schwach geworden, abhängig und hilflos. Und als ich die Nachricht von der Geburt des zweiten Kindes hörte, begrub ich endgültig die Hoffnung, sie werde sich aus ihrer Situation befreien, dem jämmerlichen Hugh den Rücken kehren und das tun, wozu sie befähigt war – Bücher schreiben vielleicht, oder eine Zeitung herausgeben.

Ich hatte sie immer in einem Dachkämmerchen irgendwo mitten in London vor mir gesehen, mit wirren Haaren, eine Zigarette im Mund, neben sich einen Whisky und vor sich eine Schreibmaschine, auf der sie mit konzentriertem Gesichtsausdruck herumhackte und die Welt vergaß. Statt dessen putzte sie die Rotznasen ihrer Kinder und hielt Selleys triste Wohnung in Ordnung. Ich würde daran nichts ändern können.

Alles in allem waren es friedliche Jahre, in denen sich meine Liebe zu dem Land, auf dem ich lebte, vertiefte und die Arbeit mich sowohl in Anspruch nahm als auch wirklich befriedigte. Der Schmerz darüber, den Mann, den ich liebte, nicht heiraten zu können, war leiser geworden. Der John von heute war als Liebhaber weit erträglicher denn als Ehemann. In gewisser Weise hatte ich das bessere Los gezogen – und auch wieder nicht. Daß unsere Beziehung geheim bleiben mußte, kränkte mich natürlich, obwohl ich mir immer einzureden versuchte, daß es keine Rolle spielte, ob wir offiziell ein Paar waren oder nicht. Was hatte Victoria davon, »Mrs. Leigh« zu sein? Mich hielten die Leute für eine alte Jungfer, und diejenigen, die von meiner Zeit bei den Frauenrechtlerinnen wußten, stellten wohl insgeheim befriedigt fest, daß es ja kein Wunder war, daß »so eine« von keinem Mann gewollt wurde.

Sollten sie denken, was sie mochten. Ihr Respekt, wenn auch manchmal widerwillig gezollt, war mir sicher. Daß der Wohlstand der Westhill Farm auf mein Konto ging, wußten sie. Die Wirtschaftskrise in den Dreißigern überstanden wir besser als viele andere, und ich spürte, daß man mich dafür bewunderte.

»Sie raucht wie ein Schlot und trinkt wie ein Mann!« hieß es über mich. Was wußten sie, wie weich ich sein konnte, wie zärtlich! Nach Frankreich und nach Mutters Tod schien alles von mir abgefallen zu sein, was zart, verletzbar und gefühlvoll gewesen war. Nur ich wußte, daß tief in mir die junge Frances Gray noch lebte und daß sie manchmal wiederauftauchte, als sei nie etwas Böses geschehen, als habe sie nie die finstere Seite der Welt gesehen.

Aber am Horizont zogen dunkle Wolken auf, und obwohl ich im wesentlichen mit Kühen, Schafen und Pferden beschäftigt war, konnte ich nicht umhin, auch im verschlafenen Leigh's Dale in Nord-Yorkshire mitzubekommen, was sich draußen anbahnte.

Im März 1938 marschierten die Deutschen in Österreich ein. Im September bekam Hitler bei dem Münchner Treffen der vier Mächte Deutschland, England, Frankreich und Italien seinen Anspruch auf das Sudetenland zugebilligt. Im Oktober marschierte er dort ein. Im März des Jahres darauf waren die Deutschen in Prag. In England wurde man nervös; im April 1939 wurde die allgemeine Wehrpflicht wiedereingeführt. Es war wie schon 1914: Alle redeten vom Krieg, und eine eigentümliche, kribbelnde Unruhe breitete sich im ganzen Land aus. Diejenigen, die schon immer vor Hitler gewarnt hatten, sahen ihre düstersten Ahnungen bestätigt, und die, die sich bislang keine Gedanken gemacht hatten, spürten, daß sie nicht mehr lange die Augen würden geschlossen halten können.

Ziemlich egoistisch dachte ich die ganze Zeit über nur: Wie gut, daß John zu alt ist inzwischen. Mit seinen zweiundfünfzig Jahren können sie *ihn* wenigstens nicht mehr in den Krieg schicken!

Und zum ersten Mal war ich wirklich froh, keine Kinder zu haben, denn womöglich wäre ja ein Sohn darunter gewesen, und dann wäre ich jetzt verrückt geworden vor Angst.

Es ist einfach so im Leben: Freuden wie Ärgernisse verteilen sich selten gleichmäßig, meist kommt alles auf einmal. Unser Leben war seit 1918 ohne nennenswerte Höhen und Tiefen dahingeplätschert. Nun, zwanzig Jahre später, verschworen sich die bösen Mächte wieder.

Am 1. September 1939 marschierten die Deutschen in Polen ein. Am 3. September erklärten England und Frankreich Deutschland den Krieg.

Am selben Tag fügte Victoria unserem Vater einen Schlag zu, von dem ich überzeugt bin, daß er Charles letztlich umbrachte.

In ganz England gab es an diesem 3. September 1939 kaum einen Bürger, der nicht von den frühen Morgenstunden an vor dem Radio gesessen und erregt den sich überschlagenden Sondermeldungen gelauscht hätte.

Zwei Tage zuvor waren die Deutschen in Polen eingefallen. Die Welt konnte nicht mehr länger zusehen, wie Hitler seine Expansionsgier ungeniert auslebte und sich über Absprachen und Verträge, ohne mit der Wimper zu zucken, hinwegsetzte. Alle Zeichen standen auf Krieg.

Premier Chamberlain unternahm einen letzten Versuch, das drohende Unheil abzuwenden: Am Morgen des 3. September hatte der englische Botschafter in Berlin der deutschen Regierung ein Ultimatum überbracht, das die sofortige Einstellung aller Kampfhandlungen in Polen bis um elf Uhr forderte. Und nun verrannen die Minuten, und alle fragten sich, ob Hitler einlenken würde.

Frances hatte bislang kaum Zeit gefunden, sich um das Weltgeschehen zu kümmern, aber an diesem Sonntagmorgen kauerte auch sie vor dem Radio und rührte sich keinen Moment aus dem Haus. In ihr war eine Nervosität, die sie fast krank machte. Sie ahnte bereits, daß der Krieg unvermeidlich war. Aus irgendeinem Grund hegte sie keinen Moment lang die Hoffnung, daß die Deutschen auf das Ultimatum eingehen würden.

Um zehn Uhr erschien Victoria, aufgelöst und weit weniger sorgfältig zurechtgemacht als sonst. Sie sah aus, als habe sie in der vergangenen Nacht keine Minute geschlafen, und mit ihren vierundvierzig Jahren steckte ihr Gesicht fehlenden Schlaf nicht mehr so einfach weg. Zum ersten Mal wirkte sie alt. Ihre Augen waren geschwollen, als habe sie geweint. Die Falten an den Mundwinkeln hatten sich vertieft. Frances wunderte sich, daß ihre hohlköpfige Schwester – wie sie Victoria insgeheim titulierte – über ein Ereignis wie den bevorstehenden Kriegsausbruch so aus dem Häuschen geriet, daß sie es versäumte, sich ordentlich zu kämmen und genügend Schminke aufzulegen, um die Spuren einer durchwachten Nacht zu verbergen. Aber wie sich herausstellte, hatte

Victorias Erregung überhaupt nichts mit der internationalen Politik zu tun.

»Wo ist Vater?« fragte sie hektisch und sah sich in der Küche um, wo Frances und Adeline vor dem Radio kauerten. Frances rauchte eine Zigarette nach der anderen, und Adeline trank eine Honigmilch, um ihre Nerven zu beruhigen. Mit knapp achtzig Jahren, hatte sie erklärt, überstiegen Geschehnisse, wie sie sich jetzt abspielten, eindeutig ihre Kräfte.

»Vater ist zum Grab gegangen«, sagte Frances, »aber er will vor elf zurück sein.«

»Sicher?«

»Natürlich«, antwortete Frances gereizt, denn langsam schwante ihr, daß es nicht Chamberlains Ultimatum war, was Victoria im Kopf herumspukte.

»Ab elf Uhr befinden wir uns höchstwahrscheinlich im Krieg mit Deutschland. Vater ist sehr besorgt deswegen.«

Er hatte sogar gezögert, überhaupt wegzugehen, aber am Sonntag vormittag besuchte er Maureen seit nunmehr dreiundzwanzig Jahren, und nun würde nicht ausgerechnet Hitler das verhindern können.

»Ich werde hier auf ihn warten«, sagte Victoria, setzte sich auf einen Küchenstuhl und fing an zu weinen.

Adeline stand ächzend auf, holte einen Becher aus dem Schrank und nahm den Milchtopf vom Herd.

»Kindchen, jetzt trinken Sie erst einmal eine schöne, heiße Honigmilch«, sagte sie. »Sie werden sehen, das hilft. Wir sind alle etwas durcheinander heute.«

»Mir wird nichts helfen, Adeline, gar nichts«, schluchzte Victoria. Frances drehte das Radio aus. »Was ist passiert?« fragte sie.

»John...«, stieß Victoria hervor.

Frances schoß auf ihre Schwester zu, packte ihr Handgelenk. »Was ist mit ihm? Ist er krank?«

Victoria erschrak so, daß sie aufhörte zu weinen und ihre Augen weit aufriß. Sie machte einen schwachen Versuch, sich aus Frances' Klammergriff zu befreien, aber es gelang ihr nicht.

»Nein, er ist nicht krank. Er... Ich verlasse ihn. Ich wollte Vater fragen, ob ich hier wieder wohnen kann. Ich möchte geschieden werden.«

Frances ließ Victorias Arm los und sagte leise: »O Gott!«

»Himmel!« murmelte Adeline und vergaß völlig, den Honig in die Milch zu rühren. Langsam und klebrig tropfte er vom Löffel auf den Fußboden.

»Aber warum denn bloß so plötzlich?« fragte Frances schockiert.

»Es ist gar nicht so plötzlich«, sagte Victoria, während sie versuchte, mit einem Taschentuch ihr Gesicht zu trocknen. »Ich habe während der ganzen letzten Jahre immer wieder darüber nachgedacht. Es schien mir nur, ich könnte das nicht tun. Ihr wißt, wie Mutter als Katholikin über Scheidung gedacht hat.«

Victoria schneuzte sich kräftig die Nase. Im Licht der Vormittagssonne, die in einem breiten Streifen durch eines der Fenster fiel, sah ihr Gesicht verquollen und häßlich gerötet aus. Von seiner Lieblichkeit war nichts zu erkennen in diesem Moment.

»Was ist denn eigentlich passiert?« fragte Frances vernünftig.

»Er hat sich fürchterlich betrunken in der letzten Nacht. Ich hatte Angst vor ihm.«

»Hat er Ihnen etwas getan?« fragte Adeline mit weit aufgerissenen Augen. Victoria schüttelte den Kopf. »Nein. Aber ich hatte den Eindruck, es fehlte nicht viel.«

Frances gab einen verächtlichen Laut von sich. »Meine Güte, Victoria, ich glaube, du bauschst da wieder einmal etwas auf! Er hat sich betrunken. Das kommt eben vor. Jeder hat mal einen schlechten Tag und trinkt zuviel. Davon stürzt die Welt nicht ein.«

»Er trinkt aber regelmäßig zuviel. Es ist nicht so, daß er jeden Tag völlig hinüber wäre, aber es vergeht auch kein Tag, an dem er *nicht* trinkt. Und zwar schon vormittags.«

»Er hat manches mitgemacht«, sagte Adeline sanft. Sie bemerkte endlich, daß sie den Becher mit Milch in der einen, den Löffel in der anderen Hand hielt und daß der Honig als bernsteinfarben leuchtender Klecks auf dem Fußboden lag. »Herrje«, seufzte sie.

Victoria bekam blitzende Augen. Ungewohnt heftig fuhr sie auf: »Er hat manches mitgemacht? Was denn eigentlich? Er war im Krieg, wie tausend andere auch. Er hat diesen Jungen im Stich gelassen, wie er meint, aber sollte er denn warten, bis er selbst getötet oder gefangengenommen wurde? Es gibt Männer, die haben ein Bein verloren oder ihr Augenlicht. Trotzdem haben sie nach ihrer Rückkehr nicht ihren Familien für alle Zeiten das Leben zur

Hölle gemacht!« Ihre Stimme schwankte schon wieder, aber diesmal würgte sie die Tränen zurück.

»Ich habe alles versucht«, sagte sie ruhig und wirkte auf einmal nicht mehr wie ein gealtertes Kind, sondern wirklich erwachsen. »Ich kann jetzt nicht mehr.«

»Arme Vicky!« tröstete Adeline. Sie stellte die Milch vor sie hin. »Hier, trinken Sie das!«

Victoria nippte in vorsichtigen Schlucken. Dann fuhr sie fort: »Wißt ihr, es war die Hölle. Ich habe es jetzt mehr als zwanzig Jahre ausgehalten. Ich habe für ihn praktisch nicht mehr existiert nach dem Krieg. Es gab Zeiten, da hat er über Wochen kein Wort mit mir gesprochen. Es gab mich nicht mehr für ihn. Wenn ich versuchte mit ihm zu reden, reagierte er aggressiv, gereizt. Ich habe ihn angefleht, mir zu sagen, wie ich ihm helfen könnte, aber er hat nur gesagt, ich solle ihn in Ruhe lassen, und daß ich ihn doch nicht verstünde. Aber welche Chance hat er mir denn gegeben, ihn zu verstehen? Wenn er nie mit mir redet!« Sie trank wieder ein paar Schlucke Milch. Das heiße Getränk schien ihr gutzutun und sie zu beruhigen.

»Und dann war er so oft weg. Und immer saß ich allein in diesem riesigen, dunklen Haus. Wenn ich wenigstens Kinder gehabt hätte...«

»Hast du ihm schon gesagt, daß du dich scheiden lassen willst?« fragte Frances.

»Ja. Heute früh. Es ging ihm gar nicht gut, betrunken wie er in der letzten Nacht war. Aber trotzdem habe ich es ihm gesagt.«

»Und? Wie hat er reagiert?«

»Er sagte, er werde mir keine Steine in den Weg legen. Er war ganz ruhig.«

Victorias Augen verrieten, wie verletzt sie sich fühlte. Ihr Mann hatte ihr deutlich gezeigt, daß es ihn kaltließ, wenn sie von ihm fortging.

Frances versuchte, Ordnung in die verschiedenen Empfindungen zu bringen, die in ihr stritten. Warum erschreckte sie diese Nachricht so? Regte sich ihr Gewissen, nun, da sie Victoria so erlebte – resigniert, traurig und durcheinander? Sie wußte, daß Johns erloschene Liebe für Victoria nichts mit ihr, Frances, ursächlich zu tun hatte; aber sie wußte auch, daß es ohne ihr Zutun vielleicht eine Möglichkeit für die beiden gegeben hätte, etwas von dem wiederzufinden, was sie vor langen Jahren einmal miteinander verbunden hatte. An der Qual in Victorias Augen heute morgen war sie nicht ganz unschuldig.

Nachdem Frances jahrzehntelang den Haß auf Victoria in sich herumgetragen, gehegt und gepflegt hatte, stellte sie nun verwirrt fest, daß dieser Haß in sich zusammenfiel und nichts zurückließ als einen bitteren Geschmack im Mund. Wofür sollte sie Victoria verdammen? Dafür, daß sie ihr den Mann weggenommen hatte? Für ihre Koketterie, ihr albernes Getue, ihre verächtlichen Reden, die sie über Frauen führte, die weniger hübsch waren als sie? Für ihr Weltbild, in dem es immer nur um schöne Kleider, Schmuck und Geselligkeit ging? Für ihre Vorliebe für Damentees, Pferderennen und Ballabende? Für ihre Apfelwangen und das goldene Haar?

Irgendwie war das alles auf einmal so bedeutungslos geworden. Die Frau, die da auf dem Küchenstuhl kauerte und ihre Milch trank, hatte keine Apfelwangen mehr, und Schmuck, Kleider und Geplänkel interessierten sie für den Moment ganz sicher nicht. Diese Frau sah verhärmt aus, verbittert und sehr traurig. Es war Frances unmöglich, etwas von ihrem Zorn auf sie wiederzubeleben.

»Du solltest das alles noch einmal in Ruhe überlegen«, sagte sie unbehaglich und weit sanfter, als sie sonst mit ihrer Schwester sprach.

Aber Victoria, die kindische, unentschlossene Victoria, die meist wie ein Grashalm im Wind schwankte, hatte sich diesmal offenbar wirklich entschieden.

»Nein«, sagte sie, »da gibt es nichts mehr zu überlegen. Ich habe mehr als zwanzig Jahre gekämpft und gelitten. Wenn es eine Möglichkeit gegeben hätte für uns, hätte ich sie in dieser Zeit gefunden. Aber es gibt keine. Und wenn ich weitermache mit ihm, wird es mich eines Tages umbringen.«

»Ihre Mutter würde Sie verstehen«, sagte Adeline, »sie war eine gute Katholikin, aber ihre Familie stand ihr immer näher als die Kirche. Sie hätte gesagt, Sie sollten sich nicht länger quälen!«

Victoria verzog ihre bleichen Lippen zu einem schwachen, dankbaren Lächeln.

»Es bedeutet mir viel, daß du das sagst, Adeline. Danke.«

Frances machte ein paar nervöse Schritte zum Fenster hin und wieder zurück. »Vielleicht würde es dir helfen, wenn ich einmal mit John rede«, meinte sie.

Victoria lächelte erneut, aber diesmal war ihr Lächeln bitter. »Du meinst es jetzt vielleicht gut, Frances, aber es ist zu spät. Daß es mir schlecht geht in meiner Ehe, weißt du seit Jahren. Es hat dich nicht im geringsten gekümmert. Jetzt auf einmal kommt dir der Einfall, du könntest mir helfen. Und wenn ich richtig vermute, liegt das keineswegs daran, daß ich dir plötzlich etwas bedeute. Du hast Angst um den Ruf der Familie, wenn meine Scheidung bekannt wird. Deshalb willst du dich jetzt in die Vermittlerrolle werfen.«

»Erlaube mal«, fuhr Frances auf, aber sofort mischte sich Adeline ein.

»Schluß! Keine Streitereien mehr! Das führt zu nichts. Victoria, Frances hat es gut gemeint. Wir beide wollen Ihr Bestes!«

»*Du* schon, Adeline«, murmelte Victoria, aber dann verstummte sie. Adelines Wort galt noch immer im Haus. Sie hatte die Mädchen großgezogen, sie war früher dazwischengegangen, wenn sie sich um eine Puppe stritten, sie ging heute dazwischen, wenn es um andere Probleme ging.

»Es ist schlimm, aber es ist nicht das Ende der Welt«, sagte sie.

»Doch, das ist es«, erklang Charles' Stimme von der Tür her, »genau das ist es. Das Ende der Welt.«

Alle fuhren zusammen. Niemand hatte Charles kommen gehört. Er stand in der Tür in seinem dunklen Sonntagsanzug, der ihm zu weit geworden war in den letzten Jahren. Auch der Kragen seines blütenweißen Hemdes schloß sich nicht mehr fest um seinen dünnen, faltigen Hals.

»Vater!« sagte Victoria. Sie stand auf, und einen Moment lang schien es, als wolle sie in seine Arme stürzen, aber irgend etwas hielt sie zurück und ließ sie unsicher stehenbleiben.

»Sie haben vielleicht nicht alles gehört, Sir«, sagte Adeline. »Sie sollten die genauen Umstände kennen, ehe Sie urteilen.«

Charles' Miene spiegelte Verwirrung. »Was meinen Sie, Adeline?«

»Ich werde dir alles erklären, Vater«, sagte Victoria tonlos.

Frances begriff als erste, daß offenbar von zwei verschiedenen Dingen gesprochen wurde.

»Vater, was ist geschehen?« fragte sie, hellhörig geworden.

»Der Premierminister hat es eben bekanntgegeben«, sagte

Charles. Die Blässe seines Gesichtes vertiefte sich. »Wir befinden uns im Krieg mit Deutschland.«

Sie hatten vollkommen vergessen, das Radio wieder einzuschalten. Charles hatte sich vor den Apparat im Wohnzimmer gesetzt. Das Ultimatum war abgelaufen. Es hatte kein Einlenken von deutscher Seite gegeben.

In Victoria machte sich die Erkenntnis breit, daß ihr Vater nicht sie gemeint hatte, als er vom Ende der Welt sprach; ein Anflug von Erleichterung in ihren Zügen verriet es. Adeline stand wie erstarrt vor Schreck.

Frances flüsterte: »O nein!«

»Gott schütze England«, sagte Charles.


Victoria sagte, sie werde keinen Fuß mehr in Johns Haus setzen, und zog am Abend gleich wieder in ihr altes Zimmer in Westhill. Von John erfolgte den ganzen Tag über kein Anruf, geschweige denn, daß er selbst erschienen wäre.

»Ich könnte mich auch ins Wasser gestürzt haben«, sagte Victoria bitter, »aber er macht sich keinerlei Gedanken um mich. Er versucht überhaupt nicht, herauszufinden, wo ich bin!«

»Ihm ist doch klar, daß du hier bist«, sagte Frances, »du bist immer nach Hause gelaufen, wenn es irgendein Problem gab. Warum solltest du diesmal ins Wasser gehen?«

Victoria sah ihre Schwester verletzt an. »Manchmal möchte ich schon wissen, warum du mich seit jeher gehaßt hast.«

Frances schüttelte den Kopf. »Ich habe dich nicht gehaßt. Warum mußt du so dramatisch sein? Wir sind nur einfach sehr verschieden, das ist das Problem. Wir begreifen einander nicht.«

»Du hast es mir übelgenommen, daß ich John geheiratet habe. Obwohl du ihn selbst nicht wolltest – eine andere sollte ihn auch nicht haben.«

»Unsinn!«

»Du kannst ja jetzt triumphieren. Ich habe John verloren. Vor vielen Jahren schon. Ich bin gescheitert mit ihm.«

»Nun bade nicht im Selbstmitleid«, sagte Frances gereizt. »Geh in dein Zimmer, leg dich ins Bett. Du siehst hundemüde aus!« Sie drehte sich um und ließ Victoria stehen.

In gewisser Weise hatte Victoria einen günstigen Tag für das

Überbringen ihrer Hiobsbotschaft gewählt, denn im allgemeinen Wirbel durch den Kriegsausbruch ging das Scheidungsdrama zunächst scheinbar unter. Charles hatte nur müde: »Ach, Kind!« gesagt und sich dann wieder an den Radioapparat im Wohnzimmer verzogen. Aber die Angelegenheit ging ihm näher, als er es sich zunächst hatte anmerken lassen. Als Frances in der darauffolgenden Nacht noch einmal hinunterging, um sich ein Glas Wasser zu holen, fand sie ihren Vater im Wohnzimmer sitzend vor. Er tat nichts, schien nur dem überlauten Ticken der Standuhr zu lauschen.

Frances trat leise näher. »Du solltest schlafen gehen, Vater. Es ist nicht gut, zuviel zu grübeln.«

Er blickte auf. »In meinem Alter braucht man nicht mehr so viel Schlaf.«

»Es ist nicht wie im letzten Krieg, Vater. Wir brauchen niemanden von uns hinüberzuschicken. Das macht es leichter.«

»Die Nazis sind eine große Gefahr. Sie wollen die ganze Welt. Und die Deutschen sind stark, Frances. Sie haben eine außergewöhnliche Entschlossenheit, wenn sie siegen wollen. Wenn sie diesen Krieg gewinnen, wird es auf der Erde nicht mehr lebenswert sein.«

»Aber nichts ändert sich, indem du hier sitzt und dir die Nacht um die Ohren schlägst. Versuche, Hitler für ein paar Stunden zu vergessen.«

»Um ehrlich zu sein«, sagte Charles, »im Moment ist es eher deine Schwester, die mich nicht schlafen läßt.«

»*Sie* schläft aber friedlich.«

»Warum muß sie mir das antun? Uns allen. Eine Scheidung! Zum ersten Mal habe ich heute gedacht, daß es gut ist, daß eure Mutter nicht mehr am Leben ist. Es hätte ihr das Herz gebrochen!«

Frances fragte sich im stillen, wie es möglich war, daß ihr Vater die Frau, mit der er sein halbes Leben verbracht hatte und die er über den Tod hinaus abgöttisch liebte, so falsch einschätzen konnte. Maureen war kein Mensch gewesen, dem das Herz brach, aus welchem Grund auch immer. Mit Verzweiflung hätte sie sich nicht lange aufgehalten. Sie hätte versucht, das Beste aus der Situation zu machen.

Obwohl sie wenig Lust hatte, für Victoria ein gutes Wort einzulegen, fühlte sich Frances verpflichtet, ihrem Vater klarzumachen, daß Victoria tatsächlich eine lange Leidenszeit hinter sich hatte und daß man anerkennen mußte, wie sie versucht hatte, ihrer Familie diese Tragödie zu ersparen.

»John ist wirklich schlecht mit ihr umgegangen«, sagte sie, »sie hat sich ziemlich gequält in den letzten zwanzig Jahren.«

Unwillkürlich ballte Charles seine linke Hand zur Faust, diese dünne Altmännerhand mit dem hervortretenden Adergeflecht und den vielen braunen Flecken.

»Ich weiß. Ich weiß das doch. Sie kam ja alle paar Tage hierher und weinte sich bei mir aus. Glaube nicht, das hätte mich nicht berührt. Manchmal hat es mir fast das Herz zerrissen, sie so elend zu sehen. Aber«, er neigte sich vor, seine Stimme bekam einen harten, kalten Klang, und er sprach sehr langsam und akzentuiert, »man hält durch! Verstehst du? Wenn man etwas angefangen hat, dann hält man es durch. Man drückt sich nicht. Man bleibt bei dem, wofür man sich einmal entschieden hat.«

»Die Umstände können sich ändern. Niemand ist verpflichtet, ein Leben lang zu leiden.«

Charles lehnte sich wieder zurück. Seine Hand öffnete sich. »Du kannst es nicht verstehen. Deine ganze Generation kann es vielleicht nicht verstehen. Wir leben in einer Zeit, in der alle Werte verfallen. Es ist sehr traurig, das miterleben zu müssen. Sieh dir nur das Königshaus an! Der leichtsinnige Edward – gibt den Thron auf, um diese zweifelhafte Dame aus Amerika zu heiraten... Seine Pflicht, seine Verantwortung in diesem Leben war es, König von England zu sein. Davor läuft man nicht davon.«

»Du hast auf eine Menge Privilegien verzichtet, um Mutter heiraten zu können. *Du* müßtest es verstehen.«

»Ich habe nicht ein ganzes Land im Stich gelassen. Niemanden, der mich brauchte.«

»Es geht um Victoria«, sagte Frances, »und Victoria läßt auch niemanden im Stich. Schon gar nicht John, für den sie seit Jahren nur Luft ist. Vater«, sie legte ihre Hand über seine, »ich habe keinen Grund, Victoria in Schutz zu nehmen, das weißt du. Wir haben einander nie gemocht. Aber sie hat das Recht auf ein wenig Glück im Leben, und mit John...«

Er unterbrach sie grob. »Recht? Das ist es ja, was ich euch vorwerfe! Dir und deiner Generation. Ihr werft ständig mit dem

Begriff Recht um euch. Ihr habt hierauf ein Recht und darauf, und wenn man es euch nicht zugesteht, dann nehmt ihr es euch, notfalls mit Gewalt. Worauf gründest du denn alle diese Rechte?« Er zog seine Hand weg, stand ebenso mühsam wie wütend auf. »Ich sage dir, grundsätzlich hast du erst einmal überhaupt keine Rechte. Keine! Nicht einmal ein Recht auf Leben. Schon gar keines auf Glück. Wer, verdammt noch mal, sagt, wir hätten ein Recht auf Glück?«

»Und welches Recht hast du, das zu beurteilen?« gab Frances kalt zurück. Er bedachte sie mit einem Blick, in dem Wut stand und Verachtung, und dann verließ er wortlos das Zimmer.

Victoria blieb dabei, daß sie nie wieder im Leben Daleview betreten würde; aber nach zwei Tagen fing sie an zu jammern, daß alle ihre persönlichen Habseligkeiten dort seien: ihre Kleider, ihre Wäsche, ihre Schuhe. Sie hatte nicht einmal eine warme Jacke dabei, und die Luft wurde jetzt Anfang September schon kühler.

»Du kannst dir doch alles, was du brauchst, von mir leihen«, sagte Frances, »und von Mutter sind auch noch Sachen da!«

Victorias Augen füllten sich schon wieder mit Tränen. »Kannst du nicht verstehen, daß ich *meine* Sachen haben will? Ich . . . ich brauche sie einfach. Ich habe sonst das Gefühl, daß *nichts* mehr Bestand hat in meinem Leben!«

Frances reagierte gereizt, aber Adeline zeigte Verständnis.

»Sie braucht etwas, das zu ihr gehört. Sie hat alles verloren, was ihr Leben ausmachte. Muß zu Hause wieder unterkriechen, weil sie Schiffbruch in ihrer Ehe erlitten hat. Sie muß irgend etwas behalten, was sie mit sich selber verbindet.«

Frances sagte, es sei für sie schwer zu verstehen, wie eine Frau wegen ihrer Kleider lamentieren könne, nachdem sich das Land seit einigen Tagen im Krieg befinde und es weit schlimmere Probleme an allen Ecken und Enden gebe. Aber schließlich erklärte sie sich bereit, zusammen mit Adeline nach Daleview zu fahren und dort Victorias Koffer mit ihren wichtigsten persönlichen Gegenständen zu packen.

»Das vergesse ich dir nie, Frances«, sagte Victoria, aufrichtig dankbar und tief erleichtert.

»Schon gut. Ich mache das, damit dein ständiges Gejammere

aufhört«, entgegnete Frances, und Victoria preßte die Lippen aufeinander und schwieg.

Es war ein sonniger Septembertag, strahlend hell und wolkenlos, aber die Luft war frisch und kühl wie klares Quellwasser.

John war nicht zu Hause, als sie auf Daleview eintrafen, und der Butler, der ihnen die Tür aufmachte, zeigte sich von der Situation überfordert. Er kannte Frances natürlich, und er kannte auch Adeline; aber er wußte nicht, ob er sie hinauf in Mrs. Leighs Ankleidezimmer führen und dort deren Kleider zusammenpacken lassen durfte.

»Ich weiß nicht«, sagte er ratlos, »nachher bekomme ich Ärger...«

Victorias Zofe Sarah wurde zu Rat gezogen und erklärte sich schließlich einverstanden, mit den beiden Frauen hinaufzugehen. Wie sich herausstellte, platzte sie fast vor Neugier.

»Mrs. Leigh kommt wohl nicht mehr wieder?« fragte sie mit vertraulich gesenkter Stimme, mehr an Adeline gewandt, die mit ihr auf derselben gesellschaftlichen Stufe stand. Adeline sah wohl keinen Grund, der Frage auszuweichen.

»Nein, Mrs. Leigh kommt nicht zurück.«

»Er war furchtbar betrunken in der Nacht, bevor sie ging!« In Sarahs Stimme klang unüberhörbar ein wohliges Schaudern. »Er hat in der Bibliothek einen Stuhl an die Wand geschmettert, dabei sind zwei Beine abgebrochen. Er hat sie angebrüllt, daß er sie nicht mehr ertragen kann. Die arme Mrs. Leigh war ganz blaß. Sie hat versucht, auch etwas zu sagen, aber da hat er geschrien, sie soll den Mund halten, oder er vergißt sich! Ist das nicht schrecklich?«

Eine wunderbare Theatervorstellung für das Personal, dachte Frances.

Sie waren in Victorias geräumigem Ankleidezimmer mit den vielen Wandschränken und der Rosen- und Kornblumen-Tapete angelangt. In der Mitte des Raumes stand ein Frisiertisch mit einem Spiegel, dessen Rahmen mit wunderschönen Schnitzereien verziert war. Auf dem Tisch lag eine silberne Garnitur Bürsten, Kämme und Handspiegel, daneben standen Schmuckkassetten aus Ebenholz mit eingelegtem Elfenbein.

»Das nehmen wir am besten alles mit«, beschloß Frances. »Ohne Schmuck und Schminke ist Victoria doch verloren.«

Sie öffnete eines der Kästchen und blickte auf funkelndes Geschmeide. Es mußte eine Zeit gegeben haben, da war John nichts zu teuer gewesen für seine Frau. Aber das lag zu lange zurück, als daß es Frances noch berührt hätte. Sie dachte nur kurz – sehr sachlich, keineswegs mitfühlend –, daß Victoria tatsächlich tief und hart und für sie selbst völlig unverständlich gestürzt war.

»Mr. Leigh kann eigentlich nichts dagegen haben«, meinte Sarah und hörte sich dabei allerdings ziemlich unbehaglich an. »Diese Sachen gehören alle Mrs. Leigh.«

»Was wir hier tun, geht auf mein Konto«, sagte Frances. »Machen Sie sich keine Sorgen, Sarah!«

Ihre Blicke glitten an den Schranktüren entlang. Victoria mußte über eine Garderobe verfügen, die für eine ganze Kleinstadt ausgereicht hätte.

»Sie müssen uns helfen, hier ein paar Kleidungsstücke auszusortieren, Sarah«, fuhr sie fort, »wir können ja nie im Leben alles mitnehmen, wir könnten es gar nicht unterbringen bei uns. Wir brauchen Wäsche, Strümpfe, Schuhe, ein paar Tageskleider, leichtere und wärmere, einen Mantel, eine Jacke und ein paar Pullover. Und lange Hosen, wenn Victoria so etwas hat.«

Lange Hosen hatte sie nicht, aber Sarah sagte, sie werde ansonsten eine ausreichende Garderobe für sie zusammenstellen. Frances ließ Sarah und Adeline packen, setzte sich auf die Fensterbank und rauchte eine Zigarette. Sie sah, daß Sarah den Mund zum Protest öffnete, aber offenbar wagte sie dann doch nicht, etwas zu sagen, denn sie schloß ihn wortlos wieder.

Schließlich, während sie Pullover zusammenfaltete und Seidenstrümpfe in eine Tasche ordnete, fragte sie wie nebenbei: »Werden sie sich scheiden lassen – Mr. und Mrs. Leigh?«

Adeline sah zu Frances hin, Frances zuckte mit den Schultern.

»Es sieht wohl so aus, als ob wir das tun werden«, sagte John und trat ins Zimmer. Er wies auf die Koffer und umherliegenden Kleidungsstücke. »Was ist denn hier los?«

Sarah bekam sofort rote Flecken im Gesicht. »Miss Gray sagte ... ich dachte ... wir ...«, stotterte sie.

Frances rutschte von ihrer Fensterbank. »Ich habe Sarah angewiesen, uns zu helfen. Victoria braucht ein paar Sachen.«

»Natürlich«, sagte John, »das ist doch selbstverständlich.«

Er trug Reithosen, Stiefel, einen Pullover. Im vergangenen Sommer war sein Gesicht stark gebräunt. Seine Haare fingen überall an, grau zu werden. Er wirkte überraschend entspannt an diesem Morgen, und er hatte offenbar noch nichts getrunken. Er erinnerte in diesem Moment keineswegs an einen Mann, von dem man sich vorstellen konnte, daß ihm seine Frau davonlief, weil sie das Leben mit ihm nicht ertrug.

»Während hier gepackt wird«, sagte er, »können wir uns vielleicht irgendwo unterhalten, Frances?«

Adeline warf ihm einen scharfen Blick zu.

Frances sagte gleichmütig: »In Ordnung.« Und sie verließ mit ihm das Zimmer.


»Es ist besser, daß es so gekommen ist«, sagte John. »Besser für Victoria. Sie wird ihren Frieden finden.«

Sie saßen auf der rückwärtigen Terrasse, von der aus man den Blick über den Park hatte. Frances war sehr lange nicht mehr hiergewesen; ihre Treffen mit John hatten an anderen Orten stattgefunden, und sie hatte Scheu verspürt, in das Haus zu kommen, in dem ihre Schwester lebte. Sie merkte, daß der Park bei weitem nicht mehr so gepflegt aussah wie zu den Zeiten, als Johns Mutter noch gelebt und das Sagen gehabt hatte.

Zu Beginn ihrer Ehe hatte Victoria bestimmt den Ehrgeiz und die Energie gehabt, in jeder Hinsicht in die Fußstapfen ihrer nun inzwischen verstorbenen Schwiegermutter zu treten; aber in den letzten Jahren hatte sie sich mit zu vielen persönlichen Problemen herumschlagen müssen, als daß sie sich noch um Haus und Park hätte kümmern können.

Natürlich hatte das Personal von sich aus nicht mehr gemacht als unbedingt notwendig. Die meisten Büsche wucherten wild und machten manchen Weg unpassierbar. Sommerstürme hatten Äste und Zweige von den Bäumen gerissen, und niemand hatte sie von den Rasenflächen wieder aufgesammelt. Das Gras stand zu hoch, in den Beeten verdeckte das Unkraut die wenigen Blumen, die sich noch behaupteten. Frances fragte sich, ob John das bemerkte und es ihm gleichgültig war, oder ob er es gar nicht sah.

Sie saßen in geflochtenen Weidenstühlen und tranken jeder einen Whisky. Frances hatte den Verdacht, daß John ihr Aufkreuzen auf Daleview schon deshalb begrüßte, weil es ihm die Gelegenheit gab, bereits am Vormittag mit Fug und Recht einen Whisky zu trinken.

Als sie hinausgingen, hatte er sie im Wohnzimmer küssen wollen, aber sie hatte abgewehrt. »Nicht jetzt...«

»Warum nicht?«

»Es kommt mir einfach nicht richtig vor«, hatte sie gesagt, und er hatte gelacht, aber wohl verstanden, was in ihr vorging.

»Du mußt dich neulich nachts etwas danebenbenommen haben«, sagte sie nun, »alle berichten davon nur mit schreckerfüllten Augen. Victoria hatte Angst vor dir, und auch Sarah dachte, du tust deiner Frau womöglich etwas an!«

»So ein Unsinn«, sagte John und trommelte mit den Fingern ärgerlich auf der Stuhllehne. »Ich hatte zuviel getrunken, das ist alles. Ich bin noch nie auf Victoria losgegangen, in den ganzen achtundzwanzig Jahren nicht. Sie hat einen schrecklichen Hang, die Dinge zu dramatisieren.«

»Du sollst in der Bibliothek einen Stuhl zertrümmert haben.«

»Kann sein. Vielleicht waren es auch zwei. Lieber Himmel, man tut Dinge, wenn man betrunken ist, für die man sich schämt am nächsten Morgen, nicht? Aber ich habe gewiß niemanden angegriffen.«

»Sie hatte es schwer mit dir in den letzten Jahren.«

»Ich weiß.« Er leerte sein Glas in einem Zug, starrte dann hinein, als gebe es eine Chance, noch etwas darin zu finden. Frances wußte, daß er überlegte, ob es unklug wäre, sich etwas nachzuschenken.

»Ich habe sie schlecht behandelt, und das hatte sie nicht verdient«, sagte er. »Als ich aus dem Krieg zurückkam, hatte ich mehr und mehr das Gefühl, sie nicht ertragen zu können. Ich war ein anderer geworden, und sie saß noch ebenso großäugig und lieblich da wie zuvor und meinte, wir könnten da weitermachen, wo wir aufgehört hatten. Sie hatte nichts von dem begriffen, was in den vier Jahren dazwischen in der Welt vorgegangen ist.«

»Wie sollte sie denn auch? Sie saß hier auf Daleview und schlug sich Tag und Nacht mit der Frage herum, warum sie keine Kinder bekommt. Was tatsächlich drüben in Frankreich passierte – davon ist doch kaum etwas bis hierher vorgedrungen.«

»Frances, das ist bei Victoria gar nicht der springende Punkt. Zu ihr *kann* gar nichts vordringen, weil sie nichts interessiert. Außer Mode und Gesellschaftsklatsch. Das ist auch das einzige, wovon sie etwas versteht.«

Frances lächelte böse. »Das wußtest du, bevor du sie geheiratet hast.«

Er warf ihr einen langen Blick zu, drehte das leere Glas zwischen seinen Händen. Nur wenige Minuten noch, und er würde sich nicht mehr zurückhalten können – er würde aufstehen und sich sein Glas erneut füllen.

»Ob du es glaubst oder nicht«, sagte er, »ich habe sie damals nicht geheiratet, um dir eins auszuwischen. Eine Zeitlang war ich wirklich entschlossen, mit ihr ein gutes Leben zu führen. Ich wußte, daß sie oberflächlich ist und nicht allzu intelligent, aber sie war sehr liebenswert und irgendwie... berechenbar. Das warst du nun überhaupt nicht, und davon hatte ich genug. Vielleicht, wenn der Krieg nicht ausgebrochen wäre, wenn ich nicht in Frankreich diesen furchtbaren Fehler begangen hätte... Ich hätte meine politische Karriere weiterverfolgt, und sie hätte mich nach Kräften unterstützt. Auf ihre Loyalität hätte ich immer zählen können, das wußte ich. Irgendwie hat mich der Krieg aus der Bahn geworfen. Ich meine, ich lebe nicht in einer Hütte wie dein Bruder und male auch nicht solche alptraumhaften Bilder. Mich macht dafür das hier fertig.« Er hob sein Glas, in dem gerade der letzte Eiswürfel dahinschmolz.

»Ich habe so viel gesoffen in den letzten zwanzig Jahren, daß ich mich jeden Tag wundere, daß ich noch lebe. Ich bin auch erstaunt, daß hier auf Daleview alles noch einigermaßen funktioniert. Ich habe gute Leute. Ich selbst kann mir kein einziges Lorbeerblatt mehr anheften für das, was hier noch seinen Lauf geht.«

Frances erwiderte nichts. Sie sah nur in den Park hinunter, in dem früher um diese Jahreszeit die Herbstblumen ein Meer aus feurigen Farben gebildet hatten. Der Verfall war sichtbarer, als es John offenbar bewußt war. Zwischen den Steinen auf der Terrasse wuchsen dicke Polster aus Moos, und irgendwelche glitschigen, grünen Flechten bedeckten die Balustrade ringsum. Frances hob fröstelnd die Schultern. Die Luft war ohnehin frisch an diesem Tag, trotz der Sonne, aber hier im Schatten dieses riesigen, steinernen Hauses wurde es wirklich kalt. Es fiel Frances wieder ein, daß sie zeitlebens von diesem Frösteln befallen gewesen war, wann immer sie sich in Daleview aufhielt.

»Irgendwann wurde sie mir zuviel«, fuhr John fort, »ihr süßes Gesicht, ihre großen Augen, ihre Unfähigkeit, etwas von dem zu begreifen, was in mir vorging... Aber vielleicht wurde mir überhaupt alles zuviel. Ich habe mich selbst nicht mehr erkannt. Ich glaube, der Alkohol verbrennt manches in einem, auch das, was dich zu dem Menschen macht, der du bist. Er verändert dich tatsächlich. Du bist nicht mehr derselbe.« Er stand auf. »Zum Teufel, vor dir brauche ich mich nicht zu verstellen, oder? Ich hole mir noch einen Whisky. Möchtest du auch?«

Sie schüttelte den Kopf. Sie hatte ohnehin nur genippt an ihrem Glas, es war noch beinahe alles da. Sie sah ihm nach, wie er im Haus verschwand. Während der vergangenen Jahre, in denen sie sich immer wieder mit ihm getroffen hatte – manchmal jede Woche, dann wieder für ein oder zwei Monate überhaupt nicht –, war ihr natürlich nicht verborgen geblieben, daß er trank. Aber daß er ernstlich *krank* war, hatte sie nicht gemerkt, oder sie hatte es so gründlich verdrängt, daß es wirklich nie bis in ihr Bewußtsein gelangt war. Eigenartigerweise begriff sie das Ausmaß von Johns Alkoholabhängigkeit tatsächlich erst an diesem Morgen. Sie fühlte sich ein wenig benommen und hatte das Bedürfnis, allein zu sein.

John kehrte zurück. Ein paar Sonnenstrahlen, die inzwischen zaghaft die Veranda erreichten, ließen den Whisky in seinem Glas wie Bernstein funkeln. Er hatte das Glas bis zum Rand gefüllt.

Frances stand nun auch auf. »Laß uns ein Stück durch den Park gehen«, schlug sie vor, »mir ist furchtbar kalt. Adeline wird noch eine Weile brauchen.«

John, der mit blassem Gesicht auf den Alkohol vor sich starrte, sagte: »Ich werde Victoria keine Steine in den Weg legen. Sie soll die Scheidung haben, so rasch es geht. Alles andere wäre nicht fair.«

Er setzte sich wieder in seinen Sessel. Etwas Whisky schwappte aus dem Glas auf seine Hand und zeichnete dort eine feuchte, glänzende Spur.

»Ich fragte dich, ob wir in den Park gehen«, drängte Frances mit leiser Ungeduld.

Er begann zu trinken, auf nichts mehr als *darauf* konzentriert. Frances wartete noch einen Moment, aber sie schien plötzlich aus seinem Bewußtsein verschwunden zu sein. Sie verstand, was Victoria meinte, wenn sie sagte: »Zeitweise existiere ich einfach nicht für ihn.«

Sie stieg die Stufen zum Park hinab. Nach dem Frieren im Schatten kam es ihr nun richtig warm vor. Die Sonne streichelte ihre nackten Arme. Sie lief schneller, so als könne sie dadurch die Beklemmung abschütteln, die sie umfangen hielt. Das hohe, dunkle Haus mit den vielen Fenstern blieb zurück. Auch der Mann, der auf der Terrasse saß und seinen Whisky trank. Zurück blieben auch das Erschrecken vor dem, was war, und die Traurigkeit um das, was hätte sein können.

»Wir werden unsere Insel verteidigen, koste es, was es wolle«, sagte Winston Churchill, der neue Premierminister, »wir werden in den Buchten kämpfen, wir werden dem Feind erbitterten Widerstand leisten, wo immer wir auf ihn stoßen, wir werden in den Feldern und auf den Straßen kämpfen und auf den Hügeln; wir werden niemals die Waffen strecken!«

Ganz England saß vor den Radioapparaten und lauschte Churchills später berühmt gewordener »Litanei des Widerstandes«, und er traf mitten in die Herzen der Menschen damit. Er riß seine Landsleute aus Resignation und Lethargie, in diesen düsteren Frühsommermonaten des Jahres 1940, als die Deutschen in Norwegen kämpften, Belgien, Luxemburg und Holland überrannten und in Frankreich einfielen. Unter der massiven Kritik, die ihm von allen Seiten entgegenschlug, war Premier Chamberlain zurückgetreten; seiner Besänftigungspolitik bis 1939 rechnete man es jetzt an, daß die deutschen Truppen in solch unaufhaltsamer Gewalt über Europa hereinbrachen. Churchill, sein Nachfolger, sprach sofort eine andere Sprache, klar und unmißverständlich, und ohne jede Beschönigung. Er nannte die Nationalsozialisten in Deutschland »eine unheimliche Tyrannei, wie sie selbst im finstersten Katalog der Verbrechen der Menschheit noch nie verzeichnet war«.

»Ihr fragt, was ist unser Ziel?« donnerte er dem Unterhaus entgegen. »Ich kann es mit einem einzigen Wort ausdrücken: Sieg. Sieg um jeden Preis, Sieg trotz allem Terror. Sieg, egal, wie lang und hart der Weg dahin auch sein mag!«

Churchill gab den Engländern in einem Moment, da sie erstarren wollten im Schrecken vor dem Siegeszug der Deutschen, ihren Glauben an sich, ihren Mut, ihre Entschlossenheit zurück. Das ganze Land fiel in einen Begeisterungstaumel nach der geglückten Evakuierung von 33 000 britischen und französischen Soldaten aus Dünkirchen, wo sie, eingeschlossen und unablässig beschossen von deutschen Truppen, nur noch das Meer im Rücken gehabt hatten. 860 Schiffe und Boote sausten in ständigem Pendelverkehr auf dem Kanal hin und her und brachten die Soldaten auf die rettende Insel.

Obwohl sie angeschlagen und unter Verlust ihrer gesamten Ausrüstung dort ankamen, wurden sie jubelnd gefeiert wie nach einem Sieg. Man hatte sie den Deutschen unter der Nase weggeschnappt. Man hatte den Deutschen gezeigt, daß sie mit den Engländern rechnen mußten.

Selbst in Leigh's Dale, wo das Leben immer einen verschlafenen Gang nahm und die übrige Welt ein gutes Stück entfernt zu sein schien, machte sich der Krieg bemerkbar. Die meisten jungen Männer waren eingezogen worden, bis auf einige wenige, die auf ihren Farmen unabkömmlich waren; schließlich mußte die Versorgung der englischen Bevölkerung auf irgendeine Weise gewährleistet bleiben.

Leigh's Dale hatte bereits einen Toten zu betrauern: Der Sohn des Pfarrers war während der Belagerung Dünkirchens im Bombardement der Deutschen ums Leben gekommen, unmittelbar bevor seine Einheit evakuiert wurde. Dem Vater konnte nur noch der Leichnam übergeben werden, was immerhin bedeutete, daß der knapp neunzehnjährige Junge in der Heimat begraben werden konnte. Das ganze Dorf, die ganze Umgebung nahmen an der Beisetzung teil. Alle wußten, daß hier um das erste Opfer geweint wurde, nicht aber um das letzte.

Am 14. Juni fiel Paris. Die neu zusammengestellte Regierung Pétain bat angesichts des katastrophalen Zusammenbruchs um einen Waffenstillstand. General Charles de Gaulle, dem es gelungen war, nach England zu flüchten, erklärte, niemals werde er diese Kapitulation anerkennen. Im Verlauf der weiteren Jahre sollte er von seinem Exil aus die widerständischen Kräfte in Frankreich unterstützen und seine Landsleute immer wieder zum Kampf gegen die deutschen Besatzer aufrufen.

Erste deutsche Bombenangriffe auf verschiedene Ziele in der Grafschaft Essex fanden statt; die Briten reagierten mit Angriffen auf Hamburg und Bremen. Ende Juni wurden die britischen Kanalinseln von den Deutschen besetzt. Im Juli kam es vermehrt zu Luftangriffen auf den Südosten Englands. Die Engländer begannen mit nächtlichen Angriffen auf deutsche Städte.

Im August tauchte eine Fremde in Leigh's Dale auf, eine Frau, die niemand kannte, niemand je gesehen hatte. Natürlich war sie sofort Mittelpunkt aller Klatschgeschichten und abenteuerlichster Vermutungen. Ein paar Tage lang hieß es sogar, sie sei eine Deutsche und vermutlich eine Spionin, und die ersten Rufe wurden laut, man solle sie am besten aus dem Dorf jagen oder ihr »zeigen, was mit einer passiert, die Engländer an Deutsche verrät«. Die Besonneneren wiesen sogleich mit Recht darauf hin, daß es für eine Spionin ausgerechnet in Leigh's Dale ganz sicher überhaupt nichts auszukundschaften gebe.

Dann stellte sich heraus, daß die junge Frau Französin und vor den deutschen Besatzern emigriert war. Sie war im Gasthaus »The George and Dragon Inn« abgestiegen, wo auch Zimmer vermietet wurden, und hatte sich in der ärmlichen Dachkammer einquartiert, in der es in diesem heißen August unerträglich stickig wurde und die man im Winter nicht würde heizen können. Der Wirt des »George and Dragon« sagte, sie spreche ein recht ordentliches Englisch, aber mit einem eindeutig französischen, keineswegs deutschen Akzent, und sie habe einen französischen Paß vorgelegt. Sie hieß Marguerite Brunet.

Frances hatte sich nicht um den Aufruhr gekümmert, den Marguerite Brunets Ankunft verursacht hatte. Sie hatte genug eigene Sorgen, denn durch den Krieg hatte sie eine Reihe junger Farmarbeiter verloren und merkte, daß an allen Ecken und Enden die Arbeit liegenblieb.

»Dieser verdammte Hitler«, sagte sie wütend zu ihrem Vater, »es lief gerade alles so gut. Nun muß er Krieg nach allen Seiten anzetteln und uns alle in Schwierigkeiten bringen!«

»Wie kannst du nur so egoistisch reden!« sagte Victoria, die zufällig in der Nähe stand und alles mitangehört hatte. »Uns geht es doch noch gut. Denk lieber mal an die armen Menschen in Frankreich, Holland oder Polen! Die haben es viel schwerer!«

»Du hast überhaupt keine Ahnung!« entgegnete Frances zornig. »Du sitzt doch den ganzen Tag nur herum, läßt dich bedienen und jammerst deiner kaputten Ehe hinterher. *Du* hast ja nicht den Ärger am Hals, mit dem ich mich herumschlagen muß!«

»Du bist eine wirklich widerwärtige, selbstgerechte Person!« giftete Victoria zurück. »Du kannst immer nur...«

»Mädchen!« sagte Charles müde. Seitdem er wußte, daß Victoria sich scheiden lassen würde, schien er noch mehr gealtert, noch mehr in sich zurückgezogen. Ihm war anzusehen, wie sehr ihn die ewigen Auseinandersetzungen seiner Töchter entnervten.

»Ich habe jedenfalls für heute nachmittag Marguerite Brunet zum Tee eingeladen«, verkündete Victoria. »Jemand muß sich ein bißchen um sie kümmern. Sie wirkt schrecklich verloren. Es muß schlimm für sie sein, so weit fort von der Heimat!«

»Ach, du bist aber schnell umgeschwenkt«, bemerkte Frances anzüglich. »Vor ein paar Tagen warst du noch, wie die meisten hier, überzeugt, sie sei eine deutsche Spionin. Und jetzt gleich eine Tee-einladung?«

Victoria zuckte mit den Schultern. »Man muß vorsichtig sein in diesen Zeiten. Aber nun, da ihre Identität feststeht, sollte man sie hier wie einen Gast aufnehmen.«

Frances war überzeugt, daß sich ihre Schwester aus purer Langeweile und Neugier Marguerites annahm; aber später wurde ihr klar, daß es Victorias Einsamkeit war, die sie zu dieser Freundschaftsgeste bewogen hatte. Victoria bot Hilfe an, aber in Wahrheit brauchte sie selbst Hilfe. Es war ihr letztlich nur der Ausweg geblieben, sich von John zu trennen, aber sie verzweifelte beinahe daran.

Fast jeden Morgen erschien sie mit verweinten Augen beim Frühstück, wo sie dann nur an ihrem Kaffee nippte und kaum Toast und Ei anrührte. Ihr bleiches Gesicht verriet, daß sie nur selten einmal Schlaf fand. Ihr Leben war vor langen Jahren aus den Fugen geraten, und sie hatte alle ihre Kräfte verbraucht, indem sie viel zu lange eine Schlacht kämpfte, die sie doch von vorneherein verloren hatte. Die endgültige Niederlage schmerzte und wurde von einer tiefen seelischen Erschöpfung begleitet, in der es Victoria kaum gelingen konnte, sich gegen die bedrohliche Finsternis in ihrem Innern zur Wehr zu setzen.

Sie hatte niemanden, mit dem sie wirklich hätte sprechen können: Ihr Vater verurteilte ihren Entschluß, die Ehe mit John zu beenden, nach wie vor und wollte nichts darüber hören. Frances dachte nur an die Farm, lief gereizt und nervös herum und machte ein so grimmiges Gesicht, daß es niemand gewagt hätte, sie mit persönlichen Problemen zu behelligen. Blieb nur Adeline, aber sie war eine alte Frau, die zudem nie verheiratet gewesen war und vieles einfach nicht begriff, was Victoria über John sagte.

Erst nach Jahren wußte Frances, sie hätte es begrüßen müssen, daß sich Victoria um die Freundschaft der fremden Französin bemühte; stellte es doch einen allerersten Versuch dar, sich am eigenen Schopf aus dem Sumpf zu ziehen.

Aber in jenem August 1940 konnte sie nicht großmütig sein, und es ärgerte sie, daß sich Victoria den Mantel der Nächstenliebe umhängte, nur um sich wichtig zu machen und in den Privatangelegenheiten anderer Leute herumzuschnüffeln.

»Ich warte verzweifelt auf irgendeine Nachricht von meinem Mann«, sagte Marguerite Brunet.

Sie sprach ein sehr korrektes Englisch mit einem starken französischen Akzent. Sie war hübsch: dunkelhaarig und dunkeläugig, grazil und trotz der Ärmlichkeit ihres abgetragenen Sommerkleides von einer anziehenden Eleganz, die aus ihrer Haltung, ihren Bewegungen rührte. Victoria hing an ihren Lippen. Frances, die nur guten Tag sagen und dann gleich wieder hatte gehen wollen, dann aber doch im Zimmer geblieben war, hörte ihr ebenfalls zu. Charles, in seinem alten Sessel, schien lebendiger als sonst.

»Die Deutschen haben ihn verhaftet an dem Tag, nachdem Paris gefallen war«, fuhr Marguerite fort. »Sie kamen in den frühen Morgenstunden, als wir noch schliefen. Er durfte nichts mitnehmen, nicht einmal ein paar wärmere Sachen für die Zeit, wenn es kälter wird.«

»Vielleicht ist er zurück, ehe der Herbst kommt«, meinte Victoria.

Marguerite lächelte traurig. »Das glaube ich nicht.«

»Was war der Grund für die Verhaftung?« fragte Frances.

»Fernand – mein Mann – arbeitete seit Jahren von Frankreich aus gegen die Nazis. Er war Mitglied einer Fluchthelferorganisation, die verfolgte Menschen in Deutschland über die Grenze nach Frankreich brachte. Jahrelang hat er mir nichts davon erzählt, aber ich merkte natürlich, daß er etwas geheimhielt und daß er nächtelang nicht nach Hause kam. Ich dachte schon an eine andere Frau...«

Sie biß sich auf die Lippen. Leise fügte sie hinzu: »Heute

wünschte ich, es wäre so gewesen. Es hätte weh getan, aber es wäre nicht so schlimm wie das, was nun geschehen ist.«

»Ihr Mann hätte verschwinden müssen, als Hitler in Frankreich einfiel«, sagte Charles.

»Ich habe ihn beschworen, das zu tun«, meinte Marguerite. »Ich habe ihm gesagt, er soll Frankreich verlassen, so schnell er kann. Er wollte nicht. Er sah keine Gefahr. Er war überzeugt, er sei den Nazis völlig unbekannt und könne fortfahren, sie zu bekämpfen.«

»Aber er war ihnen nicht unbekannt«, murmelte Frances.

Marguerite nickte. »Ich vermute, irgend jemand hat ihn verraten. Sie haben jedenfalls keine Zeit verloren. Er sah entsetzlich blaß aus, als er mit ihnen fortging. Ich konnte sehen, wieviel Angst er hatte.«

Niemand wußte, was er sagen sollte. Jeder tröstende Kommentar hätte lächerlich geklungen. Selbst der naiven Victoria war klar, daß Marguerites Mann allen Grund gehabt hatte, Angst zu haben.

»Ich habe dann Nachforschungen angestellt. Ich konnte herausbekommen, daß sie ihn nach Deutschland gebracht haben. In ein Konzentrationslager bei München. Es heißt Dachau.«

»Wissen Sie, es ist sicher hart in einem solchen Lager, aber bestimmt kann man es überleben«, meinte Frances. »Nicht einmal die Deutschen können jeden umbringen, der ihnen nicht paßt. Sie werden ihn irgendwann freilassen. Und vielleicht findet das alles ohnehin noch ein schnelles Ende. Hitler kann nicht immer siegen. Irgendwann ist dieser ganze Spuk vorbei.«

»Leider weiß ich, daß die Dinge schlimmer liegen, als es sich irgend jemand vorstellen kann«, sagte Marguerite, »mein Mann hat es mir erzählt. Sie bringen die Menschen in den Lagern systematisch um. Es wäre ein Wunder, wenn er am Leben bliebe.«

»Sagen Sie doch nicht etwas so Schreckliches!« rief Victoria.

Marguerite warf ihr einen eigentümlich kühlen Blick zu. »Man muß den Tatsachen ins Auge sehen. In einem Fall wie diesem sollte man sich sicher nicht völlig der Verzweiflung überlassen, aber man sollte sich auch nicht zuviel Hoffnung machen. Ich versuche, irgendwo dazwischen zu bleiben.«

»Jedenfalls erscheint es mir vernünftig, daß Sie Frankreich verlassen haben«, warf Charles ein.

»Ja? Ich komme mir wie eine Fahnenflüchtige vor. Zwei Wochen, nachdem sie meinen Mann verschleppt hatten, erhielt ich einen anonymen Anruf. Ein Mann warnte mich: Ich solle am nächsten Tag verhaftet werden. Ich weiß bis heute nicht, wer das war. Die halbe Nacht habe ich gezögert. Ich wollte meinen Mann nicht im Stich lassen. Ich dachte, wenn sie mich verhaften, komme ich vielleicht wieder mit ihm zusammen. Wir würden dann wenigstens alles gemeinsam durchstehen. Aber dann sagte ich mir, daß ich nicht sicher sein konnte, ob ich wirklich in dasselbe Lager kommen würde wie er. Und einmal inhaftiert, könnte ich überhaupt nichts mehr tun. In den frühen Morgenstunden habe ich dann ein paar Sachen gepackt und bin zu Freunden geflüchtet. Später bin ich dann über Spanien und Portugal nach England gekommen.«

»Und wie hat es Sie gerade nach Yorkshire verschlagen?« fragte Frances.

»In Bradford lebte eine entfernte Verwandte von mir. Eine Cousine dritten oder vierten Grades meiner Mutter. An die habe ich mich erinnert. Aber sie ist in der Zwischenzeit verstorben, wie sich herausstellte. Nun war ich schon einmal hier oben, und da dachte ich, ich könnte ebensogut gleich bleiben. Ich wollte mir eine Unterkunft in irgendeinem kleinen Dorf suchen, weil es dort billiger ist. Daß ich nach Leigh's Dale geriet, war dann Zufall.« Sie zuckte mit den Schultern. »Hier ist es so gut wie anderswo, nicht? Allerdings bleibt mir nicht mehr viel Zeit, eine Arbeit zu finden. Noch ungefähr vier Wochen, und ich habe kein Geld mehr. Vielleicht war es doch ein Fehler, aufs Land zu gehen. Vielleicht hätte ich in einer Stadt mehr Möglichkeiten.«

»Wir werden schon etwas für Sie finden«, sagte Frances.

»In Paris habe ich in einer Schule unterrichtet«, erklärte Marguerite. »Ich habe Mathematik und Biologie studiert. Leider wird mir das hier kaum etwas nützen. Aber vielleicht könnte ich Kindern privaten Französischunterricht geben?«

Frances mochte ihr nicht sagen, daß es in der ganzen Gegend wohl keine Kinder gab, die Französisch lernten. In den beiden einzigen Familien im Umkreis, in denen überhaupt auf Bildung geachtet wurde, in ihrer eigenen und bei den Leighs, gab es keine Kinder. Ansonsten lebten hier nur Bauern. Und die legten bei ihren Nachkommen auf andere Fähigkeiten Wert als auf die, französisch sprechen zu können.

Victoria überraschte alle, indem sie erklärte, sie würde sich gern als Schülerin anmelden. Sie hatte in der Schule Französisch gelernt, und es war ein Fach gewesen, in dem sie geglänzt hatte.

»Aber...«, begann Frances, doch Victoria unterbrach sie mit ungewohnter Schärfe.

»Ich will meine Kenntnisse auffrischen. Falls sie überhaupt noch vorhanden sind. Ich habe seit Ewigkeiten kein Wort Französisch mehr gesprochen.«

Später, als Marguerite gegangen war, sagte sie zu Frances: »Sie braucht Hilfe, und sie wäre viel zu stolz, einfach Geld anzunehmen. Also werde ich Stunden nehmen, dann kann ich sie wenigstens ein bißchen unterstützen. Es ist furchtbar, was sie durchmachen muß, findest du nicht? Ich könnte diese Ungewißheit nicht ertragen.«

»Ihr bleibt eben nichts anderes übrig«, sagte Frances. Etwas mißmutig fügte sie hinzu: »Du erstaunst mich, Victoria. Ich wußte nicht, daß du dir so viele Gedanken um andere Menschen machst. Marguerite gefällt dir wohl?«

»Ich finde, sie ist schön und gebildet. Außerdem...« Victoria zögerte, ehe sie fortfuhr: »Außerdem bin ich sehr allein. Ich brauche etwas Ablenkung. Mit den Französischstunden hätte ich wenigstens etwas, das mein Alltagseinerlei unterbricht.«

»Nun, dann habt ihr ja beide einen Gewinn dabei«, meinte Frances.

Sie fand Marguerite sympathisch und sehr intelligent, aber sie fragte sich, ob zwischen ihr und Victoria tatsächlich eine Freundschaft entstehen konnte. Würde Marguerite Gefallen finden an der ewig jammernden Victoria?

Im September bombardierten deutsche Kampfflieger London und richteten schwere Verwüstungen in der Innenstadt an. Nacht für Nacht flohen die Menschen in die Keller ihrer Wohnungen oder in die U-Bahnhöfe. Ganze Häuserzeilen brannten, die Löschkommandos arbeiteten in Dauereinsätzen. Trümmer blockierten die Straßen. Der Krieg rückte in bedrohliche Nähe, die Entschlossenheit der Feinde war unübersehbar.

Hitler plante die Landung der Deutschen in England, verschob das »Unternehmen Seelöwe« jedoch wegen der ungünstigen Wetterlage. Es gelang der Royal Air Force immer wieder, Bomber abzuschießen und den Deutschen zu zeigen, daß die Engländer es ihnen schwermachen würden. Die Angst der Bevölkerung war jedoch besonders in der Hauptstadt und in den Industriegebieten sehr groß. Die Bomben zerstörten nicht nur Häuser und Straßen, sie zermürbten die Menschen auch und schüchterten sie ein. Das nächtelange Ausharren in den Luftschutzkellern, das begleitet war vom Sirren der fallenden Bomben und vom Lärm ihrer Detonation, kostete Kraft und Nerven. Die kursierenden Gerüchte von einer bevorstehenden Landung deutscher Truppen taten ihr übriges, Unruhe und Furcht zu schüren.

In der letzten Septemberwoche erhielt Frances einen Anruf von Alice aus London. Es war ein kühler, bedrückend stiller Herbsttag, an dem sich der Nebel bis zum Nachmittag nicht lichten wollte und alle Stimmen und Laute verschluckt zu haben schien. In der Luft hing der Geruch von modrigem Laub und feuchter Erde. Es dämmerte bereits, als Frances von den Pferdeställen zurückkam, wo sie seit dem frühen Morgen um eine Stute bemüht gewesen war, die Schwierigkeiten gehabt hatte, ihr Fohlen zur Welt zu bringen. Aber nun war der kleine Hengst da, Mutter und Kind erholten sich von den Strapazen.

Frances war müde und verfroren und sehnte sich nach einem heißen Bad. Als sie das Haus betrat, konnte sie aus dem Eßzimmer Marguerite und Victoria auf französisch plaudern hören. Marguerite lachte gerade.

Man kann über Victoria sagen, was man will, aber dieser armen Frau ist sie wirklich eine Hilfe, dachte Frances.

Im Wohnzimmer schrillte das Telefon. »Ein Gespräch für Sie aus London«, sagte die Vermittlerin gelangweilt, als Frances sich meldete.

Es war Alice. Sie hörte sich schrecklich an. Aufgeregt und schrill. Sie sprach so schnell, daß es schien, sie müsse jeden Moment über ihre Zunge stolpern.

»Frances, es ist furchtbar. Unser Haus hat einen Volltreffer abbekommen heute nacht. Es ist vollkommen kaputt. *Alles* ist kaputt. Zum Glück hat der Keller gehalten, aber als Kalk und Staub von der Decke rieselten, dachte ich, es ist aus mit uns. Es war ein Lärm wie in der Hölle. Ein Inferno. Als wir aus dem Keller kamen, hat es ringsum nur gebrannt. Der Himmel war glutrot von den vielen Feuern. Die Menschen schrien, und...«

»Alice«, sagte Frances beschwörend, »nun beruhige dich doch. Ist einem von euch etwas passiert?«

»Nein. Wir sind in Ordnung.«

»Wo bist du jetzt?«

»Wir sind bei Bekannten von Hugh untergekommen. Von unserem Haus ist ja nichts mehr übrig. Wir haben nichts mehr als die Kleider, die wir auf dem Leib tragen!«

Alice stand an der Schwelle zur Hysterie, das war ihrer Stimme anzuhören. Frances sah hinaus in den stillen, nebligen Tag. Kaum vorstellbar, was sich in der letzten Nacht in London abgespielt haben mußte. Was Alice berichtete, schien aus einer anderen Welt zu kommen.

»Verliere jetzt nicht die Nerven, Alice. Es wird alles in Ordnung kommen. Kann ich irgend etwas für dich tun?«

»Du kannst meine Kinder bei dir aufnehmen«, sagte Alice.

Laura und Marjorie sollten am 11. Oktober in Northallerton eintreffen. Ein regnerischer, windiger Tag, grau und dunkel, der den Begriff vom »goldenen Oktober« verhöhnte. Was hätte Frances tun sollen?

»Sie evakuieren die Kinder jetzt zwangsweise aus London«, hatte Alice gesagt, »und ich habe Angst um die beiden. Die Kinder einer befreundeten Familie wurden bereits weggebracht. Eines Morgens saßen sie dann mit hundert anderen Kindern auf irgendeinem Acker in den Cotswolds, und die Bauern der Umgebung strömten herbei, um sich die Kinder auszusuchen, die sie mitnehmen wollten. Geschwister wurden rücksichtslos auseinandergerissen. Es müssen sich schreckliche Szenen abgespielt haben. Ich will das meinen Kindern ersparen, aber ich kann sie nicht hierbehalten, man würde sie mir wegnehmen. Bei dir könnten sie wenigstens zusammenbleiben.«

»Wie alt sind die beiden jetzt?« fragte Frances. Sie mochte Kinder nicht besonders. Sie wußte auch nicht mit ihnen umzugehen. Aber wenn sie nein sagte, verhielt sie sich schäbig.

»Laura ist gerade vierzehn geworden«, antwortete Alice, »und Marjorie ist elf. Die beiden sind völlig verstört nach der letzten Nacht, besonders Laura. Aber sie sind brave Kinder. Sie machen dir bestimmt keine Schwierigkeiten.« Zwei verstörte Kinder, eines davon in einem problematischen Alter! Es war genau das, was ihr noch gefehlt hatte. Aber sie sagte ja und genehmigte sich danach einen doppelten Whisky.

Sie fühlte sich eigentümlich beklommen, als sie losfahren wollte, um die Kinder abzuholen. Der Tag war von einer Düsternis, die Unheil zu verheißen schien. Charles hatte sich in aller Frühe auf den Weg zu Maureens Grab gemacht, obwohl er heftig erkältet war und besser im Haus geblieben wäre. Natürlich hatte er sich wieder einmal von niemandem dreinreden lassen. Victoria war unruhig, weil Marguerite nicht zur vereinbarten Französischstunde um neun Uhr erschienen war.

»Ich verstehe das gar nicht«, sagte sie zu Frances, als diese um halb zehn herunterkam, um sich auf den Weg nach Northallerton zu machen, »sie war immer absolut zuverlässig. Es sieht ihr überhaupt nicht ähnlich, einfach wegzubleiben.«

»Es wird eine Erklärung geben«, entgegnete Frances zerstreut. »Hör zu, Victoria, willst du mich nicht zum Bahnhof begleiten? Du gewinnst vielleicht schneller das Vertrauen der beiden Kinder!«

»Ich warte lieber auf Marguerite. Vielleicht kommt sie ja jeden Moment.«

Im Auto, hinter den unermüdlich arbeitenden Scheibenwischern, fragte sich Frances, woran es liegen mochte, daß sie sich so unbehaglich fühlte. Traute sie es sich nicht zu, mit diesen beiden armen Kindern zurechtzukommen? Das war lächerlich. Sie hatte ganz andere Dinge bewältigt im Leben. Aber irgendwo auf diesen einsamen Landstraßen, zwischen tropfnassen Herbstwiesen, zerzausten Bäumen und nebelverhangenen Hügeln, als sich eine unerklärliche Traurigkeit wie eine langsam fortschreitende Lähmung in ihr ausbreitete, begriff sie, daß sie sich zum ersten Mal in ihrem Leben alt fühlte und daß daraus die Mutlosigkeit erwuchs, die ihr so zu schaffen machte.

Über das Alter hatte sie vorher nie nachgedacht, das Älterwerden hatte sie als Gewinn empfunden, sich nie gewünscht, wieder jung zu sein. Jugend? Sie war heute stärker als früher, selbstsicherer, sie hatte ihren Platz gefunden und ging ihren Weg. Das ewige Wünschen, Wollen, Suchen war vorüber. Sie hatte sich mit sich selbst arrangiert, mit allem, was ihr gegeben worden, aber auch mit allem, was ihr versagt geblieben war. Es war Jahre her, daß sie zuletzt geklagt hatte, weil sie nicht so schön war wie Victoria. Jahre, daß sie um John geweint hatte.

Aber heute... Sie wußte, daß sie gleich Alices Kindern gegenüberstehen würde. Kindern, die ihr den Ablauf der Zeit erbarmungslos vor Augen halten würden – durch ihre bloße Existenz. Warum drängte sich ihr so beharrlich ein Bild ins Gedächtnis? Alice und sie auf der Mauer am Ende des Gartens, rauchend, beide so jung noch; und aus dem Haus die Stimmen: Maureen, Kate, Charles und Victoria. George... noch nicht gezeichnet vom Krieg.

Vielleicht ist es das, dachte sie, was so weh tut. Nicht das Altwerden. Aber die Verluste. Die Wunden. Der Schmerz wird nicht geringer im Lauf der Jahre. Er wird stärker.

Der Zug hatte Verspätung. Frances muße eine Dreiviertelstunde bis zur Ankunft warten. Es waren kaum Menschen auf dem zugigen Bahnsteig. Frances ging schließlich in die Bahnhofsgaststätte, trank einen heißen Kaffee und rieb unter dem Tisch ihre kalten Füße aneinander. Hinter ihr lamentierte eine Frau, daß seit Kriegsausbruch einfach nichts mehr funktionierte, daß die Züge früher pünktlich gewesen seien und daß es mit England den Bach hinuntergehe. Ihr Mann versuchte sie zu beruhigen, aber sie steigerte sich in einen Wutanfall und wurde ziemlich laut und ordinär. Frances fühlte sich erheitert und etwas besser. Sie ließ sich einen doppelten Brandy bringen, und als sie ihn getrunken hatte, lief der Zug ein.

Obwohl mehrere Kinder ausstiegen, erkannte sie Alices Kinder sofort. Zumindest die Jüngere sah Alice sehr ähnlich. Die beiden Mädchen trugen die gleichen grauen Mäntel, unter denen dunkelblaue Faltenröcke hervorsahen, dicke graue Strümpfe und braune Halbschuhe. Beide hatten langes, blondes Haar, das zu zwei Zöpfen geflochten war. Sie hielten einander an den Händen und sahen sich aus großen Augen um.

Frances trat auf sie zu. »Ihr seid Laura und Marjorie Selley? Ich bin Frances Gray. Herzlich willkommen in Yorkshire.«

»Vielen Dank«, murmelte Laura.

Sie war gut einen Kopf größer als ihre Schwester und um einiges dicker. Bedauernd stellte Frances fest, daß dieses Kind eher nach dem Vater geriet. Nicht, daß sie direkt häßlich gewesen wäre. Aber ihre blauen Augen blickten ein wenig stumpf drein, ihr Gesicht zeigte wenig Lebendigkeit. Sie sah aus wie ein nettes, biederes, schüchternes Mädchen.

»Ihr werdet euch sicher wohl fühlen auf der Westhill Farm«, prophezeite Frances, bemüht, Optimismus zu verbreiten. Sie nahm die Reisetasche, die die beiden zwischen sich abgestellt hatten. »Viel habt ihr aber nicht mitgebracht!«

»Wir haben nicht mehr«, erklärte Marjorie, »unser Haus ist von den Bomben zerstört worden und dann abgebrannt. Das ist die Tasche, die wir immer mit in den Keller genommen haben, deshalb ist sie übriggeblieben.«

»Natürlich. Eure Mutter hat es mir ja gesagt. Nun, wenn wir nicht zurechtkommen und ihr noch etwas braucht, dann kaufen wir es einfach, ja?« Sie gingen zum Auto.

»Mögt ihr Pferde?« fragte Frances.

»In London gibt es nicht so viele Pferde«, sagte Marjorie.

»Ich habe Angst vor großen Tieren«, fügte Laura hinzu.

Frances unterdrückte ein Seufzen und sagte betont munter: »Wir werden sehen. Vielleicht freundet ihr euch ja mit ihnen an. Ich hoffe nur, ihr langweilt euch hier nicht. Es ist viel stiller als in London.«

»Es ist schön, daß hier keine Bomben fallen werden«, sagte Laura.

Ihr ernstes Gesicht war sehr blaß. Frances konnte noch gut die Spuren kaum überstandenen Entsetzens in ihren Zügen erkennen. Diese Mädchen hatten viel mitgemacht, rief sie sich wieder ins Gedächtnis. Was empfanden Kinder, die in einem dunklen Keller kauerten, während über ihnen das Haus zusammenstürzte und in Flammen aufging? Und auch wenn sie dieser Hölle nun entkommen waren, sie wußten immer noch ihre Eltern inmitten der Gefahr. Sicher hatten sie Heimweh und fühlten sich einsam. Eigenartigerweise schien Laura, die Ältere, mehr zu leiden als Marjorie, die Jüngere. Marjories Mimik verriet eine gewisse Aufmerksamkeit und Neugier gegenüber ihrer Umgebung. Laura sah aus, als habe sie sich in sich selbst zurückgezogen.

Im Auto sprach keines der Kinder ein Wort. Um die erdrückende Stille zu unterbrechen, sagte Frances schließlich: »Ihr habt Pech, daß es heute draußen so naß und kalt ist. Wenn die Sonne scheint, ist der Herbst hier oben wirklich schön. Ihr werdet es noch sehen.«

»Es gefällt mir hier«, sagte Laura höflich.

»Sicher vermißt ihr eure Eltern, nicht? Bleiben sie bei den Bekannten wohnen, zu denen ihr nach jener Nacht gegangen seid?«

»Sie wollen sich etwas Eigenes suchen«, sagte Laura, »aber das wird schwierig. In London ist vieles kaputt. Und Vater hat keine Arbeit.«

»Nein? Schon länger nicht mehr?«

»Seit zwei Jahren.«

»Er war doch Hausmeister in eurem Haus.«

»Die Mieter haben sich ständig über ihn beschwert.« Laura senkte die Stimme. »Er kam einfach nicht hinterher mit Reparaturen und solchen Sachen. Da haben sie ihn entlassen.«

»Laura!« sagte Marjorie scharf. »Mami hat gesagt, das soll niemand wissen!«

»Aber Mrs. Gray ist doch eine Freundin von Mami!«

»Oh – ihr nennt mich aber bitte Frances, ja? Ich kenne eure Mutter schon sehr lange. Wir waren einmal recht gut befreundet.«

»Da hörst du es«, sagte Laura zu ihrer Schwester.

Frances dachte an Hugh Selley während des letzten Krieges. Viel zu selten nur war es ihm gelungen, Heizmaterial aufzutreiben, und sie hatten meistens gefroren. Er war einfach zu schüchtern, in gewisser Weise fast lebensuntüchtig. Es verwunderte sie nicht allzusehr, daß er schließlich seine Arbeit verloren hatte. Nun lag alle Last auf Alice.

»Eure Mutter verdient das Geld?« fragte sie.

»Sie arbeitet in einem Büro. Bei einem Rechtsanwalt«, erklärte Laura.

Es wird, dachte Frances resigniert, eines der ungelösten Rätsel in meinem Leben bleiben, weshalb Alice diese Niete Hugh geheiratet hat. Ich werde es nie begreifen.

Als sie in Westhill ankamen, war der Regen so stark geworden, daß sie auf dem kurzen Weg vom Auto zur Haustür alle pitschnaß wurden. Frances sah, daß die Kinder vor Kälte zitterten und völlig übermüdet waren. Sie waren die ganze Nacht unterwegs gewesen und hatten vermutlich kein Auge zugetan, und in den Nächten davor wegen des Fliegeralarms ebenfalls nicht. Sie schienen am Ende ihrer Kräfte, und auch die lebhafte Marjorie wurde zusehends apathisch.

»Ihr nehmt jetzt erst einmal ein heißes Bad«, bestimmte sie, »und dann legt ihr euch ins Bett. Ihr seht beide hundemüde aus. Adeline wird euch etwas zu essen bringen.«

»Bitte machen Sie sich keine Umstände«, sagte Laura.

»Unsinn! Wir werden...« Sie unterbrach sich, als sie Adeline aus der Küche kommen sah.

»Adeline! Adeline, das sind unsere Gäste. Laura und Marjorie Selley. Kinder, das ist Adeline. Sie wird euch euer Zimmer zeigen und ein Bad einlassen. Nicht wahr, Adeline?«

Leise sagte Adeline: »Mrs. Marguerite ist da. Sie ist mit Victoria im Wohnzimmer.«

»Dann ist sie ja doch noch gekommen! Victoria hatte sich schon Sorgen gemacht. Ich habe gleich gesagt, daß...« Ein zweites Mal unterbrach sie sich selbst, als sie sich des Ausdrucks auf Adelines Gesicht bewußt wurde.

»Ist etwas nicht in Ordnung?«

»Ich bringe die Kinder hinauf«, sagte Adeline hastig. Frances nickte.

Sie hatte es gewußt. Seit sie am Morgen aufgestanden war, hatte sie gewußt, daß dieser Tag nur Unheil bringen würde. Sie war deprimiert gewesen und ruhelos und hatte ständig eine Bedrohung gespürt. Nun stand sie im Wohnzimmer Marguerite gegenüber, die in Maureens Sessel kauerte, bleich wie der Tod, mit starren, großen Augen. Sie sah aus wie ein Vogel, der aus dem Nest gefallen war. Ihre Hände hielten eine Teetasse umklammert, so fest, daß die Knöchel an ihren Fingern weiß hervortraten. Die Tasse war noch voll, sie konnte keinen einzigen Schluck getrunken haben, aber sie hielt sie in Brusthöhe, als wäre sie aus irgendeinem Grund plötzlich erstarrt. Victoria stand ein Stück hinter ihr, elegant angezogen wie immer und ebenfalls sehr blaß.

»Ist es denn sicher, daß es stimmt?« fragte Frances.

Victoria zuckte mit den Schultern. »Es war ein offizielles Schreiben an seine Mutter. Aus Deutschland. Fernand Brunet sei leider an einer Lungenentzündung gestorben.«

»Sie könne die Urne mit seiner Asche haben.« Marguerites bleiche Lippen bewegten sich kaum beim Sprechen. »Das haben sie auch geschrieben. Aber sie müsse dann die Zustellungskosten übernehmen.«

»Diesen Brief haben Sie aber nie gesehen, Marguerite.«

Marguerite schien sich plötzlich der Tasse zu entsinnen, die sie noch immer festhielt. Mit einem leisen Klirren stellte sie sie ab. Der Tee schwappte über die Tischplatte.

»Es gibt keinen Grund, die Existenz des Briefes anzuzweifeln«, sagte sie. »Fernands Mutter hat es den Pariser Freunden erzählt, die mir bei meiner Flucht geholfen haben. Sie haben mir geschrieben. Warum sollte das alles nicht stimmen? Wer hätte etwas davon, wenn es erfunden wäre?«

Darauf wußte Frances nichts zu erwidern. Marguerite hatte recht.

»Mein Mann ist tot«, sagte Marguerite in die Stille hinein. Es kam so klar und kalt, daß alle zusammenzuckten. »Ich wußte es gleich, als ich den Brief heute früh bekam. Vielleicht wußte ich es sogar schon die ganze Zeit.«

»Oh, Marguerite, es tut mir so leid!« rief Victoria eine Spur zu theatralisch.

»Schon gut«, sagte Marguerite. Ihre Augen glänzten fiebrig, blieben aber trocken. Sie würde nicht weinen, das wußte Frances instinktiv. Marguerite war stählern in ihrem Innern.

»Ich würde nur gern wissen, ob die Version von der Lungenentzündung stimmt«, fuhr sie fort, »fast hoffe ich es. Es wäre schlimmer, wenn sie ihn totgeschlagen hätten. Wenn er an den Folterungen gestorben wäre.« Bei diesem letzten Satz schwankte ihre Stimme ein wenig.

»Bei den Nazis weiß man das nie«, meinte Victoria unbedacht.

»Ach was! Wenn sie Lungenentzündung schreiben, dann war es auch eine Lungenentzündung!« sagte Frances schroff. »Warum sollten die Nazis um die Tatsachen herumreden?«

»Sie sind Bestien«, erklärte Marguerite, »aber sie versuchen dennoch, den Rest eines Scheins zu wahren. Es macht sich schlecht, wenn sie in einem Brief schreiben: Wir haben Monsieur Brunet zu Tode gefoltert! Lungenentzündung klingt in jedem Fall besser.« Sie stand auf. »Vielleicht werde ich die Wahrheit nie erfahren. Wie haben seine letzten Minuten wohl ausgesehen?«

Niemand sagte etwas. Was hätte man auch sagen können? Was auch immer sich in Fernand Brunets letzten Minuten abgespielt haben mochte, sie waren mit Sicherheit hart und schwer gewesen.

In einem deutschen Konzentrationslager starb es sich nicht leicht, so oder so nicht. Das wußten sie alle, und es hatte keinen Sinn, Marguerite etwas anderes einreden zu wollen.

»Was werden Sie nun tun?« fragte Frances schließlich.

Marguerite zuckte mit den Schultern. »Was soll ich schon tun? Vorerst kann ich nur hierbleiben. Es wäre zu riskant, nach Paris zurückzukehren. Sicher stehe ich bei den Nazis noch immer auf der Liste.«

Sie griff nach ihrem Mantel, den sie achtlos über eine Stuhllehne geworfen hatte, und nach ihrer Handtasche.

»Victoria, wenn es Ihnen recht ist, holen wir die heutige Französischstunde morgen oder übermorgen nach. Ich fürchte, ich kann mich im Augenblick nicht konzentrieren.«

»Natürlich. Kommen Sie einfach wieder, wenn es Ihnen bessergeht.«

»Möchten Sie vielleicht einen Brandy, bevor Sie sich auf den Heimweg machen?« fragte Frances.

Marguerite schüttelte den Kopf. »Danke. Ich trinke keinen Alkohol.« Ihr Blick glitt zum Fenster hinaus in den regnerischen Tag.

»Da kommt jemand«, sagte sie, »zwei Männer.«

Victoria war ihrem Blick gefolgt, und ihre Augen begannen nervös zu flackern.

»Es ist John«, flüsterte sie.


Es wunderte Frances gar nicht mehr, und es war gewissermaßen der Gipfel eines schlimmen Tages, daß ihr Vater fiebernd und hustend von John ins Haus gebracht wurde. Charles konnte allein nicht mehr gehen oder stehen und stützte sich schwer auf seinen Schwiegersohn. Bei jedem Atemzug rasselte es in seiner Brust. Seine Stirn fühlte sich glühend heiß an. Vom Regen war er bis auf die Haut durchweicht und zitterte vor Kälte.

Wie sich herausstellte, hatte John einen Spaziergang über den Friedhof gemacht – bei allem Erschrecken über den Zustand ihres Vaters fand Frances doch noch die Zeit, sich voller Ratlosigkeit zu fragen, warum John etwas so *Eigenartiges* tat –, und dabei hatte er Charles entdeckt, der in sich zusammengesunken auf der Bank vor Maureens Grab saß, langsam aufgeweicht wurde vom Regen und

auf eine bedrohliche Weise hustete. Er hatte ihn mehrfach ange-
sprochen, ohne eine Antwort zu bekommen, und schließlich hatte
er beschlossen, ihn einfach nach Hause zu schaffen. Es war nicht
leicht gewesen, Charles bis zum Auto zu bringen; er wehrte sich
zwar nicht, aber er hing wie ein nasser Sack an Johns Schulter, und
seine Füße schleiften über die matschige Erde.

»Ihr solltet einen Arzt holen«, riet John, »das sieht übel aus.«

»Wie gut, daß du ihn gefunden hast!« rief Frances. »Kannst du
uns helfen, ihn nach oben zu bringen?«

Gemeinsam gelang es ihnen, Charles die Treppe halb hinauf zu
tragen, halb zu ziehen. Als er auf seinem Bett lag, war Frances
erleichtert.

»Danke, John«, sagte sie.

John atmete schwer. »Schon gut.«

Er lächelte. Erstaunlicherweise schien er an diesem Morgen
nüchtern zu sein.

»Wie geht's dir so, Frances?« fragte er.

»Wir haben Einquartierung. Die beiden Kinder einer Freundin
aus London. Ihre Eltern wollten sie vor den Bomben in Sicherheit
bringen.«

Er nickte. »Schrecklich. Es muß schlimm zugehen in London.
Wir können froh sein, hier oben zu leben.«

»Ja...«

Sie standen einander unschlüssig gegenüber. John war tropfnaß,
und schließlich sagte Frances: »Du solltest nach Hause und dich
umziehen. Du wirst sonst auch noch krank.«

Er schaute an sich herab. »Ich muß aussehen wie ein Putzlappen,
was? In Ordnung, du hast recht, ich gehe besser.«

Flüchtig berührte er ihren Arm. »Sehen wir uns eigentlich einmal
wieder?«

Sie warf einen raschen Blick auf ihren Vater. Charles hielt die
Augen geschlossen und atmete keuchend. Er bekam wohl nichts mit
von dem, was um ihn herum geschah.

»Ich weiß nicht.« Unwillkürlich senkte sie die Stimme dennoch
zu einem Flüstern. »Wir sollten irgendwann damit aufhören. Findest du nicht?«

»Ich bin bald geschieden. Zum ersten Mal würden wir niemanden mehr hintergehen. Und da willst du Schluß machen?«

»Vielleicht liegt es genau daran, John. An eurer bevorstehenden Scheidung. Ich frage mich, wieviel Schuld mich am Zerbrechen eurer Ehe trifft, und das macht alles etwas bitter für mich.«

»Dich trifft keine Schuld.« Er streckte die Arme aus und zog sie an sich. »Bilde dir das nicht ein. Die Probleme zwischen Victoria und mir liegen woanders. Du hast nichts damit zu tun.«

Sie spürte seinen Atem über ihrem Ohr. Seine Umarmung fühlte sich warm an, obwohl er triefte vor Nässe. Es hatte ihr immer gefallen, von ihm umarmt zu werden, und es gefiel ihr auch jetzt. Wie sollte sie ihm erklären, daß es auch mit ihrer beider fortschreitendem Alter zusammenhing, wenn sie manchmal meinte, es sei besser, diese leidenschaftlichen Begegnungen in irgendwelchen Hütten zwischen Wiesen und Feldern zu beenden?

In drei Jahren wurde sie fünfzig. Es war nicht so, daß sie gemeint hätte, in diesem Alter nicht länger das Recht auf erotische Freuden zu haben. Aber mit der Art dieser Freuden kam sie schlechter zurecht. Es war etwas anderes, ob man sich zu heimlichen Treffen mit einem Mann davonschlich, wenn man dreißig war, oder ob man es mit fünfzig tat. Mit dreißig war es romantisch. Mit fünfzig wurde man das Gefühl dabei nicht los, irgendeine entscheidende Kurve im Leben nicht gekriegt zu haben. Würden sie sich mit achtzig auch noch in der alten Hütte herumwälzen und sich danach Spinnweben oder Strohhalme aus den eisgrauen Haaren entfernen?

Scheidung hin oder her: Als Johns ehemalige Schwägerin konnte sie auch jetzt nicht einfach auf Daleview aufkreuzen und mit ihm vor den Augen der erstaunten Dienerschaft ins Bett gehen. Es wäre in der Grafschaft herum, ehe sie beide überhaupt nur bis drei würden zählen können. Ihren Vater würde es umbringen, und Victoria würde argwöhnen, daß das seit Jahren so ging, und ein Drama ungeahnten Ausmaßes inszenieren.

Nein, ihre Treffen würden für alle Zeit konspirativ bleiben müssen, und sie fühlte sich zunehmend unbehaglich dabei. John würde es nicht verstehen, *kein* Mann würde es verstehen, aber es spielten auch ganz prosaische Gründe eine Rolle. Viel mehr als früher hätte sie heute ein richtiges Bett bevorzugt, ihr eigenes oder seines, aber jedenfalls nicht das altersschwache Gestell in der Hütte, auf dem schon Generationen von Landarbeitern ihre Nachkommen gezeugt hatten. Sie wünschte sich fließendes, warmes Wasser *danach*, sie war es leid, in ihre Kleider zu steigen und sich klebrig zu fühlen. Auch hätte sie sich häufig gern mit John unterhalten, mit ihm zusammen ein paar Zigaretten geraucht und *nicht* mit ihm geschlafen.

Die Tatsache aber, daß sie einander so selten sahen, setzte sie unter Druck; da sie nie wußten, wann sich die nächste Gelegenheit bot, wäre es ihnen wie Vergeudung vorgekommen, nicht miteinander ins Bett zu gehen. Doch dadurch fehlte ihnen wieder etwas anderes. Genaugenommen fehlte es Frances. John, so hatte sie den Eindruck, war durchaus zufrieden mit der Situation.

Sie löste sich aus seiner Umarmung. Was wußte sie, wieviel Charles in seinen Fieberträumen vielleicht doch mitbekam? Sie trat einen Schritt zurück.

»Ich brauche ein bißchen Zeit. Ich bin mir im Moment nicht im klaren darüber, was ich ... wirklich will.«

Er nickte. »Laß dir Zeit, Frances. Aber nicht zuviel. Wir werden nicht jünger.«

Damit hat er so verdammt recht, dachte sie bitter und betrachtete die grauen Strähnen in seinen Haaren mit derselben Gnadenlosigkeit, mit der sie morgens im Bad ihre eigenen begutachtete.

»Mit dem Alter wächst das Gefühl, nur noch wenig Zeit zu haben«, sagte sie, »aber es wächst auch die Entschlossenheit, nichts mehr zu tun, was man nicht wirklich will. Wir hatten gute Zeiten, John. Wie die Zukunft aussehen soll, muß ich noch herausfinden.«

John streckte noch einmal die Hand aus, berührte jedoch nur flüchtig Frances' Wange. »Dich bekomme ich nie ganz«, sagte er leise, »so war es früher, so ist es jetzt. So wird es immer sein.«

»Frances, ich kann nicht schlafen«, sagte eine Kinderstimme von der Tür her.

Frances fuhr zusammen. Marjorie war hereingekommen, barfuß, mit einem Schlafanzug bekleidet. In der Hand hielt sie einen etwas zerrupft wirkenden Teddy, dem ein Bein und ein Auge fehlten.

»Marjorie! Ich dachte, ihr seid im Bett!«

»Laura ist im Bett. Sie schläft wie ein Wolf«, sagte Marjorie. »Ich kann nicht einschlafen.« Sie musterte John neugierig von Kopf bis Fuß, dann glitt ihr Blick zu Charles hin, der ihr eigenartig vorkommen mußte, wie er da in voller Bekleidung auf dem Bett lag und mühsam atmete.

»Wer ist das?«

»Das ist mein Vater. Charles Gray. Er ist leider sehr krank. John und ich haben ihn gerade hier heraufgebracht.«

Sie fragte sich, wie lange die Kleine da schon stand. Hatte sie sich bewußt angeschlichen? Oder hatten sie sie einfach nicht gehört?

Sie zwang ihre Verwirrung nieder und stellte die beiden einander vor. »John Leigh, unser Nachbar. John, das ist Marjorie Selley. Eines der beiden Mädchen aus London.«

»Guten Tag, Marjorie«, sagte John.

»Guten Tag, Sir.«

Bildete es sich Frances ein, oder lag tatsächlich etwas Lauerndes in Marjories Stimme, in ihrem Blick? Wahrscheinlich sah sie Gespenster.

»Marjorie, du solltest dich wenigstens hinlegen. Es tut dir auf jeden Fall gut, dich auszuruhen, selbst wenn du nicht schläfst. John, wir gehen hinunter und sagen Adeline Bescheid. Sie muß sich um Vater kümmern.«

»Ich kann nicht schlafen«, beharrte Marjorie und fixierte unablässig John.

Dieses Mädchen wird mir Ärger machen, dachte Frances.

Laut sagte sie: »Ich möchte, daß du dich hinlegst, Marjorie. Notfalls nimmst du dir ein Buch und liest, wenn du wirklich nicht schlafen kannst. Du hast eine Menge Strapazen hinter dir, und ich bin hier für dich verantwortlich, verstehst du?« Und du tust, was ich dir sage, fügte ihr Gesichtsausdruck hinzu.

Marjorie verstand. Sie seufzte übertrieben und trollte sich mitsamt ihrem Teddy. Der Blick ihrer Augen verhieß nichts Gutes.

»Sie mag mich nicht«, sagte Frances, »das habe ich schon am Bahnhof gemerkt. Es ging gleich etwas Feindseliges von ihr aus.«

»Ich glaube, du bildest dir etwas ein«, meinte John. »Sie ist ein kleines Mädchen! Weshalb sollte sie feindselig sein? Sie ist einfach verstört, alles hier ist neu und fremd für sie!«

»Sie hat uns gesehen, John«, sagte Frances, »sie hat gesehen, wie du mich umarmt hast, und sie hat gehört, was wir gesprochen haben. Ich konnte es ihr ansehen.«

»Und wenn schon! Glaubst du im Ernst, sie kann sich daraus etwas zusammenreimen? Frances, ich weiß ja, daß du Kinder nicht besonders magst, aber du mußt auch keine Monster in ihnen sehen!«

Nebeneinander gingen sie die Treppe hinunter. Unten standen Adeline, Victoria und Marguerite. Victoria hielt sich im Hintergrund und war von der Situation, ihren Noch-Ehemann zum ersten Mal seit Wochen wiederzusehen, offenbar nervlich völlig überfordert, denn sie wurde abwechselnd rot und blaß.

John sagte freundlich: »Oh – guten Tag, Victoria!«, worauf sich Victoria umdrehte und im Wohnzimmer verschwand.

»Was ist denn los?« fragte Marguerite. Sie war noch immer sehr bleich.

»Meine Frau ist zur Zeit nicht besonders gut auf mich zu sprechen«, sagte John.

»Wie geht es Mr. Gray?« wollte Adeline wissen. »Ich sollte vielleicht einmal nach ihm sehen!«

»Das wäre nett, Adeline!« Es war Frances peinlich, daß man nun aus dem Wohnzimmer deutlich Victorias Schluchzen hören konnte.

Daß sie sich nicht *einmal* zusammennehmen kann, dachte sie gereizt, sie sollte sich wirklich eine Scheibe von Marguerite abschneiden!

Adeline schien einen Moment lang unschlüssig, ob sie zuerst nach »dem Kind« sehen sollte oder nach Mr. Gray, aber sie entschied sich, nach oben zu gehen.

Als sie verschwunden war, wandte sich Frances an Marguerite.

»Der Regen wird immer stärker, Marguerite. Sie sollten noch etwas hierbleiben. Sie durchweichen völlig, bis Sie im Dorf sind!«

»Sie wollen nach Leigh's Dale?« fragte John. »Da könnte ich Sie ja schnell hinfahren.«

»Oh, machen Sie sich keine Umstände meinetwegen!« protestierte Marguerite. »Sie müssen sicher in eine völlig andere Richtung.«

»Mit dem Auto ist es ein Katzensprung nach Leigh's Dale. Kommen Sie, Miss...«

»Madame Brunet.«

»Ich bin John Leigh. Es macht mir wirklich nichts aus, Sie zu fahren.«

Sie gefällt ihm, dachte Frances, einen solchen Eifer hat er lange nicht mehr an den Tag gelegt.

»Nehmen Sie's nur an, Marguerite«, riet sie. »John ist kein

besonders höflicher Mensch. Er würde es nicht anbieten, wenn er es nicht wollte.«

»Es wäre sehr nett von Ihnen«, sagte Marguerite leise.

John öffnete die Haustür. »Gehen wir. Frances, wenn es Probleme gibt mit Charles und du Hilfe brauchst, dann rufe mich an.«

»Mach' ich. Danke.«

Sie sah den beiden nach, wie sie zum Auto rannten und dabei kaum den riesigen Pfützen auf dem Hof ausweichen konnten. Der Regen kam jetzt wie eine dicke, graue Wand herab. Allmählich lebte auch der Wind auf und zerrte an den triefenden Ästen der Bäume. Nasses Laub bedeckte den Boden. Frances fröstelte. Sie schloß die Tür, lauschte auf Victorias Klagelaute, die wie die eines kranken Tieres klangen.

Irgend jemand müßte sich um sie kümmern, dachte sie schuldbewußt.

Aber sie konnte es jetzt einfach nicht. Sie wollte nichts mehr sehen, nichts mehr hören. Sie würde sich in ihr Zimmer zurückziehen und für den Rest des Tages für niemanden mehr zu sprechen sein.

Es verwunderte sie alle, daß Charles den Winter überlebte. Er hatte sich eine schwere Lungenentzündung zugezogen und fieberte wochenlang.

Im November meinte der Arzt, der jeden Tag kam, um nach dem Patienten zu sehen: »Das Schlimme ist, er hat so wenig Lebenswillen. Er kämpft nicht. Und das mindert seine Chancen.«

Frances tat für ihren Vater, was sie konnte, und auch Victoria wachte ganze Nächte lang an seinem Bett. Sie geriet jedesmal in Panik, wenn jemand von Charles' möglichem Tod sprach oder wenn sich sein Zustand wieder einmal dramatisch verschlechterte.

»Er darf nicht sterben! Er darf nicht sterben!« rief sie dann.

»Er ist sehr alt«, sagte Frances, »und seit bald fünfundzwanzig Jahren trauert er um Mutter. Es wäre vielleicht das beste für ihn, wenn er sterben könnte.«

Victoria wurde weiß im Gesicht. »Wie kannst du das sagen?« fuhr sie ihre Schwester an.

Frances konnte sich vorstellen, was in ihr vorging: Charles verzieh zwar Victoria nicht das Scheitern ihrer Ehe, aber für sie war er trotzdem der einzige Mensch, den sie hatte. Sie war sein kleines Mädchen, auch wenn sie ihn enttäuscht hatte. Er hielt seine Hand über sie, auch wenn er schimpfte und seinen Ärger zeigte. Es graute Victoria bei der Vorstellung, allein mit Frances in Westhill zurückzubleiben, mit ausgerechnet dieser Schwester als letztem Ansprechpartner aus der Familie. Frances wußte, daß Victoria Angst vor ihren kühlen Augen und ihrer scharfen Stimme hatte.

Sie wird nie erwachsen, dachte sie manchmal verächtlich, aber dann gab es auch wieder Momente der Reue, in denen sie versuchte, nett zu Victoria zu sein. Meistens mißlang das, weil Victoria nur den etwas ruppigen Ton wahrnahm, nicht den freundlich gemeinten Inhalt dessen, was Frances sagte. Letzten Endes mißverstanden sie einander immer wieder gründlich, und zum Schluß hatten sie wieder Streit.

Das Jahr 1941 begann grau und unfreundlich, und alle waren deprimiert, weil es im Kriegsgeschehen nur schlechte Nachrichten gab. Bis auf gelegentliche kleine Rückschläge siegten und siegten die Deutschen an allen Fronten. Es gab Leute, die prophezeiten, die Deutschen seien dabei, sich zu übernehmen, und die Siegessträhne könne nicht anhalten, doch vorläufig schien Hitler das Glück für sich gepachtet zu haben.

Im November hatten seine Bomber die unweit Birmingham gelegene Stadt Coventry angegriffen und nahezu vollkommen zerstört. Es war der schwerste Luftangriff in der bisherigen Kriegsgeschichte gewesen. Ganz England hatte wochenlang wie unter Schock gestanden. Und auch jetzt noch bombardierten deutsche Flieger englische Großstädte, vor allem London. Allerdings fanden sie einen zähen Gegner in der Royal Air Force.

»Unsere Jungs holen jeden zweiten von denen runter«, hieß es voll patriotischem Stolz, und wenn das auch übertrieben war, so lag die Abschußquote deutscher Flieger durch die Briten tatsächlich ungewöhnlich hoch.

In Westhill ging das Leben in diesem schneelosen, matschigkalten Winter seinen gewohnten Gang. Die beiden Kinder schienen sich halbwegs einzuleben – soweit Frances das beurteilen konnte, denn die Mädchen blieben sehr verschlossen. Laura redete noch weniger als Marjorie. Dafür machte sie sich zu jeder Tageszeit über das Essen her, als sei es ihre letzte Mahlzeit. Anfang Oktober war sie als zwar schon etwas pummeliges, aber noch kindliches Ding angekommen; bis zum März des darauffolgenden Jahres brachte sie zwanzig Pfund mehr auf die Waage, hatte breite Hüften bekommen und Brüste, über denen ihre Pullover spannten und die bei jedem Schritt auf und ab wogten.

Frances hielt Lauras Appetit für ein gutes Zeichen, und auch Adeline platzte fast vor Stolz, denn sie fühlte sich in ihren Kochkünsten geschmeichelt. Marguerite jedoch bat Frances eines Tages um ein Gespräch.

»Laura macht mir Sorgen«, sagte sie.

Marguerite kam inzwischen jeden Tag nach Westhill. Frances war auf den Einfall gekommen, sie als Lehrerin für die beiden Mädchen zu verpflichten. Weder sie noch Alice hatten die Frage des Schulbesuchs bedacht. Alice hatte nur im Sinn gehabt, ihre Kinder vor den Luftangriffen in Sicherheit zu bringen; angesichts dieser akuten Gefahr für Leib und Leben war ihr der profane Gedanke an ihre Ausbildung gar nicht gekommen. Frances jedoch wurde schnell klar, daß Laura und Marjorie unbedingt einen geregelten Tagesablauf brauchten, vor allem im Winter, da sie ans Haus gefesselt waren und von früh bis spät in den Zimmern herumlungerten. Es schien ihr jedoch wenig sinnvoll, sie in die Dorfschule nach Leigh's Dale zu schicken, in der den Bauernkindern die Grundkenntnisse von Lesen, Schreiben und Rechnen beigebracht wurden und darüber hinaus nichts weiter. Jeden Morgen bis in die größere Schule nach Aysgarth Village zu fahren, war zu weit.

So erschien also Marguerite jeden Tag und unterrichtete die Kinder bis zum Mittag. Meist nahm sie dann am Familienessen teil, und während die Kinder später ihre Schulaufgaben erledigten, hielten Marguerite und Victoria bei einer Tasse Tee vor dem Kamin ihre Französischstunde ab. Frances wußte, daß Alice nie in der Lage sein würde, ihr das Geld für den Unterricht zurückzuzahlen; aber sie standen recht gut da auf Westhill, und es machte ihr nichts aus, die entsprechenden Beträge abzuzweigen. Zudem erleichterte es Marguerite das Leben.

Und es beschäftigte die Kinder! Frances hätte sogar das Doppelte bezahlt, wenn sie damit nur hätte verhindern können, daß die unangenehme Marjorie, die sie im Aussehen immer an eine Ratte erinnerte, ständig hinter ihr herschlich und sie belauerte. Sie fand, die Kleine habe einen verschlagenen Ausdruck in den Augen. Zwischendurch rief sie sich dann allerdings wieder zur Ordnung und sagte sich, daß es lächerlich sei, so viel Boshaftes in einem kleinen Mädchen zu sehen.

Dennoch war sie erstaunt, als Marguerite sagte, Laura mache ihr Sorgen. Laura? Laura war doch völlig unproblematisch, etwas langsam und schwerfällig, aber gutmütig und immer freundlich.

»Laura macht Ihnen Sorgen? Nicht Marjorie?«

»Mit Marjorie scheint alles in Ordnung zu sein«, sagte Marguerite, »aber Laura... Ist Ihnen aufgefallen, wie unglaublich sie zugenommen hat? Und ständig weiter zunimmt?«

Frances sah sie überrascht an. »Darüber machen Sie sich Gedanken? Ich finde, das ist ein gutes Zeichen. Ich nehme an, die frische Luft und die Ruhe bekommen ihr und regen ihren Hunger an!«

Marguerite schüttelte den Kopf. »So einfach ist es nicht, fürchte ich. Was Laura an den Tag legt, ist nicht der gesunde Appetit eines heranwachsenden Menschen. Sie schlingt wahllos alles in sich hinein, dessen sie habhaft werden kann. Das ist nicht normal, Frances. Meiner Ansicht nach steckt eine Eßsucht dahinter, und dies wiederum deutet auf ernstzunehmende seelische Probleme hin.«

»Meinen Sie wirklich?«

»Ich bin keine Psychologin und muß daher mit Diagnosen vorsichtig sein. Andererseits unterrichte ich seit Jahren junge Mädchen und habe vieles beobachten können. Eßstörungen treten häufig in den Entwicklungsjahren auf. Manche werden magersüchtig, essen überhaupt nichts mehr oder führen nach jeder Mahlzeit künstlich ein Erbrechen herbei. Andere werden uferlos dick – so wie Laura.«

»Ach, du großer Gott«, seufzte Frances.

»Ich könnte mir denken, daß Lauras Probleme mit ihren veränderten Lebensumständen zusammenhängen«, sagte Marguerite. »Verstehen Sie mich nicht falsch, Frances: Sie sorgen sehr gut für die Kinder. Aber ganz sicher haben beide einen Schock von den Bombennächten davongetragen. Ihr Haus ist über ihnen zusammengestürzt, während sie im Keller kauerten; sie müssen akute Todesangst gehabt haben. Und dann werden sie auch noch von heute auf morgen von ihrer Familie getrennt, kommen zu fremden Menschen, in eine Gegend, die sie nicht kennen. Das ist alles andere als angenehm! Hinzu kommt noch, daß sie sich ständig Sorgen um ihre Eltern machen müssen, die schließlich immer noch dem deutschen Bombardement ausgesetzt sind.« Sie schwieg einen Moment. »Ich weiß jedenfalls sehr gut, wie das ist«, fügte sie dann hinzu. »Ich kenne das alles: das mörderische Heimweh. Die Angst um einen geliebten Menschen. Das Gefühl, ein Bittsteller zu sein. Aber ich bin dreißig, nicht vierzehn. Ich kann anders damit umgehen als Laura.«

»Und was kann ich tun?« fragte Frances ratlos.

»Vielleicht sollten Sie einmal mit ihr sprechen. Ich habe es schon versucht. Aber sie hat es abgeblockt.«

Frances dachte, daß ihr das wirklich noch gefehlt hatte. Sie hoffte, Alice würde anrufen, damit sie die Angelegenheit mit ihr besprechen konnte, doch Alice meldete sich nur sporadisch und war selbst nicht erreichbar. Sie und Hugh hatten Unterschlupf in einer Dachkammer in Mayfair gefunden, »zu eng, um sich darin auch nur um sich selbst zu drehen«, wie Alice berichtet hatte, und sie hatten dort keinen Telefonanschluß. Alice hatte ihre Arbeit verloren, weil das Haus, in dem sich die Kanzlei des Anwalts befunden hatte, von einer Bombe getroffen worden und der Anwalt selbst nach Devon geflüchtet war. Sie nahm jetzt Gelegenheitsarbeiten an und versuchte zwischendurch, in Westhill anzurufen.

Die Gelegenheit zu einem Gespräch mit Laura ergab sich eines Nachts, als Frances das Mädchen kurz vor ein Uhr in der Speisekammer ertappte. Sie hatte über ihrer Buchführung im Wohnzimmer gesessen und überhaupt nicht bemerkt, wie spät es schon war. Es war eine windige Märznacht, kühl, aber mit einem allerersten Anklang von Frühling in der Luft. Der Wind rüttelte an den Fensterscheiben und machte einigen Lärm, aber trotzdem schrak Frances auf, als sie ein Geräusch hörte, das sie nicht einzuordnen wußte. Es hatte geklungen, als tappten nackte Füße über Stein.

»Meine Güte, wie spät es schon ist«, murmelte sie. Sie stand auf und trat aus dem Zimmer hinaus auf den Gang. Aus der angelehnten Küchentür fiel ein Lichtschein in die Dunkelheit.

Laura hatte nur die kleine Lampe am Fenster angeknipst und die Tür zur Speisekammer weit offen stehen lassen, um zumindest erkennen zu können, was sie aß. Als Frances herantrat, kauerte sie auf dem Fußboden, barfuß und in ihrem weißen Nachthemd, das ihr zu eng geworden war und aus allen Nähten platzen wollte. Vor sich hatte sie eine Schüssel mit Schokoladenpudding stehen, den Adeline für den nächsten Tag vorgekocht hatte. Sie hing darüber wie ein Hund über seinem Futternapf und schaufelte mit bloßen Händen Pudding in sich hinein. Ihre langen Haare fielen immer wieder nach vorne und waren mit Schokolade verschmiert.

»Laura!« rief Frances schockiert. »Was tust du denn da?«

Laura fuhr herum und starrte Frances aus weit aufgerissenen Augen an. Sie sah grotesk aus mit ihrem verschmierten Mund und den verklebten Haaren, mit den Puddingklumpen zwischen allen Fingern. Sie brachte kein Wort hervor.

»Du schlingst ja, als wärst du am Verhungern!« sagte Frances fassungslos. »Und das noch mit den Händen! Konntest du dir nicht wenigstens einen Löffel holen?«

Unbeholfen kam Laura auf die Füße. »Ich ... es ging zu schnell«, stotterte sie.

»Was ging zu schnell?«

Laura senkte den Kopf. »Ich hatte keine Zeit, einen Löffel zu holen. Es war... es ist... ich kann dann nicht mehr warten...«

Frances fiel ein, daß Marguerite das Wort »Sucht« gebraucht hatte. Offenbar hatte sie damit den Nagel auf den Kopf getroffen. Was sich da bei Laura offenbarte, war absolut krankes, suchthaftes Verhalten.

Sie nahm das Mädchen am Arm und führte es aus der Speisekammer in die Küche, drückte es auf die Bank am Küchentisch.

»So, Laura, jetzt setzt du dich erst einmal hin.« Sie verschwand kurz im Flur, kehrte mit einem Paar Hausschuhe zurück, die irgend jemand unter der Garderobe hatte stehen lassen.

»Zieh die an, sonst wirst du noch so krank wie Charles!« Sie holte einen Teller aus dem Schrank, einen Löffel, und schließlich die Puddingschüssel aus der Speisekammer und stellte alles vor Laura auf den Tisch.

»So. Du bist doch ein großes Mädchen, nicht wahr? Du brauchst dich weder nachts heimlich über die Vorräte herzumachen, noch sie auf den Knien liegend verschlingen. Jetzt iß bitte wie ein normaler Mensch. Und morgen früh wäschst du als erstes dein Haar. Es ist völlig verschmiert!«

Laura schien es jedoch den Appetit verschlagen zu haben. Sie rührte nichts an, kauerte wie ein verschrecktes Kaninchen auf der Bank und wagte nicht, den Blick zu heben.

Frances hatte ihr gegenüber Platz genommen. »Laura, du mußt wirklich keine Angst haben«, sagte sie eindringlich, »ich bin dir nicht böse, nur weil du nachts die Speisekammer plünderst. Aber, ehrlich gesagt, mache ich mir Sorgen um dich. Es ist nicht normal, wieviel du ißt. Ich gönne dir wirklich jeden Bissen, das ist es nicht. Und auch mich selbst hat schon manchmal nachts der Heißhunger überfallen, und ich habe mich in der Küche wiedergefunden. Allerdings hatte ich dann immer noch die Zeit, mir wenigstens einen Löffel zu holen. Und... es kam nicht allzu häufig vor.«

Sie hielt inne. Laura starrte noch immer mit unglücklichem Gesicht auf die Tischplatte vor sich.

»Bei dir kommt es häufiger vor, nicht?« fragte Frances vorsichtig.

Laura nickte. Aus ihren Augen lösten sich ein paar Tränen, rannen ihr lautlos über die dicken Backen.

Was für ein häßliches Mädchen sie ist, dachte Frances mitleidig. Ihre Augen erinnerten an die eines Fisches. Bei genauem Hinsehen entdeckte man, daß sie lange, dichte Wimpern hatte; aber da sie von der gleichen hellen Farbe waren wie ihr Haar, wirkten die Augen zumindest auf die Entfernung wimpernlos. Sie hing auf ihrer Bank wie ein plumper, unförmiger Sack. Ihr kleiner, schmallippiger Mund verschwand fast zwischen den aufgequollenen Wangen.

»Es tut mir so leid«, stieß sie hervor, »ich weiß, ich habe mich unmöglich benommen. Sie waren so nett, uns hier aufzunehmen, und ich habe Sie immer wieder bestohlen. Ich kann nicht aufhören mit dem Essen.« Sie schluchzte jetzt heftig. Ihr Körper bebte und zitterte.

»Aber, Laura, mach dir doch keine Gedanken wegen des Essens!« bat Frances. »Das ist nicht das Problem. Mir macht einfach Sorgen, daß du offenbar unglücklich bist. Was bedrückt dich so?«

»Ich weiß nicht!«

»Hast du Angst wegen deiner Eltern? Daß ihnen etwas zustoßen könnte?«

»Ich weiß nicht...«

»Mußt du noch oft an die Bomben denken? An die Nacht, als euer Haus brannte?«

»Ich weiß es wirklich nicht«, weinte Laura. Inzwischen lief auch ihre Nase; mit dem Ärmel ihres Nachthemds wischte sie den Schleim ab. Frances unterdrückte im letzten Moment den Protest, der ihr schon auf der Zunge lag.

»Ich weiß es nicht. Es ist nicht so, daß ich ständig über etwas nachdenken müßte... außer über Essen. In jeder einzelnen Minute, bei Tag und Nacht, muß ich an Essen denken. Es ist schlecht von mir, nicht? Ich sollte an meine Eltern denken. Sie sitzen in London und werden bombardiert und müssen sich mühsam durchschlagen. Vielleicht haben sie nicht einmal etwas zu essen...« Sie stockte, dann lachte sie plötzlich, aber es war ein verzweifeltes Lachen.

»Da ist es wieder! Essen! Wahrscheinlich haben meine Eltern ganz andere Sorgen; aber wenn ich an sie denke, frage ich mich vor allem, ob sie wohl genug zu essen haben.«

Frances überlegte einen Moment, dann sagte sie: »Laura, im Augenblick weiß ich noch nicht, wie ich dir helfen kann, aber ich werde darüber nachdenken, das verspreche ich dir. Ich möchte dich vorläufig nur um eines bitten: Tu es nicht heimlich. Das brauchst du nicht. Ja? Vielleicht kann ich dir helfen, aber du mußt offen zu mir sein. Kannst du das versuchen?«

Laura nickte und wischte sich die Tränen ab. Ihr Gesicht war rot und verquollen.

»Ich versuche es, Frances. Danke.«

»Weiß Marjorie von deinem Problem?«

»Ja. Aber sie hackt nur auf mir herum deswegen. Dauernd sagt sie mir, daß ich fett und eklig bin.«

»Ich werde mit ihr sprechen.« Frances erhob sich. »Wir sollten jetzt schlafen gehen. Oder möchtest du noch etwas essen?«

»Nein.« Laura stand ebenfalls auf. Frances musterte sie kritisch.

»Wir brauchen neue Kleider für dich. Aus deinen alten Sachen bist du ... herausgewachsen. Du wirst dich besser fühlen, wenn du etwas Schönes, Neues zum Anziehen hast.«

»Ja«, sagte Laura. Es klang folgsam und wenig überzeugt.

»Geh jetzt nach oben.«

Frances sah Laura nach, wie sie mit der Grazie eines trächtigen Schafes aus der Küche tappte. Sie fühlte sich plötzlich völlig energielos und setzte sich wieder hin. Angewidert starrte sie auf den Pudding, erinnerte sich an Lauras Finger, die darin herumgewühlt hatten. Es war fast drei Uhr in der Frühe, als sie sich endlich aufraffte, den gesamten Inhalt der Schüssel in den Abfalleimer zu kippen, die Schüssel ins Spülbecken zu stellen, das Licht auszuknipsen und ins Bett zu gehen.

Am nächsten Morgen stellte sie erst Adeline, dann Marjorie zur Rede.

»Ich habe Laura letzte Nacht in der Speisekammer erwischt«, sagte sie zu Adeline, »sie war drauf und dran, alles zu verschlingen, was ihr in die Finger fiel. Wir haben uns unterhalten. Sie gab zu, daß es schon häufig zu solchen nächtlichen Exzessen gekommen ist. Du mußt das mitbekommen haben, Adeline. Und erzähle mir nicht, du habest nicht gewußt, wer da nachts die Vorräte plündert! In diesem Fall hättest du lamentiert ohne Ende und alles darangesetzt, herauszufinden, wer der Schuldige ist. Du wußtest, daß es Laura war, und du hast sie gedeckt!«

»Ach Gott, was hätte ich denn machen sollen!« jammerte Adeline. »Das arme Ding bei Ihnen anschwärzen? Sie hat so viel mitgemacht! Ich war froh, daß ihr mein Essen schmeckt, da habe ich gern ein Auge zugedrückt!«

»Du hast ihr damit aber keinen Gefallen getan. Laura ist krank. Sie braucht Hilfe, und du hättest unbedingt mit mir reden müssen.«

Adeline antwortete nicht, preßte nur die Lippen zusammen. Ihre Miene verriet, daß sie für neumodischen Unsinn hielt, was Frances da erzählte. Krank! Das Kind hatte einen gesunden Hunger und schlug dabei ein bißchen über die Stränge. Na und? Das gab sich schon wieder, wenn Laura erst in das Alter kam, in dem sie den Jungen gefallen wollte.

Marjorie gegenüber schlug Frances schärfere Töne an.

»Ich habe gehört, du machst dich lustig über deine Schwester. Du bezeichnest sie als fett und eklig. Stimmt das?«

Marjorie machte ein bockiges Gesicht und schwieg.

»Ob das stimmt, will ich wissen«, wiederholte Frances.

Marjorie hob den Blick, starrte Frances trotzig an. »Ist sie's nicht?« fragte sie herausfordernd. »Ist sie nicht fett und eklig und verfressen? Sagen Sie doch mal, was *Sie* von ihr denken!«

»Marjorie, das reicht! Wenn du unverschämt wirst, kannst du mich von einer Seite erleben, die dir äußerst unangenehm sein wird, hast du das verstanden?«

In Marjories Augen trat unverhohlene Feindseligkeit. »Wollen Sie mich schlagen? Das dürfen Sie nicht!«

»Du würdest dich wundern, wie wenig ich mich im allgemeinen darum schere, ob ich etwas darf oder nicht! Du solltest es jedenfalls nicht darauf ankommen lassen!«

Marjorie erwiderte nichts.

»Also, du wirst Laura von nun an in Ruhe lassen«, fuhr Frances fort. »Keine Gehässigkeiten mehr, hörst du? Und denke daran, daß ich ein wachsames Auge auf dich habe. Also versuche nicht, mich zu hintergehen!«

»Kann ich jetzt gehen?«

»Ja – wenn wir uns einig sind.«

Marjorie drehte sich um und verließ wortlos das Zimmer.

Im April kapitulierten die Griechen vor den eingefallenen deutschen Truppen. Die ihnen zu Hilfe geeilten Engländer mußten den Rückzug antreten. Zum erstenmal, seitdem er das Amt des Premierministers innehatte, wurde Kritik an Winston Churchill laut; man warf ihm vor, keine klare Linie zu verfolgen, zwar großartige Reden zu halten, darüber hinaus aber bislang wenig im Kampf gegen die Deutschen vorweisen zu können. Allgemein machte sich Mutlosigkeit breit. Im Mai zerstörte ein deutscher Bombenangriff das Gebäude des Unterhauses. Vielen erschien das als ein böses Omen.

Zu diesem Zeitpunkt bewegten Frances allerdings weniger die Gedanken an eine mögliche deutsche Invasion; vielmehr begann sie, sich zunehmend Sorgen um Alice zu machen, die seit mehr als zwölf Wochen nichts mehr von sich hatte hören lassen. Das war ungewöhnlich und konnte nach Frances' Ansicht kaum etwas Gutes bedeuten. Sie hatte zweimal an die letzte Adresse geschrieben. Auf den ersten Brief kam überhaupt keine Antwort. Auf den zweiten reagierte schließlich die Vermieterin. In einer haarsträubenden Orthographie teilte sie Frances mit, die Selleys seien im März ausgezogen, irgendwohin nach Bethnal Green, im Osten der Stadt, weil Mr. Selley dort wieder eine Stelle als Hausmeister gefunden habe. Sie kenne jedoch nicht die neue Adresse.

Diese Auskunft beunruhigte Frances noch mehr. Sie konnte sich nicht vorstellen, daß Alice ihre Wohnung wechselte, ohne ihren Kindern die neue Anschrift mitzuteilen. Sie bemühte sich, ihre Sorgen vor Laura und Marjorie zu verbergen, und die beiden sprachen von sich aus ebenfalls nicht davon. Aber eines Tages kam Frances die Treppe hinauf und wurde unfreiwillig Zeugin einer lautstarken Unterhaltung zwischen den beiden Mädchen.

»Ich wette, sie sind tot, alle beide«, sagte Marjorie gerade. Ihre Stimme klang verächtlich.

»So? Und warum schreibst du Mami dann einen Brief?« fragte Laura. Wie immer wirkte sie weinerlich.

»Weil ich eben Lust habe. Darum!«

»Du kannst ihn doch gar nicht abschicken. Wir wissen ja nicht die Adresse.«

»Ich kann ihn nicht abschicken, *weil sie tot sind!*«

»Hör auf! Hör auf, das immer zu sagen!« rief Laura. »Es stimmt nicht! Du kannst es gar nicht wissen!«

»Du bist so schrecklich naiv, Laura! Dabei bist du sogar älter als ich. Du kannst einfach zwei und zwei nicht zusammenzählen!«

»Mami wird bald anrufen«, beharrte Laura störrisch.

Marjorie lachte schrill. »Du glaubst wohl noch an den Weihnachtsmann! Wir sehen Mami nie wieder. Das Schlimme ist nur, daß wir hier festsitzen. Aber wahrscheinlich behalten die uns gar nicht. Sie werden uns in ein Waisenhaus stecken!«

Laura schluchzte auf.

»Das reicht«, murmelte Frances. Sie wollte das Zimmer betreten, aber sie konnte gerade noch einer in Tränen aufgelösten Laura ausweichen, die an ihr vorbeistürzte, im Bad verschwand und die Tür hinter sich zuwarf. Knirschend wurde der Riegel vorgeschoben.

»Marjorie!« sagte Frances streng. »Zufällig habe ich gehört, wie du...«

Marjorie war weiß wie die Wand. »Ach? Jetzt werde ich wieder angegriffen! Dabei habe ich recht! Sie wissen das! Mami und Dad sind tot! Sie sind tot und kommen nie wieder!«

Mit diesen Worten stürzte sie ebenfalls aus dem Zimmer, noch ehe Frances sie zurückhalten konnte. Ihre Schritte verklangen auf der Treppe.

Frances verdrehte die Augen. Ihr Blick fiel auf einen Briefbogen, der auf dem Tisch am Fenster lag. Hatte Laura nicht gefragt, weshalb Marjorie einen Brief an ihre Mutter schreibe?

Neugierig trat sie näher. Sie wußte, es gehörte sich nicht, daß sie ihn las, auch ein zwölfjähriges Mädchen hatte sein Briefgeheimnis. Aber es reizte sie, zu erfahren, was Marjorie über das Leben in Westhill an ihre Mutter schrieb.

»Liebe Mami«, stand auf dem Papier, »es ist ganz furchtbar hier. Du kannst dir nicht denken, wie schlimm Frances ist. Sie hat kalte Augen und eine harte, laute Stimme. Mich kann sie nicht leiden, nur Laura. Laura darf alles. Sogar fressen ohne Pause, obwohl sie so fett ist wie ein Schwein. Frances hat gesagt, sie schlägt mich, wenn ich noch einmal sage, daß Laura fett ist. Darf sie das? Mami, können wir nicht wieder zu dir und Dad nach London kommen? Werfen denn die Deutschen immer noch so viele Bomben? Wenn du mich nicht bald holst, werde ich ausreißen. Ich habe...«

An dieser Stelle mußte Marjorie gestört worden sein, der Brief brach mitten im Satz ab.

Frances zog sich von dem Tisch zurück. Sie hatte gewußt, daß Marjorie sie nicht mochte, sich nicht wohl fühlte in Westhill. Aber dennoch war sie sehr betroffen. Sie hatte nicht gedacht, daß Marjorie sogar mit dem Gedanken spielte, davonzulaufen.

Ich wünschte, Alice würde sich endlich melden, dachte sie voller Unruhe, allmählich wird mir die Verantwortung einfach zu groß.

Sie hielt ein wachsames Auge auf Marjorie während der nächsten Wochen, konnte aber nichts entdecken, was auf eine Vorbereitung zur Flucht schließen ließ. Das Mädchen gab sich nun nicht mehr die geringste Mühe, seinen Haß auf Frances zu verbergen, wobei Frances noch immer rätselte, womit sie sich diesen Haß zugezogen hatte. Er war einfach dagewesen, schon auf dem Bahnhof von Northallerton. Haß auf den ersten Blick, so unerklärlich wie Liebe auf den ersten Blick. Eine instinktive, impulsive Ablehnung, wie sie bei Hunden vorkommt, die aus unerfindlichen Gründen aufeinander losgehen, ohne daß etwas vorgefallen wäre.

Frances sagte sich, der Krieg würde irgendwann vorbei sein, dann würden sie und Marjorie einander vergessen. Alices Kinder waren eine Episode. In einigen Jahren würde sie kaum mehr an sie denken.

Am 22. Juni fielen die Deutschen in Rußland ein. Viele Engländer waren entsetzt, denn sie glaubten zunächst, Hitlers Optimismus, mit dem er sich auf einen ungeschwächten Gegner, auf ein gewaltig großes Land einließ, spreche dafür, daß die Deutschen tatsächlich noch stärker waren, als man bisher gedacht hatte – daß sie über ungeahnte Reserven verfügen mußten. Würden sie sonst ein solches Risiko eingehen?

Nur wenige sahen in Hitlers Angriff auf Rußland die Wende im Kriegsglück der Deutschen voraus. Premier Churchill hatte schon Monate vorher orakelt, die Deutschen würden einen Vorstoß nach Osten unternehmen, und er sah sich nun bestätigt. Er gehörte zu denen, die die Überzeugung vertraten, Hitler habe sich übernommen und begonnen, die eigene Niederlage einzuläuten.

Aber zunächst fraßen sich die deutschen Panzer mit der bei ihnen bereits gewohnten Schnelligkeit und Unaufhaltsamkeit immer tiefer nach Rußland hinein.

»Es ist, als könnte nichts sie stoppen«, sagte Charles, wenn er am Radio saß und den neuesten Kriegsberichten lauschte. »Es ist, als kapituliere alle Welt vor dem Größenwahn dieses Volkes.«

»Nein, die Welt kapituliert nicht«, widersprach Frances, »sie hat nur alle Warnzeichen gründlich übersehen und allzulange gebraucht, sich von ihrer Überraschung zu erholen. Aber von nun an wird Hitler mehr und mehr Ärger bekommen, schlimmeren Ärger, als er sich jetzt ausrechnen kann.«

Sie war überzeugt, daß Hitler an Rußland scheitern würde. Aber Charles, in seinem grundlegenden Pessimismus, teilte ihre Auffassung nicht und sah das Weltende voraus.

In diesen Sommerwochen des Jahres 1941 wurde er zu einem Schatten seiner selbst. Nachdem er den Winter und seine Lungenentzündung gerade so überstanden hatte, schien er nun am langsamen Verfall seiner Kräfte jeden Tag ein Stück zu sterben. Jeden Morgen hatte es den Anschein, als sei ein bißchen weniger von ihm da. Wenn Frances ihn fragte, wie es ihm gehe, sagte er nur: »Ganz gut, Kind, ganz gut.«

Jeder im Haus hatte den Eindruck, daß sein Ende nahte, aber niemand sprach davon, und auch Charles sagte nur einmal: »Ich bin froh, daß ich zwei Dinge nicht mehr erleben werde: den Sieg des Nationalsozialismus über die Welt und Victorias Scheidung.« Es war das einzige Mal, daß er, in Anwesenheit von Frances und Adeline, seinen Tod erwähnte.

Frances sagte daraufhin schockiert: »Wie kannst du glauben, daß der Nationalsozialismus siegen wird?«

Und Adeline rief gleichzeitig entsetzt aus: »Daß Sie so etwas nur ja nicht gegenüber Victoria laut werden lassen, Sir! Das arme Ding hat es schon schwer genug!«

Erst dann versicherten sie Charles einmütig, sie seien davon überzeugt, er werde sich gut erholen und noch lange leben.

»Du siehst heute viel besser aus als gestern, Vater«, sagte Frances, aber Charles bedachte sie nur mit einem langen, ironischen Blick, ehe er sich mühsam erhob und schwerfällig aus dem Zimmer schlurfte.

Charles hatte sich geirrt: Es gelang ihm nicht, zu sterben, ehe Victoria rechtskräftig geschieden wurde. Niemand im Haus hatte ihn davon unterrichtet – niemand hätte es *gewagt* –, daß Victoria und John eine Härtefallscheidung anstrebten und daher nicht die üblichen Fristen einhalten mußten.

Victoria hatte die Eile mit »seelischer Grausamkeit« begründet, die ihr von ihrem Mann zwei Jahrzehnte lang praktisch ohne Unterlaß zugefügt worden sei, und John hatte dies auch widerstandslos eingeräumt. Victoria hatte daraufhin wieder nächtelang wach gelegen und in hoffnungsloser Verzweiflung in ihre Kissen geweint; denn sie hatte geglaubt, John werde sich einer raschen Scheidung widersetzen und damit eine Chance zur Versöhnung schaffen. Es kränkte sie tief, als sie feststellen mußte, daß er es lieber auf sich nahm, als Alleinschuldiger dazustehen (auch wenn er das ihrer Ansicht nach tatsächlich war), als auch nur einen Tag länger mit ihr verheiratet zu bleiben als unbedingt nötig. Er stritt nicht einmal um Geld. Es schien, er wäre bereit, ihr zu geben, was er hatte, wenn er dadurch nur endlich frei wäre. Victoria floh in ihrem Leid zu Marguerite, aber die reagierte ungeduldig und gereizt.

Schließlich kam der 23. Juli, der Tag, an dem John und Victoria rechtskräftig geschieden wurden. Kummer und Enttäuschung hatten Victorias Fähigkeit, taktvoll und diplomatisch zu sein, weitgehend untergraben. Anstatt ihrem Vater die Lage der Dinge vorsichtig und behutsam nahezubringen, platzte sie beim Abendessen völlig unvermittelt damit heraus.

»Vater, übrigens, John und ich sind heute geschieden worden«, sagte sie mitten in ein harmlos dahinplätscherndes Gespräch über den zu kühlen Sommer hinein. Dann warf sie ihre Serviette hin und verließ das Eßzimmer.

Charles war kreideweiß geworden. »Wie?« fragte er schwerfällig. Seine Hand, die eine Gabel hielt, zitterte.

»Vater, wir wußten doch, daß dieser Moment kommen würde«, sagte Frances. »Es ging nur etwas schneller. Seien wir doch froh, daß alles hinter uns liegt.«

»Meine Tochter ist eine geschiedene Frau«, murmelte Charles. Sein greisenhaftes Gesicht schien von einem Moment zum anderen noch mehr einzufallen. Frances verfluchte im stillen Victorias Rücksichtslosigkeit, mit der sie ihre Nachricht herausposaunt hatte. Laura machte große Augen.

»Victoria ist eine *geschiedene* Frau?« fragte sie. »Aber das ist schlimm, nicht? Eigentlich darf man sich doch nicht...«

»Laura, ich fürchte, davon verstehst du überhaupt nichts«, unterbrach Frances sie sehr scharf. Laura preßte die Lippen aufeinander.

»Ich möchte hinauf in mein Zimmer«, sagte Charles leise. Er wollte aufstehen, aber es gelang ihm nicht. Frances und Adeline mußten ihn stützen und die Treppe fast hinauftragen. Apathisch ließ er sich von ihnen in seinem Schlafzimmer auskleiden. Frances war entsetzt, als sie den Körper ihres Vaters sah. Er war beinahe bis aufs Skelett abgemagert, die Rippen und Hüftknochen stachen spitz hervor. Seine faltigen Oberarme waren dünn wie die eines kleinen Kindes. Ein paar armselige, graue Haare sprossen auf der eingesunkenen Brust.

»Morgen muß unbedingt noch einmal der Arzt kommen«, sagte Frances, »Vater sieht ja schlechter aus als während seiner Lungenentzündung.«

Charles öffnete die Augen. »Ich brauche keinen Arzt.«

»Er soll dich nur ansehen. Und uns sagen, wie wir dich aufpäppeln können. Du mußt unbedingt zunehmen.«

»Wozu?« fragte Charles.

Er starb zwei Tage später, in seinem Bett, im Schlaf. Er war nicht mehr aufgestanden seit jenem Abend, und der Arzt hatte nach der Untersuchung bedenklich dreingeblickt.

»Er ist sehr schwach«, hatte er gesagt, »er hat kaum noch Kraft. Die schwere Krankheit im letzten Winter hat seinen Körper völlig ausgezehrt. Sein Herz gefällt mir überhaupt nicht. Er darf sich nicht aufregen. Nicht anstrengen. Ansonsten kann man kaum etwas tun.«

Das letzte, was Charles zu Frances sagte, war: »Paß auf Victoria auf!« Das war, nachdem sie ihm die kräftige Fleischbrühe, die Adeline für ihn gekocht hatte, eingeflößt hatte und ihn für seinen Mittagsschlaf allein lassen wollte.

»Wie kommst du denn jetzt darauf, Vater?« fragte sie.

Er wiederholte nur: »Paß auf Victoria auf!« und schloß die Augen. Er wollte schlafen.

Frances wartete noch ein paar Minuten, lauschte auf seine Atemzüge, die kräftig und gleichmäßig schienen. Sie ließ ihn allein, und irgendwann während der folgenden eineinhalb Stunden mußte sein Herz aufgehört haben zu schlagen; denn als sie am frühen Nachmittag kam, um nach ihm zu sehen, war er tot.

Er lag genauso da, wie sie ihn verlassen hatte, aber er atmete nicht mehr. Sein Mund stand leicht offen. Seine Hand hing schlaff seitlich am Bett herab.

Frances rief: »Vater!«, und sie mußte es laut gerufen haben und wohl auch erschrocken, denn sofort versammelten sich alle im Haus befindlichen Personen, einschließlich Marguerite, im Zimmer. Frances faßte nach Charles' Hand; sie war steif und eiskalt.

»Er ist tot«, sagte sie.

Victoria stöhnte leise auf. »O Gott«, flüsterte sie.

Adeline stieß einen Schreckenslaut aus. Lauras Gesicht trug den Ausdruck von Grauen, Marjories verriet einen Anflug von Sensationsgier. Marguerite zeigte keine Regung, aber in ihren dunklen Augen lag Anteilnahme.

»Es ist meine Schuld«, sagte Victoria, »es ist meine Schuld! Es ist...«

»Unsinn!« fauchte Frances, aber in Wahrheit war sie überzeugt, daß Victoria die Schuld trug. Sie konnte nichts dafür, daß er sich ihre Scheidung so zu Herzen nahm, aber sie hatte alles erschwert durch ihr ständiges Jammern und Klagen; und durch ihren unbedachten Auftritt zwei Tage zuvor hatte sie ihm die Aufregung beschert, die er hätte meiden sollen. Irgendwann würde Victoria das von ihr zu hören bekommen, aber nicht jetzt, nicht am Totenbett des Vaters.

»Ruf den Arzt, Adeline«, befahl sie, »er muß kommen und den Totenschein ausstellen.«

»Woran ist er denn gestorben?« fragte Marjorie.

»Ich denke, sein Herz hat versagt«, sagte Frances. »Kommt her, Kinder, seht ihn euch an und nehmt Abschied!«

Laura trat folgsam näher, aber Marjorie schüttelte nur heftig den Kopf, wandte sich ab und stürzte aus dem Zimmer. Man konnte ihre Schritte auf der Treppe hören, dann schlug unten die Haustür zu.

»Wenn sie zurückkommt, soll sie sich in acht nehmen«, sagte Frances zornig.

Aber Marguerite meinte ruhig: »Sie ist zu jung. Das hier ist zuviel für sie.«

»Armer Mr. Gray«, murmelte Laura. Sie starrte den ausgemergelten, alten Mann an. Ihre Hände mit den dicken Fingern klammerten sich um eine Stuhllehne. »Wann wird er beerdigt?«

»Ich werde mit dem Pfarrer sprechen«, sagte Frances, doch dann kam ihr ein Gedanke, und sie fügte hinzu: »Ach, und irgendwie muß ich auch George verständigen und herbringen. Diesmal wird er seine Einsiedelei verlassen müssen.«

George mußte gar nichts, und er dachte nicht daran, seine selbstgewählte Einsamkeit auch nur für einen Tag aufzugeben. Wie sollte er auch plötzlich fremden Menschen gegenübertreten, nachdem er seit einem Vierteljahrhundert nur noch mit seiner Schwester verkehrte?

Frances war nach Staintondale gefahren, um ihn von Charles' Tod zu unterrichten und ihn gleich mitzunehmen; aber er sagte, er werde nicht mitkommen. Er war dabei so ruhig, als zweifle er nicht daran, daß sie ihn verstehen würde, oder als sei es ihm gleichgültig, ob sie ihn verstand. Es gelang Frances nicht, herauszufinden, ob ihn Charles' Tod traf. Sein Gesichtsausdruck hatte sich nicht verändert, als er es erfuhr. Er sah so weltabgewandt drein wie immer, unerreichbar in dem Kokon, den er um sich gesponnen hatte und der ihn vor dem Wahnsinn bewahrte.

»Du mußt mitkommen«, drängte Frances, aber er antwortete nicht, sondern sah nur aus dem Fenster zum Meer hin, so wie er es getan hatte, ehe Frances hereingekommen war und seine Ruhe gestört hatte.

»Niemand wird es verstehen, wenn du nicht kommst«, sagte Frances beschwörend, und unter dem Klang ihrer Stimme wandte er sich noch einmal um; sie konnte einen Ausdruck von Verwunderung über sein Gesicht huschen sehen. Verwunderung darüber, daß sie glaubte, es interessiere ihn, ob ihn jemand verstand. Erstaunen auch, daß es *sie* interessierte.

Sie sah beschämt zur Seite, stand auf und sagte: »Nun ja... Vielleicht mußt du auf deine Weise Abschied nehmen von ihm.«

Sie hoffte bis zuletzt, er werde vielleicht doch noch auftauchen, am Grab erscheinen und seinem Vater selbst Lebewohl sagen. Es schmerzte sie, daß er es nicht tat, weil sie wußte, daß es Charles geschmerzt hätte. Jeder war gekommen, nur sein einziger Sohn nicht.

Das ganze Dorf hatte sich an jenem windigen, sonnigen Julitag auf dem Friedhof versammelt. Im Schatten der Bäume war es kühl, aber immer wieder zerrte der Wind die dichtbelaubten Zweige auseinander, und Sonnenstrahlen schossen warm und leuchtend hindurch und malten helle Flecken auf das Moos und die alten Steine. Die Menschen standen still um das Grab herum, und auf den meisten Gesichtern war echte Traurigkeit zu lesen.

Charles Gray war nie einer von ihnen gewesen, Herkunft und Bildung hatten ihn weit über die Bauern hinweggehoben; aber auf seine ruhige, zurückhaltende Art hatte er dennoch nie das Gefühl aufkommen lassen, er halte sich für etwas Besseres. Er hatte jeden freundlich gegrüßt und war immer höflich gewesen. Außerdem wußte man allgemein, daß er auf ein Leben in Luxus und Überfluß verzichtet hatte, um die Frau heiraten zu können, die er liebte, und das allein schon öffnete ihm die Herzen.

»Er war ein feiner Herr«, sagte eine Bäuerin, die Frances kondolierte, mit Tränen in den Augen, »ein wirklich feiner Herr!«

Frances stand die Beerdigung ohne Tränen durch, denn sie wußte, daß der Tod als Erlösung zu Charles gekommen, daß ein langsames Sterben zu Ende gegangen war, das fünfundzwanzig Jahre zuvor begonnen hatte. Charles hatte endlich seinen Frieden gefunden. Aber die Tränen, die sie nicht weinte, brannten in ihr, und mutlos dachte sie, daß nun endgültig nichts mehr war wie zuvor, es nie mehr sein würde.

Nie mehr konnte sie sich als Kind fühlen in Westhill, sich nie mehr beschützt wissen. Obwohl sie schon lange alle Entscheidungen allein traf, schon lange für die Familie und die Farm sorgte, war Charles doch immer noch wie eine übergeordnete Instanz gewesen, ein Patriarch, der sich aus dem Alltag zurückgezogen hatte, dessen Weisheit und Erfahrung aber dagewesen wären, hätte man ihrer bedurft.

Nun war sie allein. Allein mit ihrer Verantwortung für das Haus und das Land, mit ihrer Sorge um die beiden Kinder, um die unglückliche Victoria. Dazu herrschte Krieg, und Gott mochte wissen, was ihnen allen noch bevorstand.

Sie atmete tief durch, als könne dies den Druck, der auf ihrer Brust lag, leichter machen.

»Erde zu Erde«, sagte der Pfarrer gerade, »Asche zu Asche, und Staub zu Staub...«

Sie hob den Blick und ließ ihn über die Versammelten schweifen, noch immer in der Hoffnung, George werde plötzlich auftauchen.

Sie sah John, der sehr vornehm aussah in seinem schwarzen Anzug und der offenbar noch nichts getrunken hatte an diesem Tag, denn seine Wangen waren fahl und seine gefalteten Hände zitterten leicht. Es wurde schlimmer mit ihm: Bis vor einigen Monaten war er noch recht gut in Form gewesen, wenn er nicht trank, jetzt ging es ihm wirklich schlecht ohne Alkohol. Sie bemerkte, daß er ebenfalls umherblickte, und dachte, er suche nach ihr, was sich für eine Sekunde wie ein den Schmerz besänftigenden Trost über sie legte.

Aber dann wurde ihr bereits klar, daß er sie gar nicht suchen *mußte*, denn sie und Victoria standen ganz vorne am Grab, für niemanden zu übersehen. Sie sah ihn lächeln, fast unmerklich, und als sie dem Blick seiner Augen folgte, erkannte sie, wem sein Lächeln galt: Marguerite runzelte ein wenig die Stirn, als finde sie es unschicklich, während einer Beisetzung ein Lächeln auszutauschen, aber zugleich schien sie bewegt.

Frances stand wie vom Donner gerührt. Davon hatte sie keine Ahnung gehabt. Zwischen John und Marguerite hatte sich ein Band gesponnen, zart sicher noch, aber unübersehbar.

Wie hatte sie das so lange nicht bemerken können?

## Samstag, 28. Dezember 1996

Barbara hatte bis fast in den Morgen gelesen. Erst gegen vier Uhr löschte sie die Kerzen, legte sich zurück und schlief fast augenblicklich ein.

Sie erwachte vom hellen Lichtschein, der sie blendete, kaum daß sie die Augen aufschlug. Verwirrt dachte sie: Es muß schon spät sein, wenn die Sonne hier hereinscheint!

Aber dann bemerkte sie, daß nicht die Sonne sie geweckt hatte, sondern die Lampe neben ihrem Bett. Sie hatte in den vergangenen Tagen wohl hundertmal an ihr herumgeschaltet, und am Ende war sie offenbar in angeknipstem Zustand gewesen. Falls auch die Heizung wieder funktionierte, hatten sie jetzt Licht, Wärme und ein Telefon – allerdings nach wie vor nichts zu essen.

Jenseits der Fenster herrschte noch Dunkelheit, wie sie durch einen Spalt zwischen den Vorhängen feststellen konnte. Ein Blick auf die Uhr zeigte ihr, daß sie knapp drei Stunden geschlafen hatte. Neben ihr auf dem Fußboden lagen zwei Papierstapel; der weitaus dickere von beiden stellte den Teil dar, den sie schon gelesen hatte, der dünnere stand ihr noch bevor. Er würde eine Weile warten müssen. Sie brauchte ein bißchen Schlaf.

Sie knipste das Licht aus. Ein eigenartiges Gefühl; sie hatte sich schon so daran gewöhnt, Kerzen auszupusten, daß ihr die brennende Lampe wie ein seltener Luxus erschien.

Sie legte sich in ihre Kissen zurück und wartete, daß der Schlaf wieder nach ihr greifen würde, aber nichts geschah. Obwohl ihre Augen brannten und ihr Kopf dumpf war vor Müdigkeit, war sie hellwach. Ihr Magen schmerzte, ihre Eingeweide schienen sich zusammenzukrampfen. Sie hatte nicht gewußt, daß Hunger so weh tat. Für eine Frau ihrer Generation, Ende der fünfziger Jahre geboren, war Hunger ohnehin ein praktisch unbekannter Zustand, richtiger Hunger jedenfalls. Sie hatte schon rabiate Abmagerungskuren hinter sich gebracht oder manchmal nach einem harten Arbeitstag großen Appetit gehabt; aber tagelangen, ständigen Hunger kannte sie einfach nicht, nicht aus eigener Erfahrung, nur aus Erzählungen ihrer Eltern und Großeltern.

Verrückt, diese ganze Situation, dachte sie, einfach verrückt.

Sie versuchte an das Buch zu denken, um den Hunger zu vergessen. Laura kam ihr in den Sinn, das Mädchen mit den Freßattakken. Sie mußte grinsen; typisch, daß ihr – mit knurrendem Magen – gerade der nächtliche Überfall auf die Puddingschüssel im Gedächtnis geblieben war. Aber gleich darauf wurde ihr klar, daß nicht nur aus Hunger an Laura gedacht hatte, sondern weil die Schilderung des Mädchens Bilder in ihrer Erinnerung geweckt hatte, die sie tief vergraben hatte, an die sie nie mehr hatte denken wollen.

Barbara dachte an sich selbst als junges Mädchen, und es waren alles andere als angenehme Gedanken.

Sie hätte jedem heute leicht erzählen können, daß sie als Teenager zu dick gewesen war, es hätte ihr ohnehin niemand geglaubt. Nicht nur, weil sie eine so schlanke Figur hatte, sondern weil sie überhaupt in jeder Hinsicht perfekt aussah. Ihre Kleider und Schuhe, ihr Schmuck, ihre Frisur, ihr Make-up – immer war alles tadellos, und selbst das kritischste Auge hätte nie einen Makel feststellen können. Wenn sie sich lässig kleidete, war ihre Lässigkeit genau durchgestylt, wenn sie elegant auftrat, war es ebenso. Sie galt als hochdisziplinierte Erfolgsfrau, die ihr Leben hundertprozentig im Griff hatte. Barbara zu dick? Ausgeschlossen!

Sie hatte nicht nachts auf den Knien gelegen und verbotene Schüsseln ausgeleckt, aber sie hatte kontinuierlich gegessen und gegessen, bei jeder Gelegenheit, immerzu. Kartoffelchips vor allem, und von denen war ihr auch noch schlecht geworden, und sie hatte Pickel bekommen. Aber sie hatte nicht aufhören können. Süße, bunte Tröster hatte sie in sich hineingestopft – Gummibärchen, Schokolade und gezuckerte Erdnüsse. Sie war überzeugt gewesen, daß sie das deshalb tat, weil sie so unglücklich war über ihr Aussehen. Je fetter sie sich im Spiegel erblickte, desto hastiger mußte sie etwas in sich hineinstopfen, um ihren Kummer zu lindern. Ein schrecklicher Teufelskreis, in dem Ursache und Wirkung zum schönsten Desaster verschmolzen.

Viel später erst hatte sie überlegt, ob ihr unstillbarer Hunger einen tieferen Grund gehabt hatte, und obwohl sie nicht zur Amateurpsychologie neigte, war sie darauf gekommen, daß es an der Rivalität zu ihrem jüngeren Bruder gelegen haben mochte. Sie hatte immer ein gutes Verhältnis zu ihrer Mutter gehabt, aber sie wußte, daß diese sich brennend einen Sohn gewünscht hatte.

»Für dich hatten wir uns nicht einmal einen Namen ausgedacht«, hatte sie Barbara manchmal erzählt, »so sicher war ich, daß du ein Junge sein würdest!«

Als der ersehnte Sohn dann fast acht Jahre nach Barbara zur Welt kam, war ihre Mutter vor Glück fast außer sich gewesen. Sie hatte sich, wie Barbara ehrlicherweise zugeben mußte, immer bemüht, beide Kinder völlig gleich zu behandeln, und doch war da etwas gewesen – ein Band zwischen ihr und ihrem Sohn, eine unsichtbare Nabelschnur, die nie durchtrennt worden war, eine wortlose Verständigung.

Barbara erinnerte sich nicht, *spürbar* darunter gelitten zu haben, aber latent mochte es in ihr geschwelt haben. Manchmal war da plötzlich ein Gefühl gewesen, von innen heraus zu frieren, scheinbar ohne Grund, und wenn sie dann aß und aß, kehrte langsam die Wärme zurück. Es mochte an ihrem Bruder gelegen haben, aber vielleicht war es auch etwas ganz anderes gewesen. Irgendwann gewann die Sache eine Eigendynamik. Sie fraß, heulte über ihr Spiegelbild und fraß wieder, um die Tränen versiegen zu lassen.

Und natürlich – kein Junge hatte sich für sie interessiert, nicht einer!

Barbara warf sich unruhig zur Seite, die Vergangenheit hatte sie jetzt fest im Griff und ließ nicht mehr los. Ihr wurde heiß im Gesicht, als ihr die Schulpartys einfielen, die sie gehaßt hatte, zu denen man aber hatte erscheinen müssen. Spaß war angesagt, Lustigsein das oberste Gebot. Sie erinnerte sich an enge Kellerräume mit schummriger Beleuchtung, an teils fetzige, teils verträumte Musik, an den Geruch nach Schweiß, Parfüm, Nudelsalat mit Mayonnaise und Alkohol, obwohl Alkohol verboten war. Die Paare hopsten auf der Tanzfläche herum oder – zu späterer Stunde – schoben sich eng umschlungen, förmlich ineinander verklammert, einen Schritt vor und einen zurück und schienen im wesentlichen schmusend auf einem Fleck zu verharren.

Barbara hockte für gewöhnlich neben dem aufsichtführenden Lehrer und bemühte sich krampfhaft, ein Gespräch in Gang zu bringen und aufrechtzuerhalten, damit es den Anschein hatte, sie sei viel zu sehr in eine tiefschürfende Unterhaltung verstrickt, um am Tanzen interessiert zu sein. Letztlich nahm ihr das niemand ab, und immer wieder mußte Barbara mit schamgeröteten Wangen peinvolle Minuten durchleben, wenn sich der Lehrer, in Besinnung auf seine pädagogischen Pflichten, irgendeinen Jungen schnappte und ihn mit den Worten: »Du tanzt jetzt mal mit Barbara!« auf das Mauerblümchen zuschubste. Der Junge verdrehte meist die Augen und verzog maulend den Mund, während Barbara hilflos murmelte: »Ich wollte jetzt eigentlich gar nicht tanzen...«, wobei ihr ein Blick in das entschlossene Gesicht des Lehrers zeigte, daß er sie nicht würde entkommen lassen.

Wenn sie den schrecklichen Tanz, bei dem sich ihr Partner für gewöhnlich keinerlei Mühe gab, seine Abneigung gegen sie zu verbergen, hinter sich gebracht hatte, flüchtete sie in die Toilette; aber auch dort stieß sie nur auf einen Haufen Mädchen, die sich vor den Spiegeln drängten, gackerten und alberten, gegenseitig Lippenstifte austauschten und mit ihren Abenteuern prahlten.

»Ihr werdet es nicht glauben, Frank hat mir an den Busen gefaßt!«

Barbara konnte von derartigen Übergriffen nur träumen.

Natürlich war sie noch Jungfrau, als sie an die Uni kam, und sie hatte stets das düstere Gefühl, man könnte ihr das schon von weitem ansehen. Während der ersten beiden Semester blieb sie die Außenseiterin, die sie immer gewesen war, und sie nutzte ihr Ausgegrenztsein, um sich mit ganzer Energie und Konzentration auf ihr Studium zu stürzen. Die Erkenntnis, daß sie einen scharfen Verstand und eine ungewöhnlich rasche Auffassungsgabe besaß, stellte das erste wirkliche Erfolgserlebnis für sie dar und steigerte ihr Selbstbewußtsein um ein gutes Stück.

Dann merkten auch ihre Kommilitonen, daß eine Intelligenzbestie unter ihnen saß, die die besten Noten abräumte und hohe Achtung bei den Professoren genoß. Manche waren neidisch, aber andererseits konnte man Barbaras Rat und ihre Hilfe bei verzwickten Problemen gut gebrauchen, und so hatte sie plötzlich eine ganze Menge Freunde. Sie begann herauszufinden, daß sie beliebt sein konnte, daß es ihr gelang, Bewunderung und Anerkennung einzuheimsen.

Sie hatte den entscheidenden Kick erhalten. Sie verzichtete fortan auf »Pommes mit Mayo« und meldete sich in einem Gymnastikkurs an. Als sie Ralph bei einem Seminar kennenlernte, war sie noch immer pummelig, aber bei weitem schlanker als vorher. Daß sich endlich ein Mann, und noch dazu der gutaussehende Ralph, für sie interessierte, spornte sie noch mehr an. Sie hungerte und turnte sich unter ihr Idealgewicht, verlieh ihrem straßenköterblonden Haar mit Hilfe des Friseurs einen goldenen Glanz, fand heraus, daß sie elegante Kleider mochte und über einen sicheren Geschmack verfügte.

Rigoros drängte sie alles, was an die Barbara von einst erinnerte, so weit fort, wie es nur ging, versteckte die Wunden und Narben hinter tollen Noten und beachtlichen Erfolgen, hinter auffälligem Lippenstift und schicken Klamotten, hinter einem Selbstbewußtsein, von dem sie wußte, daß es manchmal forciert wirkte, aber immerhin seinen Zweck erfüllte: daß andere Menschen respektvoll und werbend mit ihr umgingen.

Sie veränderte, verwandelte sich vollkommen, ohne daß sie es selbst richtig bemerkte und ohne daß sie auch nur einmal in Erwägung gezogen hätte, daß Ralph ihre Metamorphose *nicht* phantastisch finden könnte.

Heute, an diesem Morgen, als Erinnerungen über sie herfielen, die sich schon seit Ewigkeiten nicht mehr hervorgewagt hatten, kam ihr plötzlich in den Sinn, daß sich Ralph in eine andere Frau verliebt hatte als in die, die sie heute geworden war. Vielleicht hatte ihn das keineswegs so glücklich gemacht, wie sie es als selbstverständlich vorausgesetzt hatte.

Sie setzte sich im Bett auf, schlug die Decke zurück. All diesen Gedanken, diesen Bildern war sie ausgewichen wie einer ansteckenden Krankheit, erfolgreich ausgewichen, und sie würde nun nicht damit anfangen, sich ihnen hinzugeben. Sie durfte keinesfalls noch länger liegen bleiben. Sie mußte aufstehen und sich mit irgend etwas beschäftigen, am besten mit Frances Grays weiterem Schicksal, und ...

Unten im Haus läutete das Telefon.

Es war genau das Richtige im Moment, eine willkommene Ablenkung. Sie sprang aus dem Bett, lief aus dem Zimmer und die Treppe hinunter und merkte erst dort, daß sie barfuß war und daß die Kälte wie mit Messern in ihre Füße schnitt. Sie sah, daß die Kellertür angelehnt stand; unten brannte Licht, und Ralph rumorte

irgendwo herum, vermutlich bemühte er sich, die Heizung anzu-
werfen. Barbara hoffte sehnlichst, er würde Erfolg haben. Sie zitterte bereits am ganzen Körper, denn in der Eile hatte sie sogar
vergessen, einen Morgenmantel überzuziehen.

»Ja?« meldete sie sich etwas atemlos.

»Barbara? Hier ist Laura. Ich hoffe, ich habe Sie nicht geweckt?«

»Nein, ich war schon...« Barbara stockte. *Laura?*

»Sind Sie noch da?« erkundigte sich Laura irritiert.

»Ja... ja, natürlich. Entschuldigung.«

Sie war wirklich ein Trottel. Heute nacht beim Lesen war sie
müde gewesen und heute früh noch verschlafen, und sie hatte
tatsächlich bis zu diesem Moment nicht kapiert, daß ihre Vermieterin Laura und die arme, dicke Laura in Frances' Schilderungen
ein und dieselbe Person waren.

Laura Selley, natürlich! 1926 geboren, heute also siebzig Jahre
alt, ziemlich genau das Alter, auf das sie die Besitzerin von Westhill auch geschätzt hätte. Es fiel schwer, sich die hagere alte Frau
als freßsüchtigen Teenager vorzustellen, aber wer hätte sich das
bei ihr selbst, Barbara, vorstellen können? Hatte sie sich nicht erst
gestern wegen ihres indiskreten Herumstöberns in Frances Grays
Aufzeichnungen damit beruhigt, daß alle Protagonisten dieses au-
tobiographischen Romans ja inzwischen tot seien?

So konnte man sich täuschen. Laura lebte, und sie hatten einander sogar schon gegenübergestanden. Zum erstenmal, seitdem sie
angefangen hatte, die so lange verborgene Geschichte zu lesen,
begriff sie, was Ralph gemeint hatte, als er sie davor warnen
wollte. Sie kam sich plötzlich ein wenig wie ein Voyeur vor.

Sie hatte nicht richtig zugehört, was Laura redete, und fand nun
den Faden nicht.

»... aber Marjorie meint, ich schaffe es sowieso nicht bis dorthin, und nun wollte ich wissen, was Sie denken?«

»Entschuldigen Sie, Laura, ich habe das gerade nicht mitbekommen. Worum geht es?«

»Ist etwas nicht in Ordnung?« Laura klang alarmiert, mißtrauisch. »Barbara, Sie sind so eigenartig! Stimmt etwas nicht?«

»Es ist alles in Ordnung, wirklich. Ich bin nur noch etwas
müde.«

»Ich sagte gerade, daß ich ja vorhatte, am vierten Januar wieder nach Hause zu fahren. Sie wollten an diesem Tag doch abreisen, nicht?«

»Ja. So war es vereinbart.«

»Marjorie – meine Schwester – sagt, wahrscheinlich würde ich es nicht schaffen, anzureisen, und Sie würden nicht wegkommen. Nun wollte ich Ihre Ansicht hören.«

Marjorie. Die widerborstige, jüngere Schwester, die Frances mit feindseliger Ablehnung gegenübergetreten war...

Ich muß mich endlich auf das Gespräch mit Laura konzentrieren, dachte Barbara.

»Ich denke, bis zum vierten Januar haben sie die Lage hier im Griff«, sagte sie. »Es hat jetzt schon eine ganze Zeit nicht wieder geschneit. Die Hauptstraße ist längst frei, sagt Cynthia Moore. Nur wir hier oben sind noch abgeschnitten.«

»Und es ist wirklich alles in Ordnung?« fragte Laura noch einmal.

»Wirklich. Mit uns und mit dem Haus.«

Barbara fragte sich, ob Laura wohl wußte, daß Aufzeichnungen von Frances Gray existierten. Hatte Laura selbst sie unter den Dielen im Schuppen versteckt? Oder war das noch Frances gewesen – die ihr Geheimnis dann mit ins Grab genommen hatte?

»Machen Sie sich keine Sorgen, Laura«, sagte sie, »wir können ja auch noch telefonieren bis dahin. Ich werde Sie auf dem laufenden halten.«

»Das wäre sehr nett«, sagte Laura. »Auf Wiedersehen, Barbara. Irgendwie kommen die Dinge schon wieder in Ordnung, nicht?«

Damit legte sie auf. Barbara betrachtete nachdenklich den Telefonapparat und fragte sich, was Laura mit ihrem letzten Satz gemeint hatte. Irgendwie kommen die Dinge schon wieder in Ordnung... Hatte sie vom Schnee gesprochen – oder ging es um etwas anderes, um viel mehr?


»Sie war komisch«, erzählte Laura, »irgendwie anders. Irritiert. Mit den Gedanken woanders... und gleichzeitig hellwach. Eigenartig.«

»Du kennst diese Frau doch kaum«, sagte Marjorie, »wie willst du überhaupt merken, ob sie *anders* ist? Du hast sie einmal im

Leben gesehen und kurz mit ihr gesprochen. Woher willst du wissen, wie sie *normalerweise* ist?«

»Man merkt es doch einfach, wenn einem anderen Menschen irgend etwas im Kopf herumgeht«, beharrte Laura. »Dazu muß man ihn nicht kennen. Als sie sich meldete, klang ihre Stimme noch ganz unbefangen. Und plötzlich... ja, genau das ist es. Befangen. Auf einmal klang sie befangen!«

»Du bildest dir etwas ein«, brummte Marjorie.

Sie saß am Küchentisch und studierte die Zeitung. Sie sah ziemlich übernächtigt aus. Laura hatte gehört, daß sie nachts immer wieder aufgestanden und in die Küche gegangen war, sich offenbar ein Glas Wasser nach dem anderen geholt hatte. Natürlich hatte sie das in schwerste Schuldgefühle gestürzt. Sie hatte ihre Schwester zu hart angefaßt am gestrigen Tag. Hatte die Wohnung, die Siedlung, die ganze Gegend als häßlich bezeichnet. Hatte Marjorie gesagt, sie sehe aus, als habe sie seit Jahren nicht mehr gelacht. Wütend und laut war sie geworden, verletzend. Sie schämte sich.

»Du hast viel zu früh dort angerufen!« sagte Marjorie. »Um sieben Uhr morgens. Das gehört sich nicht.«

»Sie klang nicht verschlafen«, entgegnete Laura. Sie setzte sich ihrer Schwester gegenüber an den Tisch. »Marjorie«, sagte sie leise, »wegen gestern... es tut mir leid. Ich war zu heftig. Was ich da in meinem Ärger...«

»Schon gut. Wir müssen nicht mehr davon sprechen.«

»Aber es tut mir leid, daß ich...«

»Laura!« sagte Marjorie scharf. »Hör auf! Wenn du einmal in deinem Leben wirklich wütend wirst und sagst, was du denkst, dann solltest du am nächsten Tag nicht schon wieder alles zurücknehmen. Herrgott noch mal, steh zu deiner Wut und allem, was du mir an den Kopf geworfen hast!«

»Ich ..«

»Du bist so ein entsetzlich guter Mensch, Laura. Du wirst es vielleicht nicht glauben, aber das kann einen ganz fertigmachen. Immer lieb. Immer nett. Immer freundlich, selbst wenn einer auf dir herumtrampelt. So warst du schon immer. Weißt du, wozu du die Leute ringsum damit provozierst? Du bringst sie dazu, dich immer schlechter zu behandeln. Man wird nämlich ganz verrückt bei soviel Güte. Und man will einfach sehen, wie weit man gehen kann.

Die ganze Zeit denkt man, verdammt noch mal, sie wird doch endlich einmal sauer werden! Sie wird fluchen und schimpfen und mit voller Kraft eine Tür zuschmettern. Sie wird sich doch endlich einmal nicht mehr treten lassen! Aber nichts passiert. Du machst große, traurige Augen, ziehst den Kopf ein, guckst wie ein geprügelter Hund – und sagst nichts!«

Laura spürte, wie sie blaß wurde. Auf diesen Vorwurf war sie nicht gefaßt gewesen. Ihr Mund fühlte sich plötzlich trocken an.

»Du merkst gar nicht, wie dich die Leute verachten«, fuhr Marjorie erbarmungslos fort. »Du denkst, sie mögen dich, weil du immer so nett lächelst und ja und amen sagst zu allem, was sie dir antragen. In Wahrheit finden sie dich ziemlich langweilig. Frances Gray machte da übrigens keine Ausnahme.«

»Marjorie!« flüsterte Laura geschockt.

»Mag sein, daß sie am Anfang noch irgendwie Mitleid hatte. Du warst ja ein Kind, und bei einem Kind mißt man mit anderen Maßstäben. Aber du wurdest älter und älter – und irgendwann ist sie mit dir umgegangen wie mit einem Putzlappen!«

»Das ist nicht wahr!«

»Hör doch mal auf, dir ständig etwas in die eigene Tasche zu lügen, Laura! Eine Frau wie Frances Gray suchte Menschen, an denen sie sich reiben und messen konnte – nicht solche, die nachgaben wie eine Schaumstoffwand. Du warst natürlich bequem für sie. Du hast alles gemacht, was im Haus anfiel, und dir die Beine ausgerissen, um sie zufriedenzustellen. Du hast an langen, einsamen Abenden mit ihr geplaudert und dafür gesorgt, daß ihr nicht die Zeit zu lang wurde in dem großen, leeren Haus. Du hast ihr morgens den Kaffee gekocht, ihr den Whisky herangeschleppt, den sie eimerweise trank, und du hast alle ihre Launen ertragen. Und für all das hat sie dich verachtet.«

»Für all das hat sie mir Westhill vererbt.«

Marjorie lachte. »Na und? Irgend jemandem mußte sie es vererben, und außer dir war ja keiner da. Im Grunde hat sie dir doch nur einen Klotz ans Bein gebunden, dich in einen Kampf gezwungen, den du nun letztlich verlierst.«

»Bist du fertig?« fragte Laura tonlos.

»Eigentlich wollte ich nur sagen, daß ich dich gestern abend recht gut fand«, sagte Marjorie, und sie klang plötzlich sanfter, fast friedfertig. »Ich wußte vorher gar nicht, daß du so heftig werden kannst.«

Heftig? Von dem Zorn des gestrigen Tages fand Laura nun keine Spur mehr in sich. Sie kam sich schlaff vor wie eine Stoffpuppe, an der Arme und Beine haltlos herabbaumeln.

»Du weißt nichts von Frances Gray und mir«, sagte sie müde, »nichts von dem, was uns verbunden hat, gar nichts.«

»Ich habe heute nacht nachgedacht über das, was du gesagt hast«, erklärte Marjorie, »und in manchem hast du recht. Mein Leben verläuft ziemlich trist. Ich dachte, wir beide könnten vielleicht an Silvester ausgehen?«

Laura starrte ihre Schwester verblüfft an. Daß Marjorie an Silvester ausgehen wollte, war etwa ebenso überraschend, als habe die Queen angekündigt, sie werde für den Rest ihres Lebens in ein katholisches Kloster eintreten.

Marjories Finger glitten über die verschiedenen Spalten in der Zeitung, die vor ihr lag. »Ich habe einmal nachgeschaut, was sie noch anbieten für den Einunddreißigsten. Es gibt hier ein Hotel in der Nähe, das Whitestone House. Dort veranstalten sie ein Buffet und eine Bühnenshow. Es gibt noch Karten zu kaufen.«

Laura kannte das Whitestone House vom Vorbeifahren. Ein häßlicher, brauner Kasten, dem der Name »Whitestone« aus unerfindlichen Gründen verliehen worden war. Im Inneren mochte es allerdings ganz passabel ausschauen.

»Soll ich dort anrufen?« fragte Marjorie.

Das Gefühl der Kraftlosigkeit hatte sich noch immer nicht aufgelöst. Im Augenblick gelang es ihr nicht, über Marjories Vorschlag nachzudenken.

»Ich weiß nicht«, sagte sie hilflos.

Ralph kam aus dem Keller herauf, mit schmutzigen Händen und ungekämmten Haaren. Er trug seinen dunkelblauen Rollkragenpullover, der zu Beginn der Reise sehr elegant ausgesehen hatte, nun aber, nach tagelangem Schneeschaufeln und Holzhacken, ziemlich dreckig und verfilzt wirkte. Immerhin aber hatte sich Ralph an diesem Morgen wieder rasiert und sah gepflegter aus als mit den grauen Stoppeln.

»Die Heizung läuft wieder«, sagte er, »ich habe schon überall die

Thermostate an den Heizkörpern aufgedreht. Natürlich wird es eine ganze Weile dauern, bis es sich erwärmt, so ausgekühlt wie das Haus ist, aber im Laufe des Tages wird es sicher ganz behaglich werden. Und wenn ich wiederkomme...«

»Du willst wirklich losziehen?« fragte Barbara.

Sie standen im Flur, und Barbara verlagerte ihr Gewicht von einem Fuß auf den anderen, weil sie das Gefühl hatte, ihre Zehen würden langsam zu Eis.

»Wir haben gar keine andere Wahl«, antwortete Ralph. »Im ganzen Haus gibt es nichts mehr zu essen. Es wird langsam ein bißchen kritisch. Wie lange sollen wir noch hungern?«

»Ich habe nur Angst, daß du dich verirrst.«

»Mach dir keine Sorgen. Ich werde schon auf menschliche Behausungen stoßen, wo ich notfalls nach dem Weg fragen kann.«

»Einen Weg gibt es überhaupt nicht mehr.«

»Aber eine Richtung.« Er machte eine Kopfbewegung zum Telefon hin. »Wer war das gerade?«

»Laura Selley. Stell dir vor, ich habe über sie...«

Barbara verschluckte den Rest des Satzes. Ausgerechnet Ralph mit all seinen Vorbehalten brauchte nicht zu wissen, daß sie Laura in Frances' Schilderungen wiedergefunden hatte.

»Stell dir vor, sie macht sich jetzt schon Gedanken über ihre Rückreise am vierten Januar«, wandelte sie den angefangenen Satz rasch um. »Die Frau ist das reinste Nervenbündel. Sie scheint wirklich zu glauben, wir wirtschaften das Haus hier völlig herunter in den paar Tagen.«

»Das Haus ist alles, was sie hat«, sagte Ralph. Er schaute auf seine Armbanduhr. »Komm, zieh dir etwas an, und wir trinken noch einen Kaffee zusammen. Dann mache ich mich auf den Weg.«

Nach dem Frühstück – das aus Kaffee und einer letzten Käseecke für jeden bestand – begleitete Barbara Ralph zum Schuppen hinüber, wo er die Ski deponiert hatte. Es war acht Uhr, fahles Tageslicht kroch über den schneebedeckten östlichen Horizont herauf. Ein scharfer, kalter Wind fegte von den Hügeln. Tief hingen die Wolken am Himmel, der nicht mehr klar und blau war wie während der letzten beiden Tage, sondern düster und unheilschwanger schien.

Barbara spähte besorgt hinauf. »Weißt du, ich will ja nicht unken – aber irgendwie sieht es wieder nach Schnee aus, findest du nicht?«

Ralph nickte. »Könnte sein. Aber vielleicht vertreibt der Wind die Wolken auch wieder. Auf jeden Fall sollte ich schnell aufbrechen, um so rascher bin ich wieder zurück.«

Sie hielt seinen Arm fest. »Vielleicht solltest du hierbleiben. Mir scheint es zu riskant. Stell dir vor, es geht wieder so los wie am Anfang. Dann kann es ziemlich unangenehm werden für dich.«

»Wir brauchen etwas zu essen, Barbara. Und zwar *bevor* wir hier möglicherweise erneut einschneien.« Er lächelte beruhigend. »Mach dir keine Sorgen. Du weißt ja, ich bin ein ganz guter Skiläufer.«

Sie brachten die Skier zur Haustür, vor der sich der Schnee fast einen Meter hoch auftürmte. Mühsam befestigte Ralph seine Winterstiefel an der Skibindung; er hoffte, daß sie hielten. Die im Haus befindlichen Skistiefel waren ihm zu klein, er konnte sie nicht benutzen.

»Ich mache drei Kreuze, wenn du wieder zurück bist!« sagte Barbara.

Ihr wurde jetzt immer ängstlicher zumute. Sein Plan hatte sie von Anfang an nicht gerade begeistert, aber es gab keinen anderen Ausweg, und bis gestern schien die Wetterlage immer besser zu werden. Aber nun sah es auf einmal wieder bedrohlich aus, und Barbara war voller Furcht, wenn sie an den langen Tag dachte, der vor ihr lag – sie selbst war geborgen und sicher in dem warmen Haus, und Ralph irgendwo da draußen in der Schneewüste, auf seinen Orientierungssinn angewiesen, er, der Großstadtmensch, der kaum mit einem Kompaß hätte umgehen können, selbst wenn er einen besäße.

Immerhin, behauptete er, habe er eine ungefähre – was hieß *ungefähr* in diesem Fall? fragte sich Barbara – Ahnung, in welcher Richtung die große Hauptstraße lag. Wenn er die erreichte, war alles in Ordnung. Zum einen war sie, laut Cynthia Moore, freigeräumt, und es kam vielleicht sogar ein Auto vorbei, das ihn mitnahm. Und zudem war es dann egal, in welche Richtung er sich wandte, selbst wenn er nicht genau in Leigh's Dale herauskommen würde. Entlang der Straße gab es mehrere Dörfer, im schlimmsten Fall müßte er ein Stück marschieren. Allerdings...

»Der Rückweg«, sagte Barbara besorgt, »wird gemein.«

Immer bergauf, durch meterhohen Schnee. Und dann würde es

auch nicht mehr darum gehen, auf eine Straße zu treffen, auf die man an irgendeiner Stelle fast zwangsläufig stoßen mußte. Auf dem Rückweg mußte er Westhill finden – ein einzelnes, einsames Haus.

»Ich werde es schon schaffen«, sagte Ralph.

»Versprich mir eines«, bat Barbara. »Wenn du zu spät im Dorf ankommst und es bereits anfängt, dunkel zu werden, dann mach dich um Gottes willen nicht mehr auf den Rückweg! Du kannst sicher dort übernachten. Bis morgen verhungere ich schon nicht, und es ist in jedem Fall sicherer, du versuchst die Strecke bei Tageslicht zu bewältigen.«

»Versprochen«, sagte Ralph.

Er vergewisserte sich, daß sein Rucksack richtig saß. Er brauchte ihn für die Einkäufe; vorläufig befanden sich nur sein Geldbeutel, eine Taschenlampe und eine Thermoskanne mit heißem Tee darin.

»Laß dir irgendwo frischen Tee machen für den Heimweg«, sagte Barbara.

Sie kam sich vor wie eine Gluckenmutter, die ihr Kind mit tausend Ermahnungen auf den Schulweg schickt. Ralph war kein Kind. Aber dies war auch kein Schulweg. Es war ein einziger Härtetest – für einen Mann, der ein hervorragender Anwalt war, aber ein mäßiger Sportler und auch als Skiläufer nur durchschnittlich, der nie ein irgendwie geartetes Ausdauertraining absolviert hatte und auch nicht über eine aufsehenerregende Kondition verfügte.

Er küßte sie auf die Wange, seine Lippen fühlten sich kalt an. Sie sah ihm nach, wie er etwas unbeholfen auf seinen Skiern davonstakste, oder besser: sich durch die Schneeberge vorwärts kämpfte und wühlte. Das hier war keine schöne, glatte Abfahrt wie im Winterurlaub. Seine schlaksige Gestalt verschwand rasch im Nebel und in der Düsternis des Tages.

Als sie nichts mehr von ihm zu erkennen vermochte, wandte sie sich um und trat wieder ins Haus, das sie hell und freundlich willkommen hieß.

Ganz langsam wurde es warm. In den Heizungsrohren gluckerte und rumorte es. Barbara hatte sich noch einen Kaffee gemacht und saß im Wohnzimmer mit dem Rücken an die Heizung gelehnt, immer noch im Bademantel, faul und fast entspannt, die Gedanken an all die Gefahren, die auf Ralph lauerten, verdrängend. In kleinen Schlucken trank sie den heißen Kaffee. Die Wärme floß durch ihren ganzen Körper, wie ein kraftvoller, lebensspendender Strom. Wenn sie die Augen schloß, sah sie Ralph vor sich, der zurückkehrte und auf dem Küchentisch seinen Rucksack auspackte. Was er wohl mitbringen würde?

Sie würden zusammen in der warmen Küche stehen und eine wunderbare Mahlzeit kochen, und dann würden sie den Tisch im Eßzimmer decken, mit einer weißen Tischdecke und gutem Porzellan, und vielleicht würden sie auch ein Kaminfeuer anzünden; aber das diente dann nur der Gemütlichkeit, war nicht mehr der einzige Wärmespender, um den sie sich wie frierende Katzen scharen mußten. Vielleicht brachte er sogar eine Flasche Wein mit. Sie würde essen, bis sie...

Ihr Magen knurrte laut und vernehmlich. Der Gedanke an Essen hatte ihn sich wieder schmerzhaft zusammenkrampfen lassen. Barbara öffnete die Augen. Noch ein paar Minuten, und ihr würde der Speichel aus dem Mund tropfen wie einem Hund. Bis zum Abend mußte sie sich irgendwie ablenken.

Es war elf Uhr. Der Tag draußen schien nicht wirklich hell werden zu wollen. Die tief hängenden grauen Wolken hüllten die Landschaft in einen diffusen, lichtschluckenden Dunst. Und sie versprachen Schnee, jede Menge Schnee.

Darüber denke ich jetzt nicht nach, befahl sich Barbara, noch schneit es ja nicht!

Sie ging hinauf ins Bad, ließ heißes Wasser in die Wanne laufen. Sie suchte in dem Schränkchen über dem Waschbecken herum und fand ein altmodisches, mit einem Korken verschlossenes Glas, in dem sich Rosmarinbadesalz befand. Sie schüttete ausgiebig davon ins Wasser, betrachtete zufrieden den Schaum, der sich bildete. Nach all den Entbehrungen der vergangenen Woche erschien ihr dieses Bad, dieser herrliche Geruch wie ein ungeheurer Luxus.

Als sie sich in das Wasser gleiten ließ, atmete sie tief und behaglich durch. Das Gute an solch unvorhergesehenen problematischen Situationen wie der, in die sie hineingeraten waren, lag in der neuen Einstellung, die man – zumindest für eine kurze Zeit – zu eigentlich banalen Dingen fand. Ein heißes Bad hatte früher zu den schlichtesten Alltäglichkeiten in ihrem Leben gehört. Ohne das Mißgeschick, hier in Nordengland einzuschneien, hätte sie nie herausgefunden, welches Glücksgefühl ein solches Bad vermitteln konnte.

Mit geschlossenen Augen und völlig entspannt blieb sie liegen, bis das Wasser anfing kühl zu werden. Während sie sich abtrocknete, betrachtete sie sich im Spiegel. Es entzückte sie zu sehen, wie deutlich ihre Hüftknochen hervorstanden, wie tief eingesunken ihr Bauch dazwischen lag. Wie die meisten Menschen, die einmal unter Übergewicht gelitten haben, konnte sie sich an ihrer Schlankheit berauschen. Ihre Bauchdecke fühlte sich hart und fest an.

»Sehr gut«, sagte sie befriedigt.

Sie wusch sich noch die Haare, fönte sie trocken. Endlich fühlte sie sich wieder sauber und gepflegt. Im Haus war es jetzt warm genug, sie mußte nicht länger mehrere Lagen Kleidung übereinanderziehen, nur um nicht vor Kälte zu schlottern. Sie schlüpfte in schwarze Leggings und ein Sweatshirt und hüpfte leichtfüßig die Treppe hinunter. Es war jetzt fast ein Uhr. Als sie das Wohnzimmer betrat, sah sie, daß es draußen schneite.

Die ganze Zeit über hatte sie nicht darauf geachtet, nun traf es sie wie ein Schlag. Zwar fielen die Flocken nicht allzu dicht, es war eher ein leichtes Geniesel, aber es war ein Anfang. Es konnte schlimmer werden.

»Oh, verdammt«, murmelte sie.

Sie lief zum Telefon. Auf dem Block, der daneben lag, stand noch Cynthia Moores Telefonnummer gekritzelt, die Ralph dort am Vorabend notiert hatte. Barbara wählte und wartete. Die Entspanntheit, die sie nach dem Bad empfunden hatte, war nun verschwunden. In ihren Armen und Beinen kribbelte es vor Nervosität.

Cynthia meldete sich mit atemloser Stimme. »Ja?«

»Cynthia? Hier ist Barbara. Von der Westhill Farm, Sie erinnern sich bestimmt.«

»Natürlich. Hallo, Barbara! Wie geht es Ihnen?«

»Ehrlich gesagt, nicht so gut. Ich mache mir Sorgen um meinen Mann. Ist er bei Ihnen aufgetaucht?«

»Hat er sich wirklich auf den Weg gemacht?« Cynthia klang etwas verwundert. »Ich meine – gestern abend habe ich ihm ja selbst noch dazu geraten, aber heute... Es schneit ja plötzlich wieder!«

Barbara meinte, ihr müsse das Herz stehenbleiben.

»Er war nicht davon abzubringen«, sagte sie. »Und nun bin ich sehr unruhig.«

»Ich finde, Sie sollten sich nicht aufregen«, meinte Cynthia. Sie hatte ihre alte Munterkeit wiedergefunden. »Bis hierher schafft er es auf jeden Fall. Und dann werde ich ihm mein Gästezimmer anbieten zum Übernachten und ihn erst morgen früh auf den Heimweg schicken. Halten Sie es noch eine Nacht ohne Lebensmittel aus?«

»Natürlich. Darauf kommt es nun auch nicht mehr an. Ich will nur auf keinen Fall, daß ihm etwas zustößt.«

»Das wird es nicht. Ich sorge dafür.«

»Wissen Sie«, sagte Barbara, »das Problem ist, ich weiß nicht, ob er wirklich bei Ihnen ankommt. Er versucht, die Straße nach Askrigg zu erreichen und sich dann zum nächsten Ort durchzuschlagen – falls er Leigh's Dale verpaßt. Er könnte dann auch in Askrigg landen oder...«

»...oder in Newbiggin oder Woodhall. Trotzdem, bei den wenigen Läden, die dann für ihn zum Einkaufen in Frage kommen, kann ich anrufen. Ich kenne die Leute. Ich werde ihnen sagen, sie sollen ihn nicht weglassen.«

Barbara fühlte sich ein wenig besser nach dem Gespräch, aber nicht wirklich beruhigt. Sie kannte Ralph. Es würde ihn verrückt machen zu wissen, daß sie hier oben festsaß und hungerte. Er würde nicht ohne weiteres einwilligen, eine Nacht verstreichen zu lassen, ehe er zu ihr zurückkehrte. Vielleicht würde er überhaupt nicht einwilligen.

Sie wußte, daß es ihr nichts brachte, zu grübeln. Sie mußte sich beschäftigen. Wenn sie die ganze Zeit aus dem Fenster starrte und die Schneeflocken zählte, würde sie verrückt werden.

Schließlich lief sie hinauf in ihr Schlafzimmer, griff sich den Stapel mit den restlichen Blättern. Sie würde Frances' Geschichte heute zu Ende lesen. Und felsenfest daran glauben, daß Ralph währenddessen nichts geschah.

Sie setzte sich ins Eßzimmer, weil sie an dem großen Tisch am besten schmökern konnte. Sie blätterte ein wenig herum, übersprang ein Stück – die erste Zeit nach Charles Grays Tod, dann der Kriegseintritt der USA im Dezember 1941 nach dem japanischen Angriff auf Pearl Harbor, der harte Winter...

Sie begann mit dem Jahr 1942.

Im Januar 1942 verschwand George. Es war tatsächlich so: Plötzlich war er nicht mehr da.

Frances war drei Wochenenden hintereinander nicht bei ihm gewesen, da der Schnee zu hoch lag und sie es nicht riskieren konnte, das Auto in Bewegung zu setzen. Zum Glück hatte sie ihm, einem Instinkt folgend, noch kurz vor Weihnachten genügend Lebensmittel gebracht, so daß er eine ganze Weile damit über die Runden kommen konnte. Dennoch wurde sie die ganze Zeit über ein ungutes Gefühl nicht los. Als Mitte Januar die Straßen weitgehend frei waren, machte sie sich, obwohl es nicht einmal der obligatorische Sonntag war, sofort auf den Weg.

Das Cottage stand leer, und zuerst dachte Frances, das sei ja kein Wunder, denn George rechnete natürlich unter der Woche nicht mit ihr und war vielleicht einfach spazierengegangen. Dann jedoch fielen ihr ein paar Merkwürdigkeiten auf: George hatte sein Zuhause immer sauber gehalten, aber jetzt lag Staub auf allen Möbeln, und Spinnweben wucherten in den Ecken. In der Speisekammer schimmelten die Lebensmittel vor sich hin, die Frances ihm im Dezember gebracht hatte. Die Ölfarben waren eingetrocknet, offensichtlich seit Wochen nicht mehr angefaßt worden. Seine Gemälde – er hatte sie immer wieder übermalt, sonst hätte er nirgendwo Platz für seine vielen Werke gefunden – lagen lieblos gestapelt gleich neben der Küchentür. Die üblichen verzerrten Fratzen schrien Frances entgegen; Farben, die an das Fegefeuer erinnerten, züngelten über die Leinwand. Die zahlreichen Pinsel hatte George nicht wie sonst sorgfältig in Terpentin gereinigt, sondern farbverschmiert liegenlassen; sie waren steif und borstig geworden. Alles deutete darauf hin, daß George bei seinem Fortgang nicht die Absicht gehabt hatte, wiederzukommen. Aber wohin hätte er gehen sollen?

Frances lief den Spazierweg ab, den George manchmal zu benutzen pflegte. Über die Wiesen oberhalb der Steilküste entlang, und dann den halsbrecherischen Pfad zum Meer hinunter, der in einer kleinen Bucht mit steinigem Strand mündete. Es war ein klirrend kalter Tag, das Meer war von bleigrauer Farbe, und über den Himmel jagten düstere Wolken. Frances kletterte zwischen den Felsen und dem angeschwemmten Strandgut herum und rief Georges Namen, aber der Wind und die donnernde Brandung trugen ihre Stimme fort. Völlig durchnäßt von der Gischt und halb erfroren machte sie sich schließlich auf den Rückweg.

Sie wartete in Georges Hütte bis zum Abend, zitterte vor Kälte und lauschte gespannt auf jedes Geräusch. Aber sie vernahm nur das Heulen des Sturms und die Schreie der Möwen. Zu später Stunde endlich brach sie auf. Sie machte halt bei Georges nächsten Nachbarn, die beinahe zwei Meilen entfernt von ihm lebten. Die Bauern betrachteten sie mißtrauisch, erinnerten sich aber schließlich, sie schon einige Male in der Gegend gesehen zu haben. Nein, den Sonderling von Staintondale hatten sie lange nicht mehr zu Gesicht bekommen; aber das mußte nichts heißen, denn wann war er überhaupt jemals irgendwo aufgetaucht?

»Wenn Sie irgend etwas von ihm hören, könnten Sie mir dann Nachricht geben?« Hoffnungsvoll sah sich Frances in der niedrigen Stube um, die überhitzt war vom Kaminfeuer und überladen mit geschmacklosem Nippes. »Haben Sie ein Telefon?«

Sie hatten natürlich keines. Aber es gab jemanden in Staintondale, der eines besaß.

»Ich lasse Ihnen meine Nummer hier«, sagte Frances. Sie schrieb sie auf einen Notizblock, riß das Blatt ab und reichte es der Bäuerin. Die starrte so mißtrauisch auf die Zahlen, als erwarte sie irgend etwas Teuflisches dahinter.

»Wenn wir was hören, sagen wir's«, nuschelte sie.

In den folgenden Wochen fuhr Frances immer wieder an die Küste und suchte nach ihrem Bruder. Manchmal kam sogar Victoria mit, die sich ebenfalls große Sorgen um George machte. Die Angst einte die beiden Schwestern für eine Weile, sie stritten nicht mehr und bemühten sich, einander Zuversicht zu geben.

Sie durchkämmten ganz Scarborough und kämpften sich durch das finstere Dickicht der Wälder um Staintondale. Sie fuhren nach Robin Hood's Bay hinauf, dem malerischen, kleinen Küstenort mit den schmalen Gassen und den vielen Treppen zwischen den Häusern. Hierher zog es viele Künstler, und Frances dachte, daß sich vielleicht auch George diesen Ort zum Malen ausgesucht hatte. Sie fragten an beinahe jeder Haustür und zeigten sogar ein Gemälde von George, in der Hoffnung, jemand könne ihn vielleicht anhand seines Stils identifizieren. Die Leute schraken zurück, wenn sie das düstere Bild sahen, und beteuerten, niemanden zu kennen, in dessen Seele es so schwarz aussah, daß man ihm zutrauen konnte, solche Bilder zu malen. Genauso ging es in Whitby.

Frances wanderte sogar über die einsamen Hochmoore im Norden, wo der Nebel jedes Geräusch um sie herum verschluckte, jede Sicht nahm und nur manchmal plötzlich den Blick freigab auf ein Tal oder einen Berg oder auf ein paar Schafe, die lautlos auftauchten und wieder verschwanden.

»Vielleicht hat er sich nach Südengland aufgemacht«, sagte Victoria eines Tages Ende Februar, als sie sich nach einer zweitägigen Suche, die sie bis nach Northumbria hinaufgeführt hatte, erschöpft auf den Heimweg machten. »Wir suchen womöglich in der völlig falschen Richtung.«

Frances schüttelte den Kopf. »Das glaube ich nicht. George will die Einsamkeit. Nach Süden hin ist das Land dichter bevölkert. Eher könnte ich mir denken, daß er bis nach Schottland gezogen ist.«

Sie sah ihn vor sich in der Stille und Rauheit der Hebriden, am sturmumtosten, winterlichen Strand. Es hätte zu ihm gepaßt.

»Wenn er noch lebt«, sagte Victoria dumpf, und müde fügte sie hinzu: »Ich kann nicht mehr suchen, Frances. Ich kann einfach nicht mehr.«

Diesmal fand Frances keine barsche Erwiderung, diesmal spürte sie keinen Zorn. Sie verstand Victoria. Sie konnte selbst nicht mehr.


Trotz der Sorge um George hörte Frances nicht auf, Marguerite und John argwöhnisch zu beobachten, allerdings ohne einen greifbaren Hinweis auf eine Affäre zwischen den beiden zu erhalten. Sie war sicher, sich damals bei Charles' Begräbnis nicht getäuscht zu haben, aber seither war ihr nichts mehr aufgefallen.

Marguerite kam nach wie vor jeden Tag nach Westhill, um Laura und Marjorie zu unterrichten. Nie verlor sie ein Wort über John, aber sie sprach auch nicht ein einziges Mal mehr über ihren im KZ verstorbenen Mann. Es war, als wolle sie um keinen Preis an die Vergangenheit erinnert werden.

Einmal fing Victoria von dem Schrecklichen an, das hinter Marguerite lag, und von dem Verlust, den sie erlitten hatte, aber Marguerite unterbrach sie voller Schärfe: »Ich will nichts davon hören! Das ist vorbei! Bitte, erwähne es nicht mehr!«

Victoria klappte den Mund zu und schwieg gekränkt.

Frances kam nicht so recht hinter die Persönlichkeit der jungen Französin. Marguerite hatte einen Panzer um sich herum errichtet, an dem jeder Versuch, ihr wirklich näherzukommen, abprallte. Sie war freundlich zu jedem und lächelte häufig, aber auf eine eigentümliche Weise wirkte sie unecht dabei. Eine stählerne Härte schimmerte unter ihrem Lächeln und nahm ihm die Wärme. War sie immer so gewesen? Oder hatten Flucht, der Tod ihres Mannes, ihr Leben in der Fremde sie verändert? Ihre Einsamkeit war fast greifbar für jeden, der ihr gegenüberstand. Der einzige Mensch, dem sie eine gewisse Herzlichkeit entgegenbrachte, war Laura, für die sie sich offensichtlich verantwortlich fühlte und der sie helfen wollte.

Wenn sie morgens den steilen Weg von Leigh's Dale heraufkam, wirkte sie wie der einzige Mensch inmitten einer endlosen Weite. Frances konnte sie manchmal vom Fenster aus sehen. Seit der Schnee taute, waren alle Wege verschlammt, und sie mußte sich mühsam vorwärts kämpfen. Um sie herum waren nur die kargen Wiesen, noch braun und flachgedrückt nach dem Winter, und die vielen steinernen Mauern, die die Weiden unterteilten. Kein Haus weit und breit als Westhill, und noch keine Botschaft von Frühling im kalten Wind. Für Frances war dieses Land die Heimat. Aber oft fragte sie sich, wie es auf einen Menschen wirken mußte, den das Schicksal entwurzelt und weit weggetrieben hatte von allem, was ihm vertraut war.

Es wäre kein Wunder gewesen, wenn sich Marguerite einen Menschen gesucht hätte, an den sie sich anlehnen konnte, denn Victoria, sosehr sie sich bemühte, konnte dieser Mensch offenbar nicht sein. Intellektuell trennten die beiden Welten. Aber ausgerechnet John... Mit seinem Hang zum Alkohol, seinem Zynismus, seiner Unberechenbarkeit? Wie sollte ausgerechnet er einer verletzten Frau Halt geben?

An einem Morgen Anfang April kam Marguerite zum erstenmal nicht allein. Frances sah sie bereits vom Fenster aus und war erstaunt, eine zweite Gestalt neben ihr zu entdecken. Eine Frau, grauhaarig und etwas mollig, in einem braunen Mantel. Sie hatte sichtlich

Schwierigkeiten, mit der energischen Marguerite Schritt zu halten. Frances überkam sofort ein eigenartiges Gefühl, das sie sich nicht erklären konnte.

Sie lief hinunter und trat vor die Haustür. Es dauerte nicht lange, bis die beiden auftauchten. Marguerite war wie immer keinerlei Anstrengung anzumerken, nur ihre Wangen hatten sich leicht gerötet, der Wind hatte ihre Haare zerzaust. Die ältere Frau keuchte fünf Schritte hinter ihr her und sah völlig erledigt aus.

»Meine Güte«, stieß sie hervor, »von unten denkt man gar nicht, daß es so steil ist hier herauf!«

Sie wischte sich den Schweiß von der Stirn. Frances sah, daß sie überhaupt nicht mollig war, wie es auf die Entfernung den Anschein gehabt hatte, ihr ungünstig geschnittener Mantel erweckte bloß den Eindruck. Sie war sogar recht dünn, und die Müdigkeit in ihrem Gesicht konnte nicht nur von dem Fußmarsch herrühren; sie hatte sich tief in ihre Züge eingegraben und mußte schon lange andauern.

»Mrs. Parker«, stellte Marguerite vor, »Frances Gray.« Sie wandte sich an Frances. »Mrs. Parker hat in Wensley jemanden gefunden, der sie vom Bahnhof bis nach Leigh's Dale in einem Wagen mitnahm.«

»Ein Wagen mit lauter Schafen«, warf Mrs. Parker ein. »Ich fürchte, ich rieche noch danach.«

»Im ›George and Dragon‹ fragte sie gerade den Wirt nach dem Weg zur Westhill Farm, als ich herunterkam, und ich bot ihr an, gleich mitzugehen. Es hat sie ziemlich strapaziert.«

Es fiel Frances auf, daß Marguerite mit keinem Wort erwähnte, wer Mrs. Parker eigentlich war und was sie hierhergeführt hatte. Das ungute Gefühl verstärkte sich.

»Möchten Sie einen Kaffee, Mrs. Parker?« fragte sie.

»Lieber ein Glas Wasser, wenn es Ihnen nichts ausmacht«, sagte Mrs. Parker, und nun hielt sie es endlich für angebracht, mehr als nur ihren Namen preiszugeben: »Ich komme von der Jugendfürsorge, Miss Gray. Ich bin gestern aus London angereist.«

»Dann kommen Sie wegen Laura und Marjorie Selley?«

Mrs. Parker nickte. »Ja. Und leider bringe ich schlechte Nachrichten.«

Frances hatte die Besucherin ins Eßzimmer gebeten, denn im

Wohnzimmer hielt Marguerite den Unterricht für die Kinder ab. Daß jemand ihretwegen aus London gekommen war, hatte man ihnen noch nicht gesagt.

Mrs. Parker brachte tatsächlich eine sehr schlechte Nachricht mit: Alice war tot.

»Mrs. Selleys Tod liegt schon fast ein Jahr zurück«, sagte sie. »Im Mai 1941 kam sie bei einem Bombenangriff ums Leben. Sie war nicht zu Hause, sondern in einem kleinen Andenkenladen am Tower, in dem sie arbeitete. Es war spätabends und sie erledigte noch die Buchführung für den Besitzer, um ein paar Pfund extra zu verdienen. Ein Haus gleich daneben bekam einen Treffer ab. Durch die Erschütterung krachte ein Deckenbalken in dem Laden ein und erschlug Mrs. Selley.«

»Ich habe es geahnt«, murmelte Frances, »mir war klar, daß etwas passiert sein mußte. Es paßte nicht zu ihr, sich plötzlich nicht mehr zu melden.«

»Ihr Mann, dem man ihren Tod mitteilte, erwähnte mit keinem Wort, daß es noch zwei Töchter gibt, die nach Yorkshire evakuiert wurden. Unter uns«, Mrs. Parker senkte die Stimme, »ein eigenartiger Zeitgenosse. Ich meine, nicht daß er kriminell wäre oder so... Aber er ist labil und ohne jede Initiative.«

Genauso hatte Frances Hugh Selley auch immer empfunden.

»Wir sind zur Zeit etwas überlastet«, sagte Mrs. Parker, »so viele Todesfälle, so viele Waisenkinder. Wir sind ziemlich spät dahintergekommen, daß es da noch zwei Kinder gibt. Es dauerte dann wiederum recht lange, bis wir Mr. Selley erneut aufspüren konnten, denn aus seiner letzten Wohnung hat man ihn wegen ständig wachsender Mietschulden hinausgeworfen. Er lebt allerdings immer noch in Bethnal Green, in einem abbruchreifen Haus. Keine Ahnung, womit er sich über Wasser hält. Jedenfalls sagte er, ja, er habe zwei Töchter, und die seien schon lange fort wegen der Luftangriffe. Er nannte Ihre Adresse, Mrs. Gray. Und hier bin ich nun.« Sie lehnte sich zurück und nahm einen Schluck aus ihrem Wasserglas.

»Die arme Alice«, sagte Frances leise, »jetzt ist sie tot. Wir waren einmal gute Freundinnen, wissen Sie.«

»Der schreckliche Krieg«, meinte Mrs. Parker, aber sie erlebte ständig solche Geschichten und mochte sich nicht lange mit Bedauern aufhalten. »Die Frage ist – was wird aus den Kindern?«

Frances spürte die eindringlichen Augen der Besucherin auf sich gerichtet und riß sich zusammen. Alice war gerade vor ihrem inneren Auge erschienen – die Alice, die sie in Erinnerung behalten wollte, die junge, starke Frau, zuversichtlich und entschlossen. An die spätere Alice mochte sie nicht denken. So, wie sie an ihren Vater und George nicht denken wollte, wie sie zuletzt gewesen waren.

Es hatte gute Zeiten gegeben, und deren Bilder wollte sie in ihrem Gedächtnis bewahren.

»Ja«, wiederholte sie, »was wird aus den Kindern? Der Vater...«

»Der Vater sagt, er fühle sich im Moment völlig überfordert, wenn sie zu ihm zurückkehrten, und meiner Ansicht nach wäre es eine Katastrophe, die Mädchen jetzt zu ihm zu schicken. Er könnte natürlich darauf bestehen, und wir könnten nichts dagegen tun, aber er ist keineswegs interessiert. Ich habe auch keine Ahnung, wie in diesem Loch, in dem er haust, zwei Kinder leben sollen.«

Frances merkte, daß sie in eine Zwickmühle geraten war. Wenn die Kinder nicht zu ihrem Vater zurückkonnten, blieb nur noch der Weg in ein Heim – oder sie behielt sie vorläufig bei sich. Wobei nicht feststand, wie lange »vorläufig« bedeutete. Es trat damit genau das ein, was sie immer befürchtet hatte: Sie blieb auf den beiden Mädchen sitzen.

»Vielleicht«, sagte Mrs. Parker hoffnungsvoll, »könnten die beiden wenigstens bleiben, bis der Krieg vorüber ist? Dann würde man weitersehen. Die Kinderheime sind überfüllt zur Zeit.«

Was soll ich jetzt sagen? fragte sich Frances aufgebracht. Wenn ich ablehne, stehe ich doch da wie ein Mensch ohne Gewissen!

»Es ist nicht so einfach für mich«, meinte sie unbehaglich, »ich bin nicht mehr die Jüngste. Ich werde fünfzig im nächsten Jahr. Und ich habe keine Erfahrung mit jungen Mädchen.«

»Nun...«

»Besonders mit Marjorie gibt es immer wieder Probleme. Sie hat schon gedroht, auszureißen. Keine Ahnung, warum es ihr hier so wenig gefällt.«

»Vielleicht sollte man die Kinder entscheiden lassen«, schlug Mrs. Parker vor.

Frances kapitulierte. »Ja, in Ordnung. Lassen wir die Kinder entscheiden.«

Sie sprach am Abend mit ihnen. Am Mittag hatte sie Mrs. Parker nach Leigh's Dale gefahren, wo sie ein Zimmer im »George and Dragon« nahm und warten wollte, was die Kinder sagen würden. Frances wußte, daß Mrs. Parker hoffte, sie würden sich für Westhill entscheiden, während Frances selbst inbrünstig wünschte, sie würden es nicht tun. Sie selbst konnte sie nicht fortschicken, sie würde das schon wegen Alice nicht fertigbringen.

Den ganzen Nachmittag über schob sie das Gespräch vor sich her. Sie hatte Victoria und Adeline Bescheid gesagt, und die liefen nun so verstört herum, daß Laura und Marjorie merkten, daß etwas nicht stimmte, und immer wieder fragten, was los sei. Gegen Abend stieg Frances mit bleischwerem Herzen die Treppe hinauf, ging zu den beiden Mädchen ins Zimmer und sagte ihnen, daß ihre Mutter nicht mehr am Leben war.

»Woher wollen Sie das wissen?« fragte Marjorie sofort mit scharfer Stimme, und ihre Miene verriet, daß sie Frances nicht über den Weg traute.

»Die Dame, die heute morgen da war, kommt von der Jugendfürsorge«, erklärte Frances. »Euer Vater hat ihr von euch erzählt. Nun muß sie irgendwie eure Zukunft regeln.«

»Ich habe längst gewußt, daß Mami tot ist«, sagte Marjorie, »das ist nichts Neues!« Sie sprach sehr forsch, aber sie war kreidebleich geworden.

»Ich weiß, das ist alles schrecklich für euch«, sagte Frances. »Ich wünschte, ich könnte euch eure Mutter wiedergeben.« Sie sah zu Laura hin, die auf ihr Bett gesunken war und wie unter Schock starr auf die gegenüberliegende Wand blickte.

»Laura...«

Laura reagierte nicht.

»Ich möchte zu meinem Vater«, sagte Marjorie.

»Eurem Vater... geht es nicht besonders gut zur Zeit. Er lebt in einer Art Keller in Bethnal Green. Es ist nicht so, daß er euch nicht haben wollte, aber er kann im Moment nicht richtig für euch sorgen. Mrs. Parker, die Dame von der Fürsorge, würde euch deshalb vorläufig in ein Heim...«

»Nein!« Es war ein verzweifelter Aufschrei. Gleich darauf sprang Laura auf die Füße und stürzte in Frances' Arme, riß sie mit ihrem Gewicht von beinahe zwei Zentnern fast um.

»Nein! Bitte nicht! Lassen Sie uns hierbleiben, Frances, bitte! Schicken Sie uns nicht fort! Wir werden alles tun, was Sie sagen, aber lassen Sie uns hierbleiben!« Sie schluchzte heftig, ihr ganzer Körper zitterte.

»Meine Güte, Laura«, rief Frances erschüttert, »hab doch nicht solche Angst! Niemand will dich fortschicken!«

»Laura, du bist verrückt«, höhnte Marjorie, »du kannst doch nicht freiwillig hier auf dieser Klitsche wohnen wollen!«

Laura hob den Kopf, den sie an Frances' Schulter vergraben hatte. Ihr Gesicht war tränenüberströmt.

»Ich will hierbleiben! Ich will nicht zu Vater, und schon gar nicht in ein Heim. Bitte, Frances! Hier ist mein Zuhause!«

»Empfindest du das wirklich so?« fragte Frances perplex.

Sie hatte natürlich gewußt, daß sich Laura, anders als Marjorie, nie gegen das Leben in Westhill gesperrt hatte, aber ihr war nicht klar gewesen, daß das Mädchen hier Wurzeln geschlagen hatte. Ein Londoner Kind auf einer einsamen Schaffarm im Norden Yorkshires, weit weg von allem Vertrauten – und sie nannte es wirklich ihr Zuhause!

Aber dann dachte sie, daß Laura keine schöne Kindheit hinter sich hatte, mit ihrem labilen Vater, ihrer ständig überanstrengten, vom Leben tief enttäuschten Mutter, und das alles in einer der trostlosesten Arbeitersiedlungen im Osten Londons. Vielleicht erschienen ihr das schöne, große Haus, der weite Blick, die frische Luft und die vielen Tiere wirklich wie das Paradies.

»Sie und Victoria und Adeline, ihr seid alles, was ich noch habe«, schluchzte Laura. »Wir fünf... wir leben doch gut hier!«

Frances fiel von einem Erstaunen ins andere. Sie hatte nie eine Ahnung von Lauras Empfindungen gehabt. Sie schien das Leben in dem Haus mit den drei sehr unterschiedlichen Frauen, zwischen denen es ständig Reibereien gab, zu mögen, schien das Gefühl einer gewissen Nestwärme zu haben.

Sie war überrumpelt – und gerührt. Ihre Absicht, Laura und Marjorie das Leben in einem Heim in den leuchtendsten Farben auszumalen, fiel von einem Moment zum anderen völlig in sich zusammen.

»Wenn du das möchtest, Laura, kannst du bleiben, solange du willst«, sagte sie.

»Laura hat Angst, daß sie in einem Kinderheim nicht genug zu fressen findet!« giftete Marjorie.

Frances sah sie kalt an. Das Mädchen hatte gerade erfahren, daß es seine Mutter verloren hatte – aber zum Teufel damit!

»Marjorie, ich sage dir gleich, du wirst keine Chance haben, hierzubleiben, wenn du dich weiterhin so gehässig zu deiner Schwester verhältst«, sagte sie. »Ich stecke dich eigenhändig in ein Heim, darauf kannst du dich verlassen!«

»Marjorie soll auch hierbleiben«, weinte Laura.

»Ich muß mir das noch überlegen«, sagte Marjorie, aber ihre Ungerührtheit war nur gespielt, denn in den nächsten Tagen hörte Frances sie immer wieder bitterlich weinen, und ihre Augen waren stets gerötet und verquollen.

Mrs. Parker reiste erleichtert ab, als feststand, daß die Kinder bei Frances bleiben würden.

»Ich bin froh darüber«, sagte Victoria, »das Haus wäre so leer ohne sie.«

»Wir hätten eine Menge weniger Ärger«, brummte Frances, »und weniger Kosten! Die Privatstunden bei Marguerite sind schon eine Belastung!«

»Aber wir haben zwei Mädchen«, sagte Victoria, und Frances begriff, daß ihre Schwester die Kinder innerlich längst adoptiert hatte.

Sie widersprach nicht mehr, denn in einem Punkt hatte Victoria recht: Laura und Marjorie belebten das Haus. Und wenn sie abends alle um den Tisch im Eßzimmer saßen – mit Marguerite, die häufig zu Gast war, waren sie sechs Personen –, dann kam es ihr ein bißchen wie früher vor.

Dann waren sie wie eine Familie.

»Frances, kann ich Sie einen Moment sprechen?« fragte Marguerite.

Sie war so unvermittelt zwischen den Büschen und Bäumen des Gartens aufgetaucht, daß Frances, die vor ihrem Gemüsebeet in der hintersten Ecke kniete, zusammenzuckte. Sie hob den Kopf.

»Oh, Marguerite! Ich hörte Sie gar nicht kommen!« Sie strich sich die feuchten Haare aus der Stirn. Der Tag war heiß, schwül fast, und ständig brach ihr der Schweiß aus.

»Was gibt es Neues?«

»Wenn Sie den Krieg meinen, nichts Gutes.« Marguerite setzte sich auf die Mauer. »Rommel steht dicht vor Kairo. Und die Engländer haben sich bis hinter die Grenze Ägyptens zurückgezogen.«

»Ich weiß. Aber Churchill sagt, die Engländer werden jetzt keinen Fußbreit Boden mehr hergeben. Und Rußland scheint zum Desaster zu werden für die Deutschen. Es kann nun alles nicht mehr lange dauern.«

»Das sagen wir alle immer wieder. Aber Hitler ist stärker, als irgend jemand geahnt hat. Wenn er am Ende doch siegt? Wer sagt denn, daß das Böse immer untergeht? Die Gewißheit hat man doch nur im Märchen.«

Frances sah sie nachdenklich an. »Sie machen heute auf mich einen ziemlich deprimierten Eindruck, Marguerite. Wegen der schlechten Nachrichten aus Afrika? Oder beschäftigt Sie etwas anderes?«

Marguerite schien nach Worten zu suchen, was ungewöhnlich für sie war. Normalerweise sagte sie recht klar und deutlich, was sie dachte.

Schließlich antwortete sie: »Ich habe ein Problem. Mit Victoria. Das heißt, sie weiß noch nichts davon, aber...«

»Worum geht es denn dabei?«

Marguerite sah an Frances vorbei. »John und ich werden heiraten.«

Frances ließ die kleine Schaufel fallen, die sie in der Hand gehalten hatte.

»Ich weiß, das kommt sehr überraschend«, fuhr Marguerite hastig fort, »wir haben ja niemandem etwas erzählt, und niemand hat etwas bemerkt.«

Na, wenn du dich da mal nicht täuschst! dachte Frances. Der erste Schock wich langsam. Sie fragte sich, was sie fühlte, aber sie konnte es nicht herausfinden. Eine eigentümliche Leere breitete sich in ihr aus.

»Victoria war immer sehr nett zu mir«, sagte Marguerite. »Natürlich sind wir sehr verschieden, und ... na ja, manchmal geht sie mir auf die Nerven. Aber sie war der erste Mensch hier, der sich um mich gekümmert hat. Damals hat mir das viel bedeutet. Sie liegt mir nicht besonders, aber ich möchte ihr ungern weh tun.«

Dumme Lage, was? dachte Frances. Aus der Leere in ihrem Inneren kristallisierte sich allmählich ein Gefühl heraus: Bitterkeit.

Schon wieder. Schon wieder stehe ich da und sehe zu, wie er eine andere heiratet.

»Ich weiß, daß sie die Trennung von John noch immer nicht verwunden hat«, fuhr Marguerite fort. »Sie wird sie wahrscheinlich nie verwinden. Alles, was da geschehen ist, empfindet sie als eine schmerzhafte Niederlage. Soweit ich das einschätzen kann, wird sie sich von dieser Niederlage nicht erholen. Und wenn sie nun erfährt, daß John und ich ...« Sie sprach den Satz nicht zu Ende. Sie schien aufrichtig bekümmert und ratlos.

Frances hatte den Eindruck, daß sie endlich etwas sagen mußte. »Sie sind ganz sicher? Ich meine, Sie und John sind sicher? Die Sache steht fest?«

Marguerite sagte ruhig: »Ich bekomme ein Baby, Frances.«

Frances setzte sich mitten in die Erde ihres Gemüsebeetes und stützte den Kopf in die Hände.

Sie hatte sofort losgehen und mit John sprechen wollen, aber dann zwang sie sich, ruhig Blut zu bewahren und sich nicht wie ein gekränktes junges Ding aufzuführen. Zu wem hatte sie erst neulich gesagt, daß sie bald ihren fünfzigsten Geburtstag feiern würde? Ach ja, die arme, kurzatmige Mrs. Parker war es gewesen. Mit fünfzig war es an der Zeit, würdevoll auf die Krisen des Lebens zu reagieren. Wenn sie in den Spiegel sah, stellte sie fest, daß die grauen Haare auf ihrem Kopf bereits dominierten.

Mit so vielen grauen Haaren, sagte sie sich spöttisch, rennt man nicht hinüber nach Daleview so wie früher. Das würde lächerlich wirken. Soll *er* doch herkommen und mir eine Erklärung abgeben.

Und er kam. An einem gewitterschweren Tag Ende August, an dem Mensch und Tier und jeder Grashalm nach wochenlanger Hitze einem befreienden Gewitter entgegenlechzten, erschien er plötzlich am Nachmittag. Frances begriff sofort, daß seinem Kommen ausgeklügelte Planung vorangegangen war: Marguerite hatte Victoria zu einem Einkaufsbummel in Leyburn überredet, und Adeline besuchte, wie sie schon tagelang vorher angekündigt hatte, ihre Schwester in Worton. Frances würde mit Laura und Marjorie bis zum Abend allein sein. Sie hatte versprochen, sich um das Essen zu kümmern, und saß pflichtbewußt in der Küche und schälte Kartoffeln.

»Guten Tag«, sagte John, als er eintrat. »Es tut mir leid, daß ich einfach so hereinschneie, aber auf mein Klopfen an der Haustür hat niemand reagiert.«

Frances schaute nur kurz auf. »Ich habe nichts gehört.«

»Tja«, meinte John.

Unschlüssig blieb er mitten in der Küche stehen. Er trug einen hellgrauen Anzug und eine Krawatte. Frances wußte, daß sie in ihrem alten blauen Baumwollkleid schäbig neben ihm wirkte. Wäre er betrunken gewesen, hätte sie sich dennoch überlegen fühlen können, aber er war ganz offensichtlich nüchtern. Elegant und nüchtern. Sie hatte vergessen, wie gut er aussah, wenn seine Tränensäcke unter den Augen nicht angeschwollen waren und ihm keine dicken Schweißperlen auf der Stirn standen.

»Wo sind die Kinder?« fragte er.

Frances zuckte die Schultern. »Weiß nicht. Ich glaube, draußen. Ich habe seit Stunden nichts von ihnen gehört.« Sie wies auf einen Stuhl, der ihr gegenüber am Tisch stand. »Wenn du dich setzen magst... Ich muß leider mit den Kartoffeln weitermachen, sonst haben wir später kein Abendessen.«

»Laß dich nicht von mir stören«, sagte John.

Er setzte sich. In seinem Anzug wirkte er neben dem Haufen Kartoffelschalen ziemlich deplaziert.

»Marguerite erzählte mir, daß sie mit dir gesprochen hat«, sagte er. »Sie denkt natürlich, Victoria sei das Problem.«

»Ist sie das nicht?«

»Für mich nicht, nein.«

»Du solltest dir ein paar mehr Gedanken um sie machen. Es wird ein furchtbarer Schlag für sie sein.«

»Lieber Himmel, Frances, wir sind geschieden! Sie wollte die Trennung genauso wie ich. Sie kann nicht erwarten, daß ich für den Rest meines Lebens allein bleibe. Ich hätte ja auch nichts dagegen, wenn sie wieder heiraten würde. Was kann ich dafür, daß sie sich hier auf der Farm vergräbt und niemanden mehr ansieht?«

»Ach, John, jetzt machst du dir etwas vor, und das weißt du auch. Sie hat die Trennung von dir nicht wirklich gewollt. Du hast sie nur so schlecht behandelt, daß ihr am Ende gar nichts anderes übrigblieb. Sie ist daran zerbrochen. Natürlich verpflichtet dich das nicht zu lebenslanger Enthaltsamkeit, aber du solltest die Dinge auch nicht vereinfacht darstellen. An Victoria bist du durchaus schuldig geworden.«

Er verzog ärgerlich das Gesicht. »Und du etwa nicht? Jahrelang hast du...«

»Ich weiß. Im Unterschied zu dir versuche ich jetzt aber im nachhinein nicht, mich von allem reinzuwaschen. Meine Schuld gestehe ich mir ein.«

John trommelte unruhig mit den Fingern auf der Tischplatte. »Jedenfalls wollte ich dir erklären...«

»Du bist mir keine Erklärung schuldig.«

»Herrgott, ich weiß, daß ich das nicht bin. Und trotzdem wollte ich es dir erklären.«

Sie merkte, daß sie viel zu erregt an den Kartoffeln herumschnippelte. Wenn sie nicht aufpaßte, würde sie sich noch in die Finger schneiden. Sie bemühte sich, langsamer und ruhiger zu arbeiten.

»Ich habe das Gefühl, mir wird noch eine Chance gegeben«, sagte John, »und ich will sie nutzen.«

»Die Chance heißt Marguerite?«

»Ich war ziemlich kaputt. Einsam, verbittert. Und ein Trinker. Noch ein paar Jahre, und ich hätte mich zu Tode gesoffen.«

»Du hast dem Alkohol abgeschworen?«

Er nickte. Ein Ausdruck von Stolz glitt über sein Gesicht. »Ja. Und ich glaube, ich schaffe es. Ich will nicht, daß mein Kind, wenn es zur Welt kommt, als erstes einen betrunkenen Vater sieht.«

Sie zuckte zusammen. Sie hatte es gewußt. Aber ihn von dem Kind sprechen zu hören, kam sie hart an. Das Kind war Marguerites Trumpf.

Ihr fiel ein, daß er schon bei Charles' Beerdigung ein Jahr zuvor nicht betrunken gewesen war. Damals hatte er deutliche Entzugserscheinungen gehabt, hatte gezittert und war grau gewesen im Gesicht. Heute war ihm nichts anzumerken. Den schlimmsten Punkt mußte er überwunden haben. Vielleicht schaffte er es wirklich. Sie wußte, sie müßte sich freuen. Aber auch wenn sie deswegen kleinlich war und schlecht, es gelang ihr nicht. Für Marguerite hatte er aufgehört mit dem Trinken. Für sie nicht.

Aber hast du je darum gekämpft? fragte sofort eine innere Stimme. Dir war es doch ziemlich gleichgültig, ob er trinkt oder nicht. Ging es dir nicht vor allem darum, Victoria auszustechen? Du wußtest, daß sie immerzu an ihm herumnörgelte wegen des Alkohols. Also warst du die Toleranz in Person, der Mensch, bei dem er sein konnte, wie er wollte, ohne sich Vorwürfe anhören zu müssen. Die Frage, ob du *ihm* damit eigentlich einen Gefallen tust, hast du dir nie gestellt.

Ihre abweisende, unnahbare Haltung brach in sich zusammen. Sie hatte ihm keinen Funken Gefühl zeigen wollen, aber plötzlich hatte ihr Stolz lahme Beine bekommen, hinkte irgendwo weit hinter ihr her.

»Du liebst Marguerite sehr?« fragte sie leise.

Er überlegte einen Moment und sagte dann: »Sie gibt meinem Leben einen Sinn.«

»Das ist keine Antwort auf meine Frage.«

»In gewisser Weise schon. Ich glaube nicht, daß ich sie wirklich liebe. Nicht so, wie ich dich liebe und immer geliebt habe. Vielleicht waren sogar meine Gefühle für Victoria ganz am Anfang intensiver, als sie es heute für Marguerite sind. Aber ich denke auch nicht, daß Marguerite für mich empfindet, was sie für ihren Mann empfunden hat. Es ist eher so, daß wir ... wir brauchen einander. Wir geben uns Halt.«

»Diesen Halt hast du bei mir offenbar nicht gefunden«, sagte Frances.

Sie hatte noch zwei Kartoffeln zum Schälen übrig. Sie arbeitete jetzt sehr langsam. Sie hätte nicht gewußt, wohin mit ihren Händen, wohin mit ihren Blicken, wenn sie erst fertig war mit den Kartoffeln.

»Du hast nie mein Leben geteilt«, sagte John. »Als ich dich zum erstenmal darum bat, bist du nach London abgereist und hast eine sehr eigentümliche Art von Selbstfindung betrieben. Und dann, nach meiner Trennung von Victoria, meintest du, nun sei es unmöglich, öffentlich werden zu lassen, was wir all die Jahre heimlich getan hatten. Vermutlich hattest du damit ja recht. Nur«, er strich sich müde über die Augen, »für mich bedeutete das ein Dasein in ziemlicher Einsamkeit. Vielleicht kannst du dir das nicht richtig vorstellen, weil du es nie erlebt hast. Du hattest immer Menschen um dich, Frances. Auch jetzt, trotz aller Schicksalsschläge, die deine Familie einstecken mußte, herrscht Leben in deinem Haus. Die zwei Mädchen, du, Victoria, Adeline – ihr geht einander sicher oft auf die Nerven, aber keiner ist je allein. Dieses ganze Haus hat sehr viel Wärme.«

Er sah sich in der Küche um, betrachtete die geblümten Vorhänge an den Fenstern, den Flickenteppich auf den Steinfliesen, die Töpfe mit Kräutern auf dem Wandbord. »Es hat sehr viel Wärme«, wiederholte er.

Sie hatte die letzte Kartoffel geschält, und wenn sie noch länger daran herumschnitzte, würde sie winzig klein werden. Sie stand auf, ging zum Spülbecken, ließ Wasser in einen Topf laufen. Dann drehte sie sich um, blieb unschlüssig gegen den Spültisch gelehnt stehen.

»Du weißt selbst, wie das in Daleview ist«, sagte John. »Du hast dich ja nicht umsonst immer gefürchtet, dort zu leben. Diese riesigen, hohen Räume. Überall die dunkle Wandtäfelung, die alles so düster macht. Die endlosen Zimmerfluchten. Und dazwischen ich mit einem verstaubten Butler und ein paar hirnlosen Dienstmädchen, alles Menschen, mit denen mich nichts verbindet. Manchmal hatte ich wirklich den Eindruck, es nur noch mit Schnaps zu ertragen.« Er schaute Frances an. »Verstehst du mich?«

»Ja«, sagte Frances, »ich glaube schon.«

Sein Gesichtsausdruck wurde weich. Die Zärtlichkeit lag darin, die er immer für Frances bereitgehalten hatte, eine Zärtlichkeit, die aus jahrelanger Vertrautheit entsteht. Sein Blick umfaßte ihre ganze Gestalt.

Was sieht er? fragte sich Frances beklommen. Eine fast fünfzigjährige Frau in einem fleckigen Kleid, die sich ihre Hände, obwohl sie längst sauber sind, ständig an der Schürze abreibt. Eine Frau mit wirren Haaren, in denen das Grau die Vorherrschaft übernommen hat. Eine Frau, deren Gesicht zu hager, zu scharf ist, um hübsch zu sein. Aber es gibt kein Gesicht, das er so genau kennt.

»Sosehr ich dich liebe«, sagte er leise, »sosehr ich dich immer lieben werde – irgendwann wußte ich, daß sich mein Leben für die verbleibenden Jahre nicht zwischen der Leere meines Hauses und gelegentlichen Treffen mit dir in einer verlassenen Hütte abspielen konnte. Dafür bin ich zu alt.«

»Ich weiß«, sagte Frances. Es war nicht allzulange her, da hatte sie genau das gleiche gedacht.

»Ich wollte mehr. Ich wollte eine Frau, die mein Leben teilt. Nicht so wie Victoria, mit der ich über nichts sprechen konnte. Nicht so wie du, die du mir immer nur für wenige Stunden deine Zeit und deinen Körper schenktest und dann wieder auf und davon gingst. Ich wünschte, du wärst die Frau für mich gewesen, aber...« Er hob die Hände, ließ sie resigniert sinken. Wozu es noch einmal durchkauen?

»Vielleicht hätten wir heute fünf Kinder und bereits die ersten Enkel«, sagte Frances.

John lachte. »Wir wären eine große, lärmende, glückliche Familie. Du würdest Socken stricken für die neuen Babys und unsere Töchter in ihren Eheproblemen beraten.«

»Und du würdest trinken gehen mit unseren Söhnen. Und ihr würdet euch schrecklich in die Haare geraten, wenn sie andere politische Ansichten verträten als du.«

»Unsere Söhne wären wahrscheinlich nicht hier. Sie würden verheizt im Kampf gegen Hitler.«

»Besser, daß wir keine haben.«

»Ja«, sagte John, und dann stand er auf, kam um den Tisch herum, blieb vor Frances stehen und nahm ihre Hände. Sie starrte auf seine Finger. Wie oft hatten diese Finger sie zärtlich berührt.

»Ich möchte, daß du etwas weißt«, sagte er. »Ich möchte, daß du weißt, daß ich dich liebe. Um nichts weniger als damals am River Swale, wenn ich kommen und dich trösten mußte. Es hat sich nichts geändert. Ganz gleich, was ich tue. Ganz gleich, was du tust. Egal, wie viele graue Haare wir bekommen haben inzwischen und wie viele Verletzungen wir einander zugefügt haben. Nichts davon ist wichtig. Nichts bringt uns auseinander.«

Sie nickte, aber seine plötzliche körperliche Nähe löste Gefühle in ihr aus, die sie hilflos machten, und schon strömte das Gift der Eifersucht jäh durch sie hindurch.

»Warum Marguerite?« fragte sie. »Weil sie so hübsch ist? Und fast zwanzig Jahre jünger als ich?«

Er schüttelte ärgerlich den Kopf. »Frances! Ich denke, du kennst mich besser. Marguerite ist jung und hübsch, aber eine sehr hübsche Frau habe ich schon gehabt, und es ging schief. Marguerite ist wichtig für mich, weil sie mich wirklich versteht. Sie ist nicht nur ein dummes Püppchen mit einem netten Lächeln und langen Wimpern. Mein Leben war aus dem Tritt geraten nach dem letzten Krieg. Marguerites Leben ist ebenfalls völlig aus seiner Bahn geschleudert worden. Sie hat ihren Mann und ihre Heimat auf schreckliche Weise verloren. Sie hat ihre Alpträume, so wie ich meine. Sie versteht es, wenn ich schweige, und sie versteht es, wenn ich reden will. Und ich verstehe es bei ihr. Vielleicht ist es das, was man mehr sucht als Leidenschaft, wenn man nicht mehr jung ist: Verständnis. Es ist auf jeden Fall das, was ich suche.«

Sie nickte, und als er sie in seine Arme zog, verjagte sie die quälenden Bilder und Gedanken, die in ihrem Kopf umherschwirrten. Sie überließ sich seinen beruhigenden Worten, auch deshalb, weil sie fühlte, er hatte die Wahrheit gesagt, zumindest die Wahrheit, wie er sie empfand. Sie lehnte den Kopf an seine Schulter.

Nur für einen Moment, dachte sie, nur für *diesen* Moment.

»Gott, wie ich dich liebe«, sagte er dicht an ihrem Ohr.

Sie öffnete die Augen. Sie sah über seine Schulter hinweg zur Tür. Sie blickte in das gehässige, schlaue Gesicht von Marjorie Selley.

Marjorie beteuerte später, um nichts in der Welt habe sie lauschen wollen. Sie habe sich auch keineswegs angeschlichen. Sie sei *völlig normal* ins Haus hereingekommen.

»Und warum?« fragte Frances mit vor unterdrückter Wut zitternder Stimme.

»Was – warum?« fragte Marjorie zurück.

»Warum bist du überhaupt ins Haus gekommen?«

»Ich hatte Durst. Ich wollte mir ein Glas Wasser in der Küche holen. Aber dann...«

»Was dann?«

»Sah ich Sie und John Leigh. Er stand dicht vor Ihnen und hielt Ihre Hände fest. Er sagte, er liebt Sie.«

»Und da kamst du nicht auf die Idee, dich bemerkbar zu machen?«

»Ich stand wie angewurzelt«, behauptete Marjorie. »Können Sie das nicht verstehen? Ich war sehr, sehr überrascht. Ich hatte ja keine Ahnung, daß Sie und John Leigh...«

Und ob du die hattest, du falsches, kleines Biest, dachte Frances, du hast an deinem ersten Tag hier, an Charles' Bett, schon mehr mitbekommen, als du solltest.

Die Unterhaltung fand viele Stunden, nachdem Marjorie in die Küche gekommen war, statt, und eine Stunde nach dem entsetzlichen Eklat während des Abendessens. Zum erstenmal hatte Frances ihrem schon lange schwelenden Herzensbedürfnis nachgegeben und Marjorie geohrfeigt, was ihr selbst zwar ein wenig Erleichterung verschafft, ansonsten aber nichts mehr gerettet hatte.

Als sie Marjories ansichtig geworden war, unten in der Küche, hatte sie John von sich weggeschoben und mit einer Stimme, die ihr fremd in den Ohren klang, gesagt: »Marjorie! Was tust du denn hier?«

»Und was tun *Sie*?« fragte Marjorie.

»Hallo, Marjorie«, sagte John.

»Ich habe gefragt, was du hier tust«, fauchte Frances.

Marjorie drehte sich wortlos um und rannte davon. Ihre nackten Füße patschten auf die Steinfliesen im Flur. Dann fiel die Haustür krachend ins Schloß. Frances wollte ihr nachlaufen, aber John hielt sie am Arm fest.

»Nicht. Wenn du ihr jetzt eine Szene machst, bauschst du alles nur unnötig auf.«

»Da gibt es gar nichts mehr aufzubauschen. Sie weiß alles.«

»Sie weiß nicht, was früher war.«

»Bist du sicher? Vielleicht steht sie schon eine halbe Ewigkeit dort an der Tür!«

»Du mußt jetzt Ruhe bewahren, Frances. Alles andere macht die Sache nur noch schlimmer.« Er ließ ihren Arm los.

Frances strich sich mit allen zehn Fingern die Haare aus der Stirn. »Wie kannst du nur so gelassen sein? Stell dir vor, sie erzählt Marguerite, was sie hier erlebt hat?«

Er zuckte die Schultern. »Dann müssen Marguerite und ich sehen, wie wir mit der Situation fertig werden. Auf jeden Fall werde ich nicht hinter einem dreizehnjährigen Mädchen herlaufen und es anflehen, nur ja den Mund zu halten.«

Sie wußte, daß er recht hatte, und doch fand sie keine Ruhe, konnte sich nicht von dem Gefühl befreien, daß etwas Schlimmes auf sie zukam. Nachdem John gegangen war, beschäftigte sie sich weiterhin mit den Vorbereitungen für das Abendessen, aber sie merkte, wie nervös sie war; ständig fiel ihr irgend etwas aus den Händen, und die einfachsten Verrichtungen mißlangen. Immer wieder hob sie lauschend den Kopf, hoffte, daß Marjorie zurückkehrte, ehe die anderen eintrafen. Vielleicht hätte sie wenigstens herausfinden können, was das Mädchen vorhatte.

Die Schwüle war inzwischen fast unerträglich geworden. Dicke, blauschwarze Wolken ballten sich am Himmel und verdunkelten ihn so stark, daß Frances die Lichter im Haus anschalten mußte. Das drohende Unwetter schien ihr ein böses Omen zu sein. Als sie endlich die Haustür aufgehen hörte, rief sie hoffnungsvoll: »Marjorie?« Aber nur Laura schob sich in die Küche.

»Ich bin es«, sagte sie. »Ich weiß nicht, wo Marjorie ist. Sie ging vorhin ins Haus, und seither habe ich sie nicht mehr gesehen.« Sie trat näher. »Gibt es bald etwas zu essen?«

»In einer Stunde. Hör mal, wenn du Marjorie noch siehst, dann schicke sie bitte zu mir, ja?«

Eine halbe Stunde später traf Adeline ein, schweißüberströmt, denn von der Bushaltestelle aus war sie zu Fuß gegangen, und die Hitze hatte sie völlig ausgelaugt. Kurz darauf fuhr Victoria vor, im selben Moment, da die ersten Regentropfen schwer herabfielen.

»O Gott, was war das für ein Tag!« sagte sie. »Man dachte ja, man kann nicht atmen vor Hitze!«

»Da bricht gleich ein Donnerwetter herein«, prophezeite Adeline.

»Hast du Marguerite nicht mitgebracht?« fragte Frances.

»Ich habe sie in Leigh's Dale vor dem Wirtshaus abgesetzt. Ich habe sie eingeladen zum Essen, aber sie wollte nicht. Sie schien ziemlich erledigt.«

Ja, weil sie schwanger ist, dachte Frances giftig, und zwar von deinem Ex-Mann, du argloses Dummchen!

Victoria spähte in die Töpfe. »Was gibt es denn?«

»Kartoffeln und Gemüse. Du kannst schon den Tisch decken. Hast du draußen irgendwo Marjorie gesehen?«

»Nein. Ist sie nicht im Haus?«

»Nein. Aber wir fangen trotzdem mit dem Essen an. Wenn sie zu spät kommt, kriegt sie eben nichts mehr.«

Als sie im Eßzimmer Platz nahmen, krachte der erste Donnerschlag. Blitze zuckten über den Himmel. Der Regen rauschte jenseits der Fenster wie eine Wand herunter. Laura machte ein Gesicht wie ein verängstigtes Kaninchen.

»Wo mag nur Marjorie sein? Hoffentlich geschieht ihr nichts, wenn sie noch draußen ist!«

»Sie wird sich irgendwo unterstellen«, beruhigte Frances.

»Wann hast du sie denn zuletzt gesehen, Laura?« fragte Adeline.

»Wir kamen von den Pferden und wollten in den Garten gehen. Das war am späteren Nachmittag, glaube ich. Als wir über den Hof liefen, sagte Marjorie plötzlich: ›Da steht ja das Auto von Mr. Leigh!‹ Und schon schoß sie ins Haus. Ich bin dann allein in den Garten gegangen, weil ich dachte, sie kommt sicher gleich nach; vielleicht will sie nur Mr. Leigh etwas fragen oder so. Aber sie ist dann nicht mehr aufgetaucht.«

Victoria war zusammengezuckt und hatte den Bissen, den sie gerade in den Mund stecken wollte, wieder auf den Teller fallen lassen. Sie wandte sich ihrer Schwester zu.

»John war da? Das hast du ja gar nicht erwähnt!«

»Das hatte ich schon wieder völlig vergessen. Ich wollte es nicht verheimlichen.«

Victoria sah aus wie die verkörperte Mischung aus Mißtrauen und Angespanntheit.

»Was wollte er denn hier?«

»Ach, er …«, begann Frances und zerbrach sich verzweifelt den Kopf, was sie sagen sollte. Draußen fiel eine Tür ins Schloß, fast gleichzeitig krachte der nächste Donner.

»Marjorie!« rief Laura.

Marjorie trat ins Eßzimmer. Sie war so naß, wie es ein Mensch überhaupt nur sein konnte. Das Wasser lief ihr aus den Haaren, tropfte von den Wimpern, klebte ihre Kleider gegen den Körper, sickerte aus den Schuhen. Dort, wo sie stand, bildete sich im Nu eine kleine Pfütze.

»Großer Gott, Kind!« rief Adeline. »Du mußt dir sofort trockene Sachen anziehen!«

Marjorie kam näher. Sie hinterließ eine nasse Spur.

»Entschuldigt, daß ich zu spät bin«, sagte sie leise.

Ein Blitz flammte durchs Zimmer. Das Licht der elektrischen Lampe über dem Tisch flimmerte und zuckte.

»Wo bist du gewesen?« fragte Laura. »Frances hat dich schon gesucht!«

Marjorie hob den Kopf. Ihr Blick traf den von Frances. Frances versuchte, in den Augen des Mädchens zu lesen. War es Haß? Schadenfreude? Genugtuung? Sie vermochte es nicht zu entschlüsseln.

Marjorie senkte den Kopf wieder. So tropfnaß, wie sie war, wirkte sie noch kleiner und dünner, und zudem sehr mitleiderregend.

»Ich war... ich war so verstört...«, sagte sie. Noch immer sprach sie so leise, daß sich alle Anwesenden fast die Ohren verrenken mußten, um sie zu verstehen.

»Ich wollte allein sein. Ich... habe gar nicht bemerkt, daß... daß es zu regnen anfing.«

»Was hat dich denn so verstört?« fragte Adeline.

»Ich denke, Marjorie muß zuerst ein heißes Bad nehmen und dann gleich ins Bett«, warf Frances ein. »Wenn sie hier noch lange herumsteht, holt sie sich den Tod.«

Sie schob ihren Stuhl zurück und stand auf. »Komm, Marjorie. Ich bringe dich nach oben.«

»Augenblick!« Victoria stand ebenfalls auf. Sie war sehr blaß. »Was hat dich so verstört, Marjorie?« Dann und wann gelang es selbst ihr, eins und eins zusammenzuzählen.

»Können wir die Befragung nicht auf morgen verschieben?« fragte Frances.

»Ich weiß nicht, ob ich es sagen darf«, murmelte Marjorie.

»Du darfst alles sagen«, ermutigte sie Victoria. Wieder zuckten Blitze, warfen ein schwefelgelbes Licht in das Zimmer.

»Morgen hat Marjorie eine Grippe«, warnte Frances.

»John und Frances...«, piepste Marjorie.

Diese zwei Namen und die Art, wie sie sie hervorbrachte, verhießen Schrecklicheres, als es ein ganzer Satz hätte zum Ausdruck bringen können. Eine düstere Ahnung, ein wilder Verdacht schwebten im Raum. Victoria wurde, wenn das überhaupt möglich war, um eine weitere Schattierung bleicher. Adeline öffnete den Mund, schloß ihn aber gleich wieder. Laura machte riesige Augen.

»Er klammerte sich an ihr fest«, fuhr Marjorie fort, »er sagte ... er sagte, daß er sie liebt... ich konnte es nicht glauben...« Sie sah Victoria an. Sie hatte Tränen in den Augen.

»Er war doch *Ihr Mann*, Victoria«, sagte sie.

Frances tat ein paar rasche Schritte auf sie zu und schlug ihr rechts und links ins Gesicht. Irgend jemand schrie auf. Das Licht über dem Tisch zuckte und verlosch.


Am nächsten Tag sagte Marjorie, sie wolle unter allen Umständen zu ihrem Vater nach London zurückkehren, und Frances meinte, sie halte das für eine ausgezeichnete Idee.

»Es hat keinen Sinn mit uns, Marjorie. Wir kommen nicht miteinander zurecht.«

»Sie werfen mich also raus«, sagte Marjorie, obwohl sie selbst eine Minute zuvor ihren Abschied angekündigt hatte. »Ich muß gehen, weil ich etwas gesehen habe, was ich nicht sehen sollte.«

»Ich denke, du willst weg? Wolltest du das nicht von Anfang an?«

»Allerdings. Und ich bin sehr froh, daß Sie das nun auch endlich begriffen haben.«

Von Laura, die auf dem Bett kauerte und deren Gesicht so grau war wie der regnerische Tag draußen, kam ein Jammerlaut. »Schikken Sie uns nicht weg, Frances! Wir haben nur Sie!«

Marjorie fuhr herum und blitzte ihre Schwester wütend an. »Wir haben noch einen Vater, vergiß das nicht! Unsere Mami ist tot, aber Dad lebt, und er...«

»Er kann nicht für uns sorgen, Marjorie«, sagte Laura leise.

»*Du* kannst ja hierbleiben! *Du* liebst das alles hier ja so sehr! Und schließlich hast du dich auch immer einwandfrei benommen – wenn man von deinen nächtlichen Freßorgien einmal absieht!«

»Marjorie!« sagte Frances scharf. »Du kannst dir deine Gehässigkeiten sparen! Es ist alles klar zwischen uns, nicht wahr?«

»Es ist alles klar«, bestätigte Marjorie.

Laura schluchzte auf.

»Laura, hör auf zu weinen«, befahl Frances.

Sie fühlte sich erschöpft und gereizt. Sie hatte ein schlechtes Gewissen; eine innere Stimme sagte ihr, sie dürfe Marjories Wunsch nicht nachkommen. Und zugleich verspürte sie nicht das geringste Bedürfnis, das Mädchen zum Bleiben zu nötigen. Im Gegenteil. Es würde eine Erleichterung sein, sie nicht mehr um sich haben zu müssen.

»Ich kann nicht weg von hier«, weinte Laura. »Ich kann es nicht. Ich kann es nicht!«

»Du kannst bleiben, solange du möchtest, Laura«, sagte Frances.

»Aber ich kann doch Marjorie nicht alleine gehen lassen!«

»Das kannst du sehr wohl«, sagte Marjorie kühl, »ich komme wunderbar zurecht, verlaß dich drauf!« Sie wandte sich an Frances. »Jeder hier wird denken, daß Sie mich hinauswerfen. Das sieht aus wie ein Schuldeingeständnis. So, als hätte ich wirklich ins Schwarze getroffen. Wie sagt man?« Altklug legte sie die Stirn in Falten. »Ein getroffener Hund bellt!«

»Zerbrich dir darüber nicht den Kopf. Überlege lieber noch einmal gut, was du tun möchtest. Willst du wirklich zu deinem Vater?«

»Ja. Und wenn Sie nein sagen, reiße ich aus.«

»Dann pack deine Sachen. Wir brechen morgen früh nach London auf.«

»Ich fahre allein nach London.«

»O nein, das tust du nicht. Deine Mutter hat mir die Verantwortung für dich übertragen, und deshalb werde ich dich ganz sicher nicht allein in der Welt herumreisen lassen. Ich werde dich entweder deinem Vater oder Mrs. Parker von der Fürsorge übergeben, und erst von dem Moment an ist dann meine Mission beendet!« Sie drehte sich um und verließ das Zimmer, Marjories haßerfüllte Blicke im Rücken und Lauras Weinen im Ohr.

Unten an der Treppe stand Adeline. Ihre Miene verriet Empörung. »Das können Sie aber nicht machen, Miss Gray! Sie können das Kind nicht gehen lassen!«

»Sie will gehen. Es ist ihr gutes Recht zu entscheiden, daß sie bei ihrem Vater leben möchte.«

»Sie ist zu klein für eine solche Entscheidung. Sie sagt das doch jetzt nur aus Wut und Trotz! Ihr Vater ist ein Taugenichts. Ihre Mutter hätte bestimmt nicht gewollt, daß...«

»Mir ist es lieber, ich bringe sie zu ihrem Vater, als sie reißt aus und gerät dann wirklich in Gefahr. So, und jetzt möchte ich davon nichts mehr hören.« Frances atmete tief durch. »Wo ist Victoria?«

»Sie hat nichts gefrühstückt. Sie ist wohl noch in ihrem Zimmer.«

Adeline war die fleischgewordene Mißbilligung. Es ging ihr wieder einmal gegen den Strich, daß die arme, kleine Vicky litt. Und Marjories Schicksal schien sie ebenfalls zu beschäftigen.

An mich, dachte Frances verärgert, denkt wieder einmal niemand!

»Ich bin jetzt im Eßzimmer«, sagte sie, »und mache dort die Buchhaltung. Immerhin habe ich ja auch nebenher noch die Farm zu leiten und kann mich nicht nur mit Familiendramen befassen.«

Sie blockierte das Zimmer den ganzen Tag über, breitete Papiere, Bücher und Ordner über den Tisch aus und zwang die anderen, das Mittagessen in der Küche einzunehmen. Sie selbst erschien nicht, vergrub sich in ihre Arbeit, ließ sich nur von Adeline einen Kaffee bringen und sah nicht einmal auf, als die alte Frau mit dem Tablett erschien. Draußen regnete es ohne Unterlaß. Das Gewitter vom Vorabend hatte die wochenlange Schwüle beendet. Wenn man das Fenster öffnete, strömte frische, feuchte Luft herein.

Am späteren Nachmittag erschien Laura mit vom Weinen verquollenen Augen. Wie sich herausstellte, litt sie unter dem Gefühl der Zerrissenheit, weil sie auf der einen Seite glaubte, mit Marjorie mitgehen zu müssen, andererseits fast verrückt wurde vor Angst, Westhill zu verlassen.

»Können Sie ihr nicht noch einmal gut zureden, Frances?« bat sie. »Sie packt schon ihre Sachen. Sie ist meine kleine Schwester. Ich kann sie doch nicht im Stich lassen.«

»Sie ist nicht so hilfsbedürftig, wie du denkst«, sagte Frances. »Sie kommt ganz gut zurecht. Und sie hat von Anfang an nicht hier sein wollen. Wahrscheinlich gefällt es ihr überall woanders besser.«

»Ich verstehe sie nicht! Das hier ist doch die einzige Heimat, die wir haben!«

»Das empfindest du so, Laura. Marjorie hat das nie so gesehen.«

»Sie sind schrecklich böse auf sie, nicht?«

»Ach, Laura, das ist doch jetzt gar nicht der Punkt.« Frances legte ihren Stift beiseite, rieb sich die Augen, die vor Müdigkeit brannten. »Natürlich bin ich böse auf sie. Aber vor allem habe ich Angst, was noch alles geschieht, wenn ich sie jetzt zum Bleiben überrede. Von Anfang an hat sich Marjorie gegen Westhill gesträubt. Ich weiß nicht, warum, aber sie wollte nie hierher, und ihre Wut darüber richtete sich gegen uns alle. Es hat einfach keinen Sinn. Letzten Endes kann man einen Menschen nicht zwingen, etwas zu tun, was er nicht möchte, und wenn man es doch versucht, geht es für alle schief aus. Marjorie hat mehrfach gedroht, wegzulaufen, zuletzt heute morgen. Vielleicht tut sie es. Was soll ich dann machen? Es ist einfach so...«, Frances lehnte sich in ihrem Stuhl zurück, »es ist einfach so, daß ich keine Lust mehr habe, mir dauernd Sorgen machen zu müssen, was als nächstes geschieht. Mir ist diese Verantwortung zu groß. Du mußt versuchen, das auch zu verstehen.«

Laura nickte. Mit dem Handrücken wischte sie sich die Tränen vom Gesicht.

»Ich darf doch hierbleiben?« vergewisserte sie sich noch einmal.

»Das ist doch keine Frage. Selbstverständlich. Du hast alles hier ja auch immer ganz gerne gemocht, nicht?«

»Ich liebe es«, sagte Laura ernst, »ich liebe dieses Haus und das Land mehr, als ich meine Schwester liebe. Sonst ließe ich sie nie alleine gehen.« Sie drehte sich um und verließ das Zimmer.

Für Laura war dies eine ungewöhnlich dramatische Aussage, die Frances äußerst erstaunte; aber ihr blieb kaum Zeit, darüber nachzudenken, denn kaum war Laura verschwunden, erschien Victoria. Frances nahm an, daß sie vor der Tür gestanden und gewartet hatte, daß Laura wieder ging. Sie war *nicht* verweint, was seltsam anmutete bei einer Frau, die für gewöhnlich recht dicht am Wasser gebaut hatte. Sie wirkte sehr beherrscht.

Ohne Umschweife kam sie zum Thema. »Du schickst das Mädchen fort? Daraus darf ich schließen, daß das, was sie gestern abend gesagt hat, der Wahrheit entspricht?«

»Ich schicke sie nicht fort. Sie will weg.«

»Und das kommt dir äußerst gelegen, stimmt's? Jedenfalls sieht es nicht so aus, als ob du den Versuch machen wolltest, sie zum Bleiben zu bewegen.«

»Es gibt eine ganze Reihe von Gründen, weshalb ich es auch für besser halte, wenn Marjorie uns verläßt.«

Victorias Augen wurden schmal. »Was ist zwischen dir und John?«

»Nichts.«

»Nichts? Dann hat Marjorie alles erfunden?«

»Nein. Aber es ist trotzdem nichts. John kam zu mir, um mir etwas zu erzählen, und für einen Moment haben uns wohl beide die Erinnerungen an früher überwältigt. Vielleicht war es das Gewitter, das in der Luft lag, ich weiß es nicht.«

»Euer ›früher‹ ist lange her.«

»Ja. Deshalb spielt es ja auch keine Rolle mehr.«

Victoria stützte sich auf eine Stuhllehne. Die Falten, die von ihren Mundwinkeln zum Kinn liefen, traten an diesem Tag besonders scharf hervor.

»Ich habe mich manchmal gefragt«, sagte sie, »ob du es wohl jemals verwunden hast. Du und John, ihr wart doch wie eine Einheit. Untrennbar. Und dann gehst du weg, und er heiratet deine Schwester. Damals habe ich nicht viel darüber nachgedacht. Ich war so verliebt. So glücklich. Es wäre mir nie in den Sinn gekommen, an irgend etwas oder irgend jemandem zu zweifeln.«

Natürlich nicht, dachte Frances, Zweifeln war nie deine Stärke.

Sie merkte, daß ihre Schwester sie abwartend ansah. Leichthin sagte sie: »Himmel, wozu das jetzt? Was willst du hören?«

»War es ein harter Schlag für dich? Herzukommen und mich mit John als Brautpaar anzutreffen?«

Frances zuckte zusammen und merkte, daß es ihr eine Sekunde zu spät geglückt war, ihr Gesicht zu verschließen. Sie merkte es an *Victorias* Miene. Die Schwester hatte begriffen. War es ein harter Schlag, hatte sie gefragt. Und die Antwort in Frances' Augen gelesen: Es war ein Schlag, der bis heute brannte. Schmerzhaft wie am ersten Tag.

»Ja«, sagte Frances, denn nichts anderes konnte sie jetzt sagen. »Ja, es war ein harter Schlag. Und ist es bis heute.«

Die Schwestern starrten einander an: Victoria verblüfft, weil sie keine ehrliche Antwort erwartet hatte, Frances abwartend.

Schließlich sagte Victoria: »Aha. Dann ist ja alles klar.«

»Ich weiß nicht, was jetzt klar ist.«

»Wahrscheinlich hast du noch während unserer Ehe...« Victoria brachte den Satz nicht zu Ende. Es war zu ungeheuerlich, unvorstellbar und unaussprechlich.

Diesmal war Frances vorbereitet. Sie sah ihrer Schwester geradewegs in die Augen.

»Nein. Es war nichts während eurer Ehe. Absolut nichts.« Sie wurde nicht einmal rot.

In Victorias Gesicht stritten Mißtrauen und der Wunsch, diese Beteuerung zu glauben, miteinander. Ehe das Mißtrauen siegen konnte, warf Frances ihren Trumpf ins Spiel. Irgendwann mußte es gesagt werden, warum nicht jetzt, da es ihre Haut retten konnte?

Sie stand auf, wobei sie einen Schmerzenslaut unterdrückte; vom langen Sitzen tat ihr der Rücken weh. Seit dem Morgen hatte sie sich kaum bewegt. Vorsichtig machte sie ein paar Schritte zum Fenster. Es nieselte draußen, und sie wußte, daß das trübe Licht ihr Gesicht alt machte.

»Das mit John und mir«, sagte sie, »kannst du sowieso vergessen. Du weißt ja gar nicht, weshalb er gestern überhaupt kam.«

»Weshalb denn?«

Sie sah zum Fenster hinaus, während sie sprach, so als gebe es dort etwas Interessantes zu sehen, außer dem nassen Gras und den nassen Bäumen im Garten und den Wolken, diè die Berge verhüllten.

Fast beiläufig sagte sie: »Er und Marguerite werden heiraten. Dies zu erzählen kam er her. Marguerite erwartet ein Kind.«

Von Victoria kam kein Laut. Frances drehte sich um. Ihre Schwester war kalkweiß im Gesicht. Ihre grauen Lippen bewegten sich kurz, aber es war nichts zu hören.

»Tu mir einen Gefallen«, sagte Frances ruppiger, als es ihre Absicht gewesen war, »und heule jetzt nicht los. Laura weint schon den ganzen Tag. Ich kann so viele Tränen einfach nicht ertragen.«

In Victorias Bernsteinaugen verlosch etwas. Ein Schimmer, der ihnen Leben verliehen hatte.

»Ich weine ja gar nicht«, sagte sie. Ihre Stimme klang rauh, es schwang nicht die Spur eines Schluchzens darin.

Am nächsten Morgen brachen Frances und Marjorie in aller Frühe auf. Victoria hatte sich nicht mehr blicken lassen, war weder zum

Abendessen noch zum Frühstück erschienen. Auch Laura blieb oben in dem Zimmer, das sie bis zu diesem Tag mit ihrer Schwester geteilt hatte.

Adeline hatte einen ganzen Korb mit Lebensmitteln gepackt. »Das ist für dich, Kind«, sagte sie zu Marjorie, »damit du genug zu essen hast in London. Da soll es ja schlimm sein mit den Rationierungen. Ich habe dir auch einen Marmorkuchen gebacken, den ißt du doch so gern.«

»Danke, Adeline«, murmelte Marjorie.

»Wir müssen gehen«, mahnte Frances. Sie ignorierte Adelines zornige Blicke.

Aber sie fühlte sich elender, als sie es sich anmerken ließ, und als sie und Marjorie endlich im Auto saßen, sagte sie: »Hör zu, Marjorie, wenn du es dir doch noch einmal überlegen willst, dann...«

»Ich will es mir ganz sicher nicht überlegen«, unterbrach Marjorie, »ich bin froh, endlich von hier wegzukommen!«

Das war die alte Marjorie: patzig, unfreundlich, verletzend. Frances startete den Wagen.

»In Ordnung«, sagte sie.

Sie fuhren mit dem Auto bis Northallerton und nahmen dann den Zug nach London. Er fuhr durchgehend in den Süden, sie mußten nicht in York umsteigen. Es reisten viele Leute mit, und Frances und Marjorie ergatterten mit letzter Not zwei Sitzplätze. Alle sprachen nur über den Krieg, über den Rußlandfeldzug der Deutschen, den manche als Anfang vom Ende, andere als Ausbreitung der nationalsozialistischen Katastrophe werteten. Frances beteiligte sich nicht an den Gesprächen. Ab und zu musterte sie Marjorie von der Seite. Das Mädchen hatte eine selbstgefällige Miene aufgesetzt und trug eine etwas forcierte Heiterkeit zur Schau.

In Wensleydale hatte es geregnet, doch später zeigte sich der Himmel zwar noch bewölkt; aber es blieb trocken, und ab Nottingham schien die Sonne.

»Das ist auch ein Grund, weshalb ich nie in Nordengland leben möchte«, sagte Marjorie, »dort regnet es immer. Im Süden ist das Wetter viel besser.«

»*Immer* regnet es auch nicht«, widersprach Frances und ärgerte sich im nächsten Moment, daß sie sich wieder einmal hatte provozieren lassen. Was sollte sie mit Marjorie über das Wetter in Yorkshire streiten? Das Mädchen konnte denken, was es wollte. Es konnte sagen, was es wollte. Sie, Frances, war alt genug, darüberzustehen.

Ein trauriges London empfing sie, düster trotz strahlender Sonne und sommerlicher Hitze. Frances war entsetzt, sehen zu müssen, wie sehr die Stadt unter den Bomben gelitten hatte. Überall zerstörte Häuser. Bei manchen waren nur die Fensterscheiben zersprungen und notdürftig durch davorgenagelte Pappe oder Bretter ersetzt worden. Andere hatten ihr Dach verloren. Aber von vielen war auch nur ein Haufen Schutt und ein leergebranntes, rußgeschwärztes Gerippe aus Mauerresten übrig geblieben, verkohlte Türme, die dunkel und tot in den blauen Himmel ragten.

Es dauerte eine Ewigkeit, bis sie es mit verschiedenen Bussen nach Bethnal Green geschafft hatten, eine deprimierende Ewigkeit, in der ihnen auf Schritt und Tritt neue Verwüstungen vor Augen gehalten wurden. Ärmlich gekleidete Menschen, die meisten zu dünn und zu blaß, huschten herum und versuchten, trotz allem irgendeine Art von Normalität zu leben. Häufiger als früher drangen Frances fremde Sprachen ans Ohr, von denen sie nichts oder nur Bruchstücke verstand. Es lebten viele Emigranten aus Deutschland oder den von den Nazis besetzten Ländern Europas in London, deren Verzweiflung ins Herz schnitt. Der Krieg hatte sie hierhergeschwemmt, nun führten sie einen gnadenlosen Kampf um ein Dach über dem Kopf, Essen und Geld – und gegen ihre Schwermut, die vielleicht der schlimmste Feind war.

Wieder einmal wurde es Frances bewußt, wie sehr sie in Leigh's Dale auf einer Insel lebten. Der Krieg hatte sie dort nie wirklich erreicht. Marguerites Schicksal hatte sie alle bewegt und beschäftigt – und hier blickte sie in die grauen Gesichter von hundert Marguerites, um die sich niemand kümmerte, weil ihr Auftreten in der Masse sie austauschbar machte.

Die Busse hielten sich nicht im geringsten an die Fahrpläne, und es war spät am Tag, als sie Bethnal Green erreichten. Den trostlosen Stadtteil im Osten konnten die Verheerungen des Krieges kaum trauriger erscheinen lassen, als er es schon vorher gewesen war: schmutzigbraune Häuser, heruntergekommene Wohnblocks, enge Straßen, in denen verwahrloste Jugendliche herumlungerten, dann und wann ein Hintergarten, in dem sich Müll aller Art stapelte und in Drahtkäfigen zusammengepferchte Kaninchen ihr hoffnungslo-ses Dasein fristeten. Auf winzigen, düsteren Balkonen, die nie ein Sonnenstrahl erreichte, spannten sich Wäscheleinen, und hier und da kämpfte sogar eine müde Topfpflanze ums Überleben.

Die Hitze des Tages lastete über Bethnal Green noch schwerer als über der Innenstadt. In allen Wohnungen standen die Fenster – wenn es denn welche gab – weit offen, und weithin hörte man dudelnde Grammophone, Radiostimmen, Kindergeschrei und wü-ste Streitereien zwischen Eheleuten, die, gefangen in engen Woh-nungen und sozialer Misere, einander nur noch verabscheuten.

»Hier ist es sicher weniger langweilig als in Leigh's Dale«, be-merkte Frances.

Sie kramte einen Zettel aus ihrer Handtasche, auf dem die Adresse notiert war, die ihr Mrs. Parker genannt hatte. Sie war bereits völlig erledigt, naßgeschwitzt am ganzen Körper, und sie spürte einen stechenden Schmerz im Kopf. Was für ein furchtbarer Tag, dachte sie.

Sie hoffte nur, daß sie Mr. Selley nicht in einem Zustand antref-fen würde, der es ihr unmöglich machte, ihm das Kind dazulassen – vielleicht war er betrunken oder lag mit einer Hure im Bett. Letztlich mußte sie aber wohl hoffen, daß er überhaupt daheim war. Wenn alle Stricke rissen, gab es noch Mrs. Parker, aber das bedeutete, sie mußten dann wieder durch die halbe Stadt, um zu ihr zu gelangen. Frances betete insgeheim, das möge ihr erspart bleiben.

Sie fragten sich durch, bis sie nach halbstündigen Irr- und Um-wegen endlich an das Haus kamen, in dem Hugh Selley wohnte. »Abbruchreif« hatte Mrs. Parker es genannt, und sie hatte nicht übertrieben.

Das Dach des fünfstöckigen Gebäudes fehlte zur Hälfte, im verbliebenen Stück prangten große Löcher dort, wo die Ziegel verschwunden waren. Ein verkohlter Schornstein ragte dazwi-schen hervor. Auch in den beiden obersten Stockwerken schien ein Feuer gewütet zu haben; es gab hier keine Fensterscheiben mehr, und die Mauern waren schwarz von Ruß. Nach unten hin lebten offenbar noch Menschen in den Wohnungen, wie Wäsche vor den Fenstern und hier und da ein Stück schmuddelige Gardine verrie-ten. Alles wirkte baufällig, löchrig, krank. Im Winter mußten die

Wohnungen eiskalt und feucht sein. Der Sommer machte sie erträglicher, nahm ihnen jedoch nichts von ihrer Trostlosigkeit.

»Marjorie . . .«, begann Frances, aber Marjorie fixierte die Ruine mit entschlossenen Augen und unterbrach Frances sofort: »Wir sollten gleich hineingehen.«

Es gab keine Namensschilder an der Haustür, es hing nur ein Zettel dort, der verkündete, daß Hausieren hier unerwünscht sei. Frances fragte sich, ob wohl je ein Hausierer versucht hatte, hier etwas zu verkaufen.

Die Tür war nur angelehnt. Sie traten in den dämmrigen Flur, dessen Fußboden aus schwarzen und weißen Mosaiksteinen bestand, die in wilden, spiralförmigen Mustern angeordnet waren. Sie wiesen auf bessere Zeiten hin, die es hier einmal gegeben haben mochte; aber inzwischen fehlten überall Steine, waren Ecken herausgebrochen, und das Weiß vor lauter Schmutz kaum noch zu erkennen. An der in einem blassen Gelb gestrichenen Wand klebte eine Reihe von metallenen Briefkästen, von denen die meisten kein Türchen mehr hatten. Post steckte nirgendwo. Steile Holztreppen führten in schwindelerregende Höhen nach oben. Es gab ein Geländer, aber auch hier waren immer wieder große Stücke herausgebrochen, die Streben ragten wie kaputte Zahnstocher empor. Herrschte Vandalismus in dem Haus, fragte sich Frances, oder hatte einfach der Zahn der Zeit genagt, hatte nie jemand Zeit, Geld und Energie gehabt, dem Verfall Einhalt zu gebieten?

Auf einer der Stufen saß eine ältliche Frau, die dicken Beine mit den hervorquellenden Krampfadern von sich weg gespreizt, so daß man mühelos ihre verfärbte Unterwäsche betrachten konnte. Ihr verschossenes, grüngraues Kittelkleid war hochgerutscht und entblößte ihre Schenkel. Sie hatte schulterlanges, strähniges Haar, das ihr immer wieder ins Gesicht fiel und von ihr mit einer ungeduldigen Handbewegung hinter die Ohren geschoben wurde. Es stank nach Alkohol, aber Frances war nicht sicher, ob der Gestank von der Frau ausging.

»Entschuldigung«, sagte sie, »wohnen Sie hier?«

Die Frau starrte sie an. »Warum woll'n Sie das wissen?«

»Ich suche jemanden. Mr. Hugh Selley. Ich dachte, Sie könnten mir sagen, wo ich ihn finde.«

»Hugh?« Jetzt wurde der Gesichtsausdruck der Frau mißtrauisch, was sie eigenartig brutal aussehen ließ. »Woher soll Hugh eine wie Sie kennen?«

Frances wurde bewußt, daß sie wie ein Fremdkörper in diesem Haus wirken mußte. Sie trug ein karamelfarbenes Leinenkostüm und hatte Maureens Perlen umgelegt. Obwohl sie sich verschwitzt und zerdrückt fühlte, stach ihre Erscheinung gegen die Umgebung ab.

»Wo finde ich ihn?« fragte sie, die Frage der Fremden ignorierend.

»Ich bin seine Tochter«, sagte Marjorie.

Der Frau quollen fast die Augen aus dem Kopf. »Seine Tochter? Lieber Himmel!«

Ächzend stand sie auf. Ihr Kleid rutschte endlich nach unten. Sie war gar nicht so dick, wie es zuerst den Anschein gehabt hatte, sie war nur schwammig.

»Wo kommst du denn her? Hughs Tochter! Das gibt's doch nicht!«

»Wo ist denn mein Vater?«

Schwerfällig kam sie die Treppe herunter. »Ich geh' mal vor. Ich hab' hier nur gesessen, weil man's unten manchmal nicht mehr aushält, versteh'n Sie? Dunkles Loch.«

»Verzeihen Sie«, sagte Frances, der Düsteres schwante, »wer sind Sie eigentlich?«

Die Frau streckte ihr die Hand hin. Jetzt, aus der Nähe, ließ sich feststellen, daß sie nicht nach Alkohol roch. Der Gestank schien zwischen den Mauern zu hängen.

»Mrs. Selley. Gwen Selley.«

»Sie sind . . .«

»Wir haben im Februar geheiratet, Hugh und ich. Wußten Sie das nicht?«

»Ich hatte keine Ahnung«, sagte Frances erschüttert. Marjorie hatte es die Sprache verschlagen.

»Hat er nicht zwei Mädchen?« fragte Gwen.

»Die ältere Schwester möchte weiterhin bei mir in Yorkshire leben. Aber Marjorie hat sich entschlossen . . . zu ihrem Vater zurückzukehren.«

Gwen Selley schien davon alles andere als begeistert zu sein.

Kein Wunder, dachte Frances. Da hat sie sich gerade einen Witwer geangelt und es sogar geschafft, von ihm geheiratet zu werden, und plötzlich taucht dessen halbwüchsige Tochter auf und erklärt, mit ihnen leben zu wollen. Wem wäre eine solche Entwicklung der Dinge schon willkommen?

Sie war entsetzt, daß Hugh Selley eine solche Frau geheiratet hatte. Eine Schlampe, eine gewöhnliche, derbe Person. Nach einer Frau wie Alice! Sie konnte es sich nicht erklären. Er war immer ein Einfaltspinsel gewesen, und sie hatte ihn weiß Gott nicht besonders leiden können – aber daß er so tief hatte sinken können! Durfte sie Marjorie hier lassen, bei dieser Frau?

Gwen stieg die finstere Treppe hinunter, die zum Keller führte. Die Hitze des Tages hatte hierher nicht vorzudringen vermocht. Dumpfe, kühle Luft schlug ihnen entgegen. Es roch abgestanden, modrig. Gwen knipste das Licht an, das von einer nackten Birne an der Decke gespendet wurde.

»Hugh!« rief sie. »Besuch für dich!«

Hinter einer Tür erklang eine dünne Stimme. »Wer?«

»Dich trifft der Schlag«, prophezeite Gwen. Sie öffnete. »Deine Tochter!«

Sie gelangten in einen quadratischen Raum, in dem ein solches Dämmerlicht herrschte, daß sie zunächst kaum etwas sehen konnten. Dann allmählich gewöhnten sich ihre Augen an die Dunkelheit. Sie erkannten ein Fenster auf der gegenüberliegenden Seite der Tür, mit einem Lichtschacht davor, durch den Helligkeit als schmaler Streifen floß und irgendwo im Raum versickerte.

Das karge Mobiliar bildeten ein Bett mit zerwühlten Kissen und Decken, zwei Sessel, die mit zerschlissenem, grünem Stoff bezogen waren, und ein flacher Sofatisch, auf dem sich Zeitungen und Zeitschriften stapelten. Hugh Selley saß in einem der Sessel und starrte den Ankommenden entgegen.

»Was?« fragte er.

Frances trat einen Schritt vor. »Mr. Selley, ich weiß nicht, ob Sie sich noch an mich erinnern. Ich wohnte ja damals in dem Gebäude, in dem Sie Hausmeister waren. Ich war mit Ihrer Frau befreundet – mit Ihrer ersten Frau«, verbesserte sie sich rasch.

Erkennen und Erinnerung dämmerten in seinen Augen. »Frances Gray …«

»Ich habe Ihnen Marjorie mitgebracht, Mr. Selley. Ihre jüngere Tochter. Sie würde gerne zu Ihnen zurückkehren.« Sie zog Marjorie, die in ungewohnter Schüchternheit in der Tür stehengeblieben war, neben sich.

»Daddy!« sagte Marjorie. Ihr Tonfall überraschte Frances. Es hatte etwas darin geklungen, das sie von Marjorie nicht kannte. Rührung? Schmerz? Eine seltsame Ergriffenheit. Erstaunt sah sie zum erstenmal, daß es solche Gefühle gab in Marjorie. Sie hatte Heimweh gehabt, die ganze Zeit über.

Hugh stand auf. Er mußte sich dabei auf der Sessellehne abstützen wie ein alter Mann. Er konnte kaum über sechzig sein, aber er wirkte wie Mitte Siebzig.

»Marjorie!« flüsterte er ungläubig.

Gwen verfolgte die Szene mit mißmutigem Gesicht. »Ich find's ja komisch, einfach so herzukommen und kein Wort zu sagen vorher«, brummte sie.

»Das ist natürlich nicht besonders höflich«, pflichtete ihr Frances liebenswürdig bei, »aber die Dinge haben sich sehr kurzfristig entschieden.«

Gwen murmelte irgend etwas Unverständliches. Hugh streckte beide Arme aus. Seine Hände zitterten. »Marjorie!« flüsterte er. Sie ergriff seine Hände. Er zog sie an sich, umarmte sie, umklammerte sie förmlich. »Marjorie!«

Er schob sie wieder ein Stück von sich weg, betrachtete sie. »Du siehst aus wie meine Alice. Wie meine Alice!«

Zum zweitenmal innerhalb weniger Minuten erstaunte Frances die Intensität von Gefühlen, an deren Vorhandensein sie immer gezweifelt hatte. Sie hatte gewußt, daß Hugh Alice vergöttert hatte, aber manchmal hatte sie geargwöhnt, er befriedige mit dieser Verehrung vor allem sein eigenes Ego; einen überlegenen Menschen anzubeten mochte ihm das Gefühl gegeben haben, sich selbst ein wenig aufzuwerten. Jetzt, in dieser Sekunde, wurde ihr klar, wie sehr Hugh Alice tatsächlich geliebt hatte. Mit einem Schlag sah sie das ganze Ausmaß der Einsamkeit, in die ihr Tod ihn gestürzt hatte. Sie sah, wie er litt. Sie begriff, weshalb er Gwen geheiratet hatte. In seinem Zustand war er ein gefundenes Fressen gewesen für eine Frau wie sie.

»Warum hast du uns nicht geschrieben, als Mami tot war?« fragte Marjorie. »Warum hast du nicht gesagt, wir sollen zu dir kommen?«

Er hob müde die Schultern. »Ich konnte es nicht. Ich konnte gar nichts mehr. Es war alles so leer...«

»Wir haben hier keinen Platz«, sagte Gwen. »Keine Ahnung, wo die Kleine hin soll!«

Sie stand da wie ein Drache, entschlossen, ihre Welt gegen jeden Eindringling zu verteidigen. Es war klar, daß sie Hugh völlig beherrschte. Sie hatte nicht die geringste Lust, an Einfluß zu verlieren, nur weil plötzlich eine Blutsverwandte aufgetaucht war – Alices Tochter, die noch dazu aussah wie Alice.

»Haben Sie nur das eine Zimmer?« fragte Frances.

»Wir haben noch eine Küche und ein Bad«, sagte Hugh, und es klang fast ein wenig stolz.

Er schlurfte zu einer weiteren Tür, die Frances bislang nicht bemerkt hatte. Dahinter befand sich die Küche – eine Art Verschlag, der sein Licht ebenfalls nur über einen Schacht bekam und der primitiv mit einem eisernen Kohleofen, einem wackeligen Schrank ohne Türen und einem hölzernen Waschfaß eingerichtet war. Es gab keinen Tisch, und Frances fragte sich, wo man wohl das Essen zubereitete. Oder spielte sich alles auf dem Herd ab?

Von der Küche aus führte eine weitere Tür zum Bad, wobei der Begriff »Bad« zweifellos zu hoch gegriffen war. Hier gab es überhaupt kein Fenster und folglich nicht einmal die Andeutung von Tageslicht, und so wenig Platz, daß man sich kaum um sich selbst drehen konnte. Von dem steinernen Fußboden strömte eisige Kälte herauf. Es gab eine Toilette und ein Waschbecken, das winzig und schief an der Wand klebte und von einem rostigen Wasserhahn gespeist wurde.

»Fließendes Wasser«, erklärte Hugh.

Insgesamt wirkte die Behausung zwar dunkel und ärmlich, war aber ziemlich sauber gehalten. Die schmuddelige Gwen schien zumindest regelmäßig das Geschirr zu spülen und die Böden zu putzen – oder tat das Hugh?

»Ich sehe schon, Marjorie, hier kannst du nicht wohnen«, sagte Frances, »es ist nicht genügend Platz da.«

»Genau«, pflichtete Gwen sofort bei, »das würde viel zu eng für uns alle.«

»Wir können leicht noch ein Bett in das große Zimmer stellen«, sagte Hugh rasch.

»Mr. Selley, das ist . . . Sie müssen doch verstehen, daß das nicht geht«, meinte Frances unbehaglich. Wie stellte er sich das vor? Sollten sie zu dritt in einem Raum schlafen – was unweigerlich bedeutete, daß Marjorie alles mitbekam, was sich zwischen Hugh und Gwen abspielte?

»Warum sollte das nicht gehen?« fragte Hugh erstaunt.

Gwen hatte begriffen, was Frances meinte, und lächelte böse. »Da müssen Sie sich keine Sorgen machen, Mrs. Gray. Bei meinem Hugh klappt's nicht mehr!«

»Oh . . . das Problem ist auch, daß diese Wohnung überhaupt für ein Kind nicht allzu geeignet ist«, sagte Frances rasch. »Ich will nicht sagen, daß Sie es sich hier nicht schön gemacht haben. Aber es ist ein Keller. Im Winter ist es hier unten sicher ziemlich kalt und feucht.«

Hugh wies auf den eisernen Ofen, der in einer Ecke des Zimmers stand. »Der heizt sehr gut. Hier ist es pudelwarm im Winter.«

Gwen fixierte Frances mit kalten Augen. »Ich verstehe Sie nicht, Mrs. Gray. Sie haben doch vorher gewußt, daß es Hugh bestimmt nicht gutgeht – finanziell, meine ich. Sie hatten schließlich die Adresse. Bethnal Green ist eine beschissene Ecke. Was haben Sie da erwartet? Jetzt tun Sie so fürsorglich, aber vorher haben Sie den weiten Weg von Yorkshire bis hier herunter gemacht, um das Kind loszuwerden. Das stimmt doch? Die Kleine da geht Ihnen auf die Nerven, und Sie sind sowieso entschlossen, sie hierzulassen. Sie spielen jetzt bloß ein bißchen Theater, um Ihr Gewissen zu beruhigen, und nachher drücken Sie uns das Mädchen doch aufs Auge und verschwinden!«

»Sie sollten vielleicht . . .«, begann Frances aufgebracht.

Aber Marjorie fiel ihr sofort ins Wort: »Ich gehe nicht nach Yorkshire zurück, Mrs. . . . .« Es fiel ihr offenbar schwer, ihre Stiefmutter mit dem Familiennamen anzusprechen, denn sie zögerte und sagte dann: »Mrs. Gwen. Ich werde hierbleiben.«

»Natürlich bleibst du hier«, bestätigte Hugh sofort.

»Das ist ein abgekartetes Spiel«, schrie Gwen.

Frances nahm Marjorie am Arm. »Marjorie, wir gehen nach oben. Ich möchte dich kurz unter vier Augen sprechen.«

Widerwillig folgte ihr Marjorie die Treppe hinauf. Nach der dumpfen Luft unten im Keller erschien Frances selbst die drückende

Hitze auf der Straße wie eine Oase. Sie atmete erleichtert auf, als die Sonnenstrahlen ihre Haut streichelten.

»Marjorie, hör zu«, sagte sie eindringlich, »wir haben vielleicht beide alles ein wenig überstürzt. Was vorgestern abend geschehen ist... ich hätte dich nicht ohrfeigen sollen. Aber du hättest auch nicht...«

Sie merkte, wie bereits wieder die Wut in ihr aufstieg. Warum redete sie so? Sie meinte ja gar nicht, was sie sagte. Es tat ihr nicht im mindesten leid, Marjorie geohrfeigt zu haben, sie bedauerte höchstens, daß es nicht schon früher passiert war. Sie brauchte sich selbst nichts vorzumachen: Sie wollte das Mädchen los sein. Sie verfluchte insgeheim den unfähigen Hugh Selley dafür, daß er nicht in der Lage war, sich eine anständige Bleibe zu suchen, daß er diese unmögliche Frau geheiratet hatte, der man kaum ein junges Mädchen anvertrauen konnte. Sie ärgerte sich über ihre Zerrissenheit zwischen dem Wunsch, Marjorie loszuwerden, und dem schlechten Gewissen, das sie gegenüber der toten Alice empfand.

»Nun, Marjorie, wie auch immer, du kannst hier nicht wohnen. Ich meine, du hast dieses Loch da unten gesehen. Kannst du dir wirklich vorstellen, dort zu hausen? Ohne Tageslicht und in dieser modrigen Luft? In Gwen hast du eine Feindin. Sie will deinen Vater nicht mit dir teilen. Sie wird dir das Leben schwermachen, wo sie nur kann.«

»Ich gehe nicht nach Yorkshire zurück«, sagte Marjorie ungerührt.

»Dann laß mich dich zu Mrs. Parker bringen. Jedes Heim ist besser als das hier!«

»Sie können mich zu Mrs. Parker bringen. Aber gegen den Willen meines Vaters kann die mich nicht in ein Heim stecken. Und mein Vater liebt mich. Morgen wäre ich wieder hier.«

»Warum nur?« fragte Frances erbittert. »Warum?«

»Er ist mein Vater.«

»Aber er kann nicht für dich sorgen. Schau ihn dir doch an!«

»Er ist alt und arm. Er ist vom Leben enttäuscht!« sagte Marjorie heftig. »Aber er ist mein Vater!«

Sie starrten einander an, beide aufgebracht, beide verletzt, ohne genau zu wissen, weshalb und wodurch. Schließlich sagte Frances: »Ja. Ich verstehe das.«

Sie merkte, daß sie die Tasche mit Marjories Kleidungsstücken immer noch trug, daß sie sie nach unten und wieder heraufgeschleppt hatte. Sie stellte sie auf die Straße.

»Na ja, dann werde ich mich auf die Suche nach einem Hotel machen«, sagte sie schließlich resigniert, »ich lasse dich morgen die Adresse wissen. Ich bleibe drei Tage dort, bis zum ersten September. Dann fahre ich nach Hause. Wenn du es dir anders überlegst, kannst du mitkommen. Und wenn später Schwierigkeiten auftreten ... Westhill steht dir offen.«

»Wie großzügig!« erwiderte Marjorie verächtlich. »Aber es geht Ihnen dabei doch gar nicht um mich. Von mir haben Sie die Nase voll, und Sie wären sehr glücklich, wenn Sie mich nie wiedersehen müßten. Aber Sie haben meine Mutter gemocht, und deshalb haben Sie jetzt ein dummes Gefühl. Das brauchen Sie nicht. Ich komme zurecht!«

Sie nahm ihre Tasche. Ohne Frances eines weiteren Blickes zu würdigen, ging sie wieder ins Haus. Frances stellte sich vor, wie sie in die Düsternis des Kellers tauchte und ihr Bleiben bei der zähnefletschenden Gwen durchsetzte.

Ich müßte sie packen und mitnehmen, dachte sie, ich müßte sie an den Haaren zurückschleifen. Ich müßte ...

Noch während sie so dachte, entfernte sie sich langsam rückwärts von dem Haus, drehte sich schließlich um und ging schneller und schneller, und schließlich rannte sie fast, was sie erst an ihrem keuchenden Atem merkte, als sie an der Haltestelle stand und auf den Bus wartete.

Sie hatte gelesen und gelesen und damit versucht, die Angst in sich zuzuschütten. Aber während der letzten halben Stunde hatte das immer schlechter funktioniert. Die Furcht ließ sich nicht länger austricksen. Sie arbeitete sich nach oben, rief sich durch einen beschleunigten Herzschlag und feuchte Handflächen nachdrücklich ins Gedächtnis. Irgendwann gelang es Barbara nicht mehr, sich zu konzentrieren. Sie schaute zum wiederholten Male auf und spürte Übelkeit beim Anblick der Schneeflocken vor dem Fenster. Es schneite nun wirklich heftig, fast so schlimm wie an Weihnachten.

Sie legte den verbleibenden Stapel Blätter zur Seite. Bis heute abend würde sie damit fertig werden. Es war jetzt halb vier. Schon dämmerte es wieder; noch eine halbe Stunde, und sie mußte das Licht einschalten.

Sie ging zum Telefon und wählte Cynthias Nummer, obwohl sie wußte, daß Cynthia nichts Neues zu berichten hatte, sie hätte sich sonst von selbst gemeldet. Aber es verlangte sie nach dem Trost einer menschlichen Stimme.

Es dauerte eine ganze Weile, bis Cynthia sich meldete.

»Oh, Barbara, Sie sind es«, sagte sie dann. »Tut mir leid, daß Sie warten mußten. Ich war im Keller.«

»Das macht doch nichts. Cynthia, ich hoffe, ich gehe Ihnen nicht auf die Nerven, aber ich bin ziemlich in Sorge um meinen Mann. Er müßte doch längst irgendwo angekommen sein.«

Cynthia klang optimistisch – oder bemühte sie sich um Optimismus? fragte sich Barbara mißtrauisch.

»Er ist sicher in einem der Dörfer gelandet. Aber vielleicht funktionieren die Telefonverbindungen noch nicht überall wieder. Das könnte doch sein, oder?«

»Ja, aber... ich halte es nicht für sehr wahrscheinlich.«

»Sie können jetzt nichts tun. Verlieren Sie nicht die Nerven, damit ist keinem gedient. Ihrem Mann wird schon nichts passieren.«

»Aber es schneit immer heftiger!«

»Er ist ein erwachsener Mann. Ich habe ihn ja nur kurz gesehen, aber ich meine, er ist recht groß und kräftig. Er wird sich zu helfen wissen.«

»Ja, vielleicht.«

Sie merkte selbst, wie jämmerlich sie klang. Cynthia kannte Ralph nicht, sie konnte ihr das Problem nicht begreiflich machen. Cynthia war unter Farmern aufgewachsen, lebte in diesem rauhen, kargen Land, in dem die Menschen gelernt hatten, sich gegenüber der Natur zu behaupten und den Stürmen zu trotzen. In Cynthias Welt existierte kaum die Vorstellung von einem großen, gesunden Mann, der es *nicht* schaffte, mit Schnee und Kälte, mit Dunkelheit und unwegsamem Gelände fertig zu werden. Was wußte sie von Menschen, die praktisch ihr ganzes Leben hinter einem Schreibtisch verbrachten, die weder eine Ahnung hatten, wie man Holz hackte, noch wie man sich in der Finsternis und bei dichtem Schneetreiben orientierte?

»Sie müssen sich ablenken, Barbara«, mahnte Cynthia eindringlich. »Vielleicht kommt etwas Schönes im Fernsehen? Oder Sie finden ein spannendes Buch?«

Ein spannendes Buch. Sie dachte an die im Eßzimmer verstreut liegenden Blätter. Ablenken ...

»Haben Sie eigentlich Laura und Marjorie Selley schon als Kinder gekannt?« fragte sie.

»Laura und Marjorie? Natürlich. Ich war noch ziemlich klein, als sie hierherkamen, damals im Krieg. Sie waren aus London evakuiert worden.«

»Aber Marjorie blieb nicht lange.«

»Ach, Sie haben wohl mit der guten Laura telefoniert?« fragte Cynthia überrascht. »Hat sie Ihnen das erzählt?«

»Ja, wir haben länger miteinander gesprochen ...«

»Niemand hat Marjorie eine Träne nachgeweint. Sie spielten nicht oft mit uns Kindern aus dem Dorf, aber wenn sie es taten, dann gab es unweigerlich Streit mit Marjorie. Sie war ein richtiges Biest. Sie konnte einfach keinen Frieden geben. Ich glaube, sie kam mit sich selbst nicht zurecht. Laura war da ganz anders. Sie hatte immer Angst, sie könnte jemanden vor den Kopf stoßen, und das könnte dann dazu führen, daß man sie wegschickte. Sie war unheimlich dick damals, können Sie sich das vorstellen? Die dünne Laura! Damals brachte sie bestimmt zwei Zentner auf die Waage.«

»Marjorie kam nie zurück?«

»Oh, nein! Nie. Auch später nicht. Sie ist ja wieder zu ihrem Vater nach London gezogen. Die Mutter war tot inzwischen, aber der Vater hatte wieder geheiratet. Laura hat einmal angedeutet, daß Marjorie diese zweite Frau schließlich hinausgeekelt hat. Wundert mich überhaupt nicht. Marjorie hat dann immer bei ihrem Vater gelebt und ihn bis zum Tode gepflegt. Na ja, damit hat sie sicher manches gutgemacht. Jetzt lebt sie allein, irgendwo im Süden.«

»Und Laura hat hier Wurzeln geschlagen«, sagte Barbara nachdenklich.

»Wurzeln geschlagen ist gar kein Ausdruck«, erklärte Cynthia. »Sie hängt abgöttisch an Westhill. Das tat sie schon damals. Man hatte immer das Gefühl, sie klammerte sich an die Farm wie ein Ertrinkender an den Strohhalm. Nun, sie war auch ein armes Ding, das muß man zugeben. Ich glaube, sie hatte einen ziemlichen Schock von den Bomben in London davongetragen. Dann später der Tod ihrer Mutter... sie hat mir mal gesagt, sie empfinde Westhill als den einzig sicheren Ort in einer feindlichen Welt. Sie ist ein furchtbar ängstlicher Mensch. Ständig wittert sie irgendein Unheil. Kein Wunder, daß sie sich an dem Vertrauten festkrallt.«

»Sie ruft ständig hier an, weil sie offenbar fürchtet, irgendeine Katastrophe könnte geschehen. Wir haben ihr schon mehrfach versichert, daß mit dem Haus alles in Ordnung ist, aber sie scheint es nur schwer zu glauben.«

»Man sagt, daß sie in großen finanziellen Schwierigkeiten steckt«, berichtete Cynthia mit dem Genuß eines Menschen, für den Tratsch ein Lebenselixier ist.

»Man weiß nichts Genaues, aber... nun, die Instandhaltung dieses unpraktischen, alten Kastens verschlingt sicher einiges, und dann fallen ja auch noch die Steuern an. Und sie kann nur eine minimale Rente haben. Was war sie denn schon? Frances Grays Gesellschafterin! Da lassen sich keine Reichtümer anhäufen!«

»Ihr gehört ja auch nicht mehr das ganze Land von einst, oder?«

Cynthia lachte. »Beileibe nicht. Sie hat den größten Teil ihres Grund und Bodens an Fernand Leigh verkauft. Für den ist das natürlich großartig. Die Westhill Farm hat die Ländereien von Daleview ja zersplittert. Jetzt fügen sie sich wieder zusammen.«

Barbara fielen die Kaufverträge ein, die sie im Sekretär im Wohnzimmer gefunden hatte. Sie mochte vor Cynthia nicht zugeben, daß sie herumgestöbert hatte; sonst hätte sie gern gefragt, wie die lächerlich niedrigen Preise zu erklären waren, die Laura für ihr Land bekommen hatte. Barbara verstand nicht allzuviel von Grundstückswerten, vor allem nicht von denen in England; aber ihr war klar, daß Laura von Fernand Leigh wohl mehr eine Art symbolische Bezahlung bekommen hatte, damit überhaupt offiziell ein Kauf hatte stattfinden können. Inoffiziell hatte sie viele Meilen Weideland geradezu an ihn verschleudert. Warum? Stand ihr das Wasser so bis zum Hals, daß sie nehmen mußte, was ihr geboten wurde, selbst wenn es fast nichts war? Vielleicht fanden sich Käufer hier oben nicht allzu leicht? Vielleicht hatte es nur den Interessenten Fernand Leigh gegeben – und entsprechend hatte er die Preise diktiert.

Auf eine skrupellose, fast widerwärtige Art hatte er die Notlage der alten Frau ausgenutzt. Oder tat sie ihm unrecht? Lag ein Steuerbetrug vor? Waren Schwarzgelder geflossen, war die einfältige, ängstliche Laura gar nicht so einfältig und ängstlich?

Irgendwie paßte das andere Bild besser, zu beiden. Laura war das geborene Opfer. Und Fernand der geborene Täter. Barbara dachte an seine schüchterne Frau mit dem blauen Auge.

Zum erstenmal machte sie sich bewußt klar, daß Fernand der Sohn von Marguerite sein mußte, der französischen Emigrantin. Und ihr kam, zum erstenmal wieder seit Tagen, ihr Traum aus der ersten Nacht in Westhill ins Gedächtnis. Sie und Fernand... Sie merkte, wie ihr Gesicht heiß wurde.

Na ja, dachte sie, bemüht, den Gedanken loszuwerden, wenn für Laura alles so schwierig ist, dann versteht man schon, weshalb sie sich solche Sorgen um das Haus macht.

»Sie ist einfach eine schrullige, alte Jungfer«, sagte Cynthia gerade, und das waren genau die gleichen Worte, die sie schon bei Ralphs und Barbaras Ankunft in Leigh's Dale benutzt hatte, um Laura zu beschreiben.

Barbara überlegte, weshalb die Leute die Bezeichnung »alte Jungfer« meist so abfällig, so verächtlich aussprachen. Von einem bestimmten Alter an schien Jungfräulichkeit als ernster Makel bei einer Frau zu gelten – und wurde als Erklärung für jedes sonderbare Verhalten herangezogen. Man machte sich kaum noch die Mühe,

Fehler und Ticks, wie sie jeder Mensch hat, mit etwas anderem zu erklären als mit der Unberührtheit, die den betreffenden Frauen wie eine Krankheit zugestoßen war.

»Es gab nie einen Mann in ihrem Leben?« fragte Barbara gespannt.

Cynthia überlegte. »Wenn Sie mich fragen – nein! Aber es gab Gerüchte, daß sie als junges Mädchen... nun, daß da ein Mann gewesen sein soll. Ob sie mit einem wirklich was hatte? Tatsächlich fing sie zu dieser Zeit an zu hungern und war schließlich auch schlanker. Ich war ja, wie gesagt, noch ein Kind, aber ich weiß noch, wie meine Mutter sagte: Ich wette, Laura Selley ist verliebt. Man merkt das einem Mädchen einfach an. Sie ißt nicht mehr dauernd, sie frisiert sich hübsch, und sie hat so ein Leuchten in den Augen. Das hat meine Mutter gesagt. Ob was dran war – wer weiß!«

»Wann war denn das?«

»Das muß... ja, das muß noch im Krieg gewesen sein. '42 oder '43. Damals haben die Leute ja behauptet, da geht ein Mann aus und ein in Westhill. Wir sprachen übrigens alle gar nicht mehr von Westhill, wir nannten es bereits nur noch ›Das Haus der Schwestern‹. Aber Laura und eine alte Haushälterin lebten auch noch dort. Nur Frauen jedenfalls. Und dann sagte jemand plötzlich, im Haus der Schwestern, da ist ab und zu ein Mann. Na, Sie können sich denken, wie die Gerüchteküche brodelte!«

»Vielleicht war ja Frances' Bruder George zurückgekehrt«, meinte Barbara unvorsichtig, und Cynthia sagte auch sofort erstaunt: »Laura hat Ihnen aber viel erzählt! Sogar von dem armen George wissen Sie? Sie müssen ja stundenlang telefoniert haben!«

Barbara biß sich auf die Lippen. Sie sollte besser aufpassen, sonst merkte Cynthia noch, daß es da eine weitere Informationsquelle geben mußte.

»Nein, nein, der arme George war es bestimmt nicht«, sagte Cynthia, die offenbar, wie Barbara registrierte, anderen Menschen gern das Attribut »arm« anhängte – vermutlich, um sich selbst aufzuwerten. »Den hat nie wieder einer gesehen. Das war schlimm für Frances. Wenn man ihren Bruder erwähnte, dann bekam sie immer ganz traurige Augen, auch noch als alte Frau.«

»Vielleicht war das mit dem fremden Mann auch bloß ein Gerücht«, meinte Barbara abschließend.

Sie hätte gern noch länger telefoniert, schon deshalb, weil sie das Reden von ihren Sorgen ablenkte, aber ihr fiel ein, daß sie dringend den Apparat freimachen sollte. Möglicherweise versuchte Ralph längst, sie zu erreichen. Aus den Augenwinkeln sah sie zum Fenster. Es schneite und schneite.

»Vielleicht«, sagte Cynthia nachdenklich, und mehr wie zu sich selbst fügte sie hinzu: »Es war jedenfalls, kurz bevor Victoria Leigh verschwand.«

Barbara runzelte die Stirn. »Sie ist *auch* verschwunden?«

»Ja. Ich glaube, es war 1943. Eine mysteriöse Geschichte. Sie war plötzlich nicht mehr da. Frances Gray hat ja niemandem etwas erzählt, aber irgendwann fiel es auf, daß keiner mehr die arme Victoria zu Gesicht bekam.«

Schon wieder jemand, der arm ist, dachte Barbara.

»John Leigh hatte wieder geheiratet. Eine Französin, die vor den Nazis geflohen war. Nach allem, was man so hörte, hat das Victoria furchtbar mitgenommen. Und dann bekamen die beiden auch noch ein Kind! John Leigh war da schon Mitte Fünfzig, und manche fanden es etwas geschmacklos, in diesem Alter noch Vater zu werden. Seine Frau war ziemlich jung, so um die Dreißig. Jedenfalls hat das Victoria wohl den Rest gegeben. Meine Mutter hat mir erzählt, daß sie sich selbst vergeblich Kinder gewünscht hat. Und nun das! Laut Frances Gray hat sie das nicht verkraften können. Sie wollte hier nicht mehr leben – in unmittelbarer Nachbarschaft der neuen Familie Leigh, in der es nun endlich den Sohn gab, den sie nicht hatte bekommen können. Deshalb ging sie fort. Irgendwohin in den Süden.« Es klang leiser Zweifel aus ihrer Stimme.

Barbara hatte dies wahrgenommen. »Und dann hörte man nichts mehr von ihr?«

»Nie wieder. Es war praktisch genauso wie bei George. Und irgendwie... ich meine, es ist schon eigenartig, wenn in einer Familie gleich *zwei* Menschen spurlos verschwinden, oder? Bei George hat das niemanden gewundert. Ich habe ihn ja nicht mehr gekannt; aber alle, die ihn kurz nach seiner Rückkehr aus dem Krieg hier noch für eine Weile erlebten, ehe er nach Scarborough ging, sagen, daß er wirklich krank war. Psychisch. Ein Mensch, der das Leben nicht mehr in den Griff bekam. Er lebte in seiner eigenen

Welt, hatte an niemanden mehr eine Bindung. Warum sollte er sich nicht eines Tages aufmachen und fortgehen?«

»Und Victoria war anders?«

»Völlig anders. Ich war damals neun Jahre alt, und obwohl ich noch ein Kind war, hatte ich ein recht lebendiges Bild von ihr – sicher auch geprägt durch Erzählungen meiner Eltern und der anderen Leute im Dorf. Über die Grays wurde immer viel geredet, genauso wie über die Leighs. Sie waren eben irgendwie anders.«

»Victoria . . .«, erinnerte Barbara.

»Victoria war ein Jammerlappen«, sagte Cynthia erbarmungslos, traf aber damit, nach allem, was Barbara wußte, den Nagel auf den Kopf. »Als Kind ist sie wohl furchtbar verwöhnt worden. Sie war ja die Jüngste und der Liebling ihres Vaters. Sie war wehleidig, und nach ihrer Scheidung war sie überzeugt, alles Unglück der Welt habe sich auf ihre Schultern gesenkt. Sie jammerte, wo sie ging und stand. Ihre Stimme klang schon leidend, wenn sie nur ›Guten Morgen‹ sagte.«

»Aber dann ist es doch gar nicht unwahrscheinlich, daß sie, als es ihr zuviel wurde, allem hier den Rücken kehrte!«

»Sie haben sie nicht gekannt. Einfach fortgehen, alles hinter sich lassen, das ganze bisherige Leben gewissermaßen über Bord werfen, Haus, Familie, Bekannte – radikal mit allem brechen und irgendwo neu anfangen –, das erfordert eine ganze Menge Entschlossenheit. Da braucht man Kraft. Sie zog ja nicht einfach in eine andere Stadt und blieb in Kontakt mit der Familie, nein, sie war wie vom Erdboden verschluckt. Dazu herrschte auch noch Krieg, die Zeiten waren finster und unsicher, niemand wußte, wie das alles für England ausgehen würde. Und Victoria war nicht mehr die Jüngste, achtundvierzig oder neunundvierzig Jahre alt. Nein«, durch den Telefonhörer hindurch ahnte man, wie Cynthia den Kopf schüttelte, »nein, das schien alles so absurd. Es paßte einfach nicht zusammen.«

»Andererseits«, sagte Barbara, »was soll schon sonst passiert sein?«

Cynthia seufzte. »Eben. Was soll schon passiert sein? Deshalb gab es ja auch nur Gerede, und schließlich verlor sich auch das im Sande. Wir hatten letztlich zu viele andere Sorgen. Der Krieg eben . . . Und irgendwann war die Geschichte sowieso vergessen.«

Irgendwann war die Geschichte sowieso vergessen... War sie vergessen, oder stand sie auf den letzten Seiten von Frances Grays Bericht? Barbara ging ins Eßzimmer hinüber, sah zu dem Stapel unschuldig wirkender, eng beschriebener Blätter hin, der auf dem Tisch lag. Cynthias Vorbehalte gegenüber der Version von Victorias Neuanfang »irgendwo im Süden« reizten sie. Sie war nicht umsonst Strafrechtlerin. Sie nahm Witterung auf, wenn etwas eigentümlich roch.

Aber dann sagte sie sich wieder, daß Cynthia eine Klatschtante war und sicher mit Leidenschaft Gerüchte in die Welt setzte und Dinge aufbauschte, um sie interessanter zu machen. Nach Frances' Schilderung hatte Victoria tatsächlich heftig gelitten, als John hinging und wieder heiratete. Die Geburt des kleinen Fernand mußte geradezu traumatisch für sie gewesen sein, rührte sie doch an ihre wundeste Stelle: ihre Kinderlosigkeit. Vielleicht hatte sie wirklich ihre Sachen gepackt, war gegangen und hatte alles hinter sich gelassen.

Barbara schob die Gedanken daran beiseite. Sie hatte ganz andere Probleme. Sie hatte das Gespräch mit Cynthia schließlich rasch beendet, weil sie die Leitung für Ralph freimachen wollte. Nun starrte sie bereits seit zehn Minuten den Telefonapparat an, als könne sie ihn hypnotisieren und damit zum Läuten bringen. Er blieb erbarmungslos stumm. Es war Viertel nach vier. Es schneite ohne Unterlaß, und es würde noch eine knappe halbe Stunde dauern, dann war es dunkel draußen.

»Was kann ich nur tun«, stöhnte Barbara leise, »was kann ich nur tun!«

Sie lief in die Küche, setzte Teewasser auf. Allein der Anblick des – leeren – Kühlschranks löste ein so vehementes Hungergefühl in ihr aus, daß ihr für ein paar Sekunden schwindelig wurde. Ihr Magen zog sich wieder einmal schmerzhaft zusammen, und dies – gepaart mit ihrer Angst – ließ ihr plötzlich die Tränen in die Augen steigen. Seit ihrer Jugend hatte sie das Gefühl der Hilflosigkeit nicht mehr gekannt, hatte es überhaupt nie mehr zugelassen. Sie hatte es sich so lange eingetrichtert, bis ihr Gehirn es geschluckt hatte: Ich bin stark. Ich weiß mir zu helfen. Ich habe keine Angst.

Nun hatte sie Angst. Und das schlimmste war: Sie fühlte sich vollkommen hilflos. Hilflos wie ein kleines Kind. Hilflos wie das dicke, junge Mädchen, das sie einmal gewesen war und dessen Vorhandensein irgendwo tief in ihr sie so gerne vergessen hätte.

Dann kam ihr ein Einfall, und in Windeseile lief sie durch das ganze Haus, knipste in jedem Zimmer die Lampen an. In der Dunkelheit mußte Westhill nun förmlich explodieren im Licht. Wenn Ralph sich tatsächlich noch heute auf den Rückweg gemacht hatte und irgendwo in der Gegend herumirrte, konnte er sich daran wenigstens orientieren.

In der Küche pfiff der Wasserkessel. Barbara lief wieder hinunter. Das Herumrennen im Haus hatte für einige Minuten ihre Verzweiflung betäubt – aber als sie nun vor dem Tisch stand und den Tee ziehen ließ, kroch sie schon wieder in ihr hoch. Kurz erwog sie sogar, loszulaufen und Ralph zu suchen, weil ihr alles besser erschien, als hier zu sitzen und zu warten. Aber dann behielt trotz allem ihre Vernunft die Oberhand. Sie hatte gar keine Chance, ihn da draußen zu finden, sie würde nur selbst verlorengehen. Zudem hatte sie nicht einmal Skier. Sie würde im Schneckentempo vorankommen, bei jedem Schritt bis zu den Hüften im Schnee einsinken.

Mit ihrem Tee ging sie wieder ins Eßzimmer hinüber. Ihr war klar, daß sie sich ablenken mußte, wenn sie nicht über kurz oder lang vollends die Nerven verlieren wollte.

Sie kauerte sich vor dem Kamin nieder. Lustlos griff sie nach dem letzten Papierstapel. Sie war überzeugt, daß sie viel zu nervös war, um sich konzentrieren zu können, aber sie war entschlossen, sich zu zwingen. Besser sie las, als sie grübelte.

So saß sie in dem strahlend hell erleuchteten Haus, kämpfte darum, ihre Unruhe nicht Gewalt über sich gewinnen zu lassen, und las weiter – nicht mehr aus Neugier wie am Anfang, sondern aus Verzweiflung.

Als Frances an diesem ersten September nach Westhill zurückkehrte, merkte sie sofort, daß etwas nicht stimmte. Haus, Hof und Garten lagen still zwischen dem satten Grün der Wiesen ringsum. Es hatte aufgehört zu regnen, doch die Hitze, wie sie noch in London geherrscht hatte, schien sich nicht mehr einstellen zu wollen. Graue Wolken bedeckten den Himmel, aber die Luft war warm, und es wehte ein leichter, milder Wind.

Irgend etwas war nicht in Ordnung, Frances hätte jedoch nicht sagen können, was ihr so eigenartig vorkam. Die Ruhe, die sie empfing, hatte etwas Lastendes, Drückendes. Lärm herrschte auch sonst selten auf der Farm, seitdem nicht mehr so viele Leute im Haus wohnten, aber diesmal war es, als halte das ganze Anwesen den Atem an.

Die Szenerie kam ihr so bekannt vor – es war fast wie ein déjà-vu-Erlebnis. Dann fiel ihr ein, woran sie sich erinnert fühlte: Schon zweimal hatte sie nach einer Rückkehr aus London diese eigentümliche, unheilvolle Stille auf Westhill empfangen, und jedesmal hatte sich eine Katastrophe dahinter verborgen. Beim erstenmal war ihre Schwester gerade dabei gewesen, ihr den Mann, den sie liebte, unter der Nase wegzuheiraten. Beim zweitenmal hatte sie ihre Mutter und ihre neugeborene Schwester tot vorgefunden. Und jetzt, beim drittenmal...

Aller guten Dinge sind drei, dachte sie mit einer gewissen zynischen Forschheit, die ihr helfen sollte, der Beklemmung Herr zu werden, die sich ihr auf die Brust gelegt hatte und das Atmen schwer machte.

Dann kam ihr jäh der Gedanke, es könne etwas mit Marjorie zu tun haben.

Es war nicht gutgegangen. Irgend etwas Furchtbares hatte sich in dem Keller in London ereignet, und man hatte Westhill bereits telefonisch verständigt. Nun warteten alle angstvoll auf Frances' Rückkehr.

Nimm dich bloß zusammen, sagte sie ärgerlich zu sich selbst. Nur weil du ein schlechtes Gewissen hast, vermutest du sofort eine

Katastrophe. Doch du mußt gar kein schlechtes Gewissen haben! Marjorie wollte es nicht anders. Solltest du das Mädchen gegen seinen Willen hier festhalten?

Sie hatte ihr Auto geparkt, war ausgestiegen, ging zum Haus und rannte schmerzhaft mit der Schulter gegen die Tür, weil diese sich, entgegen ihrer Erwartung, nicht öffnen ließ. Sie stöhnte leise. »Verdammt! Wer schließt denn hier mitten am Tag ab?«

Es war nicht mitten am Tag, es war fünf Uhr, aber vor Einbruch der Dunkelheit hatte noch niemand je die Haustür verriegelt. Frances' Furcht verstärkte sich. Sie hatte sich nicht getäuscht. Etwas war hier ganz und gar nicht in Ordnung.

Sie klopfte kräftig an und rief mehrmals »Hallo!«, und endlich vernahm sie ein Wispern von der anderen Seite der Tür. »Wer ist da?«

»Ich bin es, Frances! Was, zum Teufel, ist denn hier los?«

Die Tür wurde geöffnet, Adeline spähte heraus. »Sind Sie allein?«

»Natürlich. Was ist passiert?« Frances trat ein und registrierte erstaunt, daß Adeline die Tür hinter ihr sofort wieder verriegelte. »Ein Anruf aus London?« fragte sie hektisch.

»Ein Anruf? Nein. Wieso?«

»Ich dachte nur... Ich meine, habt ihr etwas von Marjorie gehört?«

Jetzt blickte Adeline erstaunt drein. »*Sie* waren doch mit ihr unterwegs!«

»Ja, aber... ach, egal!« Sie wischte das Thema ungeduldig beiseite, mit ihren Befürchtungen hatte sie offenbar gründlich danebengelegen. Obwohl sie nicht wußte, was sie statt dessen erwartete, fühlte sie sich erleichtert. »Adeline, was ist hier los? Warum verriegelt ihr die Tür? Warum ist es hier so still?«

»Kommen Sie mit«, sagte Adeline, und Frances folgte ihr verwirrt die Treppe hinauf. Sie traten in Georges ehemaliges Zimmer, und Frances bemerkte als erstes nur Victoria und Laura, die beide neben dem Bett standen. Dann vernahm sie ein leises Stöhnen, und ihr Blick fiel auf eine Gestalt, die ausgestreckt auf dem Bett lag. Sie trat näher.

»Wer ist das?« fragte sie.

Es war ein Mann, der schmutzigste, verwahrlosteste, abgerissenste Mann, den sie je gesehen hatte. In der allerersten Sekunde durchzuckte sie die Freude wie ein Blitz: George! George war zurückgekehrt!

Aber dann sah sie, daß es sich nicht um George handelte, durch all die Schichten von Dreck hindurch war das durchaus zu erkennen. Der Mann war größer als George und bedeutend jünger – auch wenn sich unter dem tagealten Bart und den ins Gesicht fallenden, wirren Haaren kaum etwas von seinen Zügen ausmachen ließ.

»Wer ist das?« wiederholte sie ihre Frage.

»Laura hat ihn gefunden«, antwortete Victoria. Es hörte sich an, als habe Laura einen alten Schuh aufgestöbert oder einen vermißten Fingerhut. »In einem Schafstall.«

»Ganz nah bei Bolton Castle«, erklärte Laura.

»Was ist mit ihm?«

»Er hat eine böse Wunde am Bein.«

Adeline schlug die Decke zurück, und Frances zuckte zusammen, als sie die riesige, scheußliche Verletzung sah, das viele Blut und den Eiter. Der Gestank, der von der Wunde aufstieg, ließ sie nach Luft schnappen.

»Mein Gott!« sagte sie.

Adeline deckte den Mann wieder zu. »Das hat sich böse entzündet. Er glüht vor Fieber.«

»Ja, aber warum holt ihr keinen Arzt?« rief Frances. »Warum verriegelt ihr euch hier mit ihm und laßt ihn einfach so liegen?«

Die drei anderen schwiegen einen Moment. Dann sagte Adeline: »Er redet im Fieber. Darum wissen wir – er ist kein Engländer.«

»Nein?«

»Er ist Deutscher«, sagte Victoria.

Frances starrte den Mann an. Er trug Zivilkleidung: eine helle Hose, ein blaues Hemd. Am linken Handgelenk hatte er eine Uhr, deren Zifferblatt zersprungen war. Eine französische Marke, wie Frances feststellte.

»Seid ihr sicher?«

»Ich habe in der Schule ein bißchen Deutsch gelernt«, sagte Victoria, »ich *bin* sicher.«

Alle sahen auf den Mann hinunter. Er bewegte sich unruhig hin und her. Unter der Haut zuckten Nerven in seinem Gesicht. Er öffnete die Augen. Sie waren dunkel und hatten einen unnatürlichen Glanz.

»Wasser«, murmelte er auf deutsch.

»Was hat er gesagt?« fragte Frances.

»Er möchte Wasser«, sagte Victoria.

Sie griff bereits nach der Tasse, die neben dem Bett stand, hob den Kopf des Verletzten ein wenig an und flößte ihm vorsichtig ein paar Schlucke Wasser ein. Der Mann trank gierig, aber mühsam. Er sank in sein Kissen zurück und fiel sofort wieder in einen unruhigen Schlaf. Er stöhnte etwas, das niemand verstand. Es waren auf jeden Fall keine englischen Worte.

»Und du bist wirklich sicher, daß er Deutscher ist?« fragte Frances, weil ihr nach und nach die Konsequenzen klar wurden.

»Ich bin sicher, daß er deutsch *spricht*«, entgegnete Victoria, »und ich nehme an, im Fieberwahn verfällt ein Mensch in seine Muttersprache, oder?«

»Hat er Papiere bei sich?«

»Nein. Nur das hier.« Adeline zog eine Pistole aus ihrer Schürzentasche und reichte sie Frances. »Die steckte in seinem Gürtel.«

»Wann hast du ihn gefunden, Laura?«

»Heute vormittag. Ich war ... es ging mir nicht so gut ... wegen Marjorie und so ... Ich wollte allein sein und lief einfach los, ich wollte nicht an einen bestimmten Ort; aber irgendwann merkte ich, daß ich in der Nähe von Bolton Castle war. Ich ging quer über die Schafweiden ... und aus einem der kleinen Ställe hörte ich plötzlich ein Wimmern. Ich dachte, da ist vielleicht ein verletztes Tier, und ging hinein, um nachzusehen. Da lag er, in einer Ecke, auf ein paar Strohballen. Er sah entsetzlich aus und schien rasende Schmerzen zu haben. Ich ...«, Laura stockte, »ich war erschrocken und wollte im ersten Moment weglaufen, aber er rief, ich solle bleiben. Er brauche Hilfe.«

»Da sprach er englisch?«

»Ja. Aber er war auch noch klarer als jetzt. Er hatte wohl schon Fieber, aber er war noch nicht verwirrt. ›Ich bin schwer verletzt‹, sagte er, ›können Sie mir helfen?‹ Ich sagte, er solle liegenbleiben, ich würde einen Arzt holen, aber er flehte, das solle ich auf keinen Fall tun. ›Keinen Arzt‹, rief er immer wieder, ›keinen Arzt!‹. Ich sagte, ich wisse nicht, was ich sonst tun solle, und er meinte, ob ich ihn nicht mitnehmen und daheim für einen Tag aufnehmen könne. Er brauche nur ein Bett für eine Nacht, sagte er, und etwas zu essen und zu trinken, dann könne er morgen schon weiterziehen.«

»Da dürfte er sich aber gründlich täuschen«, bemerkte Adeline trocken.

»Es war furchtbar, ihn bis hierher zu schleppen«, sagte Laura.

Frances fiel nun auf, wie erschöpft das Mädchen aussah. Kein Wunder! Laura mußte halb tot sein, wenn sie diesen großen, kräftigen Mann von Bolton Castle bis hierher gestützt hatte.

»Er hing auf meiner Schulter, und mit jedem Schritt schien er schwerer zu werden. Es ging ihm immer schlechter. Sein Fieber stieg, und er fing an, in einer fremden Sprache zu reden. Manchmal fiel er hin. Ich wußte kaum, wie ich ihn wieder auf die Beine stellen sollte.« In der Erinnerung an die stundenlangen Mühen stiegen Laura die Tränen in die Augen. »Er war so schrecklich schwer! Und dann dachte ich auch noch dauernd, er stirbt womöglich, irgendwo mitten auf einer Schafweide, und ich bin dann schuld, weil ich nicht doch einen Arzt geholt habe. Aber ich hatte den Eindruck, daß er in Panik geriet, wenn ich von einem Arzt sprach, und...« Hilflos hob sie beide Hände, ließ sie wieder sinken.

»Du hast alles ganz richtig gemacht, Laura«, sagte Frances, »und ich muß sagen, ich bin stolz auf dich. Einen schwerverletzten Mann von Bolton Castle bis hierher zu schleppen – ich wüßte kaum jemanden, der das durchhalten könnte!«

Laura errötete vor Glück. Ihre Hände zupften verlegen am Saum ihres Kleides herum.

»Er hat wahrscheinlich allen Grund, sich verstecken zu wollen«, murmelte Frances.

Victoria sah sie an. »Nur weil er ein Deutscher ist? Er könnte doch auch ein Flüchtling...«

Frances schüttelte den Kopf. »Da steckt mehr dahinter. Wer sich mit einer so schlimmen Verwundung in einen Schafstall zurückzieht, anstatt Hilfe zu suchen, der hat irgend etwas zu befürchten. Zudem läuft er mit einer geladenen Pistole herum. Das ist kein harmloser Flüchtling.«

»Glaubst du, er... er ist ein Nazi?« fragte Victoria und riß die Augen auf.

Frances zuckte mit den Schultern. »Wir werden ihn fragen, wenn man wieder mit ihm reden kann. Bis dahin, denke ich, respektieren wir seinen Wunsch und sagen niemandem etwas.«

»Und wenn er uns alle nachts erschlägt?« Victoria sah sich offenbar schon in ihrem Blut liegen.

»Unsinn!« sagte Adeline ärgerlich. »Der könnte im Moment nicht einmal eine Fliege töten! Ich werde ihm seine Wunde reinigen und ihm einen Tee kochen, der sein Fieber senkt.« Geschäftig eilte sie aus dem Zimmer.

»Vor allem werden wir unten die Haustür wieder öffnen«, sagte Frances, »sonst merkt nämlich jeder sofort, daß hier etwas nicht stimmt. Ich werde jetzt diese Waffe in meinem Zimmer verstecken, und dann ziehe ich mich um. Die Reise war wirklich anstrengend.«

Sie wollte zur Tür gehen, doch Laura zupfte sie schüchtern am Ärmel. »Wie war es in London?« fragte sie. »Wie... wie geht es Marjorie?«

»Oh, ich denke, es geht ihr gut. Euer Vater hat sich sehr gefreut, sie zu sehen. Er...« Sie zögerte, aber irgendwann mußte Laura erfahren, daß Hugh wieder geheiratet hatte, sie konnte es ihr ebensogut auch gleich sagen. »Er hat wieder geheiratet, stell dir vor!«

Laura blieb der Mund offen stehen. »*Was?*«

»Ja, wir waren auch sehr überrascht. Aber im Grunde ist es nicht schlecht. Marjorie ist in einem Alter, in dem sie eine weibliche Bezugsperson braucht.«

»Wie ist sie?«

»Wer?«

»Daddys... neue Frau.«

Frances entschloß sich zu einer barmherzigen Lüge. »Sympathisch. Eine einfache, nette Frau.«

Laura starrte sie an, dann rannte sie aus dem Zimmer. Man konnte eine Tür schlagen hören.

»Denkst du nicht, man hätte ihr das schonender beibringen können?« fragte Victoria.

»Dann hätte ich sie jetzt erst einmal anlügen müssen, um dann später doch mit der Wahrheit herauszurücken. Ich habe schon genug geschwindelt. Hugh Selleys Frau ist eine asoziale Schlampe. Sie war entsetzt über Marjories Erscheinen. Ich bin ziemlich sicher, daß zwischen den beiden die Fetzen fliegen werden, aber Marjorie wollte es nicht anders.«

»Und dir kommt es auch entgegen.«

»Richtig«, sagte Frances kalt, »es kommt mir entgegen. Daß Marjorie und ich einander nicht mochten, ist wohl kein Geheimnis.«

Sie verließ das Zimmer, ehe Victoria noch etwas erwidern konnte. Die Pistole fühlte sich kalt und schwer in ihrer Hand an. Sie versteckte sie tief unter ihrer Wäsche in der Kommode. Danach fühlte sie sich ruhiger.

Das Fieber des Fremden stieg bis zum späten Abend noch weiter, trotz all der geheimnisvollen Tees, die Adeline ihm braute und einflößte. Er redete wirr und unverständlich; selbst Victoria konnte nichts davon mehr übersetzen. Sie saß die ganze Zeit neben ihm und betupfte seine Stirn mit kaltem Wasser. Adeline hatte ihn gewaschen, seine Wunde gereinigt und verbunden. Sie hatte seine Haare gekämmt und ihm einen Schlafanzug von Charles angezogen. Er sah nicht mehr so verwahrlost aus, aber es ging ihm sehr schlecht.

»Wenn sein Fieber bis morgen früh nicht gesunken ist, holen wir doch einen Arzt«, sagte Frances. »Ganz gleich, was dann geschieht.«

»Was könnte passieren?« fragte Victoria.

»Ich weiß nicht. Da er solche Angst hatte, ist er ja vielleicht ein Spion. Keine Ahnung, was man mit denen tut.«

»Man hängt sie auf«, sagte Adeline, die gerade mit frischem Wasser ins Zimmer kam.

»Aber dann können wir keinen Arzt holen!« rief Victoria. »Wir können doch nicht zulassen, daß er aufgehängt wird!«

»Auf einmal so mitleidig? Vorhin hast du noch vermutet, er ist ein Nazi und erschlägt uns nachts in unseren Betten.«

»Aber vielleicht ist er kein Nazi.«

»Er ist ein Deutscher«, sagte Frances, »und vermutlich in feindlicher Mission unterwegs. Er arbeitet für Hitler. Wir sollten nicht zuviel Mitleid mit ihm haben.«

»Vielleicht ist er so jemand wie dieser... wie hieß er? Rudolf Heß«, gab Victoria zu bedenken. »Vielleicht ist er auch hier irgendwo notgelandet und will Kontakt zu unserer Regierung aufnehmen. Rudolf Heß wurde auch nicht aufgehängt. Sie haben ihn nur gefangengenommen.«

»So oder so, unter den Händen stirbt er mir jedenfalls nicht weg, das steht fest«, bemerkte Adeline resolut und näherte sich dem Bett. »Und jetzt macht Platz! Ich will mir sein Bein noch einmal ansehen.«

Das Bein sah schlimm aus unter dem Verband, die Wunde eiterte noch heftiger als am Nachmittag.

»Ich habe den Verdacht, daß das eine Schußverletzung sein könnte«, meinte Adeline, »und wenn das stimmt, steckt die Kugel noch im Bein. Die muß raus, sonst...«

Sie ließ den Satz unvollendet, aber den beiden anderen war klar, daß es schlecht aussah für den Fremden, wenn die Kugel im Bein blieb.

Frances stand entschlossen auf. »Ich fahre nach Aysgarth und hole den Doktor. Wir müssen...«

»Nein!« sagte Victoria.

»Nichts überstürzen!« mahnte Adeline gleichzeitig.

»Wir sollten ihm noch die Gelegenheit geben, uns alles zu erklären«, fügte Victoria hinzu.

Frances wies auf den stöhnenden Mann. »Da sehe ich schwarz. Er stirbt wahrscheinlich heute nacht!«

»Wir müssen die Kugel herausholen«, wiederholte Adeline. Sie und Victoria sahen Frances an.

»O nein!« Frances hob abwehrend beide Hände. »Ich kann so etwas nicht! Ich tue so etwas nicht!«

»Du hast doch in Frankreich im Lazarett gearbeitet«, erinnerte Victoria. »Du mußt doch Dutzende solcher Operationen gesehen haben!«

»Ja, gesehen. Aber nicht selbst ausgeführt.«

»Das fand doch dort auch unter den primitivsten Bedingungen statt«, sagte Adeline. »Das haben Sie jedenfalls immer erzählt. Die hatten keine besseren Instrumente zur Verfügung als wir hier. Und die hygienischen Verhältnisse waren sicher schlechter.«

»Aber es waren Ärzte! Die wußten zumindest, was sie taten. Ich habe doch überhaupt keine Ahnung, wie das geht!«

Sie sah den Mann an, dessen Wangen glühten. »Ich könnte ihn umbringen dabei!«

»Ich schätze«, sagte Adeline, »er hat kaum etwas zu verlieren.«

»Ich hole den Arzt«, sagte Frances noch einmal, und gleich darauf fluchte sie laut, weil sie wußte, sie würde es nicht fertigbringen, ihn einem ungewissen Schicksal auszuliefern.

Gegen zwei Uhr in der Nacht fingen sie an, ihn zu operieren, wenngleich der Begriff Operation unter den gegebenen Umständen eher zynisch klang. Sie hatten ein Messer in kochendem Wasser sterilisiert, ganze Berge von Tüchern und Verbänden bereitgelegt. Victoria mußte eine Lampe über das Bett halten, denn weder die Decken- noch die Nachttischlampe spendeten genügend Licht. Victoria sah derart bleich um die Nase aus, daß Frances befürchtete, sie werde jeden Moment umkippen; aber sie konnte sie nicht einfach aus dem Zimmer schicken, denn Adeline brauchte sie, um nachher die Wundränder geöffnet zu halten. Sie hatten dem Patienten ein mit Äther getränktes Tuch über Mund und Nase gelegt, bis er in eine unruhige Betäubung gefallen war; aber vorsichtshalber hatten sie ihn auch noch mit mehreren Gürteln an Armen und Beinen am Bett festgebunden. Das verletzte Bein war gleich unterhalb der Hüfte abgebunden worden, um den Blutverlust so gering wie möglich zu halten.

Die Ätherflasche stand griffbereit; Adeline hatte Anweisung, ihm ein frisch getränktes Tuch sofort erneut unter die Nase zu halten, falls er Anstalten machen sollte, aufzuwachen.

Laura hatten sie von ihrem Vorhaben nichts erzählt. Sie lag in ihrem Bett und schlief.

»Ein hysterisches junges Mädchen können wir hier nicht gebrauchen«, hatte Frances gesagt, aber inzwischen kamen ihr Zweifel, ob nicht Laura sogar beherrschter gewesen wäre als Victoria.

»Wir sollten anfangen«, drängte Adeline.

Frances dachte an die vielen Fohlen, denen sie auf die Welt geholfen hatte, an manche Assistenz bei der Behandlung verletzter Schafe.

Stell dir vor, er ist ein Schaf oder ein Pferd, dachte sie, schloß für eine Sekunde die Augen, öffnete sie wieder, setzte das Messer an und machte einen entschlossenen, tiefen Schnitt, den Widerstand ignorierend, den dieses feste, junge Gewebe leistete.

Die Betäubung war zu schwach gewesen. Er brüllte so entsetzlich, daß die Hunde unten im Haus entsetzt aufjaulten, ein Vogel draußen schrille Warnschreie auszustoßen begann und die nichtsahnende Laura natürlich wach wurde, barfuß und im Nachthemd herüberkam und aus schreckgeweiteten Augen auf das grausige Bild starrte, das sich ihr bot.

»Was tut ihr hier?« rief sie. »Ihr bringt ihn ja um!«

»Raus!« fuhr Frances sie an. Und an Adeline gewandt, fauchte sie: »Äther! Mehr Äther, verdammt noch mal!«

Laura floh aus dem Zimmer. Der Verletzte wand sich und stöhnte wie ein verendendes Tier. Adeline schüttete Äther in das Tuch, preßte es ihm entschlossen auf das Gesicht. Der Verletzte zuckte, gab einen gurgelnden Laut von sich und sank in tiefe Bewußtlosigkeit.

»Schnell jetzt!« sagte Adeline. Mit den bloßen Händen hielt sie die Hautlappen auseinander. Ein Schwall von Blut ergoß sich über das Bett.

Frances fahndete nach der Kugel, was bedeutete, daß sie ziemlich hektisch in der Wunde herumstocherte. Sie fragte sich, wie ein Mensch eine solche Behandlung überleben konnte. Der Mann rührte sich nun überhaupt nicht mehr. Victoria zitterte wie Espenlaub, der Schein ihrer Lampe flackerte wild hin und her.

»Ich glaube, ich muß mich übergeben«, stieß sie hervor.

Frances schrie auf. »Ich habe sie!« Triumphierend hielt sie das blutverschmierte Stück Blei in die Höhe. Victoria ließ die Lampe fallen und erbrach sich über dem Sessel, der am Fenster stand, aber Adeline nickte Frances anerkennend zu.

»Gut gemacht«, sagte sie.


Er hieß Peter Stein und kam aus Stralsund in Mecklenburg. Später erfuhren sie, daß er aus einer der reichsten Kaufmannsfamilien der dortigen Gegend stammte. Er war neunundzwanzig Jahre alt und Oberleutnant der deutschen Luftwaffe. Mit zwei Kameraden war er über Nordengland mit dem Fallschirm abgesprungen. Seit mehr als zehn Tagen schlug er sich schwer verletzt durch die Wälder.

Er erzählte das alles in fließendem, akzentfreiem Englisch, zwei Tage nach jener dilettantischen Operation, die ihn fast umgebracht hätte, von der er sich aber, da er sie wundersamerweise überlebt hatte, nun erstaunlich rasch erholte. Er hatte um Rasierzeug und um seine Kleider gebeten.

»Etwas zum Rasieren können Sie haben«, hatte Adeline entgegnet, »aber Ihre Kleider habe ich weggeworfen. Das waren nur noch Fetzen.«

Er wirkte etwas verärgert. »Kann ich etwas anderes zum Anziehen haben?«

»Später. Vorerst bleiben Sie im Bett. Sie hatten sehr hohes Fieber, junger Mann. Sie sind schwächer, als Sie denken.«

Er rasierte sich im Bett sitzend, Victoria hielt ihm den Spiegel. Danach war er in Schweiß gebadet und völlig erschöpft.

»Ich habe ja wirklich überhaupt keine Kraft mehr«, sagte er schwer atmend, erstaunt und zornig. »So kenne ich mich gar nicht!«

»Sie waren dem Tod näher als dem Leben«, gab Victoria zu bedenken. »Sie haben literweise Blut verloren, und Ihr Fieber war wirklich schlimm. Aber Sie werden sich erholen!«

Er lehnte sich in seine Kissen zurück. Jetzt, da sein Bart verschwunden war, konnte man sehen, wie eingesunken seine Wangen waren, wie scharf sich die Knochen darüber abzeichneten. Das schöne Sommerwetter der letzten Wochen hatte seine Haut jedoch stark gebräunt, was ihn weniger krank und elend aussehen ließ, als er tatsächlich war.

»Wahrscheinlich wird es Zeit, daß ich mich vorstelle«, sagte er.

Sie waren alle im Zimmer: Frances, Victoria, Laura und Adeline.

»Wir wissen, daß Sie Deutscher sind«, sagte Frances.

»Ich habe eine Menge geredet, nehme ich an«, meinte er resigniert.

Dann nannte er Namen und Dienstgrad und berichtete von seinem Fallschirmabsprung.

Frances musterte ihn kühl. »Nicht unbedingt die übliche Art, nach England zu reisen, oder?«

»Nein.« Er schwieg.

»Als ich Sie fand«, sagte Laura, »da sagten Sie immer wieder, ich dürfe keinen Arzt holen. Warum?«

Peter Stein umfaßte ihre dicke, unansehnliche Gestalt mit einem beinahe zärtlichen Blick.

»Sie waren das? Diese tapfere, junge Frau, die mich einen so weiten Weg nach Hause getragen hat?«

Laura wurde rot. Noch nie hatte jemand sie als »junge Frau« bezeichnet. Verlegen nickte sie und senkte den Kopf. Peter lächelte.

Dann wurde er ernst. »Ich will Ihnen nichts vormachen«, sagte er. »Meine Kameraden und ich sind über England abgesprungen mit dem Auftrag, militärische Informationen zu beschaffen. Vor allem, was die Marine angeht.«

»Scarborough«, sagte Frances.

»Ja. Das war unser Ziel. Unglücklicherweise... ist alles schiefgegangen.« Er deutete auf sein verletztes Bein.

»Sie haben sich aber nicht bei dem Sprung verletzt«, stellte Victoria fest, »meine Schwester hat Ihnen eine Kugel aus dem Bein geschnitten.«

Er sah Frances interessiert an. »Sie sind Ärztin?«

»Nein. Ich bin nicht einmal Krankenschwester. Aber irgend jemand mußte es tun – sonst wären Sie gestorben. Und da wir keinen Arzt holen wollten...«

»Sie wußten ziemlich bald, daß ich Deutscher bin. Ein Feind Englands also. Warum haben Sie dennoch weder einen Arzt noch die Polizei geholt?«

»Wir wollten Sie zuerst anhören«, sagte Frances, »und außerdem...«

»Ja?«

»Sie waren völlig wehrlos. Es erschien uns nicht richtig, Sie in diesem Zustand einem ungewissen Schicksal auszuliefern.«

Peter nickte langsam. »Ich verstehe. Das Problem ist – was wird jetzt geschehen?«

»Woher haben Sie Ihre Schußverletzung?« fragte Frances zurück.

»Wir sind mitten in der Nacht abgesprungen. Vor knapp zwei Wochen. Wir waren zu dritt. Ich und ein anderer landeten unversehrt, aber unser Kamerad hatte Pech, er stürzte unglücklich und brach sich ein Bein. Wir konnten ihn natürlich nicht liegenlassen. Also brachten wir ihn zum nächsten Dorf. Wir waren ausgestattet mit britischen Pässen und hofften, daß niemand unsere wahre Identität herausfinden würde.« Er verzog bedauernd das Gesicht.

»Alles hätte gutgehen können. Die Leute in dem Dorf waren sehr mißtrauisch, aber sie vermuteten nicht, daß wir Deutsche waren. Unser Kamerad fand eine Unterkunft beim Pfarrer. Wir beiden anderen hätten uns sofort davonmachen sollen; aber wir waren völlig übermüdet und nahmen das Angebot eines Bauern an, in seiner Scheune zu übernachten. Was währenddessen bei dem Pfarrer geschah, kann ich mir nur zusammenreimen. Offenbar hat er noch einmal die Papiere seines Gastes sehen wollen, und der hat dabei die Nerven verloren. Es ging ihm sehr schlecht, und er drehte einfach durch. Er gab seine Identität dem Pfarrer gegenüber preis, wobei er, wie ich annehme, darauf hoffte, von einem Geistlichen nicht verraten zu werden. Der Pfarrer aber machte das ganze Dorf rebellisch, und sie rückten sofort aus, um uns, die beiden Unversehrten, dingfest zu machen. Zum Glück schlief ich nicht, ich hörte sie kommen. Aber für eine Flucht war es trotzdem zu spät. Sie schossen auf uns. Mein Kamerad wurde getroffen und war auf der Stelle tot. Mir blieb nur noch der Versuch, mir den Weg freizuschießen.«

Er machte eine Pause. Seine Augen verrieten, daß er die gespenstische Szenerie jener Nacht vor sich sah: die Scheune, die Dunkelheit, Fackeln, die aus dem Nichts auftauchten, aufgebrachte Bauern, Mordlust auf den Gesichtern. Der Mann neben ihm brach tot zusammen. Und er wußte, würden sie ihn lebend fassen, sie würden ihn aufhängen. Zu groß war der Haß auf die Deutschen in England.

»Als Sie sich den Weg freischossen«, sagte Frances, »haben Sie da jemanden verletzt?«

Er sah sie an. »Ich habe jemanden getötet.«

Betroffenes Schweigen herrschte im Raum, während sie alle die Konsequenzen realisierten, die sich daraus ergaben.

»Sind Sie sicher?« fragte Laura schließlich.

»Ich traf ihn in den Kopf«, entgegnete Peter, »und ich sah, wie ... nun, egal was ich sah. Er ist gewiß tot.«

»Es war Notwehr«, sagte Victoria.

Er lächelte. »Ein deutscher Spion und Notwehr? Nein. Wenn sie mich fassen, werde ich wegen Mordes hingerichtet.«

»Ach, *verdammt*!« sagte Frances.

Er warf ihr einen langen Blick zu. »Ich hatte die Waffe übrigens noch bei mir ...«

Frances erwiderte seinen Blick. »Ich habe sie an mich genommen. Ich halte das vorläufig für besser.«

»Das muß ich wohl akzeptieren«, sagte Peter, aber ihm war anzusehen, wie sehr er die Situation haßte, in die er hineingeraten war: verwundet in einem Bett zu liegen, unfähig, aus eigener Kraft zu laufen oder zu stehen, und unbewaffnet, nicht in der Lage, sich zu verteidigen.

»Ihre Waffe hatten Sie noch«, sagte Frances, »aber wieso keine Papiere mehr?«

»Ich muß sie dort verloren haben. Ich wurde ja auch getroffen und fiel zu Boden. Wahrscheinlich sind sie mir dabei aus der Tasche gerutscht.«

»Dann haben die ein Photo von Ihnen«, folgerte Frances, und er nickte.

»Ja. Was eine Fahndung nach mir sehr erleichtern dürfte.«

»Ein Wunder, daß Sie es geschafft haben zu entkommen«, murmelte Adeline.

Er wirkte sehr ernst. »Ja. Ein Dickicht. Die Dunkelheit. Und Gott hatte wohl vor, mich noch eine Weile am Leben zu lassen.« Er sah die vier Frauen, die sein Bett umringten, der Reihe nach an.

»Ich fürchte«, sagte er, »ich bin dabei, Ihnen die größten Schwierigkeiten zu bereiten.«


»Wir müssen schnell entscheiden, was wir tun«, sagte Frances, »denn mit jedem Tag, der vergeht, verstricken wir uns selbst tiefer in die Geschichte. Am Ende landen wir alle vor dem Richter.«

Sie hielten eine Krisensitzung im Wohnzimmer ab. Peter schlief oben im Bett. Das Gespräch hatte ihn übermäßig angestrengt. Von einer Sekunde zur anderen war er in einen tiefen Schlaf gefallen.

Frances hatte sich erst einmal einen doppelten Whisky genehmigt. Sie ärgerte sich.

So ein *unnötiges* Problem, dachte sie. Warum mußte Laura diesen Mann finden und hierherbringen?

Laura, die mit unglücklicher Miene am Fenster saß, schien ihre Gedanken erraten zu können. »Ich konnte ihn doch nicht einfach da liegenlassen«, murmelte sie bedrückt.

»Natürlich nicht«, sagte Adeline sofort, »du hast ganz richtig gehandelt.«

»Wir sind stolz auf dich«, fügte Victoria hinzu.

»Aber wir haben ein großes Problem«, sagte Frances, »wir beherbergen hier einen Mann, der einen Mord begangen hat und nach dem vermutlich schon überall gesucht wird.«

»Das war kein richtiger Mord«, protestierte Victoria und wiederholte, was sie schon oben an Peters Bett gesagt hatte: »Es war Notwehr!«

»Nicht so, wie die Dinge liegen«, korrigierte Frances, »nicht unter den gegebenen Umständen. Er kommt als deutscher Spion nach England und erschießt auch noch einen englischen Bürger, um sich seiner Festnahme zu entziehen.«

»Die Leute wollten ihn nicht festnehmen«, widersprach Victoria, »sie wollten ihn lynchen.«

»Glaubte er.«

»Sie haben seinen Freund doch erschossen!«

»Victoria, das wird allen völlig gleichgültig sein. Er spioniert für die Nazis! Deshalb ist er hierhergekommen. Kein Mensch wird daran interessiert sein, mildernde Umstände für ihn geltend zu machen. Dafür ist dieser ganze Krieg zu furchtbar. Dafür sind schon zu viele Engländer gefallen. Dafür ist es zu schrecklich, was die Deutschen tun!«

»Er ist ja auch Teil eines Systems und kann dem nicht so einfach entkommen«, meinte Victoria.

Es war ein erstaunlicher Gedanke, wenn man bedachte, wie stetig sie sonst an der Oberfläche dahintrieb, fand Frances.

»Ich weiß ja nicht, wie Sie das sehen«, sagte Adeline, »aber ich bringe es nicht fertig, diesen jungen Burschen da oben nun einfach an seine Henker auszuliefern. Er ist doch fast noch ein Kind!«

»Für dich ist jeder unter sechzig ein Kind, Adeline«, meinte Frances, »dieses ›Kind‹ ist gewiß nicht naiv und unerfahren, sonst wäre es für diesen Einsatz hier bestimmt nicht ausgesucht worden.«

»Wir päppeln ihn auf, und dann soll er verschwinden«, schlug Adeline vor, »wir stellen ihn wieder auf die Beine, aber dann muß er selber sehen, wie es weitergeht mit ihm.«

»Aber das ist unmöglich!« protestierte Laura. »Er hat keine Papiere mehr, er kommt nicht raus aus England. Und vielleicht suchen sie ihn mit dem Bild, das sie von ihm haben. Er kann nirgendwohin gehen, wenn wir ihn wegschicken. Wie soll er denn leben?«

»Das ist nicht unbedingt unser Problem«, meinte Frances.

Laura und Victoria sahen sie empört an.

»Vielleicht sollten wir die Frage vertagen, bis er wiederhergestellt ist«, schlug Adeline vor. »Dann können wir auch seine Meinung dazu einholen. Sind wir uns einig, daß wir vorläufig nichts unternehmen und niemandem etwas von ihm erzählen?«

»Ja«, sagten Victoria und Laura wie aus einem Mund.

»Ja«, schloß sich Frances zögernd an. Sie trank ihr Glas leer und stand auf.

»Spätestens von jetzt an«, sagte sie, »machen wir uns mitschuldig. Euch allen muß klar sein, daß das für uns sehr schlimm ausgehen kann. Wir können im Gefängnis landen, und im schlimmsten Fall verlieren wir die Farm.«

Laura wurde blaß.

Während sie noch redete, dachte Frances, daß sie wohl verrückt sein mußte. Warum tat sie etwas so *Wahnsinniges*?

»Wir dürfen keiner Menschenseele etwas erzählen«, fuhr sie eindringlich fort, »niemandem! Laura – nicht, daß du auf die Idee kommst, es Marjorie in einem Brief zu schreiben!«

»Natürlich nicht!« erwiderte Laura gekränkt.

Frances atmete tief. »Die Geschichte wird uns in irgendeiner Weise das Genick brechen«, sagte sie ahnungsvoll, und im nächsten Moment dachte sie: Ein Glück nur, daß Marjorie fort ist! Wäre sie jetzt noch hier – ich müßte mein Testament machen!

Den ganzen September über erschien sein Bild immer wieder in den Zeitungen. Er war es unverkennbar, jeder hätte ihn schnell identifizieren können. Seine Papiere, so hieß es, lauteten auf den Namen Frederic Armstrong, höchstwahrscheinlich habe er sich aber längst eine neue Identität zugelegt. Er sei bei einem Schußwechsel verletzt worden und habe vermutlich medizinische Hilfe in Anspruch genommen. Er sei Deutscher, zu Spionagetätigkeiten nach England gekommen. Er habe den achtzehnjährigen Sohn eines Bauern erschossen, um fliehen zu können.

»Ein Achtzehnjähriger!« sagte Frances. »Das macht die Dinge nicht einfacher!«

»Ich wünschte, das wäre nicht passiert«, entgegnete Peter.

Er war wiederhergestellt, hatte Kraft und Gesundheit zurückerlangt. Liebenswürdig und unaufdringlich bemühte er sich, nützliche Dinge im Haus zu erledigen und den Frauen, wo er nur konnte, zur Hand zu gehen. Er reparierte das Treppengeländer, strich die Fensterrahmen neu, befestigte lockere Dielenbretter im ersten Stock, brachte die Abflüsse im Bad in Ordnung.

Frances betrachtete seine Geschicklichkeit fasziniert.

»Sie stammen aus einer Familie, in der man doch sicher für diese Dinge Personal hatte«, sagte sie. »Woher können Sie das alles?«

Er hatte gerade ein Regal zusammengezimmert, das Adeline sich für die Küche gewünscht hatte. Er richtete sich auf und betrachtete sein Werk.

»Mein Vater hatte ein paar eiserne Prinzipien«, erklärte er, »eines davon lautete, daß man, selbst wenn man Dienstboten für alles und jedes hat, unbedingt in der Lage sein muß, die Dinge auch allein zu bewältigen. Von klein auf hat er meinen Brüdern und mir beigebracht, was er selbst an handwerklichen Fähigkeiten besaß, und das war nicht wenig.«

»War?«

»Mein Vater ist tot. Seit 1938. Lungenkrebs.«

»Und Ihre Brüder? Wie viele haben Sie?«

»Ich hatte zwei. Der ältere ist vor Moskau gefallen. Der jüngere ist aus Frankreich nicht wiedergekommen.«

»Dann hat Ihre Mutter nur noch Sie?«

»Ich habe eine kleine Schwester. So alt wie Laura. Im Augenblick ist sie die einzige, die Mutter geblieben ist.«

Er legte den Hammer weg. Sie standen in dem kleinen Schuppen hinter der Küche, in dem Peter das Regal gezimmert hatte. Durch die winzigen Fenster fiel nur wenig Licht. Es war Abend, und draußen verging einer der letzten warmen Tage des Jahres.

Sie betrachtete seine kräftigen, braungebrannten Arme, dann wanderte ihr Blick hinauf zu seinem Gesicht. Seine Wangen waren seit seiner Ankunft etwas voller geworden. Manchmal, das hatte sie schon beobachtet, blitzten seine Augen, verzog sich sein Mund zu einem entwaffnend fröhlichen Lächeln. Oft fiel ihm eine dunkle Haarsträhne in die Stirn; er hatte die Angewohnheit, sie mit einer ungeduldigen Handbewegung ungewöhnlich heftig zurückzustreichen. Seine Hände...

Sie zwang sich, nicht an seine Hände zu denken. Es irritierte sie ohnehin schon, daß sie seine Attraktivität so bewußt wahrnahm.

Du bist alt genug, um seine Mutter zu sein, sagte sie sich streng.

»Sie sind so ein netter Junge, Peter«, sagte sie, wobei sie mit ihrer Wortwahl absichtlich den Altersabstand zwischen sich und ihm betonte. »Ich bringe das gar nicht in Einklang damit, daß...«

»Daß ich Deutscher bin?«

489

»Im Grunde sollte es einen gar nicht erstaunen, nicht? Zwei Völker führen Krieg, und auf einmal lebt man mit dem Begriff ›Feind‹. Aber dann trifft man jemanden aus dem anderen Volk und stellt fest, er ist ein ganz normaler Mensch und man kann sich durchaus verstehen. Das macht alles so absurd!«

»Krieg ist ja eigentlich auch absurd.«

»Diesen haben aber die Nazis angezettelt, und Sie...«

»Ich bin kein Nazi«, stellte er klar. »Ich bin nicht in der Partei.«

»Sie kämpfen für die Ideologie dieser Leute. Ihre beiden Brüder sind dafür sogar gefallen. Sie stellen sich in den Dienst der Nazis. Da macht es keinen großen Unterschied mehr, ob Sie selbst einer sind oder nicht.«

»Ich stelle mich in den Dienst meines Landes. Und Deutschland ist nun einmal mein Land. Irgendwie gehören ein Land und seine Menschen zusammen, in guten und schlechten Zeiten. Man kann sich nicht einfach raushalten.«

»Auch nicht, wenn... wenn ein ›großer Führer‹ Dinge befiehlt, die die halbe Welt ins Unglück stürzen?«

Etwas schwerfällig ließ er sich auf einer Kiste nieder. An der Art, wie er sein rechtes Bein von sich streckte, erkannte Frances, daß er dort noch immer leichte Schmerzen hatte.

»Sie sehen das von einem Standpunkt, der außerhalb liegt, Frances«, sagte er, »was ganz natürlich ist. Aber ich bin verstrickt. Mich aus dem Krieg herauszuhalten – wenn das überhaupt möglich wäre –, würde für mich nicht in erster Linie bedeuten, dem Führer die Gefolgschaft zu verweigern. Es würde bedeuten, die anderen im Stich zu lassen. Sie in den Schlamassel hinausgehen zu lassen und selber in Sicherheit zu verharren. Brüder, Freunde... sie sterben in den Schützengräben, und ich lasse es mir gutgehen daheim?«

»Sie tun mehr, als Sie tun müssen. Dieses England-Abenteuer...«

»Ich versuche eben auch, ein paar Dinge zu vergessen«, unterbrach er sie fast schroff, »über ein paar Dinge hinwegzukommen.«

Sie wußte, er sprach von seinen Brüdern.

»Manchmal«, sagte sie leise, »erscheint mir das ganze Leben wie ein einziges, bitteres Verhängnis. Man verfängt sich immer wieder und immer mehr.«

In seinen Augen stand eine Traurigkeit, für die er eigentlich zu jung war. »Ja«, sagte er, »das ist die Natur des Verhängnisses. Man entrinnt ihm nicht. Sosehr man es versucht.« Dann plötzlich sah er sie an. »Ich bin in gewisser Weise auch ein Verhängnis für Sie, nicht? Für Sie alle. Ich bin sicher, Sie wünschten, Laura hätte mich an jenem ersten September nicht im Schafstall gefunden und hergebracht!«

»Es ist eben passiert. Man kann einen Menschen nicht in einem Schafstall liegen und sterben lassen. Wir hatten keine Wahl, also brauchen wir nun auch nicht zu grübeln.«

»Sie hätten mich gleich ausliefern können.«

»Wir haben es nicht getan, und jetzt wäre es sowieso zu spät. Die ganze Sache darf nur nicht auffliegen.«

»Sie haben Angst!«

Es war eine Feststellung, keine Frage, und Frances nickte, weil es ihr albern vorgekommen wäre, ihre Furcht zu leugnen.

»Manchmal schon. Manchmal denke ich auch einfach nicht daran, was passieren könnte. Es kommt darauf an, daß alle dichthalten – und ich denke, das werden sie.« Sie überlegte kurz und fuhr dann fort: »Am meisten habe ich mich wegen Laura gesorgt. Ihr wäre zuzutrauen gewesen, daß sie in einem Brief alles ihrer Schwester erzählt. Und die hätte mir mit größter Wonne eins ausgewischt.«

Er zog eine Augenbraue hoch. »Tatsächlich?«

»Sie haßt mich. Keine Ahnung, warum. Am Tag, bevor Sie hier aufkreuzten, ist sie zu ihrem Vater nach London zurückgekehrt. Sonst wäre es gar nicht möglich gewesen, Sie zu verstecken. Sie hätte uns mit Sicherheit verraten.«

»Mir scheint, zwischen Ihnen allen hier brodeln eine Menge Emotionen.«

»Ja?«

»Na ja ... ich will mich natürlich nicht einmischen, aber ich finde, zwischen Ihnen und Ihrer Schwester ist eine extreme Spannung spürbar. Man hat den Eindruck, da würde das berühmte Streichholz genügen, um eine Explosion losbrechen zu lassen.«

»Sie wissen wohl schon einiges über uns?«

»Victoria hat mir erzählt, daß ihr geschiedener Mann demnächst wieder heiratet und daß sie sehr darunter leidet.«

»Wirklich? Sie scheint aber viel Vertrauen zu Ihnen zu haben!«

»Es geht ihr schlecht. Ich habe das Gefühl, sie sucht ständig nach einem Menschen, dem sie ihr Herz ausschütten kann.«

Und dann sucht sie sich dafür ausgerechnet einen deutschen Spion aus, der sich bei uns versteckt, dachte Frances. Das Leben verläuft oft wirklich in eigenartigen Bahnen.

»Vier Frauen – bis vor wenigen Wochen noch fünf –, die in ziemlicher Abgeschiedenheit recht eng zusammenwohnen«, sagte sie nachdenklich, »das erzeugt vermutlich ständig Konflikte.«

Er nickte, und sie konnte ihm ansehen, daß er sich schon eine Menge Gedanken über sie alle gemacht hatte.

Und dann dachte sie plötzlich: Vier Frauen in einer solchen Einsamkeit, das bedeutet tatsächlich eine Menge Zündstoff – vor allem, wenn ein Mann dazukommt.

Am 30. September heirateten John und Marguerite. Es herrschte Krieg, und für beide war es die zweite Ehe, und so fand nur eine kleine Feier im Anschluß an die Trauung statt. An die Bewohner von Westhill war eine Einladung ergangen; trotz der pikanten Umstände mußte John die Etikette wahren. Victoria hatte sofort erklärt, daß sie natürlich nicht hingehen werde. Sie wolle weder John noch Marguerite sehen. Über letztere sagte sie, nie zuvor habe sie eine solche Verräterin erlebt, und sie denke nicht daran, zuzusehen, wie sie ihren Triumph auskosten werde.

»Wenn du nur immer alles übertreiben kannst!« sagte Frances. »Im übrigen verlangt kein Mensch von dir, daß du hingehst!«

Sie selbst wäre auch am liebsten daheim geblieben, aber das hätte auf Marguerite eigenartig gewirkt. Ob John ihr von der Episode in der Küche erzählt hatte? Dann mußte sie gerade dort erscheinen. So fuhr sie gemeinsam mit Laura nach Daleview hinüber, dankbar für die Begleitung des jungen Mädchens.

»Daß du dich nur ja nicht verplapperst wegen Peter!« sagte sie im Auto noch warnend.

Laura reagierte gekränkt. »Ich bin nicht so einfältig, wie Sie immer denken! Erst meinen Sie, ich tratsche alles sofort an Marjorie weiter, und jetzt haben Sie Angst, ich posaune es bei der Hochzeit hinaus. Sie halten mich wohl für ein kleines Mädchen!«

»Niemand hält dich für ein kleines Mädchen!« Frances seufzte. Laura erschien ihr zunehmend empfindlich in der letzten Zeit. »Ich sage das nur, weil ich merke, daß ich selbst sehr aufpassen muß. Peter ist... fast ein Familienmitglied geworden in der letzten Zeit, findest du nicht? Da kann es leicht geschehen, daß man unwillkürlich seinen Namen nennt.«

Laura schien einigermaßen besänftigt. »Frances – er ist doch kein Nazi, oder?« fragte sie nach ein paar Minuten des Schweigens.

»Nein«, sagte Frances, obwohl sie selbst nicht ganz sicher war, wann jemand als Nazi zu bezeichnen war, »er ist einfach ein Soldat, der für sein Land kämpft.«

»Und spioniert«, setzte Laura bedrückt hinzu.

Frances sah sie an. »Das ist für mich auch ein Problem«, gab sie zu. »Es ist sehr schwierig. Er ist nett und hilfsbereit. Und – er sieht sehr gut aus, nicht?«

Laura wurde puterrot.

Sieh mal an, dachte Frances.

Auf Daleview erlebte sie nun zum zweitenmal innerhalb von dreißig Jahren mit, wie John Leigh einer anderen Frau das Jawort gab. Marguerite trug ein sandfarbenes Kostüm und einen kleinen Hut mit einem Schleier vor dem Gesicht. Obwohl sie auf hohen Absätzen stand, reichte sie John nur knapp über die Schulter. Von ihrer Schwangerschaft war noch nichts zu sehen. Immer noch erinnerte sie an eine kleine, graziöse Elfe.

John wirkte angespannt und konzentriert. Obwohl es keineswegs den Anschein hatte, als sei er rettungslos in Marguerite verliebt, behandelte er sie doch mit einem Respekt und einer Liebenswürdigkeit, von der Victoria nur hatte träumen können.

Mit einer inneren Sicherheit, die sie selbst überraschte, dachte Frances: Es wird gutgehen zwischen den beiden. Was sie verbindet, wird halten. John tut das Richtige.

Beim Mittagessen – es nahmen etwa zwölf Personen an der Tafel teil – fiel es Frances zum erstenmal bewußt auf, daß Laura fast nichts aß. Zwar hatte sie immer versucht, in Gesellschaft zu verbergen, daß sie alles gern in sich hineingeschlungen hätte, was nur in ihrer Reichweite stand. Aber nie hatte sie ihre Gier verhehlen können, immer hatte sie sich etwas zu tief über ihren Teller gebeugt, immer zu schnell gegessen, hatte stets etwas unkontrolliert gewirkt. Diesmal hielt sie einen fast schüchternen Abstand zu ihrem Teller, pickte in den Speisen nur herum, nahm kaum etwas zu sich. Den

Nachtisch ließ sie völlig unberührt. Und Frances realisierte plötzlich, daß Laura seit Wochen nichts mehr aß, oder zumindest so wenig, daß es für ein Kind gereicht hätte. Sie war davon noch nicht sichtbar dünner geworden, aber sie sah etwas elend aus.

Auf der Heimfahrt schnitt sie das Thema an. »Mir ist aufgefallen, daß du fast nichts mehr ißt. Fühlst du dich nicht gut in der letzten Zeit?«

Laura kaute nervös auf ihren Fingernägeln herum. »Doch. Mir geht es gut.«

»Aber dir schmeckt nichts mehr?«

»Doch. Es ist nur... ich habe mir gedacht... ich bin jetzt sechzehn. Ich könnte mal anfangen, etwas dünner zu werden.«

Die weibliche Eitelkeit erwacht allmählich, dachte Frances. Schaden kann es nicht. Vielleicht fühlt sie sich dann irgendwann wohler in ihrer Haut und läuft nicht mehr wie ein Trauerkloß herum.

»Keine schlechte Idee«, sagte sie laut, »aber laß es langsam angehen, ja? Es ist nicht gut für den Körper, wenn er von heute auf morgen völlig auf Entzug gesetzt wird.«

»Ich habe gar keinen Hunger mehr. Ich habe nicht mehr das Bedürfnis zu essen.«

Trübsinnig schaute sie an sich herab: die riesigen, schweren Brüste, der vorgewölbte Bauch. Die schwammigen Oberschenkel, die unter dem leichten Stoff ihres Sonntagskleides auseinanderzufließen schienen. Die stämmigen Waden, die noch plumper wirkten durch die handgestrickten Socken und formlosen braunen Schuhe, die sie trug. Überdies waren ihre Beine mit dichten, schwarzen Haaren bedeckt.

»Es wird sehr, sehr lange dauern, bis ich schlank bin«, meinte sie traurig, »man merkt noch gar nichts!«

»Es wird dauern, Laura. Aber irgendwann hast du es geschafft. Dann kannst du sehr stolz auf dich sein.«

Laura spielte mit ihren Zöpfen herum. »Meine Haare gefallen mir auch nicht. Meinen Sie, ich kann sie mir abschneiden lassen?«

Frances musterte Lauras dickes, unschönes Gesicht. Kurze Haare würden nichts besser machen, wahrscheinlich aber auch nichts verschlimmern. Bei Laura konnte man im Grunde nichts mehr verderben.

»Du kannst natürlich tun, was du möchtest, Laura. Aber überlege es dir gut. Wenn die Haare weg sind, ist es nicht mehr zu ändern.«

»Mit den Zöpfen sehe ich aus wie ein kleines Mädchen. Ich will endlich ernst genommen werden.«

»Wir nehmen dich doch alle ernst! Aber ich kann dich verstehen, in deinem Alter hatte ich es auch unheimlich eilig, erwachsen zu werden. Später merkt man dann, daß das Leben dadurch keineswegs leichter wird.«

»Ich darf mir also die Haare abschneiden lassen?«

»Ja. Nur überschlafe es noch einmal.«

Lauras entschlossener Miene war anzusehen, daß es da nichts mehr zu überschlafen gab.

Daheim trafen sie in der Küche Adeline, Victoria und Peter an, die um den Tisch saßen und Karten spielten. Frances hatte erwartet, Victoria in Tränen aufgelöst oder in ihrem Zimmer verbarrikadiert vorzufinden. Sie war erstaunt, daß ihre Schwester Haltung bewies. Sie sah zwar sehr blaß aus, wirkte aber überraschend gefaßt.

»Da seid ihr ja wieder«, sagte sie. Ihre Stimme klang etwas rauh.

»Ja«, erwiderte Frances unbeholfen.

Es schien ihr nicht angebracht, Details von der Hochzeitsfeier zu erzählen, und so herrschte ein paar Minuten lang bedrücktes Schweigen.

Adeline fand schließlich zu einem normalen Ton zurück, indem sie erklärte: »Peter hat uns ein deutsches Kartenspiel beigebracht. Allerdings stellen Victoria und ich uns ziemlich dumm an.«

»Daß ich im Moment noch einen Vorsprung habe, ist ganz natürlich«, sagte Peter. »Falls wir noch Bridge spielen, werden Sie mich wahrscheinlich schlagen.«

»Peter möchte nämlich Bridge mit uns spielen«, erklärte Victoria. »Wir brauchen nur noch einen vierten Mann.«

Frances sah Peter interessiert an. »Sie können Bridge spielen? Das ist... ich meine, das ist doch ein typisch englisches Spiel!«

Sehr ernst – wohl weil er wußte, es war ein heikles Thema – antwortete er: »Vergessen Sie nicht, ich wurde perfekt ausgebildet, um hier als waschechter Engländer auftreten zu können. Dabei ging es ja nicht allein um die Sprache. Der englische Alltag, das englische Schulsystem, englische Sitten und Gebräuche, Vorlieben, Eigenarten, bestimmte Denkweisen – ich habe das alles sehr intensiv lernen müssen. Kartenspiele wie Bridge gehörten da noch zu den einfachsten Übungen.«

Einen Moment lang waren sie alle ein wenig betreten. Was sollte man sagen, wenn man – wieder einmal – mit der Erkenntnis konfrontiert wurde, daß dieser nette junge Mann, der ihnen allen schon wie ein Familienmitglied vorkam, auf ausgeklügelte Weise darauf vorbereitet worden war, in England für die Deutschen zu spionieren.

Schließlich fragte Adeline: »Möchtet ihr noch etwas essen?«

Frances hob erschrocken die Hände. »Ich nicht! Ich habe auf der Feier so viel gegessen, daß ich fast platze. Laura?«

»Nein, danke.«

Adeline musterte sie mißbilligend. »Du ißt zuwenig in der letzten Zeit, mein Fräulein. Fehlt dir etwas?«

Laura schoß Frances warnende Blicke zu. Ihre Figurprobleme mochte sie natürlich nicht in Anwesenheit aller Hausbewohner diskutieren.

»Laß sie in Ruhe, Adeline«, bat Frances. »Junge Frauen essen manchmal, und manchmal essen sie nicht. Sie soll das machen, wie sie möchte.«

Adeline brummte irgend etwas vor sich hin.

»Setzen Sie sich zu uns, Laura«, sagte Peter, »und spielen Sie Bridge mit uns. Das heißt, wenn Sie mögen.«

Laura wurde wieder einmal dunkelrot und starrte ihn hingerissen an. »Ich . . . nein, ich . . . möchte jetzt schlafen gehen.«

»Jetzt schon?« fragte Victoria verwundert.

»Ja . . . ich bin ziemlich müde!« Laura verließ beinahe fluchtartig die Küche.

»Habe ich etwas Falsches gesagt?« fragte Peter betroffen.

Du gefällst ihr einfach zu gut, dachte Frances.

»Nein«, erwiderte sie, »Mädchen in diesem Alter . . . man weiß nie so recht, was in ihnen vorgeht.«

»Sie ist sehr empfindsam«, sagte Peter, »sie kommt mir immer vor wie ein kleiner Vogel, der aus dem Nest gefallen ist. Ich habe nie einen einsameren Menschen gesehen. Sie klammert sich wie verrückt an Westhill. Viel zu sehr, viel zu angstvoll. Dies alles hier ist ihr einziger Halt.«

Die drei Frauen sahen ihn verblüfft an. Sie hatten nicht erwartet, daß er derlei Schlüsse zog.

»Sie ist nicht einsam«, widersprach Frances, »sie hat uns!«

Er sah sie nachdenklich an, und sein Blick sagte ihr: Du kennst das doch. Du weißt, was ich meine!

»Es gibt eine innere Einsamkeit, die einen auch unter Menschen allein sein läßt«, sagte er. »Laura ist davon befallen, schon sehr lange. Hoffentlich begleitet es sie nicht über ihr ganzes Leben.«

Irgendwie fühlten sich alle ein wenig schuldbewußt. Über Lauras Probleme hatten sie nie genug nachgedacht. Sie hatten dem Mädchen gegenüber mehr Pflichten als nur die, ihm ein Dach über dem Kopf und genug zu essen zu geben.

Ihr schlechtes Gewissen veranlaßte Frances dazu, am nächsten Tag mit Laura nach Northallerton zu fahren, mit ihr zu einem Friseur zu gehen und ihr ein paar neue Kleider zu kaufen.

»Ich kann das nicht annehmen«, protestierte Laura zunächst. »Sie haben schon genug Kosten durch mich, obwohl Sie eigentlich gar nicht verantwortlich für mich sind!«

»Unsinn. Ich bin froh, daß du bei uns lebst, Laura, und ich erfülle dir gern ab und zu einen Wunsch. Also – du willst dir wirklich die Haare abschneiden lassen?«

Laura blieb bei ihrem Vorhaben. Der Friseur musterte ihr rundes Gesicht mit den Pausbacken und versuchte, ihr diesen Wunsch auszureden, aber er hatte damit keinen Erfolg. So schnitt er ihr einen Pagenkopf und mühte sich vergeblich, ihrem feinen Haar ein wenig Fülle zu geben.

»Ihr Haar ist weich und dünn wie das eines Babys«, sagte er. »Sie werden wahrscheinlich immer Probleme damit haben. Aber da kann man nichts machen!«

Laura betrachtete sich im Spiegel. Ihr Gesicht wirkte noch dicker als vorher. Aber erstaunlicherweise war sie zufrieden mit sich.

»Jetzt sehe ich endlich nicht mehr wie ein Schulmädchen aus«, sagte sie.

In den Zeitungen erschien Peters Bild nicht mehr, und niemand rührte mehr an die Geschichte, aber alle wußten, daß die Gefahr deshalb nicht gebannt war. Es konnte Peter nicht gelingen, das Land zu verlassen, ebensowenig konnte er es riskieren, in ein Dorf oder eine Stadt zu gehen und sich Arbeit zu suchen.

»Es kann Sie jederzeit jemand erkennen«, warnte Frances, »und selbst wenn das nicht geschieht: Wie sollten Sie irgendwo in England leben und arbeiten ohne Papiere? Sie müssen noch eine Weile untergetaucht bleiben!«

»Es macht mich verrückt«, sagte er, »ich stelle eine ständige Gefahr für Sie alle dar!«

»Denken Sie nicht darüber nach. Wir haben Sie gern bei uns.«

Es stimmte: Sie vermochten sich ihr Leben kaum mehr ohne ihn vorzustellen. Er half, wo er nur konnte. Sein Charme und seine Fröhlichkeit heiterten sie an trüben Tagen auf. Seine eigenen Sorgen verbarg er und bemühte sich stets, ein fröhliches Gesicht zu zeigen. Nur manchmal konnte Frances sehen, daß es ihm schwer ums Herz war: Wenn er vor dem Radio saß und den Nachrichten vom Krieg lauschte. Dann schien sein Gesicht schmal und grau vor Sorge, und auf seiner Stirn bildeten sich zwei steile Falten, die ihn älter machten. Es sah nicht gut aus für Deutschland. Das Kriegsglück der ersten Jahre hatte sich gewendet. Die Bevölkerung litt unter den Bomben der Alliierten, nachts brannten die Städte, viele Menschen starben. An den Fronten häuften sich die Rückzugsgefechte. In Stalingrad, der großen Stadt an der Wolga, kämpfte eine ganze Armee einen verzweifelten Kampf.

»Sie müßten aufgeben«, sagte Peter, »sie müßten zusehen, daß sie aus Stalingrad wegkommen! Aber Hitler wird ihnen wieder nur seine Durchhalteparolen entgegenschleudern.«

Er äußerte jetzt häufig Kritik am Führer. Einmal hörte Frances, wie er zu Victoria sagte: »Ich glaube, er wird eines Tages als großer Verbrecher in der Geschichte der Menschheit dastehen.«

»Vielleicht ... wenn er jetzt aufgibt ...«

»Er gibt nicht auf, Victoria. Ein Mann wie Hitler doch nicht! Je schlimmer es wird, desto lauter wird er vom Endsieg brüllen. Er wird lieber ein ganzes Volk ins Verderben stürzen, als auf seinem fanatischen Weg umzukehren.«

»Glauben Sie, es wird schlimm für Deutschland?«

Es dauerte einen Moment, bis Peter antwortete. »Es *wird* schlimm«, sagte er dann, »ich glaube, es wird ein Weltuntergang.«

»Wie gut, daß Sie hier in Sicherheit sind«, meinte Victoria inbrünstig.

Er lachte gequält. »Ach, Victoria, das verstehen Sie wahrscheinlich nicht. Da ist es ja gerade, was mich nachts nicht schlafen läßt.

Meine Mutter und meine Schwester sind drüben. Wissen Sie, Deutschland hat diesen Krieg gewollt. Wir tragen die Schuld. Und doch ist es *mein Land*. Mein Land, das vor dem Zusammenbruch steht. Das kann ich nicht vergessen. Und ich sitze hier... und tue nichts. *Nichts!*«

Es wurde Dezember, und Peter wurde immer deprimierter. Seine Höflichkeit, seine Freundlichkeit blieben unverändert, aber es schien ihm immer schwerer zu fallen, ein fröhliches Gesicht zu zeigen. Er vergrub sich oft in die Bücher, die im Wohnzimmer standen, Klassiker zumeist, und schien einen gewissen Trost darin zu finden. Zweimal war er drauf und dran, Westhill zu verlassen; irgendwie werde er sich nach Frankreich durchschlagen, sagte er, und dann nach Deutschland zurückkehren. Aber die vier Frauen redeten so lange auf ihn ein, bis er nachgab. Wie er denn, um alles in der Welt, den Kanal überqueren wolle? Passagierschiffe gebe es ja gar nicht mehr, schon wegen der U-Boote. Ein Marineschiff? Ohne Papiere?

»Und vergessen Sie's, falls Sie vorhaben, in einem Fischerkahn hinüberzuschippern«, warnte Frances. »Auf See herrschen jetzt die Winterstürme. Falls Sie nicht erschossen werden, ertrinken Sie.«

Er begriff, daß sie recht hatte, aber seine Unruhe wuchs, und es war Frances klar, daß sie ihn nicht mehr lange würden halten können. Irgendwann würde er die Untätigkeit nicht mehr ertragen, würde selbst das Risiko, zu sterben, auf sich nehmen, weil es ihm besser erschien als die Aussicht, auf einer abgelegenen Farm in Nordengland in Seelenruhe das Ende des Krieges abzuwarten – was nach seinen düsteren Prognosen das Ende der Welt sein würde, die er kannte.

Weihnachten kam, und sie alle hatten beschlossen, ihm dieses Fest besonders schön zu machen. Er hatte ihnen von der Tradition des deutschen Heiligen Abends erzählt, den man in England, wo die Bescherung am Morgen des 25. Dezembers stattfand, so nicht kannte. Nun aber schmückten sie die kleine Tanne, die er geschlagen hatte, am 24. Dezember, und Adeline kochte ein Festessen – trotz der Rationierungen, die sich auch auf dem Land immer stärker bemerkbar machten. Sie hatte genug Zutaten für einen gewaltigen Plumpudding gehortet, und natürlich gab es einen Truthahn, viele Salate und jede Menge Süßigkeiten.

Peter war gerührt. »Sie hätten nicht Ihre Traditionen ausgerechnet zugunsten eines deutschen Brauchs aufgeben sollen!« sagte er.

»Sicher denken Sie heute abend besonders stark an Ihre Mutter und Ihre Schwester«, sagte Victoria leise. »Wir wollten es Ihnen ein bißchen leichter machen.«

Frances hatte zunächst vorgeschlagen, an diesem Abend keine Nachrichten zu hören, aber dann scharten sie sich irgendwann doch um das Radio. Der Sprecher berichtete von der verzweifelten Lage, in der sich Hitlers Sechste Armee in Stalingrad befand; eingekesselt in einer zerstörten Stadt, dem Tod durch Hunger und Kälte preisgegeben. Hitler verweigerte die Kapitulation.

»Damit bringt er sie um, Mann für Mann«, sagte Peter mit versteinertem Gesicht.

Er merkte nicht, daß ihm wieder seine Haarsträhne in die Stirn fiel. Er sah jung und eigenartig verletzbar aus. Laura starrte ihn so verzückt an, als sei ihr in ihm der Heilige Geist erschienen.

»Niemand läßt eine ganze Armee sterben«, widersprach Frances, »nicht einmal Hitler!«

Peter schüttelte den Kopf. »Er wird nicht umkehren. Er wird anfangen, Amok zu laufen.«

Die Kerzen am Baum flackerten. Victoria sprang auf. »Für heute will ich nichts mehr vom Krieg hören!« rief sie. »Und nichts mehr von Hitler! Wir sollten endlich mit der Bescherung beginnen.«

Draußen schneite es, und im Kamin brannte ein Feuer. Frieden senkte sich über das Haus, nachdem die Stimme aus dem Radio verstummt war. Einträchtig saßen sie alle zusammen und packten ihre Geschenke aus. Victoria hatte Peter ein Buch geschenkt.

»Gedichte von Robert Burns«, las er. »Wie wunderbar. Danke, Victoria!«

Victoria trug ein schwarzes Samtkleid, über dem ihre blonden Haare wie flüssiger Honig schimmerten. Sie hatte rote Wangen und sah so jung und entspannt aus wie schon lange nicht mehr.

»Es sind Liebesgedichte«, sagte sie.

Er lächelte. »Und Sie haben mir einen wunderschönen Spruch vorne hineingeschrieben. Ich freue mich wirklich sehr.«

Frances reckte den Hals, um den Spruch zu lesen, konnte aber auf die Entfernung nichts entziffern. Sie betrachtete ihre Schwester argwöhnisch: Fand diese etwa auch zuviel Gefallen an Peter?

Laura schoß mit ihrem Geschenk den Vogel ab. Sie hatte für Peter einen Pullover gestrickt, einen riesigen, warmen Rollkragenpullover aus anthrazitgrauer Wolle. Alle waren völlig verblüfft, denn niemand hatte Laura stricken sehen.

»Wann hast du denn das gemacht?« fragte Frances.

»Meistens nachts«, erklärte Laura, »heimlich in meinem Zimmer.«

»Mir hat noch nie jemand einen Pullover gestrickt«, sagte Peter, »und nun kommt meine Lebensretterin daher und macht mir ein solches Geschenk! Das ist bezaubernd von Ihnen, Laura!«

Er trat auf sie zu und küßte sie sacht auf die Wange. Laura wurde kalkweiß und fiel ohnmächtig zu Boden.

Es folgte einiger Aufruhr, alle zupften an Laura herum und versuchten erschrocken, sie wieder zum Leben zu erwecken. Peter hob sie schließlich auf und legte sie aufs Sofa. Dort öffnete sie die Augen und sah sich verwirrt um.

»Was ist passiert?« fragte sie.

»Das würden wir auch gerne wissen«, entgegnete Peter. Er betrachtete sie besorgt.

»Sie sind plötzlich einfach umgefallen!«

»Oh!« Sie setzte sich auf. Sie war immer noch leichenblaß. Ihre Hände zitterten. »Wahrscheinlich eine Kreislaufschwäche...«

»Peter hat dich geküßt, und weg warst du«, sagte Victoria, »wie eine viktorianische Jungfrau!«

»So schmeichelhaft es für mich wäre, ich glaube nicht, daß sie umgefallen ist, weil ich sie geküßt habe«, meinte Peter. Nachdenklich fügte er hinzu: »Sie sehen sehr schlecht aus, Laura. Hatten Sie schon immer solche Ringe unter den Augen?«

Jetzt sahen sie alle Laura eindringlich an, und diese brach schließlich in Tränen aus. »Ich weiß nicht, warum ich weine«, stieß sie hervor, »ehrlich, ich weiß es nicht!«

»Kindchen, das ist doch nicht so schlimm. Manchmal weint man eben einfach, ohne einen Grund!« Adeline setzte sich auf die Sofakante und nahm Laura in die Arme, zog sie fest an sich. Dann veränderte sich plötzlich ihr Gesichtsausdruck, und sie schob das Mädchen wieder ein Stück von sich.

»Du hast ja entsetzlich abgenommen, Laura«, rief sie erschrocken.

»Wirklich?« fragte Frances.

Laura trug eines der neuen Kleider, die sie ihr in Northallerton gekauft hatte, und es war so weit geschnitten, wie es auch ihre alten Sachen gewesen waren. Sie sah so unförmig aus wie immer. Aber Frances fielen nun auch die braunen Ringe unter ihren Augen auf, und daß ihr Kinn spitzer, ihre Wangen schmaler geworden waren.

»Ich kann es fühlen«, sagte Adeline, »sie hat viel zuviel abgenommen.«

»Ich bin fett«, schluchzte Laura, »ich bin immer noch fett!«

Während alle betroffen auf das vom Weinen geschüttelte junge Mädchen starrten, wurde draußen heftig an die Haustür geklopft. Sie zuckten zusammen.

»Wer kann denn das sein?« rief Victoria verstört.

»Peter, schnell nach oben«, zischte Frances. »Hoffentlich hat niemand durch das Fenster hereingesehen!«

Wie ein Blitz verschwand Peter die Treppe hinauf. Adeline ging und öffnete die Tür.

»Mr. und Mrs. Leigh!« hörten die anderen sie rufen. »Das ist aber eine nette Überraschung!«

Mit kältegeröteten Wangen traten John und Marguerite ins Zimmer. Sie waren in Mäntel und Schals gehüllt, und auf ihren Haaren schmolzen ein paar Schneeflocken.

»Ich habe, ehrlich gesagt, daran gezweifelt, ob wir es mit dem Auto bis hier herauf schaffen«, sagte John, »aber die ganze Auffahrt ist ja wunderbar freigeschaufelt. Wer von euch hat denn so viel Kraft?«

Peter, dachte Frances, aber laut sagte sie: »Wir haben alle zusammengeholfen.«

John küßte sie auf beide Wangen. Seine Lippen fühlten sich kalt an. Dann wandte er sich an seine geschiedene Frau. »Victoria...« Er küßte auch sie.

Victoria nahm es erstaunlich gelassen. Sie brachte es sogar fertig, Marguerite die Hand zu reichen, die, nachdem sie sich aus ihrem Mantel geschält hatte, schon einen deutlich gerundeten Bauch präsentierte.

Und ich fürchtete schon, Victoria wäre die nächste, die bewußtlos auf dem Sofa landet, dachte Frances.

»Was tut ihr denn hier?« fragte John, nachdem er sich im Zimmer umgeschaut hatte. »Ihr habt ja schon den Baum angezündet und Geschenke ausgepackt!«

»In Deutschland machen sie das so«, erklärte Marguerite.

»Nun, ich nehme nicht an, daß Frances vorhat, in Westhill deutsche Sitten einzuführen«, sagte John und lachte.

Die anderen stimmten in sein Lachen ein, als habe er einen wirklich lustigen Scherz gemacht; aber Frances hatte das Gefühl, jeder müsse merken, wie angespannt und unecht sie klangen.

Marguerite hatte inzwischen Laura entdeckt, die mit roten Augen und tränennassen Wangen auf dem Sofa kauerte.

»Was ist denn mit dir los?« rief sie.

»Laura ist plötzlich ohnmächtig geworden«, erklärte Frances. »Eine Kreislaufschwäche vermutlich.«

»Kein Wunder«, sagte Marguerite entsetzt, »sie hat ja geradezu dramatisch abgenommen!«

»Wie ich gesagt habe«, bekräftigte Adeline.

»Ich habe es überhaupt nicht bemerkt«, gestand Frances schuldbewußt.

»Das ist auch schwierig, wenn man jemanden täglich sieht«, sagte Marguerite, »aber ich habe sie seit drei Monaten nicht zu Gesicht bekommen, und für mich ist es erschreckend deutlich.«

Wieder richteten sich alle Blicke auf Laura, die sofort erneut mit den Tränen kämpfte.

»Was ich nicht verstehe, ist, daß Laura ziemlich normal gegessen hat die ganze Zeit«, sagte Frances. »Sie wollte abnehmen und hat bei weitem nicht mehr soviel gegessen wie früher, aber doch nicht so wenig, daß es mir gefährlich vorgekommen wäre.«

Laura vergrub ihr Gesicht und weinte haltlos.

»Ich fürchte«, sagte Marguerite leise, »daß sie ihre eigene Methode hat, das Essen wieder loszuwerden.«

»Welche?«

Marguerite trat an die weinende Laura heran, zog ihr sanft die Hände vom Gesicht. »Laura, das ist nichts, wofür du dich schämen müßtest«, sagte sie eindringlich, »aber du mußt die Wahrheit sagen. Du erbrichst nach dem Essen, stimmt's? Du sorgst dafür, daß alles gleich wieder herauskommt.«

»Das gibt es doch gar nicht!« rief Frances erschüttert.

»Es ist eine Krankheit. Und sie kommt gar nicht so selten vor.« Marguerite faßte Laura an den Schultern, schüttelte sie ganz sacht. »Es ist doch so, Laura, nicht? Du machst es auf diese Weise?«

Laura nickte. Die Tränen kamen jetzt wie Sturzbäche. »Ich bin so fett«, weinte sie, »so widerlich fett!«

»Ihr Körper verwertet natürlich auf diese Weise eine ganze Menge lebenswichtiger Stoffe nicht mehr«, sagte Marguerite, »und das seit Monaten. Kein Wunder, wenn sie einfach umkippt.«

Victoria lachte hysterisch. »Guter Gott, und wir dachten schon, es wäre, weil...«

Frances schoß ihr warnende Blicke zu. Victoria wurde feuerrot und klappte im letzten Moment den Mund zu.

Sie ist und bleibt einfach eine Idiotin, zürnte Frances.

»Was dachtet ihr?« fragte John.

»Nichts«, sagte Frances, »wir dachten nichts.«

Das klang so abweisend, daß John nicht weiterfragte.

»Wißt ihr«, sagte Marguerite, »außer daß wir euch gerne noch einmal vor Weihnachten sehen wollten, sind wir vor allem wegen Laura vorbeigekommen. Nach meiner und Johns... Verlobung habe ich etwas abrupt mit dem Unterricht aufgehört; aber ich finde, ich sollte wieder damit anfangen. Am besten, Laura kommt zu mir nach Daleview, denn ich«, sie strich sich mit der Hand über den Bauch, »bin bald nicht mehr so beweglich. Und wir sind dort unter uns. Neben dem Lernen können wir uns auch ein wenig über deine Probleme unterhalten, Laura. Was meinst du?«

Laura nickte und schniefte und angelte in ihrer Tasche nach einem Taschentuch.

»Und ihr«, sagte Marguerite, »paßt gut auf sie auf. Laßt sie möglichst wenig allein. Sie wird jede Gelegenheit nutzen, sich den Finger in den Hals zu stecken.«

Alle schwiegen bedrückt. Frances riß sich schließlich zusammen und sagte: »Entschuldigt, wir sind richtig ungastlich! Ihr kommt hierher und kriegt nichts serviert als unsere Probleme. Mögt ihr euch nicht setzen? Wollt ihr etwas trinken?«

»Gern«, sagte Marguerite, »aber wir bleiben wirklich nur für einen Moment. Irgendwie habe ich das Gefühl, wir haben euch gestört. Wir sind hier wohl in einem ganz unpassenden Augenblick hereingeschneit.«

Das Jahr 1943 brach an. Schon seit den letzten Wochen des vergangenen Jahres wurden nach und nach immer mehr amerikanische GIs, Waffen, Munition und kriegstechnisches Gerät über den Atlantik nach England gebracht. Was noch niemand in der Bevölkerung zu diesem Zeitpunkt wußte: Die ersten Schritte des Unternehmens »Overlord« liefen damit an – die Vorbereitungen zur geplanten Landung der Alliierten in der Normandie.

Frances versuchte in dieser Zeit, alles zu ignorieren, was im Zusammenhang mit dem Krieg stand. Die Rationierungen wurden immer strenger, der Alltag forderte Kraft und Mühe. Sie hatte keine Zeit, sich um etwas anderes zu kümmern als um die Dinge, die unbedingt getan werden mußten. Sie ignorierte aber nicht nur den Krieg, sondern auch die Probleme innerhalb der Familie und sich anbahnende Verwicklungen. Sie war die Ernährerin; die anderen verließen sich darauf, daß sie funktionierte.

Sie verbrachte die meiste Zeit in den Pferdeställen. Nächtelang hielt sie Wache bei einer trächtigen Stute, die in Gefahr stand, ihr Fohlen zu verlieren. Sie war müde und gereizt. Sie hatte eine Reihe von Schafen durch Krankheit verloren. Nichts lief wirklich gut. Sollte sie da noch den Seelendoktor spielen für die Menschen um sie herum?

Laura wurde immer dünner, aber Frances hatte das Problem gewissermaßen in Marguerites Hände gelegt und tröstete sich damit, daß diese schon alles in Ordnung bringen würde. Laura ging zwar jeden Tag nach Daleview hinüber, aber Frances berücksichtigte in ihren Überlegungen nicht, daß Laura mit Marguerite über den Auslöser ihrer Magersucht, ihre verzweifelte Liebe zu Peter, nicht sprechen konnte, und daß Marguerite die entscheidenden Fakten somit nicht kannte. Frances selbst nahm diese »Liebe« ohnehin nicht ernst. Die übliche sehnsüchtige Schwärmerei eines jungen Mädchens für einen gutaussehenden Mann. Eine Phase in Lauras Leben, nichts weiter. Eines Tages würde sie vorbei sein.

Frances übersah, daß nichts *üblich* war bei Laura. Die Seele des Mädchens war zu sehr verletzt, als daß sie das Leben noch gelassen nehmen, Enttäuschungen abfedern konnte. Laura hatte ihr Bombentrauma nie überwunden, hatte auch den Tod ihrer Mutter nie verschmerzt. Sie litt unter der Trennung von Marjorie, der sie ellenlange Briefe schrieb, obwohl Marjorie nur selten darauf antwortete. Laura krallte sich an die Idee von der großen Liebe zu Peter mit der gleichen fanatischen Inbrunst, mit der sie sich an Westhill klammerte.

Peter mochte Laura und wußte, daß er ihr sein Leben verdankte; aber in seinen Augen war sie ein Kind, und er behandelte sie wie ein großer Bruder seine kleine Schwester. Mit ihren Hungerkuren und neuen Kleidern und mit einem plötzlich erwachten Interesse für anspruchsvolle Literatur mühte sich Laura ab, in seinen Augen zur erwachsenen Frau zu werden. Alles hing jetzt für sie von Peter und seiner Liebe zu ihr ab. Sie war drauf und dran, sich für ihn zu Tode zu hungern.

Victoria indessen schwankte zwischen Euphorie und Lethargie. Sie saß entweder stumm in einer Ecke, oder sie verfiel in so exaltierte Lustigkeit, daß Frances meinte, es kaum aushalten zu können. Sie redete dann ohne Punkt und Komma, lachte laut und schrill und warf ständig den Kopf zurück, daß ihre Haare flogen. Die übrigens trug sie nun zumeist offen, wie ein junges Mädchen. Frances fand das äußerst albern, auch wenn sie zugeben mußte, daß Victoria noch immer eine attraktive Frau war. Aber sie ging auf die Fünfzig zu, und es stieß Frances ab, ihr Getue zu beobachten, ihre Augenaufschläge, ihre wiedererwachte Leidenschaft für Schmuck und Schminke und tief ausgeschnittene Kleider. Stücke, die sie seit Jahren nicht mehr getragen hatte, zog sie plötzlich wieder an: Gewänder aus Seide und Spitze, die völlig deplaziert wirkten in dem einfachen Farmhaus und die noch aus jenen Tagen stammten, da sie vergeblich versucht hatte, John Leighs Liebe zurückzugewinnen.

Ein bißchen Würde bitte, dachte Frances angewidert, nur ein bißchen Würde!

Aber manchmal ... manchmal war sie nicht angewidert. Es gab auch Momente, da empfand sie etwas von dem alten Neid, der alten Rivalität. Denn wenn Victoria es einmal gerade nicht übertrieb, und nicht aussah wie ein Christbaum, auf den ein Lamettaregen niedergegangen war, wenn ihr einmal nicht die Brüste förmlich aus dem Ausschnitt rutschten und sie nicht gewöhnlich wirkte, dann sah sie tatsächlich schön aus. Dann machten die feinen Kummerlinien in ihrem Gesicht sie interessant, und ihr Haar schimmerte wie Seide. Und mit dem geschärften Blick eines eifersüchtigen Menschen nahm Frances dann auch wahr, daß Peter Victorias Schönheit registrierte und nicht ungerührt davon blieb. Oft verharrte sein Blick länger auf ihr, als es hätte sein müssen; dann fand eine Veränderung in seinem Ausdruck statt, die verriet, daß sie begehrenswert auf ihn wirkte.

Frances verspürte eine Wut, die sie erschreckte. Sie forschte in sich nach der Ursache für eine so heftige Reaktion; aber sie kam nicht dahinter, ob der Grund in ihrem lebenslangen Neid auf Victorias Schönheit lag oder ob sie selbst Peter zu intensiv als Mann wahrnahm. Es lag Ewigkeiten zurück, seitdem ein Mann sie berührt hatte. Aber sowie ihre Gedanken in diese Richtung gingen, gebot sie ihnen sofort Einhalt. Sie würde sich nicht als Dritte in den lächerlichen Wettstreit zwischen Victoria und Laura einreihen. Fehlte nur noch, daß die achtzigjährige Adeline in den Ring stieg. Sollten sie alle durchdrehen?

Sie beschloß, daß ihre Gefühle von der alten Feindschaft zwischen ihr und Victoria herrühren mußten; eine andere Möglichkeit würde sie nie akzeptieren.

Und dann kam der 7. April 1943. Ein klarer, warmer Frühlingstag. Wie ein schaumiger, gelber Teppich hatten sich die Narzissen über die Wiesen gebreitet, wurden vom leichten Wind in einem zarten Wellenspiel bewegt. Dazwischen Schafe und Lämmer, wohin man blickte. Am Himmel zeigte sich nicht eine einzige Wolke.

Am späten Vormittag kam Laura, die wie immer morgens zum Unterricht nach Daleview gegangen war, aufgeregt nach Hause gelaufen. Sie mußte den ganzen Weg gerannt sein, denn sie war völlig außer Atem. Ihr Kleid hing wie ein riesiger Sack an ihr, obwohl Adeline es schon zweimal enger gemacht hatte. Nichts schien ihren langsamen Hungertod aufhalten zu können. Ihre Augen wirkten riesig in dem spitzen Gesicht.

»Bei Marguerite geht es los!« verkündete sie. »Sie bekommt ihr Baby!«

Sie war mit der Nachricht ins Wohnzimmer geplatzt, wo alle Hausbewohner um den Radioapparat herum saßen. In Afrika sah es für die Deutschen schlecht aus, es schien den Alliierten zu gelingen, die deutschen Truppen einzukesseln. Niemand im Raum kommentierte die Lobeshymnen, die der Nachrichtensprecher auf den britischen General Montgomery sang. Sie nahmen Rücksicht auf Peter, der sehr angespannt wirkte.

»Na endlich!« rief Adeline, als sie Lauras Neuigkeit hörte. Der Geburtstermin für Marguerites Baby war für Ende März berechnet worden, sie war seit zehn Tagen überfällig. »Hoffentlich geht alles gut. Diese kleine, zarte Frau wird es nicht leicht haben.«

Victoria stand auf, verließ das Zimmer und knallte die Tür hinter sich zu.

Alle zuckten zusammen.

»Ich dachte, das liegt hinter ihr«, sagte Frances.

»Es wird ein harter Tag heute für sie«, meinte Adeline. »Manches liegt nie hinter einem.«

Frances erhob sich und schaltete das Radio ab, aus dem gerade die Nationalhymne erklang. »Adeline, wir sollten uns um das Mittagessen kümmern. Laura, hast du einen Wunsch, was du gern essen würdest?«

»Ich will nichts essen.«

»Du *mußt* etwas essen. Ich werde langsam ärgerlich.«

Um Lauras Mundwinkel zuckte es. »Ich kann nichts essen. Ich bin fett!«

»Schau dich mal an! Du siehst halb verhungert aus!«

Jetzt flossen die Tränen. »Zwingen Sie mich nicht, Frances, bitte!«

»Ich will dir sagen, was ich tun werde«, sagte Frances hart. »Ich werde mir das noch genau eine Woche anschauen. Dann schleppe ich dich zu einem Arzt, und der wird dich zwangsernähren. Weißt du, wie das geht? Ich weiß das ziemlich genau, denn mit mir haben sie das auch gemacht, und ich kann dir nur versichern, etwas Höllischeres hast du nie erlebt. Sie legen dich auf den Rücken und...«

»Das bringt so doch nichts«, unterbrach Peter. »Sie machen es nur schlimmer, Frances.«

Sie starrte ihn wütend an. »So? Und was soll ich Ihrer Ansicht nach tun? Warten, bis sie irgendwann tot umfällt? Warum können *Sie* nicht zur Abwechslung einmal etwas unternehmen? Ihretwegen findet das ganze Drama doch statt!«

»Frances!« mahnte Adeline besorgt.

Peter war völlig überrascht. »Was?«

»Wenn Sie das wirklich nicht wissen, Peter, dann dürften Sie der letzte im Haus sein, der nichts mitbekommen hat!« Sie war jetzt ernsthaft zornig. »Wie habt ihr Deutschen eigentlich gedacht, den Krieg zu gewinnen? Mit Träumen? Das Mädchen hungert sich für Sie um den Verstand! Für *Sie* versucht sie schön zu sein und schlank und begehrenswert. Sie will...«

Laura stieß einen Laut des Entsetzens aus und verließ fluchtartig das Zimmer.

Peter war blaß geworden. »Das hätten Sie mir früher sagen sollen!« fuhr er Frances an. »Aber nicht so! Nicht vor *ihr*! Warum mußten Sie sie bloßstellen?«

Er folgte Laura, und zum zweiten Mal krachte die Tür ins Schloß.

»Das war wirklich sehr ungeschickt«, sagte Adeline.

»Ach, jetzt fang du nicht auch noch an! Komm mit in die Küche. Ich habe langsam genug von all den Problemen um mich herum!«

Außer Adeline und Frances erschien niemand zum Essen. Beiden fehlte der rechte Appetit, sie stocherten nur in den Speisen herum. Adeline hatte beschlossen, das schöne Wetter zu nutzen und am Nachmittag ihre Schwester zu besuchen, die seit einiger Zeit kränkelte. Gleich nachdem sie das Geschirr abgespült hatte, brach sie auf. Frances blieb bei einer Tasse Kaffee am Küchentisch sitzen, ohne den Antrieb, etwas Nützliches zu tun. Teilnahmslos beobachtete sie eine Fliege, die unaufhörlich gegen die Fensterscheibe surrte.

Schließlich erschien Peter. Er wirkte ein wenig mitgenommen.

»Waren Sie bei Laura?« fragte Frances. »Wo ist sie?«

Er setzte sich ihr gegenüber an den Tisch. »Sie ist in ihrem Zimmer. Und ich hoffe, sie hört jetzt auf zu weinen.«

»Was haben Sie ihr gesagt? Möchten Sie übrigens auch einen Kaffee?«

»Danke. Das wäre nicht schlecht.« Er sah ihr zu, wie sie aufstand, eine zweite Tasse aus dem Schrank nahm und sie vor ihn hinstellte.

»Was sollte ich ihr schon sagen? Ich sagte ihr, daß ich sie sehr mag. Daß ich nie vergessen werde, daß ich ihr mein Leben verdanke. Ich sagte ihr, daß sie ein hübsches Mädchen ist, aber daß sie um Gottes willen endlich wieder normal essen soll, weil sonst irgendwann nichts mehr an ihr noch an eine Frau erinnert. Ich...«, er machte eine resignierte Handbewegung, »ach, ich redete so viel, aber es war nicht das, was sie hören wollte.«

»Jetzt trinken Sie erst einmal Ihren Kaffee. Und machen Sie sich nicht zu viele Gedanken.«

Er nahm zwei Schlucke, dann setzte er seine Tasse wieder ab und sah Frances ernst an. »Ich werde Westhill verlassen. Morgen schon.«

»Wieso? Wegen Laura?«

»Wegen *allem*. Auch wegen Laura. Aber hauptsächlich, weil ich schon viel zu lange hier bin und alle Bewohner von Westhill in eine schwierige und gefährliche Lage bringe. Wenn ich auffliege, könnten Sie alles verlieren, was Sie haben. Wir dürfen das nicht länger riskieren.«

»Sie werden es nicht schaffen bis nach Deutschland. Es ist Wahnsinn, was Sie vorhaben. Bleiben Sie! Man wird Sie hier nicht entdecken.«

»Dafür gibt es keine Garantie. Ich muß fort. Bitte verstehen Sie das.«

Sie erkannte die Entschlossenheit in seinen Augen. »Ach, Peter«, seufzte sie.

»Ich muß zu meiner Mutter zurück und zu meiner Schwester. Sie werden mich brauchen«, sagte er.

»Aber sie brauchen keinen toten Sohn und Bruder. Kehren Sie zurück, wenn der Krieg vorbei ist.«

Er schüttelte den Kopf. »Dann ist es zu spät. Für mich, für meine Familie. Für Sie. Für alle.«

Von seiner spürbaren Unruhe angesteckt, sagte Frances hastig: »Nun gut. Ich werde Sie nicht halten. Wann wollen Sie aufbrechen?«

»Morgen früh«, antwortete er.

Warum auf einmal diese Eile? Plötzlich schien er förmlich überstürzen zu wollen, was er monatelang zaudernd und abwägend vor- und zurückgeschoben hatte. Hatte ihn eine Ahnung gepackt? Witterte er etwas von dem, was geschehen würde?

Um kurz nach halb vier klingelte das Telefon. In der Stille, die über dem Haus lastete, klang das Schrillen wie ein Alarmsignal. Frances eilte die Treppe hinunter, aber als sie ins Wohnzimmer kam, nahm Victoria gerade den Hörer ab.

»Victoria Leigh.« Sie lauschte eine Weile. Dann sagte sie: »Danke für den Anruf.« Ihre Stimme klang belegt. Sie beendete das Gespräch und drehte sich um. Sie war weiß wie die Wand.

»Victoria?« Frances trat näher. »Ist alles in Ordnung?«

»In Ordnung?« Sie lachte. Es war ein schrilles, unechtes Lachen. »Natürlich ist alles in Ordnung. In schönster Ordnung geradezu. Sie haben einen gesunden Sohn. John und Marguerite. Ist das nicht wunderbar? Er soll Fernand heißen, nach Marguerites totem Mann!« Sie lachte wieder.

»War das John, der gerade angerufen hat?«

»Ja, sicher. Die glückliche Mutter kann noch nicht telefonieren, sie muß sich erst von den Strapazen erholen. So eine Geburt ist anstrengend, nicht? Ach, wir sollten überlegen, was wir der jungen Familie zu dem glücklichen Ereignis schenken. Es muß etwas Schönes sein, etwas wirklich Schönes!«

»Victoria«, sagte Frances behutsam, »dreh jetzt nicht durch. Wir wußten seit Monaten, daß Marguerite ein Kind bekommt. Du darfst dich deswegen nicht verrückt machen.«

»Aber ich mache mich ja gar nicht verrückt! Im Gegenteil, ich freue mich für die beiden! Siehst du nicht, wie ich mich freue?«

»Victoria, hör doch auf! Ich weiß ja, daß es hart ist für dich. Aber du hast schon Johns Hochzeit mit Marguerite durchgestanden. Nun stehe das hier auch noch durch!«

Victorias Augen zeigten einen eigentümlichen, harten Glanz. »Wenn ich damals ein Baby bekommen hätte, wären wir heute noch zusammen«, sagte sie.

»Also, das ist doch jetzt wirklich lächerlich. Eure Probleme hatten damit gar nichts zu tun.«

»Woher willst du denn etwas von unseren Problemen wissen?«

»Ich weiß zumindest, daß du aus deiner Kinderlosigkeit eine Tragödie gemacht hast, die in diesem Ausmaß niemand mehr nachvollziehen kann. Du hast dich da in etwas hineingesteigert, und alles, was in deinem Leben schiefgelaufen ist, schiebst du jetzt auf den Umstand, daß du keine Kinder bekommen konntest. Das ist absurd. Irgendwann solltest du die Dinge so sehen, wie sie sind.«

»Bist du fertig?«

»Ich will doch nur, daß du...«

»Darf ich dann gehen?«

»Wohin willst du?«

»Das weiß ich noch nicht, stell dir vor!« fauchte Victoria und schoß aus dem Zimmer.

»Sie ist wirklich völlig übergeschnappt«, stellte Frances fest.

John und Marguerite hatten also einen gesunden Sohn. Rasch verdrängte sie, was *sie* dabei empfand.

»Wir hätten heute vielleicht fünf Kinder«, hatte er gesagt, »wir wären eine laute, fröhliche Familie!«

Gut, sie waren es eben nicht. Es hatte nicht sollen sein. Es brachte nichts, noch darüber nachzudenken.

Sie ging nach oben, klopfte vorsichtig an Lauras Zimmertür. »Laura?«

Nichts rührte sich. Leise öffnete sie. Laura lag auf ihrem Bett und schlief. Sie war vollständig bekleidet. Ihr Mund stand ein Stück offen, über ihre Wangen liefen die Spuren getrockneter Tränen. Sie sah aus, als sei sie höchstens zwölf Jahre alt. Ein verweintes, kleines Mädchen.

Wie unglücklich sie ist, dachte Frances, wie unglücklich und allein.

Sie verließ das Zimmer.

Um sechs Uhr rief Adeline an und sagte, es gehe ihrer Schwester recht schlecht und ob es möglich sei, daß sie die Nacht über bei ihr bliebe und erst im Laufe des nächsten Vormittags zurückkomme?

Frances sagte, das sei selbstverständlich möglich. Sie lief in die Küche, um das Abendessen vorzubereiten; aber nach einer Weile fragte sie sich, für wen sie eigentlich kochte. War überhaupt jemand da, der essen wollte? Es herrschte eine Grabesruhe im Haus. Selbst die Hunde schienen beklommen umherzuschleichen.

Sie ging wieder nach oben und schaute in Lauras Zimmer. Laura schlief noch immer, zutiefst erschöpft von Kummer und Hunger. Es war, als habe sie sich in den vergangenen Stunden überhaupt nicht bewegt.

Frances klopfte an Victorias Zimmertür, aber dort rührte sich nichts. Sie trat ein. Die Schwester war nicht da. Ebensowenig Peter, in dessen Zimmer sie danach hineinspähte. Irgendwie wurde ihr mulmig zumute, obwohl sie sich sagte, daß sie sich sicher unnötige Sorgen machte. Sie stieg die Treppe wieder hinunter, schaute in Wohn- und Eßzimmer hinein. Alles war leer und still. Als sie die Kellertür öffnete, starrte ihr nur schwarze Finsternis entgegen. Trotzdem rief sie: »Victoria? Peter?« Niemand antwortete, und spöttisch fragte sie sich, was die beiden da unten in der eisigen Dunkelheit wohl hätten treiben sollen.

Sie ging wieder in die Küche, wo eine Gemüsesuppe auf dem Herd vor sich hin brodelte. Als sie zum Fenster in den Garten hinaussah, bemerkte sie, daß die Tür zum kleinen Schuppen halb offenstand. Es konnte sein, daß jemand einfach vergessen hatte, sie zu schließen. Sie würde hingehen und nachschauen.

Der Abend war hell und mild, von einer sanften, graublauen Farbe. Das Gras im Garten wucherte hoch, verdeckte fast den schmalen Plattenweg, der von der Küchentür zum Schuppen führte.

Ich werde Peter bitten, hier zu mähen, dachte sie, und erst im nächsten Moment fiel ihr ein, daß er ab morgen nicht mehr hier sein würde. Sie würde selber die Sense schwingen müssen. Auf einmal dachte sie: Es wird sehr leer sein – ohne Peter!

Sie hörte die Stimmen bereits, als sie noch ein gutes Stück vom Schuppen entfernt war. Die eine Stimme klang hoch und schrill und gehörte zu Victoria. Die andere klang leise und beruhigend: Peter.

»Ich habe doch gesehen, wie du mich angeschaut hast die ganze Zeit!« Das war Victoria. »Du hast mich nicht aus den Augen gelassen. Du hast auf meine Beine gestarrt, und ich habe gespürt, wie du mich begehrt hast!«

»Kann sein, daß ich auf deine Beine geschaut habe. Du hast sehr schöne Beine, Victoria. Du bist überhaupt eine schöne Frau. Jeder Mann wird dich gern ansehen.«

»Du hast mir vorgegaukelt, daß du etwas für mich empfindest!«

»Ich habe nie etwas gesagt.«

»Ich habe es aber gemerkt!«

»Ach, Victoria, du redest dir doch jetzt etwas ein. Falls du diesen einen Abend meinst...«

»Im Oktober. Den meine ich.«

»Es tut mir leid, wenn ich dir da zu nahe getreten bin.«

»Du hast mich geküßt. Und zwar weiß Gott nicht so, wie ein Bruder seine Schwester küßt!«

»Du hast es darauf angelegt, und es ist passiert. In der darauffolgenden Zeit habe ich mich jedoch bemüht, den Eindruck, der dadurch vielleicht entstanden ist, zu korrigieren.«

Victoria lachte. Es war das schrille Lachen, mit dem sie am Nachmittag auch auf die Nachricht von der Geburt des kleinen Fernand reagiert hatte.

»Wie geschraubt du dich wieder einmal ausdrückst! Du hast dich bemüht, einen Eindruck zu korrigieren! Indem du mich Abend für Abend mit deinen Blicken fast ausgezogen hast, ja?«

»Das habe ich nicht getan.«

»Natürlich hast du es getan! Spiel doch jetzt nicht die Unschuld vom Lande! Du hast mich angestarrt und dabei gedacht: Wie nett wäre doch ein kleines Abenteuer mit Victoria! Wie gut wäre es doch, es mal wieder richtig mit einer Frau zu treiben!«

Frances draußen sog hörbar den Atem ein. Die prüde Victoria! Eine solche Ausdrucksweise paßte nicht zu ihr, verriet aber wohl etwas über den Grad ihrer Frustration.

»Was willst du von mir, Victoria«, fragte Peter. Er klang sehr sanft. Offenbar bemühte er sich, die Situation nicht eskalieren zu lassen.

»Was ich will? Ich will dir sagen, was für ein mieses Spiel du mit mir getrieben hast! Erst küßt du mich, küßt mich leidenschaftlich und wild, und jeden Abend schaust du mich an, als wolltest du am liebsten über mich herfallen, und...«

»Victoria, du...«

»...und dann plötzlich bemerkst du etwas! Ja, du bemerkst die fette, häßliche Laura, die auf einmal gar nicht mehr so fett ist. Wie sie dich anhimmelt mit ihren verklärten Kuhaugen! Wie sie an deinen Lippen hängt! Wie sie dich bewundert für jedes noch so banale Wort, das du sagst. Wie sie plötzlich anfängt, mit ihrem dicken Hintern zu wackeln, wenn sie vor dir hergeht...«

»Das hat sie doch gar nicht getan!«

»Und du denkst dir: Aha, da ist ja noch eine Kandidatin! Sie ist zwar nicht so hübsch wie Victoria, aber dafür ist sie verflucht jung! Gerade mal sechzehn Jahre alt. Ein junges, unschuldiges Mädchen, das dir praktisch jede Minute des Tages deutlich zu verstehen gibt, daß es für dich nur zu bereitwillig die Beine breitmachen würde!«

»Großer Gott, Victoria!« murmelte Frances fassungslos.

»Nur weiter so, Victoria«, sagte Peter ruhig.

»Es hat dich gereizt, gib es doch zu! Es hat dich verdammt gereizt, sie irgendwo umzulegen und ihr auch noch in dieser Hinsicht zu beweisen, was für ein toller Mann du bist!«

»Aha. Und warum habe ich es dann nicht getan?«

»Weil du wußtest, daß dir Frances mit allen zehn Fingern ins Gesicht springen würde, wenn sie das mitbekäme! Das ist ja das Schlimme an dir, Peter: Du bist so ein schrecklicher Feigling! Du traust dich in Wahrheit nicht, deine schmutzigen Phantasien auszuleben!«

»War das jetzt alles?«

Seine Gelassenheit mußte sie auf die Palme treiben.

»Gib es zu!« fauchte sie. »Ich will, daß du es zugibst!«

»Ich gebe es nicht zu, weil es nicht stimmt. Aber ich will mit dir darüber auch nicht weiter streiten. Denke von mir, was du denken willst. Vielleicht können wir damit das Gespräch dann beenden?«

»Du bleibst hier!«

»Laß mich vorbei, Victoria. Ich möchte gehen.«

»Freiwillig laß ich dich nicht vorbei. Aber du kannst mich ja töten. Dafür seid ihr Deutschen schließlich berüchtigt!«

»Du kannst dir diese Versuche, mich zu provozieren, sparen, Victoria. Es wird dir nicht gelingen.«

Frances kam leise näher. Die Tür stand so, daß sie gegen Blicke aus dem Inneren des Schuppens abgeschirmt war.

»Kannst du dir nicht vorstellen, wie sehr ich mich danach sehne, daß mir jemand hilft?« Victoria klang nun leise, gequält. »Mein Leben ist so grau, so trostlos! Wie ich dieses Haus hasse! Diese verdammte Schaffarm! Dieses karge Land! Soll ich denn hier noch sterben?«

»Victoria, ich glaube einfach, es geht dir heute sehr schlecht, weil...«

»Weil? Sprich es doch aus! Weil mein geschiedener Mann Vater geworden ist! Weil ihm nun eine andere Frau gegeben hat, was ich ihm nicht geben konnte!«

»Hör doch endlich auf, dich deswegen von morgens bis abends zu steinigen! Du mußt endlich damit abschließen! Du *mußt*! Du wirst sonst noch irgendwann verrückt darüber!«

»Ich brauche Hilfe, Peter! Wenn du...«

»Ich kann dir das nicht sein, was du suchst. Es tut mir leid.«

»Warum kannst du es nicht sein?«

»Weil...« Er schien hilflos, ratlos. »Vielleicht einfach, weil es der falsche Zeitpunkt ist.«

»Weil Krieg ist?«

«Krieg? Das ist das Inferno, was da draußen tobt! Victoria, du hast überhaupt keine Ahnung, wie wenig ihr hier mitbekommt. Du weißt nichts, gar nichts! Du jammerst darüber, daß das Benzin rationiert ist und du nicht mehr überallhin fahren kannst, und daß es jeden Mittag Lammfleisch gibt, weil man anderes Fleisch nicht mehr bekommt, und daß überhaupt alles irgendwie schwieriger geworden ist – und daraus setzt sich dein Bild vom Krieg zusammen. Dazwischen ein paar abstrakte Meldungen aus dem Radio über gefallene Soldaten und versenkte Schiffe. Aber was das alles wirklich bedeutet, ist dir nicht klar.«

»Und was willst du damit sagen?«

»Ich will damit sagen, daß ich zumindest im Moment gar nicht darüber nachdenken kann, ob ich mit einer Frau eine Beziehung eingehe. Ich bin nicht frei dafür. Es gehen mir ganz andere Sachen im Kopf herum.«

Ich sollte verschwinden, dachte Frances unbehaglich, das alles ist ganz eindeutig nicht für meine Ohren bestimmt.

Es vergingen ein paar Sekunden, dann sagte Victoria sehr weich: »Vergiß es doch. Nur für eine Weile. Vergiß den Krieg und alles Schreckliche. Vergiß, daß du Deutscher bist und ich eine Engländerin. Gib uns doch einfach ein bißchen Zeit. Ein bißchen Leben.«

»Ich habe keine Zeit. Victoria, ich habe es Frances bereits gesagt: Ich werde Westhill morgen verlassen.«

»Was?«

»Ich versuche, mich nach Hause durchzuschlagen. Irgendwie wird es schon gehen.«

Wiederum Schweigen.

»Das ist Wahnsinn«, sagte Victoria schließlich, und zum erstenmal, seitdem sie da draußen stand und lauschte, war Frances mit ihrer Schwester einer Meinung.

Rede es ihm aus, Victoria, bat sie unhörbar.

»Wahnsinn oder nicht, ich muß es versuchen. Ich kann einfach nicht länger hier sitzen und die Hände in den Schoß legen. Ich zögere schon viel zu lange.«

»Du wirst es nicht schaffen. Du wirst sterben!«

»Es ist nicht so, daß ich überhaupt keine Chance hätte. Und es ist besser für mich, diese Chance, so klein sie sein mag, zu nutzen, als langsam jede Selbstachtung zu verlieren. Vielleicht verstehst du mich ja ein bißchen.«

»Ich verstehe nicht, wie man sich ins offene Messer stürzen kann.«

»Es tut mir leid, Victoria. Aber ich werde meinen Entschluß nicht ändern.«

»Warum bedeute ich dir so wenig? Gibt es eine andere Frau in Deutschland?«

Er seufzte. »Es gibt zwei Frauen. Meine Mutter und meine Schwester. Im Augenblick sind das die einzigen, die mich interessieren.«

»Aber... das kann nicht sein! Deine Mutter und deine Schwester? Du bist doch ein *Mann*! Deine Mutter und deine Schwester können dir nicht geben, was ich dir geben kann. Warum willst du es nicht? Bin ich so wenig wert in deinen Augen? Ich...«

»Victoria...«

»Du findest, ich bin eine richtige Bäuerin, ja? Ich verstehe das. Dir muß das furchtbar vorkommen hier. Nur Schafe und Pferde und Einsamkeit... aber ich hasse es auch, glaub mir. Ich bin nicht so, wie du denkst. Ich habe ja auch gar nicht immer nur hier gelebt. John und ich wohnten in einem wunderschönen Haus in London. Damals, als er Abgeordneter im Unterhaus war. Wir veranstalteten Dinnerpartys und ab und zu Bälle. Der Premierminister ging bei uns aus und ein. Die wichtigsten Persönlichkeiten des politischen Lebens waren meine Gäste. Ich...«

»Victoria! Warum erzählst du mir das alles? Was, glaubst du, mußt du mir beweisen? Daß du eine interessante, weltgewandte Frau bist? Das weiß ich auch so. Ich halte wahrscheinlich viel mehr von dir als du selbst. Und ich habe dich nie als Bäuerin gesehen. Ich finde diese Ecke Englands hier wunderschön. Sie kommt mir vor wie eine friedliche Insel in einem sturmgepeitschten Ozean. Ich denke nur, du kannst dir von hier aus kaum vorstellen, wie furchtbar dieser Krieg tatsächlich ist. Und deshalb ist es wohl schwierig für dich zu verstehen, weshalb ich zurück will.«

Victoria erwiderte nichts. In das Schweigen erklangen Vogelgezwitscher und das Blöken einiger Lämmer, die auf einer Weide jenseits des Gartens grasten. Frances überlegte gerade, ob sie sich durch ein Husten bemerkbar machen und so tun sollte, als sei sie gerade erst vom Haus herübergekommen, da tat Victoria den nächsten Schritt.

»Möchtest du mich lieben? Jetzt?«

Es klang, als bettle ein Kind. Frances konnte förmlich vor sich sehen, wie sich Peters Miene gequält verzog.

»Victoria, was soll das? Wozu?«

»Ich brauche es. O Gott, Peter, ich brauche es! Ich brauche es, daß ein Mann mich berührt. Mich begehrt. Ich...« Sie brach in Tränen aus. »Ich fühle mich so wertlos«, schluchzte sie, »so erniedrigt. *Sie* hat ein Baby bekommen! Sie hat meinen Mann bekommen. Oh, Peter, bitte, ich will mich nur einmal wieder als Frau fühlen! Gib mir doch dieses Gefühl zurück... jung zu sein und schön...«

»Es hat keinen Sinn.«

»Ich habe es nur wegen dir ertragen, Peter. Diese furchtbaren Monate, seitdem sie geheiratet haben, seit ich weiß, daß sie schwanger ist... Du warst da, du hast mich angesehen... Und ich habe mich nicht mehr so klein gefühlt. So schwach. So gescheitert.«

Ob er sie in die Arme nimmt? fragte sich Frances.

»Victoria, ich bin es doch nicht, der dir einen Wert verleiht!« Er klang sanft und beruhigend, wie ein Vater oder ein großer Bruder. »Wie konnte er dich denn so verletzen? Niemand kann dir deinen Wert nehmen, niemand kann dich demütigen. Rede dir das nicht ein.«

»Ich will dich, Peter. Jetzt. Hier. Auf dem Fußboden dieses elenden Schuppens. Komm!« Sie wurde atemlos, heiser. »Zieh dich aus! Faß mich an. Hier! Spürst du, wie...«

»Nein!« Zum ersten Mal schien er wirklich wütend. »Nein,

Victoria! Hör damit auf! Was du jetzt tust, erniedrigt dich wirklich. Du hast es nicht nötig, einen Mann anzuflehen, daß er mit dir schläft, also tu es auch nicht!«

»Peter...«

»Nein! Ich will es nicht!«

Victorias Stimme, gerade noch tränenschwer, aber zugleich lockend und verführerisch, änderte sich jäh. Sie wurde schrill und gewöhnlich wie die eines Marktweibs.

»Oh, verdammt, Peter, was bist du für ein Schwein!« schrie sie. »Was bist du für ein mieser, kleiner, deutscher Schuft! Du machst einer Frau schöne Augen, und wenn du sie soweit hast, daß sie Gefühle für dich zeigt, dann gefällt es dir, sie zurückzuweisen! Du kommst dir gut vor dabei, wie? Wie ein richtig toller Kerl, dem alle Frauen nachlaufen! Wie armselig bist du doch, das zu brauchen! Ich hasse dich für immer, für den Rest meines Lebens!«

Ihre Stimme hatte sich überschlagen bei den letzten Worten. Gleich darauf stürmte sie aus dem Schuppen, tränenüberströmt, kalkweiß. Sie prallte fast mit Frances zusammen, die so rasch nicht hatte das Weite suchen können.

»Was tust du hier?« schrie sie. »Warum, zum Teufel, stehst du hier herum?«

»Das Essen ist gleich fertig«, sagte Frances.

Peter kam aus dem Schuppen. Er sah ebenfalls blaß aus und wirkte erschöpft.

Victoria fuhr herum wie eine gereizte Katze. Sie deutete auf Peter. »Er wollte mich vergewaltigen! Hier im Schuppen, gerade eben! Fast wäre es ihm geglückt. Ich konnte gerade noch entkommen!«

Peter sagte nichts.

»Ich habe leider einiges mitbekommen, Victoria«, sagte Frances, »deshalb erspare uns deine Lügengeschichten.«

»Aber es ist wahr, was ich sage!«

Peter ging wortlos an ihnen beiden vorbei und verschwand im Haus.

»Willst du ihn nicht zur Rechenschaft ziehen?« schrie Victoria ihre Schwester an. »Läßt du ihn ungestraft damit durchkommen?«

»Ich spiele dein Spiel nicht mit, Victoria. Tut mir leid, wenn ich zuviel gehört habe. Ich wünschte, ich hätte dieses unwürdige Theater nicht miterleben müssen. Du hast dich unmöglich benommen.

Ich habe noch nie eine Frau gekannt, die so wenig Stolz und Würde hatte. Wie konntest du dich nur so vergessen?«

Victoria kreischte auf und wollte alle zehn Fingernägel in Frances' Gesicht schlagen. Sie war wie von Sinnen – gedemütigt bis aufs Blut, gereizt wie ein angeschossenes Tier. Frances gelang es im letzten Moment, Victorias Handgelenke zu packen und ihre Arme zurückzuzwingen.

»Du hast wohl den Verstand verloren«, keuchte sie, »komm endlich zur Vernunft!«

Sie rangen miteinander – wie Schulkinder, dachte Frances fassungslos, dabei waren sie zwei Frauen um die Fünfzig!

Sie kam sich so lächerlich vor, daß sie Victoria am liebsten losgelassen hätte, aber ihr war nicht klar, was ihre Schwester dann tun würde. Sie hoffte nur, Laura würde nicht ausgerechnet jetzt aufwachen und in den Garten hinaussehen; denn die beiden reifen Frauen bei einer Art Ringkampf zu beobachten, hätte sie sicher schockiert.

Victoria schaffte es schließlich, sich loszureißen. Sie sah völlig verändert aus mit ihrem bleichen Gesicht, den blutleeren Lippen, den struppigen Haarsträhnen, die ihr wirr in die Stirn hingen. Verändert und gefährlich. Nicht ansprechbar, nicht erreichbar.

»Du Ratte«, sagte sie leise, »du miese, eifersüchtige, neidische kleine Ratte!«

Es war eigenartig, sie plötzlich nicht mehr schreien zu hören. Genau wie vorhin, als die Auseinandersetzung im Schuppen für Momente verstummt war, schwoll auch jetzt wieder das Gezwitscher der Vögel an. Doch plötzlich klang es bedrohlich. Der laue Frühlingsabend schien auf einmal an Wärme und Freundlichkeit verloren zu haben. Kälte stieg aus dem Gras auf. Frances fröstelte.

»Ratte?« wiederholte sie fragend, als habe sie Schwierigkeiten, den Begriff zu verstehen.

»Es macht dir doch immer wieder Spaß, mich zu demütigen!« Victoria wurde um keine Nuance lauter. »Weil ich soviel habe, was du nicht hast. Peter hat mich geküßt. Er war sehr leidenschaftlich. Ich habe in ihm geweckt, was du noch in keinem Mann hast wecken können.«

Sie spürte den allerersten Anflug eines leichten Schwindels. »Ich gehe zurück ins Haus«, sagte sie. »Ich höre mir das nicht an.«

Victoria folgte ihr ohne Hast. »Aber es geht gar nicht um Peter, habe ich recht?«

»Ich höre dir nicht mehr zu, Victoria!« Sie trat in die Küche. Auf dem Herd brannte die Gemüsesuppe an. Sie achtete nicht darauf, durchquerte den Raum, gelangte in den Flur. Victoria folgte ihr auf dem Fuß, ein leiser, böser Schatten.

»Was dich vergiftet, Frances, was dich über all die Jahre hin vergiftet hat, ist der Gedanke an John. Deshalb gönnst du mir nun auch Peter nicht.«

Wie kommt sie bloß *darauf*? fragte sich Frances. Sie ist völlig neurotisch.

»Weil du zum zweitenmal zusehen müßtest, wie ich etwas bekomme, was *du* nicht haben kannst.«

»Spar dir den Unsinn.« Sie sah ins Eßzimmer, ins Wohnzimmer. Sie hoffte, auf Peter zu treffen. Wo war er? Hatte er Westhill Hals über Kopf verlassen?

»Du hast es nie verwunden, daß ich ihn dir weggeschnappt habe. Du hast Alpträume bis heute. Du siehst mich immer noch in dem weißen Brautkleid. Und ihn daneben. Und er lächelt mich an.«

Der Schwindel nahm zu. Hör auf, Victoria! Ich rate dir, hör auf! Langsam stieg sie die Treppe hinauf.

»Es muß so schwer für dich gewesen sein. Es riß ja eine alte Wunde wieder auf. Vater hat mich mehr geliebt als dich. Und dann auch noch John. Es muß dich wahnsinnig gemacht haben, Frances, damals in jener Nacht. Du hast nicht eine Sekunde geschlafen, stimmt's? Die ganze Zeit über hast du dir ausgemalt, was wir miteinander tun. Wie er meinen Körper berührt. Mit meinen Haaren spielt. Hast du dir vorgestellt, wie seine Hände meine Brüste umschließen?«

*Es ist so lange her. Ein ganzes Leben!*

Das Gift breitete sich langsam in ihr aus. Nach und nach floß es in jeden Winkel ihres Körpers. Die Überlegenheit, die sie im Garten der kreischenden Victoria gegenüber gespürt hatte, schwand. Warum war ihr nur so schwindelig? Das machte sie schwach vor dieser leisen, wütenden Person.

»Manchmal frage ich mich, wie du es ertragen hast all die Jahre. Zu wissen, wie wir miteinander leben. Reden. Lachen. Wie er jede Nacht in mein Bett kommt!«

»Peter!« rief Frances.

Es überraschte sie, daß ihre Stimme noch so kräftig klang. Niemand antwortete. Sie schaute in alle Zimmer, zuletzt in seines. Nirgendwo war er zu entdecken. Aber vor seinem Bett standen noch ein Paar Schuhe, alte Schuhe von George, die Frances ihm gegeben hatte.

»Er konnte sehr zärtlich sein«, sagte Victoria.

Ihre Augen leuchteten. Sie sprach so sanft, als enthielten ihre Worte Honig, nicht Gift.

Frances riß die Tür des Kleiderschrankes auf. Die Sachen, die er getragen hatte – ebenfalls von George – hingen noch da, aber er hätte sie wohl ohnehin nicht mitgenommen. Sie öffnete die zweite Schranktür. Ein paar Hemden, ein paar Pullover lagen sorgsam gefaltet in den Fächern. Ein Zeichen, daß er wiederkommen würde?

»Ich glaube, seine Hände waren es, die mir am meisten gefielen«, sagte Victoria, »von Anfang an waren es die Hände, die mich . . .«

Mit einem Schlag war der Schwindel verflogen. Es war, als zerreiße ein Schleier, der auf ihr gelegen und sie geschützt hatte. Die Wirklichkeit war da – grell und schonungslos. Victorias weiche Stimme, ihre Worte ein Messer, das in eine Wunde gestoßen und genüßlich darin umgedreht wurde.

Eine innere Stimme warnte noch. Warnte, sich nicht provozieren zu lassen, vorsichtig zu bleiben. Sie legt es darauf an, daß du die Beherrschung verlierst. Sei jetzt nicht dumm!

»Mein Gott, Victoria«, sagte sie, gleichgültig und etwas gelangweilt. »Es ist wirklich erstaunlich, daß jemand so viele Jahre lang so blind sein kann! Aber das passiert wohl, wenn man unbedingt blind sein *will*. Es gibt Dinge, denen sieht man nun einmal nicht gern ins Auge.«

Ein Schatten von Unsicherheit flog über Victorias Miene. Ihr Lächeln gefror.

»Was meinst du damit?« fragte sie.

Frances zuckte die Schultern. »Ich meine damit, daß du deine Zeit verschwendest, wenn du mir Johns Qualitäten als Liebhaber schilderst. Es ist überflüssig.«

Das Lächeln schwand.

»Ich verstehe nicht«, sagte Victoria.

Frances ließ ein kurzes, unechtes Lachen hören. »Ich glaube, du verstehst sehr wohl«, entgegnete sie.

Victorias Augen verengten sich. »Vielleicht könntest du deutlicher werden.«

»Wie deutlich hättest du es gern? Willst du genau wissen, wann wir uns getroffen haben? Wo? Was wir taten?«

Victorias Züge entspannten sich. »Du lügst«, sagte sie kühl. »Du willst mir eins auswischen und erfindest wilde Geschichten. Ich glaube dir kein Wort.«

»Dann läßt du es eben bleiben.« Frances wandte sich um und wollte die Schranktüren wieder schließen. Peter würde natürlich wiederkommen. Es würde ihn ärgern, wenn er erführe, daß sie in seinem Schrank herumgestöbert hatte.

Sie sah die Pistole unter einem der Pullover hervorragen, und im ersten Moment starrte sie sie nur verblüfft an. Wieso lag sie *hier*? Sie hatte sie doch in ihrer Kommode versteckt, tief unter ihrer Wäsche. Ihr fiel nur ein Mensch ein, der sie hierher gebracht haben konnte, und das war Peter. Er hatte seine Waffe wiederhaben wollen. Irgendwie konnte sie das verstehen, aber es enttäuschte sie. Er mußte danach gesucht haben. Der Gedanke, wie er ihr Zimmer durchwühlt hatte, machte sie ärgerlich.

Er hätte fragen können, dachte sie.

»John hätte sich nie mit einer wie dir getroffen«, sagte Victoria verächtlich. »Ich weiß ja, wie wütend er war, weil du bei den Suffragetten mitgemischt hast und im Gefängnis warst. Er fand dich nur noch peinlich!«

»Wie gesagt, du kannst denken, was du möchtest.«

Hör an diesem Punkt auf, warnte die innere Stimme wieder, sie glaubt dir nicht! Sei froh und belasse es dabei!

»Allerdings«, fuhr sie fort, »solltest du einmal an Marjorie denken. Und was sie über mich und John sagte.«

Victorias Gesichtsausdruck spiegelte eine schnelle Abfolge widersprüchlicher Gefühle und Ahnungen wider.

»Marjorie?« fragte sie.

»Im letzten Jahr. Im August. Du wirst den Abend kaum vergessen haben. Sie hatte John und mich in der Küche überrascht und mußte natürlich herumtrompeten, was sie gehört hatte.«

»Du hast gesagt...«

»Ich wollte keinen Streit. Tatsache ist«, sie drehte sich um und sah ihre Schwester an, »daß wir mehr als zwanzig Jahre lang ein Verhältnis hatten.«

Victoria wurde noch bleicher als vorher. »Seit wann?« flüsterte sie.

»Seit 1916. Es begann in Frankreich. In einem Dorf am Atlantik. Er erholte sich dort, und ich...«

»Das ist nicht wahr.«

»Glaub es oder glaub es nicht.«

Aus Victorias Kehle klang ein gurgelndes Geräusch, sie preßte die Hand auf den Mund und schien zu würgen. Mit geschlossenen Augen kämpfte sie den Brechreiz nieder, der sie überfallen hatte. Als sie die Augen wieder aufschlug, stand glasklarer Haß in ihnen.

»Ich werde jetzt gehen«, sagte sie ruhig, »und bei der Polizei Anzeige erstatten. Ich werde melden, daß wir seit mehr als einem halben Jahr einen deutschen Spion hier versteckt halten, der überdies einen Mord begangen hat.«

»Das tust du nicht«, erwiderte Frances, »du würdest Peter nie ans Messer liefern.«

»Da täuschst du dich.« Sie wandte sich zur Tür.

»Du hängst mit drin, Victoria! Sei nicht dumm. Dich werden sie genauso verhaften wie uns andere.«

Victoria lächelte. »Ich habe ja nichts zu verlieren.«

»Deine Freiheit.«

Victoria schüttelte den Kopf. »Die bedeutet mir nichts.«

Sie ging zielstrebig aus dem Zimmer.

Frances war jetzt wieder ganz klar. Ihre Gedanken jagten. Würde Victoria wirklich zur Polizei gehen? Peter konnte zurückkommen und den Beamten in die Arme laufen. Es stand jetzt fest, daß er nicht für immer gegangen war, nicht ohne seine Waffe, und...

Die Pistole! Sie fuhr herum, schnappte sie sich, stürmte aus dem Zimmer. Victoria stieg gerade die Treppe hinunter. Sie bewegte sich wie eine Schlafwandlerin.

»Mach keinen Unsinn, Victoria!« rief Frances, über das Geländer gebeugt.

Victoria ging weiter.

Sie wird uns doch nicht alle um Kopf und Kragen bringen, dachte Frances fassungslos.

Sie rannte hinter ihrer Schwester her, die Treppe hinab. »Victoria!« schrie sie.

Es war, als höre Victoria sie überhaupt nicht. Frances erreichte sie schließlich und packte sie am Arm.

»Victoria! Indem du jetzt unser aller Leben zerstörst, änderst du nichts an dem, was geschehen ist! Überhaupt nichts!«

Victoria schüttelte sie ab wie ein lästiges Insekt.

Und plötzlich wußte Frances, daß sie es tatsächlich tun würde. Sie würde zur Polizei gehen. Sie konnte es an ihrem aufrechten Gang erkennen, an der Art, wie sie ihre Schultern hielt, an der unnatürlichen Steifheit des Nackens, an dem kranken Glanz der Augen. Dieser Tag hatte Victoria den Todesstoß versetzt: Johns Kind war zur Welt gekommen, Peter hatte sie zurückgewiesen, Frances hatte behauptet, ein Verhältnis mit John gehabt zu haben. Es war ihr gleichgültig, was nun geschah. Sie hatte keine Angst, ins Gefängnis zu müssen. Sie hatte keine Angst, Westhill zu verlieren. Innerlich gebrochen, bewegte sie sich auf die Haustür zu.

Frances stand am Fuß der Treppe. »Victoria, ich warne dich, bleib stehen! Bleib sofort stehen!«

Victoria öffnete die Tür.

Als ich schoß, geschah das nicht aus einer Überlegung heraus. Ich glaube nicht einmal, daß ich mir etwas dabei gedacht hatte, als ich zuvor die Waffe aus Peters Schrank genommen hatte. Ich fühlte mich wie ein Tier, dem ein Instinkt eingibt, sein Leben zu retten. Das von nichts anderem beherrscht wird als von der nackten Angst um seine Existenz. Nichts in mir *wollte* Victoria töten in diesem Moment. Ich empfand keinerlei Befriedigung. Sosehr ich sie immer gehaßt hatte, so neidisch und eifersüchtig ich gewesen sein mochte – als ich im Dämmerlicht des Hausflurs stand und schoß, war nichts von diesen uralten, bösen und zersetzenden Gefühlen in mir. Wo war der Haß auf meine Schwester, der an jenem lang vergangenen Tag gesät worden war, an dem unser Vater ihr den Namen einer Königin gab? Er hatte sich in nichts aufgelöst. Was Neid ist, wußte ich nicht mehr. Die Eifersucht hatte sich verkrochen und grinste mich zum erstenmal in meinem Leben nicht mehr höhnisch an. Alles war ausgelöscht, als sei eine Flutwelle durch mich hindurchgelaufen, habe allen Ballast mitgenommen und mich befreit.

Alles, was in mir existierte, war der Gedanke: Ich gehe nicht ins Gefängnis. Adeline und Laura auch nicht. Ich lasse es nicht zu, daß sie Peter aufhängen. Und ich lasse mir Westhill nicht nehmen. Um nichts in der Welt! Es ist das einzige, was ich habe, und eher töte ich, als daß ich es hergebe.

Der Schuß traf sie in den Rücken. Sie brach in die Knie und verharrte so für ein paar Sekunden. Es sah aus, als kniete sie in einer Kirche und spräche ein Gebet.

Dann erst fiel sie langsam vornüber, und da sie die Haustür zuvor bereits geöffnet hatte, ruhte ihr Kopf nun auf den Stufen, die zum Hof führten, während ihr Körper im Flur lag. Ein Zucken durchlief sie. Das war der Augenblick, in dem sie starb.

Ich starrte sie an und fragte mich, warum ihre Füße so verdreht lagen. Sie hatte Krampfadern hinten an den Waden, noch nicht deutlich, aber unverkennbar. Ich hatte das nie zuvor bemerkt. Aber ihre Figur war so zart und schlank, wie sie es immer gewesen war. Sie trug ein schönes Kleid. Ihre Haare ergossen sich wie eine goldene Flut rings um ihren Kopf über die Steine.

Da war kein Blut, nicht die Spur von Blut. Nur ein dunkler Fleck auf ihrem Rücken, wo die Kugel eingedrungen war, aber nichts auf dem Boden, nichts an den Wänden.

Die Waffe entglitt meinen Händen und krachte auf den Fußboden. Ich dachte: Wohin jetzt damit, wohin? Und meinte die Leiche meiner Schwester.

Die Leiche meiner Schwester.

Bevor meine Knie weich wurden und ich dem Bedürfnis, mich fallen zu lassen, nachgeben konnte, vernahm ich ein Geräusch von oben. Langsam wandte ich den Kopf.

Laura neigte sich über das Geländer. Nie werde ich das Entsetzen in ihren Augen vergessen. Und nie den Anblick ihres zu einem tonlosen Schrei geöffneten Mundes.

## Samstag, 28. Dezember 1996

Barbara starrte zum Fenster hinaus, ohne etwas anderes zu sehen als Dunkelheit. Das Licht im Zimmer hatte sie gelöscht, so daß sie nicht einmal ihr Spiegelbild erkennen konnte. Erst als sie schließlich aufstand und dicht an das Fenster trat, sah sie den Schnee. Der Lichtschein, der aus all den anderen Räumen fiel, ließ ihn hell glänzen. Es hatte aufgehört zu schneien, wie sie bemerkte. Die Nacht war friedlich und still.

Es ist doch noch gar nicht Nacht, korrigierte sie ihre Gedanken. Sie schaute auf ihre Armbanduhr. Es war Viertel vor sieben. Zeit fürs Abendessen. O Gott, bloß nicht an Essen denken!

Sie fühlte sich schockiert und durcheinander. Es hatte sie wie ein Hammerschlag getroffen, von Victorias Tod zu lesen – von ihrer *Hinrichtung*, wie sie im ersten Moment gedacht hatte, denn sie fand, es las sich wie die Beschreibung einer Exekution.

Alles, was danach kam, hatte sie nur noch überflogen: wie Frances und Laura die Leiche über den Hof zur Garage schleppten und dann mit Wasser und Lappen dem Blut, das nun doch noch floß, zu Leibe rückten. Wie Peter schließlich wiederkam und mit fassungslosem Entsetzen hörte, was geschehen war. Er half den beiden Frauen, Victoria im Whitaside-Moor zu vergraben, irgendwo in der Nähe der Old Lead Mines. Es war eine helle, warme Nacht gewesen, und sie waren ohne Laternen ausgekommen. Um Victoria im Auto transportieren zu können, hatten sie sie in Decken gewickelt.

Damals, 1943, konnte man derart dilettantisch verfahren. Heute, dachte Barbara, würde es wohl eine Ermittlung geben, wenn eine Frau spurlos verschwand. Und natürlich würde man irgendwelche Fasern und Haare im Auto finden, und auch in der Garage, wo sie den Abend über gelegen hatte. Aber zu jener Zeit gab es noch keine allzu raffinierten Methoden in der Spurensicherung. Und außerdem hatte auch gar keine Untersuchung stattgefunden.

Wie hatte Cynthia gesagt? »Wir hatten zu viele andere Sorgen. Der Krieg eben... Und irgendwann war die Geschichte sowieso vergessen.«

Ein paar Stunden erst war es her, seit sie mit Cynthia darüber gesprochen hatte. Und nun kannte sie das Geheimnis und vermochte es kaum zu glauben.

Victoria war nicht fortgegangen. Victoria war ermordet worden. An einem Aprilabend des Jahres 1943, hier in diesem Haus, in dieser Abgeschiedenheit, in der ein Mensch erschossen werden konnte, ohne daß es jemand bemerkte.

Sie hatten einen ganzen Stapel Wäsche und Kleider von Victoria verbrannt; denn noch in derselben Nacht einigten sie sich auf die Version, Victoria sei auf und davon gegangen, mitsamt einem Koffer, der ihre notwendigsten Kleidungsstücke enthielt. Am Tag, als Johns Sohn geboren wurde. Jedem war bekannt, wie sehr Victoria unter ihrer Kinderlosigkeit gelitten hatte.

Drei Menschen wußten von dem Verbrechen.

»Frances, Laura und Peter«, murmelte Barbara in die Dunkelheit hinein. Peter war eine Woche später aufgebrochen, zurück nach Deutschland. Sie hatten nie wieder von ihm gehört.

»Keine Karte nach Kriegsende, kein Anruf, nichts«, schrieb Frances, »vieles spricht dafür, daß er nicht lebend daheim angekommen ist.«

Frances selbst war ebenfalls tot. Sie hatte sich ihre Geschichte von der Seele geschrieben und war danach gestorben. Barbara dachte an die letzten Sätze ihrer Aufzeichnungen:

»Ich denke oft an Victoria, die da draußen im Moor liegt. Immer, wenn der Frühling wiederkommt, wenn alles gelb wird von den herrlichen Narzissen, wenn die Wiesen voll sind mit jungen Lämmern, dann frage ich mich, ob es notwendig war. Vielleicht hätte es einen anderen Weg gegeben. Ich weiß, daß ich damals glaubte, Victoria nicht anders aufhalten zu können. Aber womöglich wollte ich, irgendwo tief in mir, auch nichts anderes glauben.

Peter hat das Buch hier vergessen, das ihm Victoria an jenem Weihnachtsabend 1942 geschenkt hat. Er dankte ihr damals für die Widmung, die sie ihm vorne hineingeschrieben hatte. Jetzt habe ich sie gelesen. Es sind Zeilen von George Augustus Moore:

> *Im Herzen jedes Menschen ist ein See . . .*
> *und er lauscht seinem monotonen Flüstern*
> *Jahr um Jahr immer aufmerksamer,*
> *bis er schließlich ermattet.*

Rätselhafte Victoria! Wenn ihr dieses Gedicht so nahegegangen ist, daß sie es dem Mann aufschrieb, der ihr soviel bedeutete – nämlich Rettung vor der inneren Einsamkeit –, dann gab es etwas in ihr, wovon ich nichts wußte.

Aber gibt es das nicht in jedem Menschen? Etwas, wovon keiner etwas weiß und das sich vielleicht nur in einem Moment enthüllt, in dem seine äußeren Schichten von ihm abfallen. Einem Moment der großen Traurigkeit. Der Verzweiflung. Der Sehnsucht. Oder in einem Moment der Liebe.

Ich versuche, an meine Schwester Victoria in Liebe zu denken. Manchmal gelingt es mir.«

Eine einzige Zeugin der Tat gab es noch. Laura. Die ängstliche, alte, verhuschte Laura.

Nicht Zeugin, verbesserte sich Barbara. Man hätte sie sogar wegen Mittäterschaft anklagen können. Sie hat geholfen, die Leiche fortzuschaffen, die Spuren zu verwischen. Andererseits, sie war damals sechzehn Jahre alt, psychisch labil...

Im Geiste begann sie bereits ein Plädoyer aufzubauen, schüttelte diese Gedanken dann aber ab. Darum ging es nicht. Laura stand nicht vor Gericht. Nach über fünfzig Jahren wäre das ohnehin eine absurde Vorstellung. Diese biedere, ältliche Frau. Und Mord!

Immerhin hatte Frances sie gut entlohnt. Hatte ihr alles vererbt. Doch wem hätte sie es andererseits sonst geben sollen?

Barbara wandte sich vom Fenster ab, schaltete das Licht im Zimmer wieder ein. Ihr war plötzlich unheimlich zumute, und sie ärgerte sich darüber. Nur weil sie jetzt wußte, daß vor mehr als einem halben Jahrhundert eine Frau in diesem Haus erschossen worden war – und das *fast* in einem Akt der Notwehr. Sie konnte sich vorstellen, wie Richter und Staatsanwalt die Stirn runzeln würden, wenn sie mit Notwehr käme. Strafrechtlich nicht haltbar. Sie lachte und erschrak vor der Hysterie, die in ihrem Lachen mitschwang.

*Ralph*, dachte sie.

Sie wünschte, sie wäre nicht allein in diesem großen Haus. In dieser völligen, weltabgeschiedenen Einsamkeit. Sie kniete vor dem Kamin nieder, klaubte die verstreut umherliegenden Blätter zusammen, legte sie ordentlich auf einen Stapel.

Na, was fürchtest du? fragte sie sich spöttisch. Daß Victorias Geist aus dem Moor aufsteigt und hierherkommt, um ein wenig herumzuspuken?

Sie stand auf, verließ das Zimmer, um in die Küche hinüberzugehen. Als sie den Flur durchquerte, ergriff sie ein Kälteschauer, in dem alle ihre Härchen am Körper sich aufrichteten. Das kam von der eisigen Luft, die durch die Ritzen der alten Haustür hereinkroch. Wovon sollte es sonst kommen?

Sie wandte den Kopf. Dort, am Fuß der Treppe, hatte Frances gestanden. Hier vorne, direkt vor der geöffneten Tür, Victoria. Dort oben – sie sah hinauf – hatte sich eine schreckensbleiche Laura über das Geländer gebeugt.

»Das ist mehr als dreiundfünfzig Jahre her«, sagte Barbara laut.

Sie lief in die Küche und setzte Teewasser auf. Dann dachte sie, daß Tee das letzte war, was sie jetzt brauchte, und schaltete den Herd wieder aus. Sie nahm die Brandyflasche vom Regal und tat einen tiefen Schluck. Einen zweiten. In ihrem ausgehungerten Magen brannte der Alkohol wie Feuer. Eine Sekunde lang dachte sie, ihr würde schlecht, aber das Gefühl verging sofort wieder. Sie spürte einen leichten, angenehmen Schwindel im Kopf.

Als das Telefon schrillte, hätte sie fast die Flasche fallen lassen, so sehr erschrak sie. Ihre Hände zitterten.

»Meine Güte!« rief sie ärgerlich. »Du bist ein richtiger Angsthase, Barbara. Das ist sicher Ralph!«

Sie hastete ins Wohnzimmer, die Brandyflasche immer noch in der Hand.

»Ja?« meldete sie sich atemlos. »Ralph?«

»Hier ist Marjorie Selley«, sagte eine kühle Stimme. »Ich bin die Schwester von Laura Selley.«

O natürlich, Sie sind *Marjorie*, hätte sie beinahe gesagt, aber ihr fiel ein, daß sie im Grunde nichts über diese Frau wissen durfte.

»Ja, Miss Selley?« fragte sie.

»Ich nehme an, Sie sind die Mieterin? Ich rufe nur an, weil ich mir Sorgen um meine Schwester mache.«

»Ist sie denn nicht bei Ihnen?«

»Sie ist heute vormittag abgereist. Sie wollte nach Hause.«

»Aber wir haben das Haus noch für eine weitere Woche gemietet.«

»Ich weiß. Aber Laura macht sich wegen irgend etwas schreckliche Sorgen.«

»Wegen des Schnees? Am Haus ist nichts kaputtgegangen«, versicherte Barbara. »Hier ist alles in Ordnung!«

Bis auf den Umstand, daß mein Mann da draußen herumirrt und ich kein Lebenszeichen von ihm habe, fügte sie in Gedanken hinzu.

»Wissen Sie, meine Schwester erträgt es einfach nicht, von daheim fort zu sein«, sagte Marjorie, und in ihrer Stimme schwangen Unverständnis und Mißbilligung. »Jedesmal sitzt sie hier wie ein Häufchen Unglück, wenn sie Westhill vermieten muß. Aber diesmal... sie war sogar für ihre Verhältnisse ungewöhnlich nervös. Sicher hing das auch mit dem Schnee zusammen.«

»Sie wird Schwierigkeiten haben, bis hierher zu kommen«, sagte Barbara, »der Schnee liegt wirklich extrem hoch. Wir sind von der Außenwelt völlig abgeschnitten – obwohl ich mich immerhin besser fühle, seitdem das Telefon und die Heizung wieder funktionieren.«

»Furchtbarer alter Kasten«, brummte Marjorie Selley inbrünstig, obwohl für den Stromausfall das Alter des Hauses nicht verantwortlich gewesen war, »ich frage mich immer, weshalb sich Laura so daran festkrallt.«

»Westhill ist wohl alles, was sie hat«, sagte Barbara.

Marjorie schnaubte. »Ich bitte Sie! Ein Haus! Eine Farm! In dieser furchtbaren Gegend! Diese Einsamkeit... Ich bin heute noch froh, daß ich mich seinerzeit abgesetzt habe!«

»Sie haben auch einmal hier gelebt?« fragte Barbara geistesgegenwärtig.

»Ach, das ist endlos her. Als Kind, im Krieg. Habe mich aber bald wieder nach London aufgemacht. War gewiß kein Zuckerschlecken, was mich da erwartete, aber besser als Westhill war es allemal...«

Marjorie schien weiterreden zu wollen, aber dann ging ihr offenbar auf, daß es eine Wildfremde war, der sie gerade ihr Herz auszuschütten im Begriff stand.

»Na ja«, meinte sie, »wird ohnehin bald ein Ende haben für Laura mit ihrem Westhill.«

»Wirklich? Warum?«

»Der Erhalt des Hauses kostet zuviel Geld. Sagt sie! Ich verstehe ja nicht ganz, weshalb das ein solches Problem ist. Ich meine, über *ihr* wird der Schuppen sowieso nicht mehr zusammenbrechen. Weshalb soll sie das alles so großartig instand halten? Für wen? Schließlich hat sie keine Kinder. Letztlich werden die Leighs alles bekommen, und für die braucht sie sich wirklich nicht krummzulegen!«

»Das ist die reichste Familie hier, nicht?«

»Na ja, so toll ist es damit auch nicht mehr. Früher, da waren sie die ›Herren‹ in der Gegend, so nannte man das. Haben ein riesiges Haus, und praktisch gehört ihnen alles Land und das ganze Leigh's Dale. Die Westhill Farm war den Leighs immer ein Dorn im Auge, weil sie ihre Ländereien so richtig zerriß. Lag behäbig mittendrin. Aber inzwischen haben sie Laura ohnehin fast alles abgeluchst.«

Barbara fielen die Kaufverträge ein.

»Ihre Schwester müßte doch eigentlich eine ganze Menge Geld haben«, sagte sie probeweise, »wenn sie den Leighs so viel Land abgetreten hat.«

»Das hat mich ja damals auch so gewundert!« meinte Marjorie und klang plötzlich fast lebhaft. »Ich habe zu ihr gesagt: Laura, du mußt doch jetzt endlich genug Geld haben! Das waren doch viele Acres bestes Weideland, die du Fernand Leigh verkauft hast! – Wissen Sie, manchmal glaube ich, sie lamentiert nur so herum, weil das ihre Art ist. Andererseits scheint sie wirklich dicht davor zu stehen, das Haus verkaufen zu müssen. Außer, sie macht mir etwas vor.«

»Das wäre tragisch für sie.«

»Für Laura ist immer alles tragisch! Hören Sie«, Marjorie wechselte abrupt von vertraulichem Klatsch zu kühler Geschäftsmäßigkeit, »das Gespräch ist ziemlich teuer. Ich muß Schluß machen. Also, wie gesagt, Laura hat sich auf den Weg nach Hause gemacht. Falls sie wider Erwarten tatsächlich durch die Schneewüste bis nach Westhill vordringt, dann soll sie mich kurz anrufen. Ich möchte wissen, ob sie angekommen ist.«

Nachdem sie den Hörer aufgelegt hatte, ging Barbara nachdenklich hinüber ins Eßzimmer. Sie fand das alles etwas mysteriös. Ihrer Schwester gegenüber hatte Laura offenbar nicht erwähnt, daß sie ihr Land zu Schleuderpreisen an Fernand Leigh abgegeben hatte. Falls sie wirklich einen Steuerbetrug (Laura?) begangen hatte, war das zu verstehen; so etwas posaunte niemand herum. Aber dann müßte sie irgendwo die *tatsächlich* bezahlte Kaufsumme haben, und wieso hatte sie bei Marjorie angedeutet, sie werde Westhill verkaufen müssen?

Und warum hatte sie sich jetzt auf den Weg nach Leigh's Dale gemacht? Es war Wahnsinn. Ganz abgesehen davon, daß sie gegen die Mietvereinbarungen verstieß, wenn sie plötzlich hier aufkreuzte, so mußte ihr doch auch klar sein, daß es ihr angesichts der Schneemassen kaum gelingen konnte, bis zur Farm vorzudringen. Was ließ sie so nervös, so unruhig sein, daß sie es dennoch versuchte? Nur die Vorstellung, der Schnee könne irgendeinen Schaden an ihrem Haus angerichtet haben?

Nein. Barbara schüttelte den Kopf. Laura, das verletzte, ewige kleine Mädchen im Körper einer alten Frau, mochte fanatisch an Westhill hängen, mochte sich große Sorgen machen, daß dort etwas passiert sein könnte; aber bei aller spleenigen Weltfremdheit konnte sie kaum annehmen, daß der Schneesturm, so heftig er gewesen sein mochte, ihr Haus fortgeweht oder dem Erdboden gleichgemacht hatte. Zumal sie mit Barbara und Ralph telefoniert und keinerlei Hiobsbotschaft erhalten hatte.

Ihr Blick fiel auf den Papierstapel vor dem Kamin. Die engbetippten Seiten: Chronik eines Lebens, Chronik eines Mordes. Barbara fragte sich, ob Laura wußte, daß Frances dieses Dokument hinterlassen hatte. Sie konnte sich allerdings kaum vorstellen, daß Laura es unter diesen Umständen nicht verbrannt hätte, zumindest den Schluß.

Der Mord an Victoria belastete auch sie. Laura war sicherlich juristisch nicht im geringsten bewandert; sie hatte wahrscheinlich keine Ahnung, daß man sie für dieses Verbrechen nicht mehr belangen konnte.

Vielleicht dachte sie auch, man würde ihr zumindest das Haus wegnehmen, wenn die Geschichte aufflog. Laura reagierte auf nahezu alles hysterisch; unwahrscheinlich, daß sie ausgerechnet hier Gelassenheit gezeigt haben sollte.

Sie weiß nicht, daß es diesen Bericht gibt, sagte sich Barbara, oder?

Ihr fiel ein, auf welch zufällige Weise sie das Manuskript entdeckt hatte. In einem Hohlraum unter den Fußbodendielen im Schuppen. An einer Stelle, an die man normalerweise kaum hintrat.

Ihr kam ein ganz neuer Gedanke: Laura wußte von den Aufzeichnungen. Aber sie hatte nie herausbekommen, wo sie versteckt waren. Das würde ihre krankhafte Nervosität erklären. Marjorie hatte gesagt, Laura sei jedesmal zu einem Häufchen Elend geschrumpft, wenn sie Westhill vermieten und verlassen mußte.

Kein Wunder! Sie hatte auf glühenden Kohlen gesessen. Irgendwo im Haus lag ein Bericht versteckt, der neben vielen anderen Geschehnissen auch ihre Beihilfe zur Beseitigung einer Leiche schilderte. Sie mußte Qualen ausgestanden haben vor Angst, daß einer der Gäste etwas finden könnte.

Und diesmal ist es besonders schlimm, dachte Barbara. Der Schneesturm! Sie weiß, wir sind völlig ans Haus gefesselt. Und haben folglich noch mehr Zeit und Gelegenheit als andere, herumzustöbern und unsere Nasen in Dinge zu stecken, die uns nichts angehen – was wir ja auch getan haben.

Ein unangenehmes Gefühl beschlich sie bei der Vorstellung, Laura könne – im wahrsten Sinne des Wortes – plötzlich hereingeschneit kommen. Sie fragte sich, ob es ihr gelingen würde, unbefangen aufzutreten.

Ich werde mich nicht einmischen, beschloß sie, ich weiß von nichts. Ich lege die Papiere wieder in das Versteck, und dann vergesse ich alles. Dieser Mord liegt über ein halbes Jahrhundert zurück. Er hat keine Bedeutung mehr.

Je länger sie den Papierstapel ansah, desto dringender schien es ihr, ihn zu verbergen. Die Geschichte brauchte nicht noch in dritte Hände zu gelangen. Sie konnte sie vorläufig nach oben bringen und unter den Pullovern in ihrem Kleiderschrank verstauen, und morgen würde sie den ganzen Packen an seinen alten Platz im Schuppen legen. Oder sollte sie besser gleich hinübergehen? Ihr schauderte vor der Kälte und der Dunkelheit, aber wenn Laura am Ende – was unwahrscheinlich war – schon in der Nacht eintraf, würde sie am nächsten Tag keine Gelegenheit mehr finden. Sie sollte...

Ein Poltern riß sie aus ihren Überlegungen, ließ ihr für Sekunden beinahe das Herz stillstehen. Es kam von der Haustür. Jemand pochte dagegen, dann wurde die Tür aufgestoßen. Barbara fiel ein, daß sie nicht abgeschlossen hatte. Jetzt klang es, als trete sich jemand die Schuhe ab.

Laura! dachte sie.

Aber dann begriff sie, daß es Laura nicht sein konnte. Nicht in so kurzer Zeit. Nicht bei diesem Wetter.

»Ralph!« rief sie und lief hinaus in den Flur.

Vor ihr stand Fernand Leigh.

Seine Wangen waren von der Kälte gerötet. Er wirkte abgekämpft, atmete schwer. Er war vermummt mit Mütze, Schal, Anorak und Handschuhen. An den Füßen trug er Skistiefel, die, obwohl er sie bereits abgetreten hatte, immer noch voller Schnee waren. In kleinen Klumpen fiel er ab und zerschmolz auf den Fliesen.

»Entschuldigen Sie, daß ich hier alles naß mache«, sagte er, »aber da draußen ist es wirklich wie in einer Schneewüste.«

Sie starrte ihn nur an, noch immer viel zu erschrocken, um ein Wort hervorzubringen.

»Ich hätte nicht so hereinplatzen dürfen«, meinte er und begann sich aus seinen Sachen zu schälen. Er zog die Mütze vom Kopf und strich sich die dunklen Haare zurück. »Die Tür war offen, und...«

Der Satz blieb unvollendet, als habe er mit den wenigen Worten eine ausreichende Erklärung für seinen Besuch gegeben. Er ließ einen großen Rucksack von seinen Schultern gleiten, den Barbara zuerst gar nicht bemerkt hatte. Aufatmend stellte er ihn auf den Boden.

»Meine Güte, ist der schwer!« sagte er.

Barbara fand endlich ihre Sprache wieder. »Wo kommen Sie denn jetzt her?« fragte sie.

»Von daheim. Ich bin auf Skiern herübergerutscht. Zum Glück ist Ihr Haus erleuchtet wie ein Christbaum, so konnte ich mich schon von weitem orientieren. Insgesamt habe ich aber mindestens die dreifache Zeit gebraucht, die ich im Sommer zu Fuß benötige.«

»Wieso?«

»Wieso ich soviel Zeit gebraucht habe? Nun, es ist...«

»Nein, ich meine: Wieso besuchen Sie uns bei diesem schrecklichen Wetter?«

Er deutete auf den Rucksack. »Sie erinnern sich an unsere kurze Begegnung vor Weihnachten in Cynthias Laden? Ich bekam dabei mit, daß Sie kaum genug einkauften, um einen Spatz zu füttern. Dann überfiel uns ja bereits der Schnee. Überdies kenne ich die gute, alte Laura Selley. Sie würde nie Vorräte zurücklassen, wenn sie fortgeht. Also dachte ich mir, Sie und Ihr Mann seien inzwischen sicher ganz schön hungrig.«

Barbara spürte, wie ihre Knie weich wurden. Sie deutete auf den Rucksack. »Sie meinen, da ist etwas zu essen drin?« fragte sie mit rauher Stimme.

»Genug, um eine Fußballmannschaft satt zu bekommen«, sagte er mit einigem Stolz.

Er hängte seinen Anorak an die Garderobe. Darunter trug er einen naturweißen Pullover aus dicker Schafwolle und ein Paar uralte Jeans. Er sah Barbara an, streckte die Hand aus und berührte flüchtig ihr Kinn. »Was haben Sie denn da gemacht?«

Sie hatte vergessen, daß ihr Kinn noch immer schillerte wie ein Regenbogen.

»Ich bin gestürzt«, erklärte sie.

In seinen Augen lagen Zweifel, und ihr fiel ein, daß genau so die gängige Ausrede seiner Frau lautete, wenn sie die blauen Flecken und Schrammen in ihrem Gesicht zu erklären versuchte.

»Das war *nicht* mein Mann«, sagte sie etwas spitz, »ich bin wirklich gefallen.«

Fernand Leigh lachte. »Habe ich Ihren Mann verdächtigt? Hören Sie, Barbara, macht es Ihnen etwas aus, wenn ich mich hier für eine Stunde ausruhe? Ich bin, ehrlich gesagt, ziemlich kaputt.«

»Bleiben Sie, solange Sie möchten. Stört es Sie, wenn wir gleich in die Küche gehen...?«

Nun, da die Aussicht auf Essen in greifbare Nähe gerückt war und Barbara nicht länger mit eiserner Willensstärke jeden Gedanken an Nahrung beiseite schieben mußte, brach der Hunger wie ein unkontrollierbarer Feind über sie herein. Ihr Magen krampfte sich wütend und fordernd immer wieder zusammen. Ihr Herzschlag beschleunigte sich, ließ sie vibrieren. Mit vor Gier zitternden Fingern packte sie den Rucksack aus und kam sich vor wie ein Mensch, vor dem sich unerwartet das Paradies auftut. Nie zuvor hatte sie in diesem Ausmaß das Gefühl gehabt, auf ein einziges Bedürfnis reduziert zu sein: aufs Essen. Sie hätte Fernand die Füße küssen mögen.

Auf dem Küchentisch türmten sich Brot, Butter, Käse und Schinken, Eier, kalter Braten, ein paar Konservendosen mit verschiedenen Fertiggerichten, ein großer Salatkopf, Tomaten, Avo-

cados, Nüsse und Früchte und ein Plumpudding. Zum Schluß zog
Barbara noch zwei Flaschen Wein hervor.

»Lieber Gott«, sagte sie ehrfürchtig.

Er sah sie lächelnd an. »Wir sollten es uns richtig schön machen«,
meinte er, »wo sind Teller und Besteck?«

Sie mußte lachen. »Sie haben mir angesehen, daß ich mich eben
am liebsten mit Zähnen und Klauen über das Essen hergemacht
hätte, stimmt's?«

»So ungefähr«, bestätigte er. Er nahm eine Kerze von einem
Regal und stellte sie auf den Tisch. »Wo ist denn eigentlich Ihr
Mann?« fragte er beiläufig.

Aus irgendeinem Grund hatte sie sich zunächst gescheut, ihm zu
sagen, daß sie allein war. Nun mußte sie jedoch mit der Wahrheit
herausrücken – und fand sich ohnehin plötzlich albern wegen ihrer
Vorbehalte.

»Mein Mann ist heute früh nach Leigh's Dale aufgebrochen«,
erklärte sie, »er wollte Vorräte kaufen. Wir konnten ja nicht ahnen,
daß...« Sie machte eine Handbewegung, die den Tisch mit all
seinen Herrlichkeiten darauf umfaßte.

»So, wie es draußen aussieht«, sagte Fernand, »wird er heute
wohl kaum noch zurückkehren.«

»Wenn ich nur wüßte, ob er überhaupt irgendwo angekommen
ist! Ich habe nichts mehr von ihm gehört. Cynthia Moore hat
versprochen, sich sofort zu melden, wenn er bei ihr auftaucht.
Bisher scheint das jedoch nicht der Fall zu sein.«

Wie dumm die Dinge laufen können im Leben, dachte sie. Jetzt
irrt Ralph da draußen umher, und ich sitze hier vor einem Berg von
Essen. Wenn er nur geblieben wäre... Aber wer konnte das ahnen?

»Bei all dem Schnee ist es, besonders für einen Ortsunkundigen,
äußerst schwierig, die Richtung zu halten«, erklärte Fernand.
»Selbst ich hätte mich auf dem Weg hierher einmal fast verirrt, und
ich lebe hier seit dem Tag meiner Geburt.«

7. April 1943, dachte Barbara automatisch.

»Es ist unwahrscheinlich, daß er genau bei Cynthia anlangt«,
fuhr Fernand fort, »er wird irgendwo anders gelandet sein.«

»Aber in jedem Fall würde er mich anrufen.«

»Barbara, hier waren überall tagelang die Telefone gestört. Mit

Sicherheit gibt es Farmen, wo sie immer noch nicht funktionieren. Er hat wahrscheinlich keine Möglichkeit gefunden, anzurufen.«

»Ich hoffe nur, daß ihm nichts zugestoßen ist.«

»Sicher nicht. Das ist hier eine verteufelt einsame Gegend, aber so einsam nun auch wieder nicht. Er hat bestimmt einen Ort entdeckt, wo er die Nacht verbringen kann.«

»Ich komme mir ganz schlecht vor, hier im Warmen zu sitzen und zu essen.«

»Vermutlich sitzt er ebenfalls im Warmen und ißt – und sein Gewissen plagt ihn, weil er glaubt, *Sie* müßten schon wieder hungrig zu Bett gehen. Vernünftiger wäre, Sie würden beide genießen, was Sie haben.«

Wie nett er ist, dachte Barbara. Sie sah ihm zu, wie er mit schnellen, geschickten Händen den Tisch deckte, Servietten zurechtlegte, das mitgebrachte Essen auf ein paar Platten und Schüsseln anrichtete. Zum Schluß entkorkte er eine der Weinflaschen und zündete die Kerze auf dem Tisch an.

»So«, sagte er, »jetzt lassen Sie es sich schmecken!«

Sie ließ sich nicht zweimal bitten. Sie tauchte ein in ein Meer von Genuß. Sie aß zuerst hastig, gierig, so, als habe sie Angst, jemand könne ihr alles jederzeit wieder wegnehmen. Dann wurde sie langsamer, gelassener, sinnlicher. Sie konnte nebenher noch auf den kalten Wind lauschen, der um das Haus heulte, und ihren Blick vertiefen in den warmen Schein der dicken, roten Kerze vor ihr. Die ganze Zeit über sprach sie nicht ein einziges Wort.

Erst als sie sich endlich zurücklehnte, sagte sie voll tiefer Zufriedenheit:

»Ich wußte nicht, daß etwas so gut sein kann.«

Er hatte sich zurückgehalten, hatte sie ständig beobachtet. »Ich mag die Art, wie Sie essen«, meinte er.

»Nun – das ist nicht ganz die Art, wie ich sonst esse. Für gewöhnlich schlinge ich nicht so.«

»Schade. Mir gefielen Sie so ... so genußsüchtig und gierig.«

Sie warf ihm einen raschen Blick zu. Jetzt, da ihr Hunger gestillt war, konnte sie wieder klar denken – halbwegs klar jedenfalls, denn der Wein umnebelte leicht ihren Kopf.

Fernand Leigh. John Leighs Sohn. Der Sohn des Mannes, von dem Frances Gray nie losgekommen war, der umgekehrt auch von

Frances nie wirklich hatte lassen können. Ob John so ausgesehen hatte? Fernand Leigh war groß, so groß wie Ralph, aber breiter und kräftiger. Die schwarzen Haare und dunkelbraunen Augen mochte er von Marguerite, seiner französischen Mutter, haben. Sein Gesicht war schmal, zerfurcht auf eine Weise, wie sie typisch ist für Menschen, die sich ihr Leben lang viel im Freien aufgehalten haben. Er sah weder jünger noch älter aus als die dreiundfünfzig Jahre, die er zählte. Cynthia hatte gesagt, daß er zuviel trank, offenbar ein erbliches Problem in der Familie. Barbara dachte an seine Frau. Es irritierte sie zutiefst, ihn sich als Trinker und Schläger vorzustellen. Wie er so dasaß, wirkte er ruhig und beherrscht. Es war so nett von ihm gewesen, hierherzukommen und ihnen Essen zu bringen.

»Wir sollten es uns richtig schön machen«, hatte er gesagt und den Tisch gedeckt. Ihr war die Geschicklichkeit seiner Hände aufgefallen. Die Hände, mit denen er ihr in jenem Traum...

Hastig setzte sie sich aufrechter hin. »Es ist ziemlich warm hier, nicht?« meinte sie.

»Ich finde es ganz angenehm, denn so taue ich langsam auf. Möchten Sie noch etwas Wein?«

Sie nickte. Während er ihr nachschenkte, stand sie auf und trat ans Fenster. Sie schob den Vorhang zurück, starrte hinaus. Der Wind war stärker geworden und tobte ums Haus.

»Was für eine Nacht!« sagte sie schaudernd. »Aber wenigstens schneit es nicht mehr!«

Obwohl es warm und gemütlich war in der Küche, konnte sie die eisige Kälte draußen fühlen. Sie wußte, daß sie Fernand anbieten mußte, bis zum nächsten Morgen in Westhill zu bleiben.

Eine dumme Situation, dachte sie nervös.

Nun, da sich ihr Magen satt und schwer anfühlte, wurde die Erinnerung an den Hunger bereits nebulös. Noch vor einer Stunde hätte sie Fernand umarmen mögen vor Dankbarkeit, jetzt wünschte sie, nicht in dieser Lage zu sein. Sie wünschte, sie wäre wieder allein. Oder Ralph wäre da.

Wovor hast du eigentlich Angst? fragte sie sich. Glaubst du, er fällt plötzlich über dich her?

Ihre innere Stimme sagte nein und schickte sich an, die Antwort zu geben, aber Barbara wollte sie gar nicht hören. Sie wußte auch so, wovor sie Angst hatte: vor sich selbst.

Rasch drehte sie sich um. »Ich denke, Sie sollten sich heute abend nicht mehr auf den Heimweg machen«, sagte sie sachlich. »Sie können hier übernachten und dann morgen früh aufbrechen.«

Er nickte. »Das Angebot werde ich gerne annehmen. Mich jetzt noch einmal drei Stunden durch den Schnee zurückzukämpfen – das ist eine ziemlich unangenehme Vorstellung.«

»Also, abgemacht. Möchten Sie Ihre Frau anrufen und ihr Bescheid sagen?«

»Sie wird sich das schon denken.« Er erhob sich nun ebenfalls. »Wissen Sie, was? Sie setzen sich gemütlich vor den Fernseher, und ich erledige den Abwasch.«

»Kommt nicht in Frage. Wir machen es genau umgekehrt.«

»Wir können es auch zusammen machen.«

»Ich habe die beste Idee«, sagte Barbara. »Wir lassen das Geschirr stehen und spülen es morgen früh.«

Sie räumten die Lebensmittel in den Kühlschrank und nahmen die zweite Flasche Wein mit ins Wohnzimmer, wo sie sich vor den Fernseher setzten und eine amerikanische Komödie ansahen. Es gelang Barbara nicht, sich wirklich zu entspannen; aber der Wein sorgte dafür, daß ihre Nervosität im Hintergrund blieb. Die ganze Zeit über hoffte sie inbrünstig, Ralph möge anrufen – und jetzt ging es ihr nicht mehr in erster Linie um ein Lebenszeichen, sondern darum, seine Präsenz zu spüren, seine Stimme zu hören, sich zu vergewissern, daß es ihn gab. Aber nichts rührte sich den ganzen Abend lang.

Irgendwann meinte Fernand: »Ich denke, ich gehe jetzt schlafen.«

Und sie erhob sich sofort und sagte: »Ich zeige Ihnen Ihr Zimmer und wo Sie Bettwäsche finden.«

»Ja, danke«, erwiderte er und folgte ihr die Treppe hinauf.

Sie öffnete gleich die erste Tür auf der rechten Seite. Ein kleineres Zimmer, und auch hier brannte Licht, denn sie hatte ja jede Lampe im Haus angeknipst, um ihrem Mann den Weg zu weisen.

»Zum Glück gibt es hier wirklich jede Menge Schlafzimmer«, sagte sie mit einem nervösen Lachen, »und Bettwäsche werde ich Ihnen...«

»Ich weiß nicht, was daran glücklich ist, daß es hier so viele

Schlafzimmer gibt«, sagte er leise. Er faßte sie am Arm und drehte sie zu sich herum.

»Das geht nicht«, protestierte sie ohne jede Überzeugung.

»Und warum nicht?« fragte er und küßte sie.

Später dachte sie, daß auf eine fatale Weise ihre Hormone durchgedreht haben mußten. Vielleicht war das normal, nach eineinhalb Jahren völliger sexueller Enthaltsamkeit, obwohl sie die nie als negativ empfunden hatte. Sie war viel zu beschäftigt gewesen, um sich auch nur hin und wieder zu fragen, ob ihr Körper womöglich etwas vermißte. Irgendwie hatte Sex für sie immer etwas mit Disziplinlosigkeit zu tun gehabt. Er führte zu nichts, also konnte man es auch bleibenlassen und statt dessen an einem Plädoyer für den nächsten Tag feilen oder eine Akte durcharbeiten.

Etwas mußte ihr bisher entgangen sein.

Sie wußte nicht, wie sie aus ihren und er aus seinen Kleidern kam. Sie wußte nur, daß sie es vor Ungeduld fast nicht aushielt. Es war genau das gleiche wie vorhin in der Küche, als sie am liebsten ihre Zähne in den Schinken geschlagen, mit den bloßen Händen den Braten in Stücke gerissen und sich in den Mund gestopft hätte. Es war die gleiche Gier, der gleiche Hunger. Die kultivierte, beherrschte Barbara verschwand irgendwo dahinter. Zurück blieb ein Wesen, das nichts anderes mehr wollte als die sofortige Erlösung.

Sie flüsterte ihm deutsche Worte zu, weil ihr Englisch sie verlassen hatte, aber Fernand schien sie trotzdem zu verstehen. Sie fielen auf das Bett, in dem er die Nacht allein hätte verbringen sollen, liebten sich zwischen bloßer Matratze und plustrigem Federbett, denn zum Beziehen waren sie nicht mehr gekommen. Irgendwann war Barbara noch der Gedanke durch den Kopf geschossen, Fernand zu fragen, ob er eigentlich die Haustür abgeschlossen habe, denn es war nicht völlig abwegig, daß Ralph doch noch auftauchte. Aber die Frage war längst verlorengegangen, und Ralph hatte sich zu den Dingen gesellt, die jetzt keine Rolle mehr spielten.

Sie hatte ihren Körper noch nie so erlebt. Sie hatte nicht geahnt, daß er solcher Empfindungen fähig war. Sie hatte nicht gewußt, wie es war, sich aufzulösen in Lust und für Sekunden nicht einmal den Tod zu fürchten. Schamlos und fordernd zu sein, abwechselnd zu betteln und es dann wieder zu genießen, wie er sie anflehte. Es war ihr gleichgültig, wie sie aussah, was er von ihr dachte, ob sie das Bett beschmutzten. Sie wollte sanften und schmeichelnden Sex, sie wollte harten und unsensiblen Sex, sie wollte Sex in allen Variationen. Und vor allem wollte sie, daß es nie endete.

Irgendwann konnten sie beide nicht mehr.

Sie lagen nebeneinander wie angeschossen und keuchten. Barbara schien es, als schmerze ihr Körper; aber es war ein Schmerz, den sie genoß, weil er bedeutete, daß sie lebte. Sie meinte, unter ihrem rasenden Herzschlag müsse das Bett erzittern. Ihr Gesicht war naß von Schweiß. Sie hatte während der letzten Stunde die Kontrolle über sich verloren, und damit war geschehen, was sie am meisten fürchtete.

Aber zu ihrer Überraschung war es nicht schlimm gewesen. Die Welt war nicht untergegangen, *sie* war nicht untergegangen. Es war eher so, als sei das Leben neu über sie hinweggeflutet, als habe sich die Natur geholt, was *sie* ihr genommen hatte, und es war ein gutes Gefühl. Ein so wunderbares Gefühl! Sie gehörte wieder dazu. Sie schwamm mit dem Strom, nicht dagegen. Es war, als habe ein langer, ermüdender Kampf geendet. Es war so erleichternd, daß sie leise stöhnte.

Fernand hatte ihr Stöhnen mißverstanden, und fast flehentlich bat er: »Nicht schon wieder! Nur eine kurze Pause!«

Sie kuschelte sich enger an ihn. Sie lag mit dem Rücken an seine Brust gepreßt, sein Arm umschloß sie warm und fest.

»Keine Angst«, flüsterte sie, »fürs erste bin ich auch ziemlich k. o.!«

Er lachte leise. »Kein Wunder. Ich habe noch nie eine Frau wie dich erlebt. Du bist ein Feuerwerk, weißt du das?«

»Ich dachte immer, ich sei frigide.«

»Guter Gott!« Er schien tatsächlich entgeistert. »Wer hat dir das denn eingeredet?«

»Niemand. Ich dachte es einfach.«

»Also, wenn du frigide bist, dann wünschte man sich, es wimmelte auf der Welt von frigiden Frauen. Hast du noch nie gehört, daß es am Mann liegen kann, wenn eine Frau keinen Spaß am Sex hat?«

Für einen Macho aus dem ländlichen Yorkshire schwang er erstaunlich fortschrittliche Sprüche, fand Barbara.

»So einfach war das in meinem Fall wohl nicht«, meinte sie nachdenklich.

Seine Hand spielte zärtlich an ihrem Ohr. »Erzähl mir von dir. Ich weiß ja gar nichts. Wer bist du, Barbara?«

»Da gibt es nicht viel zu erzählen«, erwiderte sie.

Sie erzählte ihm in dieser Nacht, was sie niemandem seither mehr erzählt hatte: daß sie fett gewesen war und häßlich, daß kein Junge sie je angeschaut hatte. Fernand hielt sie immer noch im Arm und hörte ihr ruhig zu. Sie konnte seinen Atem in ihrem Nacken spüren und seinen Herzschlag an ihrem Rücken. Einmal fing sie an zu weinen, aber er störte auch ihre Tränen nicht. Er ließ sie weinen.

Sie hatte sich nie so offenbart, auch Ralph gegenüber nicht. Vor ihm oder auch im Freundeskreis hatte sie manchmal, wenn es im Gespräch um die Teenagerzeit ging, gesagt: »Damals war ich ein pummeliges Ding, mit dem keiner tanzen wollte!« Aber sie hatte dabei gelacht und in den Gesichtern der anderen gesehen, daß sie es für Koketterie und Übertreibung hielten, denn der schlanken Barbara, der schönen, eleganten, erfolgreichen, begehrenswerten Barbara konnte es ja nicht wirklich schlecht gegangen sein.

Wenn eine der Freundinnen dann ausrief: »*Du* warst mal pummelig und unansehnlich? Das glaube ich dir nicht!«, hatte sie sich riesig gefreut, denn genau diese Reaktion hatte sie provozieren wollen. Und doch war sie tief drinnen kalt und einsam geblieben, weil niemand das verletzte Kind in ihr sah und es tröstete.

Sie erzählte Fernand auch vom Selbstmord ihres Mandanten und heulte dabei schon wieder los, und Fernand mußte schließlich aus dem Bett steigen und auf die Suche nach einem Taschentuch gehen, damit sie sich die Nase putzen konnte.

»Das hattest du sicher nicht erwartet«, sagte sie schließlich, »eine Frau, die in deinen Armen liegt und nur noch flennt!«

»Ich hätte dich nicht gebeten, mir von dir zu erzählen, wenn ich nur an deiner Fassade interessiert wäre«, entgegnete er. »Du kannst reden, solange du willst. Du kannst weinen, solange du willst.«

Auf einmal fühlte sie sich auf eine wohlige, eine zufriedene Weise müde.

»Ich glaube, ich werde jetzt schlafen«, murmelte sie.

## Sonntag, 29. Dezember 1996

Laura hatte die ganze Nacht über kein Auge zugetan, hatte jede halbe Stunde Licht gemacht, um zu sehen, wie spät es war. Die Stunden schienen nicht vergehen zu wollen. Sie zitterte vor Ungeduld, endlich weiterzukönnen. Immerhin hatte sie es schon bis Leyburn geschafft, das war weiter, als Marjorie es ihr prophezeit hatte: »Du kommst bestenfalls bis Northallerton! Glaub doch nicht, daß von dort zur Zeit ein Bus geht!«

Nun – es war ein Bus gefahren. Die Straße war recht ordentlich geräumt, obwohl es, wie der Busfahrer erzählt hatte, inzwischen noch einmal neu geschneit hatte. Aber Laura hatte von Anfang an gewußt, daß die große Hauptstraße nicht das Problem sein würde. Das Problem lag zwischen Leigh's Dale und der Westhill Farm.

Der Bus endete in Leyburn. Es war bereits spät am Abend, und es gab keine Möglichkeit mehr zur Weiterfahrt. Am liebsten wäre sie zu Fuß losgestapft, aber sie zwang sich zur Vernunft. Sie informierte sich, wann am nächsten Morgen der erste Bus gehen würde – leider nicht vor zehn Uhr, wie sich herausstellte, denn es war Sonntag –, und machte sich dann daran, eine Unterkunft zu suchen. Sie fand ein »Bed & Breakfast«, das zwischen den Jahren geöffnet hatte, dessen Zimmer jedoch ziemlich heruntergekommen und schmuddelig waren und dessen einziger Vorzug darin bestand, daß die Übernachtung nur zehn Pfund kostete. Dort legte sie sich dann ins Bett und grübelte und wartete.

Um halb sieben stand sie auf. Draußen herrschte noch tiefe Dunkelheit. Sie stieß das Fenster auf, streckte den Kopf hinaus, ängstlich, daß es schon wieder schneien könnte. Aber die Luft war kalt und trocken. Im Schein der Straßenlaternen sah sie die gewaltigen Schneeberge, die sich rechts und links der Wege türmten. Sie gaben ihr einen Vorgeschmack auf das, was sie erwartete, wenn sie in Askrigg den Bus verlassen und sich – falls sie keine Gelegenheit zur Weiterfahrt fand – erst nach Leigh's Dale und dann zur Farm durchkämpfen würde. Besser, sie dachte vorläufig gar nicht darüber nach. Die Probleme kamen früh genug auf sie zu.

Sie zog sich an und überlegte, ob sie wohl schon hinuntergehen und frühstücken könnte. Sie hatte noch kein einziges Geräusch im Haus gehört. Sicher schlief die Wirtin noch und wäre verärgert, wenn Laura sie aufweckte.

Aber mein Bus fährt ja sowieso erst um zehn, dachte Laura und seufzte tief bei der Vorstellung, wie lange sie noch würde warten müssen. Sie setzte sich in den einzigen Sessel im Zimmer – ein uraltes Ungetüm, das selbst unter ihrem Fliegengewicht ächzend bis fast zum Boden durchsank – und dachte nach.

Diese Fremde aus Deutschland, diese Barbara, *hatte* eigenartig geklungen. Laura war sich da ganz sicher, ohne daß sie genau hätte benennen können, *was* ihr so eigenartig vorgekommen war. Sie hatte geistesabwesend gewirkt, grübelnd. Innerlich mit etwas schwer beschäftigt.

Natürlich konnte ihr irgend etwas im Kopf herumgegangen sein, Eheprobleme oder berufliche Sorgen; aber ein Instinkt sagte Laura, daß sie selbst Gegenstand von Barbaras Irritation gewesen war. Sie wußte, daß Marjorie ihr jetzt sagen würde, daß das, was sie für Instinkt hielt, nichts war als ihre Besessenheit, mit der sie alles auf sich und *ihr* Problem bezog. Daß sie sich gar nicht mehr vorstellen konnte, daß Menschen um etwas anderes als um *sie* kreisten. Und doch...

Sie war an einem Punkt ihres Lebens angelangt, an dem die Verzweiflung sie ständig zu überwältigen drohte. Seit Frances' Tod hatte sie um Westhill gekämpft und gekämpft, und die Sorgen hatten sie ausgelaugt und erschöpft. Manchmal fühlte sie sich wie ein ausgeblutetes Stück Fleisch.

Mit Frances war die Quelle von Kraft und Sicherheit versiegt, von der Laura gezehrt hatte, seitdem sie ein kleines Mädchen gewesen war. Mit Frances hatte sie ihre Mutter zum zweiten Mal verloren, war hilflos und allein zurückgeblieben. Mit nichts in den Händen als dem Haus. Es hatte sie gequält, Fernand Leigh Stück um Stück Land abtreten zu müssen; aber sie hatte sich immer damit getröstet, daß sie die Farm ohnehin nicht betrieb und daß es daher keine Rolle spielte, ob sie ein paar Weiden mehr oder weniger besaß.

Allerdings hatte sie seit dieser Zeit vor Scham keinen Blick mehr auf Frances' Photographie werfen können. Sie wußte, daß Frances den Kopf schütteln würde. Sie hatte kein Verständnis für Schwäche, hatte es nie gehabt. Laura konnte sie förmlich murmeln hören: »Warum mußte ich nur alles diesem hohlköpfigen kleinen Angsthasen Laura hinterlassen? Zu dumm, daß es keine andere Möglichkeit gab! Nun verpulvert sie alles, was einmal mir gehört hat!«

»Ich verspreche dir, das Haus gebe ich nicht her«, flüsterte Laura.

Aber Leigh wollte das Haus, das wußte sie. Von Anfang an hatte er es gewollt. Sie kannte ihn als rücksichtslos, wenn er sich einmal etwas in den Kopf gesetzt hatte.

Schon stieg die Panik wieder in ihr auf. Am ganzen Körper begann die Haut zu jucken. Ruhig, ermahnte sie sich, ruhig.

Mit einiger Mühe wuchtete sie sich aus dem durchhängenden Sessel. Tödlich, dieses Ding, für ihre rheumageplagten Gelenke! Sie hatte lange dagesessen; es war draußen unterdessen hell geworden. Ein fahlgrauer Wintermorgen. Wolken, die neuen Schnee versprachen. Ein trübes, kaltes Licht.

Erst einmal mußte sie herausfinden, was diese Barbara wußte. Dann konnte sie das Problem Fernand Leigh angehen. Eines nach dem anderen. Zuallererst frühstücken. Eine Tasse heißer Tee...

Doch sie ahnte, daß er ihr heute nicht helfen würde.

Barbara hatte lange und tief geschlafen, und als sie aufwachte, fühlte sie sich zunächst benommen und noch nicht in der Lage, klar zu denken. Draußen war es schon hell – soweit es an diesem Tag überhaupt hell werden wollte –, und da die Vorhänge nicht zugezogen waren, ließ sich im Zimmer alles erkennen. Schrank und Kommode, ein Spiegel, ein gewebter Wandteppich – das war nicht *ihr* Zimmer! Sie lag mollig warm unter einer dicken Federdecke, aber, wie sie nun feststellte, die Decke war nicht mit Bettwäsche bezogen, genausowenig wie Kopfkissen und Matratze.

Und in dem Augenblick, in dem sie verwirrt mit den Fingern das verblichene Muster auf der Matratze nachzeichnete, schwappte die Erinnerung über sie hinweg und brachte glasklare Bilder mit sich; und für einige Sekunden lag Barbara stumm und fassungslos im Bett und hoffte verzweifelt, daß es sich um einen Traum handeln möge, der nichts mit der Wirklichkeit zu tun hatte.

Aber statt dessen tauchten nur immer mehr Bilder aus der vergangenen Nacht in ihr auf, und ihr wurde schwindelig. Ein wildfremder Mann. Sie war mit einem wildfremden Mann ins Bett gegangen, von dem sie kaum etwas wußte, und was sie wußte, hätte sie unter allen Umständen abschrecken müssen. Aber nichts hatte sie abgeschreckt, im Gegenteil, fünf- oder sechsmal hintereinander hatte sie mit ihm geschlafen, hatte überhaupt nicht aufhören können, hatte sich verausgabt bis zur völligen Erschöpfung. Dieses Bett, in dem sie lag, mußte getränkt sein mit Schweiß und Sperma; denn den Anstand, wenigstens ihr eigenes Bett zu benutzen, hatte sie ja nicht mehr aufgebracht in ihrer Geilheit – sie dachte das Wort bewußt und und mit einer gewissen brutalen Zufriedenheit. Überdies hatte sie ihm auch noch eine ganze Reihe intimer Geheimnisse anvertraut und sich dabei gut gefühlt. Sie hatte sich überhaupt die ganze Zeit über gut gefühlt, erinnerte sie sich. Befreit. Von ihrem Schamgefühl, ihrer Unlust, ihrer klinisch-sterilen Sauberkeit.

Und jetzt?

Sehr gut, Barbara, sagte sie zu sich. Sämtliche Machos dieser Welt wären hingerissen von dir. Endlich ein lebendes Beispiel für ihre Primitivüberzeugung, daß alles, was eine lustlose Frau braucht, ein guter Fick ist, und schon sieht die Welt ganz anders aus!

Aber es stimmte eben nicht. Sie war immer noch sie selbst. Sie hatte eine Seite von sich erblickt, die sie nicht gekannt hatte, aber sie hatte sich selber nicht verlassen. Die Erde hatte sich gedreht seit dem Abend zuvor, es war wieder Tag, und Barbara war Barbara. Sie wußte nicht, was in sie gefahren war. Sie hatte ihren Mann betrogen, während er unterwegs war, um unter schwierigsten Bedingungen etwas zu essen für sie zu beschaffen, und Fernand Leigh hatte seine Frau betrogen, die es ohnehin schwer genug mit ihm hatte. Es gab eine Menge Dinge, die sie an dem Mann, mit dem sie geschlafen hatte, nicht mochte. Und nun verspürte sie das dringende Bedürfnis nach einer langen, heißen Dusche.

Sie verließ das Bett, raffte ihre verstreut im Zimmer herumliegenden Kleidungsstücke zusammen. Als sie auf den Gang hinaustrat, roch sie den Duft nach gebratenem Speck und Kaffee, der von unten heraufzog. Sie erinnerte sich, daß sie sich während der Lektüre von Frances Grays Lebensbericht genau diese Atmosphäre einmal vorgestellt hatte: ein kalter Wintermorgen, der Geruch von Kaffee und gebratenem Speck, eine fröhliche Familie, die sich zum Frühstück versammelte.

Sie hätte es begrüßt, wenn eine Familie dort unten auf sie gewartet hätte; Geschwister, mit denen man streiten, eine Mutter, der man die bösen Träume der Nacht erzählen konnte. Statt dessen wartete da ein Mann, von dem sie zunehmend wünschte, sie wäre ihm nie begegnet.

Sie duschte ausgiebig, ging dann in ihr eigenes Zimmer hinüber, nahm sich frische Sachen zum Anziehen. Sie schminkte sich sorgfältig, wobei sie nicht von dem Wunsch geleitet wurde, Fernand besonders gut zu gefallen, sondern von dem Bedürfnis, eine gewisse maskenhafte Unnahbarkeit zu erlangen. Der Anblick ihres schönen, etwas künstlich wirkenden Gesichts im Spiegel half ihr, das Gleichgewicht wiederzufinden. Sie hatte ein paar verräterische rote Flecken am Hals und an ihren Brüsten entdeckt und war froh, daß der dunkelblaue Rollkragenpullover, für den sie sich entschieden hatte, alle Spuren verbarg. Sie war wieder die disziplinierte, erfolgreiche Rechtsanwältin. Sie mußte nun zusehen, daß Fernand das Haus verlassen hatte, ehe Ralph zurückkehrte.

Die Küche war leer, als Barbara hinunterkam. Auf dem Tisch – der mit Tellern und Tassen gedeckt, mit einer Kerze und einem Strauß Tannenzweigen geschmückt war – standen auf drei Wärmeplatten abgedeckte Schüsseln. Barbara spähte hinein. Rühreier und Speck, heiße Würstchen, gegrillte Champignons mit Tomaten. Der Toaster war eingesteckt, ein paar Scheiben Weißbrot lagen daneben. Eine Thermoskanne hielt den Kaffee heiß.

»Er ist perfekt«, murmelte Barbara beeindruckt. Sie sah sich suchend um, in der Hoffnung, einen Zettel zu entdecken, der ihr mitteilen würde, daß Fernand bereits gegangen war, aber nichts dergleichen lag herum. Außerdem war sein Gedeck so unberührt wie ihres. Er hatte eindeutig vor, mit ihr gemeinsam zu frühstücken, und sie würde ihm das kaum verwehren können.


Sie fand ihn im Eßzimmer. Halb saß, halb lehnte er auf der Fensterbank, die langen Beine weit von sich gestreckt. Im fahlen Licht dieses Morgens sah er nicht mehr so unwiderstehlich aus wie am Abend zuvor im Kerzenschein. Unter den Augen wirkte er etwas aufgeschwemmt; ein Indiz für seinen übermäßigen Alkoholgenuß. Sein Gesichtsausdruck verriet Anspannung.

»Guten Morgen, Barbara«, sagte er.

Sie war in der Tür stehengeblieben, kam nun unsicher einen Schritt näher.

»Guten Morgen, Fernand. Tut mir leid, daß ich so lange geschlafen habe.«

»Warum sollte dir das leid tun?«

»Weil du das Frühstück ganz allein gemacht hast.«

»Ach«, sagte er wegwerfend, »das war nun wirklich keine Arbeit!«

Wie fremd man sich sein kann nach so einer Nacht, dachte Barbara.

Sie öffnete den Mund, um ihn aufzufordern, mit ihr in die Küche zu kommen, da fiel ihr Blick zum erstenmal an diesem Morgen auf seine Hände. Er hatte ein paar Blätter Papier zu einer Rolle gedreht und bewegte sie langsam auf und ab. Ruckartig sah sie zu dem Manuskriptstapel, der noch immer vor dem Kamin lag. Gestern abend hatte sie ihn wegbringen wollen, aber dann war Fernand überraschend erschienen, und sie hatte es völlig vergessen.

Sie starrte ihn an. In ihren Augen blitzte Wut. »Du schnüffelst in meinen Sachen?«

Er erhob sich von der Fensterbank, trat an den Tisch und legte die Papiere, die er in der Hand gehalten hatte, darauf ab. Er lächelte. »Du hast in Lauras Sachen geschnüffelt, so wie ich die Dinge sehe!«

Sie versuchte an seiner Miene zu erkennen, *was* er gelesen hatte. Keinesfalls alles natürlich. Er wirkte nicht im mindesten schockiert oder erschüttert. Er konnte nichts wissen über den Mord an Victoria – der ersten Frau seines Vaters.

»Was ich tue«, sagte sie kühl, »geht dich nichts an.«

Er betrachtete sie nachdenklich. »Wo hast du es gefunden? Die gute Laura hat sechzehn Jahre lang vergeblich danach gesucht. Allerdings ist Laura auch wirklich nicht besonders clever. Nicht annähernd so klug wie du.«

Er wußte viel. Das irritierte Barbara. Er hatte offenbar von der Existenz dieser Aufzeichnungen schon seit Jahren gewußt. Er hatte gewußt, daß Laura – wie Barbara sich das auch schon selbst zurechtkombiniert hatte – verzweifelt danach geforscht hatte. Wußte er auch, *warum*?

»Ich habe es durch Zufall entdeckt«, erklärte sie kurz. »Im

Schuppen unter einem der Dielenbretter. Es ist durchgebrochen, als ich darauf trat. Das war der Unfall.« Sie berührte ihr verfärbtes Kinn.

Fernand nickte. »Verstehe. Aber du dürftest recht bald bemerkt haben, daß es wohl kaum für dich bestimmt ist.«

Sie fragte sich, was er sich eigentlich einbildete. Stand da wie ein Vernehmungsbeamter und stellte Fragen nach Dingen, die ihn nichts angingen.

»Dir gegenüber muß ich mich nicht rechtfertigen«, sagte sie.

»Bis wohin hast du es gelesen?«

»Von Anfang bis Ende.«

»Ich habe nur den Schluß gelesen. Ich wollte wissen, ob sie's wirklich getan hat.«

»Ob wer was getan hat?«

»Frances. Ich wollte eigentlich herausfinden, ob sie beides getan hat: ihre Schwester erschossen und das dann auch noch schriftlich festgehalten. Davor hatte Laura ja solch eine Heidenangst.«

»Du wußtest davon?«

»Weshalb erstaunt dich das so?«

»Ich hätte nicht gedacht, daß Laura es irgend jemandem erzählt hat. Ganz offensichtlich weiß nicht einmal ihre Schwester Marjorie Bescheid. Mir war nicht klar, daß du ihr Vertrauter bist.«

Fernand lachte. »Ihr Vertrauter! Das ist gut. Ihr Vertrauter bin ich bestimmt nicht.«

Barbara runzelte die Stirn. »Aber sie hat dir alles erzählt.«

Die Hände in den Hosentaschen, trat er ans Fenster, sah hinaus. Sein Pullover spannte ein wenig über seinen breiten Schultern.

»Sie hat mir gar nichts erzählt«, sagte er, »sie wäre nie auf die Idee gekommen. Sie könnte ja fast meine Mutter sein! In mir hat sie im Grunde immer nur einen kleinen Jungen aus der Nachbarschaft gesehen.«

»Dann hat Frances es erzählt?«

»O nein! Frances war kein Plappermaul. Was sie zu sagen hatte, hat sie aufgeschrieben. Ihr Fehler war, daß sie es nicht vernichtet hat – obwohl das für Laura nicht viel geändert hätte.«

»Könntest du aufhören, in Rätseln zu sprechen?«

Er drehte sich zu ihr um. Seine Augen musterten sie kühl. Jede Zärtlichkeit war aus ihnen verschwunden.

»Was hast du vor?« fragte er. »Was wirst du mit den Informationen anfangen, die du gewonnen hast?«

Sie zuckte die Schultern. »Was soll ich schon damit anfangen? Die Geschichte ist längst verjährt. Die Täterin ist nicht mehr am Leben.«

»Ihre Helfershelferin lebt noch.«

»Laura? Ich bin gar nicht sicher, ob sie wegen Beihilfe zu belangen gewesen wäre. Ich kenne mich allerdings im englischen Strafrecht nicht aus.«

»Dafür um so mehr im deutschen. Seit du mir letzte Nacht erzählt hast, daß du eine erfolgreiche Anwältin bist, habe ich noch mehr Achtung vor dir. Du bist sehr intelligent, Barbara. Ich finde intelligente Frauen hocherotisch.«

Erotik war ein Thema, das Barbara im Moment unbedingt vermeiden wollte.

»Kommen wir zur Sache«, sagte sie ungeduldig. »Ich finde, daß...«

»Ob Laura nun Beihilfe geleistet hat oder nicht, ist nicht so entscheidend«, unterbrach Fernand. »Tatsache ist, sie *glaubt* seit jenem Tag, daß sie ebenso schuldig ist wie Frances.«

»Wer hat ihr denn das eingeredet?«

»Ich nehme an, sie sich selbst. Und ich könnte mir denken, Frances Gray hat zumindest nicht allzuviel unternommen, sie eines anderen zu belehren. Immerhin mußte Laura unbedingt den Mund halten. Angst ist da kein schlechtes Mittel zum Zweck.«

»Aber letztlich«, sagte Barbara, »hat sie doch nicht den Mund gehalten, oder?«

»Sie wurde mit der Geschichte nicht fertig. Typisch Laura, sie wird nie mit irgend etwas fertig. Diese Frau ist so furchtbar schwach. Ich kenne sie ja, solange ich lebe. Sie war sechzehn oder siebzehn, als ich geboren wurde, also noch jung. Aber komischerweise erinnere ich mich an sie nie als an einen jungen Menschen. Sie sah immer so sorgenvoll aus, lachte kaum, lief stets herum, als trage sie die Last der Welt auf ihren Schultern. Meine Mutter erzählte mir, sie habe ein Bombentrauma aus dem Krieg. Na ja. Arme, alte Seele.«

»Wem hat sie sich anvertraut?«

»Kommt dir da keine Idee?«

Barbara schüttelte den Kopf. »Nein.«

»Meiner Mutter«, sagte er, »sie hat alles meiner Mutter erzählt.«

»Marguerite!«

»Ich war ja noch ein Baby, ich habe diese Phase nicht bewußt mitbekommen. Aber meine Mutter hat mir später davon erzählt. Laura kam damals immer zu ihr und nahm Privatunterricht. Sie litt unter Bulimie – heute eine sehr bekannte Krankheit und durch die Prinzessin von Wales sogar gesellschaftsfähig, aber in den vierziger Jahren wußte man wenig davon, schon gar nicht hier auf dem Land. Ich glaube nicht, daß Laura bei Frances auf großes Verständnis stieß, obwohl sich Frances sicher Mühe gab. Aber Frances war nicht der Typ Frau, der es begreift, wenn ein Mädchen abwechselnd frißt und kotzt. In erster Linie hat ein solches Verhalten sie vermutlich sogar geärgert.«

Barbara gab ihm im stillen recht. In materieller Hinsicht hatte Frances für Laura sicher sehr pflichtbewußt gesorgt, aber verstanden hatte sie das kranke, ängstliche Kind wohl nie. Marguerite hingegen ...

Ihr fiel eine Stelle aus Frances' Bericht ein: »... der einzige Mensch, dem Marguerite eine gewisse Herzlichkeit entgegenbrachte, war Laura, für die sie sich offenbar verantwortlich fühlte.« Marguerite hatte in Paris als Lehrerin junge Mädchen unterrichtet. Sie war ausgebildete Pädagogin. Sie hatte auf eine sehr professionelle Weise gewußt, wie sie mit Laura umgehen mußte.

»Meine Mutter hatte es sich zur Aufgabe gemacht, Laura zu helfen«, sagte Fernand. »Sie redete viel mit ihr, gewann immer mehr ihr Vertrauen. Nach Victorias geheimnisvollem Verschwinden ging es Laura psychisch schlechter denn je, was Mutter natürlich auffiel. Sie sah einen Zusammenhang mit Victorias Abwesenheit, meinte, Laura komme nicht damit zurecht, einen Menschen aus ihrer neuen Familie verloren zu haben. Schließlich wurde sie ja ständig geradezu geschüttelt von Verlustängsten. Sie brachte das Gespräch immer wieder auf Victoria – und zuletzt brach Laura zusammen. Sie erzählte alles.«

»O Gott«, murmelte Barbara.

Fernand lachte. »Das hat meine Mutter wohl auch gesagt. Sie war entsetzt und empört – vor allem, weil Frances ja einem Deutschen Unterschlupf gewährt hatte. Ihr erster Mann ist in einem

deutschen KZ gestorben, wie du sicher weißt. Sie empfand Frances'
Tat als Verrat. Manchmal denke ich, das mit dem Deutschen hat sie
weit schlimmer gefunden als den Mord an Victoria.«

»Aber sie ging nicht zur Polizei.«

»In erster Linie wegen Laura. Sie hätte dem Mädchen das Zuhause, das es so liebte, wieder zerstört. Und dann empfand sie wohl
auch eine gewisse Loyalität gegenüber Frances. Sie hatte ihr geholfen, als sie nach Leigh's Dale gekommen war und ein armseliges
Emigrantendasein gefristet hatte. Mutter konnte ihr das nicht einfach vergessen.«

»Aber hat sie Frances erzählt, was sie wußte?«

Fernand schüttelte den Kopf. »Nein. Sie hat sich einfach nur
immer mehr von ihr distanziert. Keine Ahnung, ob Frances das
überhaupt bemerkt hat. Die lebte ohnehin ihr eigenes Leben. Sie
und Laura waren hier ganz allein, nachdem auch noch die alte
Haushälterin gestorben war.«

»Laura war eine junge Frau. Ich kann mir kaum vorstellen, daß
es die einzige Perspektive ihres Lebens gewesen sein konnte, hier auf
der Farm mit Frances zu leben.«

»Sie wollte es nicht anders. Ich erinnere mich, daß Frances irgendwann fand, Laura müsse eine Berufsausbildung absolvieren
und ein bißchen selbständig werden. Sie schickte sie auf eine Sekre-
tärinnenschule nach Darlington und mietete ihr dort auch ein Zimmer. Es wurde ein Fiasko. Laura war schließlich krank vor Heimweh und mußte nach Westhill zurückgeholt werden.«

»Sie kommt mir vor«, sagte Barbara nachdenklich, »wie ein
Mensch, der nie gelebt hat.«

»In gewisser Weise«, meinte Fernand, »hat sie das auch nicht. Sie
war von so vielen Ängsten geplagt, sie konnte sich gar nicht entfal-
ten. Aber über all das habe ich natürlich als Heranwachsender gar
nicht nachgedacht. Laura war einfach ein Stück Inventar der Westhill Farm – ein altersloses Wesen, das immer Augen machte, als
habe es ein Gespenst gesehen. Sie war stets sehr nett. Sie machte
dann eine Ausbildung zur Hauswirtschafterin in Leyburn und
lernte ganz anständig kochen. Sie steckte mir oft etwas zu, ein Stück
Kuchen oder Reste vom Nachtisch. Sie war entsetzlich bemüht,
Frances alles recht zu machen, denn sie lebte ja in einer Heidenangst, die könnte sie wegschicken. Ich glaube, Frances fühlte Ver-

antwortung für sie, hatte wohl auch Mitleid, aber Lauras Unterwürfigkeit ging ihr rasend auf die Nerven. Sie herrschte die Ärmste oft ungeduldig an, und dann war Laura tagelang am Boden zerstört.«

»Du warst viel hier als Kind?«

Er nickte, und in seine Züge, die so kühl waren an diesem Morgen, trat wieder ein Ausdruck von Wärme.

»Sehr viel. Ich mochte Frances Gray. Sie hatte so viel Stolz. Sie war eine Kämpfernatur. Hat sie in ihrem Buch geschrieben, daß sie als junges Mädchen mit den Suffragetten im Gefängnis saß? Sie hatte Mut und Kraft. Sie züchtete Pferde und brachte mir das Reiten bei. Manchmal durfte ich hier übernachten. Ich liebte das Haus. Daleview kam mir immer kalt und düster vor. Ich glaube, daß ich dort immer fror. Ich friere da noch heute.«

Genau das, was Frances über das Haus sagte, dachte Barbara, und was auch Victoria empfand. Vielleicht gibt es das: ein Haus, in dem einfach niemand glücklich werden kann.

»Wann hat dir Marguerite von jenem... Vorfall im Krieg erzählt?« fragte sie.

»Sehr spät. Als mein Vater schon längst nicht mehr lebte und ich bereits verheiratet war. Meine Mutter starb 1974, sechs Jahre vor Frances Gray, obwohl sie ja wesentlich jünger war. Sie war hier nie wirklich heimisch geworden. Ich glaube auch, sie ist über den schrecklichen Tod ihres ersten Mannes nicht hinweggekommen. Die Ehe mit meinem Vater war eine Vernunftsache, das Beste, was eine arme Emigrantin tun konnte. Sie kamen ganz gut miteinander zurecht, aber... nun, ihr Herz gehörte einem Toten, und Vaters Herz... Er hat von Kindheit an Frances Gray geliebt, das dürfte auch in dem Buch stehen, und bis er starb, hat sich daran nichts geändert.«

Barbara nickte.

»Meine Mutter bekam Krebs und wußte schließlich, daß es zu Ende ging. Ich war einunddreißig damals. Ich weiß bis heute nicht, weshalb sie mir, drei Tage bevor sie starb, diese alte Geschichte anvertraute. Meine Mutter war katholisch, vielleicht belastete es sie, mit dem Wissen um einen ungesühnten Mord in die Ewigkeit zu gehen. Es mir zu sagen bedeutete möglicherweise eine Art Beichte für sie; aber es wäre sicher besser gewesen, sie hätte einen richtigen

Priester geholt.« Er schwieg einen Moment. »Ich sagte Laura erst acht Jahre später, daß ich alles wußte«, sagte er dann, »und sie fiel aus allen Wolken vor Entsetzen. Arme, alte Schachtel. Sie hätte sicher nie gedacht, daß Marguerite das Geheimnis ausgerechnet ihrem nichtsnutzigen Sohn anvertraut.«

»Bist du ein nichtsnutziger Sohn?« fragte Barbara.

Er trat näher. »Als was würdest du mich denn bezeichnen?«

»Ich weiß nicht viel über dich«, entgegnete Barbara und trat einen Schritt zurück. »Cynthia erzählte, daß du zuviel trinkst. Und du mißhandelst deine Frau. Sie sah schrecklich aus, damals in Cynthias Laden kurz vor Weihnachten. Ich weiß nicht, ob der Begriff ›nichtsnutzig‹ das trifft, was du bist.«

»Nenne mir den Begriff, den du verwenden würdest!«

»Unbeherrscht«, sagte Barbara, »jähzornig. Brutal.«

Er deutete eine ironische Verbeugung an, aber in seinen Augen war ein gefährliches Glitzern. »Vielen Dank für die reizende Charakterisierung!«

»Du hattest mich gefragt.«

»Du bist also mit einem unbeherrschten, jähzornigen, brutalen Mann ins Bett gegangen. Und hast es verdammt genossen, wie ich den Eindruck hatte.«

Sie mühte sich um Festigkeit in ihrer Stimme. »Wir sollten davon nicht mehr sprechen.«

»Aha. Wieder ganz die alte!« Das Glitzern in seinen Augen verstärkte sich. »Möchtest du gern wissen, wie ich dich sehe? Perfektionistisch. Überkontrolliert. Keiner darf merken, wieviel von dem dicken Mädchen, das so oft verletzt wurde, noch in dir schlummert.«

»Immerhin schädige ich niemanden.«

»Niemanden. Außer – dich selbst!«

»Das ist meine Sache.«

Er nahm eine ihrer langen, blonden Haarsträhnen in die Hand, ließ sie zwischen zwei Fingern hindurchgleiten. »Ich bewundere dich«, sagte er leise, »ich bewundere diese eiserne Entschlossenheit, mit der du der Welt dieses schöne Bild einer absolut perfekten Frau zeigst. Ich habe diese Entschlossenheit auch an Frances Gray bewundert. Du erinnerst mich an sie, Barbara, das war schon auf den ersten Blick in Cynthias Laden so, obwohl du um ein Vielfaches schöner bist. Frances galoppierte noch mit über achtzig Jahren hier auf ihren Pferden herum, obwohl sie unter Arthrose litt, und wenn sie sich unbeobachtet glaubte, sah man, wie schwer ihr jede Bewegung fiel. Aber sie hätte sich eher die Zunge abgebissen, als das zuzugeben, und bis zum Schluß durfte man ihr nicht mal den Steigbügel halten, wenn sie aufstieg.« Er lachte leise in der Erinnerung an die alte, trotzige Frau.

»Manchmal, wenn ich zu Besuch kam und sie saß im Garten und hatte mich noch nicht bemerkt, dann sah ich ihren traurigen, verlorenen Blick, der irgendwo in ihre Vergangenheit gerichtet war. Aber kaum trat ich näher, verschwand der Kummer aus ihrem Gesicht, und sie war wieder der Indianer, der keinen Schmerz kennt. Sie war eine großartige Frau.« Leise fügte er hinzu: »*Du* bist eine großartige Frau!«

»Nein.« Sie wich noch ein Stück zurück und stand nun schon fast im Flur. »Reden wir nicht über mich, Fernand. Wir waren bei deinem Charakter. Ich habe kein Verständnis für das, was du tust. Du bist ein gutaussehender, starker, gesunder Mann. Das Familienleben in deiner Kindheit war sicher nicht ganz unkompliziert, aber auch keine Katastrophe. Du hast genügend Besitz geerbt, um ein Leben im Wohlstand führen zu können. Du mußtest nie in einem Krieg kämpfen, der dich aus der Bahn hätte werfen können, so wie es deinem Vater passiert ist. Es gibt einfach keinen Grund und keine Entschuldigung dafür, daß du trinkst und deine Frau mit den Fäusten traktierst. Es gefällt mir nicht, daß du das tust. Unglücklicherweise habe ich gestern abend daran einfach nicht mehr gedacht.«

»Das kommt selten vor, was? Daß du nicht mehr denkst. Ich glaube fast, ich kann mir durchaus etwas darauf einbilden, dich so heiß gemacht zu haben, daß du glatt vergessen konntest, was für ein böser, böser Junge dich da vögelt!«

»Ich sagte bereits, wir sprechen nicht mehr darüber.«

»Oh!« Wieder kam er näher und stand nun wie eine Mauer vor ihr. Sie widerstand dem Impuls, abermals zurückzuweichen. Er durfte keinesfalls merken, daß sie Angst bekam.

»Du sagtest es bereits? Und was du sagst, das geschieht?«
Sie erwiderte nichts.

»Funktioniert das bei deinem Mann? Läßt er sich diesen Ton

bieten? Ich glaube, er zieht den Schwanz ein und kuscht, wenn du deine Befehle ausgibst.«

»Ich möchte, daß du jetzt gehst«, sagte Barbara kalt.

»Genau so habe ich ihn eingeschätzt bei unserer ersten Begegnung«, sagte Fernand ungerührt. »Ein Weichei. Kein Wunder, daß du bei ihm nicht auf Touren gekommen bist. Mir war sonnenklar, daß ich dich nur einmal allein erwischen muß, und du ziehst ab wie eine Rakete.«

Sie kniff die Augen zusammen. »Du hast gewußt, daß ich allein bin, stimmt's? Deshalb bist du gestern abend hier so plötzlich aufgetaucht.«

Einen Moment lang schien es, als wolle er es abstreiten, aber dann nickte er. »Ja. Ich wußte es. Meine Frau hatte mit Cynthia telefoniert, und die ist nun einmal die erste Klatschtante in der Gegend. Sie erzählte sofort, daß ihr halbverhungert auf der Farm sitzt, daß dein Mann nun losgezogen ist, etwas zum Essen zu organisieren, daß du nichts von ihm hörst und in großer Sorge bist. Na ja, und da dachte ich...«

»Du dachtest, wenn du bei der armen, hungrigen Barbara mit einem Rucksack voller Essen aufkreuzt, wird sie sich vor lauter Dankbarkeit sofort von dir flachlegen lassen«, sagte Barbara bitter.

Sie war wütend auf ihn, aber allmählich wurde sie auch zunehmend wütend auf sich. Sein Kalkül mochte ekelhaft gewesen sein; aber es hatten zwei dazu gehört, es aufgehen zu lassen, und sie hatte äußerst bereitwillig angebissen. Wahrscheinlich hatte er die ganze Zeit über innerlich triumphiert.

»Ich weiß nicht mehr genau, was ich im einzelnen dachte«, sagte er ernst. »Ich weiß nur, daß ich mit dir allein sein wollte. Ich mußte immer wieder an dich denken seit unserer ersten Begegnung.« Wieder hob er die Hand und wollte in ihr Haar greifen, aber diesmal bog sie rechtzeitig den Kopf zurück.

»Wir frühstücken jetzt«, sagte sie, »und dann solltest du dich auf den Heimweg machen.«

»Danke, daß du mir noch eine Tasse Kaffee zugestehst, ehe du mich hinauswirfst«, sagte er ironisch.

Sie ignorierte diese Bemerkung, schlängelte sich an ihm vorbei ins Zimmer und packte den Papierstapel, der noch immer auf dem Tisch lag.

»Ich werde das wieder dorthin bringen, wo ich es gefunden habe. Laura braucht nicht zu erfahren, daß ich das Geheimnis kenne.«

Er nickte. »Sehr vernünftig.«

Barbara zögerte. »Andererseits... sie lebt in ständiger Panik, daß jemand die Aufzeichnungen findet. Sie hat eine Heidenangst, für diese Geschichte damals belangt zu werden. Ich weiß nicht, ob es richtig ist, sie für den Rest ihres Lebens in dieser Angst zu belassen.«

»Du solltest nicht Schicksal spielen wollen, Barbara«, sagte Fernand.

»Aber das Schicksal hat mich nun einmal über diese ganze Geschichte buchstäblich stolpern lassen«, beharrte Barbara. »Irgendwie habe ich das Gefühl, ich habe damit auch eine Verantwortung zugeschoben bekommen.«

»Das ist doch Unsinn!«

»Diese arme, alte Frau! Hätte sie es nicht verdient, wenigstens in den letzten Jahren, die ihr noch bleiben, etwas Ruhe und Frieden zu finden?«

»Du willst ihr sagen, daß sie nichts zu befürchten hat?«

»Ich finde es fast unmenschlich, sie weiterhin in ihrer panischen Angst wegen eines Verbrechens zu belassen, das erstens verjährt ist und für das es ohnehin immer schwierig gewesen wäre, ihr eine Mittäterschaft nachzuweisen. Ich kann nicht verstehen«, sie schlug wütend mit dem dicken Papierstapel auf den Tisch, »warum sie nicht irgendwann einmal juristischen Rat eingeholt hat! In all den Jahren!«

»Sie ist ein Mensch, der immer und in allen Fragen des Lebens nur von Furcht beherrscht wird, und Furcht ist ein schlechter Ratgeber. Sie hätte vermutlich auch jedem Juristen mißtraut, hätte gefürchtet, verraten zu werden.«

»Wie kann man nur so weltfremd sein! Ein Anwalt unterliegt der Schweigepflicht. Sie hätte...« Barbara unterbrach sich mitten im Satz. Ihre Augen wurden groß und fragend. Sie starrte Fernand an. »Warum hast *du* sie nicht aufgeklärt? Du kanntest das Geheimnis. Du wußtest, daß sie sich vor Angst verzehrt und daß diese Angst überflüssig war. Warum hast du ihr das nicht gesagt?«

Er schwieg, hielt ihrem Blick stand, ohne mit der Wimper zu

zucken. Und plötzlich begriff Barbara. In dem Schweigen, das zwischen ihr und Fernand lag, breitete sich die Wahrheit aus, stand schließlich scharf umrissen und aufrecht da. Die Puzzleteile fügten sich zusammen und gaben Antwort auf alle Fragen.

»Du erpreßt sie«, sagte Barbara. »Natürlich. Du hast nicht das mindeste Interesse daran, sie erfahren zu lassen, daß ihr nichts passieren kann. Ich wette, du hast ihre Angst bei jeder Gelegenheit noch geschürt, und das war sicher nicht schwer bei dieser neurotischen alten Frau, die ja, wie du sicher zu Recht vermutet hast, vorher schon von Frances Gray in einer gewissen Unsicherheit gehalten wurde; denn für Frances hätte die Sache gefährlich werden können, und sie mußte sichergehen, daß die Zeugin den Mund halten würde.«

Sie faßte sich an den Kopf. »Mein Gott, wo habe ich nur meinen Verstand gehabt! Nun ist alles klar! Deshalb ist Laura ständig in so verzweifelter Geldnot. Mir war bewußt, daß sie nicht viel Geld haben kann, aber weshalb sie in *solchen* Schwierigkeiten steckt, wollte mir nicht einleuchten. Aber da du ständig Schweigegeld von ihr forderst, kann sie auf keinen grünen Zweig kommen.«

Sie überlegte kurz. »Wahrscheinlich hast du ihr auch klargemacht, daß es viel zu gefährlich sei, einen Anwalt aufzusuchen. Irgend etwas wird dir schon eingefallen sein – etwa, daß dessen Schweigepflicht bei Mord endet oder aufzuheben ist, wenn sie der Strafvereitelung dient, oder etwas Ähnliches. Und falls Laura tatsächlich je etwas von Verjährung gehört hat, so hast du sicher etwas für sie erfunden – in der Art, daß sie zwar nicht mehr für das Verbrechen belangt werden könne, daß ihr aber das Haus nicht mehr gehören würde; denn es sei fraglich, ob Frances, die durch einen Mord in den Alleinbesitz gekommen war, es überhaupt legal an sie hätte vererben können!«

»Man erkennt die spitzfindige Anwältin. Ich sagte ja, du bist eine kluge Frau, Barbara.«

»Deine Mutter starb 1974. Es ist anzunehmen, daß Frances ihren Bericht danach niederlegte; denn der Prolog, den sie zuletzt schrieb und dann ihren Aufzeichnungen voranstellte, datiert aus dem Jahr 1980, wurde also unmittelbar vor ihrem Tod verfaßt. Laura bekam erst dann wirklich Angst, als sie wußte, daß dieses Buch existiert – und später natürlich, als sie erfuhr, daß es noch einen Mitwisser gibt, nämlich dich. Aber da war es zu spät. Der einzige Mensch, an den sie sich hätte wenden und der sie hätte beruhigen können, war tot: Marguerite. Sie konnte nicht mehr helfen.«

Fernand sagte nichts.

»Sie hat fast ihr gesamtes Land zu Schleuderpreisen an dich abgetreten«, fuhr Barbara fort. »Du wolltest das Land, und sie mußte es dir geben. Die lächerlich geringe Kaufsumme, die sie dafür bekommen hat, diente nur als Beweis, daß überhaupt ein Geschäft stattgefunden hat. Natürlich spielte sich das alles nach und nach im Verlauf mehrerer Jahre ab, es sollte ja nicht zu auffällig sein. Niemanden wunderte es, daß Laura Weideland verkaufte, was sollte sie schon damit, sie führte ja keine Farm mehr. Ihre Schwester fand es eigenartig, daß sie trotzdem ständig über Geldnot jammerte, aber Laura jammerte schließlich immer wegen irgend etwas. Man kannte sie nur in Weltuntergangsstimmung. Als letztes wäre das Haus drangekommen, und du hättest geschafft, was deinem Vater und Großvater nicht gelungen war: das Land der Grays zu besitzen. Ja, um ein Haar wäre dir das wirklich geglückt. Laura hätte zu ihrer Schwester oder sonstwohin ziehen müssen, und du hättest ihr sicher überzeugend einreden können, daß es schlimme Folgen für sie haben würde, wenn sie nicht weiterhin schwiege.«

Er hatte ihr ruhig – zu ruhig, fand sie – zugehört. Nun fragte er: »Woher wußtest du, daß sie mir Land für wenig Geld verkauft hat?«

»Ich habe die Verträge gefunden. Unsere Heizung funktionierte ja nicht, und ich suchte Papier, um das Feuer in Gang zu bringen. Dabei fielen mir eure Vereinbarungen in die Hände. Ich war ziemlich irritiert – aber ich kam nicht auf die Wahrheit.«

»Hat dir deine Mutter nie beigebracht, daß man nicht in anderer Leute Sachen schnüffelt?« fragte Fernand leise.

Seine Stimme klang in ihrer Sanftheit gefährlich. Sein Gesichtsausdruck hatte sich verändert. Jetzt war etwas in seinen Augen, das Barbara eine Gänsehaut verursachte. Sie verstand, warum seine Frau so ängstlich ausgesehen hatte. Auf einmal war er ein Mann, der Gewaltbereitschaft verströmte wie einen unangenehmen Geruch. Nichts mehr erinnerte an den einfühlsamen Liebhaber aus der vergangenen Nacht, an den fürsorglichen Nachbarn, der Essen brachte, den Tisch deckte und ihr lächelnd zusah, wie sie all die

Köstlichkeiten in sich hineinschlang. Jetzt war er nur noch ein Feind, unberechenbar und voll verhaltener Wut. Und sie war mutterseelenallein mit ihm.

Instinktiv wußte sie, daß ihn Schwäche nicht erweichte, Stärke aber beeindruckte. Er hatte echt geklungen, als er von seiner Verehrung für Frances Gray gesprochen hatte. Sie versuchte, nicht die mindeste Spur von Angst zu zeigen.

»Ich werde dich ins Gefängnis bringen, Fernand«, sagte sie, »du hast Laura über Jahre hin auf eine schäbige Weise erpreßt, und es wird kaum einen Richter geben, der dir nicht zu gern den Prozeß macht. Und wenn du es jetzt bei *mir* mit Erpressung versuchen willst – das kannst du dir sparen. Ich werde es meinem Mann selbst erzählen, daß ich mit dir geschlafen habe. Du wirst überhaupt nichts gegen mich in der Hand haben.«

Seine Faust schnellte so plötzlich vor, daß Barbara nicht mehr ausweichen konnte. Sie spürte einen furchtbaren Schmerz am Mund, hatte den Eindruck, alle ihre Zähne müßten durcheinanderfliegen. Gleich darauf schmeckte sie Blut. Sie taumelte rückwärts und wäre gestürzt, hätte nicht der Eßtisch im Weg gestanden. Die Tischplatte traf sie an der rechten Hüfte, was wie ein zweiter Schlag war, aber ihren Fall bremste. Vorsichtig hob sie die Hand zum Mund, betastete ihre Lippen. Sie schaute auf ihre Finger und sah, daß sie voller Blut waren.

Sie blickte Fernand an, der vor ihr stand und sie mit einem hintergründigen, lauernden Lächeln betrachtete. Es klang fast freundlich, als er leise sagte: »Du gottverdammtes, kleines Biest!«

Sie fragte sich, was um Himmels willen er mit ihr vorhatte, während sie oben in dem kleinen Zimmer auf und ab ging, in dem sie beide die Nacht vorher verbracht hatten. Er hatte sie am Arm gepackt, nicht grob, aber hart genug, um sie merken zu lassen, daß ein Fluchtversuch zwecklos wäre. Sie war vor ihm her die Treppe hinaufgestolpert, und er hatte sie in das Zimmer geschubst und die Tür von außen verschlossen.

»Du wartest hier«, hörte sie ihn noch sagen, dann entfernten sich seine Schritte wieder auf der Treppe.

»Was soll das?« schrie sie und schlug mit den Händen gegen die Tür. »Laß mich sofort raus!«

Es kam keine Antwort. Sie gab schließlich auf, wandte sich von der Tür ab. Sie fröstelte, kam aber erst nach einer Weile auf den Einfall, die Heizung höher zu drehen. Sie versuchte, jeden Blick auf das zerwühlte Bett zu vermeiden, in dem sie und Fernand einander bis zur Erschöpfung geliebt hatten. Dann schaute sie in den Spiegel, der über der Kommode hing, und erschrak vor ihrem Anblick: Nach wie vor schillerte ihr Kinn zwischen Blau und Grün, aber nun war auch noch ihre Unterlippe dick angeschwollen, und in ihren Mundwinkeln klebte geronnenes Blut.

»Verdammt«, murmelte sie. Jetzt erst merkte sie, wie weh ihr das Sprechen tat. Vorhin, als sie schrie, war ihr das in ihrer Wut und Entrüstung gar nicht aufgefallen. Aber nun ließ der Schock nach, und wenn sie den Mund bewegte, schmerzten Muskeln, von deren Existenz sie bisher nichts gewußt hatte. Abgesehen davon schmerzte ihr Mund auch, wenn sie ihn *nicht* bewegte. Ihr Kopf dröhnte und hämmerte, und mit jeder Minute schien es schlimmer zu werden.

»Das gibt auch noch eine saftige Strafe wegen Körperverletzung, Mr. Leigh«, flüsterte sie rachsüchtig.

In der obersten Kommodenschublade fand sie ein paar sauber gefaltete, weiße Taschentücher, nahm eines heraus, öffnete das Fenster und klaubte eine Handvoll Schnee vom Fensterbrett. Bei der Gelegenheit lehnte sie sich hinaus und schätzte die Möglichkeiten eines Fluchtweges ab. Sie waren gleich null. Trotz des tiefen Schnees konnte sie aus dieser Höhe keinen Sprung riskieren; zudem hatte sie keinen Mantel, keine Stiefel. Sie würde sich den Tod holen da draußen.

Sie zog sich wieder ins Zimmer zurück, schlang das Taschentuch um den Schneeklumpen und preßte es gegen den Mund, ab und zu auch gegen die Stirn. Mit der Zunge tastete sie Ober- und Unterkiefer ab und stellte erleichtert fest, daß Fernand ihr wenigstens keinen Zahn ausgeschlagen hatte.

In dem Zimmer gab es keinen Stuhl, keinen Sessel, nur das Bett, und auf das wollte Barbara sich nicht setzen. So lief sie auf und ab wie ein Tiger im Käfig. Ihre Schmerzen waren nun so schlimm, daß sie ab und zu nicht anders konnte, als leise zu stöhnen. Vermutlich hatte sie eine leichte Gehirnerschütterung davongetragen.

Sie spürte brennenden Durst, holte sich noch einmal etwas

Schnee und schleckte daran. Sie hatte kein Gefäß, worin sie ihn hätte zu Wasser schmelzen können. Unten in der Küche vergammelten nun Eier und Würstchen und wurde der Kaffee kalt; aber etwas Heißes hätte sie ohnehin nicht trinken können, und an Essen war bei ihrem mißhandelten Mund gar nicht zu denken.

Es war bereits fast ein Uhr, als Barbara der Gedanke kam, Fernand könne vielleicht schon gar nicht mehr da sein. Sie hörte im ganzen Haus keinen Laut. Wahrscheinlich hatte er sich aus dem Staub gemacht. Worauf sollte er hier auch warten? Darauf, daß Ralph zurückkehrte und sie beide dann die Polizei verständigen würden? Er hatte sie hier oben eingesperrt, um sie vorläufig außer Gefecht zu setzen und um Zeit zu gewinnen, das Weite zu suchen.

Das Weite zu suchen?

Sie fragte sich, ob Fernand Leigh ernsthaft alles zurücklassen würde, was er besaß, um seiner drohenden Verhaftung zu entgehen. Seine Situation war kritisch: Natürlich würde es schwierig sein, ihm seine Erpressungen nachzuweisen, aber es gab nun zwei Frauen, die gegen ihn aussagen würden: Laura und Barbara. Laura konnte die Kaufverträge vorzeigen, die jeden mißtrauisch stimmen mußten. Fernand konnte nicht sicher sein, ob er mit heiler Haut aus der Angelegenheit hervorgehen würde. Aber er war nicht irgendein abgerissener Strolch, dem es gleich sein mochte, wie, in welcher Stadt und unter welchem Namen er während der nächsten Jahre leben würde. Für den es kein Problem bedeutete, sich mit Gelegenheitsjobs über Wasser zu halten und sich bei irgendeiner übellaunigen Wirtin ein tristes Zimmer zu mieten.

Fernand hatte etwas zu verlieren. Einen Herrensitz, der sich seit Jahrhunderten im Besitz der Familie befand. Ländereien. Den Status des reichsten Mannes in der Gegend – selbst wenn es mit dem Reichtum nicht mehr weit her war. Wenn er ginge, müßte er zuviel aufgeben, und das würde er nicht tun.

Und genausowenig würde er ins Gefängnis gehen.

Auf einmal bekam sie Angst. Sie schlug erneut mit beiden Fäusten gegen die Tür und schrie, so laut sie konnte, obwohl ihr bei jeder Bewegung der Schmerz wie ein Messerstich durch den Mund fuhr. Schließlich rutschte sie erschöpft mit dem Rücken an der Tür entlang zu Boden und blieb dort sitzen. Sie war eine Idiotin gewesen zu glauben, Fernand Leigh würde sie seelenruhig zur Polizei marschieren und sich von ihr um seine Existenz bringen lassen. Sie hatte sich nicht ernsthaft in Gefahr gewähnt, aber nun wurde ihr klar, daß sie nie in größerer Gefahr geschwebt hatte. Sie mußte der Tatsache ins Auge blicken, daß sie es mit einem skrupellosen Mann zu tun hatte.

Jahrelang hatte er die Angst und Unwissenheit einer alten Frau ausgenutzt, um sich zu bereichern. Er war nicht wie sein Vater, der Mann, den Frances Gray geliebt hatte. John Leigh mochte schwierig gewesen sein, und sicher hatte die arme Victoria unter seiner Gleichgültigkeit und Kälte, unter seinem Alkoholismus gelitten, aber einen gewissen Anstand hatte er immer gewahrt. Was war schiefgelaufen mit seinem Sohn?

Vielleicht hatte Marguerite, die Frau mit der schweren Vergangenheit, die Frau, die in England nie wirklich heimisch geworden und eine Fremde geblieben war bis zum Schluß, vielleicht hatte sie dieses einzige Kind zu sehr vergöttert, zu sehr geliebt, es nie fertiggebracht, ihm Grenzen aufzuzeigen. Sie hatte ihrem Sohn den Namen ihres von den Nazis ermordeten ersten Mannes gegeben. Das mochte eine Bürde für ihn gewesen sein, der er nicht gewachsen war. Am Ende ihres Lebens hatte sie ihm Lauras Geheimnis anvertraut; untypisch für diese intelligente Frau, die gewußt haben mußte, daß es klüger gewesen wäre, das Wissen um jene Tat vom 7. April 1943 bei sich zu behalten. Fernand selbst hatte es gesagt: »Besser, sie hätte sich einem Priester anvertraut...«

Aber sie hatte alles ihrem Sohn erzählt, der von sich selbst als »nichtsnutzig« sprach. Seine charakterlichen Mängel konnten Marguerite nicht entgangen sein, aber vielleicht hatte sie sie nicht wahrnehmen wollen. Wahrscheinlich war Fernand der einzige Mensch, dem gegenüber sie blind gewesen war, wachsweich, nachsichtig bis zum Selbstbetrug. Was wurde aus einem Kind mit einer solchen Mutter?

Nein, Barbara schüttelte den Kopf, das Herumpsychologisieren hatte keinen Sinn, brachte ihr nichts. Fernand war, wie er war, und die Gründe hatten für sie keine Bedeutung. Sie steckte in einem teuflischen Schlamassel und mußte vor allem sehen, wie sie sich mit heiler Haut daraus befreien konnte.

Als sie Schritte auf der Treppe hörte, sprang sie auf und entfernte sich ein Stück von der Tür. Es war so still gewesen im Haus, daß sie nun zutiefst erschrak. Eine Sekunde lang keimte Hoffnung in ihr, es könnte Ralph sein, der da die Treppe heraufkam. Aber er hätte nach ihr gerufen. Er wäre nicht schweigend im Haus herumgetappt.

Fernand Leigh trat ins Zimmer. Er wirkte kein bißchen nervös. Aber er hatte getrunken, das roch sie, und womöglich ließ ihn dies so ausgeglichen erscheinen, trotz der vertrackten Lage, in der er sich immerhin auch befand.

Sie sah ihn an und verstand nicht mehr, weshalb sie ihn so attraktiv gefunden hatte. Er sah gut aus, aber er war unangenehm. Sie war auf diese primitive Mischung aus Charme und Brutalität hereingefallen, und wenn ihr nicht ohnehin der Kopf so weh getan hätte, hätte sie sich am liebsten gründlich geohrfeigt.

»So«, sagte er, »das wäre erledigt. Frances Grays Aufzeichnungen gibt es nicht mehr. Ich habe sie verbrannt.«

»Und wozu?«

»Denkst du, ich habe Lust, daß noch einmal das gleiche passiert wie mit dir? Daß noch einmal irgendein neugieriges Geschöpf, das nicht gelernt hat, die Finger von anderer Leute Sachen zu lassen, herumschnüffelt und über die Geschichte stolpert? Und dann vielleicht Laura ausquetscht, alles über mich erfährt, der Alten klarmacht, daß sie nichts zu befürchten hat, und mir dann mit der Polizei droht? Das werde ich bestimmt nicht riskieren.«

»Aber du hast nun selbst den Beweis für den Mord damals vernichtet.«

»Das sage ich aber Laura nicht. Sie braucht nicht zu erfahren, daß die Aufzeichnungen gefunden wurden und nun nicht mehr existieren. Sie soll ruhig weiterhin befürchten, daß sie eines Tages auftauchen werden.«

Barbara straffte die Schultern. »Du vergißt, daß *ich* Bescheid weiß«, sagte sie.

Ihre Stimme klang etwas flach, weil ihr das Sprechen so weh tat, aber sie versuchte trotzdem, eine gewisse Souveränität an den Tag zu legen.

Er betrachtete sie mit einem leisen Bedauern in den Augen.

»Ja. Nur du.«

Er hatte offenbar für den Moment vergessen, daß auch Ralph über die Existenz des Berichts Bescheid wissen mochte, wenn auch nicht im einzelnen über den Inhalt. Barbara beschloß, ihn vorläufig nicht auf diesen Gedanken zu bringen. Solange sie nicht wußte, was er vorhatte, mußte sie vermeiden, daß auch Ralph noch in Gefahr geriet.

»Was hast du mit mir vor?« fragte sie.

Er grinste. »Immer offensiv! Ich wette, du hast erstklassige Auftritte hingelegt vor Gericht!«

»Ich möchte wissen, was du vorhast«, beharrte Barbara unbeirrt.

»Aber dabei bist du doch ein kleines Sensibelchen«, fuhr er fort. »Mich hat es erstaunt, daß du letzte Nacht wegen des Selbstmordes deines Mandanten geweint hast. Du bist nicht so cool, wie du immer tust. Leider.«

»Ich habe, ehrlich gesagt, überhaupt keine Lust, mir diese Charakteranalysen anzuhören. Die sind ja auch völlig irrelevant. Ich...«

»*Mich* interessiert dein Charakter«, unterbrach er sie sanft. »Mich interessieren deine Untiefen, Barbara. *Du* interessierst mich. Im Grunde bist du eine Frau, die immer versucht, über den Dingen zu stehen. Unangetastet von dem, was uns Normalsterbliche so umtreibt. Und trotzdem habe ich gemerkt, daß du vom ersten Moment an scharf auf mich warst. Es muß dich erschüttert haben, eine so primitive Regung zu spüren. Aber immerhin hast du dadurch in der letzten Nacht den Himmel gehabt, von dem du vorher nicht einmal wußtest, daß es ihn gibt.«

Sie lachte unecht. »Gib nicht so an. Es war schön – aber du solltest nicht denken, daß ich dir deshalb zu Füßen liege. Wenn überhaupt, verliere ich meinen Verstand immer nur für kurze Zeit.«

Unten läutete das Telefon. Sie wollte sofort an Fernand vorbei zur Tür hinaus, aber er hielt sie am Arm fest.

»Nein! Du bleibst hier!«

»Laß mich los! Das kann Ralph sein!«

»Es hat schon mehrmals geklingelt. Wer immer es ist, er wird wieder anrufen.«

Barbara versuchte sich seinem Griff zu entwinden, aber es gelang ihr nicht.

»Wenn es schon mehrmals geläutet hat, dann ist es bestimmt Ralph. Er wird sich sehr wundern, wenn ich mich nicht melde!«

»Na und? Dann wundert er sich eben. Glaubst du, das interessiert mich besonders oder bekümmert mich gar?«

Er wartete noch einen Moment, dann hörte das Klingeln auf. Er ließ Barbara los. Sie trat einen Schritt zurück und widerstand dem Bedürfnis, sich ihren schmerzenden Arm zu reiben.

»Und wie soll das jetzt weitergehen?« fragte sie. »Soll ich hier in dem Zimmer eingesperrt bleiben, während du mit Hilfe von Alkohol deine verfahrene Situation zu vergessen versuchst?«

Sein Blick war sehr ernst. »Es ist schade, daß du so feindselig bist. Wir hätten eine Menge Möglichkeiten, wenn du kooperieren würdest.«

Sie erwiderte nichts, sah ihn nur verächtlich an.

»Nun, ich dachte nämlich«, sagte Fernand, »daß wir...«

Er hielt inne. Unten wurde die Haustür geöffnet. Jemand polterte in den Hausflur, trat sich lautstark die Stiefel ab.

»Barbara!« Es war Ralphs Stimme. »Barbara, wo bist du? Ich bin wieder da!«

»Es ist Ralph!« sagte Barbara. Sie wollte abermals aus dem Zimmer, aber Fernand packte sie wiederum am Arm.

»Du bleibst schön hier«, flüsterte er.

»Ralph, ich bin hier oben!« rief sie.

»Es tut mir leid, daß es so lange gedauert hat. Ich habe es gestern einfach nicht mehr zurückgeschafft. Es ist unwahrscheinlich, wie hoch der Schnee liegt! Und in dem Sturm habe ich mich auch noch verlaufen. Ich bin bei irgendeiner ganz entlegenen Farm gelandet, stell dir vor! Dort konnte ich die Nacht verbringen, aber sie hatten leider kein Telefon. Ich hoffe, du hast dir nicht zu viele Sorgen gemacht? – Barbara?«

»Antworte ihm«, befahl Fernand leise.

»Ich habe mir so etwas schon gedacht«, rief Barbara hinunter.

Sie fand, daß sich ihre Stimme komisch anhörte, gepreßt und unecht, zumal ihre Verletzung am Mund sie behinderte. Doch Ralph schien es nicht zu bemerken.

»Aber sie haben mir eine Menge guter Sachen mitgegeben«, rief er hinauf. »Ich wette, du bist halb verrückt vor Hunger! Möchtest du nicht in die Küche kommen und dir alles ansehen?«

»Er soll heraufkommen«, zischte Fernand.

Er hielt immer noch ihren Arm fest. Aber selbst wenn sie sich hätte losreißen können – was hätte es genutzt? Wohin hätte sie laufen sollen?

»Komm doch rauf!« rief sie.

Nun wirkte Ralph verwundert. »Warum kommst du nicht runter? Willst du nicht gleich etwas essen?«

»Komm herauf!« wiederholte Barbara, und diesmal schien in ihrer Stimme etwas zu schwingen, das Ralph sofort veranlaßte, die Treppe hinaufzulaufen.

Er war überrascht von dem Bild, das sich ihm bot. Barbara stand in der Tür und sah verheerend aus mit ihrem grünen Kinn und der dick geschwollenen, aufgeplatzten Lippe. Neben ihr stand Fernand Leigh und hielt ihren Arm fest.

»Ralph kann jedenfalls nicht der Anrufer gewesen sein«, sagte er gerade.

Ralph blieb auf der obersten Treppenstufe stehen. »Du hast Besuch?« fragte er verwundert.

Sie entwand Fernand ihren Arm. »Ja. Aber er wollte gerade gehen.«

»Hattest du nicht etwas von Frühstück gesagt?« fragte Fernand.

»Das war vor Stunden. Bevor du mich niedergeschlagen und in dieses Zimmer gesperrt hast.«

»*Was*?« fragte Ralph. Er hatte das Gefühl, in irgendeinem grotesken Schauspiel gelandet zu sein.

Fernand sah ihn mit einem spöttischen Lächeln an. »Ich habe mich ein wenig um Ihre Frau gekümmert. Sie war ja ganz allein in diesem großen Haus – und sehr hungrig!«

Ralph hatte den Eindruck, daß Barbara mit ihren Nerven ziemlich am Ende war.

»Mr. Leigh tauchte gestern abend überraschend hier auf«, erklärte sie hastig, »er hatte von Cynthia erfahren, daß wir seit Tagen hungern. Er... war so nett, uns einige Lebensmittel zu bringen. Es tut mir leid, Ralph. Hätten wir das geahnt, dann hättest du dir die ganzen Strapazen sparen können.«

»Dann habe ich mir ja ganz umsonst Gedanken gemacht«, sagte Ralph; »gestern abend, als ich vor einem wunderbaren Essen saß, hatte ich ein furchtbar schlechtes Gewissen, weil ich dachte, du mußt noch immer hungern.«

»Wie ich gesagt habe!« meinte Fernand.

Irgend etwas an der Situation gefiel Ralph nicht. Die Anspannung zwischen Fernand und Barbara war so spürbar, daß sie sich ihm fast lähmend auf die Sinne legte. Wieso hatte Fernand Barbaras Arm festgehalten? Wieso standen die beiden hier oben? Warum hatte Barbara nicht herunterkommen wollen? Und was hatte sie gesagt? Er realisierte die Bedeutung erst in diesem Moment: »Bevor du mich niedergeschlagen und hier eingesperrt hast…« Das war ein Witz gewesen, oder? Aber ihr Mund…

Er flüchtete sich in Konventionen, in der Hoffnung, er werde seine Unsicherheit und Verwirrung dadurch verbergen.

»Es war sehr freundlich von Ihnen, Mr. Leigh, sich so viele Umstände zu machen«, sagte er, »meine Frau und ich sind Ihnen sehr dankbar.«

Fernand winkte lächelnd ab. »Ihr Frau hat sich schon recht dankbar gezeigt«, sagte er freundlich.

Es klang anzüglich. Ralph sah an ihm vorbei in das Zimmer. Sein Blick blieb an dem zerwühlten Bett hängen. Natürlich hatte ihm Barbara anbieten müssen, in Westhill zu übernachten; nach dem neuerlichen Schneefall am gestrigen Abend hatte sie ihn nicht in der Dunkelheit wieder auf den Heimweg schicken können.

Er fragte sich jedoch, warum dieser Mann *mittags* noch immer da war, weshalb er und Barbara in dem kleinen Schlafzimmer standen. Etwas Dunkles, Düsteres erwachte in ihm, eine Ahnung, die er sofort verzweifelt zurückdrängte. Das konnte nicht sein, das war absurd. Er sah Gespenster, weil er völlig ausgelaugt und erschöpft war. Seine Füße schmerzten von der Kälte. Er hatte sich auf eine heiße Dusche gefreut. Er brauchte Entspannung, Schlaf.

»Fernand, ich würde gern mit Ralph alleine reden«, sagte Barbara.

Fernand rührte sich nicht von der Stelle. »Ich wäre aber gern dabei«, sagte er.

Das geht eindeutig zu weit, dachte Ralph. Er schob die Lethargie beiseite. Dieser Mann verhielt sich unverschämt. Er hatte Barbara etwas zu essen gebracht, aber er hatte nicht das Recht, sich hier aufzuführen wie der Herr im Haus.

»Sie haben doch gehört, was meine Frau gesagt hat«, entgegnete Ralph. Er hörte selbst, wie scharf seine Stimme klang. »Es war nett, daß Sie ihr etwas zu essen gebracht haben. Aber ich denke, Sie sollten jetzt gehen.«

Fernand lächelte wieder. »Ich glaube nicht, daß Ihre Frau *wirklich* will, daß ich gehe.«

»Doch, das will ich«, berichtigte Barbara. »Ich will, daß du verschwindest, und zwar sofort.«

»Dir wird ein bißchen brenzlig zumute. Weil dein Ehemann plötzlich aufgetaucht ist. Soweit ich mich erinnere, hast du vorhin noch recht groß herumgetönt, du wolltest ihm alles sagen. Dein Geständnis würde ich gerne hören. Ich bin gespannt auf deine Ausflüchte und Erklärungen. Du bist schließlich darin geübt, unredliches Verhalten zu verteidigen, Frau Anwältin.«

Ralph kam die letzte Stufe herauf. »Hauen Sie ab!« sagte er leise. »Hauen Sie auf der Stelle ab. Ich weiß nicht, was hier vorgefallen ist, aber ich werde es sicher herausfinden. Falls Sie meiner Frau irgend etwas angetan haben, werden Sie sich wegen Körperverletzung vor Gericht verantworten müssen, das kann ich Ihnen schon jetzt versichern.«

Diesmal griff *er* nach *Fernands* Arm. Fernand sah auf die Hand hinunter, die ihn umklammert hielt.

»Lassen Sie mich los«, sagte er ebenso leise wie Ralph. »Nehmen Sie sofort Ihre Hand weg.«

Ralph ließ seine Hand, wo sie war. »Sie kommen jetzt mit hinunter und verlassen das Haus.«

»Ich sagte, Sie sollen Ihre Hand wegnehmen«, wiederholte Fernand.

Ralph wußte, daß er diesem Mann körperlich nicht gewachsen war, aber er hielt es für ausgeschlossen, daß es zu Tätlichkeiten kommen konnte. Probleme schaffte man verbal oder mit Hilfe von Gerichtsverfahren aus der Welt. Fäuste und Schlägereien gehörten nicht zu seiner Art zu leben, zu seiner Art, mit anderen Menschen umzugehen.

Er war deshalb nicht im mindesten auf das vorbereitet, was kam.

Fernand riß sich mit einem einzigen Ruck von ihm los. Gleichzeitig schnellte sein anderer Arm vor. Seine Faust traf Ralph an der Brust. Er taumelte rückwärts, griff haltsuchend nach dem Treppengeländer.

Er hörte Barbara schreien: »Nein! Ralph!«

Dann traf ihn die Faust ein zweites Mal, wieder an der Brust, und er schnappte nach Luft und verlor das Gleichgewicht. Seine Füße traten ins Leere. Rückwärts stürzte er die Treppe hinunter, überschlug sich und registrierte erstaunt, daß er keinen Schmerz spürte, jedenfalls nicht beim Fallen, nur seine Brust tat weh, und noch immer hatte er Schwierigkeiten zu atmen. Mit dem Kopf schlug er mehrmals auf die harten Kanten der Stufen, dann wurde es Nacht um ihn, und als er in Bewußtlosigkeit fiel, hörte er noch einmal Barbaras Schrei.

Es war halb eins, als Laura in Leigh's Dale ankam. Sie hatte das Gefühl, nie mehr in ihrem Leben einen einzigen Schritt gehen zu können, und wußte doch, daß das schwierigste Stück noch vor ihr lag. Der lange, für sie steile Weg hinauf nach Westhill...

Ich brauche eine kurze Pause, dachte sie, einfach eine kurze Pause, dann werde ich es schon schaffen. Mit siebzig ist man eben nicht mehr so fit.

Das Dorf lag verschlafen im Schnee. Alle Dächer trugen dicke, Schneehauben und schienen darunter fast zusammenbrechen zu wollen. Leigh's Dale, das an regnerischen Tagen trist und grau wirken konnte, hatte auf einmal eine malerische Schönheit angenommen. Es sah aus wie ein Märchendorf, wie direkt einem Adventskalender entstiegen. Es fehlte nur noch etwas Goldglitzer und ein pausbäckiger Weihnachtsmann, der mit einem rentierbespannten Schlitten um die Ecke bog.

Laura hatte den ganzen Weg von Askrigg bis Leigh's Dale laufen müssen, denn am Sonntag fuhr kein Bus. Zum Glück war die Landstraße weitgehend geräumt, so daß sie recht gut vorangekommen war. Das würde nun anders werden. Nach Westhill hinauf würde sie sich durch hohen Schnee kämpfen müssen, und dabei war sie doch jetzt schon so müde...

Sie schlich die Dorfstraße entlang, bis sie vor Cynthias Laden anlangte. Cynthia hatte im Grunde immer geöffnet, auch an Sonn- und Feiertagen. Selbst wenn sie offiziell schloß, konnte jeder immer zu ihr kommen. Cynthia brauchte ihr Geschäft und den Klatsch mit den anderen Dorfbewohnern. Es hätte sie verrückt gemacht, sich einen ganzen Tag zurückzuziehen, die Beine hochzulegen und keine Gelegenheit zu haben, von irgendeinem Kunden zu hören, was es Neues in der Gegend gab.

Die Ladentür öffnete sich auch jetzt mit einem hellen Klingeln. Laura trat ein und sank sofort auf einen der Stühle, die hier immer für

Leute bereitstanden, die sich während der ausgiebigen Unterhaltungen mit Cynthia nicht mehr auf den Beinen halten konnten.

»Puh!« stöhnte sie und zog mit einer müden Bewegung ihre Strickmütze vom Kopf. »Das war ein langer Weg!«

Cynthia tauchte aus einer Ecke auf, wo sie gebückt über einer Kiste gestanden und irgendwelche Dinge umsortiert hatte.

»Laura!« rief sie überrascht. »Wo kommst du denn her?«

»Ich bin gestern aus London eingetroffen und habe in Leyburn übernachtet«, erklärte Laura noch ziemlich kurzatmig. »Ich will nach Westhill.«

»Da kommst du jetzt nicht hin«, sagte Cynthia sofort, »ausgeschlossen! Die Farm ist total eingeschneit. Das schaffst du nicht.«

»Es wird schon gehen. Ich muß mich nur einen Moment ausruhen. Cynthia, könnte ich vielleicht einen Tee haben?«

»Ich habe gerade frischen gemacht. Meine Güte, du bist schon eine verrückte Person!« Cynthia eilte in einen Nebenraum, kam mit einem Becher und einer Kanne Tee zurück. »Du bist ja ganz außer Atem«, stellte sie fest. »Du bist von Askrigg aus gelaufen, oder?«

Laura nickte. In großen Zügen trank sie den Tee. Sie verbrannte sich zwar die Zunge daran, aber gleichzeitig spürte sie ein paar erste Lebensgeister wieder in sich erwachen.

»Ich muß in Westhill nach dem Rechten sehen. Barbara – die Mieterin – klang eigenartig am Telefon.«

»Wann hast du denn mit ihr gesprochen? Im Moment klingt sie sicher sehr seltsam. Sie macht sich Sorgen um ihren Mann. Der ist gestern morgen losgezogen, um etwas Eßbares zu organisieren, und dann hat sie nichts mehr von ihm gehört. Sie macht sich schreckliche Sorgen.«

»Ich habe gestern ganz früh mit ihr gesprochen. Da kann sie sich noch keine Sorgen gemacht haben. Da war ihr Mann sicher noch gar nicht weg.«

»Dann hat sie sich eben schon Gedanken gemacht, weil er weg *wollte*! Lieber Himmel, Laura, du bist doch wohl nicht extra aus Chatham gekommen, weil Barbara am Telefon *eigenartig* klang?«

Laura ignorierte die Frage. Was wußten die Leute schon? Sie hatte es satt, daß jeder immerzu nur den Kopf über sie schüttelte.

»Barbaras Mann ist immer noch nicht zurück?« fragte sie anstelle einer Antwort.

»Ich weiß es nicht.« Eine Spur Besorgnis klang durch Cynthias Worte. »Ich habe vorhin schon zweimal in Westhill angerufen. Es meldet sich niemand.«

»Es meldet sich niemand?« Laura ließ ihre Tasse sinken. »Das kann doch nicht sein!«

»Nun, ich habe die Befürchtung, daß sich Barbara auf den Weg gemacht hat, ihren Mann zu suchen. Das würde bedeuten, alle beide irren sie jetzt irgendwo herum. Ich habe ihr dringend geraten, auf jeden Fall im Haus zu bleiben. Aber... sie war wirklich sehr nervös. Möglich, daß sie es nicht mehr ausgehalten hat.«

»Darf ich es noch einmal versuchen?«

»Bitte!« Cynthia wies auf den Telefonapparat, der auf dem Ladentisch stand.

»Wenn du meinst, du hast mehr Glück...«

Laura wählte die Nummer und wartete. Sie ließ es eine halbe Ewigkeit klingeln.

Niemand hob am anderen Ende ab.

»Ich verstehe das nicht!« sagte sie.

»Wenn sie sich morgen noch nicht melden, müssen wir sie suchen«, beschloß Cynthia.

Laura sank wieder auf ihren Stuhl. Ihre Beine fühlten sich wachsweich an. Sie war so erschöpft... Es war zu ärgerlich, nicht mehr jung zu sein! Alles ging einem immer sofort über die Kräfte!

»Ich trinke noch den Tee zu Ende und ruhe mich eine Viertelstunde aus«, sagte sie, »und dann mache ich mich auf den Weg.«

»Das ist Wahnsinn, Laura. Selbst ein Mensch, der jünger und stärker ist als du, hätte größte Schwierigkeiten, da hinaufzukommen. Und du bist ohnehin schon am Ende deiner Kräfte. Auf halbem Weg kannst du nicht mehr weiter, da bin ich sicher. Bleib hier. Du kannst gerne bei mir schlafen.«

»Cynthia, ich bin nicht von Chatham nach Yorkshire gereist, um mich hier in Leigh's Dale ins Bett zu legen«, sagte Laura. Es klang eine Entschlossenheit aus ihr, die Cynthia nie zuvor an ihr erlebt hatte.

»Ich muß nach Westhill. Ich *will* nach Westhill! Und ich werde es schaffen!«

»Du wirst tot umfallen!«

Laura sagte nichts mehr. Sie schien sich völlig auf ihren Tee zu konzentrieren – und auf etwas in ihrem Innern, das ihr Kraft geben sollte.

Cynthia machte eine hilflose Handbewegung. Was sollte sie tun? Diese sturen, alten Leute, die ihre Möglichkeiten überschätzten und immer auf dem beharrten, was sie sich vorgenommen hatten, auch wenn alles dagegen sprach und sie sich nur Schaden zufügen konnten. Altersstarrsinn nannte man das. Cynthia hatte das bei ihrer eigenen Mutter erlebt und kannte es von vielen alten Männern und Frauen im Dorf.

Bei Laura allerdings überraschte sie deren Beharrlichkeit. Laura hatte nie auf etwas bestanden, was sie sich vorgenommen hatte, sobald irgendeine andere Person Einwände erhob. Laura *konnte* nach Cynthias Ansicht gar nicht auf etwas beharren. Sie war ein Blatt im Wind, ein Mensch, so völlig abhängig von der Meinung anderer, daß sie nicht einmal genau wußte, was sie selbst wollte, geschweige denn, daß sie den Mumm gehabt hätte, es durchzusetzen.

Laura fragte stets: »Was meinst du? Was denkst du? Was glaubst du?« Und wenn man ihr auseinandergesetzt hatte, was man meinte, dachte, glaubte, zog sie den Kopf ein und sagte: »Ja, du hast recht!« Und ließ umgehend das Vorhaben fallen, das zuvor vielleicht als erster, schwacher Ansatz zu einem Entschluß in ihr gekeimt war.

Es paßte überhaupt nicht zu ihr, auf einmal etwas gänzlich Verrücktes zu tun und nicht hinzuhören, wenn man ihr abriet. Und genaugenommen hatte sie Cynthia nicht einmal um deren Ansicht gefragt. Das paßte noch weniger zu ihr. Es interessierte sie gar nicht, was Cynthia dachte. Sie saß da, nur mit sich anstatt mit anderen beschäftigt, schlürfte ihren Tee und hatte einen Gesichtsausdruck ... ja, Cynthia kam es vor, als trage dieser Gesichtsausdruck alle Unerbittlichkeit der Welt in sich. Cynthia konnte reden, das ganze Dorf konnte reden, jeder mochte sich an die Stirn tippen – Laura Selley würde ihren Tee austrinken und sich auf den Weg nach Westhill machen.

Das war ungewöhnlich und erschreckend. Etwas in Cynthias Weltbild geriet ins Wanken. Wenn Laura nicht mehr Laura war – worauf konnte man sich dann überhaupt noch verlassen?

Wenige Minuten nach ein Uhr klingelte das Telefon auf Cynthias Ladentisch. Cynthia hatte sich wieder dem Umordnen von Lebensmitteln in den Regalen zugewandt, nachdem sie begriffen hatte, daß mit Laura nicht zu reden war. Laura selbst hielt ein Fünf-Minuten-Nickerchen im Sitzen, um wieder zu Kräften zu kommen. Sie schreckte auf, als die Klingel schrillte, und sah sich verwirrt um.

»Ich gehe schon«, sagte Cynthia.

Sie nahm den Hörer ab. »Hallo?«

Sie lauschte einen Moment. »Wer? Ach, Lilian! Ich habe Ihre Stimme erst gar nicht erkannt! Sie klingen so komisch!«

Bei dem Namen »Lilian« wurde Lauras Blick mit einem Schlag klar und wach. Sie stand auf.

»Lilian Leigh?« fragte sie.

Cynthia nickte. Sie lauschte wieder, dann sagte sie: »Lilian, nun beruhigen Sie sich doch! Was ist denn passiert? Hat Fernand wieder... Er ist gar nicht da?... Wo... Ach! Wann?... Gestern abend?... Ja, natürlich hat er dann dort geschlafen... Aber er ruft doch nie an, so ist er nun einmal... Ehrlich gesagt, mich beruhigt das. Ich dachte schon, Barbara hat sich auf den Weg gemacht, ihren Mann zu suchen, aber das hätte Fernand nie zugelassen... Ja, das ist in der Tat merkwürdig... Wir erreichen auch niemanden... Ja, stellen Sie sich vor, Laura Selley ist hier... Ja... Sie will nach Westhill... Ich weiß auch nicht genau, ich glaube, sie denkt, das Haus steht nicht mehr oder etwas Ähnliches...« Cynthia lachte.

»Was ist los?« fragte Laura.

»Lilian, ihm wird schon nichts passiert sein«, sagte Cynthia beruhigend. »Wissen Sie, was ich denke? Barbara hat ihn beschwatzt, mit ihr zusammen auf die Suche nach ihrem Mann zu gehen... Wie?... Nein, da müssen Sie sich keine Sorgen machen, Fernand kennt die Gegend doch wie seine Westentasche. Ich hätte mir nur Gedanken gemacht, wenn ich Barbara alleine hätte herumirren gewußt... Natürlich. Wenn sich hier jemand meldet, sage ich sofort Bescheid... Ja. Ganz sicher. Nun regen Sie sich nicht auf. Bis bald, Lilian!«

Sie legte den Hörer auf.

»Lieber Himmel«, sagte sie, »Lilian ist wirklich ein nervöses Huhn! Heult schon wieder herum, weil sie nicht weiß, wo Fernand steckt! Sie sollte doch froh sein, wenn er mal nicht daheim ist! Da hat sie wenigstens Zeit, ihr Veilchen vom letzten Mal zu kurieren.«

»Fernand ist in Westhill?« fragte Laura alarmiert.

»Er hat sich gestern abend auf den Weg dorthin gemacht, ja. In gewisser Weise ist das meine Schuld, weil ich Lilian erzählt habe, daß die beiden da nichts zu essen haben. Und da wollte Fernand ihnen unbedingt etwas hinüberbringen – Barbara zumindest, Ralph war ja nicht da. Also, ich muß sagen, das rührt mich nun wieder!« Cynthia setzte eine zufriedene Miene auf. »Meine Mutter hat immer behauptet, daß in jedem Menschen etwas Gutes steckt. Da sieht man, wie recht sie hat! Hättest du gedacht, daß Fernand Leigh so hilfsbereit ist?«

»Und er ist bis jetzt nicht wieder daheim?«

»Nun ja«, Cynthia lächelte schlau, »ich wollte es Lilian natürlich nicht sagen, aber ihm macht es sicher Spaß, mit der hübschen Barbara zusammenzusein. Nicht, daß ich denke... äh, daß sie etwas Unrechtes tun. Aber er hat es sicher nicht eilig, nach Hause zu der verhuschten Lilian zurückzukehren.«

»Lilian war auch einmal sehr hübsch«, erinnerte Laura.

»Ja, aber nun ist sie nur noch ein Schatten ihrer selbst. Jedenfalls denke ich, Fernand macht bestimmt dieser Barbara schöne Augen.«

»Deshalb könnten sie aber doch trotzdem ans Telefon gehen«, sagte Laura.

Sie wirkte jetzt sehr angespannt und noch nervöser. Cynthia fragte sich, was nun schon wieder mit ihr los war.

»Ich sagte es ja zu Lilian schon, vielleicht sind sie losgezogen, Barbaras Mann zu suchen«, meinte Cynthia. »In diesem Fall passiert Barbara sicher nichts. Ich bin richtig erleichtert, daß Fernand bei ihr ist.«

»Ich habe ein ganz dummes Gefühl«, flüsterte Laura und war den Tränen nahe.

»Wegen Fernand? Er tut Barbara bestimmt nichts! Er verliert bei Lilian manchmal die Beherrschung, aber nicht gegenüber einer Fremden. Das kann ich mir nicht vorstellen.«

Laura machte ein paar Schritte hin und her, krampfte ihre Hände ineinander. Als sie vorhin in den Laden gekommen war, hatte sie rote Wangen von der Kälte gehabt. Das war vorbei. Sie sah nun leichenblaß aus.

»Laura...«, sagte Cynthia beruhigend.

Laura griff nach ihrer Strickmütze, zog sie entschlossen über die Ohren.

»Ich gehe«, sagte sie, »ich mache mich jetzt sofort auf den Weg nach Westhill!«

»Du bist verrückt! Sag mir doch wenigstens, um Himmels willen, *warum*?«

»Das ist eine lange Geschichte«, erwiderte Laura, »und eine sehr alte Geschichte.«

Sie streifte ihre Handschuhe über, schlang sich den Schal um den Hals. »Danke für den Tee, Cynthia. Ich bezahle ihn ein anderes Mal.«

»Geschenkt. Laura – wenn du jetzt losgehst, kann es sein, es gibt kein nächstes Mal mehr!«

Laura hörte schon nicht mehr zu. Sie öffnete die Ladentür, hell und freundlich bimmelte das Glöckchen. Cynthia sah ihr nach, wie sie die Dorfstraße entlangmarschierte. Selbst von hinten war ihr die Entschlossenheit anzusehen. Sie hatte nie zuvor den Kopf so hoch getragen und die Schultern so gerade gehalten. Eine energische, ganz in Schwarz gekleidete Person.

»Am Ende schafft sie's wirklich«, murmelte Cynthia.


»Barbara«, klagte Ralph mühsam, »ich habe solchen Durst!«

Sie hatte mit angezogenen Beinen auf einem Stuhl gekauert, nun schaute sie hoch.

»Ich kann dir wieder nur Schnee geben«, sagte sie.

»Ja. Besser als nichts.«

Sie ging zum Fenster, holte eine Handvoll Schnee vom Fensterbrett draußen, trat damit neben Ralph. Er lag auf einer Decke auf der Erde. Er hatte Schmerzen, das war seinem Gesicht anzusehen.

»Wie geht es dir denn jetzt?« fragte Barbara.

Er versuchte ein Lächeln, das völlig mißlang. »Beschissen. Ich glaube, mein Kopf zerspringt jeden Moment.«

Barbara zerrieb den Schnee über seinen Lippen, ließ ihn in seinen Mund fallen.

»Du hast mit Sicherheit eine Gehirnerschütterung. Du bist ziemlich oft mit dem Kopf aufgeschlagen bei deinem Sturz. Du darfst dich auf keinen Fall bewegen.«

»Keine Sorge. Das könnte ich nicht mal, wenn ich es wollte.«

Ihr kam ein Einfall. Sie waren im Eßzimmer, hatten also Tassen und Gläser zur Verfügung. Sie nahm drei große Becher aus dem

Schrank unter der Anrichte, öffnete erneut das Fenster und füllte sie mit Schnee. Dann stellte sie sie unter die Heizung.

»So«, sagte sie, »jetzt bekommen wir wenigstens richtiges Trinkwasser.« Sie sah aus dem Fenster. »Ich könnte leicht hinausklettern.«

Ralph machte eine abwehrende Handbewegung. »Nein. Du hast keinen Mantel, keine Stiefel, nichts. Du schaffst es nicht bis Leigh's Dale ohne Skier. Und du erfrierst unterwegs.«

»Dieser Bastard«, sagte Barbara inbrünstig, »dieser gottverdammte Bastard!«

Als sie Ralph verdreht und verkrümmt am Fuß der Treppe hatte liegen sehen, war sie im ersten Moment überzeugt gewesen, er sei tot.

»Du hast ihn umgebracht!« hatte sie geschrien. »Um Gottes willen, du hast ihn umgebracht!«

Fernand hatte sie diesmal nicht zurückhalten können. Wie ein Wiesel war sie die Treppe hinuntergeeilt und neben Ralph auf die Knie gesunken. Er lag auf dem Bauch, und sie drehte ihn ganz vorsichtig herum. Dann endlich merkte sie, daß er noch atmete.

»Wir müssen sofort einen Nortarzt anrufen«, sagte sie und stand auf. Fernand war inzwischen auch die Treppe heruntergekommen.

»Welchen Sinn hätte das?« fragte er. »Der kommt nicht durch bis hierher.«

»Doch! Dann müssen sie eben mit einem Räumfahrzeug vorausfahren. Oder er fliegt im Hubschrauber. Irgend etwas wird ihnen schon einfallen.«

Sie rannte ins Wohnzimmer. Aber kaum hatte sie den Hörer am Ohr, da drückte Fernand, der ihr gefolgt war, die Gabel hinunter.

»Nein«, sagte er.

Sie starrte ihn an. »Was heißt nein? Er kann sterben! Er hat vielleicht innere Verletzungen, er . . .«

»Und die Schuld dafür, glaubst du, lasse ich mir anhängen?«

»Das ist mir doch jetzt egal!« schrie sie.

Er blieb völlig ruhig. »Aber mir nicht. Hilf mir, wir tragen ihn ins Eßzimmer.«

»Ins Eßzimmer? Da ist nichts, worauf er liegen kann. Hier im Wohnzimmer . . .«

». . . steht das Telefon. Das könnte dir so passen. Jetzt komm mit.

Oder willst du, daß er da draußen auf den kalten Steinen liegen bleibt?«

Sie hatte keine andere Wahl, als ihm in den Gang zu folgen. Ralph stöhnte in seiner Bewußtlosigkeit, als sie ihn hochhoben und ins Eßzimmer hinübertrugen. Sie legten ihn auf die Erde. Fernand brachte noch eine Wolldecke, die er Barbara zuwarf, ehe er das Zimmer wieder verließ und die Tür absperrte.

Sie hatte ihm ein Lager gebaut, so gut sie konnte, und nach einer Weile, die ihr endlos vorkam, erwachte er endlich aus seiner Ohnmacht. In der Zwischenzeit hatte sie abwechselnd geflucht und gebetet, war im Zimmer herumgelaufen und hatte das Gefühl gehabt, jeden Moment den Verstand zu verlieren.

Im Wohnzimmer nebenan läutete mehrmals das Telefon. Sie überlegte, wer das sein könnte. Jemand von der Familie natürlich. Oder Cynthia, die sich erkundigen wollte, ob Ralph zurückgekehrt war. Oder Lilian, die schließlich irgendwann ihren Mann vermissen mußte. Den beiden mußte es eigenartig vorkommen, daß sich niemand meldete. Aber ob sie deshalb gleich die Polizei verständigen würden? Und wenn sie es taten – würde die Polizei es für notwendig halten, sich deshalb bis nach Westhill durchzugraben, was aufwendig und teuer war?

Dann fiel ihr noch etwas ein: Laura befand sich auf dem Weg hierher. Die Frage war, ob sie es schaffen würde. Eine siebzigjährige Frau... Doch auch wenn sie tatsächlich den Weg bis Westhill fand, bedeutete sie nicht die geringste Hilfe. Sie konnte gegen Fernand nichts ausrichten. Sie würde nur als Dritte in die Falle tappen und dann auch noch hier festsitzen.

Marjorie könnte es ebenfalls sein, die hier anzurufen versucht, dachte Barbara, sie macht sich bestimmt inzwischen große Sorgen um ihre Schwester.

Sie klammerte sich an den Gedanken, daß höchstwahrscheinlich schon drei Menschen nach einer gewissen Zeit bemerken mußten, daß irgend etwas auf Westhill nicht stimmte. Aber wie lange würde es dauern, bis sie tatsächlich etwas unternahmen?

Sie verstand nicht viel von Medizin, aber eine innere Stimme sagte ihr, daß Ralph rasch Hilfe brauchte. Ihm war äußerlich nichts anzusehen, nur ein paar blaue Flecken würden sich noch auf seinem Körper bilden. Aber seine Bewußtlosigkeit dauerte zu lang, und sie hatte noch die dumpfen Geräusche im Ohr, als sein Kopf wieder und wieder auf die Kanten der Treppenstufen geschlagen war. Eine Gehirnerschütterung war das mindeste. Er konnte auch einen Schädelbruch davongetragen haben. In diesem Fall *mußte* er in ein Krankenhaus. Es konnte zu Blutungen kommen, die, wurden sie nicht sofort gestoppt, sehr rasch den Tod bedeuten würden.

Um drei Uhr war Ralph immer noch nicht wieder bei Besinnung. Barbara hatte etwas Schnee auf seiner Stirn verrieben in der Hoffnung, die Kälte würde ihn erwachen lassen, aber er hatte nicht reagiert. Nach langem Suchen fand sie seinen Puls; er schien ihr normal. Auch sein Atem ging regelmäßig. Sie erwog alle Möglichkeiten einer Flucht, aber nichts schien ihr Aussicht auf Erfolg zu haben. Sie rief mehrmals nach Fernand, ohne eine Antwort zu erhalten. Wie schon am Vormittag rührte sich auch jetzt über viele Stunden nichts im Haus. Man hätte vermuten können, daß er weg war, aber inzwischen wußte sie, daß er sich über lange Phasen völlig still verhalten konnte.

Wenn er bis fünf Uhr nichts von sich hat hören lassen, dachte sie, klettere ich raus, schlage das Wohnzimmerfenster ein und telefoniere mit der Polizei.

Während sie am Eßtisch saß, starrte sie in den Berg von Asche, der im Kamin lag. Irgendwo glühte noch ein Funke. Frances' Aufzeichnungen. Verbrannt und vernichtet. Sie wünschte, sie hätte auf Ralphs Rat gehört und das alles nicht gelesen. Oder sie wäre wenigstens so klug gewesen, den ganzen Papierstapel sofort zu verstecken, nachdem sie gewußt hatte, daß er ein gefährliches Geheimnis enthielt. Aber wie hätte sie ahnen sollen, daß die Geschichte nicht abgeschlossen war? Daß sie ihren Fortgang bis weit über Frances Grays Tod hinaus genommen hatte?

Nichts war vorbei, nichts vergangen. Der ungesühnte Mord an Victoria verlangte nach Aufklärung. Vorher, so schien es, fanden die Überlebenden der Tragödie keinen Frieden.

Kurz nach vier Uhr wachte Ralph auf und verlangte zum ersten Mal nach Wasser. Barbara hatte geglaubt, er werde zunächst verwirrt sein, kaum wissen, wo und wer er war; aber er fand sich sofort zurecht und erinnerte sich genau, was geschehen war.

»Was, zum Teufel, ist mit diesem Fernand Leigh los?« fragte er, nachdem er versucht hatte, sich aufzusetzen, und mit einem Stöhnen gleich wieder zurückgesunken war. Seine Lippen waren so weiß wie sein Gesicht.

Barbara gab ihm eine Kurzfassung der Ereignisse. Sie berichtete von dem lange zurückliegenden Mord an Victoria Leigh und davon, daß Laura seither in dem Glauben lebte, sie könne dafür belangt werden und alles verlieren, was sie besaß. Sie erzählte, daß Fernand Leigh davon gewußt und dieses Wissen ausgenutzt hatte, indem er die alte Frau über Jahre hin erpreßte. Daß sie ihm auf die Schliche gekommen und dumm genug gewesen war, ihm mit der Polizei zu drohen.

»Er ist jetzt in einer verdammt schwierigen Lage, Ralph«, sagte sie. »Er hat in mir – und nun auch in dir – einen Mitwisser, der ihn unter Umständen ins Gefängnis bringen kann. Indem er dich angegriffen hat, hat er sich auch noch schwerer Körperverletzung schuldig gemacht. Für ihn steht jetzt eine Menge auf dem Spiel.«

»Weißt du, was du da sagst?« fragte Ralph mühsam. »Er hat im Grunde fast keine andere Wahl, als uns umzubringen.«

»Er läßt sich aber viel Zeit damit. Es ist vier Uhr. Wir sind seit drei Stunden hier eingesperrt. Ich frage mich, was er vorhat. Irgendwann wird seine Frau nach ihm suchen. Cynthia wird mißtrauisch werden – und das weiß er. Nebenan klingelt schon dauernd das Telefon.« Sie senkte die Stimme. »Übrigens ist Laura Selley auf dem Weg hierher!«

»Warum das denn?«

»Sie hat mir am Telefon etwas angemerkt, da bin ich ganz sicher. Sie ist wohl überzeugt, ich habe die Aufzeichnungen gefunden, von denen sie ja weiß, daß es sie gibt, und die sie seit Jahren verzweifelt sucht. Sie macht sich entsetzliche Sorgen, daß ich, falls etwas von dem Mord darin steht, zur Polizei gehen werde.«

»Sie wird es nicht schaffen bis hierher«, sagte Ralph, und dann fügte er hinzu: »Ihr ist jedenfalls zu wünschen, daß sie es nicht schafft. Sonst gerät sie auch noch in diese brenzlige Situation.«

Kurz darauf schlief er wieder ein, bis er um Viertel vor fünf erneut wach wurde und abermals um Wasser bat. Draußen war es nun schon dunkel. Barbara hatte eine kleine Stehlampe in der Ecke angeschaltet. Das Deckenlicht ließ sie aus, sie fürchtete, daß die Helligkeit Ralphs Kopfschmerzen verschlimmern könnte.

»Ich hatte mir etwas vorgenommen«, sagte sie, »um fünf Uhr wollte ich versuchen, von draußen in das Wohnzimmer einzudringen und die Polizei anzurufen.«

»Das wird Leigh verhindern.«

»Wenn er noch da ist. Ich habe seit Stunden nichts von ihm gehört.«

»Geh lieber kein Risiko ein, Barbara«, sagte Ralph. Während der letzten Minuten war er noch bleicher geworden. Barbara musterte ihn besorgt.

»Du siehst aus, als ginge es dir ständig schlechter.«

»Mir ist ziemlich übel. Ich fürchte, ich muß mich demnächst übergeben.«

»Das ist normal bei einer Gehirnerschütterung. Aber ich... ich sollte jetzt wirklich versuchen, an das Telefon zu gelangen.«

Das Sprechen fiel Ralph schwer. »Es... ist nicht gut... ihn zu provozieren.«

Wieder versuchte er ein Lächeln. »Ein schöner Urlaub ist das geworden, was?«

»Wundervoll. Ich verspreche dir, Ralph, zu deinem fünfzigsten Geburtstag schenke ich dir irgend etwas Ungefährliches – einen Computer oder ein Auto...«

»Damit kann man auch verunglücken.«

»Es muß ja nicht jedesmal schiefgehen.«

Er versuchte, seinen Kopf ein wenig zu heben. Die Schmerzen ließen sein Gesicht zerfurcht erscheinen. Er sah um Jahre älter aus.

»Du hast... mit ihm geschlafen, nicht?« fragte er schließlich. »Das hat Fernand Leigh doch... gemeint mit seinen Andeutungen?«

Es hätte keinen Sinn gehabt, etwas abzustreiten. Und das mindeste, was sie Ralph jetzt noch zugestehen konnte, war Ehrlichkeit.

»Ja. Das habe ich. Und ich habe mich noch nie in meinem Leben für irgend etwas so sehr geschämt.«

»Weil er sich... als Lump entpuppt hat?«

»Weil er immer einer war. Und weil ich das vorher schon wußte. Und weil ich trotzdem nicht... widerstehen konnte.«

Sein Kopf sank zurück. »Warum?« fragte er mit einer Stimme, die bleiern klang vor Erschöpfung.

Sie hob beide Arme. »Ich weiß nicht.«

»Das mußt du doch wissen!«

»Es ist so schwierig...«

Sie strich sich die Haare zurück, merkte dabei, daß sie nicht wußte, wohin mit ihren Händen. Gleich würde sie wie ein kleines Mädchen anfangen, an den Fingernägeln zu kauen. Sie setzte sich, legte die Hände in den Schoß.

»Alles, was ich jetzt erklären würde, müßte für dich nach Ausflüchten klingen«, sagte sie. »Und ich möchte mich nicht herausreden. Es ist passiert. Es tut mir leid.«

»Hast du dich in ihn verliebt?«

»In Fernand? Nach allem, was...«

»Ich meine... gestern nacht. Gab es einen Moment, in dem du... glaubtest, ihn wirklich zu lieben?«

»Nein.« Das kam klar und spontan. »Nein, diesen Moment gab es nicht.«

»Wenn... das alles nicht passiert wäre... mit dem Buch von Frances Gray... ich meine, wenn er Laura nicht erpreßt hätte, wenn er jetzt nicht durchgedreht wäre... hättest du dann bei ihm bleiben mögen?«

»Das ist eine völlig hypothetische Frage, Ralph. Er ist der Mensch, der er ist. Selbst wenn das alles mit Laura nicht passiert wäre, es bliebe die Tatsache, daß er trinkt und seine Frau mißhandelt. Das zumindest wäre mir spätestens am nächsten Morgen wieder eingefallen.« Sie schwieg einen Moment, dann fügte sie hinzu: »Das *ist* mir an diesem Morgen eingefallen. Da wußte ich von allem anderen noch nichts. Aber ich fragte mich bereits, wie ich das hatte tun können.«

»Es wäre nicht passiert, wenn zwischen uns alles in Ordnung wäre.«

»Ich weiß nicht.« Jetzt sah sie ihn nicht an. »Vielleicht wäre es auch dann geschehen. Es war... Ich habe die Kontrolle verloren. Es scheint mir, als habe es gar nicht so viel mit Fernand Leigh zu tun. Es hätte auch irgend etwas anderes vorfallen können. Es...«

Sie suchte verzweifelt nach Worten. Wie sollte sie ihm erklären, was sie empfunden hatte, wenn sie es selbst noch gar nicht richtig begriff?

»Es war, als breche etwas in mir auf. Ich fühlte mich wie jemand, der lange Jahre nicht wirklich gelebt hat. Und der auf einmal etwas

Verrücktes, Absurdes, etwas Verbotenes tut und sich damit klarmacht, daß das Leben in ihm nicht erloschen ist. Ach, Ralph!« Sie stand wieder auf. »Es muß verletzend klingen für dich. Und doch so, als wolle ich Ausflüchte suchen... eine primitive Geschichte überhöhen, um nicht einfach wie eine... eine gewöhnliche Ehebrecherin dazustehen. Laß uns später reden, Ralph. Irgendwann, wenn es dir bessergeht. Wenn du über alles nachdenken kannst. Dann müssen wir sehen, wie es weitergeht.«

»Glaubst du denn, *daß* es irgendwie weitergeht?«

Sie kniete neben ihm nieder. »Nicht jetzt. Bitte, Ralph. Im Moment geht es nur darum, daß wir überleben. Alles andere kommt später. Ja?«

Sie berührte sacht seine Wange. Er hielt die Augen geschlossen.

Zehn Minuten später fing er an, sich zu übergeben. Sie mußte ihn stützen, mußte seinen Kopf halten. Er wimmerte vor Schmerzen.

Sie begriff, daß er die Nacht nicht überstehen konnte, wenn sie nichts unternahm.

Es war schon nach sechs Uhr, als sie es wagte, ihn allein zu lassen. Sie war entschlossen, von draußen in das Wohnzimmer einzusteigen und die Polizei anzurufen; aber sie mußte warten, bis sie sicher sein konnte, daß er nicht noch einmal brechen würde. Er konnte sich ohne ihre Hilfe nicht bewegen und wäre dabei erstickt. Nachdem er sich zwanzig Minuten lang nicht gerührt und nicht mehr gewürgt hatte, hielt sie den richtigen Zeitpunkt für gekommen.

Es mußte schnell gehen, das war das Wichtigste. Zum einen, weil sie nicht lange von Ralph fortbleiben durfte. Und zum anderen, weil Fernand noch immer aus irgendeiner Ecke des Hauses auftauchen konnte. Sie mußte das Fenster mit dem ersten Schlag zertrümmern. Sie mußte sofort einsteigen können, mußte in Sekundenschnelle am Telefon sein.

Sie sah sich nach einem Gegenstand um, mit dem sie die Scheibe einschlagen konnte. Am besten hätte sich ein Holzscheit geeignet, aber neben dem Kamin lag keines mehr. In den Schränken fanden sich nur Gläser und Porzellan. Sollte sie einen ganzen Stuhl mit hinauswuchten?

Ihr Blick glitt über Decke und Wände und blieb an dem lächeln den Gesicht der jungen Frances Gray hängen. Der schwere, goldene Rahmen erregte ihre Aufmerksamkeit. Sie nahm ihn in die Hand. Das Metall fühlte sich kalt und schwer zwischen ihren Fingern an. Frances lächelte ironisch.

»Damit«, murmelte Barbara, »könnte es gehen.«

Sie sah noch einmal nach Ralph. Er atmete flach und war völlig grau im Gesicht, aber noch immer schien sich kein neuer Brechreiz anzukündigen.

»Ich hole jetzt Hilfe«, flüsterte sie ihm zu, »hab keine Angst. Es wird alles gut.«

Eisigkalte Luft strömte ihr entgegen, als sie das Fenster öffnete. Der Abendhimmel war klar, vereinzelt konnte sie bereits Sterne blitzen sehen. Eine schmale Mondsichel spendete ein spärliches, kaltes Licht, unter dem die Schneefelder ringsum einen bläulichen Schein annahmen. Eine vollkommene Stille lag über dem Land, das durch keinen Laut gestörte, unnachahmliche Schweigen einer Winternacht. Die Schönheit der Szenerie berührte Barbara für einen Moment, trotz des Alptraums, in dem sie sich bewegte. Tief atmete sie Kälte und Dunkelheit. Niemals zuvor hatte sie in dieser Intensität begriffen, weshalb Frances Gray dieses Land so sehr geliebt hatte. In diesem schrecklichen Augenblick empfand sie diese Liebe als ein schmerzhaftes Ziehen in ihrem Innern. Ihre Hand schloß sich fester um das Bild.

»Wenn du nur irgendwie kannst, dann hilf mir jetzt«, bat sie leise.

Der Schnee knirschte unter ihren Füßen; er war nicht mehr frisch und vereiste nun im Frost der Nacht. Barbara huschte an der Hauswand entlang und kam vor dem Wohnzimmerfenster an. Kein Licht fiel heraus.

Sie blickte hinauf. Auch die anderen Fenster waren dunkel.

Er ist weg, dachte sie. Ich bin sicher, er ist weg. Ihm ist die Sache zu heiß geworden. Ich bin eine Idiotin, daß ich so lange gewartet habe. Aber genau damit hat er gerechnet. Daß Stunden vergehen würden, ehe wir etwas unternehmen, und daß er bis dahin jede Menge Zeit hätte, zu verschwinden.

Sie verwarf ihren ursprünglichen Plan, das Fenster einzuschlagen. Sie brauchte nichts kaputtzumachen. Sie konnte durch die Haustür hineingelangen.

Sie ging weiter, bis sie die Haustür erreichte. Vorsichtig drückte sie die Klinke hinunter. Natürlich, sie war nicht verschlossen. Man verschloß die Tür nie, nicht hier in dieser Gegend.

Da sie nicht vollkommen sicher sein konnte, daß Fernand nicht noch irgendwo in der Nähe war, verzichtete sie darauf, Licht anzumachen. Sie ließ die Haustür weit offen, so daß ein Hauch des blassen Mondlichts in den Flur hineinsickern konnte. Sie tastete sich an der Garderobe vorbei, wäre beinahe über einen herumliegenden Schuh gestolpert. Sie warf einen Blick zur Küche hin, deren Tür einen Spaltbreit offenstand. Auch dort war alles dunkel.

Im Wohnzimmer schaltete sie ebenfalls kein Licht ein. Sie wußte auch so, wo sie das Telefon fand. Sie erinnerte sich, wie sie am Abend zuvor hier neben Fernand auf dem Sofa gesessen, ferngesehen und Wein getrunken hatte. Das war vor nicht einmal vierundzwanzig Stunden gewesen. Ihr kam es vor, als liege ein ganzes Leben dazwischen.

Sie stieß sich ihr Knie schmerzhaft an einem Tisch, aber sie achtete nicht darauf. Sie tastete nach dem Telefon und fand es. Ihre Finger schlossen sich um den Hörer.

Licht flammte auf. Sie fuhr herum. Hinter ihr stand Fernand.

»Ich wußte es«, sagte er. Seine Stimme klang ein wenig schleppend. »Ich wußte, daß du hier irgendwann auftauchen würdest. Du hast länger gewartet, als ich dachte.«

Ihr fiel im ersten Moment nichts anderes ein als die überflüssige Frage: »Du bist noch hier?«

»Wie du siehst. Ich habe dort«, er wies hinter sich auf einen Sessel, der neben der Tür stand, »auf dich gewartet.«

Sie kämpfte ihren Schrecken nieder, mühte sich, ihrer Stimme Festigkeit zu verleihen.

»Was willst du, Fernand? Was soll dieses Katz-und-Maus-Spiel?«

»Was willst *du*?« fragte er zurück.

»Ich will einen Notarzt anrufen. Es geht meinem Mann sehr schlecht. Er hat mit Sicherheit eine schwere Gehirnerschütterung davongetragen, und vielleicht sogar einen Schädelbruch. Ich…«, es fiel ihr schwer, auszusprechen, was sie gedanklich längst realisiert hatte, »ich glaube, daß er sterben wird, wenn nicht schnell ein Arzt kommt.«

»So? Sterben wird er? Bist du sicher?«

»Fernand, laß mich einen Arzt rufen. Wenn er stirbt, dann hast du einen Mord auf dem Gewissen. Mit allem anderen, was bisher geschehen ist, kommst du noch einigermaßen glimpflich davon. Aber Mord ist eine andere Sache.«

»Nun«, er schien angestrengt zu überlegen, »es kann aber sein, du läßt einen Arzt kommen, und dein Mann stirbt trotzdem, nicht wahr? Dann hätte ich auch einen Mord auf dem Gewissen.«

»Totschlag. Oder Körperverletzung mit Todesfolge. Ich weiß nicht, aber im englischen Strafrecht werden da doch auch Unterschiede gemacht, oder? Das wirkt sich im Strafmaß aus, glaub mir!«

»Ach, richtig! Ich vergesse immer wieder, mit wem ich es zu tun habe. Sie sind ja eine superkluge Juristin, Miss Barbara! Eine erfolgreiche Anwältin. Wie ist es – würdest du mich verteidigen?«

»Ich bin hier doch überhaupt nicht zugelassen«, sagte Barbara mit vor Ungeduld und Nervosität vibrierender Stimme.

Sie hatte das Gefühl, daß er Vernunftsargumenten nicht zugänglich war. Erreichte ihn überhaupt irgend etwas, das sie sagte? Er war so eigenartig. Er hatte stundenlang hier gesessen und auf sie gewartet. Warum war er nicht geflohen?

»Ich werde jetzt den Notarzt rufen«, sagte sie und nahm den Hörer ab.

Er war mit zwei Schritten neben ihr. Er umklammerte ihr Handgelenk, zwang sie, den Hörer wieder auf die Gabel zu legen.

»Nein!« sagte er scharf. »Telefoniert wird jetzt nicht, Frau Anwältin! Wir unterhalten uns gerade. Deine Eltern sind sehr nachlässig gewesen in deiner Erziehung, Barbara. Wie ich gestern schon feststellte, haben sie dir nicht beigebracht, daß man nicht in anderer Leute Angelegenheiten herumschnüffelt. Und nun muß ich sehen, daß deine Manieren auch sonst zu wünschen übriglassen. Man fängt nicht einfach an zu telefonieren, wenn sich ein anderer gerade mit einem unterhält!«

Barbara nahm den Geruch von Alkohol wahr, der ihr aus seinem Mund entgegenwehte.

»Du hast eine Menge getrunken, glaube ich«, sagte sie.

Er lachte. »Ja. Hast du noch nicht gewußt, daß ich ein Trinker bin? Ich bin sicher, irgendeines der vielen netten Klatschweiber aus der Gegend hat dich davon schon unterrichtet. Na ja, der Apfel fällt nicht weit vom Stamm. Mein Vater hatte auch immer einen ganz guten Zug am Leib!«

»Woher hast du denn noch Alkohol? Es war nichts mehr da.«

»Ich habe vorgesorgt. War noch ein schöner Whisky in meinem Rucksack. Ein besonders schöner. Frances wäre sicher scharf darauf gewesen. Vom Whisky konnte sie einfach die Finger nicht lassen. Aber ich will sie nicht mit mir über einen Kamm scheren. Frances war nie besoffen. Sie hat nie mehr getrunken, als sie vertragen konnte. Frances hatte Selbstbeherrschung. Wie du. Auch so eine Unterkühlte, weißt du. Allerdings frage ich mich manchmal...«

Er ließ ihr Handgelenk los, betrachtete sie aber lauernd. Barbara wußte, es hatte keinen Sinn, ein zweites Mal nach dem Hörer zu greifen.

»Ja, manchmal frage ich mich, ob sie im Bett meines Vaters auch so ausflippte wie du in meinem! Wäre doch interessant zu wissen, oder? Schreibt sie etwas davon in ihrem Buch? Du hast es doch gelesen.«

»Ich erinnere mich nicht. Fernand, ich...«

»Das Thema behagt dir nicht, was? Kann ich mir denken. Da liegt dein schwerverletzter Mann nebenan, und vielleicht stirbt er; und du mußt dann damit fertig werden, daß du ihn in der letzten Nacht seines Lebens betrogen hast. Nein, ich verstehe schon. Ich möchte auch nicht in deiner Haut stecken!«

Sie erwiderte nichts. Er war zu betrunken, als daß sie an seine Einsicht hätte appellieren können. Und gleichzeitig war er nicht betrunken genug, als daß er zu einem leicht zu überwältigenden Gegner geworden wäre.

Aber er ist kein Killer, dachte sie, er hatte Stunden Zeit, uns beide zum Schweigen zu bringen, wenn er es gewollt hätte. Er weiß nicht weiter. Er sitzt in der Patsche und hat keine Ahnung, was geschehen soll. Das Schlimme ist nur – er läßt Ralph verrecken! Das kann er. Ihn dort liegenlassen, ihn ignorieren, bis er tot ist.

»Ich habe hier gesessen und gewartet und zugesehen, wie die Dämmerung langsam hereinbrach«, sagte er, »so wie ich früher oft hier gesessen habe. Ich erwähnte ja bereits, daß ich gern nach Westhill kam, oder? Wir saßen häufig hier zusammen: Frances,

Laura und ich. Frances erzählte dann aus ihrem Leben. Nicht so, wie alte Leute das oft tun, langweilig und verstaubt und so, daß man nur noch aus Höflichkeit zuhört. Sie war witzig und geistreich, sie hatte Sinn für eine gute Pointe. Und sie verfügte über ein unglaubliches Talent zur Selbstironie. Manchmal hörte ich ihr richtig atemlos zu. Sie hat eine Menge erlebt, in den Jahren der Frauenbewegung vor allem und während des Ersten Weltkriegs. Für mich war das eine andere Welt, eine, die ich nicht kannte. Ich war fasziniert. Von den Geschichten – und von dieser Frau.«

»Ich kann dich verstehen«, sagte Barbara, »wirklich. Aber, Fernand, ich muß jetzt unbedingt...«

»Sie hat mich als Frau natürlich nicht im erotischen Sinne angezogen«, fuhr er fort. »Dazu war sie zu alt. Sie war siebzig, als ich zwanzig war. Aber Erotik ist nicht die einzige Verbindung zwischen Mann und Frau. Vielleicht habe ich für Frances mehr empfunden als für manche andere Frau, mit der ich geschlafen habe und deren schöner, junger Körper mir gefiel. Kannst du dir das vorstellen?«

»Du hast sie geliebt.«

Er sah sie nachdenklich an. »Ja. Ich denke, das habe ich.«

Vielleicht, dachte sie, gibt es eine Möglichkeit, ihn an dieser Stelle zu packen.

»Ich glaube nicht«, sagte sie, »daß Frances heute mit dir einverstanden wäre. Damit, daß du trinkst und daß du Laura seit Jahren erpreßt. Sie fände es auch sicher nicht gut, daß du meinen Mann jetzt...«

Über Fernands Gesicht glitt ein Ausdruck von Verachtung. »Ach, Barbara! Das ist doch ein billiger Trick. Glaubst du, auf eine so simple Tour wickelst du mich ein? Ich hätte dir mehr psychologisches Gespür und mehr Stil zugetraut!«

»Es war ein Versuch.«

»An Plumpheit nicht zu überbieten. Fast habe ich den Eindruck, es interessiert dich gar nicht, was ich sage. Höchstens insoweit, als du versuchst, mir aus meinen Aussagen einen Strick zu drehen. Ansonsten ist dir alles egal.«

Ihre Nerven vibrierten. Wut kochte hoch. Verdammter Dreckskerl, der er war! Er hatte recht, es interessierte sie nicht. Sein Gerede sollte er sich für jemand anderen aufsparen. Sie merkte, daß sie gleich in Tränen ausbrechen würde, vor Müdigkeit, vor Anspannung, vor Angst.

Sie brüllte so plötzlich los, daß Fernand zusammenzuckte.

»Nein!« schrie sie. »Du hast recht! Es interessiert mich einen gottverdammten Dreck, was du für Frances oder für irgend jemanden sonst empfunden hast! Diese ganzen Reflexionen über deine Vergangenheit lassen mich kalt! Das sentimentale Gerede kotzt mich an! Wie du hier gesessen und ihr zugehört hast! Und als nächstes wirst du mit deiner schweren Jugend anfangen, und daß das alles nicht leicht war, mit einer Mutter, die sich vor Heimweh verzehrte, und mit einem Vater, der vom Alter her dein Großvater hätte sein können und dessen Herz für alle Zeiten an einer anderen Frau hing! Und wie düster das alles war, dieses Daleview, das, wie ich gelernt habe, ganze Generationen von Bewohnern offenbar in Depressionen und Alkoholismus getrieben hat! Und daß du hier eine Heimat gesucht und gefunden hast, in Westhill und bei Frances Gray, die für dich Stärke und Sicherheit verkörperte und dir gab, was du nirgendwo sonst bekommen hast, und daß du sie dafür liebtest und brauchtest. Und du wirst mir erzählen, daß du Westhill deshalb unter allen Umständen haben möchtest. Und daß nicht etwa Geldgier oder Besitzdenken, sondern deine Liebe dich das begehren lassen, was Frances einst gehörte – und ich kann dir nur sagen, auch das interessiert mich nicht, nicht im mindesten; denn da nebenan liegt mein Mann, der Mann, den *ich* liebe, und er ist schwer verletzt, und ich will, daß er am Leben bleibt! Verstehst du? Ich will, daß er *lebt*!«

Tränen strömten über ihr Gesicht, aber sie merkte es nicht. Sie hatte sich alle Kraft aus dem Leib geschrien, nun blieb sie leer zurück und wehrte sich nicht, als Fernand sie in seine Arme zog.

»Du verstehst mich«, flüsterte er. »Auch wenn du sagst, es interessiert dich nicht, du verstehst mich. Nach Frances bist du der einzige Mensch, der mich je verstanden hat. Du bist so stark wie sie, Barbara. Und du bist sehr schön.«

Sie hätte ihm gern gesagt, wie schwach sie sich in diesem Moment fühlte, schwach genug, sich von ihm umarmen zu lassen und ihr Gesicht an seiner Schulter zu vergraben. Er war ein Feind – und doch als Mensch verletzbar und zwiespältig genug, daß sie ihn nicht hassen konnte. Es schien ihr, sie könne gar nichts mehr empfinden, nichts als grenzenlose Erschöpfung.

Er strich ihr wieder und wieder über die Haare und flüsterte ihr Dinge zu, die an ihr vorbeirauschten und die sie nicht verstand; aber sie hatte nicht den Eindruck, daß es noch eine Rolle spielte, ob sie verstand oder nicht. Sie wünschte sich nur noch, einzuschlafen und irgendwann aufzuwachen und festzustellen, daß ein langer, verworrener Traum hinter ihr lag.

Müde hob sie den Kopf. Irgend etwas hatte sie gehört. Irgend etwas jenseits der leisen, zärtlichen Stimme an ihrem Ohr. Eine Tür. Schritte.

Sie erwachte. Es war nicht das Erwachen, nach dem sie sich gesehnt hatte, nicht das Erwachen, das einen bösen Traum verblassen läßt. Der Traum war Wirklichkeit, und sie stand mitten darin.

Die Schritte kamen näher. Langsame, tappende Schritte. Unendlich schwerfällig. Eine Gestalt tauchte in der Wohnzimmertür auf, eine schwarz verhüllte, schwankende Gestalt.

Laura.

»Laura!« rief sie, und ihr Körper, der schwer und matt in Fernands Armen gelegen hatte, straffte sich.

Laura taumelte. Sie bewegte ihre Lippen, als wolle sie etwas sagen, aber sie brachte keinen Laut hervor. Sie bewegte sich auf den Sessel zu, in dem Fernand gesessen und auf Barbara gewartet hatte – aber es hatte den Anschein, als habe sie kaum mehr die Kraft, ihn zu erreichen. Sie würde jeden Moment zusammenbrechen.

Fernand ließ Barbara los und fuhr herum. Er machte ein Gesicht, als sehe er ein Gespenst.

»Laura! Was tun Sie denn hier? Wo kommen Sie her?«

Wieder bewegte Laura ihre blauverfärbten Lippen, und wieder brachte sie kein Wort hervor.

Fernand war jetzt hellwach. Mit scharfer Stimme wiederholte er seine Frage: »Ich will wissen, wo Sie plötzlich herkommen!«

Laura sank in den Sessel. Sie atmete keuchend. Sie bot einen erschreckenden Anblick in ihrem verzweifelten Bemühen, etwas zu sagen.

Fernand stand jetzt mit dem Rücken zu Barbara. Sie realisierte mit einem Mal wieder das schwere Metall in ihrer Hand. Es fühlte sich nicht mehr kalt an wie am Anfang, sondern hatte die Wärme ihrer Hände angenommen. Die ganze Zeit über hatte sie sich daran festgehalten.

Sie zögerte nicht, wartete nicht, bis Skrupel sie hätten lähmen können. Der Augenblick war die einzige Chance, die sie hatte. Die einzige Chance, die *Ralph* hatte.

Sie hob den Arm und schlug zu. Der schwere Goldrahmen krachte auf Fernands Hinterkopf. Glas splitterte. Es schien, als wolle Fernand sich zu ihr umdrehen, und einen furchtbaren Moment lang dachte sie, ihre Bewegung sei zu schwach gewesen, zu unentschlossen, so wie die von Ralph am ersten Tag, als er das Holz im Schuppen hatte spalten wollen. Aber dann hielt Fernand schon inne, seufzte leise und sackte in sich zusammen.

Wie in Zeitlupe fiel er zu Boden und blieb dort bewegungslos liegen.

Barbara stellte den kaputten Rahmen mit der lächelnden Frances Gray darin neben das Telefon.

»Laura«, sagte sie, »ich kümmere mich sofort um Sie. Und um Ralph. Einen Arzt rufe ich auch gleich. Aber zuerst muß ich Fernand in die Küche schaffen und dort einschließen, das verstehen Sie doch, ja? Dann bin ich sofort bei Ihnen.«

Laura bewegte abermals die Lippen, und nach zwei vergeblichen Anläufen gelang es ihr endlich, etwas zu sagen.

»Kann ich bitte eine Tasse Tee haben?« fragte sie.

## Mittwoch, 1. Januar 1997

Die drei Frauen saßen in der Küche von Westhill und frühstückten. Es war noch früh am Morgen, aber der östliche Horizont leuchtete in einem rosigen Schein und versprach einen sonnigen Tag. Über den harschgefrorenen Schneefeldern draußen lagen noch Schatten, aber bald würden sie glitzern und funkeln und das Sonnenlicht in Tausenden von kleinen Kristallen widerspiegeln.

Laura hatte vorgeschlagen, die arme, verstörte Lilian Leigh zum Jahreswechsel nach Westhill einzuladen, und Barbara hatte zugestimmt, zögernd zunächst, weil sie sich dieser Frau gegenüber unbehaglich fühlte. Dann hatte sie sich jedoch gesagt, daß Lilian es ihr nicht ansehen würde, daß sie mit Fernand geschlafen hatte, und daß außerdem nicht die Zeit war für kleinkariertes Denken. Es war zuviel geschehen. Ihrer aller Leben war aus dem Tritt geraten, und Wichtigkeiten und Nichtigkeiten hatten sich neu verteilt.

Um Mitternacht hatten sie mit Sekt angestoßen, und dann hatte Lilian geweint, und Laura war in Euphorie geraten, weil Marjorie angerufen und ihr ein gutes neues Jahr gewünscht hatte.

»Das hat sie *noch nie* getan! Sie wäre überhaupt nie so lange wach geblieben. Und schon gar nicht hätte sie das Geld ausgegeben, das ein solches Telefongespräch kostet!«

Laura war zwei Tage lang zur Beobachtung im Krankenhaus gewesen; die Ärzte hatten Unterkühlung, völlige Erschöpfung und schwere Herzrhythmusstörungen diagnostiziert. Sie wollten sie für mindestens eine Woche dabehalten; aber Laura hatte unbedingt zu Silvester nach Hause gewollt und so lange darum gekämpft, bis der zuständige Oberarzt schließlich nachgab.

»Was sollte ich auch versuchen, mich gegen Sie zu stellen?« fragte er. »Eine siebzigjährige Frau, die einen derartigen Weg bei solchem Schnee zurücklegt, kann ohnehin nichts aufhalten. Ich würde ja doch den kürzeren ziehen!«

Laura war nach dieser erstaunlichen Äußerung in minutenlange Sprachlosigkeit verfallen.

Ralph jedoch hatte nicht entlassen werden können. Er würde Wochen im Krankenhaus liegen müssen; auch an einen Rücktransport nach Deutschland war vorläufig nicht zu denken. Neben einer schweren Gehirnerschütterung hatte er einen doppelten Schädelbasisbruch erlitten. Die Ärzte hatten gesagt, er habe äußerstes Glück gehabt. Der Sturz war schlimm gewesen, er hätte ihn leicht umbringen können.

Barbara hatte vorgehabt, über Silvester bei ihm im Krankenhaus zu bleiben; aber dann war am 31. Dezember überraschend seine Mutter, die Barbara pflichtschuldig von den Ereignissen informiert hatte, aus Deutschland eingetroffen. Sie rührte sich nicht von seinem Bett und stritt ständig mit Barbara, weil sie ihr die Schuld an der Misere gab. Ralph lag zu krank und schmerzgepeinigt im Bett, als daß er hätte eingreifen können. Schließlich zog sich Barbara zurück. Ihr und Ralph würde genug Zeit bleiben, zu reden, zu überlegen. Vorläufig konnte sie dem alten Drachen das Feld überlassen.

Fernand saß in Untersuchungshaft. Er hatte tatsächlich nichts Schlimmeres davongetragen als eine dicke Beule am Hinterkopf. Barbara war froh darüber. Sie hatte ihn nur außer Gefecht setzen, nicht ihm den Schädel einschlagen wollen, und das war ihr gelungen. Sie hegte keine Rachegefühle, obwohl er Ralph beinahe umgebracht hätte. Aus allem, was geschehen war, war in ihr eine eigenartige Bereitschaft zurückgeblieben, zu verstehen und zu verzeihen. Vielleicht deshalb, weil sie die Geschichten aller beteiligten Personen zu gut kannte.

Sie fand es schwer, einen Menschen zu verurteilen, wenn sie die Gründe für sein Handeln in irgendeiner, wenn auch noch so abstrakten Weise nachvollziehen konnte.

Sie boten ein eigenartiges Bild an diesem Morgen, diese drei Frauen in ihrer Verschiedenartigkeit, die eine Schicksalslaune an diesem Tisch zusammengebracht hatte.

Barbara sah natürlich schön und perfekt aus, sie war gut geschminkt, und ihre Haare glänzten; sie hatte sich und die Situation im Griff und war im Innersten unberührt geblieben von den Ereignissen. Das war das Bild, das sie bot, und daß es nicht stimmte, blieb ihr Geheimnis. Sie fand, daß sie durchaus das Recht hatte, ein Geheimnis zu haben.

Lilian wirkte wie eine Frau, deren Welt zusammengebrochen war, und das war in diesem Fall kein Bild, sondern die Wirklichkeit.

Sie begriff immer noch nicht völlig, wie die Dinge zusammenhingen, obwohl Laura versucht hatte, ihr alles zu erklären. Sie hatte während der ganzen letzten Jahre immer älter ausgesehen, als sie war, aber nun schien sie noch stärker gealtert. Sie wußte nicht, was werden sollte. Wenn Fernand zu einer Haftstrafe verurteilt wurde – was würde dann mit ihr geschehen? Sie hatte keine Ahnung, wie Daleview zu verwalten war, sie kannte ihre Vermögensverhältnisse nicht. Da sie ihre gesamte Ehe nur damit zugebracht hatte, scheu um Fernand herumzuschleichen und seine Launen auszuloten, um sich unter Umständen noch rechtzeitig in Sicherheit bringen zu können, hatte sie das Leben als solches verlernt. Ihre Welt beschränkte sich nur auf ihren Mann, auf seinen Alkoholkonsum und auf seinen Jähzorn. Alles andere war hinter dieser ständigen akuten Bedrohung bis zur Unkenntlichkeit verblaßt. Auf einmal sah sie sich mit Erfordernissen und Dringlichkeiten konfrontiert, deren Vorhandensein sie vergessen hatte. Sie scheute davor zurück wie ein Pferd vor einem unerwartet auftauchenden, unerwartet hohen Hindernis. Vorläufig floh sie in Tränen und Panik.

Wenn sie genug geheult hat, so dachte Barbara, wird sie vielleicht erkennen, daß ihr das Schicksal eine große Chance zugespielt hat, aus der sie sich ein neues Leben zurechtzimmern kann.

Laura sah noch immer sehr angeschlagen aus; zudem hustete sie ständig und hatte heiße, trockene Augen. Der Weg von Leigh's Dale nach Westhill hinauf durch den Schnee hatte sie sechs Stunden und alle Kraft gekostet. Sie würde viel Zeit brauchen, sich davon zu erholen. Polizei und Rettungsmannschaft, die an diesem letzten Sonntag schließlich mit Hilfe von Räumfahrzeugen auf Westhill eingetroffen waren, hatten es nicht fassen können, als sie hörten, daß die alte Frau zu Fuß bis zum Farmhaus vorgedrungen war.

»Sie können von Glück sagen, daß Sie nicht unterwegs umgefallen und erfroren sind!« hatte einer der beiden Ärzte sehr ernst zu ihr gesagt. »Das war Wahnsinn, was Sie da unternommen haben! Wie konnten Sie nur auf eine so verrückte Idee verfallen?«

Sie hatte noch immer extreme Schwierigkeiten gehabt zu sprechen, obwohl sie inzwischen einen heißen Tee bekommen hatte.

»Ich wußte, daß hier etwas ganz und gar nicht stimmt«, hatte sie gekrächzt, »und es ist mein Haus. Ich mußte nachsehen, was los ist.«

Der Arzt hatte wortlos den Kopf geschüttelt.

Die Geschehnisse im »Haus der Schwestern« waren natürlich Mittelpunkt aller Gespräche in Leigh's Dale, auch wenn die meisten Dorfbewohner noch keineswegs alle Einzelheiten kannten. Was sie nicht wußten, erfanden sie einfach, und längst kursierten die abenteuerlichsten Gerüchte.

Am Morgen des 31. Dezember war Barbara ins Dorf zum Einkaufen gefahren; der Weg war ja nun geräumt, und die Polizisten hatten ihr geholfen, das Auto freizugraben, in Gang zu setzen und die Schneeketten aufzuziehen. Als Barbara Cynthias Laden betreten hatte, war er gerammelt voll gewesen mit Menschen, die alle wild durcheinandergeredet hatten und mit einem Schlag verstummten, als sie Barbaras ansichtig wurden. Sie waren zur Seite getreten und hatten eine Gasse gebildet, so daß sich Barbara nicht einmal anstellen mußte, sondern sofort nach vorne durchgelassen wurde.

Cynthia hatte sehr vertraut getan, um allen zu demonstrieren, wie gut sie Barbara bereits kannte und wie nah sie selbst darum allen Ereignissen stand. Als Barbara das Geschäft verließ, hörte sie noch, wie Cynthia ihren atemlosen Kundinnen zuraunte: »...ja, und dann heißt es, daß Victoria Leigh damals gar nicht fortgegangen ist, sondern Frances Gray hat sie im Keller ihres Hauses gefangengehalten, und schließlich...«

Barbara konnte sich vorstellen, wie laut Frances darüber gelacht hätte.

Aber dieser Neujahrsmorgen nun war friedlich und still, nicht von Klatsch und blutrünstigen Gerüchten gestört. Leise klirrten die Tassen, klapperten die Bestecke.

»Werden Sie Ihren Mann heute im Krankenhaus besuchen, Barbara?« fragte Laura.

Barbara verzog das Gesicht. »Ich möchte schon. Wahrscheinlich gerate ich wieder mit meiner Schwiegermutter aneinander. Sie meint, daß ich schon deshalb die Schuld an allem trage, weil die ganze Reise schließlich meine Idee war. *Sie* hat ja gleich gesagt, wir sollen daheimbleiben.«

»Yorkshire muß Ihnen gründlich verleidet sein«, meinte Lilian. Ihre Augen sahen riesig und dunkel aus ihrem schmalen Gesicht. »Sie kommen bestimmt nie wieder hierher.«

Barbara fand, dies sei eine typische Lilian-Reaktion. »Ganz sicher komme ich wieder her«, sagte sie, »ich möchte das Land auch gern im Sommer kennenlernen. Ich verstehe, warum Frances Gray dies alles hier so geliebt hat. Ich möchte viel mehr darüber wissen.«

»Also, das kann ich wirklich nicht verstehen«, sagte Lilian mit Piepsstimme.

Laura räusperte sich. »Ich würde Ihnen ja gern Westhill dann wieder anbieten, Barbara. Aber das wird nicht gehen.«

»Weshalb nicht? Sie besuchen doch sicher einmal wieder Ihre Schwester?«

»Ich...« Auf Lauras Wangen bildeten sich einige hektische rote Flecken. »Ich ziehe weg von hier. Ich werde Westhill verkaufen.«

Barbara und Lilian starrten sie beide gleichermaßen fassungslos an.

»Was?« fragte Barbara.

»Aber ich denke...«, begann Lilian.

»Laura, warum denn das?« fragte Barbara entgeistert. »Nach allem, was... Sie haben sich jahrelang erpressen lassen. Sie haben jahrelang nur in Angst gelebt. Sie haben Fernand Leigh, was Sie nur hatten, in den Rachen geschoben, damit er Sie nicht um diesen Besitz bringt! Und jetzt, wo alles gut ist, wo Sie hier in Frieden und Glück leben könnten – da wollen Sie alles *freiwillig* hergeben?«

»Das ist sicher schwer zu verstehen«, sagte Laura und sah fast schon wieder so verschreckt aus wie früher. »Ich weiß nicht, wie ich es erklären soll. Als ich durch den Schnee hierherstapfte und dachte, ich falle um und sterbe, als ich dauernd meinte, einfach nicht weiterzukönnen, aber wußte, ich muß weiter, denn die Dunkelheit brach herein, und es wurde immer kälter, und mir war klar, es würde mein sicherer Tod sein, wenn ich mich hinsetzte und einschliefe... also, da habe ich nur deshalb durchgehalten, weil ich mit jedem Schritt immer wütender und wütender wurde. Zum Schluß war ich so zornig, daß... daß ich dachte, ich *kann* gar nicht sterben, weil niemand sterben kann, wenn er so wütend ist.«

»Auf wen waren Sie denn so wütend?« fragte Barbara.

»Auf mich. Ganz allein auf mich.«

»Aber... Fernand hatte doch an allem schuld!« sagte Lilian verwirrt und kämpfte schon wieder mit den Tränen, weil ihr Mann solch ein Lump war.

Laura warf ihr einen verächtlichen Blick zu. »Lilian, es ist ziemlich verhängnisvoll, wenn man die Schuld immer bei anderen sucht, weil sich dann nämlich nie etwas ändert. Was immer Fernand mir angetan hat – es gehörten immer zwei dazu. Einer, der etwas tut, und einer, der es sich gefallen läßt. Und was mich so wütend gemacht hat, war, daß ich immer alles mit mir habe geschehen lassen. Mein Leben lang. Siebzig Jahre lang.«

Barbara nickte. Sie verstand.

»Erst Frances, dann Fernand. Marjorie hatte ganz recht – Frances hat mich nicht besonders gut behandelt. Aber ich habe es zugelassen, so wie ich nachher Fernands Erpressungen zugelassen habe. Ich war ihnen allen ausgeliefert, weil ich an etwas festgehalten habe, das ich längst hätte loslassen müssen. Längst! Nämlich Westhill. Hätte ich es nur losgelassen, ich wäre frei gewesen, und sie hätten mir alle nichts mehr anhaben können.«

»Aber jetzt ist es doch zu spät«, sagte Lilian.

Lauras Augen blitzten. »Zu spät? Weil ich siebzig bin? Ich habe nicht vor, in den nächsten zwei Jahren zu sterben!«

»Nein ... weil doch Fernand jetzt sowieso nichts mehr tun kann. Und Frances ist lange tot. Jetzt nützt es doch gar nichts mehr, wenn du dich von Westhill trennst!«

»Wahrscheinlich kannst du es nicht begreifen, Lilian«, seufzte Laura. »Ich muß das für mich tun. Es ist wichtig. Ich will es los sein. Ich will die Ketten wirklich über Bord werfen!«

»Ich denke, Sie tun das Richtige, Laura«, sagte Barbara. »Haben Sie schon eine Idee, wohin Sie gehen möchten?«

»Irgendwohin in den Süden, Somerset vielleicht. Ich bin als Kind einmal in Somerset gewesen, und es hat mir gut gefallen. Das Klima ist recht angenehm. Für mein Rheuma sicher besser als die langen, kalten Winter hier oben, und die vielen nebligen Tage im Herbst, und die Stürme im Frühjahr ...« Sie biß sich auf die Lippen.

Sie liebt es, dachte Barbara, sie liebt es immer noch. Aber manchmal bleibt einem eben nichts übrig, als sich von dem zu trennen, was man liebt. Vielleicht wird mir und Ralph auch nichts anderes übrigbleiben. Wir werden sehen.

Sie stand auf. »Kommt, wir räumen den Tisch ab. Ich möchte ein wenig spazierengehen. Es ist so schön draußen. Wenigstens zum Dorf hinunter und wieder herauf ist ja der Weg frei.«

»Ich möchte lieber hierbleiben«, sagte Lilian sofort. Nach allem, was geschehen war, hatte sie panische Angst, einem Dorfbewohner zu begegnen.

»Laura?«

»Ich bleibe auch hier. Es gibt so viel zu tun. Gehen Sie nur allein, Barbara. Sie müssen sich sicher auch noch über manches klarwerden.«

Einträchtig räumten sie gemeinsam den Tisch ab, spülten das Geschirr, ordneten es in die Schränke und Schubladen. Dann ging Lilian hinauf in das Zimmer, das Laura ihr zur Verfügung gestellt hatte. Barbara zog ihren Mantel und ihre Stiefel an. Als sie gerade nach ihren Handschuhen greifen wollte, tauchte Laura hinter ihr auf, lautlos und schattenhaft.

»Barbara, einen Moment nur noch...«

Sie nahm sie am Arm, zog sie hinter sich her ins Wohnzimmer.

»Was ist denn?« fragte Barbara.

Laura wirkte verlegen. »Es ist... ich wollte Sie nur etwas fragen«, sagte sie. Sie hielt ihre Stimme gesenkt, als befürchte sie, ein Dritter könne Zeuge des Gesprächs werden. »Sie werden denken, daß es dumm ist von mir, aber...«

»Worum geht es denn?«

»Nun... diese Aufzeichnungen von Frances Gray... es gibt sie ja nicht mehr. Niemand kann sie mehr lesen. Sie sind der einzige Mensch, der sie kennt.«

»Ja?«

»Und da wollte ich von Ihnen wissen...«, Laura nestelte an ihrer Küchenschürze herum, »nun, ich wollte wissen, ob... Es sollte mir ja egal sein. Ich will ein neues Leben beginnen, und dazu gehört auch, daß ich aufhöre, Frances so zu verklären und so an ihr zu hängen. Ich will mich auch darum bemühen. Marjorie hatte wirklich recht, das habe ich nicht nur so dahingesagt, wissen Sie. Frances hat mich bestimmt manchmal... verachtet...«

Barbara nahm die Hand der alten Frau, hielt sie fest. »Was möchten Sie wissen, Laura?«

Laura flüsterte: »Können Sie mir vielleicht sagen, was sie über mich geschrieben hat? War es nur verächtlich, oder... hat sie auch das eine oder andere Gute über mich gesagt?«

Am Blick ihrer Augen erkannte Barbara, daß Lauras Seelenfrieden von der Beantwortung dieser Frage abhing – ganz gleich, um welch große Erkenntnis sie auch reicher geworden sein mochte. Sie beschloß, ihr diesen Seelenfrieden zu schenken; doch noch während sie antwortete, begriff sie, daß sie dazu nicht einmal lügen mußte. Was sie für Barmherzigkeit gehalten hatte, war die Wahrheit.

»Sie hat Sie geliebt, Laura«, sagte sie, »auf ihre ganz besondere Weise hat sie Sie geliebt.«

Laura lächelte, und Barbara fand, daß sie zweifellos glücklich aussah.

Sie fanden diesen Roman so fesselnd, daß Sie ihn gar nicht mehr aus der Hand legen möchten? Dann lesen Sie doch einfach weiter!

Auf den folgenden Seiten finden Sie eine Leseprobe aus einem weiteren großen Spannungsbestseller von Deutschlands erfolgreichster Autorin: Charlotte Link!

Ein Geheimnis umgibt das alte Rosenzüchterhaus von Le
Variouf. Und alle Spuren scheinen in die Vergangenheit seiner
Bewohnerinnen zu weisen – in die Jahre, als die idyllische Insel
Guernsey von deutschen Truppen besetzt war ...

# Prolog

Manchmal konnte sie Rosen einfach nicht mehr sehen. Dann meinte sie, ihre Schönheit nicht länger ertragen zu können, den Anblick ihrer samtigen, bunten Blüten, den Hochmut, mit dem sie sich der Sonne entgegenreckten, als seien die warmen Strahlen nur für sie bestimmt und für niemanden sonst. Rosen konnten empfindlicher sein als die sprichwörtlichen Mimosen; einmal war es ihnen zu naß, dann zu kalt, zu windig oder zu heiß; sie ließen oft aus unerfindlichen Gründen die Köpfe hängen und vermittelten den Eindruck, als schickten sie sich zum Sterben an, und es kostete Mühe, Kraft und Nerven, sie daran zu hindern. Dann wieder, ebenso unerklärbar, bewiesen sie eine unerwartete Zähigkeit, behaupteten sich gegen harsche Witterung und unsachgemäße Behandlung, blühten, dufteten und wuchsen. Sie machten es niemandem leicht, der mit ihnen zu tun hatte.

Ich sollte, dachte sie, auf Rosen nicht so aggressiv reagieren. Das ist albern. Und unangemessen.

Sie hatte vierzig Jahre ihres Lebens der Rosenzucht gewidmet, aber sie hatte nie eine wirklich glückliche Hand für diese Blumen gehabt. Vermutlich lag das daran, daß sie sie nicht mochte und eigentlich immer etwas anderes hatte tun wollen. Ihr waren ein paar einigermaßen interessante Kreuzungen gelungen, Teehybriden vor allem, denn wenn überhaupt, so konnte sie diesem Rosentyp noch am ehesten etwas abgewinnen. Sie vereinten Eleganz mit einer gewissen Härte und Festigkeit – und verkauften sich gut. Irgendwie war es ihr stets gelungen, das Auskommen ihrer kleinen Familie zu sichern, aber oft hatte sie gedacht, daß sie, käme plötzlich eine gute Fee mit einem Goldschatz daher, nie wieder im Leben eine Rose anfassen würde.

Manchmal, wenn sich Beatrice Shaye mit der Erkenntnis konfrontierte, daß sie Rosen weder mochte noch wie eine wirkliche Expertin mit ihnen umzugehen verstand, fragte sie sich, *was* eigentlich ihrem Herzen nahe stand. Sie mußte sich von Zeit zu Zeit vergewissern, daß es da noch etwas gab, denn die Erkenntnis, ihr Leben einer Tätigkeit und einem Objekt gewidmet zu haben, das ihr so wenig Sympathie abringen konnte, stimmte sie manchmal traurig und ließ sie grübelnd nach einem Sinn suchen. Dabei hatte gerade sie sich stets zynisch über Sinnsucher geäußert. Den Sinn des Lebens hatte sie immer mit dem Begriff *Über*leben erklärt – überleben in einer schlichten, undramatischen Bedeutung. Überleben hieß, das Notwendige zu tun: aufstehen, die Arbeit verrichten, die getan werden mußte, essen, trinken, zu Bett gehen und schlafen. Alles andere war schmückendes Beiwerk: der Sherry, der wie helles Gold in den Gläsern funkelte. Musik, die durch den Raum toste, das Herz schneller schlagen und das Blut leichter fließen ließ. Ein Buch, das man nicht mehr aus der Hand legen konnte. Ein Sonnenuntergang über dem Meer, drüben am Pleinmont Tower, der unmittelbar an die Seele rührte. Eine Hundeschnauze, feucht und kalt und stürmisch, im Gesicht. Ein warmer, stiller Sommertag, der nur durchbrochen wurde in seiner Ruhe von den Schreien der Möwen und dem leisen Rauschen der Wellen in der Moulin Huet Bay. Heißer Fels unter nackten Füßen. Der Duft der Lavendelfelder.

Eigentlich stellten diese Dinge die Antwort auf ihre Frage dar: Sie liebte Guernsey, ihre Heimat, die Insel im Ärmelkanal. Sie liebte St. Peter Port, die malerische Hafenstadt an der Ostküste. Sie liebte die Narzissen, die im Frühjahr an allen Wegrändern blühten, liebte die wilde, blaue Hyazinthe, auf die man in den lichtdurchfluteten, hellen Wäldern stieß. Sie liebte den Klippenpfad hoch über dem Meer, besonders den Teil, der vom Pleinmont Point zur Petit Bôt Bay führte. Sie liebte ihr Dorf Le Variouf, liebte ihr steinernes Haus, das ganz hoch am oberen Dorfrand lag. Sie liebte sogar die Wunden der Insel, die häßlichen Wachtürme der ehemaligen Befestigungsanlage, die von den deutschen Besatzern gebaut worden war, das trostlose, in Granit geschlagene »German Underground Hospital«, das die Zwangsarbeiter damals hatten bauen müssen, und die Bahnhöfe, die die Deutschen hatten vergrößern lassen, um das Material zum Bau ihres Westwalls transportieren zu können. Zudem liebte sie manches an dieser Landschaft, auf dieser Insel, was niemand außer ihr sah und hörte: Erinnerungen an Bilder und Stimmen, an Momente, die sich unauslöschlich in ihr Gedächtnis gebrannt hatten. Erinnerungen an über siebzig Jahre Leben, die sie fast ausschließlich hier verbracht hatte. Vielleicht stand einem Menschen nahe, was er sein Leben lang kannte. Ob gut oder schlecht, das Vertraute grub sich seinen Weg in jene Winkel des Herzens, in denen Zuneigung geboren wurde. Irgendwann fragte man nicht mehr, was man gewollt hatte; man betrachtete, was man bekommen hatte. Und fand sich damit ab.

Natürlich dachte sie ab und zu daran, wie ihr Leben in Cambridge ausgesehen hatte. An Abenden wie diesem kam ihr die alte Universitätsstadt in East Anglia besonders häufig in den Sinn. Sie hatte das Gefühl, an die tausend Mal – so wie heute – am Hafen gesessen und Sherry getrunken zu haben, und es war wie ein Sinnbild ihres Lebens – des Lebens, das sie *anstelle* von dem in Cambridge geführt hatte. Auch anstelle eines möglichen Lebens in Frankreich. Wenn sie damals nach dem Krieg mit Julien hätte nach Frankreich gehen können …

Aber wozu, so rief sie sich zur Ordnung, sollte sie lange überlegen? Die Dinge waren so gelaufen, wie sie vielleicht hatten laufen müssen. In jedem Leben, davon war sie überzeugt, wimmelte es von verpaßten Chancen, von versäumten Gelegenheiten. Wer konnte von sich sagen, immer konsequent, zielstrebig und kompromißlos gewesen zu sein?

Sie hatte sich abgefunden mit den Fehlern und Irrtümern ihres Daseins. Sie hatte sie eingeordnet zwischen all die anderen Ereignisse, die ihr widerfahren waren, und in der Menge verloren sie sich ein wenig, wurden unauffällig und blaß. Zeitweise gelang es ihr, sie völlig zu übersehen, manchmal sogar, sie zu vergessen.

In ihrem Verständnis hieß das, daß sie sich abgefunden hatte.

Nur mit den Rosen nicht.

Und nicht mit Helene.

Der Wirt vom *Le Nautique* in St. Peter Port näherte sich dem Tisch am Fenster, an dem die zwei alten Damen saßen.

»Zwei Sherry, wie immer?« fragte er.

Beatrice und ihre Freundin Mae sahen ihn an.

»Zwei Sherry, wie immer«, erwiderte Beatrice, »und zweimal Salat. Avocado mit Orangen.«

»Sehr gerne.« Er zögerte. Er unterhielt sich gerne, und zu dieser frühen Stunde – es war noch nicht einmal sechs Uhr am Abend – hatte sich noch kein anderer Gast ins Restaurant verirrt.

»Es ist schon wieder ein Schiff gestohlen worden«, sagte er mit gedämpfter Stimme, »eine große, weiße Segelyacht. *Heaven Can Wait* heißt sie.« Er schüttelte den Kopf. »Eigenartiger Name, nicht wahr? Aber den wird sie kaum behalten, so wenig wie ihre schöne, weiße Farbe. Wahrscheinlich haben sie sie längst umgespritzt, und sie gehört schon irgendeinem Franzosen drüben auf dem Festland.«

»Diebstähle von Yachten«, sagte Beatrice, »sind so alt wie die Inseln selbst. Es gibt sie und wird sie immer geben. Wen regt das noch wirklich auf?«

»Die Leute dürften ihre Schiffe nicht wochenlang unbeobachtet lassen«, meinte der Wirt. Er nahm einen Aschenbecher vom Nachbartisch, stellte ihn zu den beiden Damen, gleich neben die Vase mit den Rosen, die in dieser Woche den Gastraum schmückten. Er wies auf das kleine, weiße Reservierungsschild. »Ich brauche den Tisch ab neun Uhr.«

»Da sind wir längst weg.«

Das *Le Nautique* lag direkt am Hafen von St. Peter Port, der Hauptstadt der Insel Guernsey, und durch die zwei großen Fenster des Restaurants hatte man einen wunderschönen Blick über die zahllosen Yachten, die dort vor Anker lagen; man hatte sogar den Eindruck, zwischen all den Schiffen zu sitzen und Teil des Lebens und Treibens dort zu sein.

Man konnte vom Restaurant aus die Menschen beobachten, die über die hölzernen Stege schlenderten, konnte Kindern und Hunden beim Spielen zusehen, und man konnte schon ganz weit in der Ferne die großen Dampfer ausmachen, die Ferienreisende vom

Festland brachten. Manchmal glich der Blick dem auf einem Gemälde, bunt und unwirklich. Zu schön, zu vollkommen, wie die Fotografie aus einem Reisekatalog.

Es war Montag, der 30. August, ein Abend voller Wärme und Sonne, und doch schon spürbar vom Nahen des Herbstes geprägt. Die Luft hatte nicht mehr die laue Weichheit des Sommers, sie war nun wie Kristall, kühler und frischer. Der Wind trug einen herben Geruch heran. Die Möwen schossen vom Meer zum Himmel hinauf und wieder zurück, wild schreiend, als wüßten sie, daß Herbststürme und Kälte bevorstanden, daß schwere Nebelfelder über der Insel liegen und das Fliegen beschwerlich machen würden. Der Sommer konnte noch zehn Tage oder zwei Wochen andauern. Dann wäre er unwiderruflich vorbei.

Die beiden Frauen sprachen wenig miteinander. Sie stellten übereinstimmend fest, daß der Salat wie immer ausgezeichnet war und daß nichts über einen schönen Sherry ging, vor allem dann, wenn er, so wie hier, großzügig in hohen Sektgläsern ausgeschenkt wurde. Ansonsten aber fand kaum ein Austausch zwischen ihnen statt. Beide schienen in ihre eigenen Gedanken vertieft.

Mae betrachtete Beatrice eindringlich, was sie sich erlauben konnte, da ihr Gegenüber offensichtlich nichts davon bemerkte. Sie fand, daß sich Beatrice für eine siebzigjährige Frau ganz und gar unangemessen kleidete, aber darüber hatte es zwischen ihnen schon zahllose Diskussionen gegeben, die nicht gefruchtet hatten. Sie lebte in ihren Jeans, bis diese zerschlissen waren, und trug dazu ausgeblichene T-Shirts oder unförmige Pullover, deren einziger Vorteil darin bestand, daß sie ihre Trägerin bei Wind und Wetter warm hielten. Das weiße, lockige Haar band sie meist einfach mit einem Gummiband zurück.

Mae, die gerne schmal geschnittene, helle Kostüme trug, alle vierzehn Tage zum Friseur ging und mit Make-up die Spuren des Alters zu vertuschen suchte, bemühte sich unverdrossen immer wieder, die Freundin zu einem gepflegten Äußeren zu bewegen.

»Du kannst nicht mehr herumlaufen wie ein Teenager! Wir sind beide siebzig Jahre alt und müssen diesem Umstand Rechnung tragen. Diese Jeans sind einfach zu eng, und...«

»Das wäre nur dann fatal, wenn ich fett wäre.«

»...und deine ewigen Turnschuhe sind...«

»...das Praktischste, was man tragen kann, wenn man den ganzen Tag auf den Beinen ist.«

»Dein Pullover ist voller Hundehaare«, sagte Mae anklagend und zugleich resigniert, denn sie wußte, weder an den Hundehaaren noch an den Turnschuhen, noch an den Jeans würde sich auch nur das geringste ändern.

Heute jedoch sagte sie gar nichts. Sie war mit Beatrice befreundet, seitdem sie beide Kinder gewesen waren, und sie verfügte inzwischen über feine Antennen, was das psychische Befinden ihrer Freundin betraf. Heute, das spürte sie, war Beatrice nicht allzugut gelaunt. Ihr gingen anscheinend unerfreuliche Gedanken durch den Kopf, und es war besser, sie nicht zusätzlich zu reizen, indem man an ihrem Aussehen herummäkelte.

Sie hat eine gute Figur, dachte Mae, das muß ihr der Neid lassen. Sie hat seit ihrem zwanzigsten Lebensjahr offensichtlich kein Gramm zugenommen. Sie wußte, daß Beatrice sich so geschmeidig bewegte, als seien die körperlichen Beschwerden des Alters eine Erfindung, die für andere gemacht war, nicht aber für sie.

Mae fiel das gestohlene Schiff wieder ein, von dem der Wirt gerade gesprochen hatte. *Heaven Can Wait.*

Wirklich ein seltsamer Name, dachte sie.